Der gläserne Käfig

Das Buch

An einem stürmischen Oktoberabend werden die Istanbuler Polizeibeamten Cohen und Farsakoğlu zu einem alten Haus in der Nähe des Topkapı-Palastes gerufen. Die beiden betreten eine dunkle Wohnung, die keinerlei Gebrauchsspuren aufweist und auch sonst eine recht unheimliche Atmosphäre besitzt: Fenster und Türen waren offenbar noch vor kurzer Zeit vernagelt. Dann jedoch finden sie die Leiche eines jungen Mannes – ein Unbekannter, dessen Körper übersät ist mit Einstichen. Ein Drogenopfer? Erst Gerichtsmediziner Arto Sarkissian entdeckt die Würgemale am Hals des Toten und stellt fest, dass seine Muskeln merkwürdigerweise stark verkümmert sind. Der junge Mann wurde offenbar seit Jahren wie ein Gefangener gehalten. Aber warum? Und was hat der eigentliche Mieter der Wohnung mit dem Mord zu schaffen, der reiche Armenier Zekyian mit dem auffälligen Ring? Doch während sein Team fieberhaft nach dem Mörder fahndet, muss sich Inspektor Çetin İkmen fragen, welche Rolle sein alter Freund Arto Sarkissian, selbst Armenier, in diesem Fall spielt …

Die Autorin

Barbara Nadel wuchs im Londoner East End auf und bereist die Türkei seit über zwanzig Jahren. Sie ist ausgebildete Schauspielerin und unterrichtete in Schulen und an der Universität Psychologie. Mit ihrer Krimireihe um Inspektor İkmen aus Istanbul bereichert sie die Krimiszene nicht nur um eine kauzige Ermittlerfigur, sondern auch um ein aufregendes und exotisches Setting.

Von Barbara Nadel ist in unserem Hause bereits erschienen:
Belsazars Tochter

BARBARA NADEL

Der gläserne Käfig

ROMAN

Aus dem Englischen von
Nikolaus de Palézieux

List Taschenbuch

GRANDE

Besuchen Sie uns im Internet:
www.list-taschenbuch.de

Umwelthinweis:
Dieses Buch wurde auf chlor- und säurefreiem Papier gedruckt.

List Taschenbücher erscheinen im Ullstein Taschenbuchverlag,
einem Unternehmen der Ullstein Heyne List GmbH & Co. KG
Deutsche Erstausgabe
1. Auflage März 2003

Titel der englischen Originalausgabe: *A Chemical Prison*
(Headline Book Publishing, a division of Hodder Headline, London)
Übersetzung: Nikolaus de Palézieux
Redaktion: Julia Riesz
Umschlagkonzept: HildenDesign, München – Stefan Hilden
Umschlaggestaltung: Hauptmann und Kampa Werbeagentur, CH – Zug
Titelabbildung: Kurt-Michael Westermann
Gesetzt aus der Stempel Garamond
Satz: Pinkuin Satz und Datentechnik, Berlin
Druck und Bindearbeiten: Clausen & Bosse, Leck
Printed in Germany
ISBN 3-548-68048-8

Für Jan, in Erinnerung an vergangene Zeiten

Kapitel 1

Die alte Frau sah traurig zur geöffneten Tür und seufzte.

»Natürlich hat es mal eine Zeit gegeben, Frau Wachtmeister, als das noch ganz normal war.« Und leicht säuerlich fügte sie hinzu: »Nicht, dass Sie sich daran erinnern würden.«

Viel konnte Polizeimeisterin Farsakoğlu dem nicht hinzufügen – außer dass sie der Frau zustimmte.

»Jetzt aber, mit all den Touristen und diesen elenden Ungläubigen, die vom Schwarzen Meer herüberkommen. Als ich ein junges Mädchen war, gehörte die Türkei noch den Türken und man konnte seine Tür auflassen, ohne dass man Sorge haben musste, ausgeraubt oder im Bett ermordet zu werden. Aber jetzt ...«

»Ja, ganz richtig, Frau ...«

»Yalçin.« Sie lächelte. »Meinem Mann gehört der Lebensmittelladen gegenüber.«

Sowohl Polizeimeisterin Farsakoğlu als auch ihr eher kleinwüchsiger, dunkelhäutiger Kollege blickten über die Straße zu einem winzigen Laden im Souterrain, dessen schäbiger Haupteingang gerade von mehreren großen Kisten Colaflaschen blockiert wurde.

»Also«, fuhr die Polizistin fort und wandte sich erneut der Frau zu, die immer noch stolz zu ihrem Eigentum hinüberlächelte, »wissen Sie zufällig, wem das Haus gehört, Frau Yalçin?«

»Ein Armenier wohnt dort. Allein. Aber ich weiß seinen Namen nicht. Sehr höflich und zurückhaltend ist er, und sehr gut gekleidet. Vielleicht wissen die nebenan seinen Namen. Sie können es ja mal probieren.«

»Ja, das werde ich.«

Das Haus, über das die beiden Polizisten und die ältere Frau gerade sprachen, war eines jener Holzhäuser aus dem 19. Jahrhundert, die bei den Touristen im Lauf der letzten Jahre so ungemein beliebt geworden waren. Viele von ihnen waren aufgrund dessen in »Osmanische Residenz-Hotels« umgewandelt worden – vermutlich, damit sich die Fremden damit brüsten konnten, dort geschlafen zu haben, wo schon der alte Adel sein Haupt zur Ruhe zu legen pflegte. Darüber, dass einige dieser Häuser einst für ganz gewöhnliche Bürger errichtet worden waren, wurde vor Fremden nicht gesprochen. Dieses eine Gebäude aber war – ebenso wie das nebenstehende, das man bereits in ein Hotel umgewandelt hatte – insofern etwas Besonderes, als es an eine der Mauern des Topkapı-Museums angebaut war. Und da es sowohl hölzerne Urigkeit als auch Nähe zu solch exotischen Orten wie der Schatzkammer und dem Harem bot, war es umso seltsamer, dass der Besitzer des Hauses es nach wie vor als privaten Wohnsitz nutzte. Dementsprechend hatte man Polizeimeisterin Farsakoğlus Kollegen, den Respekt heischenden Wachtmeister Cohen, murmeln hören: »Wenn mir dieses Haus gehören würde, würde ich ein Hotel draus machen, mich in Bodrum zur Ruhe setzen, am Strand liegen und das tun, was ich am besten kann.« Und tatsächlich war genau dies die Einkommensgruppe, die ein solches Hotel anziehen würde, um es grob auszudrücken.

»Und wie lange steht die Tür schon auf, Frau Yalçin, soweit Sie es wissen?«

Erst nach einer kleinen Pause antwortete die alte Frau. »Na ja, ich habe es zuerst heute Morgen bemerkt, so gegen sieben Uhr.«

Farsakoğlu sah auf ihre Uhr. »Und jetzt ist es sechs, also …«

»Elf Stunden«, warf ihr Kollege ein, »vorausgesetzt, dass sie seit der Zeit offen steht. Was der Fall sein kann oder auch nicht.«

»Wir werden hingehen und einen Blick hineinwerfen«, sagte

seine Vorgesetzte, »nur zur Sicherheit.« Sie betrachtete die finsteren, sturmgepeitschten Wolken am Himmel und meinte: »Nicht gerade ein Tag, an dem man seine Türen sperrangelweit offen lässt.«

Die alte Frau lächelte, drehte sich um, da sie ihre Bürgerpflicht erfüllt hatte, und ging in ihren Laden.

Das Haus mit seinen drei Stockwerken und dem Keller war, trotz seiner Breite und Höhe, merkwürdig dunkel. Doch da die rückwärtige Mauer eine alte, fensterlose Palastmauer war, konnte das Licht eben nur durch die Flügelfenster eindringen, die auf die Straße gingen. Dies zusammen mit dem stählernen Grau des sich zuziehenden Oktoberhimmels verlieh den Räumen, durch die die beiden Polizisten schritten, eine düstere und wegen der Flachheit des Anwesens äußerst klaustrophobische Stimmung. Tatsächlich füllten nicht mehr als zwei Sessel und ein Sofa den Wohnbereich im Erdgeschoss vollständig aus. Es war fast nicht möglich, um sie herumzugelangen.

Als Polizeimeisterin Farsakoğlu aus dem Wohnzimmer in die Küche ging, murmelte Cohen: »Ich würde verrückt werden, wenn ich an so einem Ort wohnen müsste.«

Auf den ersten Blick war die Küche recht gut ausgestattet. Es gab einen Herd, einen großen Kühlschrank, mehrere Schränke und Arbeitsflächen, auf deren einer sogar ein modern aussehender Mixer stand. Aus irgendeinem Grund, von dem Cohen annahm, er habe mit der Tatsache zu tun, dass seine Vorgesetzte eine Frau war, fing Polizeimeisterin Farsakoğlu an, sämtliche Schränke durchzusehen und in den Kühlschrank zu schauen. Allerdings schenkte Cohen ihren Bewegungen nicht sonderlich viel Aufmerksamkeit, da sein Blick von einem Kalender »Girls im Badeanzug 1982« gefesselt war, der über der Spüle hing.

»Leer.«

Cohen registrierte kaum, was sie gesagt hatte. »Was?«

»Die Schränke und der Kühlschrank sind leer.«

Er drehte sich um und sah sie an. Für eine Polizistin war sie ziemlich attraktiv: groß und gertenschlank und – wenn sie sie über die Schultern fallen ließ – Besitzerin einer absolut phantastischen Mähne kastanienbrauner Haare. Cohen gab ein schlichtes »Aha« zur Antwort, denn er hatte mit dem heftigen Verlangen zu kämpfen, sie sich nackt vorzustellen.

»Also«, sagte sie, »normalerweise haben Leute, die in einem Haus wohnen, doch ein paar Lebensmittel, um sich zu ernähren.«

Cohen zuckte die Achseln. »Kann sein. Obwohl – falls dieser Mann allein hier lebt, isst er ja vielleicht auswärts.«

Farsakoğlu blickte zweifelnd. »Wie denn, immer und jeden Tag? Auch wenn er nur ein Glas Tee trinken will?«

»Hm. Ich versteh schon, was Sie meinen, aber ...«

»Aber was?«

Er lächelte. »Männer können ganz schön faul sein, würde ich mal sagen, wenn sie allein sind. Singles haben ja, wie Sie wissen, andere Dinge im Kopf »

Sie sah ihn mit einem Blick an, der Cohen beredter als jedes Wort sagte, dass es womöglich an der Zeit war, sich etwas ernsthafter mit dem anstehenden Auftrag zu beschäftigen, anstatt darüber zu reden, was ein allein lebender Mann auf die Beine stellen würde.

Polizeimeisterin Farsakoğlu verließ die Küche leicht verwundert und ging die Treppe nach oben. Als Cohen hinter ihr herstieg, musste er bei der Aussicht, mit seiner hübschen Vorgesetzten mehrere Schlafzimmer zu betreten, auf kindische Weise grinsen.

Der erste Stock wurde von zwei identischen und – was die kleine individuelle Note betraf, die normalerweise »persönliche« Räume charakterisierte – mehr oder weniger gesichtslosen Schlafzimmern ausgefüllt. Es standen Betten darin, auf denen die gleichen gelben Tagesdecken lagen, dazu jeweils ein Stuhl und außerdem Kommoden, von denen Polizeimeisterin

Farsakoğlu bald feststellte, dass sie ebenso leer waren wie die Küchenschränke.

»Es sieht so aus, als wäre der Bewohner hier vor kurzem ausgezogen«, stellte die Polizistin fest, als sie eine der Tagesdecken zurückschlug und eine schlichte, unbezogene Matratze zum Vorschein brachte.

»Manchmal hauen Leute eben einfach ab«, gab Cohen zurück, »besonders dann, wenn sie mit der Miete im Rückstand sind.«

»Ich glaube nicht, dass das hier zutrifft. Frau Yalçin sagte, dass der Armenier, der hier wohnte, anständig angezogen und sehr höflich war. Das hört sich für mich nicht nach jemandem an, der mit der Miete im Rückstand bleibt.«

Cohen warf ihr ein reuevolles Lächeln zu. »Jeder kann mit der Miete in Rückstand kommen, Frau Kollegin, glauben Sie mir.«

Sie lächelte. »Sind das die Früchte Ihrer beträchtlichen Lebenserfahrung, Wachtmeister?«

»Ja, das heißt …« Cohen räusperte sich, wie man es tut, wenn man das Thema wechseln will. »Vielleicht war ja gerade jemand hier und hat allen persönlichen Kram von unserem Herrn Armenier mitgehen lassen.«

»Vielleicht.«

Sie ging zurück zur Treppe. »Kommen Sie«, meinte sie, »wir wollen auch oben nachsehen. Wenn wir da nichts finden, suchen wir noch den Keller ab, ehe wir gehen.«

»Okay.«

Anders als die anderen Bereiche des Hauses betrat man den zweiten Stock nicht über eine Diele; als die beiden Polizisten nach oben gingen, wurde ihnen der Blick darauf durch eine Tür am oberen Treppenabsatz verwehrt. Es war fast, so dachte Polizeimeisterin Farsakoğlu, als wäre dieser Teil des Hauses vom Rest getrennt – wie eine separate Wohnung für einen Mieter oder Untermieter. Bei einer normalen Arbeiterwohnung in Istanbul war das nichts Ungewöhnliches. Hier aber, in diesem großen und weiten Haus, das sich an eine Ecke des mächtigen Topkapı-Palastes klammerte, schien diese Tatsache aus einem Grund, den die Polizeimeisterin sich nicht logisch erklären konnte, merkwürdig. Und passend zu Farsakoğlus unheimlichen Ahnungen bewegte sich die Tür unter dem leichten Druck ihres Stiefels sofort zur Seite. Bei einer Tür, die zu einer völlig abgetrennten Mietwohnung gehört hätte, wäre dies nicht der Fall gewesen.

Zunächst konnte keiner der beiden Polizisten in dem Zimmer etwas außer dem eigenen Schatten erkennen, der über den Rand des dunkelbraunen Teppichs zu ihren Füßen fiel – schließlich waren die Rollläden heruntergelassen. Cohen ging etwas dichter hinter Farsakoğlu her, als es ihr, wie er wohl wusste, recht war, aber Spannungsmomente wie dieser gaben ihm alle möglichen Entschuldigungen an die Hand. Er räusperte sich, ehe er flüsterte. »Wenn er hier schläft und wir ihn aufwecken …«

»Hallo?« Farsakoğlu sprach laut und bestimmt, als sie im selben Moment den großen Kandelaber anknipste, der über dem genauso großen Bett hing. Einen Moment lang war Cohen ganz in Bewunderung über ihre energische Art versunken, bis er die Person sah, die mit dem Rücken zu ihnen auf dem Bettlaken lag.

»Hallo?«, sagte Farsakoğlu noch einmal, wieder sehr energisch – laut genug, um zumindest einen Schlafenden zu wecken.

Natürlich erhob sich diese Person nicht aus ihrem Schlaf. Und als der Gestank ihrer verdreckten Hose endlich die Nasen der beiden Polizisten erreicht hatte, wussten sie, dass sie auf keine ihrer dringenden Bitten reagieren würde – nie mehr.

Çetin İkmen war kein geduldiger Mensch. Er hätte durchaus warten können, bis der Kellner kam und ihm den nächsten Drink seiner Wahl brachte, aber um offen zu sein, hatte er überhaupt keine Lust dazu. Er ergriff also etwas, von dem er hoffte, es sei eine Brandykaraffe, goss sich einen sehr anständigen Schluck in sein Glas und trank ihn mit offenkundigem Genuss. Wäre er nicht im Hause seines besten Freundes Arto Sarkissian gewesen, wäre er mit mehr Anstand vorgegangen – zumindest redete er sich das ein, während er einen weiteren kräftigen Schluck die Kehle hinunterstürzte. Sie tat gut, diese beruhigende Wärme des Alkohols. Der Drink sowie die Zigarette, die er in der anderen Hand hielt, hatten außerdem den Vorteil, dass sie ihm etwas zu tun gaben, was er dringend brauchte. Er fühlte sich nicht nur fürchterlich unwohl in dem ungewohnten Dinnerjackett, das er trug, sondern unter Artos anderen Gästen auch reichlich fehl am Platze.

Çetin und Arto waren schon als kleine Jungen befreundet gewesen. Beide stammten sie von intelligenten und intellektuell neugierigen Familien ab, und als Kinder hatten sie sowohl ihr Spiel als auch ihre Gedanken brüderlich geteilt. Auch als Erwachsene hatte sich daran nicht wirklich etwas geändert, außer was ihre Berufe anging. Arto hatte sich wie sein älterer Bruder Krikor für eine medizinische Laufbahn entschieden und während der letzten zwanzig Jahre bei der Polizei als Kriminalpathologe gearbeitet. Auch Çetin arbeitete für die Polizei, allerdings in einem weit schlechter bezahlten Bereich, als Kriminalbeamter bei der Mordkommission. Dass die beiden sich häufig bei den Überresten einer ungeliebten Ehefrau oder eines lästigen Vaters trafen, gab ihnen, wie so vielen Menschen, die in eher makaberen Berufen arbeiteten, Anlass zu grausamen und bissigen Witzen.

Außerhalb der Arbeit hätten die beiden nicht unterschiedlicher sein können. Mit seinen neun Kindern, einer Frau und einem alternden Vater, der versorgt werden musste, führte Çetin das Leben eines sich abstrampelnden Türken der Arbeiterklasse, sei es auch eines gebildeten. Sein Heim war eine voll gestopfte, stinkende Wohnung in Sultan Ahmet, einer Gegend der Stadt, die sich nicht allein der meisten berühmten Monumente Istanbuls rühmte, sondern auch einer großen und ständig wechselnden Bevölkerung von Rucksacktouristen, Drogenhändlern, Zuhältern und illegalen Einwanderern. Das Ding, das er fuhr – Auto nannte er es selten, da es diesen Ausdruck kaum verdiente –, war dasselbe, das er schon kurz nach der Geburt seines dritten Kindes gefahren hatte. All dies stand in grellem Kontrast zu der Üppigkeit, die ihn hier gerade umgab. Arto, sein rundlicher und vergnügter kleiner armenischer Freund, war nicht nur in beruflicher Hinsicht erfolgreich. Er hatte auch gut geheiratet, weshalb Çetin nun in diesem großen, hell erleuchteten Palast am Ufer des Bosporus stand. Als er die Frau seines Gastgebers entdeckte, hob er sein Glas zum Gruß. Als Antwort erhielt er von der hübschen Maryam Sarkissian jedoch nur ein frostiges Lächeln. Da Çetin die Tatsache nicht wahrhaben wollte, dass sie, wie er wohl wusste, seine hagere, vergammelte türkische Art nicht leiden mochte, zog er es vor zu glauben, dass ihre letzte Schönheitsoperation sie daran hinderte, ihn angemessen willkommen zu heißen.

»Amüsierst du dich oder ertränkst du gerade deine Sorgen?«

Çetin wandte sich um, um seinem Freund direkt ins Antlitz zu blicken. »Soll ich ehrlich sein?«

Arto lächelte. »Wie immer.«

»Also, diese Jacke bin ja wirklich nicht ich, oder?«

»Nein, aber ...«

»Und ...« Çetin seufzte schwer. »Sieh doch mal, Arto, ich pass hier doch gar nicht rein, oder? Maryam hat mir gerade einen Blick zugeworfen, der wirklich alles gesagt hat.«

»Oh, du solltest doch wissen, dass du dich nicht um Maryam kümmern musst.« Arto lachte. »Und außerdem, was du auch von den Menschen hier denken magst, sie alle arbeiten geradeso wie wir für das Projekt.«

Çetin sah auf den Boden, von den Worten seines Freundes beschämt. »Ja, ich weiß.«

»Um so etwas in Gang zu kriegen, müssen wir an Geld herankommen, und genau das haben diese Leute hier. Mehr als genug.«

Ein flüchtiger Blick in die Runde reichte Çetin, um sich davon zu überzeugen.

In diesem Raum befand sich tatsächlich eine Menge Geld, zumindest die Besitzer von sehr viel Geld. Industrielle, gut betuchte Leute mit besseren Berufen, alte und ehrwürdige Familien – sie alle waren hier versammelt und, was noch dazukam, sie waren alle sehr begierig, ihre Scheckbücher zu zücken, um diese Initiative zu unterstützen, die von Artos Bruder Krikor auf den Weg gebracht worden war. Drogensucht oder eher der Kampf gegen die Drogensucht, war, vor allem im Lichte der Bedrohung durch Aids und das Aufkommen einiger zweifelhafter Organisationen aus den früheren Ostblockstaaten, gewissen Bereichen der Istanbuler Gesellschaft zum Anlass großer Sorge geworden. Die Polizei, die hier von Çetin İkmen vertreten wurde, musste zur Kenntnis nehmen, dass mehr und mehr Verbrechen mit Drogenmissbrauch im Zusammenhang standen. Und Ärzte wie Krikor Sarkissian, der schon einige Zeit mit solchen Problemen zu tun hatte, hatten beschlossen, bei dem Bemühen, dieses Problem anzupacken, voranzugehen. Ein erster Schritt war der Versuch, Gelder für ein Beratungs- und Informationszentrum zu sichern, das mitten im Herzen des »Umschlagplatzes«, also in den Bezirken Sultan Ahmet und Beyazıt, errichtet werden sollte. Deshalb waren Çetin, Arto, Krikor und all diese schicken Leute jetzt hier versammelt.

»Arto! Endlich!«

Sowohl Arto als auch Çetin drehten sich auf diesen ziemlich durchdringenden Ruf hin um und sahen einen großen, außerordentlich attraktiven Mann, der, wie Çetin schnell schätzte, Ende dreißig war.

»Avram!«

Eilig und doch leidenschaftlich umarmte und küsste Arto diesen Mann und stellte ihn lächelnd seinem alten Freund vor.

»Çetin, das ist Dr. Avram Avedykian, ein außerordentlich eifriger und enthusiastischer Unterstützer des Projekts meines

Bruders. Avram, dies ist mein ältester und bester Freund, Inspektor Çetin İkmen.«

Die beiden gaben sich die Hand.

»Inspektor İkmen von der Polizei, oder?«, fragte der Arzt.

»Ja, mein Herr«, gab Çetin mit seiner besten Für-Leute-außerhalb-meines-gewöhnlichen-Einflussbereichs-Stimme von sich, »wir haben, wie Sie sich wohl vorstellen können, ein sehr starkes Interesse ...«

»Du brauchst hier keinen mit ›mein Herr‹ anzureden, Çetin«, fuhr Arto dazwischen, ehe die Verlegenheit seines Freundes zum Problem wurde. »Wir sind doch alle aus demselben Grund hier – weil wir helfen wollen.«

»O ja, stimmt, du hast Recht.«

Derart abgestraft, blickte Çetin zu Boden, eine Geste, die sogar er kindisch fand. Wäre nicht ein weiterer Mann an Dr. Avedykians Seite aufgetaucht, hätte dieser Moment wirklich etwas Peinliches gehabt, aber dieser Mann, wahrscheinlich nur geringfügig älter als der Arzt, war von derart atemberaubender Schönheit, dass sogar ein Vollbluthetero wie Arto voller Bewunderung war.

Er ging auf diesen Neuankömmling zu und fragte: »Und Sie sind?«

»Oh«, sagte Dr. Avedykian, sich plötzlich der Anwesenheit dieses Mannes wieder erinnernd, »dies ist nun *mein* bester Freund, Arto.« Er bat den Mann in die Gruppe und stellte ihn vor. »Dr. Arto Sarkissian, dies ist Herr Muhammed Ersoy.«

Der Name kam Arto bekannt vor. »Ach ja, Avram erzählt häufig von Ihnen, Herr Ersoy, und auch mein Bruder Krikor hat natürlich Ihren Namen erwähnt. Sie sind sehr an seiner Arbeit interessiert, wie ich annehme.«

»Ja.« Muhammed Ersoy schüttelte seinem Gastgeber beiläufig, ja sogar fast gleichgültig die Hand und ging unmittelbar zu Çetin über. »Ich habe gerade mitbekommen, dass Sie ein Mitglied unseres ausgezeichneten Korps höherer Polizeibeamter sind.«

Er sagte es so, als wollte er damit zugleich über diese Ordnungstruppe spotten. Çetin, an solche Begrüßungen gewohnt, biss nur zum Teil auf diesen Köder an. »Ja, das stimmt«, erwiderte er, »aber ich bin wie Sie heute Abend eher hier, um Krikors Initiative zu unterstützen, als darüber zu reden, was ich tue.«

»Richtig.«

Es folgte eine ziemlich frostige Stille, die erst unterbrochen wurde, als Arto das Thema wechselte. »Also«, sagte er, indem er sich an die beiden später Hinzugekommenen wandte, »ich hoffe, dass Sie sich nach der Rede meines Bruders heute Abend als großzügig erweisen.«

»Sie können auf uns zählen«, bestätigte Dr. Avedykian leichthin.

»Richtig«, sagte sein Gefährte, der aus irgendeinem Grund immer noch Çetin ansah.

Genau in diesem Moment ertönte ein lästiger Piepton, woraufhin die beiden Ärzte und Herr Ersoy ihre Jackentaschen durchwühlten und eine bunte Mischung von Handys zu Tage förderten. Wie ein Mann prüften sie ihre Geräte und gaben kurze Bemerkungen von sich wie »Ich bin's nicht«, »Meines ist es nicht« oder »Nee«. Dann blickten alle in die Runde, um festzustellen, wer denn nun einen Anruf erhalten hätte – bis Arto mit einem Ich-bin-ja-so-daran-gewöhnt-Seufzer in Çetins Jackentasche griff und das anstößige Objekt für ihn herausholte.

Als er den Empfangsknopf drückte und den Apparat seinem Freund überreichte, meinte er: »Ich wünschte, du kämest irgendwann mal mit diesem Ding zurecht, Çetin. So schwer ist es doch nicht.«

Der Anblick süffisanter Erheiterung, die diese Bemerkung Artos bei den Umstehenden bewirkte, blieb Çetin nicht verborgen. Er merkte sich ihre Reaktionen, um später noch einmal darauf zurückzukommen, drehte sich um und sprach in seinen Apparat: »İkmen.«

Arto ließ seinen Freund mit dem Gespräch allein, das dieser

gerade am Telefon mit wem auch immer führte, und winkte einen der Kellner herbei, damit er seinen Gefährten weitere Drinks anbot.

»Leider kriegt Çetin zu den merkwürdigsten Zeiten Anrufe«, erklärte er, »wie ich und vielleicht Sie auch.«

»Heutzutage haben wir alle sehr viel zu tun«, stimmte Dr. Avram zu, »was in unserem Fall wohl eher merkwürdig ist, wenn man bedenkt, dass es vermutlich mehr Ärzte als jemals zuvor gibt.«

Muhammed Ersoy nahm ein Champagnerglas vom Tablett des Kellners und lächelte. »Ach ja, mein lieber Avram, aber habt ihr nicht auch furchtbar viel mehr Patienten?«

»Na ja …«

»Jetzt, wo so viele von denen, die wir sonst immer als die traditionell ›Armen‹ bezeichnet haben, sich Sachen wie Fernsehen, Handys und andere Informations- und Kommunikationsmittel leisten können, wissen doch alle viel besser darüber Bescheid, was die Ärzte ihnen bieten können und was nicht. Während früher ein undeutlicher Schmerz ganz einfach übersehen wurde, rennen sie jetzt zum Arzt, weil dieser Schmerz ja auf Krebs oder einen Herzanfall hindeuten könnte oder sonst etwas, wovon sie im Fernsehen gehört haben.«

Arto sah seine neue Bekanntschaft scharf an. »Soll ich daraus schließen, dass Sie glauben, das wäre nicht richtig, Herr Ersoy?«

»Das denke ich in der Tat.« Das wurde mit einer Arroganz ausgesprochen, die seinen besten Freund in Verlegenheit zu bringen schien, der sich auch prompt wegdrehte und geschäftig ein paar der anderen Gäste betrachtete. »Hätten wir, oder vielmehr Leute wie wir, ihnen nicht solche Ideen in den Kopf gesetzt, dann würden sie das selbst kaum für sich formulieren können und …«

»Tut mir Leid, Arto, ich muss los.«

Es dauerte ein paar Sekunden, ehe Çetins Worte bei seinem Freund angekommen waren. »Was?«

»Ich muss los, Arto, sofort.«

»Oh, ist es …«

»Ja.« Çetin klappte sein Handy mit etwas Mühe zu und steckte es wieder in die Tasche. »Eigentlich sollte ich sogar mit dir los.«

»Hab schon verstanden.« Arto seufzte, richtete sich auf und straffte die Schultern. »Stimmt, ja, natürlich. Ich denke, Krikor schafft es auch ohne mich. Ich muss nur noch …« Arto deutete auf seinen Bruder und ging zu ihm.

»Ist etwas passiert?«, fragte Muhammed Ersoy, als er mit Çetin allein war, wobei Letzterer recht nervös mit den Füßen über den Teppich scharrte.

»Ja, mein Herr«, gab Çetin wie geistesabwesend zurück.

»Darf ich fragen …?«

»Nein, tut mir Leid. Wir haben unsere Vorschriften, wie auch Sie sicherlich bei Ihrer Arbeit welche haben.«

Muhammed Ersoy zuckte mit den Achseln. »Ich gehe keiner Arbeit nach, Inspektor.«

»Dann sollten wir es vielleicht dabei belassen, mein Herr«, bemerkte Çetin. Er sah, dass Arto sich wieder durch die Gäste zu ihm zurückschlängelte, und machte sich auf, sich dem Freund anzuschließen.

Kapitel 2

Während der Arzt sich seinem Anteil an der Untersuchung zuwandte, nämlich dem Leichnam auf dem Bett, sahen sich Inspektor İkmen und Polizeimeisterin Farsakoğlu in den Wohnräumen des Verstorbenen um. Die oberflächliche Untersuchung schien die frühere Behauptung Farsakoğlus zu belegen, dass dieser Teil des Hauses eigentlich eine vollständig abgetrennte Wohnung war. Im Hauptraum standen das Bett, ein Stuhl, mehrere Schränke und Sekretäre sowie ein Fernseher; zwei kleinere Zimmer gingen hiervon ab. Außerdem gab es noch ein ziemlich großzügiges Badezimmer und einen kleinen, schrankähnlichen Raum, der den Kühlschrank, ein kleines Waschbecken und eine Arbeitsfläche, auf der ein elektrischer Wasserkocher stand, beherbergte.

Nach alter Gewohnheit ging İkmen sofort zum Kühlschrank, da es ihn bei derartigen Gelegenheiten stets sehr faszinierte, was das Opfer gegessen hatte. Als er gerade die Tür aufziehen wollte, kam Farsakoğlu seiner Neugier zuvor.

»Er ist vollkommen leer, ich habe schon nachgeschaut. Wie auch in der Küche einen Stock tiefer. Nicht ein Krümel ist da drin.«

İkmen hob eine Augenbraue. »Und doch hat offenkundig ein Mensch hier gelebt.«

»Ja«, gab die Polizeimeisterin zurück. »Ein Armenier, wenn es stimmt, was die Lebensmittelhändlerin von gegenüber sagt. Obwohl die Beschreibung, die wir haben, eher nicht auf unsere Leiche zutrifft.«

İkmen kam aus der Küche wieder in das zentral gelegene Schlafzimmer. »Nicht?«

»Nein. Der Mann, den die alte Lebensmittelhändlerin beschrieben hat, war mittleren Alters und sehr schick. Man könnte den ...«, sie wies mit dem Kopf in Richtung des Bettes, »... der da liegt, mit keinem der beiden Ausdrücke belegen.«

»Aber man könnte«, warf der Arzt von einer Seite des Bettes ein, »unseren Freund sehr wohl als Konsumenten harter Drogen bezeichnen.«

»Wirklich?«

Arto Sarkissian hielt einen schlaffen Arm in die Höhe, so dass seine Kollegen ihn sehen konnten, und wies auf mehrere kleine Narben und Wunden auf der Innenseite des Unterarms hin. »Diese Stellen sind Narben, die durch wiederholte Injektionen mit einer Spritze entstanden sind. Sie sind typisch für die Schäden, die gewohnheitsmäßige Drogenkonsumenten sich zufügen. Ungeübt oder begierig auf den nächsten Schuss, stoßen sie die Nadeln in jede Ader, die sie finden können. Außerdem sind die Nadeln nicht immer sauber – daher die Verletzungen.«

Farsakoğlu ließ den Blick in der mit dem teuren Kandelaber und den sehr sauberen, geschmackvollen Möbeln außerordentlich schönen Wohnung umherschweifen. »Aber solche Konsumenten leben doch zumeist nicht gerade an Orten wie diesem, oder?«

İkmen runzelte die Stirn. »Seien Sie sich da mal nicht so sicher. Süchtige können einen, wie jeder andere auch, ganz schön überraschen. Nur weil jemand sich regelmäßig eine Heroinspritze setzt, heißt das noch lange nicht, dass er notwendigerweise im Slum lebt. Und außerdem wissen wir ja noch nicht, ob dieser Mann auch hier gewohnt hat, oder?«

»Nein.«

»Vielleicht wissen wir ein wenig mehr, wenn Cohen von der Befragung des Hoteliers nebenan zurückkommt.«

Während der Arzt still seine Untersuchung vorantrieb, ging İkmen zur Kommode, die der Tür am nächsten stand. Als er das Zimmer betreten hatte, hatte er gleich gemerkt, wie wenig sie hierher passte. Obwohl er nur kurz durch die unteren Räume gegangen war, hatte er Farsakoğlus Bemerkung, dass das Haus fast charakterlos war, zur Kenntnis genommen. Farsakoğlu hatte gemeint, dass der »persönliche Anstrich« fehle, eigentlich eine ziemlich »weibliche« Bemerkung im Vergleich zu denen, die er sonst von ihr hörte. Trotzdem glaubte er ihrem Instinkt. Und gerade deshalb schienen ihm die Dinge auf der Kommode so seltsam: kleine Kristallfiguren, ungefähr fünfzig an der Zahl, alle ordentlich aufgereiht, Tiere, Hausgegenstände, kleine Menschen, winzige Häuser, Paläste, Moscheen. Ein jedes auf seine Art ein bestechendes Kunstwerk und zusammen als Sammlung von solcher Größe wohl auch ziemlich viel wert. Nach İkmens Ansicht ein kleiner Anhaltspunkt, der die Auffassung untermauerte, dass das Opfer tatsächlich nicht in diesem Haus gewohnt hatte. Kleine, tragbare und außerordentlich teure Stücke wie diese Kristallfiguren blieben bei einem regelmäßigen Konsumenten harter Drogen nicht lange. Andererseits …

»Ehe ich nicht ein paar Tests gemacht habe, kann ich nicht sicher sein, woran er gestorben ist«, sagte Arto Sarkissian und wischte sich nachlässig die Hände am Revers seines Dinnerjacketts ab. »Aber ich würde doch mit einiger Sicherheit sagen, dass es keine Drogen waren.«

İkmen ging auf die Bettseite zu. »Nicht?«, fragte er und betrachtete das Gesicht dessen, der einmal ein ziemlich nett aussehender junger Mann gewesen war.

Sachte, aber bestimmt drehte der Arzt das Gesicht des jungen Mannes auf die Seite und enthüllte İkmens Augen eine dunkle, purpurrote Linie unterhalb der Kehle. »Ich würde sagen, dass er erwürgt wurde, möglicherweise vielleicht mit einer Schnur«, sagte Arto, »die, falls ich Recht habe, ziemlich eindeutig auf einen gewaltsamen Tod hinweist.«

»Hm.«

»Lass Fingerabdrücke abnehmen, Çetin«, fuhr der Arzt fort. »Ich denke, dass Farsakoğlu gut daran getan hat, dich heute Abend hierher zu rufen.«

»Ich hatte ein ungutes Gefühl«, warf die Polizeimeisterin ein und sah über die Schulter der beiden Männer auf den traurigen Leichnam auf dem Bett. »Nicht besonders alt, oder?«

»Vermutlich um die zwanzig.«

İkmen sah hinüber zu seinem Freund und seufzte. »Aber er war doch schon einige Zeit auf Drogen, oder?«

»O ja. Ein paar Einstichstellen auf den Armen sind schon älter, und falls ich Recht habe, hat er vermutlich noch mehr davon an den Beinen und vielleicht auch in der Leistengegend. Je länger sie auf Drogen sind, desto mehr kollabieren ihre Adern, was bedeutet, dass sie an allen möglichen und unmöglichen Orten nach Einstichstellen suchen müssen. Sehr erbärmlich, das Ganze.«

»Und genau die Art von Information, die dein Bruder ganz gerne etwas mehr publik machen würde.«

»Ja, und zwar aufgrund der Überlegung, dass die, die zur Sucht neigen, es sich vielleicht noch mal überlegen, wenn sie etwas mehr über die eher widerlichen Aspekte wissen. Wer will schließlich schon so sterben? Wegen ein paar Gramm Heroin umgebracht und dann in der eigenen Scheiße liegen gelassen werden.«

İkmen gestattete sich ein bissiges Lächeln. »Hätten wir womöglich ein paar der zukünftigen Sponsoren deines Bruders hierher bringen sollen, damit sie sich das mal ansehen?«

Arto Sarkissian tat so, als wäre er schockiert. »Oh, das glaube ich nicht, Inspektor.«

»Wohl ein bisschen zu real, was?«

»Absolut.«

Die Tür zur Wohnung ging auf und Wachtmeister Cohen trat ein. İkmen grüßte ihn mit einem Kopfnicken. »Und?«

Cohen zuckte mit den Schultern. »Nicht viel. Herr Draz, der Besitzer des Hotels nebenan, wusste sogar noch weniger über den Menschen, der hier wohnte, als der Lebensmittelhändler. Er hat ihn als ruhigen Mann mittleren Alters beschrieben. Nicht sehr gesellig. Wusste nicht, wie lang der schon hier war, aber Herr Draz hat das Hotel seit fünf Jahren und unser Mann war schon hier, als er kam. Hatte nicht mal 'ne Ahnung, ob er Armenier war oder nicht.«

Der Arzt lächelte. »Wenn einer einen teuren Anzug anhat, denken alle, dass er entweder Armenier oder Jude ist, stimmt's, Cohen?«

»Manche tun das, ja, Doktor. Außer bei mir natürlich.«

İkmen, der offenbar unfähig war, sich dieser im Wesentlichen geschlossenen Unterhaltung anzuschließen, kam auf ein anderes Thema zu sprechen. »Was wir also bis jetzt haben«, meinte er bedächtig, als würde er diese Information in seinem Hirn eingraben, »ist ein Opfer, das jung ist, Drogenkonsument und das vermutlich erwürgt worden ist. Das Haus oder eher dieser Teil des Hauses ist sein Heim gewesen oder auch nicht. Soweit wir wissen, gehört dieses Haus einem älteren Mann – oder wird zumindest von ihm gemietet –, der Armenier war oder auch nicht und den wir jetzt auf jeden Fall finden müssen.«

»Und die Fenster waren alle zugenagelt.«

Alle drehten sich zu Farsakoğlu um, die die Fensterflügel minutiös untersucht hatte.

»Was?«

»Diese Fenster sind sämtlich zugenagelt«, sagte sie, »und sie sind auch übermalt. Wie es aussieht, schon seit einiger Zeit.«

»Stimmt das auch wirklich?«, fragte İkmen. »Ein ganz hübsches Rätsel für meinen Polizeimeister, in das er sich verbeißen kann, wenn er morgen wieder zu uns kommt.«

Der Arzt steckte Handschuhe und Stethoskop in seinen Arztkoffer und seufzte. »Und für mich wird es eine weitere lange Nacht geben, fürchte ich.«

»Ja«, meinte İkmen, »wir müssen das schnell in Gang bringen.«

Für die Anwohner der İshak Paşa Caddesi, die eine besondere Leidenschaft für Dramen hatten, erwiesen sich auch die übrigen Ereignisse jener Nacht als fesselnd. Zu der Ankunft mehrerer normaler Streifenwagen kam die Aufregung, Zeuge noch weiterer Menschen zu sein, die das Haus betraten und verließen. Darunter die Polizeifotografen, die Leute von der Spurensicherung und direkt nach Mitternacht ein paar düstere Individuen, die eine Bahre und einen Leichensack mit sich führten. Als diese letztere Gruppe und ihre finstere Last die nun schon beträchtliche Menge der Zuschauer passierte, hörte man diejenigen mit stärkerer religiöser Bindung »Allah!« murmeln und sah, wie sie sich von dieser allzu realen Manifestation unser aller Sterblichkeit abwandten.

Die Meinungen darüber, was sich in »diesem Haus« wohl ereignet haben mochte, gingen auseinander. Die Polizeibeamten ließen wie üblich nicht das Geringste darüber verlauten, was vorgefallen war, und so überschlugen sich die Meinungen in der Menge. Frau Yalçin, die Frau des Lebensmittelhändlers, war mit ihren Vorstellungen besonders freigebig.

»Ich hab doch schon immer gewusst, dass es für einen Mann seines Alters unnatürlich ist, ganz allein da drin zu wohnen.«

»Aber er ist doch Armenier«, gab eine andere, ältere, dicht verschleierte Frau zu bedenken. »Und Sie wissen ja, wie das ist mit den Christen ...«

»Was ist mit den Christen?« Es war eine tiefe Stimme, und wäre sie nicht so vom Rauchen verkratzt gewesen, hätte sie fast Opernqualitäten gehabt.

Die beiden Frauen drehten sich um, um zu sehen, wo diese Stimme herkam. Sie erblickten einen kleinen dünnen Mann in einem Dinnerjackett, das ihm mehrere Nummern zu groß war.

»Was ist mit den Christen?«, wiederholte Çetin İkmen und unterstützte seine Frage mit einem Schulterzucken.

»Na ja«, sagte die Verschleierte, »Sie wissen ja, die sind so ...«

»Die sind irgendwie anders als wir, oder nicht?«, sagte Frau Yalçin. »Sie lassen ihre Männer nicht die *sünnet* durchlaufen, die Beschneidung.«

»Also nicht sehr sauber.«

»Ja, und sie essen auch nicht richtig, weshalb ihre Frauen Hitze im Blut haben.«

»Was bedeutet, dass man bei ihnen wohl eher damit rechnen muss, dass Dutzende von Polizisten vor der Tür erscheinen, als bei den Rechtgläubigen, oder?«, beendete İkmen diese Gedanken.

»O ja.«

»Genau«, stimmte die Verschleierte zu. »Genau das denke ich auch.«

»Und Sie wissen sicher, dass der Mann, der in diesem Haus lebt, ein Christ ist, oder?«

»Na ja ...«

»Von dem, was er anhatte und wie er sonst so war ...«

»Er hat Ihnen also nicht gesagt, dass er ein Christ ist. Sie nehmen das nur an?«

»Äh ... nein, ich meine, wir haben eher selten miteinander geredet. Aber er hatte einen Ring und ...«

İkmens Miene wurde immer finsterer. Diese alte Die-und-wir-Nummer zeigte wieder ihre hässliche Fratze. So oft hatte er diese Fratze schon gesehen, aber nie hörte sie auf, ihn rasend zu machen, diese Feststellung, dass »wir« unmöglich ein Verbrechen begehen könnten und deshalb nur »die«, wer auch immer »die« gerade sein mochten, es getan haben konnten. Ignorante und gefährliche Vermutungen. İkmen sah die beiden Frauen streng an und legte dann mit seinem kleinen, ihm längst vertrauten Vortrag los.

»Zu diesem Zeitpunkt wäre es wohl etwas sicherer, Ihre Meinungen für sich zu behalten, meinen Sie nicht auch, die Damen? Vermutungen über Leute anzustellen kann sehr gefährlich sein, vor allem, wenn sie einer bestimmten Rasse oder Religion angehören, und besonders angesichts der Tatsache, dass Sie überhaupt nicht wissen, was in dem Haus vorgefallen ist.«

In diesem Moment kam ein aggressiv aussehender Mann mittleren Alters, der der Unterredung gelauscht hatte, den beiden Frauen zu Hilfe. »Was wissen Sie schon?«, fragte er İkmen. »Wer sind Sie überhaupt, dass Sie den Leuten erzählen, was sie sagen dürfen?«

İkmen lächelte. Situationen wie diese mochte er schon lieber. »Ich bin derjenige, der mit der Untersuchung dieses Falles betraut ist.«

»Oh.« Der Mann entfernte sich, wenn auch nur ein wenig, von der Stelle, an der er gerade gestanden hatte.

Die beiden Frauen aber wurden noch lebhafter, sofern das überhaupt möglich war.

»So, und was ist denn da passiert, Herr Wachtmeister?«, fragte die Händlersfrau.

»Ist er tot, dieser Ar… der Mann, der in dem Haus wohnt?«, setzte ihre Gefährtin nach.

»Das darf ich Ihnen leider nicht erzählen, meine Damen«, gab İkmen zurück, »aber wenn Sie uns in dieser Sache helfen wollen, würde ich vorschlagen, das Beste, was Sie gegenwärtig tun können, ist, nach Hause zu gehen.«

»Ach so.«

»Hm.«

Arto Sarkissian lief die Treppe im Haus hinab und auf die Straße. Dabei bewegte er sich überraschend schnell für jemand, der seine Körperfülle in ein unbequemes Dinnerjackett gezwängt hatte. Mit einem Blick übersah er die versammelte Menschenmenge und sofort traf sich sein Blick mit dem İkmens, der sich bei den beiden Frauen entschuldigte und zu dem Freund hinging.

»Ich will jetzt die Leiche wegbringen lassen«, flüsterte der Arzt İkmen ins Ohr, »aber ich will nicht, dass diese Meute zusieht.«

»Geht in Ordnung.« İkmen drehte sich um, um nach etwaiger Unterstützung Ausschau zu halten, und merkte, dass Farsakoğlu neben ihm stand. »Holen Sie sich ein paar Mann«, sagte er zu ihr, »und schaffen Sie diese Leute hier weg.«

»Jawohl.«

Doch zu İkmens Verwunderung reagierte sie nicht sofort.

İkmen sah sie fragend an. »Und? Was gibt's?«

»Ach, es ist …« Sie lächelte und dabei errötete sie sanft.

»Ja?«

»Es ist nur … Haben Sie gesagt, dass Polizeimeister Suleyman morgen wieder zurück ist?«

»Ja, aus den Ferien. Und?«

»Oh.« Sie lächelte. »Gut. Das heißt, dass Sie … äh, mehr Unterstützung haben?«

»Bitte schicken Sie jetzt diese fürchterlichen Gaffer weg, ja, Farsakoğlu? Es wäre nett, wenn das gleich geschähe.«

»Jawohl.«

Sie ging fort und war dabei, wie İkmen nicht verborgen blieb, ein klein wenig zu fröhlich.

Der Arzt zog ironisch eine Braue in die Höhe. »Sie ist wohl ein bisschen scharf auf ihn, oder?«

İkmen steckte sich eine schon mehrfach benutzte Zigarette in den Mund und zündete sie an. »Oftmals wünsche ich mir«, sagte er matt, »und das ohne jede Missachtung für diesen Mann, dass mein Polizeimeister von irgendeinem widerlichen Virus umgehauen wird.«

Arto Sarkissian lächelte. »Ich weiß, was du sagen willst. Ich vermute mal, Farsakoğlu weiß, dass er verheiratet ist.«

»O ja«, gab İkmen säuerlich zurück, »alle wissen, dass er verheiratet ist, vor allem Suleyman selbst.«

»Ach.«

Während Polizeimeisterin Farsakoğlu und ihre kleine Truppe versuchten, die Menge zu zerstreuen, zogen İkmen und Sarkissian ihre Jacken enger um den Körper. Vom Marmarameer wehte eine steife Brise herauf, die nun schon definitiv herbstlich war.

Kapitel 3

Fatma İkmen ließ sich neben dem Telefon auf den Boden fallen und starrte es mit glasigem Blick an. Während die eine Hälfte ihres Verstandes hoffte, dass es von selbst klingeln würde, fragte sich die andere Hälfte, ob sie die Initiative ergreifen und riskieren sollte, Çetin zu stören, indem sie selbst anriefe. Offensichtlich war er mit etwas sehr beschäftigt, das, wie sie sich dachte, nur Arbeit sein könnte. Sie stellte sich vor, wie er vollkommen rastlos und reizbar hinter seinem unordentlichen Schreibtisch saß, Befehle bellte und sich in seinem unbequemen Dinnerjackett wand. Dann sah sie an sich selbst herab, auf ihren großen und unschön geschwollenen Bauch, und versuchte, sich sonstige Gründe aus dem Kopf zu schlagen, warum Çetin die ganze Nacht hätte ausbleiben können. Die Sorte von Frauen, die zu Krikor Sarkissians Wohltätigkeitsabend gingen, waren keine Frauen wie sie. Kosmetische Operationen – wie sie Artos Frau Maryam so regelmäßig über sich ergehen ließ – und damit auch konventionelle Operationen waren für sie etwas Alltägliches. Dass sie, Fatma, immer noch mit diesen riesigen, blöden Geschwulsten lebte, die sich entschlossen hatten, ihren Uterus zu bewohnen, war mehr ein Tribut an ihre Armut, als dass es etwas mit einer etwaigen Angst vor möglichen Operationen zu tun gehabt hätte – obwohl das natürlich auch eine Rolle spielte.

Andererseits, was auf Erden würde eine dieser hübschen Society-Damen von Çetin wollen? Klein, dünn und, wenn sie wirklich ehrlich wäre, ziemlich hässlich, war ihr Mann kaum ein Fang, dessen man sich in den Salons der Reichen und Berühmten brüsten könnte. Mittleren Alters und ohne Geld, viel zu viele Kinder, wenig Aussichten und … und trotzdem, sein Charme war so unleugbar wie ansteckend. Wenn er wollte, konnte Çetin jede Frau dazu bringen, sich wie eine Kaiserin zu fühlen – schließlich hatte er schon so oft ihr, Fatma, dieses Gefühl gegeben. Bis vor kurzem. Bis eben diese Sache mit den Geschwulsten angefangen hatte, die mit vielen Schmerzen einherging, endlosen Blutungen und absolut keinem Interesse an Sex. Dr. Koç hatte gesagt, dass das alles mit den Wechseljahren aufhören würde. Wenn fliegende Hitze und trockene Haut aufträten, würden auch die Geschwulste schrumpfen und schließlich verschwinden. Fatma zog ein saures Gesicht. Das war doch eine nette Aussicht, auf die man sich freuen konnte! Sie würde zwar ein Gesicht wie ein alter Lederlappen haben, aber zumindest ihr Bauch wäre wieder flach!

Während sie noch so dasaß und diesen morbiden und defätistischen Gedanken nachhing, tauchte ihr jüngstes Kind, der vierjährige Kemal, aus dem Schlafzimmer auf, wobei er eine Decke hinter sich herzog.

»Krieg ich was zu trinken, Mami?«

»Ja, in einer Minute.«

»Ich hab aber Durst.«

»Ja, und ich hab gesagt, dass ich dir in einer Minute was zu trinken mache.« Unglücklich sah sie ihn an. Es war ja nicht seine Schuld, dass er noch so klein war und voller Energie und sie schon so alt und müde. »Mami geht es nämlich nicht sehr gut und …«

»Arme Mami!« Mit der süßesten Absicht dieser Erde warf er sich auf sie, um sie zu trösten, landete dabei aber leider auf ihrem Bauch voller Geschwulste.

Fatma schrie gequält auf, war jedoch gleichzeitig so dankbar für diese Geste, dass sie ihren Kleinen festhielt und ihn zugleich von sich schob, als er versuchte, ihr Gesicht mit feuchten Gutenmorgenküsschen zu bedecken. »Ach, Kemal, mein Liebling!«

»Fatma!« Es war die Stimme eines Mannes, alt und voll festen Schleims.

Sachte schob sie ihr Kind auf die Seite, so dass es neben ihr saß und ihr ins Ohr flüsterte: »Das ist Großpapa, psst!« Dann rief sie endlich als Antwort auf die Stimme: »Ja, Timür, was gibt es?«

»Ich fürchte, ich habe schon wieder den Griechen unter meinem Bett«, antwortete die ältere Stimme. »Er bringt mich mit seinem Gesinge zum Wahnsinn, wie immer.«

Fatma seufzte. Oft fand sie sich dieser Tage mit ihrem Schwiegervater in solchen Situationen wieder. Bei all ihren Kindern und ihren eigenen Problemen war das wirklich zu viel. Wieder einmal würde sie mit Çetin darüber reden müssen. Ehe sie antwortete, holte sie tief Luft. »Er wird verschwinden, wenn du ihn nett bittest zu gehen, Timür.«

»Meinst du?«

»Ja.«

»Aber wie soll er es denn nach draußen schaffen?« Der alte Mann klang sehr besorgt, wie stets. Aber auch das gehörte eben dazu, die Tatsache, dass er diese Dinge inzwischen wirklich glaubte.

»Er kann doch mit Leichtigkeit aus dem Fenster klettern und die Feuerleiter runtersteigen«, fuhr Fatma fort und stellte sich die ganze Zeit vor, wie vollkommen verrückt sie sich für jemanden außerhalb der Familie anhören musste.

»Ach ja«, antwortete der alte Mann. »Ich werde ihn bitten, dass er das macht.«

»Sehr gut.«

Und während sie hörte, wie Timür İkmen seinen Gast, dessen Namen, wie sie inzwischen erfahren hatte, Nikos war, sanft zum Gehen aufforderte, sah Fatma İkmen wieder das Telefon an. Immer noch klingelte es nicht. Ihre Augen brannten wegen der Tränen, aber trotzdem stand sie auf, wobei sie den kleinen und biegsamen Körper ihres jüngsten Kindes mit hochhievte. Sie kam sich vor wie eine fette, alte, unglückliche

Ziege. »Komm«, sagte sie zu Kemal, »jetzt machen wir dir was zu trinken.«

Mehmet Suleyman betrat sein Büro. Schick sah er aus, braun gebrannt und völlig erschöpft.

İkmen hob sein müdes Haupt mit vom Schlafmangel roten und wässrigen Augen von den Papieren, die sich vor ihm auf dem Schreibtisch stapelten, und zog eine Grimasse. »Wohl Urlaub gehabt, den man als Erfahrung verbuchen kann, was, Suleyman?«

»Ja«, gab der Jüngere zurück, »das kann man so sagen.«

»Tut mir Leid.«

Suleyman schob seine Aktentasche unter den Schreibtisch und setzte sich. »Sie tragen ja ein Dinnerjackett«, bemerkte er. »Gibt es etwas, was ich wissen muss?«

İkmen zündete sich eine Zigarette an, und nachdem er sich von dem schweren Hustenanfall erholt hatte, der dadurch ausgelöst worden war, sagte er: »Ich war gestern auf einem Wohltätigkeitsabend bei Dr. Sarkissian.«

»Für das Drogenprojekt seines Bruders?«

»Ja, aber ich war nicht sehr lange da. Fast wie um Krikors Anstrengungen noch zu untermalen, ist ein junger Drogenabhängiger in einem Haus unten beim Topkapı-Palast erwürgt worden.«

»Aha. Gibt's schon Details?«

İkmen zuckte mit den Achseln. »Ein paar. Obwohl es noch eine Menge Arbeit gibt. Deshalb bin ich froh, Sie hier wieder willkommen zu heißen, Suleyman. Die Spurensicherung ist gerade drüben im Haus in der İshak Paşa Caddesi, aber ich hätte ganz gern, dass Sie auch rübergehen. Kriegen Sie erst mal ein Gefühl für diesen Fall.«

»Jawohl.« Suleyman lächelte, fast gegen seinen Willen. Es war gut, wieder hier zu sein; trotz all dem, was er sonst über den Job sagte, wenn er die Schnauze voll hatte, war es gut, wieder hier zu sein.

»Vielleicht wäre es sogar eine gute Idee, wenn ich auch hinginge.« İkmen erhob sich schnell, und zwar so, wie er es immer dann tat, wenn er sehr müde war und sich selbst motivieren musste. »Es macht Ihnen doch nichts aus zu fahren, oder? Ich denke, ich würde einen Unfall bauen, wenn ich es täte.«

»Okay.« Suleyman zog die Schlüssel aus der Tasche und klimperte mit ihnen herum.

»Ach, und ...« İkmen sah mit einigem Bedacht zu Boden. »Vielleicht sollte ich Sie warnen, dass die junge Polizeimeisterin Farsakoğlu noch im Dienst sein könnte.«

»Aha?«

Das war mit einer solchen Unschuld gesagt, dass İkmen einen Moment lang ganz erstaunt war.

Suleyman, der die Verwirrung seines Vorgesetzten sah, fragte: »Wieso?«

İkmen war nicht gut, wenn es darum ging, Themen wie diese anzugehen, weshalb er nach einem kurzen Moment der Überlegung beschloss, dass er am besten den Weg des Feiglings wählte. »Na ja, es ist nur so, dass sie ein bisschen scharf ist, das ist alles. Und sie hat den Hang, weiterzuquatschen, wenn man gerade zu denken versucht.«

»Oh, das ist mir noch nicht aufgefallen, aber ...« Suleyman zuckte mit den Schultern. Die Tatsache, dass Polizeimeisterin Farsakoğlu allmählich Interesse für ihn zeigte, war Suleyman wahrscheinlich, wie İkmen dachte, immer noch vollkommen unbekannt, was auch vollständig zu ihm passen würde. Im Lauf der Jahre hatten sich viele Frauen von ihm angezogen gefühlt, ohne dass er davon gewusst hatte. Aber das Thema erstarb in dem Moment, als sich die beiden Männer auf den bevorstehenden Tag vorbereiteten.

»Es gibt da etwas Merkwürdiges bei dem Schauplatz«, sagte İkmen, als sie sich anschickten, das Büro zu verlassen.

»Nämlich?«

»Ich würde es wirklich lieber sehen, wenn Sie sich den Ort

erst mal anschauten, ohne vorgefasste Meinung, ehe wir darüber reden. Gestern Abend bin ich mit einem sehr müden Hirn beim Schauplatz gewesen, weshalb meine Schlussfolgerungen vielleicht nicht ganz richtig sind. Sehen Sie erst mal, was Ihr frischer, ausgeruhter Verstand damit anfangen kann, und dann sprechen wir weiter.«

»In Ordnung«, lächelte Suleyman, »obwohl ich nicht versprechen kann, dass mein Hirn frisch ist nach dem, was man wohl kaum als Ferien bezeichnen kann.«

İkmen runzelte die Stirn. Er hatte gehofft, wie vermutlich auch Suleymans Eltern, dass diese Ferien einige Wunden zwischen seinem Assistenten und dessen Frau heilen würden. Schon von Anfang an war der arme Suleyman in seiner Ehe, die eine arrangierte war, nicht glücklich gewesen. Und nach fünf Jahren und einem sehr teuren Urlaub in Alexandria schien die Sache um keinen Deut besser zu stehen. »War es denn wirklich so schlimm?«, fragte İkmen.

Suleymans Lächeln verschwand zwar nicht, aber seine Augen wurden traurig. »Es war noch schlimmer.«

»Das tut mir Leid.«

Suleyman seufzte. »Ich wollte spazieren gehen und mich unterhalten, über die Corniche wandern, mir die wenigen Überreste von Alexanders Stadt anschauen, aber alles, was Suleika wollte, war, unser Geld in den Basaren zu lassen …« Er zuckte die Achseln. »Na ja, wie auch immer, gehen wir?«

İkmen kam und klopfte ihm anteilnehmend auf den Rücken. »Ja, gehen wir an die Arbeit. Um ehrlich zu sein, könnte ich einen Drink gebrauchen, um den Tag richtig anzufangen.«

Während der letzten Jahre war İkmens einst legendäre Angewohnheit, im Dienst zu trinken, unbarmherzig beschnitten worden. In einem Anlauf, seine Untergebenen zu »säubern«, hatte İkmens Chef, Polizeipräsident Ardiç, sich sehr bemüht, der Arbeit den Spaß zu nehmen, wie manche meinten. Nachdem nun İkmens Trinkerei vorbei war, blieben ihm tagsüber einzig die Zigaretten als Quell der Freude – so jedenfalls schien es ihm. Doch man hörte Gerüchte, dass Ardiç auch dagegen noch Pläne in der Hinterhand hatte.

İkmen und Suleyman gingen zur Tür, und um die leichte Melancholie zu verscheuchen, die die beiden umgeben hatte, wechselte Suleyman das Thema. »Und wie geht es Ihrer Frau und den Kindern?«

»O Allah!« İkmen schlug sich mit dem Handballen an die gedankenlose Stirn. »Fatma! Bei all diesem Wahnsinn habe ich nicht mal daran gedacht, mich bei ihr zu melden! Sie wird mich umbringen!«

Mit fliegenden und fummelnden Fingern zerrte er das Handy aus der Innentasche seiner Jacke. »Wenn ich jetzt bloß dieses Ding zum Funktionieren bringe …«

Das Haus an der İshak Paşa Caddesi hatte nie eine Hausnummer gehabt. Offiziell hatte es auch keinen Namen, obwohl ein Brief mit der Adresse »Sackleinen-Haus« sein Ziel ohne jede Schwierigkeit erreicht hätte. Ob nun das Anwesen diesen Namen verdiente, wusste keiner, aber dass allein schon die dem zugrunde liegende Legende überlebt hatte, verlieh dem Ort eine gewisse Berühmtheit – verdientermaßen oder auch nicht. Der Händler hatte Farsakoğlu die alte Geschichte erzählt.

»Als die osmanischen Sultane das Reich von ihrem großen Topkapı-Palast aus regierten, pflegten sie zahlreiche Schätze anzuhäufen, einschließlich vieler Frauen und Konkubinen. Wie viele von denen, die eine solche Menge besitzen, wollten sie aber nicht immer alle haben. Denn manche gefielen ihnen nicht mehr, wenn Sie wissen, was ich meine, im Schlafzimmer und so … Wie auch immer, sie hatten eine besondere Art, sich deren zu entledigen, die sie nicht mehr mochten: Sie warfen sie ins Wasser, direkt beim Serail. Die Eunuchen erledigten das. Sie nähten die Frauen in Säcke ein und warfen sie dann in den Bosporus. Dieses Haus heißt deshalb ›Sackleinen-Haus‹, weil einst ein Sackschneider darin lebte. Man sagt, dass er die Säcke nähte, in denen die jungen Mädchen in ihr Wassergrab befördert wurden. Ob die Geschichte wahr ist oder nicht, weiß ich nicht. Aber es hieß immer schon, dass dies ein schlimmer Ort ist, und, möge der Prophet Mohammed – Frieden und Segen seien mit ihm – mein Richter sein, ich habe das Gefühl, dass es angesichts der neuesten Vorfälle tatsächlich so sein könnte. Orte können wie Menschen schlecht sein und dies ist ein schlechter Ort.«

Farsakoğlu rieb sich die müden Augen und blickte ein weiteres Mal auf die von der Zeit mitgenommene Fassade des Hauses. Im stärker werdenden Morgenlicht, das sich als eines mit schwacher Sonnenstrahlung entpuppte, sah das Haus weitaus einladender aus als am Abend zuvor. Wären da nicht die beiden Polizisten gewesen, die links und rechts der Eingangstür postiert waren, hätte es wie ein für diesen Stadtteil vollkommen normales Haus ausgesehen. Und wenn Farsakoğlu nicht gewusst hätte, dass vor kurzem ein junger Mann dort umgekommen war, hätte sie dem Haus, wie wohl die meisten Menschen, wenig Aufmerksamkeit geschenkt.

Aber sie wusste es eben, wie sie auch noch andere Dinge über dieses Haus wusste. Sie wusste, dass die Fenster in dem Zimmer, in welchem der Junge starb, zugenagelt waren, und dies schon seit geraumer Zeit. Sie spürte bis in die Knochen, dass das Haus merkwürdig war. Wer lebte, fragte sie sich, in einem Haus ohne Essen, Bücher oder Papiere – ohne Kleinigkeiten, mit Ausnahme einiger ziemlich fein gearbeiteter Kristallfiguren, die diesen Ort als einen eigenen, persönlichen kennzeichneten? Fast war es, als wäre der tote Knabe irgendwie aus der Luft auf das Bett materialisiert worden – es gab nichts außer ihm. Und wer er war, wusste bislang niemand.

Der Lebensmittelhändler, der still neben Farsakoğlu gestanden hatte, während sie so sinnierte, räusperte sich. »War das dann alles?«

»Oh … ja … danke für Ihre Hilfe.«

Er zuckte die Schultern. »Keine Ursache.«

Während der Händler langsam zu seinem Laden zurückging,

fuhr ein Wagen vor und zwei Männer stiegen aus. Als sie zu ihr kamen, ließ der Anblick des einen Polizeimeisterin Farsakoğlu erröten. Geschwind hielt sie die Hände vor die Wangen, um deren Verfärbung zu bedecken – diese Bewegung entging dem alten İkmen nicht, der sie sehr intensiv ansah.

»Hallo, Polizeimeisterin«, sagte er, »wir wollten uns nur mal kurz das Haus ansehen. Läuft die Spurensicherung gut?«

»Jawohl«, antwortete sie, »alle sind schwer dabei.«

»Gut.« Er zündete sich eine Zigarette an und lächelte. »Sie sollten bald nach Hause gehen, Sie müssen ganz schön erschöpft sein.«

»Ja.« Sie holte tief Luft, ehe sie İkmens Partner ansprach. »Hallo, Polizeimeister Suleyman«, sagte sie, »hatten Sie einen schönen Urlaub?«

Sein Lächeln war so schön anzusehen, dass sie merkte, wie sie bei seiner Antwort wegschaute, vor Angst, er könnte ihre Reaktion sehen und ihre Gefühle erraten.

»Ja, danke«, erwiderte Suleyman. Und dann, zu İkmen gewandt: »Sollen wir jetzt reingehen?«

»Ja.«

Während die beiden weitergingen, drehte sich İkmen zu Farsakoğlu um und sagte, mehr Befehl als Vorschlag: »Gehen Sie nach Hause und versuchen Sie zu schlafen, Farsakoğlu, zurzeit gibt es hier für Sie nichts mehr zu tun.«

Und dann waren sie fort, verschwunden in diesem seltsamen Todeshaus, der eine alt und klein und von der Last der Jahre gebeugt, der andere aufrecht und groß und doch auch, wenn auch auf seine eigene schöne Art, von den vergangenen beschwerlichen Jahren gezeichnet. Vielleicht, so dachte Farsakoğlu, war es der Umgang mit dem Tod, der beide so hatte werden lassen. Wenn man den Tod zu oft sah, dann würde vielleicht ein jeder Blick so werden – schwer und doch leer, auf eine Art verletzt, die nur sie verstehen konnten. Doch wenn man einigen der geschwätzigeren Polizisten Glauben schenken wollte, war bei Mehmet Suleyman noch mehr im Spiel. Cohen, der Mehmet vermutlich besser als die meisten anderen kannte, hatte verschiedentlich angedeutet, dass zwischen Suleyman und seiner Frau nicht alles zum Besten stand. Nicht, dass das Farsakoğlu etwas anging. Dass sie so heftig von Mehmet angezogen wurde, bereitete ihr große Scham und Sorge. Ob nun die Suleymans weiter zusammenblieben oder nicht, war unwesentlich gegenüber der Wut, mit der Frau Suleyman reagieren würde, falls sie herausbekäme, dass noch eine andere ihren Mann begehrte. Schließlich war diese Frau eine Türkin und eine Türkin würde eben so reagieren. Sie wusste, wie zumindest sie handeln würde. Wenn Mehmet ihr gehörte, würde sie jeder anderen Frau, die ihn ansähe, den Kopf abreißen.

Mit schweren Gliedern und noch schwereren Herzens begann Polizeimeisterin Farsakoğlu den langen Aufstieg zu den großen Monumenten und ging dann weiter nach Hause.

Das Zimmer, das man nun bei Tageslicht sah, war geringfügig größer, als er im Gedächtnis hatte. Andererseits war das ganz logisch, da nun der Leichnam entfernt worden war. Aus irgendeinem Grund, den İkmen nie herausbekommen hatte, schien ein toter Körper einen Raum so auszufüllen, wie dies ein lebender nie tat. Vielleicht ließ die Furcht, die sie alle angesichts eines Leichnams anwehte, es so wirken. Trotz aller Fortschritte, die die Wissenschaft bei der Untersuchung des Todes gemacht hatte, war dieser Vorgang immer noch großenteils ein Mysterium, und obwohl İkmen keine Zeit für die Vorstellung eines Lebens nach dem Tode hatte, gab es dennoch immer etwas Schwieriges, Unbegreifliches um die, die vor kurzem gestorben waren. Das Einzige, mit dem er es vergleichen konnte, war das unbestimmte Gefühl, beobachtet zu werden. Das aber war nun verschwunden, und wie er Suleyman beobachtete, der die Wohnung zum ersten Mal in Augenschein nahm, spürte İkmen, dass sie nun genauso gut einfach zwei Männer sein konnten, die sich in einem Zimmer umschauten. So war sie eben, die vergängliche Natur der Tragödie.

»Hat man Drogen bei der Leiche gefunden?«, fragte Suleyman, als er sich zu den zahlreichen Kristallfiguren herabbeugte, die auf der Kommode standen.

»Nein, auch nicht im Haus, glaube ich.« İkmen drehte sich um und rief die Treppe hinunter. »Demir?«

»Ja?«, antwortete eine körperlose Stimme von unten.

»Irgendwelche Drogen hier im Haus?«

»Bis jetzt noch nicht.«

»Lassen Sie mich wissen, wenn Sie was gefunden haben.«

»Geht klar.«

İkmen drehte sich wieder ins Zimmer zurück: »Wenn die Spurensicherung nichts findet, werde ich wohl darum bitten, dass die Bodenbretter entfernt werden. Sie wissen ja, wie Abhängige so sind.«

Suleyman murmelte etwas Zustimmendes.

Wieder ertönte der aufdringliche Piepton, der İkmen am Abend zuvor bereits hierher geführt hatte. Suleyman reagierte schnell und gekonnt, indem er das Handy aus der Tasche zog und aufmerksam dessen stumme Oberfläche ansah. »Nein, ich bin's nicht«, meinte er, »Sie müssen es sein.«

»Ich hasse diese Dinger«, murmelte İkmen, während er das piepsende Gerät aus seiner Jackentasche zog. »Was muss ich jetzt …« Er hielt den Apparat hilflos von sich weg und blickte dann mürrisch, aber trotzdem erleichtert, als Suleyman sich herüberbeugte und für ihn die Empfangstaste drückte. »Ach ja, stimmt.«

»İkmen!«, sprach er in das unmöglich kleine Mundstück hinein. »Ja?«

Während İkmen in den Apparat sprach, ging Suleyman noch einmal zur Kristallsammlung zurück. Einige der Stücke, wie das kleine Modell der Sultan-Ahmet-Moschee, der so genannten Blauen Moschee, waren in der Tat sehr fein gearbeitet. Seine Mutter mochte solche Gegenstände sehr, und er folgerte, dass diese Stücke wie auch die seiner Mutter wahrscheinlich aus polnischen oder tschechischen Manufakturen stammten.

Obwohl es sich vor allem um türkische Motive handelte, waren sie eine Zeit lang, um den aufkommenden Touristenmarkt in Istanbul zu bedienen, in den früheren Ostblockländern hergestellt worden. Nicht, dass nicht noch andere, und zwar aus dieser Stadt gebürtige, Menschen – wie zum Beispiel seine Mutter – sie auch sammelten, aber Suleyman fand es doch ein bisschen seltsam, solche Dinge in einem Haus anzutreffen, in dem angeblich nur ein einzelner Mann gewohnt hatte. Vielleicht dachte er ja auch etwas engstirnig, was das betraf. Denn dass Männer Schönheit schätzen konnten – und dies auch taten –, war eine Tatsache, die zwar sehr gegen das Stereotyp des starken und eitel stolzierenden türkischen Mannes verstieß, aber eben auch ein Zug, den er bei sich selbst beobachtete. Da er jedoch sowieso nicht wie die meisten Männer war, die er kannte, wies das Vorhandensein dieser Figuren vielleicht auf einen Menschen mit eher ungewöhnlichem Geschmack hin.

»Oh, zumindest wissen wir jetzt, wem dieses Haus gehört«, sagte İkmen, als er das Handy abstellte und es wieder in der Tasche verschwinden ließ.

Suleyman sah auf. »Ja?«

»Oben in Divan Yolu, ein Teppich-Import-Export-Laden.«

»Ach.« Suleyman machte keinen Versuch, seinen bedenklichen Tonfall zu verbergen.

İkmen lachte. »Ich nehme mal an, Sie sind nicht eben von Teppichhändlern angetan, Suleyman.«

»Nein, wirklich nicht«, gab der jüngere Mann etwas steif zurück. »Ich finde ihre Arbeitsweise extrem unangenehm, und das nicht bloß, weil sie die Touristen betrügen. Wenn sie auf die Dörfer gehen und den Leuten anbieten, ihre wirklich schönen alten Teppiche gegen diesen fürchterlichen Mist aus irgendwelcher Massenproduktion zu tauschen, den sie da verhökern wollen, werde ich wahnsinnig. Das ist doch eine unverfrorene Ausbeutung der Bauern, die es nicht besser wissen und auch nicht wissen können.«

»Das ist aber auch«, entgegnete İkmen mit mehr als nur dem

Anflug eines Lächelns in der Stimme, »ein ganz legitimes Geschäft. Als jemand, dessen gesamte Wohnung mit solchem massenproduzierten Mist ausgelegt ist, habe ich, fürchte ich, durchaus Verständnis für den Wunsch nach etwas Neuem und Sauberem, das die Behandlung durch kräftige Kinderfüße aushält. Armut, mein lieber Suleyman, macht uns allesamt zu Huren. Sie haben bloß Glück, dass Sie, natürlich bildlich gesprochen, niemals Ihren Arsch für einen Wochenlohn hinhalten mussten. Ich habe das so oft getan, dass es mir schon gar nicht mehr auffällt.«

Darauf gab es wirklich keine Antwort und Suleyman wusste das auch.

»Wie auch immer«, fuhr İkmen fort, »ich werde da jetzt mal hingehen und schauen, ob ich etwas mehr über den geheimnisvollen Besitzer des Hauses herauskriege. Wenn es der Teppichhändler selbst ist, lasse ich ihn besser von Ihnen befragen. Ihr Mangel an Sympathie für solche Typen mag sich da als nützlich erweisen.«

»Wollen Sie, dass ich Sie rüberfahre?«, fragte Suleyman.

»Natürlich will ich das, aber gegenwärtig sind Sie hier besser eingesetzt. Nein, ich werde gehen«, antwortete İkmen mit einem bedauernden Seufzen. »Die ungewohnte Bewegung und die einigermaßen frische Luft werden mir helfen aufzuwachen – wenn es mich nicht umbringt. Wir sehen uns, wenn ich drüben fertig bin.«

»Ich kann kommen und Sie holen …«

»Nein, nein, zurück geht es ja den Berg runter, das schaffe sogar ich.« Er ging und in der Ruhe, die zurückblieb, spürte Suleyman zum ersten Mal etwas von dem Schrecken, der in diesem Zimmer lastete. Obwohl es geschmackvoll eingerichtet war, konnte man die übel verfärbte Tagesdecke auf dem Bett nicht übersehen, die immer noch den Abdruck eines menschlichen Körpers wiedergab. Auch war noch der Geruch da, zwar nur schwach, aber trotzdem erkennbar: der merkwürdig süßliche Gestank des Todes und menschlicher Hinterlassenschaften. Wegen der vernagelten Fenster konnte er auch nicht entweichen. Der einzige Trost war, dass schon Herbst war. Im Hochsommer wäre dieser Raum unerträglich gewesen.

Während Suleyman nachdenklich von einem Teil der Wohnung in den anderen ging, versuchte er sich im Geiste auszumalen, wie und warum dieses Opfer an diesen Ort gekommen war. Bislang gab es nicht ein einziges Anzeichen dafür, dass diese Wohnung öfter zur Drogeneinnahme oder zum Drogenhandel aufgesucht worden wäre. Sie schien sauber zu sein, sowohl was die Hygiene als auch was die Drogen betraf. Deshalb war es sehr zweifelhaft, ob der Junge, von dem İkmen berichtet hatte, er sei ein erfahrener Drogenkonsument gewesen, tatsächlich hier gelebt hatte. Also musste er aus irgendeinem Grund entweder aus eigenem Willen gekommen oder zu einem bestimmten Zweck hierher gebracht worden sein. Verschiedene Szenarios fielen Suleyman ein. Es schien zwar unwahrscheinlich, aber möglicherweise war er in das Haus gekommen, um Drogen zu kaufen oder auch sie zu verkaufen. Nur weil Leute in schönen Häusern wohnten, bedeutete das noch lange nicht, dass sie keine Drogen nahmen, und dass sie sie anderen Abhängigen abkauften war gleichfalls kein unbekanntes Phänomen. Andererseits hätte der junge Mann auch aus vollständig anderen Gründen, die nichts mit Drogen zu tun hatten, gekommen sein können. In einem Fall wie dem vorliegenden alles den Drogen zuzuschreiben war ein Fehler, der häufig gemacht wurde. Wenn Drogenabhängige auch Sklaven ihrer Gewohnheiten waren, gab es in ihrem Leben dennoch Facetten, die nichts mit ihrer Sucht zu tun hatten. Allerdings waren solche Überlegungen pure Spekulation, solange der Junge nicht identifiziert worden war oder Dr. Sarkissian seine Untersuchung der Leiche beendet hatte. Zum gegenwärtigen Zeitpunkt hatten sie nur eine Leiche, die durch Erwürgen getötet worden war, und dazu ein sehr leeres und gesichtsloses Haus.

Um sich ein vollständiges Bild zu machen, beschloss Suleyman, sich auch den Rest des Hauses anzusehen. Ihm war unheimlich, als er durch die Tür in die Wohnung ging, und er hörte ein Geräusch: den klagenden, verzierten Gesang einer Frau, der von draußen hereindrang. Die Worte erzählten von einer alten Liebe, die schon vor langen Jahren verloren gegangen war. Es war der grelle, kehlige Ruf einer jungen *simitci*, einer Verkäuferin von Sesamringen. Während er weiterging, versuchte Suleyman sich einzureden, das dies nichts als ein zufälliges Zusammentreffen war, aber sein Blut, das ihm nun eiskalt durch die Adern floss, strafte seinen Glauben Lügen. Und als sollten diese Gefühle in seinem Blut noch verstärkt werden, hörten die Klänge in dem Moment auf, als Suleyman im Türrahmen stand und auf den Türsturz und die Pfosten an der Seite blickte. Was er auf diesen Pfosten sah, war nicht, was er oder sonst jemand dort erwartet hätte. Als er den Kopf gegen den Rahmen lehnte, gefror sein Blut, auf die neuerliche Stille reagierend, bis zum Stillstand.

Die Galleri Turque war ein etwas anspruchsvollerer Teppichladen als jene, die İkmen sonst zu sehen gewohnt war. Untergebracht in einem großen, wenn auch leicht heruntergekommenen osmanischen Haus, spiegelte die Galleri sowohl des Besitzers Einschätzung seiner selbst als auch seine Hoffnungen wider. Fast das Erste, was Herr Mohammed Azin, der Besitzer, zu İkmen gesagt hatte, als der keuchend den Laden betreten hatte, war, dass sowohl er selbst wie auch seine Angestellten fließend Französisch sprächen. Das hatte zwar nicht den geringsten Bezug zu dem, was İkmen interessierte, aber es überraschte den Polizisten auch nicht weiter. Die Galleri Turque war schon durch ihren Namen offenkundig darauf ausgerichtet, Europäer sowie eher versnobte (und wohlhabende) Türken anzuziehen.

Nachdem der übliche Austausch von Höflichkeiten vorbei und Tee serviert worden war, kam İkmen, den man auf die prunkvollste Chaiselongue postiert hatte, die ihm je zu Gesicht gekommen war, zu seinem Anliegen. Und im Verlauf der Unterhaltung mit Herrn Azin wurde er sich des Ausmaßes der Dankbarkeit bewusst, die er seinem Französischlehrer schuldete.

»Wie lange besitzen Sie das Haus in der İshak Paşa Caddesi schon?«

»Ich erbte es von *mon père,* der 1975 starb – seit der Zeit also.« Während er sprach, strich Herr Azin sachte über einige seiner Teppiche, die er, wie İkmen glaubte, nicht ohne eine gewisse Hoffnung zu seinen Füßen ausgebreitet hatte.

»Und seitdem haben Sie es vermietet?«

»Nein, ich habe selbst in dem Haus gewohnt, bis ich 1982 nach Sarıyer gezogen bin. Ich vermute, dass Sie angesichts der kürzlichen Tragödie schon in dem Haus gewesen sind?«

»Ja.«

Herr Azin lächelte. »Dann werden Sie wissen, dass die Ausstattung und die Möbel, die ich alle persönlich ausgesucht habe, im Louis-Quatorze-Stil sind. Herr Zekiyan hat sich offensichtlich nicht entschlossen, daran etwas zu ändern, was, glaube ich, für seinen Geschmack spricht.«

Das war keine falsche Bescheidenheit, aber schließlich rühmte man Teppichhändler auch nicht gerade dieser Tugend.

»Herr Zekiyan ist, wie ich vermute, der gegenwärtige Mieter des Anwesens?«

»Ja, und wie sein Name nahe legt, ist Herr Zekiyan ein armenischer *gentilhomme.*«

Wollte Herr Azin, indem er auf diese offenkundige Tatsache hinwies, sich in irgendeiner Weise von den Ereignissen in seinem Haus distanzieren? İkmen vermutete, dass genau dies zutraf, aber schließlich hatte er, vor allem angesichts seiner Auseinandersetzung mit den Nachbarn in İshak Paşa am vergangenen Abend, auch genau das erwartet.

»Wie lang lebt Herr Zekiyan schon in dem Haus?«, fragte İkmen.

»Seit 1982. Er ist ein sehr guter Mieter. Seine Miete zahlt er immer am Ersten jedes dritten Monats und hält den Ort sauber und gepflegt. Ich kann nicht klagen.«

»Kontrollieren Sie denn von Zeit zu Zeit Ihren Besitz?«

»Ja. Ungefähr zweimal pro Jahr.«

»Und hat Herr Zekiyan seine Miete auch für die laufende Periode bezahlt?«

»Ja. Und das war in der Tat auch das letzte Mal, als ich ihn sah – am ersten Oktober. Er hat wie immer drei Monate im Voraus bezahlt, bar.« Herr Azin lächelte. »Es ist sehr angenehm, das Bargeld. Heutzutage, bei all den Kreditkarten …«

»Sie wissen also nicht, warum er jetzt nicht in dem Haus ist?«

»Nein. Er hat ja eine Arbeit, eine sehr wichtige, wie ich mir denke. Ich weiß aber nicht, was oder wo.« Der Teppichhändler zuckte die Achseln. »Aber als guter Mieter kann er ja auch kommen und gehen, wie es ihm passt. Ich verlange nicht, dass er mir sagt, was er vorhat. Er zahlt seine Miete und ist dabei immer höflich und sachlich, wenn er hierher kommt.«

»Ich verstehe.« İkmen machte eine kurze Pause, um eine Zigarette herauszuholen, die Herr Azin, ganz der perfekte Gastgeber, ihm anzündete. »Ich danke Ihnen. Nun sind wir, wie Sie, Herr Azin, sicher wissen, sehr begierig, Herrn Zekiyan zu sprechen, damit wir ihn, wie ich hoffe, von unseren weiteren Untersuchungen ausschließen können. Es würde uns aber helfen, wenn Sie uns eine kurze Beschreibung dieses Herrn geben könnten, nur falls er woanders ist und von den letzten Ereignissen noch nichts weiß.«

Herr Azin legte plötzlich eine Art leichter Unruhe an den Tag, die sich unter seinem sonst sanften Äußeren breit machte. »Nun …«

»Ja?«

»Na ja, er ist … er ist Armenier, oder nicht?«

»Ja? Und? Was für ein Armenier? Ist er dick, dünn, klein, groß – was?«

Herr Azin lachte nervös, ehe er sich wieder auf sein geliebtes Französisch zurückzog. »*Pardonnez-moi,* Inspektor, aber was soll ich sagen? Er sieht eben so aus wie alle, eine eher große Nase und tief liegende Augen, aber ... ich denke mal, er müsste, wie Sie sagen würden, gegenwärtig mittleren Alters sein, ziemlich groß und ...«

»Die sehen für Sie alle einigermaßen ähnlich aus, stimmt es?«

»Nun ja, wohl ja ...«

İkmen schloss die Augen und seufzte tief. Es war nicht das erste Mal, dass er auf so etwas traf: die Unsichtbarkeit der Minderheiten beziehungsweise die Tendenz seiner Mitmenschen, jegliche Unterschiede zu übersehen. Zudem umgab die Armenier, wie İkmen zugeben musste, eine gewisse Unruhe, die sich allerdings auf längst vergangene Ereignisse bezog und an die er hier und jetzt nicht einmal zu denken gewagt hätte.

»Was Sie also sagen wollen, Herr Azin«, meinte İkmen müde, »ist, dass dieser Herr Zekiyan ein typischer Armenier ist.«

Das schien dem Teppichhändler zu gefallen, denn er lächelte breit: »Ja.«

»Sehr schön, das engt das Feld mit Sicherheit ein. Kommen wir jetzt zu dieser abgetrennten Wohnung oben in Ihrem Haus.«

»Abgetrennte Wohnung?«

»Ja. Die, wo wir die Leiche gefunden haben. Im obersten Stock.«

Azins Gesicht verzog sich zu einem teuer sonnengebräunten Runzeln. »Ich weiß nicht, was Sie meinen, Inspektor. Oben in meinem Haus gibt es keine Wohnung.«

»Aber im zweiten Stock ...«

»Ach, Sie meinen das Dachgeschoss.« Azins Gesichtsausdruck wandelte sich nun zu einem verstehenden Lächeln. »Nein, das ist keine Wohnung, Inspektor. Dort ist nur ein Vorratsraum.«

Dieses Mal war es an İkmen, verblüfft zu sein. »Sie wissen

also nicht von dem Schlafzimmer, dem Bad und der kleinen Küche, die da oben sind?«

»Nein. Obwohl ich auch schon lange nicht mehr dort gewesen bin ...«

»Das Dachgeschoss, wie Sie es nennen, wird also von Ihnen nicht überprüft, wenn Sie den Ort regelmäßig anschauen und kontrollieren?«

»O nein. Dort ist, oder, was mich betrifft, dort war nichts von Interesse für mich. Herr Zekiyan meinte, dass er den Raum nicht brauchen würde, und deshalb ...«

»Und deshalb«, setzte İkmen seufzend fort, »konnte er damit machen, was er wollte, ohne dass Sie es wussten?«

»Na ja ... das stimmt, ja.« Der Teppichhändler beugte sich neugierig vor. »Was hat er denn damit gemacht, Inspektor?«

»Er hat es haargenau so ausgebaut und ausgestattet wie den Rest des Hauses, Herr Azin, und dieses Dachgeschoss kann sich eines ziemlich schönen Schlafzimmers und einer Küche rühmen.«

»Wie außerordentlich!« Azin holte seine eigenen Zigaretten heraus und zündete sich eine an. »Wie merkwürdig, all das mit eigenem Geld in einem gemieteten Haus anzustellen! Ich sollte Herrn Zekiyan wohl danken, wenn ich ihn sehe. Es muss den Wert des Hauses ja beträchtlich erhöht haben, meinen Sie nicht?«

»Ich habe keine Ahnung«, gab İkmen zurück und drückte seine Zigarette in einem der herumstehenden Aschenbecher aus. »Aber wenn Sie Herrn Zekiyan vor uns sehen sollten, muss ich Sie dringend bitten, sofort Kontakt mit uns aufzunehmen.«

»Oh, *naturellement*, Inspektor, selbstverständlich.« Azin sah kurz auf seine Teppiche herab und wandte sich dann wieder lächelnd İkmen zu. »Ist das alles, Inspektor?«

»Das ist alles für heute, ja.«

Herr Azin nahm einen kleinen, aber dennoch fast strahlend schönen Kelim, der oben auf dem riesigen Teppichstapel lag.

»Würden Sie bitte dieses kleine Geschenk als Zeichen meiner Wertschätzung annehmen für das, was Sie von der Polizei für unsere *communauté* tun?«

İkmen legte ein verschlossenes Gesicht an den Tag, gestattete sich aber, nach innen zu lächeln. Diese Situation war ihm nicht fremd und so war seine Reaktion längst Routine. »Das ist sehr nett von Ihnen, mein Herr, aber ich fürchte, ich darf keine Geschenke annehmen.«

Herr Azin lächelte leicht gequält, weil er, wie İkmen meinte, an der Fehleinschätzung litt, dass er nur so tat, als sei er nicht interessiert. »Wie wäre es dann mit einem dieser größeren Herekes?«, fragte er und zog einen sehr viel größeren Teppich vom Grund des Stapels heraus. »Ein Bodenbelag, der einem Sultan anstünde und dabei so strapazierfähig ist, dass Ihre Frau …«

»Mein Herr«, wiederholte İkmen mit fast schmerzlicher Deutlichkeit, »ich bin, was ich ganz klar sagen möchte, sehr geschmeichelt, dass Sie mich eines solchen Geschenks für würdig befinden, aber ich muss Sie auch nachdrücklich darauf hinweisen, dass ich weder in der Lage noch willens bin, Geschenke von Seiten der Bevölkerung anzunehmen. Das kompromittiert meine Position.«

»Soll das also heißen«, fragte der Teppichhändler bedächtig, als müsste er diese Haltung seinem verständnislosen Hirn regelrecht einverleiben, »dass Sie niemals etwas annehmen, aus welchem Grund auch immer?«

İkmen erhob sich und stellte damit klar, dass er nun gehen wollte, und zwar mit leeren Händen. »Nein, ich nehme nie etwas an. Falls Sie aber, wie ich mir denke, Ihren Namen aus sämtlichen Zusammenhängen mit dem Haus in İshak Paşa gestrichen haben möchten, dann würde ich doch vorschlagen, dass Sie sich einen anderen Polizeibeamten suchen, der das für Sie erledigt.«

Urplötzlich stand echte Zornesröte auf Azins Gesicht. »Das war keinesfalls meine Absicht, und ich bin sehr empört über diese Annahme! Ich war im Begriff, Ihnen aufrichtig und ohne jegliche Bedingung ein Geschenk zu machen …«

»Was außerordentlich großzügig von Ihnen war«, sagte İkmen in seinem versöhnlichsten Tonfall, »aber dass ich es nicht annehmen kann, müssen Sie …«

»Also, Sie sind der erste Polizist, den ich je getroffen habe, der noch nichts genommen hat, Inspektor«, sagte Azin erregt. »Ich bin voller Bewunderung für Ihre Standhaftigkeit, auch wenn ich Sie nicht verstehen kann. Sie verdienen doch so wenig!«

İkmen zuckte mit den Achseln. »Ich bin ein Trottel, aber einer, der mit sich im Reinen ist.«

»Oh …« Azin legte die Teppiche wieder auf den Stapel und erhob sich, um seinen Gast hinauszubegleiten. İkmen machte eine leichte Verbeugung, als sein Gastgeber an ihm vorbeiging.

Als aber die beiden dem mit Teppich ausgelegten Ausgang zustrebten, kam Azin eine Idee. »Da gibt es noch etwas bei Herrn Zekiyan, Inspektor …«

İkmen zog die Augenbrauen zusammen. »Ja?«

»Er trägt einen Ring. In Kreuzform.« Azin hielt einen kleinen Finger in die Höhe, um seine Worte zu verdeutlichen. »An dem Finger trägt er ihn. Er ist sehr ungewöhnlich.«

»Ach?«

Der Teppichhändler lachte. »O ja. Diamanten und sehr große Smaragde. Nichts, wovon ein ehrlicher Mann wie Sie auch nur träumen könnte.«

»Nein«, gab İkmen missmutig zurück, »das glaube ich auch nicht.«

Kapitel 4

Als sich die Nacht über den eleganten schwarzen Mercedes senkte, fragte sich Arto Sarkissian ernsthaft, was er da gerade tat. Bars, mochten sie noch so angenehm sein, waren nun einmal nicht sein Ding, und nachdem er innerhalb der letzten vierundzwanzig Stunden gerade einmal zwei Stunden Schlaf (an seinem Schreibtisch) gehabt hatte, schien ihm, dass es womöglich auch keine so gute Idee gewesen war, selbst zu fahren. Aber schließlich war das Treffen in der Mosaik-Bar nicht seine Idee gewesen. Wie so viele Treffen, bei denen Alkohol im Spiel war, war es von seinem Freund angeregt worden, von Çetin İkmen. Der hatte ihn vor gut zwei Stunden angerufen und gesagt, dass er mit ihm sprechen müsste, was sie allerdings auch ganz gut auf dem Revier hätten tun können oder auch bei Çetin zu Hause. Bloß war die Sache mit Çetins Zuhause derzeit bedrückend. Es gab Gründe, warum sein Freund nicht dorthin mochte. Es waren dieselben Gründe oder eher derselbe Grund, aus dem auch Arto schon seit so langer Zeit nicht mehr bei den İkmens gewesen war. Und als ihn dieser Gedanke durchzuckte, runzelte der Arzt die Stirn: Für ihn war Onkel Timür, der Vater seines Freundes, wohl nicht das Thema, über das sie heute Abend sprechen würden, auch wenn er wusste, dass dies das Beste für Çetin wäre.

Arto lenkte den Wagen von Divan Yolu, der Hauptdurchgangsstraße, direkt auf den großen Parkplatz vor der Sultan-Ahmet-Moschee und nahm den Weg in die hell erleuchtete Seitenstraße. Obwohl die Touristensaison jetzt schon offiziell vorbei war, hallten Gassen wie diese immer noch von Musik und Lachen, meist männlichem, wider, das aus den kleinen mediterranen Bars drang. Nachdem er den Wagen so gut wie möglich geparkt hatte – die Bürgersteige waren in schlechtem Zustand und zahlreiche Müllsäcke standen auf der Straße –, ging Arto direkt zu einem Laden, dessen Eingang vor lauter bunten Lichtern überquoll. Der Gestank billigen Zigarettenrauchs und das Geräusch, das entstand, wenn auf die auf dem hölzernen Tresen liegenden Tavla-Spielbretter gehauen wurde, griffen Artos sämtliche Sinne an, als er eintrat.

Çetin İkmen, der in seinem Dinnerjackett vom gestrigen Abend immer noch so herrlich lächerlich wirkte, saß direkt hinter der Tür und hütete ein Glas seines Lieblingsbrandys. Während sich die beiden Freunde zur Begrüßung umarmten, legte jemand hinter der Bar ein Band mit klagender, dabei üppig ausgezierter Musik ein – die traurige, aber trotzdem sexuell aufreizende Musik des großen İbrahim Tatlisas.

In der Bar war es nach dem kühlen Wetter draußen recht warm und deshalb musste Arto seine beschlagenen Brillengläser putzen, ehe er sich hinsetzte.

Çetin lächelte, als er seinen Freund dabei beobachtete, und als der Kellner vorbeikam, war es der Polizist, der dem Arzt seine Coca-Cola bestellte. Wie immer wusste er sehr gut, was sein Freund dachte. Die Unterhaltung fing erst an, nachdem der Kellner das Getränk gebracht hatte.

Arto eröffnete das Verfahren. »Du wolltest mich sehen.«

»Ja.« Çetin zündete sich eine Zigarette an, die angesichts der vielen Kippen, die schon im Aschenbecher lagen, definitiv nicht seine erste war. »Ich möchte wissen, was du, wenn überhaupt, über unser Opfer herausbekommen hast.«

Arto war von seinem Freund derart allgemeine Fragen längst gewohnt. İkmen hatte sehr wenig Verständnis für Pathologie. Er lächelte. »Er ist, wie ich es vermutet habe, um die zwanzig Jahre alt und eher übergewichtig, was für einen Drogensüchtigen eigentlich merkwürdig ist, aber … Die Todesursache war Ersticken durch Strangulation mittels einer Schnur oder eines Stoffstreifens. In welchem Ausmaß seine Gewohnheiten, wenn überhaupt, dabei eine Rolle gespielt haben, weiß ich noch nicht. Er war schon seit längerem süchtig, mit Einstichstellen überall an seinem Körper einschließlich der Leistengegend. Ich denke, wir haben jemanden vor uns, der seit der Kindheit abhängig ist. Die toxikologischen Tests sind noch nicht alle durch, aber ich denke doch, dass es sich beim Rauschgift um Heroin handelt.« Er runzelte die Stirn. »Außerdem ist da noch die Tatsache, dass seine Gliedmaßen irgendwie verkümmert sind.«

»Was soll das heißen?«

»Das heißt, dass die Gliedmaßen wenig Anzeichen dafür aufweisen, dass sie wirklich gebraucht wurden. Ein Phänomen, das man manchmal bei verkrüppelten Menschen antrifft oder bei solchen, die eine beträchtliche Zeit ans Bett gefesselt waren.«

»Du willst also sagen, dass er schon seit längerem in diesem Zimmer hätte gewesen sein können?«

Arto Sarkissian holte hörbar Luft. »Das weiß ich nicht. Kann sein. Allerdings gibt es keine Anzeichen dafür, dass er unter Gewaltanwendung ans Bett gebunden worden wäre oder dergleichen. Und trotz der Atrophie, der Muskelverkümmerung, scheint er ganz normal gewesen zu sein, damit meine ich, dass er dem Augenschein nach in keiner Weise verkrüppelt war.«

»Interessant. Irgendetwas sexuell Auffälliges?«

Arto fragte stirnrunzelnd: »Wieso?«

»Sage ich dir gleich.«

»Nein. Keine Anzeichen von analer Penetration, falls du das meinst. Sein Penis war sauber und unbeschnitten, wie ich hinzufügen sollte. Das wäre für mich ein Anzeichen dafür, dass wir es entweder mit einem gebürtigen Christen oder einem Ausländer zu tun haben.«

»Das könnte passen.«

Sein Freund wich irgendwie aus. Das tat Çetin immer, wenn er wollte, dass andere ihn etwas fragten, meist dann, wenn er auf besonders raffinierte Weise etwas herausbekommen hatte. Arto nahm einen kleinen Schluck aus seinem Glas und tat, was von ihm erwartet wurde. »Ist gut, Çetin, sag schon, was ist?«

»Der fehlende Mieter des Hauses ist offenbar ein Herr Zekiyan«, antwortete er und hob fragend die Augenbrauen.

Arto zuckte mit den Schultern. »Na ja, der Name ist zweifelsohne armenisch, aber keiner, den ich kenne.« Worauf er leicht bissig nachsetzte: »Wir kennen uns nämlich nicht alle untereinander.«

Çetin machte eine wegwerfende Handbewegung. »Kein Thema. Aber die Tatsache, dass das Opfer unbeschnitten ist, könnte eine mögliche Verbindung zwischen den beiden nahe legen.«

»Ja.«

»Aber, und genau das lässt mir in dieser ganzen Angelegenheit das Blut erstarren, es gibt Hinweise, die du ja auch gerade unterstreichst und die nahe legen, dass dieser Knabe in dem Raum gefangen gehalten worden sein könnte.«

»Du sprichst von den Fenstern?«

»Ja, aber auch von der Tür. Heute Morgen hat Suleyman entdeckt, dass die Tür zu dieser Wohnung bis vor ganz kurzer Zeit mit einem Vorhängeschloss gesichert war. Beim ersten Mal haben wir das nicht gesehen, weil die Stelle, von der das Schloss entfernt worden war, überstrichen wurde. Der Anstrich war sogar noch etwas feucht, wenn man ihn berührte. Das zeigt aber, und du wirst hoffentlich zustimmen, dass, wer auch immer das tat, uns nicht wissen lassen wollte, dass diese Tür mal verschlossen gewesen ist. Und zusätzlich hat mir der Eigentümer des Hauses erzählt, dass er von dieser Wohnung absolut keine Ahnung hatte. Nach Herrn Azin, dem Hausbesitzer, sollte auf dieser Etage eigentlich nur ein schlichter Vorratsraum sein. Und das zieht wiederum jede Menge Fragen nach sich, warum Zekiyan sie heimlich ausgebaut hat.«

Arto strich sich durch die wenigen Haare, die ihm noch geblieben waren. »Weshalb dich ja auch die Frage nach Anzeichen von Geschlechtsverkehr so sehr interessiert hat.«

»Ja. Obwohl es keine Hinweise gibt, die belegen, dass …«

»Nein, die gibt es nicht. Obwohl wir beide ja wissen, dass es viele Sexualpraktiken gibt, die keine sichtbaren Spuren hinterlassen.« Arto nahm einen Schluck aus seinem Glas und blickte ernst auf. »Was wirst du also unternehmen, um herauszukriegen, wer dieser Knabe war?«

Çetin zuckte mit den Achseln. »Das Übliche. Ich habe meine erste ungefähre Beschreibung schon rausgegeben, außerdem habe ich ein paar Leute darauf angesetzt, im Vermisstenregister nachzusehen. Ich habe allerdings die ernsthafte Befürchtung, dass das Opfer von außerhalb der Stadt kam oder sogar aus dem Ausland. Ich werde also« – das sagte er schnell und mit einem, wie er hoffte, überwältigenden Lächeln – »die Dienste von Frau Taşkiran in Anspruch nehmen.«

Arto rümpfte die Nase, als hätte ihn soeben ein übler Duft befallen. »O Gott!«

»Es muss sein«, fuhr sein Freund fort. »Wenn wir ein Porträt dieses Jungen rausgeben können, haben wir eine viel größere Chance, ihn zu identifizieren, besonders bei denen, die kein Türkisch lesen können.«

»Ja schon, aber …«

»Sieh doch mal, Arto, ich weiß, dass ihr euch nicht riechen könnt …«

Arto beugte sich über den Tisch und sprach mit gedämpfter Stimme weiter. »Wenn sie nicht darauf bestehen würde, sie anzufassen, könnte ich ja noch einigermaßen damit klarkommen, aber sie geht mit den Leichen um, als würden sie ihr Modell sitzen. Redet mit ihnen, lacht sogar manchmal. Ich komme mir vor wie so ein bescheuerter Bestattungsunternehmer, wenn sie auftaucht. Die hat doch einen Knall, wenn du mich fragst.«

Çetin lachte. »Sie ist eine Künstlerin, Arto! Die sind alle durchgeknallt. Aber sie ist gut, wie du zugeben musst, und wenn sie für uns eine Porträtähnlichkeit hinkriegt, können wir das sofort rausgeben. Und mit ein bisschen Hoffnung haben wir bald eine Antwort.«

Der Arzt lehnte sich, von diesem Argument erdrückt, wieder in seinen Stuhl zurück und murmelte widerwillig seine Zustimmung. Sein Freund lächelte.

»Es wäre außerdem ganz nützlich«, fuhr er fort, »und ich will hier jetzt wirklich nicht respektlos sein, Arto, wenn du den Namen Zekiyan bei ein paar von deinen …«

»Ich werde das armenische ›Netzwerk‹ anzapfen, falls du das meinst, Çetin«, gab der Arzt zurück, wobei sein Gesicht blanken Widerwillen ausstrahlte. »Falls du natürlich auch was für mich tust.«

»Nämlich?« Çetin hielt sein leeres Brandyglas einem der vorbeieilenden Kellner entgegen und bedeutete ihm, dass er noch eines wollte.

»Ich würde gerne deinem Vater die Fürsorge geben, die er verdient.« Das war nicht unfreundlich gesagt und in der Tat war auch Çetins Reaktion auf die Bitte seines Freundes keineswegs feindselig.

»Meinem Vater geht es wirklich gut da, wo er jetzt ist«, gab er lächelnd zurück.

Aber Arto war nicht so leicht abzuweisen. »Er ist sehr krank, Çetin. Und ich weiß auch, dass es schwer für dich ist, aber …«

»Er ist ein alter Mann, der rheumatische Arthritis hat, Arto, natürlich ist er krank.«

Der Arzt schwieg betreten, während der Kellner den Brandy vor Çetin hinstellte. Sobald er wieder weg war, setzte Arto seine Offensive fort. »Ich spreche nicht von seiner physischen Verfassung, Çetin, wie auch …«

»Bist du ein Familienmitglied?« Dieses Mal war der Tonfall des Polizisten unmissverständlich scharf, wie auch sein Blick, der sich in die Augen seines Freundes bohrte. »Ich glaube nicht.«

»Nein, aber Halil …«

»Ach, du hast also mit meinem Bruder geredet?« Çetin beugte sich nach vorne über den Tisch und bewegte seinen Finger in eindeutig warnender Geste vor der Nase seines Freundes. »Jetzt hörst du mir mal zu, Arto, mein Bruder mag mir was zahlen, weil ich mich um unseren Vater kümmere, aber damit hört seine Einmischung auch auf, ist das klar?«

»Ja, aber …«

»Meine Familie und ich sind sehr froh und glücklich, dass wir uns während seiner noch verbleibenden Lebenszeit um Timür kümmern können. Und wenn mein Bruder ein Problem damit hat, sollte er direkt zu mir kommen, meinst du nicht?«

Jemand hinter der Bar stellte das Band mit İbrahim Tatlisas ab und Europop ein – ein besonders unangebrachter und unangenehmer Wechsel – und so setzte Arto seine Bemerkungen nur mit einigen Schwierigkeiten fort. »Ja, das stimmt. Aber du musst verstehen, Çetin, dass es für andere Menschen schwierig ist, mit dir darüber zu reden. Du willst oder kannst nicht anerkennen, was mit Onkel Timür los ist, und ich verstehe ja auch sehr gut, dass das schwer ist, aber …«

»Schwer!« Der Polizist lachte, aber ohne jede Freude, und seine Augen wurden tränenfeucht, aber er weinte nicht. »Ich glaube, du kannst dir das nicht vorstellen.« Er beugte sich noch weiter vor, bis seine Nasenspitze fast an Artos Kinn stieß. »Ich rede nicht darüber, Herr Doktor, weil ich es nicht kann! Und außerdem will ich auch nicht! Mein Bruder soll ruhig alle möglichen tollen Ideen haben, wie er mir mit Timür helfen kann, aber solange Timür unter meinem Dach lebt, bleibt er, wie er immer schon war!«

»Aber es gibt Therapien, das weiß ich, und Mittel gegen Verhaltens…«

»Der alte Mann mag durchaus seinen Verstand verloren haben, aber zumindest sollte man ihm die Würde zukommen lassen, zu sterben, ohne dass man sein Hirn mit deinen beschissenen Drogen voll stopft!« İkmen wandte sich rasch ab und nahm sein Glas, aus dem er sich jetzt einen tiefen Schluck gönnte.

Es folgte ein Augenblick der Stille, während dem Arto Gelegenheit hatte, zu bedenken, was soeben zwischen ihnen vorgefallen war, und seine Worte zum Teil auch zu bedauern. Zumindest hatte Çetin endlich zugegeben, dass sein Vater ein Problem hatte, nur war er jetzt wütend und äußerst erregt – ganz sicher nicht das, was sein Freund gewollt hatte. Auch bemerkte Arto, wie Çetin mit den Tränen rang, und erkannte, dass es töricht wäre, die Sache noch weiter zu treiben.

Arto nahm einen Schluck, ehe er zu etwas vollständig anderem überging. »Wirst du also Frau Taşkiran bitten vorbeizukommen?«

»Ja.«

»Ich nehme mal an, je früher, desto besser, von deinem Standpunkt aus.«

Çetin drehte sich wieder halbwegs zu Arto um und sagte, während er sich die feuchten Augen mit dem Jackenärmel abwischte: »Ja, falls du damit klarkommst.«

»Das habe ich doch schon gesagt, oder?«

Ein leichtes, aber dennoch nicht zu übersehendes Lächeln huschte kurz über Çetins Lippen. »Ja, und … sieh doch, es tut mir ja Leid, dass sie so eine verrückte alte …«

»Ich habe schon genug Leute gesehen, die kurz vor ihrem Tod wie ausgewechselt waren«, erwiderte Arto und auch er lächelte ein wenig, obwohl es bei ihm aus Erleichterung geschah, da der von ihm als sehr beschämend empfundene Moment vorüber war. »Zugegebenermaßen gibt es nicht viele, die sich den Stift in die Hutkrempe stecken oder mitten im Sommer Armeestiefel anziehen, aber schließlich ist Frau Taşkiran, wenn auch sonst nichts, so doch wenigstens unterhaltsam.«

»Stimmt.« Çetin gönnte sich noch einen Schluck, ehe er ein wenig verlegen sagte: »Und was die Sache mit den Armeniern betrifft …«

»Ich werde mal rumfragen, wie ich es versprochen habe.«

Çetin blickte zu Boden, während er weiterredete. »Du tust das also nicht unter der Bedingung …«

Sein Freund suchte Çetins abwärts gerichtetem Blick zu begegnen. »Das wäre doch nicht besonders professionell von mir, oder? Und außerdem, was auch immer ich vorhin gesagt haben mag, ich glaub nicht, dass es in unserer Freundschaft um Bedingungen geht, oder?«

»Nein.« Çetin blickte rasch auf und sagte dann barsch: »Du bist einfach enttäuscht, oder?«, womit er seinem Freund einen Ausweg bot.

»Ja«, antwortete Arto traurig. »Ja, das ist es, Çetin. Ich hatte einen langen und anstrengenden Tag und ich bin einfach enttäuscht. Wir sollten eigentlich beide daran denken, uns nach Hause und ins Bett zu begeben. Es waren fürchterliche vierundzwanzig Stunden und ich weiß, dass ich morgen absolut zu nichts zu gebrauchen bin, wenn ich jetzt nicht ein bisschen Ruhe kriege.«

Çetin kippte sich den Rest seines Drinks in den Hals und murmelte zustimmend. »Ja, da hast du ganz Recht.«

Arto zückte seine Brieftasche und warf so viel Geld auf den Tisch, dass es für beide Getränke und ein sehr ordentliches Trinkgeld für den Kellner reichte. »Und um unseren Abschied von diesem Ort zu begehen, lade ich dich ein – wie immer mit all meiner Liebe und Wertschätzung.«

Das Letzte sagte er nach alter Gewohnheit mit einem Hauch von Belustigung in der Stimme. Und nur Çetin konnte wissen – und wusste auch –, dass Arto jedes Wort meinte, das er gesagt hatte.

Wortlos, da es nichts mehr zu sagen gab, umarmten die beiden Männer einander, ehe sie getrennter Wege gingen. Aber unmittelbar nachdem Arto in seinen Wagen gestiegen war und den Motor angelassen hatte, sah er zufällig noch einmal zurück zur Mosaik-Bar. Und mit einiger Bestürzung bemerkte er, wie Çetin sich gerade wieder hineinschlich.

Es ist leichter, im kalten grauen Licht eines Mitte-Oktober-Sonnenaufgangs pragmatisch mit seinen Träumen umzugehen als in der tiefen Dunkelheit der frühen Morgenstunden, in denen sich diese einstellen. Obwohl Mehmet Suleyman jetzt ganz ruhig war und logisch darüber nachdenken konnte, hatte sein Traum ihn mitten in der Nacht schweißgebadet und heftig gestikulierend aufwachen lassen. Offen gestanden war es ein Wunder, dass er Zuleika Suleyman, die neben ihm lag, nicht geweckt hatte – wofür er sehr dankbar war. Sie hätte, wie er sich denken konnte, alles Mögliche aus seinem Traum herausgelesen, wenn er ihn ihr hätte erzählen müssen – etwas, das mit seinem Gefühl des Gefangenseins zu tun gehabt hätte, wovon einiges auch zugetroffen hätte.

In diesem Traum hatte Suleyman sich in der oberen Wohnung des Hauses in der İshak Paşa Caddesi befunden. Ein paar Dinge waren anders gewesen – schließlich war er ja in einem Traumland. Zum Beispiel hatte er eine Garderobe gesehen, wo in Wirklichkeit keine war, und tiefblaue İznik-Kacheln an einer Wand. Aber abgesehen davon war alles gleich, mit der einzigen bemerkenswerten Ausnahme, dass er sich ganz alleine in dem Zimmer befand und auf dem Bett saß. Wahrscheinlich, weil er im Wachzustand ein sehr beherrschter und logischer Mensch war, wusste Mehmet Suleyman, dass es sinnlos wäre, in diesem Moment in Panik zu geraten, und als er schließlich vom Bett aufstand, ging er mit gemäßigter Neugier im Zimmer herum. Wie im richtigen Leben standen auch jetzt viele Kristallfiguren auf der Kommode aufgereiht, und als Suleyman zu den Fenstern ging, fand er sie genauso fest verschlossen, wie er es erwartet hatte.

Der Tür aber war es vorbehalten, den Charakter der Erfahrung zu verändern. Denn anders als die echte Tür war die im Traum verschlossen, was zunächst einmal Suleymans Interesse weckte. Da er nicht wusste, wie die Tür in Wirklichkeit aussah, merkte er, als er näher kam, dass sie, anders als der Rest des Hauses, ohne jede Verzierung und ganz eben war. Außerdem hatte sie keinen Griff. Und wie im richtigen Leben drückte Suleyman mit der Hand gegen die Tür, um zu sehen, ob sie ein Schnappschloss hatte. Was nicht der Fall war. Er drückte noch einmal, aber das Schloss ging nicht auf. Sie musste von außen verschlossen sein, aber das war in Ordnung, weil sich ja jenseits der Tür Kollegen von ihm befanden, die sie ihm öffnen würden, wenn er darum bäte. Er machte den Mund auf, um sie zu rufen, und genau an diesem Punkt fing der Alptraum an. Obwohl er schrie und schrie, kam kein Laut aus seinem Mund. Damit seine Stimme endlich zu hören wäre, drückte er mit der Hand auf den Kehlkopf, um das verdammte Ding zu massieren und in Aktion zu bringen. Aber es versagte ihm schlicht den Dienst. Suleyman war vollkommen stumm und ganz alleine in einem Zimmer, in dem erst vor kurzem jemand gestorben war. Verrückte und abergläubische Gefühle, die er sonst nicht kannte, fanden in seiner immer größer werdenden Panik fruchtbaren Boden. Dann wurde das Zimmer plötzlich dunkel, als hätte jemand das Licht ausgemacht oder die Jalousien heruntergelassen.

Vor der schrecklichen, unnachgiebigen Tür stehend und vor Schreck erstarrt, wagte Suleyman kaum zu atmen, während der Tag sich neigte. Etwas berührte ihn zunächst schwach, dann immer fester am Nacken. Er war sicher, dass es Finger waren, und als diese Finger noch etwas fester nach ihm griffen, dachte er daran, wie der vorige Mieter dieses Zimmers gestorben war. Erst in diesem Moment – entweder durch Zufall oder einen höheren Willensakt – versetzte es Suleyman aus dem Traum, der ihn schweißgebadet und angstgeschüttelt zurückließ, in die mitternächtliche Realität.

Zunächst lag er einfach nur auf dem Rücken und schnappte nach Luft, während sein Verstand die weit weniger finstere Wirklichkeit seines Schlafzimmers registrierte. Das Schreckliche war nicht mehr real, war nie real gewesen; jetzt war er sicher und alles war vorbei. Als die Minuten vergingen, spürte Suleyman, dass jeder weitere Versuch, wieder einzuschlafen, sinnlos wäre, weshalb er sich zum Aufstehen entschloss und sich einen Tee machte.

Die Küche wies nicht das geringste Anzeichen kürzlichen Gebrauchs auf, obwohl sie sehr geschmackvoll eingerichtet und gut ausgestattet war. Zuleika, die allein gewesen war, war zu einem nachurlaublichen Essen und einem Schwätzchen bei ihrer Mutter eingeladen gewesen. Ein Ereignis, das den gegenwärtigen Zustand von Suleymans Ehe zusammenfasste. Nicht, dass seine Frau ihn gegenüber ihren Eltern kritisiert hätte; so war sie nicht, sie liebte ihn zu sehr, um Derartiges zu tun. Die Tragödie war die, dass Suleyman trotz größter Anstrengungen ihre Gefühle nicht erwidern konnte. Nicht, dass sein Mangel an Liebe zu ihr ihre Schuld war; es war nicht einmal seine. Wenn es bei dem Drama seiner Ehe überhaupt Übeltäter gab, dann waren das ihrer beider Mütter, zwei sehr starke Frauen, die außerdem Schwestern waren und vor vielen Jahren beschlossen hatten, dass ihre Kinder einander heiraten sollten. Wäre er bei seinem Widerstand gegenüber dieser arrangierten Vereinigung mit mehr Nachdruck aufgetreten, dann hätte sie erst gar nicht stattgefunden. Aber schließlich hasste er, genau wie sein Vater, Komplikationen in seinem Privatleben und hatte wie stets den Weg des geringsten Widerstandes beschritten. Als Suleyman den Herd unter dem Wasserkessel anmachte, konnte er sich sogar daran erinnern, wie er kurz vor der Hochzeit zu seinem Bruder gesagt hatte, dass er fühle, mit der Zeit würde er seine Cousine lieben lernen. Er erinnerte sich auch, wie sein Bruder zunächst gelacht, ihn dann aber gebeten hatte: »Hau ab, Mehmet, sofort. Ehe es zu spät ist!« Er jedoch hatte auf nichts anderes gehört als auf das gleichmäßige Pochen seines törichten, aristokratischen Pflichtbewusstseins.

Und wo hatte ihn das zu guter Letzt hingeführt? Dahin, wo er jetzt war – schlaflos, verstört und ohne die Wohltaten eines vor kurzem zubereiteten Essens.

Nicht, dass sein Traum dieser Nacht irgendwie mit seiner Ehe in Verbindung stand. Oder doch? Mehmet bemerkte, obwohl er nicht gerade zu psychologischen Einsichten neigte, dass auf einer gewissen Ebene das Bild seiner selbst als Gefangener nur allzu deutlich auf sein Privatleben hinwies. Aber als er das kochende Wasser auf den winzigen Haufen Teeblätter in seiner Teekanne goss, unterbrach er diese Gedanken, um sich auf das näher liegende und für ihn auch weniger schmerzhafte Thema des kürzlich ermordeten jungen Mannes zu konzentrieren.

Träume, merkwürdige Gefühle und deren Relevanz oder Bedeutung lagen für gewöhnlich mehr auf der Linie seines Chefs Çetin İkmen. Und tatsächlich hätte Mehmet Suleyman, wenn er von İkmen über den Wert solcher Erfahrungen befragt worden wäre, geantwortet, dass sie absolut nutz- und wertlos seien. Jetzt aber, da er in der fast noch vollständigen Dunkelheit des Tagesanbruchs ganz auf sich gestellt war, sah die Sache doch etwas anders aus. Nun konnte er nicht umhin, sich zu fragen, ob es für den toten Jungen wirklich wie in seinem, Mehmets, Traum gewesen war. Hatte der Junge, so allein in dem Zimmer wie Mehmets Traum selbst, alles für völlig normal und sicher gehalten, bis kurz vor dem Ende? Hatte auch er die plötzliche Dunkelheit in diesem Zimmer erfahren müssen – als eine Art Zeichen dessen, was kommen sollte? Ein Hinweis auf den Tod und auf die Realität dessen, dass nach dem Ende unseres Lebens nichts mehr kam?

Suleyman goss den goldfarbenen Tee in ein Glas und ließ ein kleines Stückchen Zucker hineinfallen. Noch vor gar nicht langer Zeit hatte er mit seinen alten Überzeugungen gut und sicher gelebt. Wenn man ein gutes Leben führte, stellte Allah einem jenseits des Grabes, in der nächsten Existenz – einer viel besseren als der hiesigen –, einen lieblich duftenden Garten und willfährige kleine Sklavenmädchen in Aussicht. Trotz aller frühen, unnatürlichen Todesfälle, die Suleyman bislang zu bearbeiten hatte, hatte er lange geglaubt, dass es wahr sei, was der Islam über den Tod berichtete. Wann genau sich das so drastisch verändert hatte, wusste er jetzt nicht mehr. Aber es hatte einen Augenblick gegeben – es musste einen solchen Augenblick gegeben haben –, in dem all dies, aus welchem Grund auch immer, für ihn keinen Sinn mehr ergab. Vielleicht hatte ja auch das mehr mit seiner Ehe zu tun, als er zugeben mochte? Möglich war es.

Als aber das wässerige Herbstlicht allmählich und recht schwach über den Häusern gegenüber seiner Küche aufstieg, gerieten all diese Gedanken einer nach dem anderen wieder in den Nebel der Irrelevanz. Zu müde, um wirklich wach zu sein, und zu zermürbt, um weiteren Schlaf zu versuchen, beobachtete Mehmet Suleyman das Fortschreiten des Tagesanbruchs mit einer glasigen und hoffnungslosen Leere im Blick.

Bulent Gürdilek war gerade vierzehn gewesen, als er aus der engen Familienwohnung in Beşiktaş verschwunden war. Obwohl Ahmet Gürdilek, als man ihn nach seinem Sohn befragte, seine Meinung kundgetan hatte, der Junge hätte eine gewisse und kurze Zeit in »schlechter« Gesellschaft verbracht, fühlte er doch auch, dass sein Sohn mit seinem Los nicht eben unglücklich gewesen war. Schließlich hatte Bulent einen ziemlich guten Job für einen Jungen seines Alters gehabt, indem er in der Garage seines Onkels drüben in Karaköy aushalf. Und tatsächlich war es auch sein Onkel gewesen, der ihn zuerst als vermisst gemeldet hatte, als er eines Donnerstags im August nicht zur Arbeit erschienen war. Während der auf sein Verschwinden folgenden zwei Wochen war er noch mehrmals gesehen worden. Und dann – nichts mehr. Seine Mutter war vor Kummer fast verrückt geworden, hieß es.

Mit sechzehn Jahren ein wenig älter als Bulent, war Aristotle Mavroyeni ein ruhiges und fleißiges Kind, den Blick fest, wie die Eltern berichteten, auf eine Berufung in der griechisch-orthodoxen Kirche gerichtet. Als er irgendwo zwischen der elterlichen Wohnung in Beyoğlu und dem Haus seiner Tante in Sarıyer verschwunden war, hatte man eine Weile angenommen, dass er womöglich von sich aus den Entschluss gefasst hatte, um einiges früher in einen Mönchsorden einzutreten, als seine Eltern es gedacht hatten. Als aber Aristotle nicht in den Verzeichnissen der örtlichen Klostergemeinschaften erschien, wandten sich die Gedanken seiner Familie auch düstereren Erklärungen zu. Noch nach fünf Monaten gab es nicht mal ein Gerücht über diesen Jungen.

Der bei weitem schlimmste Monat, was das Verschwinden junger Männer bislang in diesem Jahr anging, war der Juli gewesen. Vier Jungen waren während der ersten beiden Wochen verschwunden: ein englischer Tourist, zwei türkische Halbwüchsige und der Sohn eines kurdischen Silberschmieds. Natürlich war das beunruhigend, aber auch nicht untypisch. Häufig »hoben« junge Leute während der Sommermonate »ab«. Meist, um der Sonne und dem Spaß in den Ferienzentren der Südküste zu folgen. Bei Saisonende kamen zumindest einige dieser jungen Leute wieder zurück oder nahmen Kontakt mit ihren Familien auf und baten, man möge kommen und sie abholen. Ein Trend, der auch auf Mädchen übergriff, typischerweise auf die, die aus repressiven Familienverhältnissen stammten oder eine bevorstehende arrangierte Hochzeit zu gewärtigen hatten.

Tatsächlich wurden in Wahrheit die meisten der jungen Menschen, die als vermisst gemeldet waren, schließlich gefunden. Diejenigen, die im Sommer nicht in den Süden gezogen waren, waren oft losgegangen, um zusammen mit heimlichen Freunden zu leben, die sie zwar meist bezüglich ihrer kostbaren Jungfräulichkeit »ruinierten«, aber weder verletzten noch töteten. Die Gefahr für diese jungen Menschen lag mehr in dem, was ihre Familien anschließend mit ihnen taten, wenn sie von ihren kleinen Abenteuern heimkehrten. Es kam vor, dass wutentbrannte Väter ihre unmoralischen Töchter als Folge ihrer verlorenen Ehre zu Tode geprügelt hatten.

Nichts davon konnte allerdings von der Tatsache ablenken, dass für eine kleine, aber dennoch bedeutende Anzahl dieser jungen Leute der Vermisstenstatus schließlich im Mord endete. Die Straßen waren einfach kein guter Ort für die, die kein Geld und wenig Erfahrung hatten, und darüber hinaus waren sie so voll mit Zuhältern und Drogenhändlern, dass es wirklich sehr schwierig war, nicht in unkluge Lebensgewohnheiten zu verfallen.

Der junge Angestellte, dessen Job es gewesen war, diese Informationen zusammenzustellen, sah auf die jüngste Liste mit Vermisstenmeldungen und runzelte die Stirn. Am 28. September war der achtzehn Jahre alte Bedros Mazmoulian nach einer Party bei einem Freund nicht nach Hause gekommen und bisher hatte man von ihm weder etwas gehört noch gesehen. Bedros war Student an der Universität und zumindest sein Großvater argwöhnte, dass er einige Erfahrungen mit illegalen Drogen gehabt haben könnte. Noch relevanter war allerdings die Tatsache, dass der junge Mann Armenier war. Inspektor İkmen hatte den Angestellten angewiesen, besonders auf dieses Detail zu achten, und der Angestellte trug Sorge, dass Bedros' Fall ganz oben auf dem Stapel lag.

Kapitel 5

Arto Sarkissian wartete, bis der mittägliche Gebetsruf beendet war, ehe er sein Büro verließ, um sich den beiden Leuten anzuschließen, die im Vorzimmer auf ihn warteten. Obwohl nur die wenigsten seiner Mitarbeiter sich wirklich nach dem Aufruf richteten, war es doch besser, sich nicht deutlich anderweitig beschäftigt zu zeigen, wenn die legendären tausend Muezzine von Istanbul die Macht Allahs beschworen. Und obwohl man immer noch den Prinzipien einer säkularen Regierung anhing, wie sie von Atatürk in den 1920er Jahren niedergelegt worden waren, gab es mittlerweile dennoch eine nicht unbedeutende Minderheit im Lande, für die der Islam weit wichtiger war als die althergebrachte Politik. Vor wenigen Jahren hatten einige dieser Leute sogar Posten in der Regierung erhalten und unbeschadet der Tatsache, dass die türkische Republik alles andere als ein islamischer Staat wie beispielsweise der Iran oder das weit liberalere Jordanien war, war es Nichtmoslems immer noch angeraten, ihre Religion nicht an die große Glocke zu hängen. Nicht, dass Dr. Sarkissian irgendwie besonders religiös gewesen wäre, aber als Armenier war er zumindest dem Namen nach ein Christ. Und man musste auch zugeben, dass ihm als Angehörigem dieser Rasse Probleme mit anderen rassischen Gruppen dieser Region aus der Geschichte des Landes nicht gänzlich unbekannt waren. Als er sich von seinem Stuhl erhob, lächelte er seiner Assistentin Selma Bilge zu, die gerade die paar Aufzeichnungen durchgelesen hatte, die ihr Chef während seiner letzten Unterredung mit Inspektor Çetin İkmen gemacht hatte. Sie besprachen in Kürze einige Einzelheiten über die Besucher, die im Vorzimmer warteten.

»Sollen wir dann gehen, Selma?«, fragte der Arzt.

Das Gesicht der jungen Frau wirkte angespannt; diesen Teil ihres Jobs mochte sie überhaupt nicht, weshalb Arto auch einen sanften Ton angeschlagen hatte, der sie von ihrer Lektüre abbringen sollte.

»Ja, Herr Doktor. Soll ich …?«

»Nein.« Arto lächelte auf eine Art, die aufmunternd wirken sollte. »Nein, seien Sie so wie immer. Ich denke, je normaler wir aussehen, desto besser ist es.«

Er öffnete die Tür, ließ sie vorgehen und folgte ihr den langen, grauen Korridor entlang, der zum Vorzimmer und den Labors führte.

Drei Menschen saßen im Vorzimmer, als der Arzt und seine Assistentin dort eintrafen. Zwei waren, wie Arto erwartet hatte, ein älteres Paar, vermutlich in den Siebzigern, beide angesichts des noch nicht bitterkalten Herbstes übertrieben eingepackt. Allerdings waren es eher die Augen und nicht die Kleidung, die die Aufmerksamkeit des Arztes fesselten. Bei beiden waren sie vollkommen leer; es waren Augen, die nicht nur das gesehen hatten, was sie nicht sehen wollten, sondern auch, was sie nicht hätten sehen sollen. Arto Sarkissian erinnerte sich, anlässlich eines weit zurückliegenden Besuchs bei einem Cousin in Paris, Fotos von solchen Augen gezeigt bekommen zu haben: Fotos von Armeniern, die von den Türken während des Großen Krieges angeblich zum Marsch quer durch Anatolien gezwungen worden waren, jene schrecklichen Märsche, die tatsächlich stattgefunden hatten oder auch nicht, je nach Standpunkt. War es nun bloßer Zufall, dass diese merkwürdigen, traurigen Alten auch Armenier waren? Oder fiel Arto nur wieder in die Falle, von der er wusste, dass viele seiner armenischen Mitbürger gleichfalls hineinfielen – nur sich selbst, den Armeniern, das Leidensmonopol zuzugestehen?

Das dritte Mitglied der kleinen Gruppe war ein junger uniformierter Wachtmeister, der, wie Arto vermutete, von Çetin

İkmen geschickt worden war, um das alte Ehepaar ins Leichenschauhaus zu begleiten. Arto nickte kurz, als er den Polizisten erkannte, und wandte sich dann dem Paar zu, wobei er auf den Mann zutrat und ihm die Hand entgegenstreckte.

»Herr Professor und Frau Mazmoulian?«

Der alte Mann ergriff die Hand des Arztes und schüttelte sie so fest, wie sein zitternder Arm es zuließ. »Herr Doktor.«

Die alte Dame sah zu und sprach mit einer leisen, dabei überraschend festen Stimme. Ihre Nervosität wurde einzig an den kleinen pickenden Bewegungen sichtbar, mit denen sie an die Ärmel von Sarkissians weißem Kittel klopfte. »Das ist alles so schrecklich«, sagte sie, »so schrecklich, und wir waren beide so erleichtert, als uns Timürs Junge sagte, dass der Pathologe ein Armenier sei. Wenn das da drinnen Bedros ist, fände ich die Vorstellung schrecklich, dass sein Leichnam von unchristlichen Fingern berührt worden sein könnte.«

An dieser Stelle wandten sich sowohl der Polizist als auch Selma Bilge deutlich ab. Um seine eigene Verlegenheit zu verbergen und weitere Diskussionen über armenische Angelegenheiten zu vermeiden, konzentrierte Arto Sarkissian sich auf seine leichte Belustigung darüber, dass sein Freund Çetin als »Timür İkmens Junge« bezeichnet worden war. »Sie haben, glaube ich, schon mit Dr. İkmen zusammengearbeitet, Professor«, sagte Arto.

Der alte Herr lächelte. »Ja. Sein Sohn ist Ihr Freund, ich weiß. Es war sehr gut, dass er so schnell hat arrangieren können, dass wir hierher kommen. Sie müssen ihm das sagen, wenn Sie ihn sehen. Heute Morgen konnte ich einfach nicht ...«

Seine Stimme verstummte, als ihm Tränen in die Augen traten – wie Arto spürte, ein Zeichen, dass das, was zu tun war, sehr schnell getan werden musste.

»Ich verstehe«, sagte er und trat dabei wieder ganz als Arzt auf, »gleich werden wir in diesen Raum dort gehen« – er wies auf eine Tür zu seiner Rechten –, »wo ich Sie bitten werde, sich an einen Tisch zu stellen, auf dem der Leichnam liegt.«

»Oh, lasst mich erblinden, wenn es unser Enkel ist!«, rief die alte Dame aus.

Ihr Mann, der sie sanft beruhigte, legte ihr tröstend den Arm um die Schulter und nickte dem Arzt zustimmend zu.

»Danach werde ich das Tuch vom Gesicht zurückschlagen«, fuhr Arto fort, »und dann haben Sie so viel oder so wenig Zeit, wie Sie benötigen, um den Toten zu identifizieren. Haben Sie das so weit verstanden?«

Mit tränenerstickter Stimme antwortete der alte Herr: »Ja.«

»Und wenn Sie wollen, dass ich das Tuch wieder über das Gesicht legen soll, sagen Sie es mir bitte, falls es Ihnen möglich ist, oder heben Sie einfach die Hand. Ist auch das klar für Sie?«

»Ja.«

»Nun«, sagte Arto, der aus Erfahrung wusste, dass nicht immer klar war, wer in Situationen wie diesen was tat, »kommt Frau Mazmoulian auch mit hinein?«

»Ich möchte es«, erwiderte die alte Dame, »aber andererseits auch nicht, wenn Sie wissen, was ich meine. Ich kann Kevork doch nicht alleine gehen lassen. Bedros war – oder ist – das Letzte, was wir von unserem armen toten Sohn behalten haben und …«

»Ich verstehe.« Arto Sarkissian bedeutete seiner Assistentin, etwas näher zu der Gruppe zu treten. »Frau Bilge wird dabei sein und Ihnen helfen. Frau Bilge?«

Die junge Frau kam mit sanftem Lächeln und nahm die Hand der alten Dame in die ihre. Dann gingen das alte Paar, der Arzt und die Assistentin ohne weitere Worte in einen Raum, der vom Boden bis zur Decke mit großen weißen Fliesen verkleidet war. Der Polizist blieb zurück, setzte sich und zündete sich eine Zigarette an.

An den Wänden waren Waschbecken und Arbeitstische fest installiert, ansonsten hatte man alles, was diesen Besuch noch hätte verschlimmern können, entfernt – die Instrumente und auch die Laufwagen voller Geschirr und Verbandsmull. Alles, was sich jetzt noch in diesem Raum befand, weil es dort bleiben musste, war ein großer Metalltisch, auf dem unverkennbar eine mit einem weißen Tuch bedeckte menschliche Figur lag.

So sehr der alte Herr es auch versuchte – und Arto sah, dass er sämtlichen Mut zusammennahm, um das folgende Martyrium durchzustehen –, er brachte es nicht über sich, sich freiwillig an den Tisch zu stellen. Wie seine Frau und die Assistentin Selma Bilge stand Professor Mazmoulian noch in der Tür, eine Hand an der Nase – gegen den entsetzlichen Gestank der Konservierungsmittel, wie der Arzt glaubte. Auf die Tatsache anzuspielen, dass der alte Herr ängstlich sein könnte, war jedoch nicht eben angeraten, weshalb sich Arto an Selma wandte und sie bat: »Würden Sie bitte Frau Mazmoulian hier herüberführen, Frau Bilge?«

Wie Arto vermutet hatte, folgte der alte Herr, sobald sich seine Frau in Bewegung setzte. Als alle drei schließlich näher am Tisch waren, hielt er sogar seine Frau und die Assistentin hinter seinem Rücken zurück. In diesem Teil der Welt schützte ein Mann die Frauen um jeden Preis, wie die vier, die hier versammelt waren, wussten.

Nachdem alle Teilnehmer des Identifikationsdramas – nach Artos Überzeugung war es ein solches – sich innerlich gesammelt hatten, schaute der Arzt den alten Herrn an und hob eine Augenbraue: »Sind Sie bereit, Professor?«

Der alte Mann holte tief Luft, ehe er antwortete: »Ja, bitte fangen Sie an.«

Sanft faltete Arto das Laken auf und legte ein Gesicht bloß, dessen Haut noch ein wenig schlaffer geworden war, seitdem er es das letzte Mal angeschaut hatte. Das ließ den jungen Mann etwas älter aussehen, was allerdings völlig normal war. Doch wenn man genau hinsah, konnte man immer noch erkennen, dass er ein gut aussehender Junge gewesen war. Er hatte eine kräftige, gerade Nase und seine Augen, wiewohl geschlossen, gingen in langen und sanften halbmondförmigen Bögen schräg nach oben, von dichten, eindrucksvoll geschwungenen Wimpern eingefasst. Sogar der Mund war schön, leicht geöffnet, als würde er die dünne Luft dieses entsetzlichen Ortes einatmen. Irgendjemand, vermutlich Selma Bilge, hatte sein Haar gekämmt, das – obwohl lang und ursprünglich ungekämmt – jetzt sein Gesicht in dichten, schwarzen Wellen einrahmte. Das ließ ihn viel »normaler« aussehen, wie Arto fand, als den wilden, unordentlichen Drogensüchtigen dort oben in der seltsamen Wohnung in Sultan Ahmet, den er anfangs erblickt hatte. Allerdings war das öfters der Fall bei solchen »zurechtgemachten« Leichen.

Sachte, damit er nicht zu neugierig wirkte, ließ Arto seinen Blick vom Gesicht des Knaben zu dem des alten Herrn schweifen. Aus dessen leerem Blick war nicht zu erkennen, was jener fühlte oder dachte. Jeder verhielt sich in dieser Situation anders. In seiner langen Laufbahn hatte der Arzt Menschen weinen, gequält ihren Körper peinigen und sich die Kleidung schier zerreißen sehen; manche wurden ohnmächtig, baten Gott um Gnade, oder sie zeigten überhaupt keine erkennbare Reaktion und benahmen sich wie in einem Wachtraum – einem Alptraum allerdings.

Doch als der alte Herr endlich sprach, geschah dies mit einer Stimme voll unterdrückter Spannung, was seltsam unpassend zu seinen Worten schien: »Er ist es nicht, dies ist nicht Bedros.«

Seine Frau, deren Kopf bislang tief in Selma Bilges Schulter vergraben gewesen war, bekreuzigte sich und murmelte: »Gott sei gedankt.«

»Sind Sie absolut sicher, Professor Mazmoulian?« Es war von entscheidender Bedeutung, dass Arto entweder ein eindeutiges Ja oder Nein bei dieser Identifikation erhielt.

»Ich bin sicher«, wiederholte der alte Mann und sagte dann, zu seiner Frau gewandt: »Stimmt es, Sylvie?«

Seine Frau warf nur einen flüchtigen Blick auf den Leichnam, ehe sie den Kopf nach hinten neigte, um damit zu bedeuten, dass dies nicht ihr Enkelsohn war.

Arto Sarkissian legte das Tuch wieder über das Gesicht des Jungen, dankte dem Paar für die Zeit und die Mühen. Obwohl der Knabe nicht ihr Enkel war, sah Arto doch, dass die Identifikation eine schwere Prüfung für diese müden und besorgten Menschen gewesen war. Ein Rätsel war dem Arzt aber die Tatsache, dass die beiden nicht im Geringsten erleichtert schienen.

Als er sie zurück in den Vorraum begleitete, erklärte Frau Mazmoulian den Sachverhalt. »Ich weiß nicht, was ich jetzt fühlen soll, Herr Doktor«, sagte sie. »Als Timürs Junge uns sagte, dass hier eine Leiche wäre, die unser Enkel sein könnte, sah ich schon das Schreckliche vor mir. Ich habe mich schon für Gott bereit gemacht.«

»So etwas denkt man«, fügte ihr Mann hinzu, »wenn die eigenen Kinder verloren gehen. In der Nacht, in der Bedros' Vater getötet wurde, wusste ich es genau. Und wie Sylvie glaubte ich auch jetzt wieder, es genau zu wissen. Aber ich habe mich getäuscht.«

»Das könnte bedeuten, dass Ihr Enkel gesund und wohlauf ist«, sagte Arto.

Der alte Herr lächelte, aber nicht vor Glück. »Ach, ich glaube nicht, dass ich das noch zu hoffen wage, Herr Doktor.«

»Warum nicht?«

»Weil wir wissen, dass unser Junge in Drogengeschäfte verwickelt war, und uns auch klar ist, dass daraus nicht Gutes werden kann.«

»Die Menschen können von der Sucht freikommen«, gab Arto zurück, »wenn sie Hilfe kriegen und …«

»Aber Bedros kriegt doch keine Hilfe, oder, Herr Doktor?«

»Nein …«

Die alte Dame, die wieder nervös an den Ärmel von Artos weißem Kittel klopfte, sagte: »Fangen Sie bitte nicht an, uns falsche Hoffnungen zu machen, Herr Doktor. Ich weiß, dass Sie es gut meinen, aber … hoffen ist nichts, was sich die Armenier trauen. Das sollten Sie wissen.«

»Nun ja …« Arto wandte sich ab, ein weiteres Mal durch einen Hinweis auf seine Abstammung beschämt. »Ich werde Sie jetzt mit dem Polizeibeamten allein lassen, der Sie hoffentlich nach Hause bringt.«

Der junge Polizist nahm bei diesen Worten Haltung an, erhob sich und drückte dabei seine halb gerauchte Zigarette auf dem Fußboden aus. »Jawohl.«

»Sehr schön.« Arto gab den beiden Mazmoulians die Hand und dankte ihnen nochmals. Als er sich zum Gehen wandte, rief ihn der alte Herr zurück.

»Ach, Herr Doktor?« Sein Gesicht schien beunruhigter als zuvor.

»Ja, gibt es sonst noch etwas?«

Der Professor zuckte mit den Achseln. »Nur etwas, was Sie vielleicht töricht finden.«

»Ich bin sicher, dass das nicht der Fall sein wird, aber ... wenn Sie es mir nicht sagen mögen, verstehe ich das auch.«

»Es ist nur so, dass ...« Er sah kurz zu Boden und blickte dann ruckartig wieder auf. »Der tote Junge da drin ist nämlich kein Armenier.«

»Nein?«

Woher der alte Herr das so genau wissen konnte, ging über Artos Verständnis, aber sein Interesse war trotzdem geweckt. »Wie ...«

»Fragen Sie mich nicht, woher ich das weiß«, fuhr der alte Herr fort, »aber ich weiß es mit Sicherheit. Als Wissenschaftler werden Sie vermutlich kaum akzeptieren können, was ich gesagt habe, aber ... schauen Sie, nennen Sie mich ruhig einen alten Toren, wenn Sie mögen, aber versprechen Sie mir bitte, Timürs Jungen weiterzusagen, was ich Ihnen erzählt habe, ja? Er wird es schon verstehen.«

»Ja.« Und obwohl Arto keineswegs für die Aufrichtigkeit der Gefühle des alten Herrn bürgen mochte, war ihm klar, dass Çetin nicht nur wissen würde, worüber er redete, sondern es auch vollständig ernst nehmen würde. So war Çetin eben. Er hatte – wie jeder, der mit den İkmens in Kontakt kam, wohl wusste – eine Hexe als Mutter. »Ja, ich werde es dem Inspektor sagen, wenn ich ihn das nächste Mal treffe.«

»Ich danke Ihnen.«

Und damit verschwand das alte Ehepaar lautlos aus dem Vorraum. Der junge Polizist folgte ihnen in geringer Entfernung.

Als sie gegangen waren, setzte sich Arto Sarkissian mit seiner Assistentin für einen kurzen Augenblick hin. »Es ist nicht gerade einfacher geworden, oder, Selma?«, fragte er.

»Nein, Herr Doktor, nicht die Spur.«

»Das heißt nämlich auch mit einiger Sicherheit, dass Frau Taşkiran kommen und ein paar Zeichnungen machen muss.«

»Ach.«

Dies »Ach« sprach Bände.

Arto lächelte. »Wenn ich rausgekriegt habe, wann sie kommt, gebe ich Ihnen einen Tag frei.«

»Vielen Dank.«

Polizeipräsident Ardiç hatte seit einer Woche keine Zigarre mehr geraucht, als er sich zum Haus in der İshak Paşa Caddesi begab, um zu sehen, wie Çetin İkmens Nachforschungen vorankamen. Es war nicht üblich, dass er an die Schauplätze des Verbrechens ging, aber sein Arzt hatte ihm frische Luft und Bewegung empfohlen, damit er etwas gegen seine ständigen Nikotingelüste tat. Und Ardiç hatte beschlossen, dass dies eine Aktivität war, die er in seinem neuen Leben als gesundheitsbewusster Nichtraucher aufnehmen wollte. Dass diese Entscheidung allerdings nicht den Effekt hatte, aus ihm einen glücklichen Menschen zu machen, war für alle offensichtlich, die seine Ankunft erlebten. Während er seinen massigen Körper vom Fahrersitz seines BMW erhob und den hohen Bürgersteig neben dem Wagen erklomm, schimpfte er aus Ärger darüber, dass kein kräftiger, willfähriger Polizist in der Nähe war, der ihm half. Dass die meisten seiner Mitarbeiter zu viel Angst vor ihm hatten, um auch nur seinen Arm zu berühren – es könnte ja falsch verstanden werden –, war etwas, was Ardiç entweder nicht begriff oder nicht zu wissen vorzog. Der einzige seiner Beamten, der davon die Ausnahme bildete, lehnte lässig an der Mauer des Hotels nebenan. Aus mehreren Gründen half er seinem Vorgesetzten nicht. Für Çetin İkmen war der Anblick Ardiçs, wie er sich ohne Hilfe seinem Wagen zu entkommen mühte, immer sehr komisch und einfach zu gut, um ihn zu verpassen.

»Hallo«, sagte er, als der größere Mann sich ihm keuchend und schnaufend näherte. »Wem verdanken wir das Vergnügen Ihrer Anwesenheit?«

»Ich will nur kurz mal sehen …«, antwortete Ardiç, wobei er abgehackt sprach, »dass Sie nicht … Ihre Zeit verschwenden … indem Sie rumsitzen und nachdenken … und sich dummes Zeug einfallen lassen.«

İkmen lächelte, zog eine volle Schachtel Zigaretten aus der Tasche und zündete sich eine auf eine Weise an, die, hätte er es vor einer Frau getan, als sexuelle Nötigung hätte ausgelegt werden können. »Na ja«, antwortete er, »ich muss zugeben, dass ich tatsächlich des Nachdenkens schuldig bin, aber wie Sie vermutlich wissen, ist das eine meiner Schwächen. Aber was das Sich-einfallen-Lassen von dummem Zeug angeht …«

»Ach, Sie wissen doch genau, was ich meine, İkmen!«, ging sein Chef in die Luft. »Von den Tatsachen abschweifen und in Ihre eigene kleine Theorienwelt eintauchen! Sie und ich wissen, dass Sie das tun, und Sie und ich wissen auch, dass ich das nicht mag.«

»Wenn es doch aber funktioniert?«

»Und Sie dürfen auch ruhig Ihre Zigarette ausmachen, wenn Sie mit mir reden!«

»Oh, aber es ist doch solch ein …«

»Nun machen Sie schon, İkmen! Und dann lassen Sie uns in das Haus gehen und nachschauen, was schon geschehen ist, wenn es recht ist.«

»Wenn Sie das glücklich macht.« İkmen warf seine beinahe unberührte Zigarette auf den Boden und drückte sie mit dem

Fuß aus. Einige Kollegen, die gerade in der Nähe herumstanden, hatten Mühe zu entscheiden, ob das, was sie da gerade beobachtet hatten, Wahrheit oder Traum gewesen war. Denn solange sich ein jeder erinnern konnte, hatte İkmen noch nie eine Zigarette eher weggeworfen, als bis sie ihm die Fingerspitzen zu verbrennen drohte.

Als die beiden auf das Haus zugingen, bellte Ardiç seine Fragen heraus und ließ dabei İkmen nicht ein einziges Mal die Zeit, sie entsprechend zu beantworten. »Was haben Sie denn bisher herausgekriegt, İkmen?«

»Nun, wir haben die Leiche, die ich Ihnen ja beschrieben habe, dann dieses ziemlich seltsame Haus und …«

»Haben Sie schon den Mieter gefunden, diesen Armenier oder was immer er ist?«

»Nein, Herr Zekiyan wird immer noch vermisst, aber …«

»Sie haben doch schon eine Beschreibung rausgegeben, oder?«

»Nun ja, Suleyman hat alle Distrikte und Bezirke angefaxt, aber der Vermieter unseres Mannes hatte eher ein unbestimmtes Aussehen und …«

»Die Nachbarn haben Sie auch schon, oder?« Mit einer Gestik, die wegen Ardiçs Größe die ganze Welt zu umfassen schien, beschrieb er den Bereich, in dem, wie er meinte, İkmen die Anwohner befragen sollte. »Beziehen Sie sie alle ein, will ich damit sagen. Die Leute können sich oft viel besser erinnern, wenn Sie bei uns sind, als wenn Sie ihnen den Luxus durchgehen lassen, zu Hause zu bleiben.«

Dieses Argument war nicht gänzlich unlogisch, aber aus vollkommen anderen Gründen als denen, auf die Ardiç sich bezog. Die Leute konnten nämlich sehr ängstlich sein, wenn sie auf dem Revier erscheinen mussten – einige waren so verschüchtert, dass sie auf Konstrukte von erstaunlich komplizierter Phantasie verfielen. Um genau das zu umgehen, meinte İkmen: »Herr Zekiyan hat ziemlich zurückgezogen gelebt. Ich glaube nicht, dass, wenn wir …«

»Oh, bei der Liebe Allahs, İkmen! Das ist doch nicht so schwer. Schauen Sie«, sagte Ardiç und zeigte zu İkmens Kummer auf einen der Männer, die an der Rezeption des Hotels arbeiteten und der gerade eine Zigarettenpause machte. »Sie da!«, rief er ihm zu.

Der Mann zeigte auf die eigene Brust.

»Ja, Sie«, wiederholte Ardiç, »kommen Sie doch bitte einen Moment zu uns, ja?«

Der Mann, vermutlich Mitte zwanzig und eher missgelaunt, kam herübergeschlendert und stellte sich vor dem weit kleineren und definitiv korpulenteren Ardiç auf. Eine Zigarette hing ihm wie zufällig aus dem Mund. »Ja?«

»Sie arbeiten hier in diesem Hotel?«

Der Mann sah zu İkmen hinüber, den er schon früher gesehen hatte und von dem er wusste, dass er ein Polizist war, und fragte: »Gehört der zu Ihnen?«

»Das ist mein Chef«, antwortete İkmen, »Polizeipräsident Ardiç.«

»Aha.« Damit wandte er sich wieder Ardiç zu. »Ja, ich arbeite hier. Und?«

»Ich glaube nicht, dass Ihr Tonfall hier sonderlich weiterhilft, junger Mann, aber … schauen Sie, das Haus hier, Nummer … wie ist die Hausnummer, İkmen?«

»Es hat keine Hausnummer«, antwortete İkmen. »Es heißt allgemein nur das ›Sackleinen-Haus‹, wegen …«

»Ja, ja, es reicht.« Ardiç drehte sich wieder zu dem missmutigen jungen Mann und fragte: »Hier soll ein Armenier wohnen, ein Herr …«

»Zekiyan«, warf İkmen ein.

Ardiçs Geduld wurde durch die Zigarette im Mund dieses Mannes auf die Probe gestellt und bis zum Zerreißen gedehnt, weshalb er eher bellte als fragte: »Wir müssen wissen, wie er aussieht, wohin er geht, all solche Sachen eben.«

»Das fragen Sie mich?«

»Mit Ihnen rede ich doch, oder nicht?«

Der junge Mann zuckte die Achseln. »Na ja, ich weiß nicht so recht«, erwiderte er, »so um die vierzig, dunkelhäutig. Ich weiß nicht.«

»Oh, machen Sie schon, Mensch!« Ardiç explodierte. »Sie leben hier in seiner Nachbarschaft, da müssen Sie doch was über ihn wissen! Trägt er Anzüge? Hat er einen Wagen? Was noch?«

»Er trägt einen sehr teuren Ring«, sagte eine weitere, ältere Stimme.

Ardiç drehte sich um und blickte einem älteren, klein gewachsenen Herrn ins Gesicht, den İkmen als den Lebensmittelhändler erkannte.

»Aha«, sagte Ardiç und war dabei offenkundig von sich selbst entzückt, »hier haben wir also jemanden, der noch Augen im Kopf hat. Was ist das für ein Ring?«

»Er hat ein Kreuz aus Smaragden und Diamanten, stimmt's?«, fragte İkmen.

»Ja, mein Herr, so ist es«, antwortete der Händler. »Ich habe ihn oft gesehen, als er in meinem Laden Wasser oder Brot oder Zigaretten gekauft hat.«

»Sie wussten davon?«, fragte Ardiç seinen Inspektor.

İkmen zuckte die Achseln. »Der Vermieter hat es mir erzählt. Ich wollte Ihnen gerade davon berichten, als …«

Ardiç wandte sich wieder dem Händler zu. »Was haben Sie sonst noch an diesem Mann bemerkt?«

»Nicht viel«, antwortete der, »außer, dass er sehr höflich ist. Er lebt schon seit vielen Jahren hier, aber weil dies eine Touristengegend ist, lernt man die Leute nicht mehr so gut kennen wie früher. Die jüngeren Anwohner, wie der armenische Herr, haben ja die Angewohnheit, ihr Leben ganz woanders zu verbringen. Er kommt und geht zu seinen Geschäften, denke ich mir. Oft habe ich ihn wochenlang nicht gesehen. Er ist aber sehr elegant, also muss er auch einen guten Job haben.«

»Ist er jemals mit jemand anderem aufgetaucht, einem Jungen zum Beispiel?«

Der Händler dachte wohl eine Minute lang nach und neigte dann den Kopf zurück: »Nein, obwohl er manchmal mit einem anderen Mann ins Haus gegangen ist.«

»Wer war das?«

»Das weiß ich nicht, und um ehrlich zu sein, habe ich auch nicht besonders darauf geachtet. Die Jüngeren mögen das ja nicht mehr, dass sich die Nachbarn für einen interessieren und so was.«

Als Antwort gab Ardiç ein kräftiges Räuspern von sich, ließ sowohl den Lebensmittelhändler als auch den Hotelangestellten links liegen, nahm İkmen am Arm und ging mit ihm zum Sackleinen-Haus. »Ich hoffe, İkmen, Sie ersehen daraus, dass es lebenswichtig ist, mit den Leuten zu reden«, sagte er. »Wir haben da gerade ein paar neue Dinge erfahren, auf denen Sie sicherlich werden aufbauen können.«

»Jawohl.« Nicht einmal İkmen hätte gewagt, darauf hinzuweisen, dass er das meiste, was da gerade gesagt worden war, schon wusste. Ardiç redete so selten mit anderen Menschen, dass ihn durch Kritik zu entmutigen gleichbedeutend damit gewesen wäre, ihm seine größte Stunde zu stehlen.

Ehe die beiden Männer nun ins Hausinnere gingen, standen sie einige Augenblicke davor und betrachteten die Fassade. Architektur gehörte nicht gerade zu İkmens Leidenschaften, aber als er an der großen metallbeschlagenen Tür nach oben schaute, musste er zugeben, dass das Sackleinen-Haus ein gutes Beispiel für den osmanischen Stil war. Das Holz, warm und honigfarben gestrichen, war gut erhalten und, obgleich durch Zeit und Wetter leicht verbogen, immer noch in bemerkenswert gutem Zustand. Die Fenster und Simse waren sauber, wie auch die Eingangstreppe, was den ganzen Ort gut erhalten und angenehm erscheinen ließ. Tatsächlich, und ungewöhnlich für ihn, murmelte auch Ardiç so etwas wie »ganz nett«.

Aber was das Haus von außen so angenehm machte, wandelte sich innen zum Finsteren. Während der bald sechsunddreißig Stunden, seitdem die Spurensicherung ins Haus gekommen war, hatte man auch nicht einen halben Fingerabdruck gefunden. Jeder Schrank, jede Arbeitsfläche, sogar die Kloschüssel und der winzige Seifenhalter neben der Dusche glänzten, weil sie entweder mit Wasser oder Reinigungsflüssigkeit geschrubbt worden waren. Bei näherer Untersuchung hatte sich zusätzlich gezeigt, dass nicht einmal die weichen Polstermöbel dieser Behandlung entgangen waren, die Sofas, Betten und Sessel waren gleichfalls von allen Spuren gereinigt worden. Der ungreifbare Herr Zekiyan oder ein bis jetzt Unbekannter hatte sehr sorgsam darauf geachtet, keine Spuren bei der Leiche des Jungen zu hinterlassen. Auch von dem Jungen gab es nichts außer ihm selbst. Man hätte mit Recht zumindest einiges Besteck, um die Drogen zu setzen, bei der Leiche vermuten können, zumal bei einem Langzeitabhängigen wie ihm, aber bis jetzt hatte man nichts Derartiges gefunden. Sogar die Bodenbretter in dem schrecklichen kleinen Todeszimmer hatte man angehoben, aber außer ein paar toten Mäusen nichts entdeckt. Entweder hatte Herr Zekiyan, falls er überhaupt so hieß, sehr geschickt seine Spuren verwischt oder ein anderer war in dem Haus gewesen, um diese Aufgabe zu übernehmen – aus Gründen, über die man derzeit nur Vermutungen anstellen konnte.

Es war Ardiç, der schließlich diese Träumereien unterbrach: »Haben wir denn noch irgendeinen Hinweis über die Identität dieses toten Jungen?«

»Ich dachte, es könnte das vermisste Kind der Mazmoulians sein«, antwortete İkmen, »aber der Großvater konnte ihn heute Morgen nicht als dieses identifizieren. Ich habe schon Dorotka Taşkiran gebeten, einige Zeichnungen für den Umlauf zu machen.«

Ardiç murmelte seine Zustimmung, ehe er fortfuhr: »Die ist doch genauso verrückt wie Sultan İbrahim.«

»Jawohl.«

Dem gab es nichts hinzuzufügen, weshalb Ardiç das Thema wechselte. »Soweit ich weiß, glauben Sie, dass der Junge ein Armenier sein könnte.«

»Das habe ich geglaubt, ja«, seufzte İkmen, »obwohl ich jetzt nicht mehr so sicher bin.«

»Wieso?«

»Weil Bedros Mazmoulians Großvater sehr sicher war, dass dieser Junge kein Landsmann war.«

Ardiçs Miene wurde sauer und zur gleichen Zeit verzweifelt. »Ich nehme an, er hatte so ein ›Gefühl‹, oder?«

»So ist es.«

»Ein Riesenblödsinn, İkmen! Sie sind für einen derartigen Unsinn viel zu empfänglich.« Er kreiste und fuchtelte mit dem Finger vor İkmens Gesicht herum. »Wenn der Junge unbeschnitten ist und im Haus eines Armeniers gefunden wurde, ist es doch nur vernünftig anzunehmen, dass er auch ein Armenier war. Vermutlich handelt es sich um eine persönliche Fehde zwischen den beiden, um Blutrache.«

»Ich befrage gerade die Gemeinde hier in der Stadt. Ich bin bloß ...«

»Machen Sie das bloß nicht über Sarkissian, İkmen. Ich kenne Sie und weiß, wie blind Sie gegenüber den Eigenarten Ihres Freundes sein können. Sarkissian ist Armenier und könnte ein persönliches Interesse dabei haben. Ich meine ja nicht, dass er lügen würde oder so was ...«

»O nein«, lächelte İkmen, »natürlich nicht.«

»Sie werden selber weitersuchen, haben Sie verstanden? Schicken Sie einen von Ihren Männern zu diesen Arschlöchern. Klar?«

»Jawohl.«

»Sehr schön.« Mit einem tiefen und, wie er hoffte, auch reinigenden Atemzug ging Ardiç weiter auf die Eingangstür zu. »Kommen Sie schon, İkmen«, forderte er ihn auf, »wir wollen uns den Schauplatz des Verbrechens ansehen. Ich bin hier, um zu helfen, also nutzen Sie mich.«

»Jawohl, vielen Dank.«

Als er seinem Chef ins Haus folgte, konnte İkmen gerade noch ein leicht ironisches Lachen unterdrücken.

Obwohl der Tag bisher ohne Vorkommnisse verlaufen war, war Fatma viel zu klug, um anzunehmen, dass dies auch so bleiben würde. Als sie, nachdem sie die Wäsche auf dem Balkon aufgehängt hatte, wieder ins Wohnzimmer kam, überblickte sie diesen Raum mit einigem Argwohn. Trotz seiner Gebrechen kam der alte Mann ganz gut zurecht, und obwohl er beim letzten Mal, als sie ihn gesehen hatte, fest geschlafen hatte, gab es keine Garantie dafür, dass dem immer noch so war. Noch spielten zumindest Kemal und Gul sehr fröhlich miteinander. Kemal konnte, auch wenn er zwei Jahre jünger als seine Schwester war, ihr gegenüber zuweilen ein regelrechter Quälgeist sein, weshalb es jetzt so schön war, dass sie zur Abwechslung gut miteinander auskamen. Für den Kleinen würde es ein ziemlicher Schock, wenn Gul sich den drei älteren Geschwistern, die bereits zur Schule gingen, anschloss. Dann würde Kemal, wie Fatma vermutete, seine Mutter als Spielgefährtin benutzen wollen und das machte ihr Angst, obwohl es ja auf seine Art ganz süß war. Diese verflixten Geschwulste machten das Bücken und Aufrichten – beides zum Spielen unabdingbar – so gut wie unmöglich und Fatma fürchtete schon lange im Voraus die verständnislose Ungeduld, die ihr Jüngster ihr entgegenbringen würde.

Jetzt aber waren die Kinder versorgt, weshalb Fatma beschloss, sich ein paar Minuten hinzusetzen und sich die Zeit zu nehmen, den letzten Brief ihres Sohnes Orhan zu lesen, der an der Hacettepe-Universität in Ankara Medizin studierte. Wie stets begann sein Schreiben mit Grüßen an alle Mitglieder der Familie, die sorgfältig aufgeführt und nach Alter und Wichtigkeit, wie Fatma glaubte, bedacht waren. Besondere Liebe und Dank waren natürlich dem Vater zugedacht, der dem Jungen erst kürzlich ein Paar Winterschuhe geschickt hatte. Der hatte sie von seinem Polizeimeister erhalten, welcher sie aus einer Laune heraus gekauft und dann ausrangiert hatte. Nicht, dass Fatma diese kleine Geschichte auch nur einen Moment lang geglaubt hatte. Mehmet Suleyman, der viel besser dastand als die İkmen-Familie, war ein sehr freundlicher junger Mann, der diese Schuhe fast sicher im Hinblick auf ihren armen, unterkühlten Studentensohn erstanden hatte. Es gehörte sich aber einfach nicht, den eigenen Reichtum gegenüber denen zur Schau zu stellen, die weniger begünstigt waren als man selbst, weshalb er das nie zugeben würde. Und weder Çetin noch Fatma hatten weiter nachgefragt, sondern Mehmet sehr freundlich für sein Geschenk gedankt. Fatma las gerade einen kleinen Absatz über einen Bekannten, der, wie sie feststellte, weiblichen Geschlechts war und offensichtlich mit der tollsten blonden Mähne herumlief, als das Telefon ging. Die beiden Kinder sahen kurz von ihrem Spiel auf, als sich ihre Mutter langsam auf den Apparat zubewegte, woraufhin sie sich wieder in ihre eigene kleine Phantasiewelt zurückzogen.

»Hallo?«, sprach Fatma in den Hörer.

»Hallo, Fatma«, antwortete eine vertraute Stimme. Es war Krikor Sarkissian, der Bruder von Arto, dem besten Freund ihres Mannes.

Fatma lächelte. »Krikor, wie schön, mal wieder von dir zu hören. Wie war eure Wohltätigkeitsveranstaltung neulich Abend?«

»Hat Çetin dir noch nichts davon erzählt?«

Sie seufzte schwer und mit lang geübter Mattheit. »Ich glaube, dass dieser Mordfall, zu dem er und dein Bruder mussten, etwas ungelegen kam auf deiner Veranstaltung, nicht?«

»Ach ja, natürlich. Na ja, es war sehr erfolgreich, danke dir. Schade, dass es dir nicht so gut ging und du nicht kommen konntest.«

»Ich bin einfach sehr müde, wegen der kleineren Kinder, du weißt schon«, sagte Fatma und kam damit unangenehmen Fragen zuvor, die er wegen ihrer Gesundheit stellen könnte. Schließlich war er Arzt, aber Fatma schämte sich nicht bloß wegen der Geschwulste, sondern war auch längst zu gelangweilt davon, als dass sie darüber reden wollte. Sie wechselte das Thema. »Çetin ist gerade nicht da, er ist bei der Arbeit.«

»Ja, ich weiß. Deswegen rufe ich auch nicht an. Es geht um den Vorstand für mein Projekt, dem er ja angehört, wie du weißt.«

»Ja.« Aus dem Augenwinkel heraus sah Fatma, dass sich drüben beim Fernseher etwas bewegte. Sofort machte etwas in ihrem Verstand »klick«.

»Ich möchte, dass er, wenn er kann«, fuhr Krikor fort, »zu einer Vorstandssitzung morgen Abend kommt, damit wir darüber reden, wie wir weitermachen, jetzt, wo wir das Geld haben.«

»O ja, richtig.«

Sie wandte sich gerade noch rechtzeitig um, um mitzubekommen, wie der alte Mann mit seiner Kurzsichtigkeit auf die Bedienungsknöpfe starrte, wobei aus seinem offenen Mund lange Speichelfäden auf den Teppich sabberten.

»Wir treffen uns im Haus von Muhammed Ersoy, der uns freundlicherweise auch zum Abendessen einlädt.«

»Das ist sehr nett«, gab Fatma zurück, die gegenwärtig kaum etwas von der Unterhaltung mit Krikor mitbekam.

Der alte Mann betatschte zärtlich den Bildschirm, sah dann zu seiner Schwiegertochter hoch und lächelte. »Da ist er nicht drin, Fatma, meine Liebe«, sagte er.

Sie lächelte und gab ihm sachte zu verstehen, dass er ruhig sein solle, und Timür machte ihr durch verschiedene Handzeichen klar, dass er verstanden hätte.

»Wenn du also Çetin bitten könntest, mich zurückzurufen«, fuhr Krikor fort, »ich sage ihm noch genau, was, wann, wo und wie.«

»In Ordnung.«

Für jemanden, der angeblich sein Geld damit verdiente, anderen Menschen genau zuzuhören, war Krikor Sarkissian im Hinblick auf ihren beunruhigenden Gesundheitszustand einigermaßen unsensibel. Nachdem er den Grund seines Anrufes vorgebracht hatte, ging er schnell dazu über, Konversation zu machen, was Fatma am meisten aufregte.

»Und wie geht es dem guten Onkel Timür?«, fragte er, gerade als das Thema seiner Frage sich entschlossen hatte, auf sein Hemd zu verzichten.

»Zieh es wieder an! Zieh es wieder an!«, zischte Fatma, die gerade bemerkte, dass ihre Kinder den Großvater einigermaßen besorgt ansahen. Dann wieder zu Krikor am Telefon: »O ja, ihm geht es gut, abgesehen von den Schmerzen in den Gelenken.«

Krikor bemerkte, dass etwas Grundsätzliches an Fatmas Diagnose fehlte, und senkte die Stimme. »Und das andere Problem, Fatma? Der, sagen wir mal, psychologische Aspekt?«

»Ach.« Fatma beschlich die Ahnung, wie wütend ihr Mann würde, wenn er herausbekäme, dass sie dieses Tabuthema besprach.

Als wollte er Krikors Frage noch betonen, beendete Timür İkmen seine Aktion: Er zog sich das Hemd vollständig aus und sagte dann: »Ich hatte mal einen Sohn, Halil hieß er. Ich glaube, er ist gestorben.«

Fatma hielt eine Hand über den Hörer und sagte: »Nein, er ist nicht tot, Vater, er ist ...«

»Du bist nicht meine Tochter!«

»Bist du noch da, Fatma?«, fragte Krikor. »Ist alles in Ordnung?«

Fatma nahm die Hand wieder vom Hörer. »Ja, Krikor, mir geht es gut.«

»Du weißt ja, dass es besondere Ärzte gibt, die sich auf die Behandlung ... äh ... älterer Leute spezialisiert haben ... Es gibt Hilfe für so was, bestimmte Medikamente können solche Symptome lindern oder ganz abstellen. Wenn du willst, kann ich dich beziehungsweise Çetin ja mal mit ...«

»Ach, so schlimm ist es nicht, weißt du«, log sie. »Man kann zurzeit ganz gut mit ihm auskommen.«

»Wie auch immer, Fatma, denk bitte darüber nach, was ich gesagt habe. Sprich mit Çetin. Onkel Timür war wie ein Vater für Arto und mich, als unser eigener Vater starb, und was das Geld für eine solche Behandlung angeht …«

»Oh, vielen Dank«, antwortete sie und wurde dabei rot vor Verlegenheit, »aber das wird wirklich nicht nötig sein, ich …«

»Der Grieche hat mir erzählt«, sagte der alte Mann, der jetzt auch noch anfing, seine Hosen auszuziehen, »dass mein anderer Sohn vermutlich irgendwas mit einer fettarschigen Nutte hat. Aber ich weiß, dass das nicht wahr ist, weil ich nur den einen Sohn habe, und der ist tot.«

Die Sache mit der Hose war weiß Gott mehr, als Fatma jetzt noch vertragen konnte. Mochte Krikor denken, was er wollte, sie musste auflegen. »Tut mir Leid, Krikor«, sagte sie, »aber die Kinder sind allein in der Küche und …«

»Sicher, du musst jetzt gehen und nach ihnen schauen«, antwortete er. »Entschuldige bitte, falls ich …«

»Schon gut, Krikor, aber …« Die Hose des alten Mannes war auf den Boden gefallen. »Wiedersehen!«

»Wiedersehen, Fatma! Vergiss nicht …«

Sie legte den Hörer auf und drehte sich mit einer Schnelligkeit, deren sie sich niemals für fähig gehalten hätte, um, eilte durch das Zimmer und ergriff, mit ruhiger und gleichmäßiger Geste, die Hose des alten Mannes.

»Bei der Liebe Allahs, Vater«, sagte sie, als sie ihm die Hose wieder über seine winzigen, dürren Beinchen zog.

Der alte Mann lachte, ein hohes, fast mädchenhaftes Lachen. »Du bist sehr nett zu der Hose eines alten Mannes, mein Mädchen, würde ich sagen! Willst du eigentlich viel für einen Fick haben oder …«

»Vater!« Sie fühlte, wie sie wieder errötete, wie das Blut in ihrem Schädel immer heftiger pochte. Schmutzige Worte waren bei diesem Alten nicht gerade unüblich, aber als er noch bei Sinnen war, hätte er zumindest versucht, vor den Kindern einigermaßen anständig zu sein.

»Ich habe zweihundert Kurus in der Tasche für eine Kleine, die mir …«

»Bist du jetzt bitte still, Vater!«, rief Fatma und sah, wie die Kinder vor Angst aufsprangen.

Aus einem Grund, der nur dem alten Mann einsichtig war, wurde er ganz plötzlich wieder ruhig. Wie ein zufriedenes Kleinkind gestattete er Fatma, dass sie ihn wieder anzog, und sagte kein Wort mehr. Sein Gesicht war wieder ruhig und gelassen.

Gerade wollte Fatma ihn sanft in sein Zimmer bringen, als die Stille ein letztes Mal unterbrochen wurde.

»Fick, fick, fick, fick, fick«, sagte Kemal.

Mehmet Suleyman verließ Çetin İkmen ungefähr um halb fünf beim Sackleinen-Haus und kehrte allein zum Revier und ins Büro zurück. Weil Polizeipräsident Ardiç den größten Teil des Tages draußen am Tatort verbracht hatte (und in der Tat immer noch dort war), war Suleyman abgeschlagener als sonst. Ardiç hatte gewollt, dass alles und jedes am Tatort minutiös untersucht wurde, und dies auf seine gewohnt herrische Art vorgebracht. Es war merkwürdig, dass er ein solch professionelles Interesse an der Arbeit seiner Leute zeigte, andererseits war er selbst, auch wenn man es manchmal kaum glauben konnte, zu seiner Zeit ein guter Polizist gewesen. Seine Zusammenfassung der gegenwärtigen Situation als »verdammt seltsam« war zwar nicht die professionellste aller Bemerkungen, aber sie stimmte.

In der relativen Ruhe seine Büros setzte sich Suleyman erst einmal hin und zog sein Notizbuch heraus. İkmen war bekanntermaßen ein wenig schlampig, was den Papierkram anging, also lag es nun an Suleyman, die Ereignisse des Tages zu notieren. Es war allerdings nicht so, dass besonders viel Neues dazugekommen wäre. Das Haus war immer noch vollständig »sauber«, was mögliche Hinweise betraf, und alles, was die Nachbarn über den ungreifbaren Herrn Zekiyan zu wissen schienen, war, dass er einen sehr teuren Ring trug. Allerdings gab es einen winzigen Punkt, der eine kleine, aber doch durchdringende Alarmglocke in Suleymans Schädel in Gang gesetzt hatte. Die Mutter einer Frau Toker, die zusammen mit ihrer Tochter in einer Wohnung über dem Lebensmittelladen wohnte, konnte sich gut an den Armenier erinnern, auch wenn es »sehr lange her« war, dass sie ihn gesehen hatte. Wie ihre Tochter war auch die alte Ermine eine sehr religiöse und stark verschleierte Frau. Ihr fortgeschrittenes Alter konnte man nur an dem kleinen Spalt im Peçe, dem Schleier, erkennen, der ihre Augen und die tiefen Linien darum freigab. In einer wahren Flut religiöser Bitten und Eide hatte sie Suleyman erzählt, dass sie Herrn Zekiyan »vor sehr langer Zeit« gesehen hatte, wie er ab und zu mit einem Kind in sein Haus ging. Das war alles, was sie gesagt hatte, aber Suleyman und İkmen hatten es beunruhigend gefunden, vermutlich wegen der von Zekiyan eigens ausgebauten Wohnung. Niemand sonst konnte sich erinnern, das Kind gesehen zu haben, und die alte Ermine hatte es auch nur ab und zu erblickt, woraus sich die Frage erhob: Wer war das Kind und warum war es mit dem Mann in das Haus gegangen? Wahrscheinlich war alles ganz unschuldig, aber … Die Leiche des Jungen hatte keine Anzeichen eines sexuellen Übergriffs aufgewiesen, doch die Vorstellung, dass Zekyian »nicht ganz richtig« wäre, mochte einfach nicht verschwinden. Die Realität dieser unheimlichen Wohnung machte alle möglichen Gefühle bezüglich Zekyians Unschuld zunichte. Und wie Dr. Sarkissian angeblich vor kurzem gesagt hatten, gab es Hunderte von Möglichkeiten, wie man ohne Penetration sexuelle Befriedigung erreichen konnte. Dass die Leiche des Toten unberührt schien, musste nicht notwendigerweise bedeuten, dass er nicht missbraucht worden war. Schließlich musste es ja einen Grund für seine Anwesenheit in der Wohnung geben und ein Motiv für seinen Tod, und obwohl Sex hier nicht unbedingt an erster Stelle rangierte, konnte man ihn auch nicht völlig ausschließen.

Nicht, dass diese Überlegungen etwas mit den nüchternen

Tatsachen zu tun hatten, die Suleyman jetzt schriftlich festhalten sollte. Er holte ein paar Blatt Papier aus der Schublade und spannte eines in die Schreibmaschine. Gerade wollte er anfangen zu tippen, als jemand an die Tür klopfte. »Herein«, rief Suleyman.

Ein kleiner, ungekämmter Mensch, der nach billigen Zigaretten stank, trat ein.

»Ach, hallo, Cohen«, sagte Suleyman, »was kann ich für dich tun?«

Wachtmeister Cohen, dessen Respekt für Suleymans höheren Rang nie die Tatsache verdrängen konnte, dass beide einst zusammen auf Streife gegangen waren, setzte sich elegant auf den Rand von Suleymans Schreibtisch. »Hat der alte İkmen diese Woche nicht Geburtstag?«

»Nein, der Inspektor ist im Dezember geboren. Wieso?«

Cohen wühlte – ziemlich beunruhigend, wie Suleyman fand – in einer seiner Hosentaschen, bis er eine kleine, hübsch verpackte Schachtel ans Tageslicht beförderte.

»Das ist heute für ihn angekommen«, sagte er und hielt sie in die Höhe, so dass Suleyman sie anschauen konnte. »Sieht nach einem Geschenk aus, finde ich.«

»Na ja, wenn es für den Geburtstag sein soll, ist es ganz schön früh«, erwiderte Suleyman.

Er nahm seinem Kollegen die Schachtel ab und untersuchte sie eingehend. »Kein Absender.«

»Nein.«

Suleyman zuckte die Achseln. »Ich weiß nicht, Cohen. Aber warum ein Freund oder sonst jemand ihm ein Geschenk hierher schicken sollte, kann ich mir nicht vorstellen.«

»Kann ich es bei dir lassen, Mehmet?«

»Ja. Ich bringe es ihm nach Hause, wenn ich heimfahre. Er kommt heute Abend nicht mehr hierher ins Büro.«

»Okay.«

»Gut.« Suleyman sah ostentativ von Cohen weg und wandte sich wieder seiner Schreibmaschine zu. Cohen hatte aber andere Pläne für Suleymans Zukunft, die wiederum nichts mit Arbeit zu tun hatten.

»Äh ... Mehmet«, begann er, »also ...«

Ungeduldig blickte Suleyman wieder auf. »Ja? Und?«

Cohen lächelte. An diesen fortwährenden, wenn auch unerträglichen Fleiß, den sein Freund an den Tag legte, hatte er sich längst gewöhnt. »Ich und noch ein paar andere gehen heute Abend zu Çiçek Pasaj, falls du Lust hast.«

»Das glaube ich nicht.«

»Polizeimeisterin Farsakoğlu meinte, dass sie noch ein oder zwei Stunden bleibt, bis sie ...«

»So?« Suleyman tippte mit nur zwei, wenn auch flinken Fingern das Datum und seinen Namen oben auf die Seite.

Cohen, der haargenau wusste, wie viel oder besser wie wenig sein Freund von den Gefühlen der hübschen Polizeimeisterin ahnte, gab sich so zwanglos wie möglich. »Sie hat nämlich Brüste wie Agri Dağ, und sie ist wahnsinnig scharf auf dich.«

»Wie bitte?« Jetzt sah Suleyman wirklich von seiner Arbeit auf, und zwar so beleidigt, dass Cohen beinahe lachen musste.

»Du musst das doch gemerkt haben, Mehmet«, sagte er, »Ihre Zunge schleift fast auf dem Boden, wenn sie dich sieht. Ein paar von den Jüngeren und, wenn ich ehrlich sein soll, auch ich waren ganz schön enttäuscht, als uns klar wurde, dass sie sich nur für dich interessiert. Ich denke mal, ich wäre da schon ernsthaft aufmerksam geworden, bei den Haaren und den Schenkeln.«

»Cohen!« Suleyman war rot im Gesicht, aus Wut oder aus Scham oder aus beidem, wodurch sich der Wachtmeister allerdings nicht beeindrucken ließ.

»Ja?«

»Ich hab keine Lust, mir diese Art von anzüglichem Gerede anzuhören, vielen Dank! Ich bin verheiratet, falls du das noch nicht bemerkt hast, und Polizeimeisterin Farsakoğlu ist eine sehr intelligente und anständige Polizistin! Solche blöden Gerüchte können uns beiden nur schaden, falls sie überall herumgetragen werden!«

»Avçi hat schon Wetten angenommen, wann und wohin ihr loszieht.«

»Dann soll Avçi diese Wetten ganz schnell wieder zurücknehmen!« In Suleymans Benehmen war jetzt offen Angst zu erkennen. Sein Job bedeutete ihm alles und er wusste sehr wohl, dass Gerüchte dieser Art die Karriere nicht nur zerstören konnten, sondern zuweilen wirklich schon zerstört hatten. Was sexuelle Beziehungen anging, blieb die Türkei, wie er wusste, ein islamisches Land, und wenn ein verheirateter Mann einer Frau die Jungfräulichkeit nahm, war das, nun ja … »Du kannst dem Pack da unten im Erdgeschoss erzählen«, sagte er, womit er die Gruppe der Polizisten meinte, denen sich sein Freund angeschlossen hatte, »wenn ich noch mal so was höre, sage ich es İkmen. Und der denkt sich eine Strafe aus, wie sie nur ihm einfällt, wir ihr alle wisst.«

Cohens Miene wurde nur leicht blass, aber es reichte, um zu sehen, dass er verstanden hatte. »Du meinst …«

»O ja«, sagte Suleyman, der diese Zurschaustellung von Macht ziemlich genoss, wenn auch nur stellvertretend. »Euer Dienstplan wird von Satan persönlich aufgestellt werden. Und wenn ihr glaubt, dass einfache Polizisten nie zu Obduktionen beordert werden können, dann denkt noch mal darüber nach!«

»Das würdest du nie tun!«

»Ich nicht, aber İkmen …«

»Du …«

»Sprich es nicht aus, Cohen!«, sagte Suleyman und trat dicht vor das Gesicht dieses kleinen Mannes. »Es war sehr gutgläubig von euch, mir zu erzählen, wie ihr über Ärzte und Obduktionen denkt und all das, was dazugehört, aber falls dieser Mist nicht sofort aufhört, werde ich dieses Wissen gegen euch verwenden und …«

»Ich verstehe«, antwortete Cohen eilig.

»Sehr schön.« Suleymans Wut hatte sich zumindest zeitweilig gelegt. Er drehte sich ein weiteres Mal zu seiner Schreibmaschine um und hackte die Beschreibung des Tatortes hinein.

»Ich nehme an, du willst, dass ich …«

»Geh einfach, Cohen, ehe es mit unserer Freundschaft für immer vorbei ist.«

»Ja …« Cohen nahm, was ungewöhnlich war, kurz Habachtstellung ein, ehe er ging. »Jawohl.«

»Wiedersehen.« Suleyman suchte die Tastatur nach den richtigen Buchstaben ab – zumindest sollte Cohen das annehmen – und hörte, wie der andere das Büro verließ. Als wieder Stille herrschte, ließ er den Kopf in die Hände sinken. Er brauchte das alles nicht. Und was er Cohen nicht gesagt hatte und tatsächlich auch nicht sagen konnte, war, dass es, wenn Gerüchte dieser Art umgingen, nur anständig von ihm wäre, Polizeimeisterin Farsakoğlu darauf aufmerksam zu machen. Das allerdings würde nicht leicht sein. Denn die Frage war, was sollte er tun, falls die Gerüchte stimmten? Wenn Polizeimeisterin Farsakoğlu tatsächlich scharf auf ihn wäre, würde es für ihn außerordentlich schwer werden, ihr das nächste Mal ins Gesicht zu sehen. Besonders angesichts der Tatsache, dass er auf sie scharf war.

Kapitel 6

Sich das Ding von nahem anzusehen, so wie jetzt, war faszinierend. Wenn Kristall so fein geschliffen war wie hier, dann war es ein so reines, aber gleichzeitig auch so vielschichtiges Material. Das gesamte sichtbare Spektrum zu reflektieren war für eine feste Materie schon eine Leistung, und Çetin İkmen fragte sich, als er in die Tiefen des Kristalls schaute, ob die Erfahrung, die er gerade machte, der unter dem Einfluss bewusstseinsverändernder Drogen ähnelte. Eine interessante Feststellung und nicht gänzlich fehl am Platz, wenn er daran dachte, dass neulich so viele ähnliche kleine Kristalle im Sackleinen-Haus gefunden worden waren. War es möglich, dass der junge Abhängige diese Kristalle benutzt hatte, um seine Drogenerfahrungen zu steigern?

Diese kleine Figur aber war, obwohl ganz unerklärlich, sein Eigentum. Aus einem einzigen Kristallstück gehauen, wie man sehen konnte, war es ein sehr kompliziert und fein gearbeiteter Käfig. Dem Stil der gewölbten Käfige nachgebaut, die er vor Touristenläden in den Ferienorten an der Südküste gesehen hatte, barg er sogar einen winzigen Kanarienvogel, der in diesem winzigen Käfig auf einer winzigen goldenen Schaukel saß. Und obwohl Çetin İkmen nie zuvor solchem Nippes Beachtung geschenkt hatte, musste er zugeben, dass der Käfig sowohl raffiniert als auch nett anzusehen war. Warum er sich allerdings jetzt in seinem Besitz befand, stand auf einem ganz anderen Blatt.

Wie Suleyman gesagt hatte, war das Päckchen irgendwann im Verlauf des gestrigen Tages im Revier angekommen. İkmen und Suleyman hatten eingehend in und außerhalb der Schachtel nach Anzeichen gesucht, die einen Hinweis auf dic Herkunft lieferten. Doch da war nichts, sogar der Poststempel war unleserlich. Alles, was sie – beziehungsweise İkmen, der nun allein war, weil sein Kollege nach Hause gegangen war – besaßen, war dieses hübsche kleine Modell, das entweder durch Zufall oder mit Absicht jenen in der oberen Wohnung des Sackleinen-Hauses sehr ähnelte. War es nur Zufall oder steckte etwas sehr viel Unheimlicheres dahinter? İkmen fiel niemand ein, der ihm so etwas schicken könnte, und warum sollte ihm überhaupt jemand ein Geschenk machen? Er hatte ja nicht Geburtstag, Fatma auch nicht und auch keines der Kinder.

Wieder sah er den Poststempel an und kam zur Überzeugung, dass sich eine Fahrt zur Spurensicherung als lehrreich erweisen könnte. Wenn er wüsste, woher das Päckchen käme, könnte er herausbekommen, wer es abgeschickt hatte. Und auch wenn sich herausstellen sollte, dass es von einem Verwandten oder Freund stammte, könnte er die aufgewendete Zeit und das Geld gut rechtfertigen: Die Ähnlichkeit mit den anderen Modellen war einfach zu groß. Was bedeutete das alles, falls es überhaupt etwas bedeutete? Wenn jemand, der mit dem Verbrechen in Verbindung stand, es ihm geschickt hatte, was wollte er oder sie dann damit sagen?

Angenommen, die abgeschlossene Wohnung war eine Art Gefängnis für den toten Jungen gewesen, dann war die Symbolik des gefangenen Vogels klar. İkmen kam auch der alte türkische Brauch in den Sinn, wonach man für die Freilassung gefangener Tauben bezahlte und einen Segen bekam, weil man etwas in die Freiheit entlassen hatte. Unter gewissen Umständen konnte auch der Tod als eine Art Freiheit begriffen werden: von Sorgen, Kummer und Schmerz – im Falle des Jungen vielleicht Freiheit aus der Hölle der Drogenabhängigkeit? Aber all dies beruhte auf der Vermutung, dass, wer auch immer İkmen diese Figur geschickt hatte, zugleich intime Kenntnisse des Verbrechens besaß – er wusste es nicht. Vielleicht zog er ja vorschnelle Schlüsse. Es wäre nicht das erste Mal. Und dennoch ... und dennoch hing dieser bislang geringen Entwicklung ein Geruch an – ein besseres Wort fiel ihm nicht ein –, der nicht in Ordnung war. Es war kein starker »Geruch«, und wenn ihm morgen einer sagen würde, dass das Päckchen von einer vergessenen Cousine in Kars stammte, wäre er nicht einmal überrascht. Aber ...

Das Geräusch der Eingangstür, die geöffnet und wieder geschlossen wurde, weckte İkmen für kurze Zeit aus seinen Träumereien. Er stellte das Modell auf den Kaffeetisch und zündete sich eine Zigarette an. Eine noch vor dem Zubettgehen, obwohl, ob er überhaupt schlafen würde ...

»Noch auf, Paps?«, fragte seine Tochter Çiçek, als sie ins Zimmer kam. Sie zog sich ihre Pumps aus und rieb sich im Gehen die schmerzenden Knöchel.

»Ja.« Er drehte sich um und sah sie an. Anders als er war sie groß und hübsch, das Haar elegant zu einem Knoten zusammengebunden. Ihr langer schwarzer Mantel schmeichelte ihrer schlanken Figur. Er lächelte. »Gute Reise gehabt?«

»Amsterdam«, antwortete sie, warf ihren Mantel über einen Stuhl und ließ sich neben ihren Vater aufs Sofa fallen.

»Hast du gesehen, wie die ›Damen‹ ihre ›Ware‹ in den Schaufenstern feilgeboten haben?«

Sie warf İkmen einen ätzenden Blick zu. »Das Innere von Schiphol, dem Flughafen, habe ich gesehen, wie üblich.«

Er lachte: »Geh zu Turkish Airlines und du siehst die Welt.«

Çiçek ärgerte sich über die sanften Neckereien ihres Vaters. Sie war schließlich noch sehr jung. »Captain Lazar meinte, dass er mich zur Oxford Street mitnimmt, wenn wir das nächste Mal in London sind.«

»Mädchen, hüte dich bloß vor Piloten! Die mit ihrem Geld und all dem Glamour ...«

»Ach, Paps!«

»Stimmt doch.«

Çiçek schloss kurz die Augen und wechselte das Thema,

wobei sie sich eine imaginäre Strähne aus dem Gesicht strich. »Wie geht's Großpapa?«

İkmen seufzte, ehe er antwortete. »Okay.«

Sie sah zu Boden, weil sie dem Blick ihres Vaters nicht begegnen mochte. »Bis auf die Tatsache, dass er nicht okay ist.«

»Çiçek!« Das war nicht wütend gesagt, sondern mehr als Warnung.

Unter normalen Umständen hätte sie ihn jetzt herausgefordert, aber sie war viel zu müde und schüttelte deshalb in einer Mischung aus Verständnis und Verzweiflung bloß den Kopf.

»Ich gehe jetzt ins Bett«, sagte sie und brachte ihren langen, schlanken Körper in die Senkrechte.

»Willst du mit deinem alten Vater nicht noch eine letzte Zigarette rauchen?«

Sie lächelte. »Wir hatten ein Problem mit dem Auftanken in Schiphol, was uns drei volle Stunden gekostet hat. Das war ganz schön langweilig und ich habe gequalmt wie ein Schlot. Hörst du das nicht an meiner Stimme?«

»Nein.«

Sie beugte sich herab, küsste ihren Vater leicht auf den Kopf und verließ ohne ein weiteres Wort das Zimmer.

İkmen machte seine Zigarette im Aschenbecher aus und wandte sich wieder seiner Miniatur zu, kam aber zu der Überzeugung, dass sein müdes Hirn kaum noch zusammenhängend denken konnte. So stand auch er jetzt auf und ging langsam zu seinem Bett.

Obwohl sie im Umgang mit Menschen sehr furchtlos war, hatte Dorotka Taşkiran Motorfahrzeuge stets mit dem Respekt behandelt, den sie aller Wahrscheinlichkeit nach auch verdienten. Mit anderen Worten hatte sie nie Autofahren gelernt, ja nicht einmal den Wunsch dazu gehabt. Da sie aber im weiter entfernten Vorort Polonezköy wohnte, bedeutete dies, dass sie, wenn sie in die Stadt wollte, zunächst ein Taxi nehmen musste, dann die Fähre und danach, je nach Ziel, meist den Bus oder auch ein Sammeltaxi. Ihre Verabredung heute Vormittag im Leichenschauhaus mit Dr. Sarkissian bedeutete, dass sie ihr Haus verlassen musste, ehe noch die Sonne ihrem Bett entstiegen war. Es war ein nasser und windiger Tagesanbruch gewesen, der Dorotka leider nicht davon abgehalten hatte, auf der Fähre draußen zu stehen. Sie liebte es, die vielen Paläste und Gärten anzuschauen, die am Ufer des Bosporus aufgereiht waren. Dem Zustand ihres Haares war das wenig zuträglich gewesen. Trotz ihrer seltsamen Kopfbedeckung sah sie, als sie auf Arto Sarkissian zusteuerte und ihm kräftig die Hand schüttelte, einer Frau nicht unähnlich, deren Kopf sich in einem riesigen, grauen Sturm befand.

Wie es ihre Gewohnheit war, bat sie darum, sofort zu ihrem »Modell« gebracht zu werden, das ihr »sitzen« sollte, wie sie jeden, den sie zeichnete, tot oder lebendig, gern nannte. Und so führte Arto sie durch den langen Hauptkorridor zu dem kleinen Raum, in dem der Leichnam des toten Jungen lag. Während sie so neben ihm herging, blickte Arto von Zeit zu Zeit kurz und schüchtern zu ihr hin. Sie war – das Gefühl hatte er immer – jemand, den man einfach zweimal anschauen musste.

Dorotka Taşkiran war nicht wirklich eine »offizielle« Polizeizeichnerin. Davon gab es zwar in der Tat mehrere, aber immer, wenn Çetin İkmen Arbeiten dieser Art zu vergeben hatte, beschäftigte er diese merkwürdige alte Frau vor allen anderen. Das kam von der hohen Meinung, die er von ihrer Arbeit hatte. Nur sie, meinte İkmen, konnte die »Seele« eines Menschen erfassen, obwohl der künstlerischen Dingen gegenüber entschieden unaufgeschlossene Arto Sarkissian nicht recht wusste, was İkmen damit meinte. Er wusste nur, dass diese Frau gerne mit ihren Modellen sprach, und zwar auf eine für ihn beunruhigende Weise, und dass sie bei dieser Gelegenheit etwas, das sich als toter Vogel erwies, an ihrer Hutkrempe befestigt hatte.

Als die beiden in besagtem Zimmer eintrafen, machte Arto sämtliche Lichter an und zog das Tuch vom Gesicht der Leiche, während Frau Taşkiran eine große Anzahl an Stiften, Bürsten, Farben und Skizzenblöcken aus ihrem kleinen Koffer packte, den sie zu diesem Zweck bei sich trug. Arto, der wie versprochen seiner Assistentin einen Tag freigegeben hatte, fragte, ob es der Künstlerin etwas ausmachte, wenn er im Raum bliebe, um einige gereinigte Instrumente durchzusehen und einzusortieren. Mit königlicher Gebärde gab sie ihre Einwilligung, zog dann einen Hocker neben die Bahre, auf der die Leiche lag, beugte sich über sie und starrte ihr ins Gesicht.

»Du bist ja ein süßes kleines Ding und ganz makellos!«, sagte sie und glitt mit ihren Fingern über die Gesichtszüge, ohne sie zu berühren. »Du hast eine sehr schöne Nase und einen hübschen, eher weiblichen Mund.« Dann drehte sie sich schnell um und wandte sich an Arto Sarkissian, der über das Waschbecken gebeugt war. »Sie sagten, dass er stranguliert wurde, Herr Doktor?«

»Ja, obwohl es Zeichen von Drogenmissbrauch am Arm gibt. Die Proben sind immer noch im Labor, aber ich denke, dass es sich um Heroin handelt.«

Frau Taşkiran war entsetzt und schüttelte den Kopf. »Schäm dich.« Mit einer schnellen Bewegung aus dem Handgelenk ergriff sie einen Zipfel des Lakens und warf es auf den Boden.

»Was machen Sie da!«, rief Arto, kam zur Bahre gelaufen und hob das Laken vom Fußboden auf. »Sie sollen doch nur das Gesicht zeichnen!«

Die alte Dame überhörte ihn vollständig, nahm eine Hand der Leiche in die ihre und hielt sie sich dicht vor die Augen. »Meine Güte, hast du zarte Hände, mein Junge!«, sagte sie und schob sich recht unsanft an dem entrüsteten Arzt vorbei, um mit einem der Füße genau das Gleiche zu tun. »Und auch die sind ja wirklich wie kleine Babyfüße!«, rief sie.

»Frau Taşkiran, ich bestehe darauf, dass Sie …«

»Lassen Sie mal, Doktorchen«, erwiderte sie fast schon humorvoll, »wir sind beide keine Moslems und deshalb gelten deren Regeln für Leichen des anderen Geschlechts auch nicht für uns.«

»Darum geht es nicht!«, sagte Arto, der eilends das Tuch wieder über die Leiche legte. »Man hat Sie gebeten, das Gesicht zu zeichnen und nur das Gesicht, und das sollen Sie jetzt auch tun!«

Sie zuckte die Achseln. »Wenn Sie wollen«, antwortete sie so, dass klar wurde, wie völlig unbeeindruckt sie war. »Wenn Sie es so genau nehmen.«

Dann klappte sie einen ihrer Skizzenblöcke auf, und während sie sich weit nach vorne beugte, um ihrem »Modell« nahe ins Gesicht sehen zu können, holte Arto tief Luft, um sich zu beruhigen. Es war schon in Ordnung, dass Çetin İkmen diese verrückte Person hierher ins Leichenschauhaus geschickt hatte, aber er musste ja weder mit ihr reden noch sie bei ihrer Arbeit beaufsichtigen. Nicht, dass ihre Eskapaden den Inspektor beunruhigt hätten, er konnte selbst zuweilen recht merkwürdig sein. Anderen aber solche Skurrilität aufzuerlegen war eigentlich nicht in Ordnung und der Arzt wollte beim nächsten Mal, wenn sie sich träfen, mit seinem Freund darüber reden.

»Deine Haut ist ja ganz makellos, mein Lieber«, sagte eine Stimme, die von Artos Standpunkt aus so klang, als käme sie von dem Geschöpf, das den Hut zierte.

Diese Bemerkung und das Geräusch des auf dem Papier kratzenden Graphits waren für Arto Anzeichen, dass Dorotka, ob sie nun reden mochte oder nicht, zumindest mit der Arbeit begonnen hatte, zu der sie verpflichtet war.

Und da er nun auch zum guten Teil beruhigt war, dass sie in der nächsten Zeit nichts allzu Seltsames anstellen würde, ging Arto zu seinem Arbeitstisch und den aufgehäuften Instrumenten zurück, die um die Waschbecken herumlagen. Von Zeit zu Zeit hatte er ein Auge darauf, was die Frau gerade machte – nur für den Fall der Fälle. Nicht, dass er sie ernsthaft kritisieren konnte, es sei denn, sie tat etwas völlig Ungeheuerliches. Frau Taşkiran machte diese Arbeit eher aus Liebe denn wegen des Geldes, natürlich ein weiterer Grund, warum Çetin İkmen so scharf auf ihre Mitarbeit war. Andererseits brauchte sie, deren letzte Ausstellung, wie sich Arto erinnerte, »Waldmumien« geheißen und aus einer ganzen Ladung mumifizierter und auf Pappe befestigter Maulwürfe und Ratten bestanden hatte, nicht eben Bargeld. Als lebenslängliche Bewohnerin des hübschen polnischen Flüchtlingsdorfes Polonezköy war Dorotka die Tochter zweier angesehener polnischer Ärzte und sie selbst hatte zudem in gutes Geld der türkischen Republik hineingeheiratet. So befähigt sie zweifelsohne als Künstlerin war, trug doch ihr großes finanzielles Polster eine nicht geringe Verantwortung für ihren offenkundigen Wahnsinn. Dazu kam natürlich die Beschaffenheit des Ortes, an dem ihre Eltern gelandet waren. Als Dorotkas Eltern an die Ufer des Bosporus gestoßen waren, hatte Istanbul immer noch einige erstaunliche Exzentriker hervorbringen können – obwohl in viel geringerem Ausmaß, als es in der Belle Époque der Fall gewesen war. Wie beispielsweise den alten osmanischen General, der schon lange tot war, an den sich Arto aber aus seiner Kindheit erinnerte. Er hatte während des Ersten Weltkriegs sehr tapfer gekämpft, obwohl er unter der Wahnvorstellung litt, dass seine beiden Beine aus Glas wären. Jeden Morgen mussten ihn seine Männer, wie es hieß, auf ein Pferd heben und dabei besonders aufpassen, dass sie seine Beine nicht zum Splittern brachten oder zertrümmerten. Schon damals hatte Arto gedacht, dass diese Art von Exzentrik – wie Frau Taşkirans toter Vogel, wie die ganze Stadt – eindeutig mit der typisch Istanbuler Besessenheit von Kummer und Anfälligkeit für den Tod behaftet war.

»Ich bin der Meinung«, sagte Frau Taşkiran und holte Arto damit aus seinen Gedanken zurück, »dass dieser liebe Junge ein ziemlich verhätscheltes Kerlchen war.«

»Nicht alle, die Drogen nehmen, leben auf der Straße.«

»Stimmt schon. Aber ich erkenne Qualität, wenn ich sie

sehe, und ich sehe sie hier ganz klar«, fuhr sie fort. »Diese Hände sind von den Zeichen der Zeit kaum berührt worden und seine Füße sind lange nicht mehr, wenn überhaupt, unsere lieblichen sieben Hügel hinauf- und hinuntergegangen.«

Anstatt ihr Gefasel einer Antwort zu würdigen, nahm Arto eine Hand voll Klemmen und legte sie der Reihe nach in eine Schublade.

Danach arbeiteten beide eine Weile still weiter, bis die alte Frau, eher zur Leiche als zum Arzt gewandt, sagte: »Es ist eine kaum bekannte Tatsache, dass Atatürk einmal unser kleines Polonezköy mit seiner Anwesenheit beehrte. Meine Mutter war damals gerade mit meinem Bruder schwanger. Aber mein Vater schickte sie trotzdem weg, als der große Mann kam. Nur für den Fall, dass er sie entdecken könnte und … So war er eben, unser geliebter Ghazi, er sei gesegnet. Meine arme Mutter erzählte immer, wie sehr sie sich gewünscht hätte, nur einmal mit ihm zu tanzen. Wenn ich an den Himmel glauben würde, was ich aber nicht tue, dann würde ich mir wohl gerne vorstellen, wie meine Mutter und Atatürk da oben Walzer tanzen, beide festlich gekleidet, natürlich.«

Es war nicht leicht, sich auf etwas anderes zu konzentrieren, solange dieser Unsinn weiterging, aber Arto Sarkissian war dankbar, dass er gerade etwas einigermaßen Langweiliges und Mechanisches zu tun hatte. In dieser Zeit, die er zusammen mit ihr verbrachte, wurde der Arzt von Frau Taşkiran vieler Informationen für würdig befunden – aus zweiter Hand natürlich –, von denen er einige schon kannte, einige aber noch nicht. Wichtigste dieser Tatsachen war der Ursprung des Vögelchens auf ihrem Hut. Anscheinend hatte sie das arme kleine Ding gerade an diesem Morgen erwürgt und benutzte nun ihren Hut, um es nach Hause zu tragen und zu mumifizieren. Sie mochte es, was vielleicht auch besser war, weil Arto daran zweifelte, ob es noch jemandem außer ihr gefallen würde.

Eine ziemlich interessante Geschichte darüber, wie sie einst Çetin İkmen bei McDonald's zum Abendessen eingeladen hatte, hatte gerade angefangen, als das Telefon in der Ecke klingelte. Arto nahm ab, murmelte seinen Namen in den Hörer und erkannte die Stimme von Dr. Deminsan, der die gerichtsmedizinischen Tests oblagen.

»Ich habe die toxikologischen Ergebnisse für Sie«, sagte sie in ihrer kalten Ich-bin-eine-Frau-und-zwar-eine-professionelle-Manier.

»O ja«, antwortete Arto in ähnlicher, nur männlicher Stimmung. »Und?«

»Ihr Opfer war voll mit Dolantin«, sagte sie.

Arto runzelte die Stirn, teils als Antwort auf das, was Dr. Deminsan gesagt hatte, teils, weil Frau Taşkiran sich gerade einen Spaß mit der Leiche zu erlauben schien. »Dolantin? Sind Sie sicher?«

»Natürlich bin ich sicher, Dr. Sarkissian«, beharrte die eisige Stimme. »Ich habe die Tests selbst durchgeführt. Ich werde den Bericht in die Behördenpost geben oder wenn Sie wollen, können wir uns in ungefähr einer Stunde treffen.«

In Dr. Deminsans Gesellschaft fühlte man sich nach Artos Erfahrung immer ein wenig unterlegen. Deshalb stimmte er für den ersten Vorschlag, bedankte sich und legte auf. Diese toxikologische Information war verblüffend und unerwartet. Arto stand einen Moment still an seinem Arbeitstisch und rieb sich gedankenverloren das Kinn. Dr. Deminsans Ergebnisse zogen jede Menge Fragen nach sich, Fragen, die in Wahrheit natürlich nicht seine, sondern die des Ermittlungsbeamten waren. Wenn Frau Taşkiran ihre Arbeit beendet hatte, würde er Çetin İkmen anrufen und ihm alles erklären müssen. Sein Freund war kein Mediziner, er würde ihm die Bedeutung dieser Entdeckung erklären müssen. Und während Arto zusah, wie die alte Frau das Gesicht des Fremden, der zwischen ihnen lag, mit Bleistift festhielt, fühlte er sich plötzlich unwiderstehlich zu ihr und ihrem Modell hingezogen.

Die alte Dame bemerkte Arto, blickte von ihrer Arbeit auf und lächelte. »Er ist wirklich hübsch, oder?«, meinte sie.

»Er war ein gut aussehender Junge«, musste Arto zustimmen.

»Es ist das Vorrecht der Reichen, so zu sein«, fuhr sie fort, wobei ihre Hand über das Papier flog, »sie bekommen gutes Essen und haben es ein Leben lang sauber und warm. Ich war früher selbst eine große Schönheit. Wäre ich arm gewesen, hätte die Sache natürlich anders ausgesehen, aber ...«

»Sie meinen, dass dieser Junge aus reichem Haus stammt?«

»Ohne Zweifel. Wie ich schon sagte, haben seine Hände und Füße nicht besonders viel Arbeit gesehen. Ich habe, wie vermutlich auch Sie, schon mit viel jüngeren Kindern als diesem hier gearbeitet, deren Haut bereits von der Sonne, von Wind und Arbeit faltig war.« Sie sah kurz von ihrer Arbeit auf und rümpfte leicht die Nase. »Straßenkinder und so was, Sie wissen schon.«

Und, wie Arto dachte, auch Drogenabhängige. Aber genau das war es ja, oder nicht? Konnte man diesen Jungen nach dem Anruf von Dr. Deminsan noch als Drogenabhängigen im gewöhnlichen Sinne bezeichnen? Und wenn nicht, was war er dann? Als er sah, wie Frau Taşkiran letzte Hand an ihre Zeichnung legte, merkte Arto Sarkissian, dass er keine einzige dieser Fragen beantworten konnte.

Sobald Mehmet Suleyman das Büro betrat, wusste er, dass die Zeit gekommen war. İkmens von schweren Sorgen gezeichnetes Gesicht sagte alles. Jetzt war die Zeit der Rückschau, in der alles, was sie bislang herausgefunden hatten, eingehend betrachtet und danach eine Strategie für das weitere Vorgehen festgelegt würde. Anders als die meisten anderen Kriminalbeamten behielt İkmen die wichtigsten Fakten des Falles, an dem er jeweils arbeitete, fast ausschließlich im Kopf, was aber auch bedeutete, dass bald alles in einem langen und ziemlich beeindruckenden Strom aus ihm herausplatzen würde.

Suleyman tat, was von ihm erwartet wurde: Er setzte sich hin und wartete. Wie immer fing İkmen an, indem er tief Luft holte.

»Also, Suleyman, wo sind wir denn nun gerade?«

Dies war das Stichwort für seinen Assistenten, eine Zusammenfassung dessen zu geben, was er während der letzten Tage getan hatte. »Nun, ich habe eine Beschreibung von Zekiyan, so wie sie ist, an alle Dienststellen in der Türkei herausgegeben und ich bin dabei, die wichtigsten Häfen und Flughäfen durchzugehen. Ich lasse gerade eine Liste aller Drogenabhängigen in der Gegend von Sultan Ahmet erstellen, von denen einige vielleicht auch Dealer sein könnten, und Polizeimeisterin Farsakoğlu ist im Moment bei einem Menschen, der gesagt hat, er wolle das Verbrechen zugeben.«

İkmen hob eine Augenbraue. »Name?«

»Na ja, Cohen meinte zu mir, er hieße Lenin, aber …«

İkmen lachte. »Ach ja, den kenne ich. Der pennt regelmäßig in einem Hauseingang in der Nähe meiner Wohnung. Die Kinder nennen ihn den Roten Ahmet. Ich habe keinen Hinweis auf seine wahre Identität, aber sein Vortrag des Kommunistischen Manifests ist schon was.«

»Er ist also …«

»Verrückt. Ja, Suleyman. Wenn ich hier fertig bin, gehe ich runter zu ihm und bringe das in Ordnung. Sonst noch was?«

»Ich würde ganz gern über das Haus reden.«

»Okay.« İkmen zündete sich eine Zigarette an und machte es sich auf seinem arg mitgenommenen Lederstuhl gemütlich. »Gehen wir alles durch, ja?«

»Ja.«

»Gut. Der Junge starb nach Dr. Sarkissians Berechnungen gegen zehn Uhr abends und am Folgetag haben wir ihn gefunden. Er starb durch Strangulation mittels einer Kordel oder einem Stück Stoff. Wir wissen durch die Einstiche an seinen Armen, dass der Junge Drogen nahm, obwohl ich immer noch auf den toxikologischen Bericht warte wie auch auf Frau Taşkirans Porträt des Jungen, das wir an die Presse und so weiter verteilen.

Wir wissen, dass das Haus von einem Mann namens Zekiyan

gemietet wurde, den wir bisher noch nicht gefunden haben. Es scheint, dass er die separate kleine Wohnung im oberen Stockwerk eingebaut hat, obwohl wir das nicht sicher wissen, solange wir ihn nicht gefunden haben. Weiterhin wissen wir, dass er seinem Vermieter nichts davon gesagt hat. Wir glauben, dass der Mann wahrscheinlich ein Armenier ist, und es ist sehr wahrscheinlich, dass unser toter Junge derselben Nationalität angehört.«

»Hat Ihnen Professor Mazmoulian da nicht widersprochen?«

»Hat er, Suleyman, und ich nehme seine Meinung ernst, auch wenn Kommissar Ardiç meint, es wäre töricht.«

»Na ja, der Junge war unbeschnitten und ...«

»Ach ja«, lächelte İkmen, »das stimmt, aber nur deshalb anzunehmen, er wäre Armenier, kann uns auch auf den Holzweg führen. Er könnte von beinahe jeder ethnischen Gruppe abstammen, die sich nicht beschneiden lässt, vielleicht sogar von einer, die es doch tut.«

Suleyman blickte schockiert drein. »Das heißt, dass er sogar ein Türke gewesen sein könnte?«

»Ja. Warum nicht?«

»Na ja, weil er doch unbeschnitten ist.«

»Diese Möglichkeit finden Sie schockierend, das sehe ich, Suleyman. Und weil Sie ein traditionsbewusster Türke sind, ist mir auch klar, dass dem so ist. Aber es ist eine Tatsache, von der ich meine, dass wir uns es nicht leisten können, sie aus unseren Überlegungen herauszuhalten.«

»Ja, aber ...«

»Jedenfalls ...« İkmen hob die Hand, um seinen Assistenten zum Schweigen zu bringen. In diesem frühen Untersuchungsstadium würden weitere Diskussionen darüber beide nur in einen mehr oder weniger unlösbaren Streit verwickeln. »Ohne Herrn Zekiyan und ohne weitere Zeugen außer der Frau, die uns als Erste von dem unverschlossenen Haus benachrichtigt hat, haben wir derzeit nur das Haus selbst und den Jungen als Beweismaterial.«

»Es gab doch auch noch die Aussage der alten Frau, Ermine, die sich erinnert, dass sie Zekiyan vor ein paar Jahren mit einem Kind gesehen hat.«

İkmen nickte anerkennend: »Stimmt. Und ich komme auch gleich darauf zurück. Erst aber mal zum Haus. Was können wir darüber sagen, Suleyman?«

»Na ja …«

»Im Wesentlichen ist es ein blitzsauberes Haus, oder? Keine Fingerabdrücke, keine Unordnung, kein Essen oder Trinken, keine Kleidungsstücke oder Toilettenartikel. Nur Möbel, ein paar Haushaltsgegenstände einschließlich eines vor kurzem benutzten Staubsaugers, dazu ein toter Zwanzigjähriger.«

Suleyman runzelte die Stirn. »Keine Fasern von den Teppichen oder den Sitzgelegenheiten?«

»Ein paar. Die Spurensicherung untersucht sie gerade.«

»Es sieht also so aus, als ob der, der den Jungen umgebracht, das Haus danach geputzt hat.«

İkmen drückte seine Zigarette im Aschenbecher aus, um sich sofort eine neue anzuzünden. »Ja. Was auch heißt, dass er an dem Abend ziemlich fleißig gewesen sein muss. Er muss auch eine ganze Menge Zeug weggeschafft haben. Wenn er nicht nackt herumgelaufen ist und nie etwas gegessen hat, hat er doch auch Kleider und Esssachen loswerden müssen, und vielleicht noch weitere, persönliche Dinge. Meine Theorie ist, dass er das alles ganz früh am Morgen erledigt hat, obwohl mir nicht klar ist, wie er das ohne Transporter geschafft hat.«

»Also muss er ein Auto gehabt haben. Rechts vom Haus ist eine Art Parkplatz, wenn ich mich recht erinnere.«

»Möglich. Wenn er nicht schon am Tag davor alles geputzt und entfernt hat, weil er wusste, was er dann tun würde.« İkmen saugte gedankenverloren an den Zähnen. »Offensichtlich hat er sich ziemliche Mühe gemacht.«

»Na ja, er will ja schließlich nicht geschnappt werden, oder?«

»Stimmt. Und trotzdem …« İkmen griff in die Schublade seines Schreibtisches und holte die Kristallminiatur heraus, die er am vergangenen Tag erhalten hatte. »Er ist ein Exhibitionist. Diese Figur stammt aus derselben Serie wie die in der Wohnung. Ich habe sie heute Morgen verglichen, ehe ich hierher gekommen bin.«

»Wollen Sie damit sagen, Sie glauben, der Killer hätte sie Ihnen geschickt?«

İkmen antwortete achselzuckend: »Ich habe keinen Grund zu der Vermutung, dass er es nicht war, und wie Sie wissen, bin ich gegen so etwas wie Spürsinn. Ich weiß, dass eine ganze Reihe von Leuten solche Figuren besitzen, aber ich persönlich kenne keine. Freunde oder Verwandte hätten irgendeine kurze Nachricht beigelegt und es gibt außerdem zurzeit keinen Anlass, mir etwas zu schenken, besonders so etwas, was mir gar nicht gefällt.«

»Also«, fing Suleyman bedächtig an, »wenn das der Fall ist, dann suchen wir nach jemandem, der nicht geschnappt werden will, Sie aber trotzdem wissen lassen will, dass er immer noch in der Nähe ist.«

»Der mir sagen will, dass er cleverer ist als ich«, korrigierte İkmen. »Er hat mir ein Puzzle vorgesetzt, das mich fasziniert, wie ich bekennen muss, und jetzt will er mich wissen lassen, dass er in der Nähe ist und meine Verblüffung genießt.«

»Ich muss sagen«, meinte Suleyman, »dass Sie da gerade einem Vorfall viel Bedeutung zuschreiben, von dem wir gar nicht wissen, ob er überhaupt verdächtig ist.«

İkmen zuckte mit den Schultern. »Was kann ich denn sonst tun? Solange wir nicht wissen, wer dieser Junge ist, und/oder keinen Hinweis auf das Motiv kriegen, müssen wir jeden Winkel ausleuchten, wie ungewiss auch immer er sein mag.« Er nahm die Miniatur und hielt sie hoch. »Wir wissen, dass der Junge aus irgendeinem Grund in der Wohnung eingesperrt war, und dies hier ist ein Käfig. Käfige können für eine zeitweise Gefangenschaft stehen und mit den verkümmerten Extremitäten …«

»Verkümmerten Extremitäten?«

»Ja, ich dachte, ich hätte Ihnen das schon erzählt. Dr. Sarkissian hat festgestellt, dass die Arme und Beine des Jungen irgendwie verkümmert sind, für sein Alter unterentwickelt. Wie die von einem Krüppel oder von jemandem, der bettlägerig war.«

»Aber warum wurde der Junge eingesperrt?«, fragte Suleyman. »Die Drogenmafia? Vielleicht. Aber was ist dann mit Ermine, die Zekiyan vor ein paar Jahren mit einem Kind gesehen hat? Okay, sexueller Missbrauch muss nicht unbedingt offensichtlich sein, und wenn dieser Mann eine Vergangenheit als ›Kinderfreund‹ hat …«

»Es hätte auch ein Neffe oder eine Nichte sein können«, gab İkmen zurück, »und unser Junge war gerade mal ein Kind, aber es lässt sich nicht abstreiten. Einige der Nadeleinstiche auf seinem Körper sind sehr alt und davon gibt es ziemlich viele. Von irgendwo her muss er die Drogen erhalten haben, und wenn Zekiyan oder wer auch immer – vielleicht auch der andere Mann, mit dem Zekiyan gelegentlich gesehen worden ist – sie ihm geliefert hat, kann es sehr gut sein, dass es auch um Sex gegangen ist. Ich habe Dr. Sarkissian die etwas dunklere Seite der armenischen Gemeinde durchforsten lassen, was ja vielleicht etwas bringt.« İkmen führte die Hand zum Mund und fuhr stirnrunzelnd fort: »Da gibt es außerdem ein paar Kinderschänder, die ich mal überprüfen könnte.«

Suleyman rümpfte angewidert die Nase, was İkmen nicht verborgen blieb.

»Keine Sorge«, sagte er, »ich werde Sie nicht bitten, mit denen zu reden.«

»Wie machen wir also jetzt weiter?«, fragte Suleyman, womit er schnell auf ein Thema kam, vor dem er nicht zurückschrecken würde.

»Nun«, antwortete İkmen, »sobald Frau Taşkiran das Porträt des Jungen fertig hat, was eigentlich sehr bald der Fall sein müsste, werde ich es an Zeitungen und andere Stellen verteilen. Ich werde die Kinderschänder überprüfen, während Sie sich die Drogenecke vornehmen. Eine Liste der örtlichen Bauunternehmer, die die Arbeiten oben im Haus ausgeführt haben könnten, wäre auch ganz nützlich. Ich denke, es wäre zudem ganz lehrreich, ein paar Leute zu den Müllkippen rauszuschicken, damit wir herauskriegen, ob vor kurzem eine beträchtliche Menge noch anständiger Klamotten oder Nahrungsmittel dort abgeladen worden ist. Die Müllmänner sind meist scharf auf gut erhaltenen Abfall.«

Suleyman hatte sämtliche Punkte mitgeschrieben und meinte: »Okay.«

»Ich muss noch mal daran erinnern, dass wir Arto Sarkissian fragen, wo Zekiyan seiner Meinung nach diesen christlichen Ring gekauft haben könnte. Ich denke, es handelt sich um den Goldbazar, aber so ein ungewöhnliches Stück kann überall gekauft worden sein, vielleicht sogar dort, wo der christliche Klerus einkauft. Wie auch immer. Außerdem dürfen wir meiner Meinung nach einen anderen Aspekt nicht vergessen, den keiner von uns bisher ausdrücklich angesprochen hat.«

Suleyman sah auf und zog fragend die Schultern hoch: »Welchen?«

»Na ja, wir dürfen nicht vergessen, Suleyman, zurzeit leben eine ganze Menge Freunde von jenseits des Schwarzen Meeres in der Stadt. Freunde, die, zumindest dem Namen nach, Christen sind.«

Suleyman verzog das Gesicht. »Sie reden wohl vom Beyazıt-Ableger der Moskauer Mafia.«

Überrascht und auch einigermaßen erfreut, dass sein sonst eher zugeknöpfter Stellvertreter einen Scherz gemacht hatte, erwiderte İkmen: »Ja, wirklich nicht schlecht, Suleyman. Gut gemacht. In der Tat könnten unsere russischen Freunde in die Sache verwickelt sein. Wo es harte Drogen gibt, folgen sie meist auf dem Fuß.«

»Ja.«

»Sie haben eine ausgesprochene Neigung für solchen Handel wie auch dazu, uns ihre blond gefärbten Frauen zu verkaufen.«

»Ha!«, rief Suleyman voller Abscheu aus. »Diese Nataschas!«

İkmen lachte. »Ja, mein Gott. An jeder Straßenecke sollte so eine stehen und in meinem Stadtteil trifft das auch zu. Die Schwester meiner Frau spuckt auf sie, aber …«

Suleymans Telefon klingelte sie laut und aufdringlich in die Wirklichkeit zurück.

»Entschuldigen Sie bitte«, sagte der jüngere Mann, als er den Hörer ergriff. Er nannte seinen Namen und hörte mit ernster Miene zu, was İkmen nicht entging. Kurze Zeit darauf wurde Suleyman beängstigend weiß im Gesicht, warf den Hörer auf den Tisch und rannte aus dem Büro.

»Was zum Teufel ist denn …?«, konnte İkmen gerade noch fragen.

»Es ist Ihr Freund Lenin«, rief Suleyman, der schon an der Treppe war, »er hat unten in einem der Verhörzimmer Farsakoğlu als Geisel genommen!«

Es ist allgemein bekannt, dass männliche Polizisten glauben, ihre weiblichen Kollegen könnten mit Gewalttaten nicht wirklich umgehen. Aber nicht immer sagen sie das auch in der Öffentlichkeit. Wachtmeister Cohen ließ sich andererseits von solchen Empfindlichkeiten nicht zurückhalten. Als İkmen zu ihm kam, weil er wissen wollte, was geschehen war, war er mit seiner Meinung sehr freigebig.

»Was dieses dumme Weib gemeint hat, was sie mit diesem Knallkopf machen würde, weiß ich nicht. Ich finde …«

»Wie ist die Lage da drin, Cohen?«, fragte İkmen, während er, Suleyman und drei andere Polizisten vor dem Verhörzimmer Nr. 5 standen.

»Sie hat ihm gerade ein paar Fragen gestellt und …«

»Waren Sie mit ihr im Raum?«

»Ja. Aber dann hat sich dieser Lenin unheimlich aufgeregt und im nächsten Moment hat er sie an der Gurgel gepackt. Quer über den Tisch, wie ein …«

»Ich nehme doch an, dass Sie versucht haben, ihn aufzuhalten, Cohen?«

Der kleine Mann warf sich zu voller Größe auf und nahm die Schultern leicht nach hinten. »O ja … aber haben Sie gesehen, wie groß er ist? Diese Haare und die großen Hände und Schultern wie ein Löwe …«

»Ja, ist gut.« İkmen drängte sich ziemlich unfreundlich an ihm vorbei, wie Cohen es empfand, und öffnete die Tür zu einer Szene, die einem Standfoto aus einem schlechten ägyptischen Film nicht unähnlich war. In einer mit Kippen übersäten Ecke des Zimmers hielt ein sehr großer Mann mit atemberaubend dreckigen Haaren den sehr hübschen Nacken von Polizeimeisterin Farsakoğlu fest zwischen einem seiner langen Finger und dem Daumen. In ihrer Angst hatten sich die Augen der jungen Frau so sehr geweitet, dass es schien, als könnten sie den ganzen Raum umfassen. Und als sie İkmen erblickten, wurden sie noch größer. Als die Blicke des Mannes sich mit denen İkmens trafen, zog er die Frau näher an sich und stöhnte.

Trotz wütender, gezischter Aufforderungen seines ungewöhnlich erregten Assistenten steckte İkmen die Hände ungerührt in die Taschen und lächelte den Mann warmherzig und freundlich an.

»Nun, Wladimir Iljitsch«, sagte er, »es ist mir ein großes Vergnügen, Sie hier leibhaftig zu sehen. Was kann ich für Sie tun?«

Der Mann aber starrte ihn weiter unverwandt an.

İkmen zuckte die Achseln und tat vorsichtig einen Schritt nach vorn. »Ich habe gehört, Sie behaupten, den Jungen in der İshak Paşa Caddesi umgebracht zu haben?«

»Sie will mir nicht glauben. Sie hat mich ausgelacht«, sagte der Mann und wies dabei mit dem Kopf auf seine Geisel. Seine Stimme war von zu vielen unter freiem Himmel verbrachten Nächten brüchig und rau.

»Na und?«, sagte İkmen, »es geht doch eigentlich nicht nach

Polizeimeisterin Farsakoğlu, oder? Wenn Sie dieses schlimme Verbrechen begangen haben, dann sollten Sie Ihr Geständnis doch einer viel höheren Instanz gegenüber machen, meinen Sie nicht?«

»Ich könnte ihr den Hals in einer Sekunde brechen, wenn ich will.«

İkmen quittierte diese Feststellung mit einer leichten Verbeugung und kam noch ein winzig kleines Stück näher an die beiden heran. »Ich bin sicher, dass Sie das können. Aber wollen Sie nicht zuerst mit mir über alles reden? Ich bin Polizeiinspektor und deshalb viel wichtiger als diese Polizeimeisterin.«

»Ja?«

İkmen spürte jetzt, dass Suleyman hinter ihm war, ziemlich nahe, und er wünschte sehr, dem wäre nicht so. Wladimir Iljitsch Lenin war nämlich nicht, wie İkmen sah, ein Mensch, den man gerne gegen sich aufbrachte.

İkmen holte seine Zigaretten aus der Tasche und bot dem Mann eine an. Komischerweise lehnte er ab, wahrscheinlich eher, wie İkmen dachte, weil er den Griff um Farsakoğlu nicht lockern mochte, als weil er tatsächlich keine wollte.

İkmen zündete sich jedenfalls eine an und lächelte dann wieder voller Wärme.

»Ich sehe Sie oft in der Gegend von Sultan Ahmet«, sagte er. »Sie reden mit den Leuten über Politik und …«

»Keiner hört mir zu! Sie verstehen das Konzept der Weltrevolution nicht, und sie verdienen es auch nicht! Man muss kämpfen, wenn man Gleichheit will. Blut muss fließen! Man erreicht gar nichts, wenn man nicht den Mumm hat, Blut zu vergießen.«

İkmen kam noch einen Schritt näher. »Haben Sie deshalb den Jungen in der İshak Paşa Caddesi umgebracht?«

»Ich habe ihm das Messer in die Kehle gerammt, ja.«

»Wieso gerade ihm?«

Der Mann lachte. »Wieso nicht? Ich brauche mich nicht vor Ihnen zu rechtfertigen! Wenn irgendwann mal die Geschichte unserer Zeit geschrieben wird, wird es mein Name sein, der den Kindern in aller Zukunft Angst einjagt, nicht Ihrer.«

»In der Tat. Aber eine Frau umzubringen oder zu verletzen ist doch wohl etwas anderes, oder?«

»Nicht, wenn sie für das faschistische System arbeitet.« Und da er nun merkte, dass İkmen näher an ihn herangekommen war, sagte der Mann: »Und Sie können auch da bleiben, wo Sie sind, sonst nehme ich Sie alle beide.«

»Wenn Sie Polizeimeisterin Farsakoğlu laufen lassen, können Sie gerne mich dafür nehmen.«

Der Mann lachte. »Da ist doch wohl ein Witz, oder?«

»Nein.«

»Na, ist der nicht tapfer?«, sagte der Mann und drehte den Kopf seiner Geisel, so dass sie ihn ansehen musste. »Er muss dich ja wirklich gern haben, Kleine, so wie ich!« Und dann lachte er der erschreckten Frau ins Gesicht, offenkundig durch die Vorgänge höchst amüsiert – eine unheimlich nervtötende Entwicklung, die für keinen im Raum außer für den Mann selbst irgendeinen Sinn ergab. Es bedeutete auch, dass seine Wankelmütigkeit, trotz İkmens großer Mühe, eher noch zunahm.

Als der Mann lachte, merkte İkmen, dass Suleyman nicht mehr hinter ihm war, und als er dann registrierte, dass sein Assistent neben dem Mann stand, war er genauso geschockt wie sein Geiselnehmer. Man konnte es nur als gehässig bezeichnen, wie Suleyman dem Mann seine Pistole seitlich an den Kopf rammte und ihn ermahnte, sich nicht zu rühren. Das Lachen auf den dreckigen Lippen des Mannes erstarb so schnell, wie es aufgekommen war.

»Nehmen Sie die Hände von meiner Kollegin«, sagte Suleyman erregt, »und zwar langsam.«

»Wollen Sie mich etwa umbringen?«, spottete der Mann. »Mein Hirn quer über ihr hübsches Gesicht spritzen lassen?«

»Wenn es nötig ist«, gab Suleyman zurück. »Wenn Sie sich auf eine Art bewegen, die mir nicht gefällt, zögere ich keinen Augenblick.«

»Ich würde tun, was er sagt«, warf İkmen ein, »und ich verspreche, dass ich Sie dann anhöre. Und ich werde nicht über Sie lachen, Wladimir Iljitsch. Sie haben mein Wort.«

Obwohl die Bewegungen des Mannes zunächst zu gering waren, als dass man sie erkennen konnte, wurde dennoch allmählich sichtbar, dass der Druck auf Farsakoğlus Hals leicht nachgelassen hatte. Als wollte sie genau dies klar machen, hustete sie und drehte den Hals ein wenig zur Seite.

»Und warum sollte ich Ihnen glauben?«, fragte der Mann İkmen.

»Weil ich Ihnen mein Wort gebe«, antwortete dieser, »und weil ich mein Wort als Mann und als Polizeibeamter nicht leichtfertig gebe. Es geht um die Ehre, Wladimir Iljitsch, was Ihnen, wie ich weiß, genauso wichtig ist wie mir.«

Obwohl niemand im Raum die Gedanken des Mannes auch nur ansatzweise erraten konnte, schien er diese Worte wenigstens zu bedenken. İkmen, der ihn beobachtete, konnte einen inneren Konflikt in den feinen, wenn auch verdreckten Zügen des Stadtstreichers aufflackern sehen. Nun, da er ihn richtig ansah, schien es İkmen, dass dieser Mann etwas an sich hatte, das definitiv nicht von der Straße kam. War es das seltsame Aufblitzen von Selbstsicherheit oder die Nase, die wie gemeißelt schien? Die gelegentlich gewählte Wortwahl? Oder war es nur İkmens vorgefasste Meinung, dass jemand, der komplizierte politische Zusammenhänge und philosophische Konzepte begreifen konnte, einfach ein vermögender Mann sein musste? Es war schon faszinierend, und obwohl İkmen noch immer um Farsakoğlus Sicherheit besorgt war, bemerkte er bei sich eine gewisse Aufregung angesichts der Aussicht, tatsächlich den Verstand dieses Manns in den Griff zu bekommen.

»Ich warte«, sagte Suleyman, und als wollte er seine Worte unterstreichen, entsicherte er die Waffe.

»Ich könnte sterben und dann noch größer werden, als ich es im Leben schon war«, sagte der Mann bedächtig.

Dies war eine gefährliche und nicht unerwartete Entwicklung, die von İkmen sofort gekontert wurde. »Aber wenn Sie sterben, Wladimir Iljitsch, wie wollen Sie dann wissen, ob die Leute Lügen über Sie verbreiten oder nicht? Vielleicht sind Sie für uns ja gar nicht der große Revolutionär, für den Sie sich halten? Vielleicht werden wir die Erinnerung an Sie dämonisieren und missbrauchen?«

Der Mann brummte etwas und schien noch einmal in tiefes Nachdenken zu versinken.

İkmen war sehr besorgt, was aus dieser neuen Gesprächspause als Nächstes entstehen könnte, und streckte die Hand aus. »Geben Sie mir mein Mädchen zurück, Wladimir Iljitsch. Ihnen bedeutet sie nichts und uns alles. Zeigen sie uns, dass Sie so tapfer sein können.«

Die Finger des Mannes berührten in diesem Moment den Hals der Frau nur ganz leicht. Und während seine Augen auf İkmens Gesicht fixiert waren, bewegte er die Finger noch ein wenig weiter nach außen und stieß die Frau in İkmens ausgestreckte Arme. Farsakoğlu schoss auf İkmen zu und gab einen halb erstickten Schrei von sich.

Suleyman trat dem Mann blitzschnell vor das Schienbein und zog ihn dann an den Haaren auf den Boden. »Gesicht nach unten, Hände hinter den Kopf.«

Zwei der Wachtmeister, die die Szene beobachtet hatten, stürmten vor, um zu helfen. Irgendjemand rief: »Du Dreckskerl!«

Als sich die Szene hinter İkmen und Farsakoğlu zu einer Festnahme entwickelte, bestand die große Gefahr, dass die Dinge ab jetzt eine sehr hässliche Entwicklung nehmen könnten. Polizisten mögen es nicht, wenn einer von ihnen angegriffen wird, und wenn eine Frau dabei ist, kann dieses Nichtmögen sich ganz schnell zu regelrechter Wut steigern. Als İkmen von der zitternden Frau loszukommen versuchte, wurde ihm ganz schnell klar, dass hier, falls er nichts unternähme, der türkische Machismo explodieren würde.

»Legen Sie ihm Handschellen an und setzen Sie ihn auf den Stuhl, Suleyman«, sagte er und wandte sich dann dem Wachtmeister zu, der nicht zu dem auf dem Bauch Liegenden hingestürmt war. »Und Sie bringen die Polizeimeisterin hier nach oben und rufen das Krankenhaus an. Ich will, dass sie von einem Arzt von Kopf bis Fuß durchgecheckt und dann nach Hause geschickt wird.«

»Jawohl.«

Er übergab Farsakoğlu sanft dem Wachtmeister und ging zu seinem Assistenten, der immer noch breitbeinig über dem Mann stand und ihm die Waffe an den Kopf hielt. »Legen Sie die Handschellen an und setzen Sie ihn hin, Suleyman.«

»Aber …«, meinte Cohen, »können wir denn nicht … ich meine, Sie verschwinden gleich und dann … das ist doch ein widerliches Schwein!«

»Sie sollen ihn aufstehen lassen, ihm Handschellen anlegen und dann auf einen Stuhl mit ihm!«, wiederholte İkmen.

Suleyman, immer noch schwer atmend, blickte seinem Vorgesetzten in die Augen, der das, was er mit ansehen musste, absolut nicht mochte. Wut lag in der Luft und dazu eine greifbare Tötungsabsicht. Dies sah Suleyman nicht mehr ähnlich, ganz und gar nicht. Und alle zusammen, die wirkten wie ein kleiner, zum Lynchen entschlossener Haufen, gaben sie ein Bild ab, das İkmen widerlich und zugleich beunruhigend fand.

İkmen richtete sich zu voller, dennoch geringer Höhe auf und tat etwas, was er noch nie getan hatte: Er drohte seinem Polizeimeister in aller Öffentlichkeit. Irgendetwas musste geschehen, um diesen potentiell mörderischen Bann zu brechen, der alle ergriffen hatte.

»Polizeimeister Suleyman, ich befehle Ihnen, den Mann aufzurichten, ihn zu fesseln und auf einen Stuhl zu setzen! Ungehorsam gegen meinen Befehl würde für Sie eine Disziplinarstrafe und Suspension vom Dienst zur Folge haben!«

»Aber«, rief Cohen, »das würden Sie …!«

»O doch, ich würde und ich werde, Cohen!« İkmen schaute

alle der Reihe nach an, am Ende auch Suleyman, dessen Augen hart wie Diamanten waren. »Wenn einer von Ihnen diesen Mann auch nur falsch oder verletzend anhaucht, dann werde ich äußerst unbarmherzig!«

Suleyman, der erst jetzt seine Stimme wiedergefunden hatte, erwiderte: »Aber …«

»Sie brauchen das nicht einmal zu denken, Suleyman!« İkmen hielt einen Finger warnend hoch. »Dieser Mann ist krank.«

»Er ist ein Scheißbekloppter!«, murmelte ein groß gewachsener Wachtmeister namens Gülügölü.

»Ja, das ist ziemlich richtig«, antwortete İkmen. »Ein Bekloppter und deshalb für seine Taten nicht verantwortlich! Und jetzt richten Sie ihn auf, legen ihm endlich die Handschellen an und setzen ihn da hin …«, İkmen wies auf den entsprechenden Stuhl, »… und dann gehen Sie und beten Sie zu Allah, dass ich Sie nicht allesamt zum Höllenjob im Leichenschauhaus verdonnere!«

Mit Hilfe Cohens hob Suleyman den inzwischen zitternden Mann vom Boden empor und setzte ihn in Handschellen auf einen Stuhl.

»Sie waren drauf und dran, mich zu töten, oder?«, fragte der Mann, als er in das nun ziemlich unbewegliche Gesicht Suleymans blickte. »Ich weiß, dass Sie ein Killer sind, ich sehe es in Ihren Augen.«

»Jetzt reicht es, Wladimir Iljitsch«, sagte İkmen und versuchte, einer weiteren möglicherweise explosiven Situation zuvorzukommen.

Da aber lachte der Mann, wieder vollkommen unangebracht. »Mir ist seine Aggression lieber als Ihr Missverständnis«, höhnte er.

»Was soll das heißen?«, fragte İkmen.

»Ich meine damit, Herr Polizist, dass Sie mich nicht mal im Ansatz verstanden haben. Dass Sie mich für verrückt halten, tun Sie nur für sich, nicht für mich. Ich meine, dass Sie gar nichts wissen …« – er spuckte İkmen vor die Füße –, »nicht mal, dass einer Ihrer Leute ein blutrünstiger Killer ist.«

Und dann lachte er wieder, aber dieses Mal hörte er nicht mehr auf.

Kapitel 7

Wenn man aus dem Stadtkern hinausfuhr, hatte man ein ähnliches Gefühl, als würde man sich von einem riesigen Monster befreien. So wie sich die Stadt während der letzten zwanzig Jahre entwickelt hatte, so hatte auch die Bevölkerung Istanbuls massiv zugenommen, was sowohl die Immobilienpreise nach oben getrieben als auch die Straßen immer mehr bevölkert hatte, besonders in den inneren Stadtbezirken. Sie waren voll bis zum Bersten und zuweilen noch über diesen Punkt hinaus. Sogar zu dieser Abendstunde – es war gerade acht Uhr – erstickten die Straßen um den Taksim-Platz vor lauter Autos. Und während Arto Sarkissian seinen Wagen zentimeterweise vorwärts bewegte, spürte er, wie sich über alles eine Müdigkeit legte, die von dem stillen Mann an seiner Seite ausging.

Als sie auf der Höhe des Denkmals der Türkischen Republik waren, klopfte eine lange, blonde Hure ans Wagenfenster und lächelte. In diesem Teil der Stadt konnte das sowohl ein Mann als auch eine Frau sein. Aber was auch immer dieses Wesen sein mochte, es versuchte sehr aufdringlich, seine/ihre »Ware« zumindest einem der beiden Männer mittleren Alters, die in dem Wagen saßen, zu verkaufen. Çetin İkmen, der kein Wort gesprochen hatte, seitdem Arto ihn vor einer halben Stunde zu Hause abgeholt hatte, murmelte »Verpiss dich!« in seinen Bart und wandte sich vom Fenster weg. Sein Kopf versank in den Tiefen seines Mantels.

»Ach, du lebst noch?«, fragte sein Freund, während er den Wagen von dem »Mädchen« und dem ausladenden Denkmal wegsteuerte.

»Ich habe mich wirklich bemüht, diesen Mann zu begreifen«, sagte İkmen und zündete sich eine weitere Zigarette an.

»Er ist krank, Çetin«, antwortete Arto. »Was hat Dr. Halman über ihn gesagt?«

»Sie meinte«, antwortete İkmen und zitierte dabei die Psychiaterin wörtlich, »dass er ›an paranoidem Verfolgungswahn in Verbindung mit einer grundlegenden politischen Besessenheit‹ leidet. Vier meiner Leute mussten ihn festhalten, während sie ihm die Spritze in den Arsch gab.«

»Und wie war er danach?«

»Ruhig. Er wird sich wegen des Angriffs auf meine Polizeimeisterin vor Gericht zu verantworten haben.«

»Nun ja.«

»Aber das ist doch nicht richtig, Arto! Er ist krank und ...« Wieder blickte İkmen erschöpft und mit unbewegter Miene aus dem Fenster. »Meine Leute waren wie die Tiere. Sogar Suleyman. Es war widerlich. Ich habe ihnen gesagt, dass er krank ist, aber ...«

»Deine Leute mögen es eben nicht, wenn einer von ihnen angegriffen wird, so wie du auch ...«

»Ich werde so eine Barbarei aber nicht dulden!« Der Polizist drehte sich um und sah seinem Freund ins Gesicht. Die Lichter eines knallbunten Cafés spiegelten sich in seinen wütenden Augen. »Ich kenne Polizisten, die sich von dem abwenden würden, was heute beinahe passiert ist, aber ich nicht! Ich dachte, dass auch Mehmet Suleyman so wäre!«

»Vielleicht steht er ja auch heimlich auf die hübsche Polizeimeisterin Farsakoğlu.«

»Sei bloß nicht albern.«

Die folgenden Minuten verbrachten die beiden schweigend, und als sich ihr Wagen endlich aus dem Verkehrsknäuel löste, das den Taksim-Platz schier erdrückte, und die Inönü Caddesi hinunterfuhren, konzentrierte sich Çetin auf den weiten Bogen des Bosporus, der sich im Dunkeln vor ihnen erstreckte. Zu seiner Linken kauerte der riesige, strahlend hell erleuchtete

Dolmabahaçe-Palast, eine Rokokophantasie, die im letzten Jahrhundert vom kultivierten und sanftmütigen Sultan Abdul Meçit I. errichtet worden war. Dieser Monarch, der leider schon mit neununddreißig Jahren starb, hatte viel dafür getan, dass die Türkei gen Westen blickte. Nicht nur waren seine Paläste von westlichem beziehungsweise französischem Geschmack. Er hatte auch eine große Rolle bei der Reorganisation und Modernisierung der Truppen entlang der Grenzen Europas gespielt. Zudem hatte er sich der Idee der Demokratisierung seines Volkes geöffnet. Dass Atatürk, der so viel weiter als Abdul Mejid ging, ja, der es auf sich genommen hatte, das Land wieder aus den brutalen Exzessen von Abdul Mejids Sohn Abdul Hamid herauszuführen – dass dieser Atatürk auch im Dolmabahaçe-Palast gelebt hatte und gestorben war, das war eine der kleinen historischen Merkwürdigkeiten, die den Inspektor zuweilen glauben ließen, dass gewisse Dinge einfach beabsichtigt waren. Bloße Synchronizität beschrieb solche Phänomene nicht ausreichend. Es gab vielmehr eine Ordnung im Universum, die bewirkte, dass gewisse Dinge, die ihrerseits symbolischer Natur waren, auch auf bestimmte Art abliefen. Es war vielleicht, wie İkmen glaubte, eine Methode, durch die eine höhere Macht – welche auch immer – die Menschheit ihre harten Lektionen lehrte.

Zwei Bosporus-Fähren ließen ihre klagenden Sirenen in fast perfektem Einklang ertönen und Çetin sah von dem großen französischen Palast hinüber zu seinem eher bescheidenen Geburtsort auf dem asiatischen Ufer. Üsküdar oder Scutari, wie es früher hieß, war seit Generationen die Heimat der Familie İkmen gewesen. Es war der Ort, an dem sein Urgroßvater von Agenten des niederträchtigen Sultans Abdul Hamid zur Vollstreckung seines Todesurteils durch den kaiserlichen Henker auf der Galata-Brücke abgeholt worden war. Es war aber auch der Ort, an den sein Vater einst seine fremde, exotische, europäische Frau hingeführt hatte. Weil seine Mutter aus Albanien stammte, war Çetin streng genommen selbst ein halber

Europäer; eine »Ehre«, die die meisten Türken in geistiger Hinsicht wegen der geographischen Lage der Türkei für sich beanspruchen konnten. Aber Çetin hatte immer das Gefühl gehabt, dass sie in ihm noch deutlicher zutage trat. Den Zwang, seine Welt zu modernisieren und rationalisieren, spürte er deutlich und klar in sich, doch der wilde, unabhängige und zuweilen irrationale abergläubische Zug des engstirnigen Bergbewohners war ihm geblieben. Diese Spaltung sorgte für manche Verwirrung in seinem Leben und manchmal auch für einigen Schmerz. Wäre er ein vollkommen rationaler, moderner Mann, würde er zumindest den Sorgen und Schwierigkeiten zuhören, die seine Frau mit dem alten Timür hatte. Wieder einmal hatte sie, früher am Abend, versucht, mit ihm über dieses Thema zu reden, und wieder einmal hatte er sie mit dem harten Blick und erhobenen Finger des unerschütterlichen türkischen Mannes zum Schweigen gebracht. Aber dies war eben auch kein Thema, das er jetzt oder überhaupt jemals erörtern wollte, und deshalb lenkte Çetin İkmen seine Gedanken auf andere Themen, als die beiden Männer gerade von der Inönü Caddesi auf die Küstenstraße einbogen.

»Erklär mir diese Sache mit dem Dolantin bitte noch mal, ja, Arto?«, bat er seinen Freund.

Nachdem er den Wagen vor sich angehupt hatte, antwortete Arto Sarkissian: »Es ist ganz einfach, Çetin.«

»Für dich, ja.«

»Also ... pass mal auf. Dolantin ist eine synthetische Form von Heroin. Hauptsächlich wird es zur Schmerzlinderung bei der Geburt eingesetzt. Wie jede Droge kann man auch diese Droge missbrauchen, allerdings als Droge auf der Straße ... Ich habe noch nie davon gehört, dass es in diesem Sinn benutzt worden wäre. Einige Mediziner sollen damit ›experimentiert‹ haben, aber außerhalb des medizinischen Bereichs ist es reichlich schwierig zu kriegen, würde ich mal sagen.«

»Aber Ärzte, Schwestern und solche Leute könnten an das Zeug kommen?«

Arto runzelte zweifelnd die Stirn. »Könnten sie, aber leicht ist es nicht. Drogen dieser Größenordnung werden schwer kontrolliert. Der Empfang muss quittiert werden und man gibt sie auch nur an befugte Personen aus.«

»Wenn unser Junge also ein Pfleger oder ein Medizinstudent wäre ...«

»Es wäre möglich, aber ...« Arto seufzte tief, »in diesem Fall wohl nicht. Und was die Atrophie seiner Gliedmaßen betrifft, dazu noch ... na ja ...«

Çetin drehte sich so, dass er seinen offenkundig mit sich kämpfenden Freund ansehen konnte. »Was denn?«

»Die weiß Gott reichlich phantasiebegabte Frau Taşkiran hat da was gesagt ...«

Der Inspektor lachte. »Und was hat diese Verrückte dir erzählt?«

»Sie meinte, dass die Hände und Füße des Jungen bemerkenswert weich und unabgenutzt wären für jemanden seines Alters, könnte man wohl sagen. Nach ihrer Meinung hatte er die Hände eines Aristokraten. Ich muss zugeben, dass ich auf ihre Worte sehr wenig geachtet habe, bis das Dolantin erwähnt wurde, und dann habe ich über die Linien nachgedacht, die du vorhin erwähnt hast.«

»Das heißt?«

»Das heißt, dass, falls unser Junge Pfleger oder Medizinstudent gewesen ist, er weder Atrophie noch Hände gehabt haben kann, die ganz weich und unabgenutzt wirkten. Solche Leute arbeiten wirklich hart. Ich weiß das, weil ich selbst mal dabei war. Neben dem Zupacken auf den Stationen muss man auch bei der akademischen Arbeit, bildlich gesprochen, die Ärmel hochkrempeln. Man kann ganze Tage in den Labors verbringen, wo man alle möglichen stinkenden und ätzenden Flüssigkeiten an die Hände kriegt. Meine waren damals wie Leder, als ich mein Studium fertig hatte – sie sind es ja heute noch.«

»Und die Hände des Jungen waren weich und unabgenutzt, wie du sagst?«

»Hast du dir jemals die Hände von Leuten angesehen, die bei der Geburt einen Hirnschaden erlitten haben?«

»Nein.«

»Sie sind nämlich insofern ganz interessant, als sie nicht nur sehr weich sind, weil sie ja naturgemäß nichts tun und auch nichts tun können. Sie sind auch meist vollständig ohne Handlinien. Ich kann dir sagen, als ich das erste Mal dieses Phänomen gesehen habe, habe ich meine Meinung über das Handlesen geändert. Aber als Frau Taşkiran auf ihre exzentrische Art gegangen war – du hast doch, wenn ich kurz mal abschweifen darf, ihre Zeichnungen gekriegt, oder, Çetin?«

»Ja, ja!«, gab sein faszinierter Freund von sich. »Und? Der Junge?«

»Na ja, wie ich gesagt habe, als die alte Frau gegangen war, habe ich mir selbst die Hände angesehen. Und …«, Arto wandte seinen Blick kurz von der Straße ab, um seinen Worten Nachdruck zu verleihen, »… sie waren genauso wie die Hände von jenen Hirngeschädigten. Rundlich und weich und fast ganz ohne Linien.«

Der Raum, in dem das Dinner für diesen Abend angerichtet war, war im engen Wortsinn eigentlich kein Raum, sondern eher ein Wintergarten. Seine fast vollständig aus Glas bestehenden Wände gingen direkt auf die Dunkelheit des Bosporus hinaus, der in der Tiefe lag, und ließen das wenige Licht, das vom Wasser selbst kam, zusammen mit den helleren Lichtern der vorbeifahrenden Schiffe und Fähren in den Raum hereinschimmern, wodurch dieses festliche Essen eine ständig wechselnde Beleuchtung erhielt. Um den langen, polierten Mahagonitisch herum, der mit glänzendem Silberbesteck und -leuchtern geschmückt war, bildeten die großen, üppigen Zimmerpflanzen – Jalousien gab es nicht – das einzige Moment von Privatsphäre. Zumindest theoretisch konnten die Passagiere der vorbeiziehenden Fähren und Schiffe sehen, was innen im

Haus vorging. Vermutlich wären sie auch sehr neidisch auf den Luxus, der hier vorgeführt wurde.

An mehreren Stellen zwischen dem üppigen Laubwerk waren große, keramische Holzkohleöfen aufgestellt; eine altertümliche, hier aber vollständig angemessene Art zu heizen. Denn, wie die wenigen frühen Gäste von Muhammed Ersoy allmählich mitbekamen, dieses Haus, so groß es auch war, rühmte sich weniger moderner Errungenschaften. Unter dem allgemeinen Gemurmel der Konversation konnte man ein leises, aber dennoch klar erkennbares Zischen vernehmen, das anzeigte, dass hier mit Gas anstatt mit Strom beleuchtet wurde. Die Uniformen der Hausmädchen bestanden aus langen Röcken und hochgeschlossenen Blusen, gekrönt von dünnen Schleiern, die die Gesichter fast ganz bedeckten. Und endlich war da natürlich auch der Gastgeber selbst, Herr Ersoy.

Gekleidet in einen langen, schwarzen, hochgeschlossenen Mantel nach Istanbuler Art, wie er Ende des letzten Jahrhunderts Mode gewesen war, wurde seine hohe, schlanke Figur von engen schwarzen Hosen, dazu von einer Überfülle goldenen Hand- und Halsschmucks umschmeichelt. Auf seinem Haupt und im Widerspruch zu Atatürks strengen Anweisungen bezüglich der Kopfbedeckung trug er einen großen roten Fez, dessen leuchtende Farbe von der Patina seiner dichten schwarzen Haare reflektiert wurde. Zu behaupten, Ersoy sähe hinreißend dramatisch aus, wäre eine Untertreibung gewesen, und obwohl sein Freund, Avram Avedykian, der nach Ersoy den Raum betrat, genauso, wenn nicht sogar noch schöner war, verblasste der Armenier doch beinahe bis zur Unkenntlichkeit hinter dieser überwältigenden Vision einer vergangenen Zeit. Sein Auftritt, der mit zur Begrüßung ausgestreckten Armen regelrecht inszeniert war, bewirkte, dass viele der männlichen Gäste, die in einem Häuflein um einen der Öfen versammelt herumstanden und gekühlten Champagner tranken, bewundernd, vielleicht auch schockiert die Luft anhielten.

»Mein Gott!«, rief der weitaus nüchterner gekleidete Krikor Sarkissian aus. »Sie sind ja wirklich der Star heute Abend, Muhammed!«

»Ich liebe es zu blenden, wenn ich unterhalte«, gab Ersoy lächelnd zurück, »und angesichts der Tatsache, dass wir so viel Geld für Ihr wundervolles Projekt gesammelt haben, denke ich, dass wir feiern und auch für die Zukunft planen sollten.«

»Na ja, Sie haben ja wirklich einen atemberaubenden Start hingelegt«, meinte ein kleiner bebrillter Mann, einer der prominentesten Scheidungsanwälte der Stadt.

»Ich danke Ihnen, Murad«, erwiderte der Gastgeber und verbeugte sich in Erwartung der Zustimmung seiner Gäste, »aber mein Auftritt ist nicht die einzige Überraschung, die ich für Sie heute Abend habe.«

»Oh, was könnte denn noch …?«

»Sie werden es schon sehen«, lockte Ersoy seine Gäste, »was meinst du, Avram?«

Der Armenier bewegte bloß die Lippen als Andeutung eines Lächelns und murmelte: »Ja.«

Danach wurde die Ankunft von Krikors Bruder Arto und seines Freundes Çetin İkmen angekündigt. Als Muhammed Ersoy sich zur Begrüßung der beiden Neuankömmlinge umdrehte, sah er sich zwei eher schlicht gekleideten und in einem Fall sogar fast verwahrlosten Männern gegenüber, die beide ziemlich schockiert dreinblickten.

»Ah, Inspektor!«, rief Ersoy aus und reichte İkmen lächelnd die Hand. »Es freut mich sehr, Sie zu sehen. Ich glaube, wir hatten das letzte Mal, als wir uns trafen, einen eher schlechten Anfang gemacht. Aber vielleicht können wir uns ja diesmal richtig unterhalten.« Dann wandte er sich an Arto, schüttelte ihm die Hand und meinte: »Ich hoffe sehr, dass Sie dafür sorgen, dass sein Handy heute Abend ausgeschaltet bleibt.«

»Leider bin ich immer erreichbar, wenn ich an einem Fall arbeite«, antwortete İkmen. »Und wie Sie vermutlich schon wissen, bin ich dieses Mal sehr involviert.«

»Ja, natürlich«, rief Ersoy aus, »der Junge in Sultan Ahmed. Eine schreckliche Sache!«

»Ja.«

»Sind Sie denn ...?«

»Ich darf keine Einzelheiten aus laufenden Ermittlungen verraten«, unterbrach İkmen.

»O nein, natürlich nicht.« Ersoy wandte sich an eines der Dienstmädchen in der Nähe. »Würden Sie diesen Herrschaften einen Drink anbieten?«

Das Mädchen, das ein großes Silbertablett mit etlichen Champagnergläsern trug, glitt hinüber zu den Männern und bot ihnen die gewünschten Erfrischungen. Als İkmen eines der Gläser vom Tablett nahm, beobachtete er fasziniert, wie die tanzenden Lichter vom Bosporus darauf trafen und sich in der scheinbar unendlichen Kette von Bläschen spiegelten.

»Wie viel Geld hat dieser Typ denn überhaupt?«, fragte er Arto, nachdem Ersoy sich zur Begrüßung weiterer Gäste entfernt hatte.

Avram Avedykian, der, von İkmen unbemerkt, neben ihm stand, lachte leise.

Beschämt stotterte İkmen: »Oh ... das ... tut mir Leid. Ihr ... äh ... Freund ...«

»Schon gut, Inspektor«, lächelte der hübsche Armenier, »die meisten Leute werden irgendwann mal unstillbar neugierig, was Muhammeds Reichtum angeht. Und um Ihre Frage zu beantworten, ich weiß selbst nicht, wie reich mein Freund ist. Ich bezweifle sogar, dass er es weiß. Wenn man derart reich ist, ist so was immer schwer zu sagen. Muhammed besitzt eine Reederei, einen Verlag und eine Hotelkette an der Südküste. Er hat alles.«

»Anders als solche bescheidenen Ärzte wie wir, Avram«, warf Arto ein.

Çetin İkmen lachte ein tiefes, schleimdurchsetztes glucksendes Lachen, das nur von einem starken Raucher stammen konnte. »Wenn ihr Ärzte schon bescheiden seid, wo bin ich denn dann?«

»In der Gosse, wie üblich«, antwortete eine weiterc, aber bekannte Stimme.

Çetin İkmen wandte sich um und blickte in das schmale und kluge Gesicht von Krikor Sarkissian. Die beiden umarmten sich herzlich.

»Gut, dich wieder mal zu sehen, Çetin«, sagte Krikor. »Hoffen wir, dass du und mein Bruder diesmal bei uns bleiben könnt.«

İkmen zuckte die Achseln. »Ihr braucht uns doch wohl kaum, um eure Pläne zu Ende zu führen, Krikor. Ihr habt das Geld, die Unterstützung ... Ich hoffe aber, dass wir trotzdem bleiben können, und sei es auch nur, um ...«, Çetin blickte sich mit offenkundigem Staunen um, »... noch ein paar von Herrn Ersoys Launen mitzukriegen.«

»Muhammed ist ein richtiger Showman, oder?«, bemerkte Krikor.

»Entweder das oder völlig verrückt«, gab İkmen zurück, der immer noch voller Verzückung die phantastische Wohnung bestaunte.

Arto Sarkissian trank seinen Champagner in einem Schluck aus und wandte sich an seinen Freund. »Çetin, wo jetzt noch zwei andere Ärzte hier sind, warum fragst du die nicht nach Dolantin?«

»Ach ja. Arto und ich haben uns schon früher darüber unterhalten, wo und wie man dieses Zeug kriegen könnte.«

»Dolantin?«, hakte Krikor nach. »Wieso?«

»Na ja«, erwiderte İkmen, »ich kann wirklich nicht ...«

»Ich verstehe schon ...«, sagte Krikor, der sofort begriffen hatte. Dann fragte er den jungen Armenier an seiner Seite. »Dolantin – das ist doch synthetisches Heroin, Dr. Avedykian?«

Da er gerade dabei war, einen Schluck aus seinem Champagnerglas zu nehmen, brummte Avram Avedykian bloß ein zustimmendes »Mmm«.

»Meist wird es bei der Geburtshilfe eingesetzt«, fuhr Krikor fort, »als Schmerzmittel. Es ist sehr stark und wirkungsvoll. Gibt's noch was dazu zu sagen, Avram?«

Der jüngere Mann konnte nun sprechen, nachdem er hinuntergeschluckt hatte. »Nein, aber ich bin ja auch Chirurg auf der Männerabteilung, was soll ich also groß davon wissen?«

»Wir setzen alle auf die eine oder andere Art schmerzlindernde Mittel ein und theoretisch können wir jede Droge nehmen, die wir wollen, vorausgesetzt, sie ist angemessen und stillt den Schmerz«, fügte Krikor hinzu. »Was benutzen Sie denn bei Ihren Patienten bei einer, sagen wir mal, Prostataentfernung?«

Avram Avedykian lachte, wenn auch leise und etwas beschämt. »Ich glaube wirklich nicht, dass diese Herren sich über Prostataoperationen unterhalten wollen.«

»Trotzdem, was nehmen Sie?«, hakte Krikor unablässig lächelnd nach.

»Nun ... wenn der Schmerz stark ist, nehmen wir Morphium. Wenn es nicht so wehtut, nehmen wir alle möglichen anderen Sachen, die ... äh ... gegenwärtig ... äh ...«

»Was denn zum Beispiel? Voltaren, Develin mit Paracetamol? Was nehmen Sie am liebsten, Herr Kollege, und in welcher Dosierung? Das interessiert mich.«

»Lasst uns zu Dolantin zurückkommen«, unterbrach Arto Sarkissian, »hat einer von euch oder von Ihnen je – und besonders du, Krikor – davon gehört, dass es als Straßendroge benutzt wird?«

»Na ja ...«

»Ich weiß davon mit Sicherheit nichts«, sagte Avram Avedykian, verbeugte sich leicht vor den anderen Männern und fügte lächelnd hinzu: »Ich bin sicher, dass, wenn, dann Krikor es weiß. Ich lasse Sie mit ihm allein, weil ich noch unsere anderen Gäste begrüßen möchte.«

Und mit einem kurzen Winken ging er zu einem griechisch-orthodoxen Priester, den die Brüder Sarkissian als Pater Nicos Pangulos identifizierten.

Nachdem Avram gegangen war, nickte Krikor Sarkissian mit säuerlicher Miene hinter seinem entschwundenen Kollegen her. »Der wird sich nie bessern.«

»Du solltest ihn auch nicht so aufziehen«, schimpfte sein Bruder.

»Na ja …«

»Könnte einer mir bitte sagen«, fragte İkmen, »worüber ihr gerade redet?«

Krikor Sarkissian beugte sich dicht an das Ohr des Polizisten und flüsterte: »Dr. Avedykian hat leider den Ruf, sich mehr für seine Beziehung zu Muhammed zu interessieren, der ja zugegebenermaßen eine Freude ist, als für seine Patienten. Ich habe sogar davon gehört, dass er gelegentlich zu wenig verschrieben hat, wodurch seine Patienten ziemliche Schmerzen hatten. Meiner Meinung nach ist das nicht zu entschuldigen.«

»Das sind doch alles nur Gerüchte«, warf sein Bruder ein.

Krikor rollte ungläubig die Augen. »Hör mal, ich weiß, dass du ihn magst und auch sehr nett zu ihm gewesen bist, als er sich durchs Studium gekämpft hat, aber …«

»Ich glaube, Krikor, du lässt zu, dass dein persönlicher Widerwillen gegen die Vorstellung eines homosexuellen Armeniers dein Urteilsvermögen trübt. Er ist ein sehr guter …«

İkmen, der sich freute, dass seine anfängliche Vermutung über die Beziehung der beiden bestätigt worden war, meinte: »Ach, Ersoy und dein Freund sind also …«

»Bitte, zurück jetzt zum Dolantin«, unterbrach Arto laut und deutlich, »hast du es nun jemals schon auf der Straße gesehen, Krikor, oder …«

Während die Geräuschkulisse aus Trinken, leiser Musik und Lachen innerhalb der Grüppchen, die um die warmen Öfen versammelt waren, allmählich anschwoll, eilte das Personal unten in den Küchen hin und her. Für diejenigen, die Muhammed Ersoy nicht gut kannten, was auch für İkmen galt, gab es etwas, worauf sie sich freuen konnten. Das Heer seiner Dienstboten hatte den Tag nicht damit verbracht, ein simples

Abendessen zuzubereiten, sondern ein Festmahl mit acht wunderschön angerichteten Gängen. Es sollte nicht einfach ein Mahl werden, sondern ein Erlebnis.

Als der vierte Gang gereicht, verspeist und das benutzte Geschirr wieder abgetragen worden war, fühlten sich jene Gäste, die von eher hagerer Statur waren, wie zum Beispiel İkmen, allmählich unwohl. Obwohl jeder Gang für sich recht bescheiden war, war er zugleich unglaublich nahrhaft und die Kombination von ausgezeichnetem Fisch, pikanten Happen roten Fleisches und gebutterten Blätterteigpastetchen als Garnierung hatte eine ganze Reihe der Gäste mehr oder weniger unbeweglich werden lassen. Nicht so Muhammed Ersoy, der trotz reichlicher Mengen von Chablis, Côtes du Rhône und Champagner immer noch so lebendig und unterhaltsam war wie zu Beginn des Abends. Durch eine geflüsterte Bitte Krikor Sarkissians jedoch bekam er schließlich die allgemeine Stimmung mit und kündigte eine kurze Unterbrechung des Banketts an zum, wie er sagte, Zwecke des Rauchens.

İkmen und Pater Nicos sowie zwei, drei andere Leute, die der Polizist nicht kannte, mussten nicht zweimal gebeten werden und zündeten sich sofort eine Zigarette an. Es hatte einmal Zeiten gegeben, als die ganze Gesellschaft mit Freuden die entsprechenden Feuer entfacht hätte, aber, wie İkmen traurig zur Kenntnis nahm, passten sich die türkischen Sitten immer mehr den europäischen an, zumindest in der Oberschicht.

Ersoy, der gerade gemächlich eine große Havannazigarre auspackte, wandte sich an Krikor Sarkissian und sagte: »Ich habe gehört, dass wir nach Ihrer Meinung das Zentrum in Beyazıt errichten sollten.«

»Das stimmt, Muhammed«, bestätigte der ältere Sarkissian.

»Also gleichsam in der Höhle des Löwen.«

Krikor lächelte. »Wir müssen dorthin gehen, wo die Probleme am dringendsten sind. Die Gegend wimmelt von Leuten aus der Drogenszene, einschließlich vieler junger Menschen, die ja unsere Zielgruppe sind.«

»Das ist sehr gut, findet ihr nicht?«, fragte der Gastgeber in die Runde. Viele Häupter nickten zustimmend. »Aber sosehr ich, wie Sie wissen, Krikor, dieses Projekt unterstütze, muss ich doch einen wichtigen Einwand vorbringen.«

Auf mehreren Gesichtern an der Tafel, einschließlich dem Krikors, zeigte sich ein Stirnrunzeln.

Ersoy lächelte. »Es ist ganz einfach so«, fuhr er fort, »dass ich mich manchmal frage, ob Abstinenz überhaupt das Richtige ist.«

Pater Nicos legte seine Zigarette behutsam im Aschenbecher ab und fragte: »Das Richtige für wen, Muhammed?«

»Na ja, für die Istanbulis natürlich«, gab Ersoy zurück. »Ob wir nun Türken oder was auch immer sind, Griechen, Armenier, Venezianer – alle, die in dieser Stadt leben, sind durch die unbestreitbare Tatsache vereint, dass wir Istanbulis sind und …« – hier lächelte er ein wenig und sein Blick ging kurz zu Avram Avedykian – »… als solche sind wir nicht gerade dafür bekannt, dass wir ein einfaches Leben führen.«

Krikor zuckte die Achseln. »Alle Großstädte sind wegen der vielen Ablenkungen, die sie bieten, mehr oder weniger schlecht.«

»Aber meinen Sie nicht, dass unsere Stadt noch viel mehr so ist?« Ersoy hielt kurz inne, um seine Zigarre anzuzünden und einen Zug zu paffen.

»Na ja …«

»Ich meine«, fuhr Ersoy begeistert fort, »dass wir so eine tolle Vergangenheit haben, was das angeht, oder nicht?« Er erwärmte sich für sein Thema: »Nehmen wir doch nur eine byzantinische Herrscherin, Theodora. Wer war denn diese mächtige Kaiserin Theodora?«

Pater Nicos räusperte sich ziemlich eindeutig.

Lächelnd griff Ersoy nach der Hand des Klerikers, um ihn zu beruhigen. »Ja, ich weiß, dass Ihr alten Fanarioten ungeheuer sentimental seid, was Eure Kaiser angeht, Nicos, aber Sie wissen doch wohl, was Theodora realiter gemacht hat?«

»Ja, sicher …«

»Sie war eine Hure! Zumindest hat sie als solche angefangen.« Dann führte Ersoy mit leiser Stimme, damit die Dienstmädchen es nicht mitbekämen, weiter aus: »Sie hat ihren Körper schon als Kind verkauft und konnte, wie man damals überall erzählte, mit ihren Körperöffnungen mehrere Liebhaber gleichzeitig befriedigen. Sie war außerdem – und das passt zu dem, was ich gesagt habe – sehr begeistert bei der Sache.«

»Was wollen Sie damit sagen?«, fragte Krikor.

»Ich will sagen, dass, gleichgültig, ob es sich um Sex oder Drogen oder Essen oder sonst etwas handelt, der normale Istanbuli seinem oder ihrem Laster vollständig verfallen ist, und das zu verändern …«

»Ist nicht – oder sollte es nicht sein – das Streben nach Reinheit das Ziel einer jeden zivilisierten und fortschrittlichen Gesellschaft?«, fragte Arto. »Laster wie Drogensucht und käuflicher Sex können die Ursache für viele Krankheiten sein – und sind es ja in der Tat auch – und als Mann der Wissenschaft muss ich glauben, dass ungebührliches Benehmen und Krankheiten dem Überleben unser Spezies zuwiderlaufen.«

»In Ihrem medizinischen Sinne sehe ich das wohl auch«, erwiderte Ersoy lächelnd, »aber vom historischen Standpunkt aus ist Ihr Argument irgendwie nicht richtig, Arto. In dieser Stadt haben wir das Laster immer in vollen Zügen ausgekostet. Für Sultan İbrahim, wenn Sie sich mal an den erinnern, war Mord eine Sucht und er tötete routinemäßig Passanten von seinem Horst im Topkapı-Palast aus. Die meisten unserer Sultane im vorigen Jahrhundert waren vom Alkohol benebelt und der Einzige, auf den das nicht …«

»Der alte Baba Hamid«, warf İkmen säuerlich ein. Er kannte die Geschichte dieses Despoten sehr gut.

»Sie sagen es, Inspektor, Abdul Hamid, der Verdammte«, antwortete Ersoy. »Er war ungeheuer machtbesessen, weshalb er, mein lieber Çetin, seinen vom Alkohol benebelten älteren Bruder Murad – da haben wir es wieder – zwanzig Jahre oder wie viel sonst im Cirağan-Palast einsperrte. Immer schon sind wir von den Schwachen und Lasterhaften beherrscht und regiert worden und immer noch leben wir und werden uns auch weiterhin prächtig entwickeln. In einem gewissen Sinne ist das Laster doch das, was wir kennen und wobei wir uns wohl fühlen.«

»Sie wollen also sagen«, erwiderte Krikor Sarkissian nicht ohne einen gewissen Zorn in der Stimme, »dass das, was ich gerade mit dem Aufbau des Zentrums versuche und all den guten Werken und dem Geld, das Sie schon hineingepumpt haben, letztlich völlig sinnlos ist.«

Ersoys großer roter Fez vibrierte, als er laut auflachte. »Nein, nicht die Spur, Krikor. Und wenn ich Sie beleidigt haben sollte, dann entschuldige ich mich dafür. Ich wollte bloß darauf hinweisen und es ist ja auch nur meine Ansicht, dass die Aufgabe, die Sie sich gestellt haben, eine sehr schwierige ist.«

»Das weiß ich«, gab Krikor zurück.

Nun herrschte eine leicht beklommene Atmosphäre im Raum. Es war allen bekannt, dass Krikor sich seinem Drogenprojekt mit ganzer Kraft widmete, und dessen Wert infrage zu stellen, bevor es überhaupt aufgebaut war, war nicht wirklich das, was auch nur einer der um die Tafel versammelten Männer hören wollte. Aber Muhammed Ersoy musste, da er wie viele der Superreichen tat, wozu er Lust hatte, diesen Punkt noch ein wenig weiter treiben. Weshalb er sich nun der Hilfe Çetin İkmens bediente.

»Sie beschäftigen sich doch jeden Tag mit Verbrechen, Inspektor«, meinte er und wandte sich dem kleinen, Kette rauchenden Polizisten zu. »Wie ist Ihre Meinung?«

»Zum Laster?«

»Zur Sucht in all ihren Formen. Sind Sie wie ich der Meinung, dass sie ein essentieller und fast schon genetisch bedingter Teil der Istanbuler Psyche sind?«

Der Inspektor holte tief Luft, ehe er antwortete. »Ich weiß

es nicht. Da ich ja nur in dieser Stadt gearbeitet habe, habe ich keine anderen Städte oder Länder zum Vergleich. Was ich aber mit Sicherheit weiß, ist, dass dort, wo diese Dinge existieren, Gewalt und zuweilen auch der Tod auf dem Fuß folgen.«

»Sie behaupten, dass Laster, Sucht und Ähnliches genau jene Morde zur Folge haben, die Sie untersuchen?«

»In einer bedeutenden Anzahl der Fälle ja.«

»Und trifft das auch auf den Fall zu, den Sie gerade bearbeiten?« Ersoys Augen zwinkerten schalkhaft, als er diese Frage stellte.

Ehe İkmen antwortete, räusperte sich Avram Avedykian offenkundig peinlich berührt.

»Ich darf leider, Herr Ersoy, nichts über laufende Fälle berichten, wie Sie wohl wissen.«

Ersoy senkte den Blick mit gespielter Bescheidenheit. »Ach ja, natürlich. Ich muss mich schon wieder entschuldigen. Aber …«

»Sie werden morgen sämtliche für die Öffentlichkeit bestimmte Details den Zeitungen entnehmen können«, fuhr İkmen fort, »zusammen mit einem künstlerischen Porträt des Opfers.«

»Oh, wie interessant«, rief Ersoy aus, »und ist es …?«

»Muhammed!«

Ersoy wandte sich blitzschnell und wütend – so empfand es İkmen wenigstens – seinem Partner zu, dessen Gesichtszüge leicht angespannt waren.

»Ja, Avram?«, fragte Ersoy mit nur knapp beherrschtem Ärger, »was möchtest du noch hinzufügen?«

»Du hast vorhin gesagt, dass du eine Überraschung für uns hättest. Meinst du nicht …?«

»Ach ja, natürlich!« Er schnippte mit den Fingern in Richtung seiner wartenden Dienerschaft: »Yıldırım, würdest du bitte das Kunstwerk hereinbringen?«

»Jawohl«, murmelte der Dienstbote und verließ mit einer kleinen Verbeugung vor seinem Herrn den Raum.

»Sie werden es alle lieben!«, rief Ersoy voller Begeisterung.

Während die Männer auf das Erscheinen von Ersoys Überraschung warteten, zerfiel die Party in kleine Gruppen, die sich gedämpft unterhielten. İkmen, der neben Arto saß, wandte sich mit noch leiserer Stimme als die anderen Gäste an seinen Freund. »Herr Ersoy besitzt einige ziemlich provokante Ansichten, meinst du nicht?«

Arto Sarkissian lächelte. »Muhammed ist leicht exzentrisch, aber schließlich ist er ja, wenn auch nur entfernt, mit der früheren königlichen Familie verwandt.«

»Wie das?«

»Sein Urgroßvater, General Damad Ferid, war mit einer der Töchter des Sultans verheiratet.«

»Welcher Sultan war das?«

Arto dachte einen Moment nach und antwortete dann: »Ich glaube, Krikor meinte, es wäre Murad gewesen.«

»Der verrückte Murad aus dem Cirağan-Palast?«

»Ja, obwohl ich nicht glaube, dass seine Tochter auch verrückt war oder ›vom Alkohol benebelt‹. In jedem Fall war der alte General verrückt genug für beide.« Arto rückte noch etwas näher zu seinem Freund und flüsterte: »Damad Ferid war einer von denen, die den Feldzug gegen die Araber im Ersten Weltkrieg angeführt haben.«

»Den wir bekanntlich verloren haben.«

»Ja, und das kam zumindest zum Teil daher, dass die osmanischen Truppen von grausamen und unbedarften Aristokraten wie Ferid geführt wurden. Muhammed hält sich im Vergleich mit seinen Vorfahren sehr zurück. Vor ein paar Jahren haben sowohl sein Vater als auch seine Stiefmutter Selbstmord begangen …« Er hielt inne und seine Augen weiteten sich.

»Schau dir das an«, sagte er und zeigte an das obere Ende der Tafel.

İkmen blickte folgsam in diese Richtung und auch er war von dem, was er sah, verblüfft und geblendet zugleich. Auf dem Gedeck vor Ersoy stand ein großer, offenbar goldener Samowar, dessen Front und Seiten als große, reife Früchte gestaltet waren.

Ein bewunderndes Gemurmel erhob sich aus der Versammlung. Ersoy nahm es mit einer Verbeugung des Kopfes zur Kenntnis, erhob sich, klopfte mit seiner Gabel auf den Tisch und bat um Ruhe.

»Meine Herren, ich bitte um Ihre Aufmerksamkeit …« Er legte die Hand auf den Samowar, wandte sich an Krikor Sarkissian und lächelte. »Ich möchte diesen Samowar Ihrem Projekt stiften, Krikor, wenn ich darf. Er ist aus echtem Gold und sollte einen guten Preis erzielen. Ich besitze ihn schon seit vielen Jahren und habe ihn immer mit Freuden benutzt. Aber nun möchte ich, dass Sie ihn nehmen.«

»Oh, aber Muhammed!«, rief Krikor aus, offensichtlich von dieser theatralischen, wenn auch hochherzigen Demonstration von Freigebigkeit beschämt. »Sie können uns unmöglich etwas so Wertvolles schenken.«

Ersoy hob die Hand, um Krikor zum Schweigen zu bringen. »Bitte, Krikor, es ist doch nichts. Sie brauchen Geld, ich habe dieses Geld und außerdem …«, er streichelte seitlich über den Samowar und lächelte, wenn auch leicht traurig, »… welchen Nutzen hat so ein Ding für einen alten Mann wie mich noch?«

Pater Nicos, der wohl um die siebzig war, lachte. »Alt? Muhammed, Sie …«

»Mein lieber, kleiner Mann«, fuhr Ersoy nun mehr als nur ein wenig gönnerhaft fort, »ich bin Anfang der Woche vierzig geworden. Ehe die moderne Medizin aufkam, lebten die Menschen kaum länger als vierzig Jahre. Fast alle Pharaonen starben, bevor sie dieses Alter erreichten. Biologisch ist das der erste Aufruf zu einer Verabredung mit dem Grab. Was um Himmels willen glauben Sie, wieso Frauen nach ihrem vierzigsten Lebensjahr kaum noch Kinder kriegen? Und …« – jetzt lächelte er breit – »was glauben Sie außerdem, warum sie danach so scheußlich zu uns sind?«

Mehrere Männer, bezeichnenderweise auch der Scheidungsanwalt, lachten herzlich und zustimmend.

İkmen aber lachte nicht.

»Und deshalb«, fuhr Ersoy fort, »hoffe ich sehr, dass Sie dieses Geschenk annehmen, Krikor. Ich weiß, dass Sie das Geld, das es einbringt, klug einsetzen werden.«

»Nun«, fing Krikor an, »was kann ich da noch sagen? Natürlich werde ich es annehmen, aber wie soll ich jemals dafür danken …«

»Setzen Sie das Geld gut ein, das ist mir Dank genug«, antwortete Ersoy und machte Anstalten, sich zu setzen. Doch zuvor kam er auf einen weiteren Punkt zu sprechen, mit dem er sich an Arto Sarkissian zu wenden schien. »Oh, und falls sich zukünftige Käufer für seine Geschichte interessieren, können Sie ihnen sagen, dass mein verstorbener Vater diesen Samowar einem unserer verarmten Prinzchen abgekauft hat. Der Mann behauptete, wie mein Vater erzählte, dass er aus einer *Kafes*-Wohnung in seinem Palast stamme und …«

Das Geräusch, das entsteht, wenn Besteck auf Porzellan trifft, setzte den Erklärungen von Ersoy ein unzeitiges Ende.

Der Übeltäter, der, wie sich herausstellte, reichlich betrunkene Avedykian, sah kurz auf und murmelte dann ein verschämtes »Entschuldigung«.

Um Ersoys Lippen spielte ein dünnes Lächeln, als er Avedykian ganz leicht an der Schulter berührte. »Vielleicht wäre es jetzt an der Zeit, auf Wasser umzusteigen«, sagte er, wandte sich dann an die restlichen Mitglieder der Gesellschaft und deklamierte: »Was er auch sein und woher er auch stammen mag – ich schenke Ihnen meinen Samowar mit großer Freude, Krikor. Und jetzt …«, er klatschte dramatisch in die Hände und setzte sich endlich, »… lassen Sie uns wieder dem ernsten Geschäft des Essens nachgehen.«

Während einer der Diener den Samowar an einen sicheren Ort hinter seinem neuen Besitzer stellte, wurden neue und aufregende Gerichte aufgetragen. Als İkmen fand, dass der

Lärm der Unterhaltung einen Pegel erreicht hatte, der seine Worte übertönen würde, wandte er sich wieder an Arto Sarkissian.

»Was ist eine *Kafes*-Wohnung?«, fragte er und hoffte, dass niemand in seiner unmittelbaren Nachbarschaft ihn hören konnte.

»Aber Çetin«, rief sein Freund aus, »das weißt du nicht?«

»Würde ich sonst fragen?«

Arto Sarkissian stöhnte. »Das ist der Ort, an dem die alten Osmanen ihre Gegner einzusperren pflegten, damit sie aus dem Weg waren. Die Sultane steckten meist ihre jüngeren Brüder in solche *Kafes*, damit sie ihnen nicht zur Bedrohung wurden.«

»Es war also …«

»Es war eine abgeschlossene Wohnung, die alles enthielt – Essen, Frauen, Getränke –, was dem ›Neben‹-Prinzen gefiel – bis der Sultan starb oder es eine Palastrevolution gab. Das ersetzte den älteren und noch barbarischeren Brauch des Brudermordes, obwohl es eine fragwürdige Sache ist, wie man sich vorstellen kann. Denn wenn ein Prinz nach Gott weiß wie langer Zeit aus dem *Kafes* kam, war er kaum zu etwas nütze, schon gar nicht für höhere Aufgaben. Im Topkapı gibt es einen *Kafes*, musst du …«

»Arto«, sagte İkmen nun langsam und gedankenschwer, »erinnert dich dieses Szenario nicht an andere und erst kürzlich zurückliegende Dinge in unserem Leben?«

»Nein.« Da er aber seinen Freund kannte, vermutete Arto Sarkissian, dass dies vielleicht doch zutraf. »Wieso?«

»Unser Junge wurde in einer Wohnung eingesperrt, die nicht gerade unangenehm war, oder?«

Arto Sarkissian seufzte schwer. »Ja, gut möglich, aber … ach komm schon, Çetin! Diese Sache mit den *Kafes* war doch vor langer Zeit!«

»Stimmt schon.« İkmens ernste Miene verschwand so schnell, wie sie aufgetreten war. »Es war ja nur so ein Gedanke.

Nur ein – ich nehme an, du würdest es eine verstörende kleine Verbindung nennen.«

»Aber kaum relevant, Çetin. Wir sind im zwanzigsten Jahrhundert.«

»Schon, aber die weichen Hände unseres Jungen und …«

»Soweit ich das übersehe, Herr Inspektor«, sagte sein Freund und blickte auf die kleine gefüllte Wachtel, die soeben vor ihm hingestellt wurde, »werde ich mich jedenfalls über Hirnschädigungen unterrichten lassen. Hände wie diese gibt es kaum außerhalb einer solchen Gruppe, und da wir immer noch in der Türkei sind, ist es sehr gut möglich, dass diejenigen, die sich um den Jungen gekümmert haben, ihn nirgendwo haben eintragen lassen. Manche Leute schämen sich sehr wegen so etwas. Ich habe heute Abend etwas darüber nachgedacht und es könnte sein, dass entweder ein mitfühlender oder ein habgieriger Arzt das Dolantin besorgt hat, um den Jungen ruhig zu stellen. Solche Patienten sind notorisch erregt.«

»Aber es war ja nicht das Dolantin, das ihn umgebracht hat.«

»Nein, Çetin, ich weiß auch nicht, wer ihn getötet hat und warum. Das ist dein Job. Was ich aber weiß, ist, dass der Junge nicht in einem *Kafes* festgehalten wurde, und – ganz ehrlich – ich glaube, dass auch nach deinen Maßstäben diese Vorstellung exzentrisch ist. *Kafes* bedeutet ja, wie du weißt, dass jemand eine sehr lange Zeit an einem Ort verbracht hat, und bis jetzt haben wir noch keinen Hinweis darauf, wie kurz oder lang der Junge in dem Raum war. Ich muss daran denken, dich zukünftig von Muhammed fern zu halten. Er hat ja einen ganz schlechten Einfluss auf deinen Verstand.«

İkmen sah sich kurz in dem Raum um und nickte dann zustimmend. »Vermutlich, aber bei all dem Luxus hier und …«

»Können wir jetzt essen?«, fragte sein Freund gereizt. »Und nicht mehr davon sprechen, bis wir wieder bei der Arbeit sind?«

»Okay.«

Doch als er sich wieder dem Mahl zuwandte, merkte Çetin

İkmen, dass er eigentlich keinen großen Appetit hatte. Der arme kleine nackte Körper der Wachtel sah einfach zu lebendig aus, was İkmen abstieß. Er schob das winzige Körperchen interesselos auf seinem Teller herum und zündete sich dann missgestimmt eine weitere Zigarette an.

KAPITEL 8

Die einzigen beiden Männer, die nicht bei der Galata-Brücke fischten, schienen eher den klaren, wenn auch kalten Morgen zu genießen. Zu ihrer Linken zogen sich die alten Viertel Sultan Ahmet, Beyazıt und Eminönü hin. Die riesigen kaiserlichen Moscheen glitzerten vor dem nicht zur Jahreszeit passenden blauen Himmel. Zur Rechten der beiden Männer waren Beyoğlu und Galata längst in hektischer Arbeit versunken und Tausende von dicht gedrängten Menschen gingen dort ihrem harten Los der täglichen Pflichten auf legale oder auch schändliche Art nach. All dies bot zusammen mit den geschäftigen Fahrrinnen diesseits und jenseits der Brücke einen höchst belebenden und interessanten Anblick – einen Anblick, der zwei Freunden Grund genug für einen kleinen Zwischenhalt gab.

Doch diese beiden Männer waren keine Freunde. Bei näherer Betrachtung wurde offensichtlich, dass der Gedanke, es könnte so sein, wenn nicht ausgeschlossen, so doch eher unwahrscheinlich war. Der jüngere und größere Mann war gut aussehend und wirkte in seinem modischen und vorteilhaften kamelfarbenen Mantel sehr gepflegt. Im Gegensatz dazu sah der ältere Mann, dessen wildes graues Haar wirr unter seiner Wollmütze hervorragte, nicht nur sehr schmutzig aus, sondern war es auch. Als wollte er das noch betonen, rieb er die Asche seiner selbst gedrehten Zigarette auf Oberschenkelhöhe in seine zerknitterte Hose.

»Ich suche jemand, der was verkauft, das sich Dolantin nennt«, erklärte Mehmet Suleyman seinem Gefährten.

Der Mann, dessen Stimme den schweren, gutturalen Ton der Georgier hatte, fragte: »Was ist das?«

»Ein Opiat wie Heroin. Mehr weiß ich auch nicht.«

»Nie davon gehört«, gab der Mann zurück. »Ich kann Sie an ziemlich viel libanesisches Gold ranbringen.«

Suleyman warf den Kopf zurück, um sein fehlendes Interesse kundzutun. »Nein. Ich will Dolantin und sonst nichts. Können Sie das irgendwie durch andere auftreiben?«

»Na ja, kann ich versuchen, aber ...«

»Stifte! Stifte! Neue und gut funktionierende Kugelschreiber!« Ein winziger, knorriger alter Mann hielt Suleyman eine übel riechende Hand mit drei bis vier abgekauten Kulis ins Gesicht.

»Einen Kuli, der Herr? Guten, neuen Kuli für Ihr Büro.«

Suleyman gestattete sich den Anflug eines Lächelns, griff in die Manteltasche, zog die Brieftasche heraus und legte einen frischen Geldschein in die Hand des Mannes. Als Gegengabe erhielt er den vermutlich am wenigsten schrecklichen der Stifte und dazu noch beschämenden Dank und Gebete für seine ewige Gesundheit.

Als der Alte verschwunden war, fuhr Suleyman fort, während der andere Mann auf die See hinaussah und rauchte. »Dolantin kann man leicht in Krankenhäusern besorgen.«

»Dann sollten Sie sich vielleicht selbst dort umsehen, Herr Suleyman.«

»Ich weiß, Herr Dschugaschvili, dass sich ein paar Leute in dem Geschäft, das Ihre Komplizen betreiben, manchmal mit Gestalten aus der Medizin zusammentun. Mit Ärzten von eher zweifelhafter Moral – kann man das so sagen?«

Dschugaschvili holte tief Luft. »Ach, ich glaube, Sie werden schnell herausbekommen, dass das ein bisschen außerhalb meiner Branche liegt, Herr Suleyman. Natürlich kann ich mich für eine kleine Gegenleistung umhören, wer in dieser Richtung mitmischt.«

Suleyman lächelte. »Und ich könnte meine Freunde bei der Sitte für die beiden ungewöhnlichen Mädels interessieren, die Sie drüben in Ayvansaray laufen haben.«

Dschugaschvili blickte finster. »Verstehe.«

»Ich darf Ihnen also die Sache überlassen, Herr Dschugaschvili?«

»Dürfen Sie«, gab er bedächtig zurück. »Wenn Sie wollen, kann ich meinen Mädels sagen, dass sie Ihnen ohne Bezahlung ...«

»Ich glaube nicht«, antwortete Suleyman, der nun minutiös seine Fingernägel untersuchte.

»Wir sehen uns, Herr Suleyman«, sagte Dschugaschvili, entfernte sich von der Brücke und verschwand in der Menschenmenge.

»Auf Wiedersehen, Herr Dschugaschvili!«, rief Suleyman, als der alte Mann verschwand.

Streng genommen hätte Suleyman nun, da dieses kleine Treffen vorüber war, sofort wieder ins Büro zurückkehren müssen. Aber es war ein derart schöner, leuchtender Morgen, dass er keine Lust dazu hatte. Außerdem gab es viel, worüber er jetzt nachdenken musste, viel Verwirrendes. Und obwohl sein Büro meist recht ruhig war, war die allgemeine Atmosphäre auf dem Revier nicht besonders geeignet, um sich dort auf solche zutiefst beunruhigenden Dinge einzulassen.

Während er eine Fähre beobachtete, die am Pier der Prinzeninsel anlegte, überdachte Suleyman noch einmal kurz sämtliche zurzeit anstehenden Fragen. Zunächst gab es das Dolantin. Die Entdeckung, dass diese Droge für das Mordopfer ausgewählt worden war – und nicht Heroin, wie erwartet –, war doch ein Schock gewesen. Suleyman spürte, dass İkmen die Bedeutung dessen noch nicht in vollem Umfang verstanden hatte, als Dr. Sarkissian es ihm am vergangenen Nachmittag erzählt hatte. Obwohl der Arzt sich bemüht hatte, ihn vom Gegenteil zu überzeugen, blieb der »Alte« dabei, dass alles und jedes aus dem Narkosebereich als Straßendroge angesehen werden konnte. Und teilweise hatte er ja auch Recht damit: Alles konnte missbraucht werden. Weil aber Dolantin eine hauptsächlich für medizinische Anwendung bestimmte synthetische Droge war, würde der Gebrauch auf der Straße, wenn überhaupt, eher spezieller Natur sein. Suleyman überlegte, dass man, um es sich zu spritzen, einige Verbindungen zu Ärzten und/oder Krankenhäusern haben müsste – weshalb er sich auch mit dem widerlichen Dschugaschvili getroffen hatte.

Trotzdem war es merkwürdig, dass İkmen bei diesem Thema so begriffsstutzig war. Meist erfasste er die Bedeutung der Dinge sehr schnell. Andererseits – und dies zu İkmens Verteidigung – war gestern für ihn kein guter Tag gewesen, aber auch für Suleyman nicht. Er schaute kurz auf seine elegant behandschuhten Hände und schüttelte ungläubig den Kopf. Was um alles in der Welt war in ihn gefahren, so brutal mit dem verrückten armen alten Wladimir Iljitsch Lenin umzuspringen? Natürlich kannte er die Antwort auf diese Frage, wie vermutlich sämtliche andere Polizisten des Reviers auch schon – die Anwesenheit von Cohen bei einem Ereignis war weit wirkungsvoller, als Nachrichten in der Tagesschau zu senden. Und das nachdem er, Suleyman, sich so viel Mühe gegeben hatte, seine Lust auf Polizeimeisterin Farsakoğlu zu verbergen! Keiner hätte das erraten – zumindest bis jetzt. Er hatte sogar Cohen bedroht, als der ihm gesagt hatte, dass jedermann lachte, weil Farsakoğlu auf ihn »scharf« war. Ein Teil seiner Wut war allerdings auch auf den Schrecken zurückzuführen. Dass sie ihn begehrte, war ihm nie aufgefallen, und falls er es gewusst hätte, hätte ihn das tatsächlich eher beunruhigt. Solange Farsakoğlu bloß eine weit entfernte und unmögliche Phantasie war, hatte er sich mit seiner eigenen Lust ganz sicher gefühlt. Aber jetzt? Wie sollte er ihr bloß wieder ins Gesicht sehen können? Und was noch wichtiger war, was sollte er in seinen Bericht über den Fall Wladimir Iljitsch Lenin schreiben?

»Genießen Sie den Sonnenschein?«, fragte eine bekannte Stimme.

Suleyman drehte sich um und sah sich dem mangelhaft rasierten Antlitz seines Chefs gegenüber. »Hallo. Ich habe gar nicht erwartet, Sie hier zu sehen.«

İkmen zuckte die Achseln. »Ich habe versucht, ein bisschen im Büro zu arbeiten, aber mein Kater war so stark, dass ich einfach frische Luft schnappen musste.« Er zündete sich eine Zigarette an. »Wieso sind Sie denn hier?«

»Ich habe mich gerade wegen des Dolantins mit einem unserer Freunde vom Schwarzen Meer unterhalten, wie Sie vorgeschlagen haben.«

»Oh.«

Ein Augenblick untypisch verlegener Stille trat ein, bis İkmen schließlich meinte: »Ich war gestern Abend bei Dr. Krikors Projekttreffen. Ich bin noch etwas erschlagen.«

»Ach ja, stimmt.«

»Arto hat sich aber noch mal Zeit genommen, um mir die Sache mit dem Dolantin genauer zu erklären. Und … na ja, ich denke, das Thema unter die Leute zu bringen wird nicht schaden. Ich bin zwar jetzt der Meinung, dass die Möglichkeit, dass Dolantin auf übliche Weise auf der Straße zirkuliert, sehr gering ist. Aber es war schon sehr gut, das Thema so schnell weiterzuverfolgen, und … Ich nehme mal an, dass Sie den Gebrauch durch Ärzte und in Krankenhäusern erwähnt haben …«

»Ja.«

Weiter würde sein Chef, wie Suleyman wusste, nicht gehen bei der Anerkennung, dass er, Suleyman, das Richtige getan hätte. Und er war auch nicht überrascht, als İkmen auf ein gänzlich anderes Thema zu sprechen kam. »Er, also Arto, prüft die Möglichkeit, ob unser Junge einen Hirnschaden hatte.«

Suleyman verzog die Stirn: »Wie? Warum das denn?«

Darauf antwortete İkmen achselzuckend: »Es ist reichlich kompliziert. Arto kommt später noch vorbei. Ich werde ihn bitten, es Ihnen selbst zu erklären.«

Es sah İkmen nicht ähnlich, etwas auf später zu verschieben, vielmehr zeigte es seinem Stellvertreter an, dass es immer noch Dinge vom Vortage gab, die angesprochen werden mussten.

»Schauen Sie, ich ...«, fing er an.

»Inzwischen, Suleyman«, unterbrach İkmen, »muss ich Ihnen ein kleines Geständnis machen.«

»Sie?«

İkmen lächelte, zum Glück wieder mit seiner altbekannten Wärme. »Ich bin nicht bloß hierher gekommen, um Linderung für meinen Kater zu finden.«

»Nicht?«

»Nein.« Er griff in die Tasche seines sommerlichen Jacketts und holte eine kleine, eher elegante Schachtel hervor.

»Ich bin auch gekommen, um über das hier nachzudenken«, sagte er, hob den Deckel der Schachtel und brachte eine Kristallminiatur zum Vorschein.

»Noch eine?«, fragte Suleyman.

»Ja.« İkmen griff mit zwei Fingern in die Schachtel und zog das Modell heraus. »Und was meinen Sie, ist das?«, fragte er, als er den Gegenstand in das strahlende Morgenlicht hielt.

Suleyman blinzelte. »Das ist doch der Topkapı-Dolch, oder? Aus der kaiserlichen Schatzkammer.«

»Ja«, antwortete İkmen, »und ich denke, dass sich zusammen mit dem kleinen Vogelkäfig, der meine ungebetene Sammlung eröffnet hat, allmählich ein Bild ergibt.«

»Wie das?«

»Na ja, der Dolch stammt doch aus dem Museum, oder? Und einen Käfig gibt es da auch.«

»Sie meinen den *Kafes*?«

»Ja.«

Suleyman blickte zweifelnd. »Das ist doch eine eher schwache Verbindung, meinen Sie nicht?«

»Das Thema *Kafes* kam gestern Abend ganz zufällig bei dem Essen auf, bei dem ich war. Ich habe Dr. Sarkissian darauf hingewiesen, dass es einige Parallelen zwischen dem alten Brauch und der Art gibt, auf die unser Junge eingekerkert wurde – und tatsächlich ja auch in der Art, wie er starb. Nämlich durch ein Band oder eine Art Bogensehne, wie die alten Osmanen den Strick nannten, auf dem sie bestanden, wenn es darum ging, die vor ihnen Rangierenden umzubringen. Der Arzt sagte mir natürlich, dass ich spinnen würde, aber … wenn ich mich nicht ganz irre, will uns jemand auf das Museum hinweisen. Ob das nun so ist, weil der Täter tatsächlich mit dem Museum in Verbindung steht, oder ob es nur darum geht, auf die Verbindung mit dem Phänomen *Kafes* hinzudeuten, weiß ich nicht.«

Suleyman drehte sich um, sah auf das glitzernde Wasser des Bosporus und biss sich auf die Lippe. »*Kafes* würde aber bedeuten, dass jemand den Jungen über eine lange Zeit eingesperrt hätte, und wir wissen nicht, ob es tatsächlich so war. Er kann ja auch nur einer aus einer ganzen Reihe von Knaben gewesen sein, die … haben Sie schon mit Ihren Leuten aus der …« Plötzlich blickte Suleyman verlegen, als schämte er sich fast. »Sie wissen schon, die Leute, die …«

»Die Kinderschänder? Nein, noch nicht, Suleyman. Das könnte tatsächlich mein Job für heute sein. Ich muss außerdem herauskriegen, wo man solches Kristallzeug bekommt.« Tief in Gedanken versunken, hielt İkmen inne. »Vielleicht delegiere ich das. Aber ich möchte auch, dass was mit dem Museum passiert, und das würde ich gern Ihnen anvertrauen. Nehmen Sie sich fünf bis sechs Leute und gehen Sie so bald wie möglich dorthin.«

»Um was genau zu tun?«

Ikmen blickte zunächst verzweifelt, fing dann aber an zu lächeln. Suleyman hatte ja Recht, es war wirklich alles recht vage. »Finden Sie heraus, welche Leute dort arbeiten, wo sie wohnen und was sie sonst noch tun. Achten Sie besonders auf die, die mit dem Harem zu tun haben. Der Direktor ist ein sehr entgegenkommender Mensch, er wird Ihnen helfen. Ach, und prüfen Sie nach, ob einer von ihnen dafür bekannt ist, dass er sich um kranke oder behinderte Verwandte kümmern muss.«

»Warum?«

»Fassen Sie es als Gefallen für Dr. Sarkissian auf.«

»Oh. Okay.«

İkmen sah auf die Uhr und meinte seufzend: »Wir müssen los oder die Zeit holt uns ein, was für mich allerdings keinen großen Unterschied ausmacht.«

»Wieso?«

Ehe er antworten konnte, lachte İkmen, wenn auch nicht sonderlich erheitert. »Weil, Suleyman, unser Gastgeber gestern Abend die Meinung vertreten hat, dass alle über vierzig eigentlich tot sein sollten.«

Suleyman war schockiert. »Das ist doch absurd.«

»Nicht«, erwiderte İkmen mit warnend erhobenem Finger zu seinem Stellvertreter, »wenn man es in darwinistischem Sinn betrachtet.«

»Bitte?«

»Ach, kümmern Sie sich nicht drum, Suleyman«, seufzte İkmen, »so wichtig ist es auch wieder nicht.«

Das Gesicht des Jungen war auch mit geschlossenen Augen und trotz der leicht rundlichen Kinnpartie sehr schön. Frau Taşkiran mochte ja nach Arto Sarkissians Meinung verrückt sein wie ein Sack Flöhe, aber sie konnte mit Sicherheit weit besser zeichnen als alle, die ihm vorher über den Weg gelaufen waren. Unter ihrer geschickten Hand sah der Junge sehr bezwingend aus, und dazu noch unverwechselbar. Es war erstaunlich, was sogar sein trainiertes Auge übersehen konnte, nämlich das kleine, blasse, halbkreisförmige Muttermal unter dem Kinn. Arto dachte – und er musste dabei lächeln –, dass Professor Mazmoulian vielleicht auf dieses kleine Detail, wenn auch unbewusst, reagiert hatte, als er erklärt hatte, dass der Junge kein Armenier sein könne. Armenier zu sein und gleichsam mit dem Symbol alles Türkischen gezeichnet zu sein wäre in der Tat ein Unglück. Trotz all dem, was er dagegen sagen oder auch denken mochte, und obwohl sein bester Freund

Türke war, wusste Arto, dass zwischen diesen beiden Völkern viel zu viel Blut geflossen war, als dass es jemals zu einem Friedensschluss kommen würde. Die erzwungenen Märsche von buchstäblich Millionen seiner Landsleute durch Anatolien und nach Syrien, damals, im grausamen Sommer 1915, hatten jedes echte Gemeinsamkeitsgefühl zunichte gemacht, und zwar für immer. Nicht, dass er solche Sachen jemals erwähnen könnte – die Regierung war bei diesem Thema ziemlich eindeutig: Armenische Massaker und sämtliche Geschichten darüber seien aus der Luft gegriffen. Und auch er musste ja tatsächlich zugeben, dass es keine konkreten Beweise zu diesem Thema gab, aber ... Aber was man eben doch wusste, war, dass zumindest ein paar seiner Landsleute dem Kaiserreich damals Anlass zur Sorge gegeben hatten. Mit großer Sicherheit hatten einige Armenier im alten Osmanischen Reich mit dem russischen Feind gleicher Religion gemeinsame Sache gemacht. Und wieder, wenn auch aus anderen Gründen, konnte Arto Sarkissian das nicht in der Öffentlichkeit erwähnen. Schließlich saß der Arzt, dem armen unbekannten Jungen nicht unähnlich, zwischen den Stühlen, wenn es um die Frage der Nationalität ging. Obwohl dem Blut und der Religion nach Armenier, machte der Mangel an Leid und Schmerz es der Familie Sarkissian innerhalb der kleinen, auserwählten Gemeinde zuweilen doch recht schwierig. Dank ihres Reichtums oder ihrer Verbindungen, vielleicht auch wegen beidem, hatten die Sarkissians den Verheerungen des osmanischen Zorns während und nach dem Ersten Weltkrieg entkommen können. Das versetzte Arto und seine Verwandten – so wie gegenwärtig diesen Jungen – in einen Zustand, in dem sie weder wirkliche Armenier noch echte Türken waren. Was zur Folge hatte, dass sie dem Missbrauch von beiden Seiten ausgesetzt waren. Und obwohl er Çetin İkmen versprochen hatte, dass er mit den Mitgliedern seiner Gemeinde über den flüchtigen Herrn Zekiyan reden würde, vermutete Arto Sarkissian, dass sie ihm – ob sie ihn kannten oder nicht, ob er ein Mörder war oder nicht – wohl kaum etwas von diesem Mann berichten würden, selbst wenn sie etwas wüssten. Nicht die geheiligten Male vergangener Leiden zu tragen war eine Beleidigung, die man nur wenigen bereitwillig vergab.

Von all seinen Bekannten konnte einzig Avram Avedykian, dessen Familie sich in ähnlicher Lage wie seine eigene befunden hatte, Arto wirklich verstehen. Auch er hatte von Zeit zu Zeit seinem Zweifel Ausdruck gegeben, wo – und ob überhaupt – in dieser kosmopolitischen, aber dennoch im Wesentlichen türkischen Stadt sein Platz war. Kurz vor seiner Ausbildung zum Arzt hatte er sich im Besonderen darüber besorgt gezeigt, was die Leute – Armenier und Türken –, wenn auch jeweils aus unterschiedlichen Gründen, mit einem armenischen Arzt anfangen würden, der fast ausschließlich türkische Patienten behandelte. Krikor hatte, nach Artos Meinung sehr zu Unrecht, diese Kämpfe des jungen Mannes übertrieben kritisiert – Kämpfe und Schwierigkeiten, die einst auch seine eigenen gewesen waren, und eigentlich auch Artos. Er nahm sich vor, seinen jüngeren Freund bald anzurufen, und legte, um sich von solch trüben Gedanken abzulenken, das traurige Bild des Jungen zur Seite, um nun die Sportseite der Zeitung aufzuschlagen. Da klingelte das Telefon.

Er nahm ab. »Arto Sarkissian.«

»Ist dort Dr. Sarkissian?«, kam die Antwort auf Englisch. Schnell wechselte Arto in seine dritte Sprache über. »Ja. Wer spricht dort?«

Die Stimme hatte den merkwürdigen amerikanischen Tonfall, den Arto als Südstaatenakzent erkannte. »Mein Name ist James Hunter, Dr. Sarkissian. Ich arbeite hier am Deutschen Krankenhaus in Istanbul. Dr. Tercuman hat mir Ihren Namen gegeben.«

»Ach ja!«, erwiderte Arto begeistert. »Sie sind der Neurologe!«

»Ja, stimmt.« Die Stimme klang entspannt, sogar lässig, und sie verströmte, wie bei allen Amerikanern, so viel Vertrauen, dass andere Völker nur davon träumen konnten, so etwas jemals zu erreichen. »Ich habe gehört«, fuhr der Amerikaner fort, »dass Sie ein kleines Problem mit einem Jungen haben.«

»Ja. Ich denke, dass er vielleicht einen Hirnschaden hatte.«

Arto konnte hören, wie der Amerikaner als Antwort lächelte; er hätte sogar darauf schwören können. »Dann bringen Sie ihn mir und ich schaue ihn mir mal an, Dr. Sarkissian.«

Offenkundig lag hier ein Missverständnis vor. »Dr. Hunter«, sagte Arto, »ich hoffe, Sie wissen, dass der Junge, um den es hier geht, tot ist.«

»Oh.«

»Dr. Tercuman hat das, glaube ich, nicht genauer erklärt. Ich bin Pathologe, Dr. Hunter. Mein Klient ist tot.«

»Warum wollen Sie dann wissen, ob er einen Hirnschaden hatte, Herr Kollege? Ich meine, wenn er doch tot ist …«

»Es könnte für eine laufende polizeiliche Ermittlung wichtig sein.«

»Aha, ich verstehe.« Hunter seufzte schwer. »Also, wenn Sie ihn zu mir herüberbringen könnten …«

»Aber er ist doch tot, Dr. Hunter!«, wiederholte Arto. »Ich würde erst von allen möglichen Leuten Erlaubnisse einholen müssen, damit ich ihn hier rauskriege.«

»Und wenn Sie seine Verwandten anrufen und …«

»Der Junge ist das, was Sie einen John Doe nennen, Dr. Hunter. Er hat keine Verwandten. Das wird sehr schwierig werden. Könnten Sie nicht hierher kommen?«

»Das hängt von der Ausstattung ab, die Sie bei sich haben, Herr Kollege. Wahrscheinlich könnte ich ein paar operative Untersuchungen bei Ihnen machen, kein Problem. Aber wenn Sie wollen, dass ich nach den Neurotransmittern schaue oder eine Computertomographie mache, dann, fürchte ich, werden wir die Sache hier erledigen müssen. Gibt es eindeutige äußere Anzeichen wie beispielsweise beim Down-Syndrom?«

»Nichts dergleichen, nein. Eine gewisse Atrophie der Gliedmaßen und für eine Person seines Alters sind die Hände und

Füße bemerkenswert weich und ohne Linien. Sie wissen schon, wie bei …«

»Solche Gliedmaßen sind nicht unbedingt Anzeichen für einen Hirnschaden, Herr Kollege«, erwiderte Hunter mit, wie Arto befand, leicht herablassender Stimme. »Es kann viele Gründe dafür geben. Mangel an sozialen und emotionalen Stimuli oder ganz einfach auch nur der gute, alte Müßiggang.«

»Ich hätte aber trotzdem ganz gern, dass Sie sich ihn mal ansehen, Herr Kollege.«

»Sie haben da so ein Gefühl, was?«

»Es gibt ein paar Probleme, ja.«

Hunter seufzte schwer. »In Ordnung, Herr Kollege. Ich komme rüber und schau ihn mir an. Aber versprechen kann ich nichts.«

»Ist in Ordnung.«

»Sehr gut. Am Ende meiner Schicht komme ich zu Ihnen. So gegen fünf?«

»Das wäre sehr nett von Ihnen.«

»Ich bitte Sie. Bis dann.«

»Vielen Dank und auf Wiedersehen, Herr Kollege«, sagte Arto. Es war nicht leicht, in Worte zu fassen, was er über seinen jüngsten Fall dachte. Ein Hirnschaden konnte oder konnte auch nicht die Antwort auf das nagende, unruhige Gefühl sein, das er wegen des Jungen hatte. Allerdings war er auch nicht in der Lage, seine Gefühle, dass etwas an dieser Sache »falsch« war, näher zu beschreiben. Schon lange bevor er umgebracht worden war, vielleicht schon lange bevor er Drogen genommen oder man ihm diese verabreicht hatte, vielleicht ja schon vom Beginn seines Lebens hatte etwas mit diesem Jungen nicht gestimmt. Vielleicht lag es einfach daran, dass bis jetzt noch keiner wusste, wer er war. Immerhin hatte Arto schon zigmal mit nicht identifizierten Leichen zu tun gehabt. Aber derartige Gefühle hatte er jetzt zum ersten Mal. Lag es vielleicht daran, dass die Leute mit allen möglichen verschiedenen Theorien über die Identität des Jungen ankamen? Aber auch das war ja bei derartigen Fällen nichts Unbekanntes. Was also war diesmal anders?

Anders war, dass jeder, der seine Meinung vortrug, auch ganz sicher meinte, Recht zu haben. Was man bis jetzt herausbekommen hatte, schien nahe zu legen, dass der Junge Armenier war, und trotzdem war sich Professor Mazmoulian sicher, er sei keiner. Nach Frau Taşkiran handelte es sich definitiv um einen verhätschelten Aristokraten, bei Arto selbst dagegen wollte die Vorstellung, der Junge habe einen Hirnschaden gehabt oder sei sonstwie behindert gewesen, nicht wieder verschwinden. Es schien, als hätte dieses kalte, tote Fleisch die Eigenschaft, dass die Menschen es auf unterschiedliche Weise wahrnähmen – was natürlich vollkommen absurd war, außer dass …

Außer dass sie alle versuchten, aus etwas Mysteriösem schlau zu werden, doch das war schließlich nur allzu menschlich. Und wenn man in Rechnung stellte, dass jeder Mensch auf seine oder ihre Weise aus der Welt schlau werden will, sollte es nur allzu natürlich sein, dass die Meinungen dabei auseinander gingen. Nur konnte Arto Sarkissian das nicht so einfach glauben. Aus irgendeinem Grund schien es ihm vernünftiger, anzunehmen, dass der Junge dem unbeschriebenen Blatt der Kindheit näher stand als der vollständig abgerundeten Persönlichkeit, die man durch Nationalität, soziale Schicht, Religion et cetera erwarb. Und wie ein Code schien er fast bewusst darauf zu warten, dass andere ihn entschlüsselten.

Arto erschauderte, als er zu der Tür sah, hinter der die Leiche aufgebahrt war. Nicht, weil der Körper des Jungen nun ohne die Seele, den Geist oder was immer zurückgelassen war, sondern weil es war, als hätte er nie so etwas besessen.

Dem blinden Attila hatten, fast als Einzigem mit dieser Behinderung, die Nachbarn, die ihn wirklich kannten, niemals Hilfe oder Sympathie gewährt. Zugegeben, er war nur auf einem Auge blind und hatte auch bei den ärmsten Schichten in seinem heimatlichen Beşiktaş den Ruf, in der verdrecktesten Behausung des Viertels zu leben. Aber auch das war nicht der wahre Grund, warum er regelmäßig mit Verachtung gestraft wurde. Das geschah einzig deshalb, weil Attila eine Gefängnisstrafe abgesessen hatte, die von seinen Jugendtagen bis fast heute reichte. Und wenn man bedachte, dass er jetzt siebzig Jahre alt war, sprach es Bände über die Schwere des Verbrechens, das er begangen hatte.

Als İkmen das dreckige kleine Loch betrat, das Attilas Wohnzimmer darstellte, malte er sich aus, dass allein schon seine Anwesenheit bei diesem alten Mann ihn beschmutzen würde. Aber solcher Widerwille war üblich, wenn nicht sogar normal gegenüber denen, die Kinder sexuell missbraucht hatten. Die Tatsache, dass Attilas Verbrechen, Analverkehr mit einem zwölfjährigen Jungen, geschehen war, als İkmen selbst noch ein kleines Kind war, lenkte nicht von der Abscheu ab, die seinen Gastgeber umgab.

»Darf ich Ihnen ein Glas Tee zubereiten, Herr İkmen, oder …?« Der alte Mann bewegte sich auf bizarre Art vorwärts, indem er nervös von einem Fuß auf den anderen schlurfte, ähnlich den Bewegungen von Leuten, die unter psychiatrischer Medikamentierung standen. Allerdings war Attila, dessen kleine Augen hinterhältig funkelten, keineswegs geisteskrank. Wäre das der Fall gewesen, dann hätte man womöglich auch etwas Mitleid mit seinem Elend gehabt. Aber Attila war so gesund, wie man es sich nur erhoffen konnte – wenn nicht sogar noch gesünder, angesichts der Tatsache, dass er einen so großen Teil seines Lebens im Gefängnis verbracht hatte.

Als Antwort winkte İkmen ab. »Nein, danke, Attila, das ist hier kein Höflichkeitsbesuch.«

»Oh. Sie wollen also …«

Um die Zeit zu begrenzen, die er in der Gesellschaft dieses Mannes verbringen musste, kam İkmen direkt zur Sache. »Attila, ich muss wissen, ob einer von euch noch im Knast sitzt.

Ob einer von denen, die du kennst, einen besonderen Kick kriegt, wenn er kleine Kinder gefangen hält, das heißt Jungen.«

Attila sah zu Boden, ehe er antwortete. »Ich habe keine Verbindung mehr mit denen, Herr İkmen. Ich habe meine Lektion gelernt.«

»Weshalb du, wie ich annehme«, gab İkmen zurück, »ja auch mit so einem Unschuldslamm wie Huseyn Akdeniz hier und da gesehen worden bist.« İkmen legte den Finger an den Mund, als dächte er tief nach. »Und, wie viele kleine Jungen hat er noch mal …?«

»Wir haben uns im Knast kennen gelernt, in Imrali, das wissen Sie auch.«

»Weshalb du dich eigentlich davor hüten solltest, dich weiterhin mit ihm zu treffen, jetzt, wo du draußen bist.«

Der alte Mann setzte sich steif in einen seiner speckigen Sessel. »Wir haben nichts getan«, sagte er.

»Sich an alte Erfolge zu erinnern, während man sich fröhlich einen runterholt, heißt nicht, nichts zu tun, Attila.«

»Das tun wir nicht …«

»Hör mal gut zu«, sagte İkmen ungeduldig, »jetzt lass mal diesen ganzen Quatsch von wegen armer, alter Mann beiseite und sag mir, was in eurer perversen kleinen Runde abgeht. Ich muss wissen, wer sich daran aufgeilt, andere gefangen zu nehmen, und wer drauf steht, so was über einen langen Zeitraum durchzuhalten – und zwar mit ein und demselben Kind.«

»Aber ich weiß doch nicht …«

İkmen beugte sich drohend über den Sessel und starrte dem Alten tief in die wässerigen Augen. »Hör zu, ich weiß, dass du sie alle kennst, Attila. Du bist bekannt dafür, dass du alle kennst.«

»Da gibt es den lahmen Ali aus Beyoğlu, aber der sitzt schon seit einem halben Jahr. Er hat einen Jungen sechs Monate lang festgehalten, ehe er ihn umgebracht hat – ein Schlag mit dem Hammer auf den Schädel.«

»Ja, ich erinnere mich schwach«, antwortete İkmen. »Erzähl mir jetzt noch von Leuten, die ich nicht kenne, Attila, Leute, die draußen sind, sozusagen in freier Wildbahn. Aktiv. Nicht im Knast, frei – so wie du jetzt frei bist, vorausgesetzt, du benimmst dich anständig und sagst mir alles, was ich wissen muss.«

»Na ja …«

»Ich höre.«

Draußen auf der Straße begann der Ruf zum Mittagsgebet mit seinem sinnlichen, schrillen Flehen.

»Du erzählst mir besser die Wahrheit«, sagte İkmen und zeigte auf die nikotinverfärbten Fenster des Alten. »Der Weg zurück nach Imrali ist kurz und Allah hört gut zu.«

»Na ja, es ist nur ein Gerücht, aber …«

»Aber was, Attila?«

Der Alte blickte sich um, als wollte er sichergehen, dass kein Fremder zuhörte, ehe er zu reden anfing. »Ich weiß nicht, wer, Sie verstehen schon, Herr İkmen, aber es ist offensichtlich irgendwas los mit einem verkrüppelten Burschen in Sultan Ahmet. Er ist nicht einfach so eingesperrt, sondern wird mit Drogen ruhig gestellt, das ist normal, und …«

»Es ist normal, Jungen mit Drogen ruhig zu stellen? Was für Drogen?«

Attila zuckte die Achseln. »Keine Ahnung, Herr İkmen, aber Drogen sollen da schon eine gewisse Zeit eingesetzt worden sein – so ähnlich habe ich es gehört, seitdem ich draußen bin … jedenfalls ist es in Sultan Ahmet. Es heißt, es wäre der Bruder des Jungen, müssen Sie wissen, der …«

»Wo in Sultan Ahmet? Weißt du es?« İkmen spürte, wie er eine Gänsehaut bekam, als er den Namen des Viertels aussprach. Sämtliche Sinne waren hellwach auf das gerichtet, was der alte Mann nun sagen würde.

»Ach, ich weiß nicht, wo das ist, Herr İkmen«, antwortete der Alte und leckte sich auf abstoßende Art die Lippen, während er sprach. »Aber es heißt, dass, wenn man hingeht und sich neben das Tor der Seligkeit im Topkapı-Museum, kurz bevor es schließt …«

»Warst du da?« İkmen legte die Hände auf Attilas Schultern, als wollte er ihn durchschütteln. »Hast du gesehen …?«

»Nein, Herr İkmen, nichts!«, antwortete der Alte und legte seine Hände auf İkmens. Angst stand ihm in den weit geöffneten Augen. »Nein, ich war nie da, ich schwöre es! Alles, was ich weiß, habe ich Ihnen gesagt! Gehen Sie zum Tor der Seligkeit und warten Sie, bis der Bruder kommt und …«

»Wie erkennt dieser Bruder euch denn?«

»Oh, er wird einen von uns schon erkennen, Herr İkmen«, erwiderte der alte Mann und sah wieder zu Boden. »Wir sind doch, wie Sie sehen, die mitleiderregendsten und traurigsten Kreaturen in Allahs Garten der Menschheit.«

»Schon gut! Schon gut!« İkmen stieß sich vom Sessel des Alten ab und holte etwas Kleines, für Attila Undefinierbares, aus der Jackentasche. »Wenn Suleyman jetzt schon in diesem Museum ist, werde ich …« İkmen hielt das Handy ans Licht, tippte mit einer gewissen Anspannung im Gesicht eine Nummer in den Apparat und wartete, dass es klingelte.

»Ach, ist das einer von den …«, fing der Alte an.

»Ruhe jetzt, Attila«, giftete İkmen zurück und ihm wurde klar, dass die Stille, die er immer noch erlebte, der Tatsache geschuldet war, dass er die Taste »send« nicht gedrückt hatte. »Scheißkram!«, fauchte er und drückte die besagte Taste. Jetzt endlich hörte er den Ton und sein Gesicht entspannte sich ein wenig.

Als ihm der Apparat ins Ohr dröhnte, drehte sich İkmen von dem Alten weg und ging etwas näher ans Fenster. Dort sollte der Empfang angeblich besser sein.

»Suleyman.« Am anderen Ende der Leitung meldete sich eine krächzende Stimme.

»Sind Sie schon im Museum?«, fragte İkmen angespannt.

»Nein, ich bin gerade …«

»Okay. Gehen Sie nicht hin, haben Sie verstanden?«

»Warum?«

»Es hat da eine Entwicklung gegeben«, antwortete İkmen. »Bleiben Sie, wo Sie sind, bis ich komme.«

»Oh. In Ordnung. Kann ich …?«

»Ich bin bei Ihnen, sobald ich kann, Suleyman. Bleiben Sie, wo Sie sind! Okay?«

»In Ordnung.«

İkmen drückte die »end«-Taste und drehte sich dann wieder zu dem Alten in seinem Sessel um. Seine Augen blickten, was Attila seltsam fand, fast heiter.

»Also, Attila«, sagte İkmen, als er wieder zurück durch das Zimmer ging, wobei er hier und da ein unangenehmes Möbelstück streifte, »du denkst also, dass ihr alle ein klein wenig anders ausseht als wir, oder?«

»Ja, stimmt, Herr İkmen, aber …«

»Aber?« Ungeduldig riss İkmen die Augen auf und zuckte mit den Achseln, als erwartete er weitere Fragen von dem Alten. »Aber was, Attila?«

»Aber … ich meine ja bloß … wollen Sie …?«

İkmen lächelte und sagte dann, über den Alten gebeugt. »Ja, ich will, Attila. Ich will, dass du mit mir zum Revier kommst.«

Das Gesicht des alten Manns wurde besorgniserregend grau und er griff sich an die Brust, was İkmen sehr beunruhigt hätte, hätte er seinen Gastgeber nicht so verachtet. »Ach …«

»Du musst nicht lange bleiben, Attila«, sagte İkmen breit grinsend. »Nur so lange, wie wir brauchen, um dir klar zu machen, was du für uns heute Abend am Topkapı-Museum erledigen sollst, neben dem Tor zur Seligkeit.«

Sie hatte ihrer Schätzung nach volle zehn Minuten durch das Gitter in die Zelle geschaut, ehe der Mann darin auch nur mit den Augen zwinkerte. Meist standen die Gefangenen von Zeit zu Zeit auf und gingen wie eingesperrte Tiere in der Zelle umher, stießen zumindest Flüche aus oder schabten missmutig auf ihrer Pritsche herum. Eine derartige statuarische

Regungslosigkeit war ungewöhnlich und im höchsten Maß verstörend.

Sie wandte sich an den nervös blickenden Wachhabenden und fragte: »Was, sagten Sie, hat die Ärztin diesem Mann gegeben?«

»Ich glaube nicht, dass Sie hier unten sein sollten, Polizeimeisterin«, antwortete er zurückhaltend, »nicht, bis er vor Gericht kommt.«

»Ja, ich weiß!«, antwortete Farsakoğlu leicht gereizt. »Aber ich bin an dem Fall interessiert. Was ...?«

Sie beendete den Satz nicht, aber nicht wegen der wenig hilfreichen Haltung des Wachtmeisters. Eine sehr bekannte Gestalt, von der sie manchmal sogar schon geträumt hatte, kam den Korridor entlang auf sie zu, und als die Gestalt nahe genug war, verwandelte sich Polizeimeister Suleymans Gesicht geradeso wie ihr eigenes in eine Maske der Beschämung.

»Oh, Polizeimeisterin Farsakoğlu«, sagte Suleyman, als er bei ihr war, »was ... äh ...?«

»Ich wollte gerade ...« Sie stotterte und neigte dann, keines weiteren Wortes fähig, den Kopf in Richtung der Zelle. »Der Gefangene?«

»Lenin.«

»Ja.«

»Ja.« Er blickte auf seine Schuhe, aber erst, nachdem er gesehen hatte, dass der Wachtmeister grinste. »Sie wissen doch, Polizeimeisterin, dass Sie nicht ...«

»Ja«, erwiderte sie, wobei auch sie nun zu Boden blickte. »Ich ...«

»Eigentlich sollte keiner von Ihnen hier unten sein«, unterbrach der Wachhabende und legte so viel Autorität an den Tag, wie er aufbringen konnte – bis er dann doch noch ein entschuldigendes »die Herrschaften« murmelte.

Suleyman lächelte. »Natürlich, Sie haben Recht, Wachtmeister.« Dann wandte er sich an Farsakoğlu und machte mit der Hand ein Zeichen. »Wir sollten wohl besser ...«

»Ja«, antwortete sie und ging mit einem letzten, nicht gerade verzeihenden Blick auf den Wachhabenden zur Treppe.

Um so normal wie möglich zu scheinen, fragte Suleyman seine Gefährtin über den Gefangenen aus.

»Na ja, er ist ganz ruhig«, antwortete sie, aber ihr Gesicht spiegelte deutlich die Anzeichen eines inneren Konflikts. »Er ist eigentlich mehr wie ein Stein, wirklich, ohne jede Bewegung und ganz still.«

»Das macht Ihnen Sorgen, nicht?«

Kurz bevor sie an der Treppe ankamen, drehte sich Farsakoğlu um und sah Suleyman an. »Ja. Er ist offenbar sehr krank, wie der Inspektor meinte. Ich denke, wenn er nicht so krank wäre, hätte ihm die Ärztin auch nicht so viele Medikamente gegeben.«

»Wir, oder besser ich, habe ihn ja auch ganz schön übel behandelt«, sagte Suleyman und ließ den Kopf hängen.

»Sie hatten doch keine andere Wahl, oder?«, antwortete die Frau beschwichtigend. »Er hat ja wirklich Ernst mit mir gemacht.«

»Ich bin aber zu weit gegangen. Das war völlig unprofessionell.«

»Aber Sie hatten doch Angst, oder? Ich meine, um …« Als sie merkte, dass sie zu weit gegangen war, murmelte sie das letzte »mich« nur noch ganz leise vor sich hin.

Als Antwort hob Suleyman den Kopf und rümpfte deutlich die Nase. »Ja, aber nicht auf die Art, wie die anderen vielleicht denken, nicht romantisch oder so … ich hatte als Kollege Angst um Sie. Für die anderen Kollegen hätte ich das auch getan.«

»Ja.« Die Enttäuschung in ihrer Stimme war so deutlich, dass Suleyman darauf nur noch schweigen konnte. Jetzt noch etwas zu tun oder zu sagen wäre zu gefährlich gewesen.

Zum Glück änderte sich aber die Stimmung schlagartig, als beide die Treppe hinaufgingen, denn İkmen tauchte am oberen Absatz auf.

»Sind Sie da unten, Suleyman?«, rief er.

»Jawohl.«

Die Erleichterung, mit der er antwortete, musste so deutlich gewesen sein, dass İkmen sofort darauf reagierte. »Geht es Ihnen gut, Suleyman?«

»Ja.«

İkmen sah zuerst Farsakoğlu, die vor Suleyman herging, was dem Inspektor ein kleines »Oh« entlockte.

»Polizeimeister Suleyman ist direkt hinter mir«, sagte sie müde und leicht gereizt.

»Sehr gut.« Als er Suleyman sah, lächelte İkmen. »Ich habe ein paar Knüller für Sie auf Lager, Suleyman.«

»Ach ja?« Suleyman blickte auf und lächelte, als er das fiese Grinsen seines Chefs sah. »Hat das was mit meiner Nachforschung im Museum zu tun, die nicht stattgefunden hat?«

»Und wie es was damit zu tun hat, Suleyman, und außerdem habe ich einen Kinderschänder im Verhörzimmer Nr. 3.«

»Oh! Was …«

»Nun verziehen Sie Ihr Gesicht doch nicht deswegen, Suleyman«, wies İkmen seinen Assistenten in die Schranken. »Der alte, blinde Attila kann den Fall für uns lösen und deshalb behalten Sie Ihre Vorurteile jetzt mal für sich.«

Nunmehr auf gleicher Höhe mit seinem Chef, blickte Suleyman ihm in die leuchtenden, wenn auch blutunterlaufenen Augen und neigte seinen Kopf langsam von einer Seite auf die andere. »Aber ein Kinder…«

»Ich weiß, dass ich gesagt habe, ich würde Sie einem solchen Kerl nicht aussetzen, Suleyman, aber das hier könnte wirklich was sein. Dieser …«

»Sie haben eine Spur wegen des unbekannten Jungen?«, unterbrach Farsakoğlu.

»Haben wir, oder besser, haben wir vielleicht, Farsakoğlu«, antwortete İkmen. »Eine, bei der Sie und Suleyman mir helfen müssen.«

Dr. James Hunter war leider genau so, wie Arto ihn sich vorgestellt hatte. Groß, blond und muskulös, war er auf die gleiche lässige Art gekleidet, wie er sprach, was einen starken Kontrast zu Arto abgab, der einen Anzug trug. Nicht, dass Hunter unangenehm gewesen wäre, im Gegenteil. Je mehr er und Arto sich in die Frage nach dem Zustand des toten Jungen vertieften, desto mehr war der Armenier von Hunters offenkundiger Begeisterung für seinen Gegenstand beeindruckt. Genau diese Art der Medizin, wie dieser Mann sie so entspannt ausübte, war innerhalb der eher konservativen türkischen Ärzteschicht so selten. Immer noch kleideten sich und verhielten sich die Ärzte sehr wie Ärzte – was man auch von ihnen erwartete. Der »Arzt als Freund« oder auch nur eine vergleichbare Art, den Beruf auszuüben, war etwas, das völlig außerhalb jeglicher Erfahrung von Arto lag.

Als sie sich beide über den Laufwagen beugten, auf dem der Leichnam des Jungen lag, murmelte Hunter mit vor Konzentration zusammengezogenen Brauen ein kurzes »Hm«.

»Außer der Atrophie und den weichen Händen und Füßen gibt es keine äußeren Anzeichen, die in irgendeiner Richtung Hinweise gäben«, sagte Arto.

»Die Gliedmaßen mögen wohl verkümmert sein, aber sie sind nicht verdreht«, sagte Hunter, »was eine zerebrale Lähmung ausschließen würde.« Er sah auf und lächelte verschmitzt. »Das, Herr Kollege, wäre einer der üblichen Hinweise auf Hirnschaden.«

»Okay.«

»Das Problem ist aber«, fuhr Hunter fort, »dass wir jetzt, wo der Junge tot ist, auch dann, wenn ich sein Hirn genau untersuchen würde, zu keinem eindeutigen Schluss kämen.«

»Wie das?«

Hunter richtete sich zu einer Größe auf, die weit über die seines Kollegen hinausreichte, so dass Arto sich verrenken musste, um ihm ins Gesicht zu sehen.

»Na ja, gesetzt den Fall, ich würde keine neurologischen

Anzeichen von Hirnschädigung in Nervensystem dieses Opfers feststellen.«

»Ja?«

»Was würde uns das Ihrer Meinung nach über den Zustand seines Gehirns sagen?«

Arto dachte kurz nach, wobei er sich wie ein Schuljunge fühlte: im Nachteil und voller Angst, das »Falsche« zu sagen. »Nun …«

»Es würde oder könnte«, fuhr Hunter fort, wobei er auf seine ziemlich auffallende und geschmacklos zuversichtliche Art lächelte, »absolut nichts aussagen. Einige Indikationen wie tuberöse Hirnsklerose weisen überhaupt keine spezifischen Strukturdefekte im Hirngewebe auf. Die Patienten können natürlich so etwas haben und tun es ja auch, aber post mortem ist es fast unmöglich nachzuweisen.«

»Was Sie also sagen wollen …«

»Was ich sagen will, Herr Kollege, ist, dass ich sämtliche Tests dieser Welt mit Ihrem Knaben hier machen könnte, aber wenn sich nicht etwas Eindeutiges wie zerebrale Lähmung erweist, könnte ich auch keine sichere Diagnose in Hinblick auf einen Hirnschaden stellen.« Er beugte sich wieder über die Leiche und nahm sachte einen der dünnen, weißen Arme empor. »Das könnte auch soziale Ursachen haben, falls Sie wissen, was ich meine.«

Arto zuckte die Achseln. Theoretisch war ihm klar, worauf Hunter hinauswollte, aber …

»Ich habe den Bericht über einen Knaben in Las Vegas gelesen, der Glieder wie der hier hatte. Er gehörte irgendso einem durchgedrehten religiösen Kult an, wo sie niemals ihr Haus verlassen haben. Er wog allerdings knapp fünfhundert Pfund … Wissen Sie noch mehr über diesen Jungen hier?«

»Wir haben ihn in einer abgeschlossenen Wohnung oben in einem Haus in Sultan Ahmet gefunden. Wie ich Ihnen schon gesagt habe, war er voll mit Dolantin, was er über längere Zeit eingenommen beziehungsweise jemand ihm gegeben hat. Die

Todesursache war Erwürgen, was an dem Tag, bevor wir ihn fanden, geschehen ist. Wie lang genau er in der Wohnung war, wissen wir nicht, aber der Inspektor, der die Untersuchung leitet, glaubt, dass es schon eine ganze Weile gewesen sein muss. Anzeichen für sexuelle Gewalt gibt es nicht, aber ...«

»Könnte ein Genie sein.«

Arto runzelte Stirn: »Ein was?«

»Ich musste während meiner Ausbildung auch ein bisschen Psychologie studieren. Ein kleines Mädchen namens Genie galt da als klassischer Fall für Deprivation. Im Wesentlichen war dieses Kind, das mit dreizehn Jahren irgendwann in den Siebzigern entdeckt wurde, in einem Schlafzimmer versteckt worden, seit dem Kleinkindalter. Ihr Vater, der völlig durchgedreht war, hatte sie an einen Stuhl festgebunden und sie geschlagen, wenn sie weinte, und so was. Ob sie jemals normal gewesen ist, wird man vermutlich nie erfahren, vor allem wegen der geringen Sprachfähigkeit, die sie entwickelt hat.«

»Gab es da auch irgendwelche körperlichen Symptome?«

»Atrophie, so wie hier. Vermutlich noch ein paar andere Sachen, aber wir haben diesen Fall damals nur kurz gestreift.«

Arto Sarkissian überlegte einen Augenblick, wobei er die Finger leicht an die Lippen hielt. »Mit den anderen Sachen meinen Sie ...«

»Vitamin-D-Mangel wegen des fehlenden Sonnenlichts, was Rachitis beschleunigen kann. Druckmale wegen der langen Zeit, die sie an Bett oder Stuhl gebunden oder sonstwie fixiert wurde ...«

»Aber mein Junge hat nichts dergleichen«, sagte Arto und betrachtete den bäuchlings auf dem Tisch liegenden Leichnam.

»Stimmt«, gab der Amerikaner zu, »obwohl ich denke, wenn die narkotische Zwangsjacke eng genug war, konnte er durchaus ein bisschen rumlaufen, ohne sich wirklich zu entfernen. Das würde den Mangel an wund gelegenen Stellen erklären. Aber das ist alles nur spekulativ, Herr Kollege, Ihr Junge kann ein ›Genie‹ sein oder auch nicht. Ich habe das Thema einfach nur aufgebracht, um klar zu machen, wie viele Möglichkeiten es in einem Fall wie diesem gibt. Ein Hirnschaden ist nur eine davon.«

»Ich verstehe.«

»Haben Sie schon auf Hep B untersucht?«

Arto runzelte die Stirn: »Wie bitte?«

»Hepatitis B, haben Sie da schon nachgeschaut?«

»Nein.«

Hunter zuckte die Achseln. »Muss nicht die schlechteste Idee sein. Nach meiner Erfahrung könnte es in diesem Fall zweierlei bedeuten. Erstens könnte es anzeigen, dass sein Dolantin amateurhaft verabreicht wurde, auf der Straße, obwohl ich selber noch nie von so etwas gehört habe. Und zweitens könnte es bedeuten – da Sie ja nicht wissen, wer der Knabe ist –, dass er mal in irgendeiner Institution war, einer Heilanstalt oder so was.«

»Das Erste kann ich verstehen«, antwortete Arto, »aber das Zweite?«

Hunter zeigte wieder sein lässiges, wissendes Grinsen. »An solchen Orten, Herr Kollege, fickt doch jeder jeden. Das heißt natürlich, nur die, die nicht impotent sind.«

Arto spürte, wie er rot wurde, und damit man seine Beschämung nicht merkte, blickte er zu Boden. »Oh, ich verstehe.« Danach wechselte er schnell das Thema. »Und die weichen Hände und Füße?«

»Das kann ein Zeichen bestimmter Down-Fälle sein. In den Fällen von Deprivation ist so etwas auch möglich, aber ich würde dem nicht allzu viel Glauben schenken, sonst werden Sie noch der Hexerei bezichtigt.«

Arto Sarkissian lächelte. Ja, ja, wieder die alte Handlesekunst – faszinierend, wenn auch sehr am Rand der reinen Wissenschaft angesiedelt.

»Aber eines sagt uns dies hier doch«, setzte Hunter nachdenklich hinzu. »Nämlich, dass es unwahrscheinlich ist, dass der Junge mit solchen Händen und Füßen auf der Straße gelebt hat.«

»Das Vorkommen von Dolantin macht aus ihm wirklich einen ungewöhnlichen Drogenabhängigen«, stimmte Arto zu.

»Ja«, erwiderte Hunter, »und das zieht die Frage nach sich, woher er die Droge erhielt und auch, warum er nicht so aussieht, als hätte er an Vitamin-D-Mangel gelitten. Ein ausgebildeter Drogist oder Pharmakologie-Absolvent vielleicht ...«

»Wir haben schon an Ärzte oder medizinisches Personal gedacht«, antwortete Arto, wobei er sehr zufrieden war, weil er zumindest dieses Mal dem Amerikaner einen Schritt voraus war. Aber es folgte nichts als eine kurze, verunsichernde Stille.

»Ich glaube nicht, dass einer aus unserer Zunft so etwas tun würde«, sagte Hunter und sein Gesicht wurde plötzlich ernst.

»Nein, natürlich nicht, Herr Kollege«, stimmte Arto zu, ein wenig betroffen von der plötzlichen Heftigkeit im Tonfall seines Gastes. »Und es wäre moralisch auch nicht sehr angemessen von mir, wenn ich in dieser Richtung mal nachforschte, oder?«

»Nein«, antwortete Hunter, »das wäre es nicht. Und wenn ich Sie wäre, Herr Kollege, würde ich von jetzt an wieder zu Ihrer normalen Arbeit als Pathologe übergehen und der Polizei Theorien dieser Art überlassen.«

Die Atmosphäre im Raum hatte sich mittlerweile von kollegialer Zusammenarbeit bis fast zur Feindseligkeit gewandelt. »Ja, aber falls ich versuchte, eine Droge bis zu einer Institution zu verfolgen oder nachzuweisen ...«, fing er an.

»Ich habe Ihnen gesagt, was ich denke«, entgegnete Hunter, »und ob Sie die Sache Ihren Kollegen von der Polizei weiterreichen oder nicht, ist Ihre Angelegenheit. Aber ich würde es dabei belassen.«

»Aha.« Arto war schon früher auf dieses »Wir-Ärzte-halten-zusammen« gestoßen, aber nie zuvor war es ihm so unverhohlen präsentiert worden. »Aber ...«

Hunter hielt zum Abschluss warnend eine Hand empor. »Das ist alles, was ich dazu sage, Herr Kollege. Sie können meine Rechnung in ungefähr einer Woche erwarten.« Und damit drehte er sich auf dem Absatz um und verließ den Raum.

Kapitel 9

Das Tor zur Seligkeit war der Ort, an dem zur Zeit der Osmanen die königliche Familie oder die eng mit ihr Verbundenen sich von denen trennten, die nicht mit dieser Gunst gesegnet waren. Hier fängt der *Inderun* an, der innere Teil des Palastes, hinter dem das Petitionszimmer liegt, in dem die osmanischen Großwesire die Ersuchen der Bittsteller um die Gunst des Sultans abwägten. Und auch die Schatzkammer liegt hier, in der der Reichtum des Imperiums immer noch liebevoll aufbewahrt wird. So ist es ein Ort, der sowohl den Glanz als auch die Grausamkeit und Ungleichheit absoluter Herrschaft in Erinnerung ruft. Es ist aber auch ein Ort, an dem sich meist viele Touristen aufhalten. Dieses Mal jedoch herrschte hier fast vollständige Ruhe – an diesem Spätnachmittag im Oktober, an dem nirgendwo im Topkapı-Palast viel los ist. Zudem hatte man soeben verkündet, dass für diesen Tag geschlossen würde.

Unter dem großen, hoch aufragenden Torportal, direkt unter der riesigen grün-goldenen *Tugra* – der Signatur des Sultans –, verharrte noch ein einziger Mensch. Er war klein und verkümmert, fortgeschrittenen Alters und nach der Art, wie er unablässig mit den Füßen auf dem Boden schabte, auch von beträchtlicher Nervosität und Ungeduld. Mit seinen dreckigen, schlecht sitzenden Kleidern war er vermutlich kein Tourist. Man hätte ihn eher für einen Angehörigen der hiesigen Putzbrigade gehalten, die von Zeit zu Zeit über den Palast herfiel. Aber Vermutungen können oft falsch sein: Der blinde und pädophile Attila war kein unschuldiger Putzmann.

Nicht, dass Attila gegenwärtig seinem perversen Geschäft nachgegangen wäre. Ein junges und offenbar unschuldiges

Pärchen, das in den Gärten vor dem Tor spazieren ging, trug dafür Sorge. Der Sinn dieser ganzen Übung war, die pädophile Kontaktperson, die Attila hoffentlich hier treffen würde, glauben zu lassen, der alte Mann wäre ein »Kunde«. Die Polizeimeisterin Farsakoğlu und Suleyman waren hier, um sicherzustellen, dass, sobald das gesuchte Opfer lokalisiert wäre, die Polizei und nur sie sich dessen annehmen würde.

Als sich die beiden jungen Leute in einiger Entfernung auf eine Mauer setzten, zog sich der alte Mann seinen dünnen Mantel enger um die Schultern und blies sich den warmen Atem auf die kalten, nackten Hände. Ob diese Strategie funktionieren würde, wusste er auch nicht besser als der Mistkerl, der ihn dazu verdonnert hatte. İkmen! Dieser Hurensohn! Ginge es nach ihm, säße Attila jetzt gemütlich in seinem Sessel, ein Glas Tee in der einen und ein Magazin in der anderen Hand, und würde mit einem Auge auf das schielen, was er nicht sehen sollte. Schließlich gab es keine Beweise dafür, dass die Gerüchte über den angeblichen pädophilen Kontakt im Museum stimmten. In seinem Kreis gingen viele Geschichten von knackigen jungen Dingern herum, die im Angebot wären. Einige entsprangen der Realität, andere nur dem Wunschdenken. Aber er konnte sich nur selbst Vorwürfe machen, weil er İkmen die ganze Sache erzählt hatte. Hätte er bloß nicht zugelassen, dass seine Angst vor einer weiteren Gefängnisstrafe ihm sein großes, blödes Maul öffnete! Schließlich hatte er ja nichts Böses getan, seitdem er aus dem Knast gekommen war. Oft hatte er zwar daran gedacht, aber …

»Guten Abend, Onkelchen.«

Der alte Mann drehte sich um, um einen kleinen Mann mittleren Alters zu erblicken, der einen großen Hofbesen in der Hand hielt.

»Guten Abend«, gab er zurück, und dann, während er sich in die Hände blies: »Kalt ist es.«

»Ja«, antwortete der andere. »Du weißt doch, dass wir jetzt zumachen, Onkelchen, oder?«

»Ja.«

»Das bedeutet«, fuhr der Mann fort, als würde er mit jemandem reden, der ziemlich begriffsstutzig war, »dass du jetzt zurück zum Eingang gehen musst.«

»Ja, das weiß ich«, antwortete Attila, bewegte sich aber keinen Deut.

»Nun, dann ...« Der Mann gestikulierte ungeduldig und nötigte damit den Alten zu einer Reaktion.

»Hm ...«

»Hör mal, Alterchen ...«

Dann passierte irgendetwas zwischen Erkennen und plötzlicher Eingebung zwischen den beiden. Es war weniger ein Treffen Gleichgesinnter als vielmehr eine Veränderung in der Atmosphäre um sie herum. Und beide spürten es gleichzeitig. Dieses Phänomen war Attila nicht unbekannt, der trotz der im Gefängnis verbrachten Zeit wusste, wie das System funktionierte. Der jüngere Mann lächelte als Reaktion darauf zunächst ein wenig, lehnte dann seinen Besen gegen das Tor und führte eine Hand zum Mund. »Ah.«

»Ah, wirklich.«

»Du wartest also auf ...«

»Dich?«, fragte der alte Mann.

Das Gesicht des Jüngeren verhärtete sich augenblicklich. »Es kostet einen dreckigen alten Bock wie dich zwanzig Millionen.«

»Und wenn ich kein dreckiger alter Bock bin?«, fragte Attila.

Als Antwort zuckte der Mann nur mit den Schultern und fügte dann hinzu, offenkundig des jungen Liebespaares eingedenk, das sich noch immer im Garten aufhielt: »Komm einfach mit mir mit, als wären wir Freunde. Ich kriege dein Geld, wenn wir da sind, vorher, wenn du weißt, was ich meine.«

Es wäre sehr leicht gewesen und war ja auch eine große Versuchung für Attila, an dieser Stelle zu fragen, wo der Ort sei. Aber wenn man ein verstecktes Mikrophon unter den Kleidern trägt, sollte man sehr darauf achten, keinen Verdacht zu erregen. Dieser Mann war um einiges jünger und kräftiger als Attila und außerdem nicht gerade der angenehmste Mensch, dem er bis dato begegnet war. Wenn er geschickt wäre, könnte Attila seine beiden Führungspolizisten immer noch an besagten Treffpunkt führen, und außerdem würden die jungen Beamten ihm mindestens einen Teil des Weges folgen.

»Muss ich einen Bus oder ein *dolmuş* nehmen, um …«

»Nein, wir können gehen«, antwortete der Jüngere und setzte spöttisch nach: »Vorausgesetzt, du schaffst es.«

»Für das, was ich will, kann ich die Anstrengung wohl auf mich nehmen, denke ich«, gab Attila zurück.

»Gut«, erwiderte sein neuer Gefährte, »dann lass uns losgehen.«

Attila lächelte, aber nicht ganz so aus vollem Herzen, wie er es getan hätte, wäre dies kein Polizeieinsatz gewesen.

İkmen hatte in seinem engen Wagen ohne Frischluftzufuhr bereits ein halbe Schachtel geraucht. Und das hielt ihn auch nicht davon ab, sich eine weitere Zigarette anzuzünden, als er mitbekam, dass das Ziel von Attila und seinem Kumpel irgendwo beim Museum sein musste. Wachtmeister Avcı, der selbst ein Raucher war, wedelte – wie er hoffte, offensichtlich – die Rauchwolken aus seinem Gesicht. Aber İkmen zuckte nicht einmal mit der Wimper, während er das Ohr dicht an das Funkgerät hielt, das ihn mit Attilas Mikrophon verband. Das hier war viel zu wichtig, als dass er sich von fremden Reaktionen auf seine Raucherei beeinflussen ließe.

Der Wagen stand direkt vor dem Museum auf einem der Grasstreifen gegenüber den Touristenläden beim Haupteingang. Dort standen auch außerhalb der Saison immer viele Fahrzeuge, weshalb es ein sinnvoller und unauffälliger Ort war, vor allem, wenn man die Leute beobachten wollte, die aus dem Topkapı kamen. Das einzig mögliche Problem dabei war, dass Attila und sein Freund einen anderen Ausgang nahmen.

Doch das war unwahrscheinlich, weil sämtliche Angestellten durch die Sicherheitsschleuse mussten, ehe sie nach Hause gehen konnten, und die wichtigste Stelle dafür war eben der Haupteingang. Außerdem hatte er seine Leute auch an den anderen, weniger bekannten Eingängen postiert. Aber das war nicht İkmens eigentliches Problem. Seit er Attila verhört hatte und so eine große Angelegenheit daraus geworden war, stand İkmen unter Hochspannung. Bis dahin war es ein so angespannter Tag gewesen, dass es ihm fast auf den Magen schlug: Nach der Entdeckung einer möglichen Verbindung zwischen einem gefangen gehaltenen Jungen und dem Topkapı-Museum waren hektische Aktivitäten ausgebrochen hinsichtlich einer Erlaubnis, diese Operation durchzuführen, und dann auch noch, um Attila davon zu überzeugen, dass er mitmachte. Wenn alles gut lief – und nach der Unterredung zwischen Attila und dem anderen Mann, die İkmen mitgehört hatte, schien es, als seien sie tatsächlich auf einer heißen Spur –, war das aber, wie er wusste, noch keine Garantie dafür, dass dieses Szenario auf irgendeine Weise mit dem Mord in der İshak Paşa in Verbindung stand. Falls doch, dann wollte er am Ort sein, dabei beim Abschuss, wenn sich was auch immer ereignete. Wenn ein lebendes Kind von diesem bislang unbekannten Mann zu unmoralischen Zwecken gefangen gehalten würde, wollte İkmen in jeder Hinsicht sicher sein, dass er nicht auch noch in dessen Ermordung hineingezogen würde. Die Sitte konnte mit dem Mann tun, was sie wollte – und würde es wahrscheinlich auch –, aber erst nachdem İkmen ihn ausgefragt hatte – »nachdem« als maßgebliches und wichtigstes Wort.

Wie er es schon seit fast einer Stunde immer wieder getan hatte, lenkte İkmen auch jetzt seinen Blick wie beiläufig in Richtung des gewaltigen Palasteingangs. Sein Gesicht hob sich vor den Lichtern der gegenüberliegenden Läden ab. Durch eine Wolke, die für Avcı eine undurchdringliche Rauchwand darstellte, sah dieser zunächst schwach, dann etwas deutlicher zwei Gestalten – eine große, die andere nicht ganz so groß –, die soeben Seite an Seite aus dem verdunkelten Portal getreten waren.

»Das sieht nach den beiden Polizeimeistern aus«, sagte Avcı, »Seite an Seite.« Avcı, der wie die meisten Polizisten einem kleinen Klatsch nicht abgeneigt war, grinste süffisant.

»Es reicht jetzt, Avcı«, wies ihn sein Vorgesetzter zurecht, änderte dann schnell das Thema und bemerkte: »Dies bedeutet, dass Attila und sein Freund nicht weit hinten dran sein können.«

»Jawohl.«

Beide sahen schweigend, wie die beiden Polizisten Farsakoğlu und Suleyman weitergingen, ohne auch nur einen Blick in ihre Richtung zu werfen, und scheinbar vollständig ins Gespräch vertieft waren.

»Ich könnte so was nicht«, sagte Avcı, als die beiden vorbeigegangen waren.

»Was?«

»Nicht in die Richtung von Leuten gucken, die ich kenne. Ich glaube einfach nicht, dass ich da widerstehen könnte.«

İkmen lächelte. »Deshalb sind Sie ja auch Wachtmeister, und die beiden sind Polizeimeister, Avcı. Denken Sie mal darüber nach.«

Dann vergingen ein paar Sekunden vollkommener Stille, ehe wieder jemand am Tor erschien, aber anders als die beiden jugendlichen Polizisten war er kein erbaulicher Anblick. Alt und chaotisch und eine dicke Wollmütze über die Stirn gezogen, gab Attila eine Erscheinung ab, die nervös und gleichzeitig unansehnlich war. Der Mann an seiner Seite war auch nicht ersprießlicher anzuschauen, und als die beiden auf der Höhe des Wagens waren, konnte İkmen sehen, dass er ein lederartiges, wettergebräuntes Gesicht hatte, kennzeichnend für Leute, die einen Großteil ihres Lebens im Freien verbringen. İkmen senkte seinen Kopf, um jeden auch zufälligen Kontakt mit Attilas Blick zu vermeiden, und murmelte: »Sieh bloß nicht in den Wagen«, als der alte Mann vorbeiging – ein sinnloses Mantra natürlich, aber eines, das trotzdem zu funktionieren schien, da die beiden ohne irgendwelche Zwischenfälle weitergingen.

Nachdem er sicher war, dass die zwei Männer weit genug vom Wagen entfernt waren, blickte İkmen wieder auf und sah, wie sie die Straße weitergingen und dann auf den rechten Bürgersteig überwechselten.

»Ich glaube, sie gehen in Richtung Hagia Sofia«, sagte er, was hieß, dass die Gegend um die große byzantinische Kirche ihr Ziel sein würde. Und wie zur Bestätigung bogen die beiden um die Ecke und begaben sich in diese Richtung.

»Sollen wir jetzt losfahren?«, fragte Avci, der seine Füße über gedachte Pedale balancierte, obwohl er selbst gar nicht fuhr.

»Ich gehe jede Wette ein«, meinte İkmen, »dass die alte Schwuchtel Attila nicht besonders schnell ist.« Worauf er mit grimmigem Lächeln hinzufügte: »Wenn er das nämlich wäre, hätte er immer noch so viele Augen wie wir.«

Die Straße vom Museum zum oberen Ende der Yerebatan Caddesi neigt sich etwas und ist für die Alten und Schwachen durchaus anstrengend, obwohl man noch nicht von einem Hügel sprechen kann. Attila, auf den beide Kategorien zutrafen, war deshalb nicht in bester Verfassung, als er und sein Gefährte am Eingang der massiven byzantinischen Zisterne Yerebatan Saray vorbeigingen, die dieser Straße den Namen gegeben hatte. Unter der Herrschaft Kaiser Justinians errichtet, war Yerebatan Saray oder der »Unterirdische Palast« ursprünglich gebaut worden, um Wasser für die Aristokratie im alten Byzanz zu speichern, und er war und ist bis heute ein Wunder früher Ingenieurbaukunst. Das Wohnhaus, das gerade einen Block neben diesem bewundernswerten Bau stand – das Ziel von Attila und dem anderen Mann –, war von ganz anderer Art. Im späten neunzehnten Jahrhundert errichtet, im Herbst der osmanischen Kultur, war seine reich mit Stuck verzierte Fassade von der Zeit und den dichten Rußablagerungen, die an allen Häusern in Istanbul haften, schwarz geworden. Sie stammen von der schmutzigen Braunkohle, mit der die Stadt jedes Jahr während der Wintermonate heizen muss. Der Eingang zu diesem Haus war dunkel und roch streng nach abgestandenem Urin.

Ein paar Sekunden lang lehnte sich Attila schwer gegen eine der Türen des Portals – er musste Atem holen –, während der Mann in der Dunkelheit dahinter verschwand, um den Lichtschalter zu suchen. Irgendwo schrie ein Baby und eine betrunkene oder betrunken klingende Stimme ermahnte das Baby oder jemand anderen: »Halt endlich die Fresse!« Die Atmosphäre war der in Attilas eigenem bescheidenen Haus nicht unähnlich, aber trotzdem schlug sein Herz schneller, weil dies hier für ihn unbekanntes Territorium war.

Der Mann, der nun von der schwachen Birne über seinem Kopf angestrahlt wurde, gab Attila ein Zeichen, ihm zu folgen, was dieser mit einem müden Seufzer tat.

»Es ist bloß eine Treppe höher«, sagte er, als der Alte ihn eingeholt hatte, »nach hinten raus. Denkst du, du schaffst es?«

»Ja.«

»Meinst du, du kannst auch noch eine Nummer abziehen, wenn du oben bist?«, höhnte er und seine Augen waren voll jener Verachtung, die meist für niedere Lebensformen reserviert ist.

Attila nickte zustimmend. Zum Glück sah der Mann dabei nicht den Hass und die Wut in Attilas Blick, außerdem war sein Geist, wie sich bald zeigen sollte, schon bei anderen Dingen.

»Ich krieg jetzt dein Geld«, sagte er und streckte eine dreckige Pranke aus.

Aber Attila warf abwehrend den Kopf zurück. Er wusste noch von früher, wie solche Geschäfte abliefen. »Nicht, bis ich ihn gesehen habe.«

»Er ist jung und einfach klasse und sein Arsch ist nur für dich«, gab der Mann bissig zurück. »Was willst du mehr?«

»Ich will ihn zuerst sehen«, beharrte Attila, »nur einen Blick und du kriegst dein Geld, mein Wort drauf.« Und um seine Worte zu unterstreichen, steckte er die Hand in seine Jackentasche und holte die dicke Rolle gebrauchter Banknoten heraus, mit der İkmen ihn versorgt hatte.

Die gierigen Augen des Mannes wurden größer, als das Geld sichtbar wurde, das sich als dreißig Millionen Lire entpuppte.

»Du hast ganz schön viel Geld für so einen nutzlosen alten Wichser«, sagte er. »Woher hast du das?«

»Geht dich das was an?«

Der Mann zuckte angesichts dieser plötzlichen Ungehaltenheit beleidigt die Achseln. »Nein.«

»Dann halt die Klappe und führ mich dahin, wo ich hinwill«, konterte Attila. »Ich gebe dir das Geld, wenn wir da sind.«

Der Mann drehte sich um und ging die Treppe hoch. Attila vermutete wahrscheinlich ganz richtig, dass dieser Mann, falls es nicht nach der Vorstellung des Inspektors lief, ihm all sein Geld abnehmen würde, sobald er die Wohnung betrat. Trotzdem folgte er ihm. Was konnte er sonst tun? Wie er es auch betrachtete, er würde mit einiger Wahrscheinlichkeit demnächst eine Tracht Prügel beziehen – wenn nicht von diesem Mann, dann von den Polizisten, falls sie nicht das Ergebnis kriegten, das sie wollten.

Der Mann öffnete die Wohnungstür mit einem Schlüssel, der fast so schmierig war wie das Schloss, in das er ihn steckte. Er schaltete ein Licht an, das ein schmuddeliges Zimmer beleuchtete. Es war sämtlicher Möbel beraubt mit Ausnahme einem zusammengerollten Bettzeug auf dem Fußboden und einem Fernseher in einer Ecke. Es roch nach ungewaschenem menschlichen Fleisch und nach, angesichts dieses Geruchs, zu lange verschlossenen Türen.

»Komm schon rein«, sagte der Mann und stellte sich auf die Seite, so dass er die Tür zustoßen konnte, sobald Attila eingetreten war.

»Wo ist der Junge?«, fragte der Alte und blieb stoisch im Flur stehen.

Der Mann bewegte den Kopf in Richtung einer Tür am hinteren Ende des verwahrlosten Wohnzimmers. »Da drin, im Schlafzimmer.«

Immer noch stand Attila in der offenen Tür. Er holte das Geld aus seiner Tasche und fing an, es vor dem gierigen Gesicht des Mannes zu zählen. Dieser gab vorübergehend nach, ging in das Zimmer und sagte: »Ich mach ihn jetzt mal fertig.«

Er verschwand im Schlafzimmer und Attila schloss die Tür, da er genau wusste, dass er vor der geöffneten Tür schnell um sein Geld erleichtert werden könnte.

Während der nächsten Minuten hörte er nichts als das Pochen seines eigenen Herzens. Die Trostlosigkeit der Wohnung, der fürchterliche, durchdringende Gestank und das allgemein feindselige Benehmen des Mannes wären auch unter normalen Umständen ausreichend gewesen, ihn aus der Ruhe zu bringen. Mit dem zusätzlichen Druck aber – er wusste nicht, was die Polizei plante und wann sie eingreifen würde – war es fast unerträglich. Zusätzlich jagte ihm der Gedanke Angst ein, was passieren könnte, wenn die Polizei tatsächlich einträfe. Leute wie dieser Mann, meist Zuhälter, waren für ihre Gewalt gegen die bekannt, die sich ihnen in den Weg stellten, und obwohl İkmen ihm versichert hatte, es würde alles gut laufen, zweifelte Attila doch sehr daran.

»Du kannst jetzt reinkommen«, sagte der Mann, als er wieder aus dem Schlafzimmer auftauchte.

Attila trat langsam vor, die zwanzig Millionen Lira hielt er vor sich. Als er gerade weitergehen wollte, riss der Mann das Geld aus Attilas Hand und zählte sofort nach.

»Du wirst schon sehen, dass es stimmt«, sagte Attila und überschritt die Schwelle eines Zimmers, das noch verwahrloster als das erste war. »Es ist …«

Den Satz sprach er nicht aus. Die Worte erstarben ihm auf

den Lippen, als er gewahr wurde, was da vor ihm lag. Auch in seinen wildesten Phantasien oder besser den schlimmsten Alpträumen hätte er sich so etwas nie träumen lassen. Tatsächlich war sein Ekel so groß – Ekel war das einzige Wort, mit dem er seine gegenwärtigen Gefühle beschreiben konnte –, dass er sich fragte, ob er wirklich der echte Perverse war, für den er sich immer gehalten hatte. Das hier war … war …

Ein Klopfen an der Wohnungstür weckte ihn vorübergehend aus seinen Träumereien. Der Mann beugte sich ins Schlafzimmer und murmelte: »Wohl nur der *kapıcı*, der Hausmeister«, ehe er die Tür hinter sich zuzog und Attila allein ließ mit dem, was da still und unbeweglich wie ein Stein auf dem müll- und kotübersäten Bett lag.

»Tut mir Leid, dass ich Sie störe«, sagte İkmen und zeigte dem erschrockenen Mann kurz seinen Polizeiausweis, »aber wir haben Grund zur Annahme, dass ein Verbrecher, den wir suchen, sich hier in der Wohnung aufhält.«

Die Augen des Mannes, die ihm fast aus dem Schädel fielen, sagten dem Polizisten alles, was er wissen wollte.

»Es macht Ihnen doch nichts aus, wenn wir uns kurz umschauen, oder? Wir werden Sie nicht lange stören.«

»Aber …«

»Vielen Dank«, sagte İkmen, als er zusammen mit sechs weiteren Beamten, darunter auch Suleyman und Farsakoğlu, hinter dem Mann in die Wohnung trat. »Wachtmeister Cohen wird bei Ihnen bleiben, während wir uns umschauen«, fügte İkmen hinzu. »Cohen?«

»Jawohl.«

»Sie bleiben bei Herrn … wie ist Ihr Name?«

Der Mann glotzte nur.

»Passen Sie auf diesen Mann auf, Cohen.«

»Jawohl«, antwortete Cohen und baute sich vor der jetzt geschlossenen Wohnungstür auf.

»Also«, sagte İkmen, »schaut euch um. Jedes Zimmer, bitte. Er muss hier irgendwo sein. Sie kommen mit mir, Suleyman.«

Die beiden gingen direkt auf die Tür zu, die der Eingangstür gegenüberlag. Die anderen gingen nach links und rechts und nahmen sich die Küche, das Bad und das dürftige Wohnzimmer vor. Es war allerdings nicht so, dass der Mann, der vor Cohen stand, sie dabei beobachtete. Seine Augen waren fest auf İkmen und Suleyman gerichtet – eine Tatsache, die dem älteren Kriminalbeamten nicht verborgen blieb.

»Ich denke, dass wir beide hier auf Gold gestoßen sind, Suleyman«, sagte er, als er die Tür aufdrückte und zunächst den zitternden Umriss Attilas entdeckte und dann das einzige Möbelstück im Zimmer, das Bett.

Als sein Blick das Bett traf oder das, was sich auf dem Bett befand, war İkmen nicht mehr zu Späßen aufgelegt.

Der Junge, der sich rhythmisch auf einem See seines offenbar eigenen Kots hin und her bewegte, war irgendwas zwischen zwölf und sechzehn Jahren. Nackt bis auf ein dickes Lederhalsband, das mit Nägeln gespickt war wie das Halsband eines anatolischen Schäferhundes, und mit dem wenigen dunklen Haar auf dem Körper, das die blonde Matte auf seinem Kopf Lügen strafte, blickte er mit den leeren Augen eines Menschen auf, der entweder unter Drogen stand oder schlicht ohne jede Emotion war. Die dicken, eitrigen Einstiche an Armen und Beinen bestätigten die erste Theorie, aber letztere traf ohne Zweifel ebenfalls zu. Auch wenn man annahm, dass sich das Kind erst seit einigen wenigen Tagen in dieser Situation befand, waren die Umstände seines Gefängnisses so abscheulich, dass man sich leicht vorstellen konnte, wie er innerlich sterben würde. Als sich der Junge bewegte, floss ein dünnes Blutrinnsal vom unteren Ende seines Rückens und İkmen, dessen Blick schreckensstarr auf diese Szene geheftet war, hörte, wie Suleyman hinter seinem Rücken tapfer einen Brechreiz zu unterdrücken versuchte.

Langsam drehte sich İkmen zu Attila um. »Hast du?«, knurrte er.

Als Antwort pisste sich der alte Mann erst einmal in die

Hose, worauf er mit sanfter Stimme antwortete: »Nein. Niemals, ich schwör's.«

»Bringen Sie mir bitte den Mieter dieser Wohnung, Cohen, ja?«, rief İkmen nach draußen in den Wohnbereich.

Mit einiger Schwierigkeit, vor allem, weil der Mann sich nur widerwillig vorwärts bewegte, schubste Cohen ihn, redete auf ihn ein und drückte ihn ein bis zwei Meter vorwärts, hielt an und überzeugte ihn mit dem Lauf seiner Pistole, den Rest der Reise zum Schlafzimmer zurückzulegen.

»Sie können mit dem Durchsuchen aufhören«, rief İkmen den anderen Polizisten zu, »Suleyman und ich haben gefunden, was wir wollten.« Dann wandte er sich an den geduckten Mann neben seinem Ellbogen und fragte ruhig: »Waren Sie das?«

»Nein, nicht ...«, platzte es aus dem Mann, »es war der alte Kerl da. Er ... ich war's nicht.«

»Für einen Unschuldigen schwitzen Sie aber ganz schön«, sagte İkmen, »besonders für einen Unschuldigen, der sicher nicht weiß, was in dem Zimmer ist.«

»Ich ...«

İkmens Hand schoss wie ein Blitzstrahl nach vorne und packte den Mann bei den Haaren.

»Schauen Sie da rein und sagen mir dann mit Ihren Worten, was Sie sehen.«

»Ich ... es ...«

»Allah beschütze uns!«, rief Farsakoğlu, die gerade in der Tür erschien.

»Und?«, fragte İkmen den Mann noch einmal. »Was sehen Sie da? Sagen Sie es mir!«

Der Mann öffnete den Mund, um zu sprechen, aber kein Laut drang aus ihm außer einem leisen Schmerzensschrei, den er ausstieß, als İkmen ihn noch fester bei den Haaren packte.

»Eine widerliche Sauerei ist da drinnen!« İkmen schrie dem Mann jetzt direkt in sein rotes und schreckensstarres Gesicht. »Das ist es. Der gemeinste und ekelhafteste Missbrauch eines Kindes, den ich in meinem ganzen Leben gesehen habe!«

»Ich …«

»Und Sie werden, das kann ich Ihnen in jedem Fall versprechen, den Rest Ihres widerlichen Lebens dafür im Gefängnis verbringen!«

»Aber ich …«

»Fangen Sie bloß nicht an zu …« İkmens anderer Arm, der frei war, schwebte über dem Kopf des Mannes in der Luft, bereit zuzuschlagen, und der Mann krümmte sich in Erwartung des sicheren Schlages. Keiner der Polizisten, das wusste er, würde ihm jetzt zu Hilfe kommen und trotz seiner Schwerfälligkeit merkte er doch, dass es der gemeinsame Wunsch der hier anwesenden Polizisten war, ihr Vorgesetzter würde ihn auf der Stelle zusammenschlagen.

»Oh, Effendi, ich …« Er schloss die Augen, weil er den Schlag erwartete, während alles im Raum den Atem anzuhalten schien.

Als der Schlag ausblieb, als İkmen langsam und mit einer Willensanstrengung, die so groß war, dass ihm die Tränen in die Augen traten, den Arm wieder senkte, war es fast noch schlimmer, als wenn er ihn geschlagen hätte. Hätte er das getan, hätte es in diesem Moment reinigend gewirkt. Doch nun blieb nichts als unerlöster, blanker Hass zurück.

»Herr …«, fing Suleyman sachte an.

»Holen Sie einen Krankenwagen für den Jungen«, sagte İkmen, womit er völlig die Richtung änderte. »Sagen Sie ihnen, dass wir auch einen Arzt brauchen.«

»Jawohl«, antwortete Suleyman und holte sein Telefon aus der Tasche.

Dann sah İkmen Farsakoğlu an und fügte hinzu. »Und Sie, Polizeimeisterin, bleiben hier bei dem Jungen, bis der Krankenwagen kommt.«

Sie nickte und ging nicht ohne einige Nervosität in das Zimmer. Sie drängte sich dabei an dem alten Mann vorbei, der jetzt in den Wohnbereich der Wohnung zurückkam. İkmen musterte, wie vorher mit Attila ausgemacht, den alten Mann mit zynischem Blick, ehe er Avcı und noch einen anderen jüngeren Wachtmeister anwies, ihn nach unten in eines der Fahrzeuge zu bringen. Dann führten İkmen und Cohen, nachdem ein weiterer Mann an der Eingangstür postiert worden war, den Besitzer der Wohnung in den einzigen Raum mit Stühlen, in die Küche. Die war, wie sich zeigte, genauso schmutzig wie der Rest der Wohnung und İkmen wischte erst den Stuhl ab, auf dem er sitzen wollte, ehe er sich am Tisch niederließ. Cohen holte einen weiteren Stuhl von der Spüle, die voller Geschirr war, stellte ihn gegenüber von seinem Chef hin und drückte dann den kriecherischen Mann darauf.

Nachdem İkmen sich ein Weile in dem fett- und nikotinverfärbten Zimmer umgeschaut hatte, lehnte er sich zurück und verschränkte die Arme. Der Mann vor ihm, der nur mit Mühe Luft holen konnte, murmelte etwas, was İkmen nicht verstand, und verfiel wieder in sein Schweigen.

»Also«, sagte İkmen, dessen Gesicht immer noch voll blanker Wut war, »fangen wir an, wenn es recht ist. Wie heißen Sie?«

»Ich, ich … ich will einen Anwalt, ich …«

»Ja, und dazu haben Sie auch das Recht, ich weiß. Aber …« İkmen beugte sich über den Tisch, so dass sein Gesicht so nahe wie möglich vor dem des Mannes war, »… es wäre besser für Sie, wenn Sie jetzt mitspielen.«

»Ich brauche einen Anwalt! Sie können doch nicht …«

»Ich kann verdammt noch mal tun, wonach mir gerade ist!«, brüllte İkmen ihn an. »Sie können von Glück sagen, dass Sie unversehrt sind, nach dem, was wir hier gefunden haben!«

Der Mann ließ den Kopf hängen und schniefte. »Ja, ich …«

İkmen schlug mit der Faust auf den Tisch und schrie: »Name!«

Der Mann murmelte etwas, was weder İkmen noch Cohen verstehen konnten.

»Lauter!«, befahl İkmen. »Das haben wir doch nicht gehört, oder, Wachtmeister Cohen?«

»Nein.« Cohen rief dem Mann ins Ohr. »Reden Sie lauter, wenn der Inspektor fragt!«

Der Mann hob den Kopf ein wenig und flüsterte: »Halil Tekin, so heiße ich.«

»Halil Tekin.« İkmen sprach es langsam aus, als würde er jeden einzelnen Laut im Mund auskosten. »Halil. Der gleiche Name wie mein Bruder. Zufall.« Er hob eine Augenbraue und blickte, als würde er gleich lächeln, was er aber nicht tat. »Außer dass mein Bruder ein ehrlicher, normaler Mensch ist, was Sie nicht sind.«

»Effendi …«

»Sie sind, wenn ich mich nicht völlig täusche, ein Zuhälter, stimmt das, Halil?«

»Nein, das …«

»Streiten Sie ab, dass ich dort gerade in Ihrem Schlafzimmer ein nacktes und vermutlich minderjähriges Kind mit einem bekannten Pädophilen entdeckt habe?«

»Nein, aber …«

»Und weiter, dass das Kind entweder intravenös Drogen genommen oder verabreicht bekommen hat?«

Halil Tekin ließ wieder den Kopf sinken und murmelte noch einmal das Wort »Anwalt«.

»O ja«, gab İkmen zurück, »den können Sie haben. Das habe ich Ihnen gesagt, aber ich werde wohl leider eine Bedingung daran knüpfen müssen.«

So schnell, wie er gesunken war, kam Halil Tekins Kopf wieder nach oben. »Aber das dürfen Sie nicht …«

»Das ist wohl nicht ganz legal, was?«, lächelte İkmen – erstmals, seitdem er diese Wohnung betreten hatte. »Nein, das ist es nicht, Halil, da stimme ich Ihnen zu. Aber …«, und er streckte wieder die Hand aus und fasste den Mann beim Schopf, »… hier kümmert sich jetzt keiner großartig um so was.«

»Aber wenn – wenn alles vor Gericht kommt, dann wird mein Anwalt sagen, dass Sie …«

»Ihr Anwalt wird verdammt viel Glück haben, wenn er Sie überhaupt lebend vor Gericht kriegt, Herr Tekin«, stieß İkmen aus, »und was die juristischen Feinheiten angeht, erzählen Sie die doch mal dem Jungen, dessen Leben Sie wahrscheinlich ruiniert haben.«

»Schon gut! Schon gut!« Tekin hob die Hände an die Stelle, wo İkmen ihn am Haar gepackt hatte, und legte die Finger um die des Inspektors. »Lassen Sie mich los, dann erzähle ich Ihnen – etwas.«

İkmen ließ die Haare des Mannes los und setzte sich wieder auf seinen Stuhl. »In Ordnung. So ist es schon besser.« Er machte eine Handbewegung und fragte: »Also?«

Halil Tekin holte tief Luft. »Das Kind ist kein Türke.«

»Oh, was die Sache wohl wieder ins Lot bringt, ja?«

»Nein … ja … schauen Sie …« Tekin warf die Hände empor und seufzte. »Er ist ein Russe – denke ich, ich weiß nicht genau, ein Ausländer jedenfalls. Er war sowieso in der Szene und …«

»Ist er abhängig?«

»Hm …«

»Ist er oder ist er nicht?«

»Na ja, er war es nicht, aber …«

İkmen beugte sich wieder über den Tisch und sah dem Mann fest in die Augen. »Aber was?«

»Aber … hören Sie, ich glaube, ich brauche jetzt wirklich einen Anwalt, weil …«

»Haben Sie den Jungen auf Drogen gesetzt? Waren Sie das, der die ganzen Einstiche …«

»Er wollte es nicht, okay, den Sex mit den alten Männern und das alles und … Hören Sie, ich bin kein Monster oder …«

Cohen, der seine Gefühle nicht länger beherrschen konnte, lachte schrill auf.

İkmen, der diese plötzliche Unterbrechung gar nicht schätzte, wurde grob: »Seien Sie ruhig, Wachtmeister, ja?«

»Jawohl. Entschuldigung.«

İkmen wandte sich wieder dem Mann vor ihm zu. »Also, Herr Tekin, was haben Sie gesagt?«

»Na ja ...« Tekin biss sich fest auf die Unterlippe und leckte sich dann die Mundwinkel. »Schauen Sie, ich wollte ihm doch bloß helfen, besser damit klarzukommen und ...«

»Ja?«

Suleyman kam ins Zimmer und gab İkmen schweigend ein Zeichen, dass der Krankenwagen unterwegs wäre.

»Hm ...«

»Ich habe nicht den ganzen Abend Zeit, Herr Tekin«, warnte İkmen ihn und setzte drohend nach, »auch wenn Sie so viel Zeit haben.«

Suleyman lehnte sich gegen den Türrahmen und sah mit widerwilligem Gesicht zu.

»Wenn das Kind auf Drogen war, dann hat es ihm nicht so viel ausgemacht. Er hat das Zeug immer gerne genommen und wollte es auch. Hat immer den Arm gehoben, damit er es bekommt, wenn ich zu ihm gegangen bin.«

»Und was war es?«

»Ich ... ich weiß nicht, ich ...«

»Hören Sie schon auf!«, explodierte İkmen. »Sie müssen doch wissen, was Sie ihm gegeben haben. Sie müssen zumindest gewusst haben, welches Zeug Sie gekauft haben.«

»Nein, weiß ich nicht!« Tekin blickte um sich und auf seine drei Peiniger und seine Augen baten um Verständnis. »Ehrlich, ich ...«

»Das ist doch alle Scheiße!«, explodierte İkmen ein zweites Mal. »Dealer verkaufen doch nicht irgend so ...«

»Ich hab's nicht von einem Dealer! Wie ich gesagt habe, der Junge ist nicht schlecht und ich wollte ihm nicht schaden und deshalb ...«

»Und deshalb was, Herr Tekin?«, fragte İkmen. »Was haben Sie gemacht? Den Apotheker um Rat gefragt, wie man mit Analschmerzen umgeht oder ...«

»Nein!« Jetzt weinte Tekin fast und seine Augen waren tränenfeucht und voll kaum versteckter Angst. »Nein. Nein, ich hab's doch von einem Arzt.«

»Einem Arzt?«

İkmen und Suleyman wechselten eine kurzen, aber bedeutungsvollen Blick.

»Ja«, erwiderte Tekin, »und von einem anständigen, in einem Krankenhaus.«

»Wo um alles in der Welt haben Sie den Arzt ...«

Wieder senkte Tekin den Kopf: »Es ist ein Mann, den ich kenne. Und der kennt den Arzt.«

»Wer ist es?«

»Weiß ich nicht! Einfach ein Arzt! Ein Christ, wie er sagt!«

»Und Ihr Freund?«

»Was ist mit dem?«

»Wer das ist!«

»Es ist nicht mein Freund. Einfach nur so ein Mann.«

»Wie heißt er?«

Tekin fuhr sich unsicher durch die Haare. »Ich weiß nicht – Mehmet.«

»Mehmet weiter?«

»Ich weiß nicht, ich ... er arbeitet mal hier, mal da ... ich weiß nicht, ich treffe ihn bloß manchmal.«

İkmen lehnte sich auf seinem Stuhl zurück und seufzte. »Also. Ich fasse zusammen. Sie haben seit – wie lange?«

»Ich weiß nicht, vielleicht ein paar Monate.«

»Seit einer gewissen Zeit«, fuhr İkmen fort, »sind Sie der Zuhälter dieses Kindes, das Sie mit einer unbekannten Droge ruhig gestellt haben, die Sie von Mehmet besorgt haben, der dies und jenes tut und angeblich von einem Arzt, der kein Muslim ist, die Droge kriegt.«

Tekin beugte sich zum Tisch vor und stützte den Kopf in die Hände. »Ja. Kann ich jetzt einen Anwalt kriegen?«

»Alles zu seiner Zeit«, antwortete İkmen, »alles zu seiner Zeit. Nur noch eine Frage und dann sehen wir mal.«

»Ja?«

»Und zwar«, sagte İkmen langsam, »ob das hier der einzige Junge ist, den Sie festhalten, oder nicht.«

»Der einzige ...«

»Ja«, sagte İkmen und seine Stimme war nun wieder seltsam klar und licht. »Ob Sie noch für andere eingesperrte Jungen den Zuhälter machen oder nicht, Herr Tekin. Aber«, setzte er warnend hinzu, »überlegen Sie sich sorgfältig, was Sie antworten, denn wenn Sie mich anlügen, werde ich das rauskriegen und das wird mich sehr wütend machen. Und ich werde Sie dann ein paar anderen Polizisten übergeben, von denen ich weiß, dass sie mit Ihrem beschissenen Leben nicht so nachsichtig umgehen.« Er beugte sich wieder über den Tisch und lächelte. »Und?«

Suleyman setzte sich auf die Mauer neben İkmen und legte wortlos seinen Mantel um die Schultern des Älteren.

»Hier draußen ist es kalt«, sagte er, »Sie wollen sich doch wohl keine Erkältung holen.«

İkmen lächelte und seine Augen waren schwer vor Müdigkeit. »Sie hören sich an wie meine Mutter.«

Suleyman zuckte die Achseln. »Was passiert jetzt mit Tekin?«

İkmen zündete sich eine weitere Zigarette an und blies seufzend den Rauch aus. »Wenn er die Wahrheit erzählt hat, kommt er zur Sitte. Ich kann mit ihm nicht viel machen, solange er keinen umgebracht hat.«

»Glauben Sie, dass er die Wahrheit erzählt?«

»Dass der russische Junge – oder was er sonst ist – seine einzige Einnahmequelle ist?« İkmen zuckte mit den Schultern. »Das ist gut möglich. Im Übrigen sehe ich aber nicht, was ein dreckiger kleiner Zuhälter wie Tekin mit so jemandem wie unserem gepflegten Herrn Zekiyan zu tun haben könnte. Sie etwa?« İkmen drehte sich um und bedeutete seinem Kollegen mit einer Handbewegung, an der tristen Fassade des Wohnblocks hinter ihnen emporzusehen. »Schauen Sie sich doch dieses Haus an. Schauen Sie sich Tekin und seinen Kram an.

Unser Junge hatte doch keinen Arsch wie ein Schlachtfeld, so wie das arme Kind da oben, oder?«

»Nein.«

»Beide Jungen waren eingeschlossen, aber das ist auch ungefähr das Einzige, was die beiden gemeinsam haben. Ich will trotzdem ein paar Bluttests von Tekins Jungen haben.«

»Falls das Zeug, das er benutzt hat, Dolantin ist?«

»Ja. Der Nachweis von Dolantin und Tekins Bemerkung über einen korrupten Arzt können darauf hinweisen, dass einer unserer Mediziner das Zeug heimlich an jeden und aus jedem Grund verkauft. Und wenn er es an diesen Mehmet verkauft hat, warum dann nicht auch an unseren netten Herrn Zekiyan?«

»Das heißt natürlich«, sagte Suleyman, »dass wir diesen Mehmet irgendwie suchen müssen.«

»Ja.« Und dieses Mal seufzte İkmen schwer. »Wenn es Dolantin ist, werde ich mich mit der Sitte in Verbindung setzen, dass sie uns Tekin noch eine Weile überlassen. Wenn nicht …« Wieder zuckte er mit den Achseln, diesmal aber nur leicht. »Ich nehme an, bei unserer Suche nach Zekiyan hat sich noch nichts getan.«

Eine Frau mit erschreckend blond gefärbtem Haar hielt kurz vor den beiden Polizisten an und hob den Rock, um zu zeigen, dass sie ohne Höschen ging. Suleyman winkte sie weiter, sein Gesicht war dabei wie eine unbeschriebene Tafel.

»Nein«, erwiderte er, »bis jetzt noch nicht. Allmählich frage ich mich, ob er überhaupt existiert.«

»Na ja, ich denke, man darf wohl annehmen, dass Zekiyan nicht sein richtiger Name ist«, antwortete İkmen und fügte dann etwas optimistischer hinzu: »Vielleicht können wir ja morgen versuchen rauszukriegen, wo dieser sagenhafte Ring hergestellt worden ist. Dr. Sarkissian hat mir ein paar Namen möglicher Läden im Basar genannt.«

»Ja.« Suleyman holte eine kleine Packung Süßigkeiten aus einer Jackentasche und steckte sich eine davon in den Mund.

»Und was heißt das alles für uns im Hinblick auf eine Verbindung zum Museum?«, fragte er. »Oder die kleinen Kristallfiguren?«

»Ich weiß es nicht«, antwortete İkmen und wieder hörte er sich sehr hoffnungslos an. »Vielleicht ist die Verbindung weniger offensichtlich und betrifft keinen Angestellten des Topkapı. Vielleicht ist sie eher symbolisch? Vielleicht gibt es ja auch überhaupt keine Verbindung. Ich habe keine Ahnung.«

Beide saßen eine Weile still da und jeder hing seinen eigenen Gedanken nach. Als Suleyman wieder sprach, wusste İkmen genau, was er sagen wollte.

»Entschuldigung …«

»Ja, ich weiß, wir alle benehmen uns ab und zu wie die Tiere, einschließlich meiner Person.«

»Ich …«

»Ich bin wirklich nicht stolz auf das, was ich dem Kerl beinahe angetan hätte. Aber ich war beim Anblick des Jungen so außer mir. Ich habe schließlich selber Jungen in dem Alter und …«

»Wir wollten ihn allesamt zusammenschlagen, das wissen Sie ja wohl, oder?«

İkmen seufzte. »Ja. Aber ich konnte es dann doch nicht. Es ist ja nicht richtig. Es gibt keine und kann auch nie irgendeine Rechtfertigung für Gewalt gegen einen anderen geben, was immer derjenige auch getan hat. Notwehr ist der einzige Grund, warum ein Mensch einen anderen schlagen darf. Wäre ich in körperlichen Kontakt mit Tekin gekommen, hätte ich zu leiden gehabt und nicht er. Es hätte gegen alles verstoßen, an das ich glaube und das ich hochhalte, und das war er einfach nicht wert.«

»Ich fühle mich auch nicht gut wegen dem, was ich dem armen verrückten Lenin beinahe angetan hätte«, gab Suleyman zu.

»Und ganz zu Recht«, sagte sein Chef, »denn er ist, anders als Tekin, kaum für seine Taten verantwortlich.«

»Sie glauben, dass Tekin geistig gesund ist?« Suleyman sah seinen Chef mit weit aufgerissenen, beinahe schockierten Augen an.

»Warum nicht? Den Körper eines jungen Knaben zu benutzen, um damit Geld zu verdienen, ist eine rationale Tat für einen Mann aus solchen Verhältnissen. Anders als unser Freund Lenin handelt er nicht aus einem Irrglauben heraus, sondern weil er es so will. Ich wüsste nicht, warum er nicht als voll verantwortlich nach dem Gesetz verurteilt werden sollte.«

»Das verstehe ich, aber ...«, Suleyman betrachtete seine Hände und seufzte, »... aber schauen Sie doch, es kann unmöglich normal sein, was er dem Jungen angetan hat.«

»Was ist schon normal?«, fragte İkmen. »Wenn jemand wie der alte Lenin, der geistig weggetreten ist, sich uns so präsentiert, wissen wir, dass das unüblich ist. Festzulegen, was verrückt ist, ist leicht, aber dasselbe mit Normalität zu tun ist fast unmöglich. Tekin hat etwas getan, was in seinem Umfeld als normal gelten kann. Es gibt zwei Wege aus der Armut, nicht nur in dieser Stadt, sondern überall, und das sind der gesetzliche Weg, durch Erziehung, Fertigkeiten und das, was man hat, und der ungesetzliche Weg, wie der hier. Wir mögen diesen Weg nicht und verstehen ihn auch nicht, weil er außerhalb unseres Bezugsrahmens liegt. Obwohl mein Vater nie reich war, hat er doch meinem Bruder und mir nie gestattet, auch nur daran zu denken, dass es noch andere Wege gibt weiterzukommen als durch harte Arbeit. Tekins Vater und seinesgleichen, seine Familie sind vermutlich von ganz anderem Zuschnitt.«

Mit leichtem Achselzucken stimmte Suleyman zu und erwiderte: »Ja, das verstehe ich, aber ... schauen Sie, gehen wir noch mal zurück zum alten Lenin ...«

»Wegen dem Sie sich unglaublich schuldig fühlen.«

Suleyman neigte den Kopf. »Na ja ... was können wir denn jetzt noch für ihn tun?«

İkmen tätschelte seinem Kollegen herzlich die Knie. »Er wird verurteilt werden, aber das, was die Psychiaterin sagt, wird in Rechnung gestellt. Und auch ich werde für ihn tun, was ich kann. Ich denke mal, sie schicken den armen Hund zu einem der Abladeplätze, die sie ›Heilanstalt‹ nennen, wo sie ihn in einen chemischen Käfig sperren und ihn dann für die nächsten Jahrzehnte vergessen.«

»Ein bisschen wie unser Junge in der İshak Paşa, oder?«, fragte Suleyman leise. »Vielleicht war der ja auch verrückt?«

»Vielleicht.« İkmen rieb sich die Augen und gähnte. »Jetzt kann ich aber nicht mehr nachdenken, ich bin zu erschöpft.« Er blickte auf und lächelte. »Das Alter schreitet voran.«

»Nein!«

İkmen hob die Hand, um jeglichen Protest seines Polizeimeisters abzuwehren, und erhob sich langsam. »Wir müssen jetzt zurück zum Revier, die Ereignisse von heute Abend klären.«

»Ja.« Auch Suleyman stand jetzt auf, streckte die Arme aus und gähnte.

İkmen zündete sich an seiner Kippe eine weitere Zigarette an und reichte danach Suleyman seinen Mantel zurück. »Übrigens«, sagte er so beiläufig, wie er konnte, »ich fand die Nummer, die Sie mit Farsakoğlu beim Museum abgezogen haben, sehr überzeugend. Das junge Paar und so.«

Suleyman merkte, dass er schamrot wurde, und drehte sich schnell um. »Oh. Gut.«

»Ich würde bloß darauf achten, dass Sie vor gewissen anderen Leuten nicht auch zu überzeugend sind. Sie wissen schon, wie manche Leute klatschen.«

»Ja, ich …« Suleyman wandte sich wieder İkmen zu und sein Gesicht sagte Letzterem alles über die Gefühle seines Stellvertreters. Da İkmen aber mit solchen Situationen nicht gut klarkam, klopfte er ihm nur auf die Schulter und kam auf ein anderes Thema zu sprechen.

»Ich habe Ihnen noch gar nicht von meinem reichlich ungewöhnlichen Essen gestern Abend erzählt, oder?«

»Sie sagten, dass Sie sehr betrunken waren.«

Sie machten sich auf den Weg zurück zu İkmens Wagen, der vor einer der kleinen, schmuddeligen Rucksacktouristen-Absteigen auf der anderen Straßenseite geparkt war.

»Na«, sagte İkmen, als er lässig vor einem langsam sich dahinbewegenden Eselskarren ging, »das war angesichts der Exzentrizität dessen, was mich da umgeben hat, kaum verwunderlich.«

Suleyman zog seinen Chef ein wenig zurück, damit das Tier mitsamt seiner Last ohne Störung vorbeiziehen konnte. »Ach?«

»Ja, wir trafen uns im Haus eines Herrn Muhammed Ersoy, der, wie man mir sagte, einer der reichsten Männer der Stadt ist. Mit Sicherheit hat er für Krikors Sache eine Menge Geld versprochen.«

Es war untypisch für Suleyman, dass er schnaubte, als würde er unter seiner Nase einen üblen Duft verspüren. »Bei seinem Ruf finde ich das schwer zu glauben.«

Obwohl sie beide mitten auf der Straße gingen, blieb İkmen plötzlich stehen und sah seinen Assistenten an, als ginge ihm ein Licht auf. »Ach ja, ich dachte mir schon, dass Sie ihn kennen. Er ist einer aus Ihren Kreisen, oder?«

»Wenn Sie damit meinen«, gab Suleyman zurück, »dass Herr Ersoy und ich beide von alten osmanischen Familien abstammen, dann ja. Aber ihn kennen … ich weiß von ihm, aber das ist auch schon alles.« Er blickte nervös zu einem entgegenkommenden Fahrzeug. »Meinen Sie nicht, dass wir von der Straße gehen sollten?«

»Ach ja, richtig«, erwiderte İkmen und bewegte sich in einem für die meisten türkischen Autofahrer immer noch zu gemächlichen Tempo.

Suleyman, der in solchen Situationen viel vorsichtiger war, nahm die Angelegenheit in die eigenen Hände, packte İkmen am Ellbogen und zog ihn auf den Bürgersteig, kurz bevor der Wagen an ihnen vorbeifuhr.

İkmen ignorierte diesen Eingriff nach alter Gewohnheit und

nahm die Unterhaltung sofort wieder auf. »Und was ist mit Ersoy?«, schnaufte er.

»Muhammed Ersoy gehört der Schicht an, die sich im Grunde immer noch für Osmanen hält. Für die gewöhnlichen Leute hat er keine Zeit und außerdem besitzt er genug Geld, um in der Illusion leben zu können, dass der gemeine Mann nicht mal existiert. Deshalb bin ich so überrascht, dass er sich für Dr. Sarkissians Projekt interessiert, das ja im Wesentlichen auf die Besitzlosen abzielt.«

İkmen zuckte mit den Achseln. »Er war wirklich sehr großzügig, aber ob das mehr mit den Interessen seines ›Freundes‹ Dr. Avedykian zu tun hat, weiß ich nicht.«

Suleyman zog die Augenbrauen ein wenig in die Höhe. »Ist er immer noch mit Avram Avedykian zusammen?«

»Ja. Wieso?«

»Sie sind schon ein Paar, seitdem sie auf der Schule waren. Das ist nun mehr als fünfundzwanzig Jahre her. Mit all dem Geld und den Privilegien, die Ersoy besaß, hätte ich gedacht, dass das schon vor Jahren aufgehört hat.«

İkmen lächelte. »Sie wissen wirklich viel voneinander, oder? Wenn man bedenkt, dass Sie nach Ihrer eigenen Aussage eigentlich nur von dem Mann gehört haben.«

Suleyman zog ein Gesicht. »Er war im selben Jahrgang wie mein Bruder. Er hat ihn schikaniert. Da ich so viel jünger war als Murad, habe ich von seinen Schwierigkeiten nur durch das Gerede auf dem Spielplatz erfahren. Er hat nie selber darüber gesprochen, erst sehr viel später. Und ich war damals viel zu klein, um etwas zu unternehmen.« Er hob eine Hand, wobei er zwischen Daumen und Zeigefinger gerade einen winzigen Spalt ließ. »Ersoy hat mit seinem Geld und seinem verzärtelten Lebensstil dafür gesorgt, dass der arme Murad sich die meiste Zeit so klein gefühlt hat.«

»Er ist wohl wirklich sehr reich.«

»Und auch vollkommen unberührbar«, setzte Suleyman hinzu.

Als İkmen die Wagentür aufschloss, fragte er: »Wie das?«

»Na ja, Geld hin oder her, sein Leben war sehr tragisch. Ich meine, ich mag den Mann nicht, aber …«

»Sie meinen, dass sein Vater und seine Mutter Selbstmord begangen haben?«

»Stiefmutter. Seine eigene Mutter starb bei seiner Geburt. Seitdem wurde er unglaublich verwöhnt.«

»Aber sein Vater hat doch wieder geheiratet?«

»Ja.« Suleyman lehnte sich über den Wagen, das Kinn aufgestützt. »Die zweite Frau Ersoy, irgendeine Verwandte, gebar seinem Vater einen zweiten Sohn, der, wenn ich mich richtig erinnere, auch gestorben ist – ich weiß nicht, woran. Aber kurz danach haben der alte Ersoy und seine junge Frau beschlossen, sich umzubringen.«

İkmen seufzte. »Muhammed ist ganz schön arm dran.«

»Das kann man wohl sagen.«

İkmen stieg in den Wagen und beugte sich hinüber, um die Beifahrertür aufzumachen. Als Suleyman sie öffnete und einstieg, fügte İkmen noch hinzu: »In Ihrer Schicht gibt es ja wohl ganz schön viele verquere Lebensgeschichten, oder? Jedes Mal, wenn ich mitkriege, was von Ihrer alten Aristokratie noch übrig ist, hört es sich an wie ein Lebensbericht aus dem Serail.«

»Das ist so«, erklärte Suleyman mit gesenktem Kopf, »weil wir, anders als Sie, teilweise immer noch in den Zeiten von Pflicht und Macht, als die Dynastie das Sagen hatte, leben. Wir tun immer noch solche Sachen wie unsere Cousinen zu heiraten, damit wir unsere Art aufrechterhalten und das Geld in der Familie bleibt.« Er blickte auf und lächelte traurig. »Aber am Ende schwächt es doch die Familie, wie man weiß, weshalb so viele von uns verrückt werden oder Selbstmord begehen. Es ist logisch, dass exotischen Leuten exotische Sachen passieren.«

İkmen zündete sich eine Zigarette an, um nicht nur ein Verlangen zu stillen, sondern auch seine Beschämung zu verbergen. Suleymans ungeliebte Ehefrau war, wie er wusste, zugleich seine Cousine. »Aber die alten Sultane haben doch nur Sklavinnen geheiratet«, sagte er, »also ist dieses Phänomen des Untereinander-Heiratens ...«

»Vergleichsweise neu, ja. Wissen Sie, es ist ...« Suleyman stotterte etwas, bis er die richtigen Worte gefunden hatte. »Als Atatürk uns gesagt hat, dass wir keine Osmanen mehr wären, sondern Türken, kamen viele von damals nicht wirklich ... mit diesem neuen Nationalismus mit. Leute wie die Ersoys, meine Eltern und andere sind innerlich immer noch Osmanen.«

»Ich erinnere mich, dass Ersoy so etwas sagte wie ›Türken, wer auch immer das sein soll‹.«

»Genau«, erwiderte Suleyman, »weshalb die Unterstützung eines Drogenprojekts für Leute, die zur Hauptsache Türken sind, so untypisch für ihn ist und weshalb Sie wahrscheinlich mit Ihrer Vermutung Recht haben, dass Avram dahinter steckt. Muhammed Ersoy denkt vermutlich, dass viele aus der Unterschicht nichts mehr verdienen als eine ordentliche Tracht Prügel. Seit der Sache mit Lenin habe ich Angst, dass auch ein Teil von mir ähnlich denkt.«

»Aha, aber Sie hatten eine sehr hübsche Entschuldigung dafür«, sagte İkmen und bereute seine Worte beinahe augenblicklich.

»Ja, stimmt«, antwortete Suleyman, »aber wie Sie vorhin andeuteten, sollen wir darüber nicht noch mal reden. Polizeimeisterin Farsakoğlus Ehre ist bei mir so sicher wie bei einem Eunuchen.«

Dann wandte sich Suleyman, dessen Augen mehr oder weniger absichtlich hart und wie tot schienen, ab und sah auf die Straße. İkmen ließ den Motor an und dankte dem Schicksal, dass er der arme, schäbige Bauer war, der er war.

Kapitel 10

Einen Schwager in der Baubranche zu haben hatte sich als nicht ganz so vorteilhaft erwiesen, wie Cohen sich das bei seiner einsamen Suche nach dem Bauunternehmer gedacht hatte, der das oberste Geschoss des Sackleinen-Hauses umgebaut hatte. Dass er sich freiwillig zu dieser Aufgabe gemeldet hatte, machte Cohens einzigartigen Misserfolg nur noch ärgerlicher. Es gab buchstäblich Hunderte von Firmen, die solche Arbeiten verrichteten, ganz zu schweigen von den eher inoffiziellen Läden, die zu der Sorte »heute eröffnet, morgen geschlossen« gehörten. Aller Wahrscheinlichkeit nach würde man aber die Arbeit im Sackleinen-Haus nicht unter die letzte Kategorie einordnen. Die handwerkliche Qualität war auch für Cohens ungeübtes Auge gut zu erkennen und deshalb waren die Chancen, dass eine unseriöse Firma dafür verantwortlich war, eher gering. Aber das machte Cohens Arbeit nicht leichter. Er hatte nur den Hinweis, dass die Arbeit »irgendwann nach 1982« ausgeführt worden war, und Hunderte von möglichen Namen im Telefonbuch vor sich – es schien, als hätte er während der nächsten Stunden oder sogar Tage einen besonders frustrierenden Job zu gewärtigen. Das ungläubige Kopfschütteln seines Schwager Nat, als Cohen die Arbeit, die ihm bevorstand, umrissen hatte, hatte auch nicht Gutes verheißen. Nach Nats Meinung würden ihn die meisten Firmen ohne jedes genaue Datum oder genauere Arbeitsbeschreibung nur auslachen.

Cohen schrieb die Namen der nächsten drei Firmen, die er anrufen wollte, auf ein Blatt Papier und zündete sich erst mal eine Zigarette an. Die hektischen und verstörenden Ereignisse des gestrigen Abends hatten ihn ermüdet und ausgelaugt.

Nach dem Schrecken mit dem armen eingekerkerten Jungen hatte er erst in den frühen Morgenstunden einschlafen können, wodurch sein für gewöhnlich scharfer Verstand träge und arbeitsunwillig geworden war.

»Sie sehen aus, als würden Sie einen sehr starken Kaffee brauchen.«

Cohen drehte sich um und blickte in das lächelnde Gesicht von Polizeimeisterin Farsakoğlu. Sie sah fast genauso müde aus wie er, wenn auch um einiges attraktiver.

Wie immer versteckte Cohen seine Begierde hinter einem flotten Kommentar. »Ich fühle mich, als hätte eine Ratte gerade ihre Klauen über mein Hirn gezogen und wäre in meinem Mund gestorben.«

Sie lachte. »Eine reichlich erfinderische Beschreibung dessen, was vermutlich eine schlechte Nachtruhe war, Cohen.«

»Na ja …«, erwiderte er achselzuckend. »Konnten Sie denn nach all dem Kram gestern schlafen?«

Farsakoğlu setzte sich seufzend neben ihn. »Nicht allzu gut, nein. Ich habe den Jungen ins Krankenhaus begleitet, falls Sie sich erinnern.« Sie wandte sich kurz ab. »Es war widerlich.«

»Ja, hm …«

Sie wandte sich Cohen erneut zu und lächelte. »Sie telefonieren also heute wieder mit den Baufirmen?«

»Ja.« Seufzend drückte er die Zigarette im Aschenbecher aus. »Ein paar hundert, denke ich. Es sei denn, ich habe sehr viel Glück, was ich aber nicht annehme.«

»Es sieht Ihnen gar nicht ähnlich, so niedergeschlagen zu sein.« Einige Sekunden starrte sie ihn an. »Gibt es noch was, was ich wissen muss?«

»Nein, vielen Dank, Polizeimeisterin.«

Er wandte sich ab und widmete sich ostentativ seiner Arbeit.

»Okay«, sagt sie, »aber falls es etwas gibt … dann …« Sie erhob sich. »Ich gehe jetzt wohl besser und mache meinen Bericht fertig.«

»Ja, in Ordnung.« Er sah auf und lächelte. Gott, war sie sexy! »Danke jedenfalls für Ihre Anteilnahme.«

»Schon gut.«

Sie ging wieder an ihren Schreibtisch und ließ Cohen allein mit dem verhassten Telefonbuch und seinen Gedanken.

Natürlich gab es etwas, was nicht in Ordnung war, abgesehen von den kürzlichen Ereignissen. Andererseits … andererseits war das nichts, was er mit ihr bereden konnte oder auch mit einer anderen Frau. Auch mit dem einen oder anderen Mann darüber zu reden war leicht problematisch. Hätte er nicht einen solchen Ruf bei seinen Kollegen gehabt, dann wäre sein gegenwärtiges Dilemma leichter zu ertragen, aber so …

Wenn man während der meisten Zeit seines Erwachsenenlebens als erfolgreicher Frauenheld bekannt ist und bewundert wird, kann einen eine Veränderung dieser Situation sehr hart angehen. Obwohl Cohen seit seinem zwanzigsten Lebensjahr verheiratet war, hatte ihn diese Tatsache sowie seine eher kleine Statur und zerzauste Erscheinung niemals davon abgehalten, leidenschaftlich hinter anderen Frauen her zu sein. Sein witziger Charme, von dem er eine Menge besaß, hatte ihm stets weitergeholfen. Das Wissen, dass Frauen Männer lieben, die sie zum Lachen bringen, hatte ihn erfolgreich in viele Schlafzimmer geführt und sehr oft eine weitere Einladung nach sich gezogen. Bis zu diesem Jahr.

Ob es daran lag, dass er nun auf der »falschen« Seite der fünfundvierzig Jahre war oder ganz einfach nur Pech hatte, wusste Cohen nicht, aber die Tatsache als solche stand außer Zweifel. Die Frauen, so schien es, mochten ihn nicht mehr. Die Abfuhren und in einem bemerkenswerten Fall sogar der grausame Klang spöttischen Gelächters waren für ihn nur mit Schmerzen zu ertragen. Sogar seine schwer geprüfte Ehefrau, die ihn so viele Jahre gebeten hatte, von anderen Frauen abzulassen und bei ihr zu bleiben, hatte das Interesse verloren. Er hatte letzte Nacht versucht, in ihren Armen ein wenig Trost zu finden, als er merkte, dass er nicht schlafen konnte, aber sie hatte ihn, genau wie die geschmeidigen jungen Mädchen, nach denen er so verlangte, einfach weggeschickt, zurück auf die gewohnte Couch, und seiner Treulosigkeit Flüche hinterhergeschickt.

Es war seine eigene Schuld und Cohen wäre der Erste gewesen, der es zugegeben hätte. Hätte er versucht, Estelle gegenüber treu zu sein, und wäre er es dann auch gewesen, hätte er nun – in seinen mittleren Jahren – sowohl eine Freundin als auch eine Liebhaberin gehabt, bei der er Trost finden könnte – nun, da tiefe Furchen sein Gesicht durchzogen und die schlaffe Haut um die Mitte herum zu hängen begann. Schließlich wurde ja auch seine Frau älter, genau wie er, und konnte daher, anders als die hübschen kleinen Früchtchen, nach denen er sich sehnte, nicht spöttisch auf seine Unzulänglichkeiten hinweisen.

Als er sich wieder seinem Telefonbuch zuwandte, versuchte Cohen nicht daran zu denken, in welcher traurigen Situation er sich nun befand. Auch als er laut die Nummer der nächsten Firma las, wanderten seine Gedanken immer noch in unwillkommene und eher erbärmliche Gefilde ab. Keine hübsche Polizeimeisterin Farsakoğlu für ihn! Nein. Eher ab und zu das schmutzige Heft, das er unter der Uniform versteckt und heimlich im Dunkel der Nacht in seine Wohnung geschmuggelt hatte. Fotos von Mädchen, nackt, wenn er Glück hatte, eher aber spärlich bekleidet wie die auf den »unanständigen« Kalendern, die die Wände von Autowerkstätten zierten – Futter für die Phantasie des normalen, unausgefüllten Mannes.

Cohen schüttelte den Kopf, als wollte er die ungebetenen Gedanken verscheuchen. Dann nahm er endlich den Telefonhörer in die Hand und wählte die gerade laut aufgesagte Nummer. Nach den ersten Ziffern hielt er kurz inne und legte den Hörer wieder auf. Ein Gedanke war ihm gekommen, der, falls er damit richtig läge, die ganze Telefoniererei zum überflüssigen Zeitvertreib machen würde. Wenn er Unrecht hätte, würde er natürlich wertvolle Zeit für die Untersuchungen vergeuden, aber … aber je mehr er über die Küche des Sackleinen-Hauses nachdachte, oder genauer darüber, was an der Wand dieser Küche hing, desto mehr war er überzeugt, dass er ganz einfach richtig lag.

Große oder auch besonders aufmerksame Firmen machten oft besonders geschätzten Kunden Geschenke: Kleinigkeiten wie zum Beispiel Kalender; oft Kalender mit Frauen in Badeanzügen oder wenig mehr und …

Als hätte man ihm eine elektrische Ladung verpasst, sprang Cohen von seinem Stuhl auf und lief aus dem Büro.

Polizeimeisterin Farsakoğlu, die gerade noch mit einem sehr mürrischen und phlegmatischen Wachtmeister Cohen gesprochen hatte, sah bei diesem Wirbelwind von Aktivität verwirrt auf.

»Cohen, was tun Sie da?«, fragte sie, als er fast hinter ihrem Schreibtisch vorbeiflog. »Sie sollen doch für den Inspektor was erledigen und …«

»Das tue ich ja gerade«, gab er zurück und fügte mit höchst unprofessionellem Zwinkern zu: »Ich hab einfach ein bisschen nachgedacht, verstehen Sie? Tschüs!«

Und weg war er. Er hinterließ nur ein aufgeschlagenes Telefonbuch und den Geist einiger vor kurzem noch verstörender Gedanken.

Dr. Avram Avedykian öffnete seine Wohnungstür, um ein Gesicht zu erblicken, das er nicht erwartet hatte.

»Arto, wie schön, dich zu sehen! Was machst du hier?«

»Oh, ich bin nur so vorbeigekommen«, erwiderte der ältere Mann, »und dachte, ich schau mal, ob du da bist.«

»Ich habe heute Spätschicht, du hast Glück.« Er trat zur Seite, um seinen Gast hereinzulassen. »Komm rein.«

Avedykian führte den Pathologen in ein Wohnzimmer, dessen hervorstechende Kennzeichen einige wenige, sehr eckige schwarze Möbel waren. Nachdem er bereits die Wohnung des Liebhabers dieses Mannes gesehen hatte, war Arto beeindruckt von dem völlig anderen Geschmack, den sein Freund hier zur Schau stellte.

»Setz dich«, sagte Avedykian und zeigte auf ein paar große Ledersessel. »Willst du eine Erfrischung? Tee vielleicht, oder Kaffee?«

»Kaffee wäre sehr schön«, antwortete Arto und ließ seinen massigen Körper auf einer der Sitzgelegenheiten nieder.

»Bisschen Zucker, ja?«

Arto lächelte. »Ja. Wie immer versuche ich ohne Zucker auszukommen, aber vergeblich.«

Avedykian lachte, als er zur Küche ging und Arto einen Moment lang seinen Gedanken überließ.

Seine Entschuldigung für seine Anwesenheit – »nur so vorbeigekommen« – war natürlich erlogen. Es gab einen bestimmten Grund, warum er hier war, und dieser Grund hatte weder mit einem Höflichkeitsbesuch noch mit dem überwältigenden Verlangen zu tun, über armenische Dinge zu sprechen. Allerdings hatte der Grund seiner Anwesenheit vielleicht zum Teil mit ihrer gemeinsamen Nationalität zu tun. Aber das würde noch warten müssen, bis Arto das »andere« Thema mit seinem jüngeren Freund angeschnitten hätte.

Als Arto sich in dem teuer eingerichteten Zimmer umsah, freute er sich darüber, wie weit es sein Freund seit seinem Berufsabschluss gebracht hatte. Mindestens fünfzehn Jahre musste es her sein, seit er den damals sehr nervösen jungen Mann bei seinen Abschlussprüfungen ermutigt und unterstützt hatte. Avrams wirklicher Tutor war ein eher unsympathischer Türke gewesen und zumindest teilweise hatte Arto, der Ältere, später diese Rolle und auch die des Ratgebers übernommen. Avram, der so unsicher und ängstlich war, dass seine Nationalität jegliches Fortkommen ausschließen würde, war nicht leicht zu ermutigen gewesen. Bei mehr als einer Gelegenheit war Arto in Avrams Elternhaus gekommen und hatte den jungen Mann in Tränen aufgelöst angetroffen. Und obwohl er mehrfach sachte angesprochen hatte, dass Avram mehr Trost bei einem »richtigen« Freund oder einer Freundin finden würde, war dessen scharfe Erwiderung, dass dieser Mensch ein Türke oder eine Türkin sei und deshalb nichts verstehe, Arto vertraut vorgekommen. Man muss dazu sagen: Çetin İkmen hatte ihn immer zu verstehen versucht, aber es gelang ihm genauso wenig wie Avrams »bestem Freund«, welcher, wie er kurz danach herausfinden sollte, der sagenhafte Muhammed Ersoy war.

»Was beschert mir nun das Vergnügen deiner Gesellschaft?«, fragte Avedykian, als er mit zwei winzigen Tassen Kaffee wieder ins Zimmer kam.

»Brauche ich einen Grund, um einen alten Freund zu sehen?«, fragte Arto zurück, nahm seinem Gastgeber eine der beiden Tassen aus der Hand und stellte sie auf den Couchtisch.

Avedykian setzte sich und zuckte mit seinen sonnenstudiogebräunten Schultern. »Nein. Aber ich weiß, dass du im Moment sehr viel zu tun hast.«

»Schon gut!«, sagte Arto seufzend und grinsend. »Du hast mich erwischt, Avram. Du kennst mich einfach zu gut.«

»Du hat also einen bestimmten Grund? Welchen?« Er lachte. »Es muss etwas sein, was uns beide betrifft.«

»Sieh mal, Avram, ich will über dich etwas rauskriegen, was du vielleicht schwierig findest. Ich habe da ein Problem, das ... nur ein Arzt kapieren kann. Und da ich weiß, dass wir beide Ärzte und Armenier sind ...«

»Was du auch immer sagen willst, Arto, sag es einfach«, gab Avram zurück und seine gerunzelte Stirn strafte seinen leichten Tonfall Lügen.

Arto lächelte. »Na gut. Es ist Folgendes. Aber es muss unter uns bleiben.«

»Was es auch sein mag, ich trage es nicht weiter. Jetzt komm schon, Arto, es macht dir doch offensichtlich zu schaffen.«

»Der Fall, an dem ich arbeite ...«

»Der Junge in Sultan Ahmet.«

»Ja. Du erinnerst dich doch noch, dass wir gestern Abend mit Krikor über Dolantin gesprochen haben.«

»Ja.« Avedykian führte seine Tasse zum Mund und nahm einen Schluck Kaffee. »Worauf willst du hinaus?«

»Unser Opfer war voll mit dem Zeug, als die Polizei es fand. Zusätzlich sieht es so aus, als ob er schon seit einiger Zeit in dem Haus war, wo man ihn gefunden hat. Das Dolantin führt uns, oder eher mich, im Zusammenhang damit, dass keine offensichtlichen Anzeichen von Vitamin-D-Mangel vorhanden sind, zu dem Schluss, dass der Junge oder vielmehr der, der ihn festgehalten hat, von einem aus unserer Zunft versorgt worden sein muss.«

»Oh.« Avedykian bewegte sich leicht auf seinem Sessel. »Ach?«

»Na ja, mein erster Drang war natürlich, selber Nachforschungen anzustellen. Ich denke, ich habe eine etwas bessere Position als die Polizei für so etwas. Ich könnte zum Beispiel mit Pharmazeuten darüber reden, ob irgendwelche Drogenvorräte abhanden gekommen oder innerhalb eines gewissen Zeitraums unerklärlicherweise weniger geworden sind …«

»Stopp mal! Stopp mal!« Avedykian hob eine Hand, um Arto zum Schweigen zu bringen. »Willst du damit sagen, dass du jemand Bestimmten …«

»Nein, nicht! Und ursprünglich habe ich nicht mal an Ärzte als solche gedacht. Ich dachte bloß daran, eine Droge bis zu irgendeiner Institution zurückzuverfolgen.«

»Aber?«

»Aber?«

»Aber was hat dich von deiner ursprünglichen Absicht abgebracht, schlicht und einfach weiter nach den Drogen zu forschen?«

Arto seufzte. »Gestern Abend ist alles ein bisschen zu eng geworden, sagen wir mal so.«

»Ach?«

»Çetin İkmen hat einen sehr widerlichen Fall von Pädophilie an den Tag bringen können, mit dessen Einzelheiten ich dich nicht belasten will. Aber es scheint, dass der Junge in diesem

Fall – er nahm, nebenher gesagt, offenkundig Drogen – von dritter Seite beliefert worden ist, von einem Arzt.«

»Ah.« Avedykian führte eine Hand zum Mund und nahm sie genauso schnell wieder weg. »Weißt du das mit Bestimmtheit?«

»Ich sehe keinen Grund, warum der Kerl, den Çetin festgenommen hat, der Zuhälter des Jungen, gelogen haben soll, angesichts seiner Situation.«

»Und deshalb glaubst du also ...«

»Ich denke, dass es möglich ist, dass da ein Arzt rumläuft, der Opiate an Leute verkauft, was er eigentlich nicht tun sollte.«

Avedykian stellte seine Tasse auf dem Tisch ab und zündete sich eine Zigarette an. »Und weiter? Bist du deshalb zu mir gekommen, damit ich ...«

»Ich bin schon von einem Kollegen gedrängt worden, mein Engagement in dieser Sache zu begrenzen.«

»Ein Opfer der Berufsmafia«, grinste Avedykian. »Na ja, ich muss gestehen, Arto, dass auch ich an deiner Stelle die ganze Sache wahrscheinlich den Kollegen von der Polizei übergeben würde. Wir beide wissen, was mit Ärzten passiert, die über Kollegen Informationen weitergeben oder über sie nachforschen. Erinnerst du dich noch an Dr. Yahya, den Anästhesisten, und seinen Alkoholikerkollegen?«

Arto seufzte. »Arbeitet er jetzt nicht im Iran oder in Pakistan?«

»Keine Ahnung. Aber wo auch immer er ist, jedenfalls ist es ein ganz schön langer Weg dafür, dass er mal ein Spitzenanästhesist in Istanbul gewesen ist.« Avram streckte die Hand aus und legte sie beruhigend auf Artos Knie. »Wie auch dein anderer Arzt schon gesagt hat, ich würde das der Polizei überlassen. Du hast eine gute Karriere und ein gutes Leben in dieser Stadt und ...«

»Aber das ist doch nicht alles«, sagte Arto mit ernster Miene. »Wäre es das, dann könnte ich mich einfach so verdrücken, aber ...«

»Und was?« Avedykians Tonfall hatte mit einem Mal eine gewisse Schärfe, die zuvor nicht da gewesen war.

»Es heißt, dass dieser Arzt Christ wäre.«

»Wer sagt das, die Türken?«

»Na ja, der Zuhälter und …«

»Das Drecksvolk!« Ruhig und entschlossen stand der jüngere Mann auf, und sein Gesicht war zu einer fast bewegungslosen Maske, die sich um die Zigarette zusammenzog, erstarrt. »Immer versuchen sie, uns reinzuziehen! Mord, Raub, die Scheißvergewaltigungen ihrer Frauen!«

»Aber …«

»Hat sich denn einer mal darum gekümmert, die Geschichte dieses Zuhälters zu hinterfragen und nachzuforschen? Nein! Immer das Gleiche!« Avedykians Augen, die durch den Raum schossen, ohne dabei etwas Besonderes zu fixieren, wie Arto bemerkte, waren voller Wut. »Neunzig Prozent der Zeit sind wir unsichtbar, und dann kommt plötzlich ein Verbrechen und zack!« Avram schlug hart gegen die Rücklehne. »Wir sind es, die Außenseiter, die Christen. Nicht mal die Juden, sondern …«

»Hör doch, Avram …«

»Und jetzt nehme ich an, dass du und ich und alle anderen Armenier oder – wenn es nach den Türken geht – auch jeder Grieche, die allesamt in der Stadt praktizieren …«

»Avram, ich wollte mir deinen Rat holen«, sagte Arto. Er musste fast schreien, um sich durch die plötzliche Wut seines Freundes hindurch Gehör zu verschaffen, »und dich ganz im Vertrauen als Freund warnen, dass eine Untersuchung in dieser Richtung bevorstehen kann. Aber …«

»Aber was?«, fragte sein Freund und seine Augen ließen erst jetzt wieder etwas von dem sehen, das Arto immer als gegenseitige Zuneigung aufgefasst hatte.

»Ich kann einfach nicht verstehen, warum es gut sein soll, sich so über etwas auszulassen, was wir beide sowieso nicht in der Hand haben. Und außerdem, wenn man mal Nationalität und Karriere beiseite lässt, geht es doch eigentlich um einen Jungen, der tot ist, und einen weiteren, der ein vollständig ruinierter Drogenabhängiger ist. Ich denke, persönliche Loyalitäten mal außer Acht gelassen …«

»Ja, entschuldige bitte«, sagte Avedykian und beruhigte sich fast so schnell, wie er sich aufgeregt hatte. »Aber siehst du denn nicht, dass immer wir es sind?«

»Nein, ich glaube nicht, dass das stimmt«, antwortete Arto. »Ich würde lügen, wenn ich sagte, es gäbe da keine Probleme, aber … Sieh doch mal, die Tatsache, dass es einen Arzt da draußen gibt, der genau dies tut und der auch Christ ist, kann doch nicht bestritten werden, solange wir es nicht anders wissen. Und es könnte ja auch anders sein, aber solange die Polizei nicht …«

»Heißt das also, dass du dem zustimmst?«

»Ich stimme weniger zu, als dass ich vielmehr anerkenne, dass es Realität werden könnte.« Arto sah seinen offenkundig immer noch verwirrten Freund an und lächelte. »Ich wollte bloß deine Meinung über mein weiteres Vorgehen wissen.«

»Ich denke, dass du da selbst zu einer Entscheidung kommen musst, Arto.« Avedykian setzte sich wieder und drückte seine Zigarette in einem Aschenbecher aus. »Ich kann dir zu keinem der beiden Wege wirklich raten. Wie ich gesagt habe, ich denke, dass es für dich auf beruflicher Ebene schwierig werden könnte. Andererseits würde zumindest ich mich bei dem Ganzen ein bisschen wohler fühlen, wenn kein Armenier in die Sache verstrickt wäre. Aber …«

»Aber was?«

»Aber wenn die Türken wirklich wollen …«

Arto beugte sich vor und sah seinem Freund tief in dessen verstörte Augen. »Solange Çetin die Sache in der Hand hat, können die, die unter die Lupe genommen werden, sich einer fairen Untersuchung um einiges sicherer sein als bei einem anderen. Und sowieso hast du mit deinen mächtigen Freunden …« – Arto vermied absichtlich, Ersoy zu erwähnen – »… und deiner Unschuld ohnehin nichts zu befürchten.«

»Und all die anderen armenischen und griechischen Ärzte, was ist mit denen?«

Arto zuckte die Achseln. »Das Gleiche natürlich, solange sie unschuldig sind.«

»Und wenn einer von ihnen es nicht ist?«

Arto blinzelte kurz, als hätte er die Frage nicht verstanden. »Bitte?«

»Wenn einer unserer Kollegen schuldig ist?«

»Dann wird er die ganze Macht des Gesetzes zu spüren bekommen«, antwortete Arto, dem die Wut hochkam, nachdem er verstanden hatte, was Avedykians Frage implizierte. »Und das mit vollem Recht. Oder kapiere ich eine versteckte Botschaft bezüglich einer anderen Berufsmafia gerade nicht?«

Sein Freund sah unverwandt zu einem großen, leeren Bücherschrank.

Sobald Fatma die Wohnungstür geöffnet hatte, wusste sie, dass etwas nicht stimmte. Çiçek, die ihre freien Tage meist schlafend oder beim Einkaufen mit ihren Freundinnen verbrachte, stand im Flur. Ihre sonst perfektes Haar war unordentlich, das Gesicht grau und versteinert. Fatma scheuchte die beiden jüngeren Kinder kurz ins Wohnzimmer, stellte den schweren Korb mit Gemüse auf die Erde, und ohne daran zu denken, die Schuhe auszuziehen, ging sie zu ihrer Tochter in die Wohnung.

»Was ist los? Bist du krank?«

»Nein, mir geht es gut«, antwortete Çiçek und sah dabei alles andere als gut aus. »Es ist Großpapa.«

Müde führte Fatma eine Hand an ihren Kopf und seufzte. »Was hat er jetzt schon wieder angestellt?«

Çiçek blickte zu Boden, während sie sprach. »Kurz nachdem du gegangen bist, ist er in mein Zimmer gekommen, nackt. Er sagte, dass der Grieche seine Sachen geklaut hätte und dass ich ihm helfen müsste, sie zu suchen.«

Da war alles andere als ein ungewöhnliches Ereignis, und wenn es auch unangenehm war, wurde es zumeist schnell und ohne Probleme gelöst. Aber dieses Mal schien da noch mehr gewesen zu sein.

»Und?«, fragte Fatma. »War es das?«

»Ich bin in sein Zimmer gegangen und habe die Sachen natürlich gefunden. Aber dann ...« Sie blickte auf und Fatma sah Tränen in den Augen ihrer Tochter. »Dann fing er an, mich anzufassen, Mami. Und er hat mir Vorschläge gemacht, die ein Großvater seiner Enkelin nicht machen sollte. Es war widerlich. Und ich hatte Angst, was bei seinem Alter dumm ist, ich weiß, aber ...«

»Nein, das kann ich gut verstehen«, erwiderte Fatma. Sie legte den Arm sanft um die Hüfte ihrer Tochter und zog sie sachte an sich.

»Wahrscheinlich verstehst du nicht, dass ich Bulent nach Hause gerufen habe, damit er mir hilft, oder?«

Langsam schüttelte Fatma den Kopf. Sie mochte es nicht glauben. O ja, sie verstand es sehr wohl, aber sie war nicht glücklich, dass ihr Sohn von seiner Arbeitsstelle nach Hause gerufen worden war, um sich mit so was auseinander zu setzen. Ihr Schwiegervater zerstörte allmählich das Leben der gesamten Familie.

»Ist Bulent noch da?«

»Er ist bei Großpapa. Tut mir Leid, Mami, ich hab es einfach nicht geschafft.«

»Du hast richtig gehandelt«, sagte Fatma und tätschelte ihrer Tochter ermutigend den Rücken. »Ich rede mit dem Arbeitgeber deines Bruders, wenn es nötig sein sollte, und erkläre ihm alles. Mach dir keine Sorgen.« Dann drehte sie sich um, nahm den Einkaufskorb hoch und meinte: »Das muss jetzt bald aufhören.«

Als Çiçek sich bückte, um den Korb zu nehmen, schien es ihr, als habe ihre Mutter plötzlich einen Schmerz im Rücken verspürt oder aber, was wahrscheinlicher war, in der Bauchgegend. Als sie näher kam, sah Çiçek, dass Blut an den Beinen ihrer Mutter hinunterlief. Und da wusste sie, was los war.

Sie legte ihr einen Arm um die Schulter. »Du weißt, dass du jetzt wirklich etwas unternehmen musst, Mami.«

Fatma wandte ihrer Tochter ein gequältes Gesicht zu. »Aber ich habe doch keine Zeit, bei diesem …«

»Du hast solche Blutungen schon lange, das ist einfach nicht in Ordnung.« Sie nahm die Hand ihrer Mutter vom Korb. »Komm, lass uns ins Schlafzimmer gehen, ehe Bulent rauskommt.«

»O ja.« Ihre Mutter geriet plötzlich in Panik. Sie wollte nicht, dass einer ihrer Söhne sie in einer solch unwürdigen Haltung sähe. »Ja, schnell!«

Man sah das Blut deutlich auf den Boden tropfen, als die beiden Frauen eilends ins Bad trippelten. Çiçek nahm sich vor, den Boden aufzuwischen, sobald ihre Mutter versorgt wäre.

Als sie sich, vor Angst japsend, auf das Toilettenbecken setzte, sagte Fatma: »Wenn dein Vater mir nur zuhören würde, wenn ich über Großpapa erzähle und wie es ihm geht.«

»Es ist für Paps sehr schwer, damit klarzukommen.«

»Krikor Sarkissian hat uns angeboten, bei deinem Großvater zu helfen, aber dein Vater will das nicht.«

Çiçek wollte nun aus dem Bad gehen, damit ihre Mutter für sich sein konnte. »Meinst du nicht, wenn du Paps erklärst, wie es dir wirklich damit geht und wie krank du selber bist …«

»Männer verstehen nichts davon«, antwortete Fatma mit einer wegwerfenden Handbewegung. »Er weiß von den …«, sogar gegenüber ihrer Tochter konnte sich Fatma nicht dazu durchringen, die verhassten Geschwüre beim Namen zu nennen, »… diesen Sachen.«

»Aber er versteht es doch nicht wirklich, oder?«

»Nein, er ist ein Mann.«

»Aber wenn du ihm die Wahrheit erzählst, kann er seine Einstellung gegenüber Großpapa ändern. Vielleicht nimmt er dann Hilfe an.«

»Nein, das glaube ich nicht, Çiçek.«

»Aber einen Versuch muss es doch wert sein, Mama.« Es war schrecklich, ihre Mutter in diesem Zustand zu sehen, besonders, da Fatmas Ängste kaum aufhören würden, falls nicht sehr bald etwas geschähe. Dieser Gedanke ließ Çiçek das Folgende aussprechen: »Wenn du ihm es nicht sagst, dann tue ich es.«

»Aber Çiçek, das macht doch nur Ärger!«

»Nein, tut es nicht. Paps liebt dich und ich bin sicher, dass er ein Einsehen haben würde, wenn man ihm die Chance gäbe, zwischen der Linderung deiner Leiden und der Selbsttäuschung über Großpapas Zustand zu wählen.«

Fatma seufzte. Sie wollte, sie wäre sich sicher, wo die Prioritäten ihres Mannes derzeit lagen. Seitdem der alte Mann vor ungefähr zwei Jahren wirr im Kopf geworden war, hatte sich ihr Gatte langsam, aber unaufhaltsam verändert. Vorher war er, wenn er nicht bei der Arbeit oder gelegentlich abends mit Freunden weg gewesen war, sehr selten von zu Hause fortgeblieben. Nicht so wie jetzt, wo er manchmal die ganze Nacht fort war, Allah weiß wo. Und wenn er dann nach Hause kam, war er selten gesprächig. O ja, er sagte immer noch, dass er sie liebe; oft sagte er es. Aber er zeigte es nicht mehr. Stattdessen benutzte er die wenige Zeit, die ihm zu Hause verblieb, dazu, den Wahnvorstellungen des alten Mannes nachzugeben – oder dem Rest der Familie Vorschriften zu machen. Fast war es, als wäre auch er ein anderer geworden, und zwar einer, für den Fatma kein Verständnis mehr hatte.

»Lass mich jetzt bitte allein«, sagte sie zu ihrer Tochter. Sie spürte, wie ihr die Tränen kamen.

»Ist gut«, erwidert Çiçek, setzte aber, als sie die Badezimmertür öffnete, hinzu: »Ich werde es trotzdem Paps erzählen, das mit den – du weißt schon.«

Müde und elend, fast mehr, als sie ertragen konnte, machte Fatma eine wegwerfende Handbewegung. »Tu, was du willst. Ich kann sowieso nicht mehr denken.«

Çetin İkmen seufzte tief, ehe er seinem Freund streng in dessen besorgte Augen sah.

»Ich denke, dass du mit dieser Ärztemafia-Sache ziemlich weit über das hinausgehst, was wir bis jetzt wissen«, sagte er. Er versuchte, Arto so diplomatisch wie möglich von seinem Beharren auf diesem Thema abzubringen.

»Ja, aber …«

»Wir wissen ja noch nicht mal, ob der Junge, den wir gestern Abend gefunden haben, Dolantin genommen hat oder nicht. Und bis die Blutanalyse nicht vollständig ist, können wir das auch nicht wissen.«

»Schon …«

»Und selbst wenn er es genommen hat, wissen wir immer noch nicht, ob der Arzt, der vermutlich dafür verantwortlich ist, auch unser Opfer damit versorgt hat. Ich müsste mit dem ekelhaften Tekin nach diesem Mehmet suchen, wenn es ihn denn gibt, um rauszukriegen, wer dieser Arzt ist. Und außerdem …«, İkmen unterbrach sich, um eine Zigarette anzuzünden, »… hat ja nicht das Dolantin unseren Jungen umgebracht. Persönlich bin ich der Meinung, die Chancen, dass ein Arzt unseren Jungen erwürgt hat, sind sehr gering. Dein Beitrag ist hier wirklich zu Ende, Arto. Es ist mein Job, die Untersuchung jetzt fortzuführen, und ich bin überzeugt, dass nur ein entschlossenes Aufdecken der Verbindungen, die zu unserem Herrn Zekiyan führen, zum …«

»Aber Çetin, man hört nie auf zu lernen, wenn man bei der Pathologie ist!«, sagte Arto und seine Augen strahlten vor kaum verhohlener Begeisterung. »Wir sind alle Menschen und deshalb übersehen wir manchmal etwas. Ich habe doch erst nachdem ich Frau Taşkirans Zeichnungen gesehen habe, das Muttermal am Kinn des Jungen bemerkt!«

»Richtig, und solche Hinweise können auch sachdienlich sein, da stimme ich zu. Aber alle Mitglieder der eigenen Zunft als potentielle …«

»Ja, aber wenn man mal die Menschen beiseite lässt, ich

könnte doch bloß den Weg einer Substanz zu vielleicht einer ganz bestimmten Institution zurück…«

»Ach, Arto!« İkmen warf sich auf seinem Stuhl zurück und griff sich müde an den Kopf. »Wo um Himmels willen willst du denn anfangen? Wir wissen ja nicht mal, ob der Arzt aus dieser Stadt kommt. Wir wissen nur, dass er vermutlich Christ ist, und ich verstehe ja auch, dass dich das beunruhigt, aber …«

»Es könnte sogar ein Freund sein!«

»Du glaubst also wirklich, dass deine Freunde derartige Geheimnisse haben, ja?«

Der Arzt schien schmerzlich berührt. »Jeder kann Geheimnisse haben. Jeder hat etwas, was andere nicht wissen sollen.«

»Das akzeptiere ich. Dein Freund Avedykian könnte einer von denen sein.«

Der Arzt überhörte diesen Hinweis absichtlich, wie İkmen meinte. »Und in unserer Branche muss man absolut, fast schon übertrieben sauber sein. Es ist schwer – und trotzdem, wenn ich in dieser Richtung was tun kann …«

»Dann lass dich bloß nicht mit reinziehen! Du hast mir Dr. Hunters Gedanken mitgeteilt, die ich im Kopf behalten werde. Aber lass mich jetzt bitte das tun, wofür ich bezahlt werde. Also, ab jetzt übernehme ich wieder. Ich …« Das Telefon unterbrach ihn. »Hallo? İkmen.«

Mit gesenktem Kopf betrachtete Arto Sarkissian seine verkrampften Hände. Die Unterhaltung seines Freundes bekam er nicht mit. Er wusste, dass es stimmte, was Çetin gesagt hatte, aber das bedeutete noch nicht, dass er darüber besonders glücklich war.

Trotz aller dringenden Warnungen, die er von Kollegen im Zusammenhang mit seiner Verwicklung in einen möglichen Missbrauchsfall erhalten hatte, konnte er das Gefühl nicht loswerden, dass er tatsächlich »in« einer Sache steckte. Berufliche Solidarität war eines, aber wo es um Menschenleben ging, konnte Arto die Dinge nicht ohne Einmischung einfach so schleifen lassen. Und seine kürzlichen Auseinandersetzungen mit Hunter und auch Avedykian hatten diesen Entschluss eher noch bekräftigt. Wenn solche Sachen an die Öffentlichkeit drangen, würden sie in jedem Fall das Vertrauen in die gesamte Ärzteschaft unterminieren, und weil sein Beruf zugleich seine größte Leidenschaft war, fühlte sich Arto persönlich und beruflich gleichermaßen angesprochen. Wenn ein Arzt irgendwo da draußen Drogen an ungeschützte Menschen verkaufte, musste er aufgehalten werden – und zwar gleich. Morgen oder auch nur eine Stunde später könnte sich als zu spät für Gott weiß wie viele Verzweifelte erweisen. Wenn sein Bruder, dessen Spezialgebiet dies ja war, ihn irgendetwas über das Verhalten Abhängiger gelehrt hatte, dann, dass nicht selten ein einziger Kontakt mit einer beliebigen Droge ausreichte – vor allem, wenn starke Opiate im Spiel waren.

»Na ja«, meinte İkmen, als er mit zufriedener Miene den Hörer auflegte. »Er mag ja ein gemeiner Hund sein, aber dieser Cohen hat mehr im Hirn als die meisten anderen Wachtmeister zusammen.«

Arto stand seine Verwunderung regelrecht auf dem rundlichen Gesicht geschrieben.

»Cohen hat vielleicht etwas herausgefunden«, erklärte İkmen, bezüglich der Frage, »wer eventuell die Bauarbeiten in der oberen Wohnung ausgeführt hat.«

»Ach?«

»Ja.« İkmen lächelte und freute sich über das, was er als gute Denkarbeit eines seiner Leute ansah. »Als Cohen das erste Mal in dem Haus war, hat er einen Kalender bemerkt, der unten in der Küche hing. So einer mit leicht bekleideten Mädchen ...« Beide Männer grinsten sich kurz und vielsagend an. »Wie auch immer«, fuhr İkmen fort, »obwohl er damals keine besondere Notiz davon genommen hat, kam es ihm heute Morgen in den Sinn, dass das vielleicht doch von einigem Nutzen sein könnte.«

»Wie das?«, fragte Arto stirnrunzelnd.

»Manchmal schenken Firmen wie zum Beispiel Bauunternehmer oder Autohändler ihren Kunden solche Dinge.«

»Und war das auch in diesem Fall so?«

»Scheint so, obwohl die Leitung, wie Cohen mir gerade erzählt hat, tot war, als er versucht hat, die Nummer auf dem Kalender anzurufen – der Kalender ist von 1982.«

»Das zeigt einige Initiative von Cohen, obwohl es schade ist, dass das Ergebnis negativ ist.«

Achselzuckend gab İkmen zurück: »Nicht notwendig. Cohen geht jetzt zu der angegebenen Adresse. Vielleicht haben sie einfach nur eine andere Nummer. Irgendwas wird er schon rausfinden. Die Handwerker, die in Zekiyans Wohnung gearbeitet haben, können womöglich einiges zu unserem spärlichen Wissen über den Mann und das, was er tut, beitragen, vorausgesetzt, sie erinnern sich an den Job. Wer weiß?«

»Hoffen wir es jedenfalls.«

»Hm.« Mit einem Mal verfinsterte sich İkmens Gesicht, wie so oft in Zeiten großer Anspannung oder Mühen. »Wir brauchen wirklich etwas, damit wir diesen Fall angehen können. Nicht mal den kleinsten Hinweis gab es bislang, was die Identität unseres Opfers angeht oder die Tatsache, dass sich unser Herr Zekiyan anscheinend in Luft aufgelöst hat …«

Arto sah wieder zu Boden. »Ich habe den Namen in Umlauf gesetzt.«

»Ja, ich weiß«, antwortete sein Freund, »und das erkenne ich auch an. Ich weiß, dass du so etwas schwierig findest.«

»Und wo ist Suleyman heute?«, fragte Arto, womit er blitzschnell das Thema von armenischen auf türkische Belange brachte.

İkmen lächelte innerlich, wenn er auch über die Verlegenheit seines Freundes traurig war. »Er hat von einem seiner Informanten einen Anruf gekriegt. Er ist jetzt, glaube ich, raus in Richtung Beşiktaş.«

»Und du weißt nicht …?«

»O nein«, gab İkmen zurück, »am Telefon sagen sie nie, worum es geht; wenn sie um ein Treffen bitten, muss es meist sofort sein. Sie wissen ja nie, wer sie gerade beobachtet.«

Es folgten einige Momente der Stille, während deren beide Männer bedachten, was İkmen gerade gesagt hatte. Den Arzt erschreckte die Vorstellung, allein zu einem Treffen mit einem vermeintlichen Kriminellen zu gehen, während es für İkmen bloße Routine war. Das schien zumindest sein gleichmütiger Gesichtsausdruck nahe zu legen.

»Du weißt, dass dieser Hepatitis-B-Test, den ich bei eurem Opfer gemacht habe, negativ war«, sagte Arto, womit er wieder auf bekanntes und damit sicheres Terrain kam.

»Nein, das wusste ich nicht«, antwortete İkmen.

»Es bedeutet«, fuhr Arto fort, »die Möglichkeit, dass unser Junge das Zeug auf der Straße genommen hat, ist noch geringer.«

»Ich denke, wir hätten uns schon vor einiger Zeit darauf geeinigt, dass er kein typischer Straßenkonsument ist, oder?«

»Ja. Aber ...«

»Atypisch und nicht identifiziert. Gefangen gehalten – oder auch nicht – von einem gesichtslosen Herrn Zekiyan, der mir kleine Kristallmodelle geschickt hat oder auch nicht. Ein vollständiges Rätsel.« İkmen lächelte und zündete sich am Stummel seiner Zigarette eine neue an. »Eine Herausforderung, die ich mehr schätzen würde, wenn ich zehn Jahre jünger wäre.«

Arto erwiderte schulterzuckend: »Wir werden alle älter, Çetin. So ist es nun mal.«

»Versuch das doch mal Muhammed Ersoy zu erklären«, sagte İkmen, woraufhin er und der Arzt lachen mussten.

Der namenlose Mann, der sich der Welt, aus Gründen, die wohl nur er verstand, unter dem Spitznamen Wladimir Iljitsch Lenin präsentierte, öffnete langsam die Augen. Der Polizist, der ihn gerade bewacht hatte, war fortgegangen. Da er keine Lust gehabt hatte, sich mit dieser Person zu unterhalten, hatte Wladimir Iljitsch mit Erfolg so getan, als ob er schliefe, als der Mann mit einer Schüssel voll grauslichem Schlabber, der in diesem Höllenloch als Essen durchging, hereingekommen war.

Und obwohl er sehr wohl wusste, dass diese Schüssel nur verdorbenes und undefinierbares Zeug enthielt, warf er dennoch einen kurzen Blick auf sein »Mittagessen«, ehe er es auf einen Haufen mit ähnlichem Zeug in einer Ecke seiner Zelle kippte. Nicht, dass dies das schlimmste Essen war, das er in seiner höchst dunklen und unsicheren Zukunft erleben sollte. Die Frühwache hatte gemeint, dass er irgendwann innerhalb der nächsten Tage ins Gefängnis überstellt werden sollte, und das Gefängnis war noch dreckiger und das Essen dort noch weniger appetitlich als hier. Es war, wie Wladimir Iljitsch dachte, typisch für die Strafen, die die Faschisten der ehrenhaften Arbeiterklasse zuteil werden ließen. In guten sozialistischen Staaten hätte es solche Orte nie gegeben.

Als er sich hinsetzte, sah er zu dem kleinen, vergitterten Fenster, das ihm nur die Füße derjenigen zeigte, die draußen in der »realen« Welt herumliefen und sich unterhielten. Allesamt traurige Menschen, wie er fand, in seliger Ahnungslosigkeit, was ihre wahre Unterdrückung anging, und allesamt gekauft um den Preis ihrer schönen warmen Winterstiefel. Aber das genau war ja gerade das Raffinierte, wie dieser Staat oder jedes andere repressive Regime, etwa Frankreich oder die USA, die elementaren Bedürfnisse ihre Völker manipulierten. Wärme den Leuten die Füße und du kannst in aller Seelenruhe ihre Herzen einfrieren; gib ihnen was zu Fressen und sie tun lächelnd, was du ihnen sagst. Eine Botschaft, die heute nicht minder deprimierend war als all die Jahre zuvor, als ihm diese Konzepte während seiner Universitätszeit erstmalig bewusst geworden waren.

»Nichts hat sich geändert«, murmelte Wladimir Iljitsch voll Bitterkeit und zog sich seine einzige Decke um die dünn bekleideten Schultern. Indem er versucht hatte, die Welt zu verbessern, hatte er, wie er nun meinte, anscheinend wenig außer seiner eigenen Erniedrigung erreicht. Und obwohl er nur zu gut wusste, dass das bei revolutionären Denkern oft so war, gab es auch einen Teil in ihm – den größeren –, der wusste, dass er, anders als jene, nicht in der Lage war, das zu ertragen. Einerseits war es enttäuschend, gerne hätte er in dieser Hinsicht etwas mehr Heroismus gezeigt. Aber … er neigte den Kopf und legte die Stirn in Falten. Auf der Straße, wie kalt oder wie elend sein Leben auch inzwischen geworden sein mochte, hatte immer die Möglichkeit bestanden, dass ein oder zwei Leute etwas aus seinen Worten gelernt hatten. Viel war es nicht gewesen, aber doch genug, bis er aus Gründen, über die er jetzt nur spekulieren konnte, die Verbindung zwischen gewissen Ereignissen in einer ganz bestimmten Straße und dem Gerücht, dass dort jemand getötet worden war, hergestellt hatte.

Ganze Tage und Nächte kamen und gingen, ohne dass er sich ihrer bewusst gewesen wäre. Nur manchmal, so wie jetzt, wusste er wirklich, wo er gewesen war und was er getan hatte. Einmal hatte er sich ganz plötzlich in einer anderen Stadt befunden, ohne einen einzigen Anhaltspunkt, wie und warum er dorthin gekommen war. Das hatte ihn sehr erschreckt: als wäre er im tiefsten Alptraum aufgewacht.

Er hätte den Jungen umgebracht haben können. Auch wenn er keinerlei Erinnerung an das Kind hatte, könnte das, auch wenn es beunruhigend war, der Fall gewesen sein. Er erinnerte sich schwach, dass sich jemand auf ihn gestürzt hatte. Vielleicht war das ja wirklich der Junge gewesen. Vielleicht hatte auch nur sein Verstand aus diesem Jemand einen Mann gemacht. Schließlich war alles möglich bei jemandem, der siebenhundert Kilometer reisen konnte und immer noch dachte, er wäre in Sultan Ahmet.

Er hatte der Psychiaterin nicht gesagt, dass er wusste, was sie ihm gespritzt hatte. Er rieb sich die rechte Pobacke und erinnerte sich dabei an den Einstich. Eine Standard-Depotinjektion auf Grundlage von Propaphenin. Ein Antipsychotikum. Der Mann lächelte. Er kannte all die Namen, die sie für das hatten, was sie Krankheit nannten. Ihn konnten sie nicht täuschen.

Aber er, er konnte sie sehr wohl täuschen. Weil nämlich die

Medikamente schon beim ersten Mal nicht gewirkt hatten, als er es bis auf die Straße geschafft hatte. Sein vor langem verstorbener Vater hatte den Ärzten gesagt, dass sein Sohn zu kräftig für sie wäre, aber sie hatten nicht darauf gehört. Und ihre Ignoranz hatte ihm direkt in die Hände gespielt, so wie jetzt wieder, vorausgesetzt, er würde alles richtig durchdenken.

Wladimir Iljitsch riss seine neugierigen, ungetrübten Augen weit auf und besah sein erbärmliches Quartier. Ein leicht verschmitztes Grinsen huschte über sein Gesicht. Auf keinen Fall würde er jetzt oder zukünftig ins Gefängnis gehen. Es gab keinen Grund, warum ein so großer, kräftiger Mann wie er das tun sollte. Das war kein Ort für jemanden aus dem Volk. Aus welchem Grund auch? Weil er eine dumme Göre beim Nacken gepackt hatte, um sich Gehör zu verschaffen. Das ging so über jedes Maß hinaus, dass es schon absurd war! Etwas aber würde tatsächlich geschehen müssen und er wusste, dass er im Grunde nur eine einzige Möglichkeit hatte.

Doch auch als er seine Decke abwarf und seine langen, kraftvollen Arme ansah, wusste er, dass dies sein volles Engagement verlangen würde. Jedes kleinste Stück seines Heroismus.

Aber war das denn für jemanden, der einst siebenhundert Kilometer wie ein Toter gereist war, eine so große Aufgabe? Na, war es das?

Wladimir Iljitsch ließ den Kopf langsam in die Hände sinken und lachte leise.

»Ich habe alles dokumentiert«, sagte der Mann und breitete die Arme weit aus, als wollte er seinen großen Bestand an Kühlschränken und Mikrowellenherden umarmen.

»Sehr gut«, antwortete Cohen, als er sich umdrehte, um der kleinen, rundlichen Person neben ihm ins Gesicht zu blicken.

»Wollen Sie, dass ich die Sachen hole? Ich habe alles: Versandquittungen, Verkaufsbelege …«

»Nein.« Cohen lächelte und der Mann schaute verwirrt. »Ich danke Ihnen. An Ihrem Bestand bin ich nicht interessiert.«

»Nicht?«

»Nein. Ich bin wegen einer anderen Sache hier. Ich glaube, dieser Betrieb hat mal einem Bauunternehmen namens …«, Cohen zog seinen aufgeklappten Kalender aus der Tasche, »… ›Kayseri Architekturbüro‹ gehört.«

Der Mann runzelte die Stirn und sah mit einiger Missbilligung auf das, was in Cohens Kalender stand. »Ja. Wieso?«

Es war eine abwehrende Frage und Cohen wunderte sich, warum. Um die Angelegenheit etwas angenehmer zu machen, steckte er den Kalender wieder in die Tasche.

»Wir müssen jemanden von dieser Firma wegen einer Arbeit aus dem Jahr 1982 sprechen.«

»Warum. Ist etwas eingestürzt?«

»Nein, nein, es hat nichts mit Fehlern oder schlechter Arbeit seitens dieser Firma zu tun. Die Arbeit, von der ich rede, ist sogar sehr gut.«

»Oh.« Der Mann, der stärker schwitzte, als es für einen Oktobertag normal war, wischte sich die Stirn und fasste sich geschwind an seine goldene *maşallah*, die ihm um den Hals hing. »Oh, gepriesen sei Allah.«

»Wissen Sie etwas über diese Firma?«

»Die Wahrheit ist …«, und hier lächelte der Mann, offenkundig erleichtert, »dass ich diese Firma geleitet habe.«

»Ach ja?«

»Ja, bis 1990, als ich mich auf den Handel mit Elektrogeräten verlegt hab. Würden Sie bitte mit ins Büro kommen? Ich lasse den Jungen Tee bringen.«

Cohen lächelte auf jene wunderbar liebenswürdige Art, die nur er und İkmen beherrschten, ohne dabei in Unterwürfigkeit zu verfallen. »Das wäre eine wundervolle Erfrischung, ich danke Ihnen.«

Der Mann, ein Herr Kemal, wie Cohen erfuhr, als er ihn durch die verwirrend vielen Haushaltsgeräte lotste, arbeitete in einem Büro, das mit Fotos der heiligen Muslime von Mekka buchstäblich gepflastert war. Als sie den kleinen Raum betraten, huschte eine Frau, deren Gesicht mit einem seidenen Tuch verhüllt war, hinaus – in einen Hof, wie Cohen glaubte. Als sie ging, wies Herr Kemal sie an, den »Jungen mit Tee, zwei« hereinzuschicken. Dann quetschte er sich hinter einen kleinen, voll beladenen Schreibtisch und setzte sich, während Cohen auf einem dreibeinigen Hocker gegenüber Platz nahm.

»Und?«, fragte der Mann und lud Cohen mit liebenswürdiger Geste ein anzufangen.

»Das Haus, für das wir uns interessieren, ist ein altes osmanisches Gebäude namens Sackleinen-Haus. Es liegt an der İshak Paşa, drüben in Sultan Ahmet.«

Herr Kemal runzelte die Stirn. »Wir haben damals an vielen solcher Häuser gearbeitet. Die Leute haben sie in Hotels und so was umgewandelt. Und 1982 ist lange her.«

»Ja, ich weiß.«

»Und ich habe alle Bauplätze immer selber überwacht. Aber …« Er hielt kurz inne, wühlte in einigen Papieren, und nachdem er offenbar gefunden hatte, wonach er suchte, blickte er wieder auf. »Ich werde kurz meinen Bruder holen. Vielleicht erinnert er sich …«

»Ich danke Ihnen.«

Herr Kemal tippte eine Nummer in sein Handy und lehnte sich zurück, während er auf Antwort wartete. »Mein Bruder hat damals einiges an Arbeit übernommen, weshalb …« Er lächelte, als jemand antwortete. »Hallo, Selim, könntest du bitte ins Büro kommen? Hier ist jemand von der Polizei, der … nein, kein Problem, nur etwas wegen eines alten Auftrags … ist gut, okay … ich danke dir.« Herr Kemal legte den Apparat hin und lächelte. »Er wird gleich hier sein. Phantastische Dinger, diese Mobiltelefone, finden Sie nicht?«

»Ja.«

»Ich denke, dass ich da auch einsteigen werde. Sie sind so beliebt, dass man damit unmöglich etwas falsch machen kann.« Er bot Cohen aus einer kleinen Holzschachtel eine Zigarette an, die der Polizist dankbar annahm.

»Sie scheinen sich sehr auf populäre Trends auszurichten«, wandte Cohen ein.

»Oh, das muss ich! Lange Jahre hatte ich eine Baufirma, wie Sie wissen, und in der Zeit habe ich auch ganz gut verdient. Aber mit dem Aufkommen des Tourismus wollten alle in diese Branche, weshalb ich mir dachte, dass es als kleine Baufirma besser wäre, selber auszusteigen, ehe ich rausgedrängt würde. Außerdem kamen auch viele Fremde«, sagte Kemal und machte eine abwehrende Handbewegung. »Sie wissen ja wohl darüber Bescheid. Spanische Bauunternehmer, die die Ferienzentren an der Südküste übernommen haben, und dergleichen. Aber Kühlschränke und Herde werden die Leute immer brauchen und dieser Handel hat sich als gut für mich erwiesen. Und wenn Allah will, wird es mit den Mobiltelefonen das Gleiche sein. Schließlich hat ja jeder von uns eins, oder?«

Cohen, der sich dem türkischen Handyboom bislang noch nicht angeschlossen hatte, lächelte. »Und nach Ihrem alten Kalender zu urteilen, haben auch Sie sich in all den Jahren ganz schön verändert, Herr Kemal.«

Sein Gastgeber senkte den Blick. »Ach, ja ... äh ...«

»Die Mädchen haben nicht gerade viel an«, sagte Cohen.

»Ja. Nun ja, damals war ich ein junger Mann ... Doch dann entdeckte ich zum Glück die Religion meiner Väter. Es hat vieles in die richtige Perspektive gerückt, wenn Sie wissen, was ich meine.« Wieder blickte er auf und lächelte. »Glauben ... äh ... Sie auch ...?«

»Du wolltest mich sehen?«

Ein Mann ungefähr gleichen Alters wie Herr Kemal, aber weitaus schlanker, betrat das Büro und kam an den Schreibtisch. Cohen, der keine Lust hatte, in Fragen darüber verwickelt zu werden, ob er an etwas glaubte oder nicht, seufzte innerlich erleichtert auf.

»Ach ja, Selim«, grüßte Herr Kemal seinen Bruder mit leichtem Kopfnicken. »Dieser Herr von der Polizei fragt nach einer Arbeit, die wir 1982 ausgeführt haben.«

Der zweite Herr Kemal atmete hörbar ein und setzte sich auf den Rand des Schreibtisches seines Bruders. »Das ist schon lange her. Ich glaube wirklich nicht …«

»Es war in Sultan Ahmet«, erklärte Cohen, »ein Umbau im obersten Stock eines alten osmanischen Hauses in der İshak Paşa, im so genannten Sackleinen-Haus. Es stößt an eine der Mauern vom Topkapı.«

Selim Kemal schürzte die Lippen, während er sich offensichtlich das Hirn zermarterte. »Hm.«

»Der Mann, für den Sie, wie wir glauben, die Arbeit ausgeführt haben, soll Armenier gewesen sein. Er …«

»Ein vornehmer Kerl?«

Cohen beugte sich leicht vor. »Ja.«

»Hm.« Selim Kemal nahm sich, ohne zu fragen, eine Zigarette aus der Schachtel seines Bruders und zündete sie an.

»Und?«, fragte Cohen ein wenig ungeduldiger, als er hätte sein sollen.

»Ja, ich denke, ich erinnere mich schwach an den Job, von dem Sie reden. War es eine kleine Wohnung?«

»Ja.«

»Wir haben da sanitäre Anlagen gemacht, ein Badezimmer, glaube ich, und …«

»Es geht um den Mann«, fuhr Cohen fort. »Erinnern Sie sich an den Mann, der Sie um diese Arbeit bat?«

»Nicht sehr gut«, erwiderte Selim Kemal achselzuckend, »außer daran, dass er eben ziemlich vornehm wirkte. Ich wusste nicht, dass er Armenier war, aber … er hatte einen süßen kleinen Jungen bei sich.«

»Einen Jungen?«, fragte Cohen stirnrunzelnd.

»Ja«, lächelte Selim Kemal und entblößte dabei viele kaputte Zähne. »Der Sohn dieses Kunden.«

»Herr Zekiyan hatte einen Sohn?« Cohen musste nachfragen, um wirklich sicherzugehen. Handwerker hatten, wie er wusste, den wohl verdienten Ruf, eher unbestimmt zu sein, und dies nicht nur dann, wenn es um Kostenschätzungen ging.

Noch einmal zuckte Selim Kemal die Achseln »Wenn das der Name des Mannes war, dann war das sein Sohn, ja. Wegen ihm sollten wir versuchen, so leise wie möglich zu sein.«

»Was, wegen Herrn Zekiyan oder des Jungen?«

»Nein, wegen des Jungen!« Selim Kemal zog dreimal kurz an seiner Zigarette und schob den verbliebenen Stummel dann mit der Zunge in den Mundwinkel. »Dem Kleinen ging es nicht gut, keine Ahnung, warum. Sein Vater hat nicht so viel geredet, zumindest nicht mit uns. Der Junge wurde unten auf eine Couch gelegt und hatte meistens die Augen geschlossen. Er sah sehr krank aus, weshalb es mir noch im Gedächtnis geblieben ist. Man sieht ja nicht so oft vornehme Leute krank bei sich zu Hause, oder? Wenn sie so krank sind, gehen sie doch meist ins Krankenhaus. Wenn ich darüber nachdenke ...«, er hielt kurz inne und blinzelte an die Decke, »... das war auch da, wo ich diese Meinungsverschiedenheit hatte ...«

Sein Bruder gab ein kurzes Schnauben von sich. »Du hattest doch so viele, Selim, von welcher reden wir hier eigentlich?«

Selim Kemal streifte seinen Bruder nur mit einem kurzen Blick und sah dann wieder zu Cohen. »Es war an einem heißen Sommertag, als ich sah, dass der Junge wach war. Es war Hochsommer, sehr heiß, und der Mann und ich aßen auf der vorderen Treppe eine Wassermelone. Der kleine Junge sah sehr ausgetrocknet aus, und weil ich merkte, dass sein Vater keine Anstalten machte, ihm etwas zu trinken zu bringen, ging ich hin und machte eine Scheibe Melone für ihn fertig.«

»Und?«

»Na ja, ich habe sie ihm gegeben und weiß eigentlich nicht mehr, was als Nächstes passierte, außer dass sein Vater plötzlich anfing, mich anzuschreien. Er war wütend, was ich nicht begreifen konnte, weil ich doch nur dem armen Kind geholfen hatte.«

»Wissen Sie, warum er so wütend auf Sie war?«

»Nein. Wir haben nicht weiter über diesen Jungen geredet. Ich vermute, er wollte nicht, dass er mit Bauern in Berührung kam.« Er lächelte traurig. »Wie Sie vermutlich erraten haben, kommen wir nämlich von den Bergen …«

Sein Bruder räusperte sich sehr eindeutig.

»Manche Leute sind ein bisschen, Sie wissen schon, deshalb.«

»Sie können wohl diesen Jungen nicht mehr beschreiben, oder?«, fragte Cohen. »Ich weiß, es ist schon lange her.«

»Er war klein, ungefähr vier Jahre alt vielleicht. Schwarze Haare.«

»Trug er ein Kruzifix, ein christliches Symbol an einer Kette?«

»Kann ich Ihnen nicht sagen. Ich habe nichts bemerkt.«

Cohen kratzte sich am Kopf und seufzte. »Sie sagen also, dass der Junge ganz schlicht ein …«

»… gewöhnlicher kleiner Junge war, ja.«

»Können Sie sich erinnern, ob er mit Ihnen geredet hat?«

Selim Kemal überlegte einen Moment und hob dann die Augenbrauen. »Ich weiß nicht, ich kann mich nicht erinnern. Können Sie mir denn sagen, worum es hier geht?«

»Wir versuchen, den Vater des Jungen zu finden«, antwortete Cohen. »Er hat vielleicht einige Informationen, die wir für eine laufende Ermittlung brauchen.«

»Oh.«

»Ist es etwas Ernstes, diese Ermittlung?«, fragte der Ladenbesitzer.

»Nun ja …«, antwortete Cohen so offiziell wie möglich, »zum gegenwärtigen Zeitpunkt darf ich Ihnen wirklich nichts darüber sagen.«

»Ist schon in Ordnung, Herr Wachtmeister«, sagte Herr Kemal, wobei er seine unverblümte Neugierde kaum zurückhalten konnte. »Aber es hat da in Sultan Ahmet angeblich einen Mord gegeben und …«

»Ich weiß noch, dass er ein Mal unten am Kinn hatte, der kleine Junge«, unterbrach Selim Kemal, der bei diesem Wortwechsel anscheinend in Gedanken verloren gewesen war.

Cohen wandte sich um und sah ihn an. »Was für ein Mal?«

»Ich weiß nicht, aber es war leuchtend rot, ein bisschen wie ein Schnitt. Damals hat es mich beunruhigt und ich habe den anderen Arbeitern wohl auch davon erzählt.«

»War es offen und hat geblutet, oder war es verheilt?«

»Es war gebogen. Als hätte jemand ein Messer an seinem Kinn herumgezogen. Wenn ich mich nicht irre, war es ein Halbkreis.« Und dann musste Selim Kemal mit einem Mal lächeln. »Wie unsere Nationalflagge, denke ich. Das ist doch wirklich sonderbar, finden Sie nicht?«

Kapitel 11

Suleyman kam erst spät nachts nach Hause. Zuleika war schon ins Bett gegangen und trotz der Tatsache, dass die Opernsängerin von gegenüber immer noch ihre Tonleitern übte, schien sie zu schlafen.

Suleyman selbst war, obwohl müde, nicht schläfrig. Sein seit längerer Zeit zweites Treffen mit dem widerlichen Herrn Dschugaschvili war eine verstörende Erfahrung gewesen. Und nun, nachdem er den Rückweg hinter sich gebracht und İkmen von dem Erlebten berichtet hatte, war Suleyman in einem Zustand matter Schlaflosigkeit. Er ging ins Wohnzimmer, setzte sich hin und wollte den Fernseher anmachen, aber nachdem er sich in dem Sessel einmal häuslich niedergelassen hatte, merkte er, dass ihn die Ereignisse des Tages viel zu sehr beschäftigten, als dass er sich jetzt für Filme oder auch Seifenopern interessierte.

Obwohl er längst wusste, dass sehr viele von denen, die aus der ehemaligen Sowjetunion übers Schwarze Meer in die Türkei gekommen waren, sich mit nicht ganz legalen Dingen über Wasser hielten, war ihm das volle Ausmaß davon bis jetzt nicht klar gewesen. Es war wohl bekannt, dass die russischen Frauen, die »Nataschas«, ihre Körper verkauften, damit sie überlebten, aber dass das auch so viele junge Männer taten, hatte Suleyman schockiert. Trotz der kürzlichen Ereignisse hatte er die Sache mit dem traurigen Jungen in Yerebatan Caddesi für einen Einzelfall gehalten, was sie, wie er nun wusste, ganz entschieden nicht war.

Herr Dschugaschvili, den er an der Fährstation in Beşiktaş getroffen hatte, hatte sich nicht weiter über die Art seiner Information ausgelassen, bis er und Suleyman kurz vor ihrem Ziel angekommen waren. Dieser Ort, den man über einen Durchgang neben einem Reifenhandel in einer Seitenstraße in Beşiktaş betrat, war, wie Dschugaschvili warnte, »unangenehm«. Es handle sich, wie er weiter erklärte, um die Absteige dreier Jungen, die sich prostituierten und von denen einer eine gewisse Geschichte über einen Arzt zu berichten hatte.

Nur zwei der Jungen, die aussahen, als wären sie achtzehn oder zwanzig Jahre alt, waren in ihrem mit Zigarettenkippen und Süßigkeitenpapieren übersäten Zuhause, als Suleyman und sein Informant in diesen so genannten Wohnbereich eintraten. Es lag ein ätzender, feuchter Geruch in der Luft, an den sich Suleyman auch jetzt noch gut erinnerte. Und wo sich die Tapete von der Wand abgelöst hatte, hatten die Jungen Bilder kaum bekleideter männlicher Models befestigt, einige in sehr verführerischen Posen.

Der Junge, den sie besuchen wollten, war blond und blauäugig und nannte sich Ilya – mit einiger Sicherheit ein falscher Name. Obwohl die Kälte bis auf die Knochen drang, trug er nur Jeans und eine winzige ärmellose Weste, was Suleyman gestattete, die zahlreichen Einstiche auf dem Arm des Jungen zu sehen.

Als Ilya sich endlich mit einer Zigarette niedergelassen hatte, um teils mit Hilfe von Dschugaschvili, teils in seinem eigenen holperigen Türkisch seine Geschichte zu erzählen, fielen Suleyman sowohl der Körpergeruch, der zu ihm hinüberwehte, als auch die fast sinnliche Art, mit der der Junge ihn ansah, auf. Fast war es, als versuchte der Junge, Suleyman anzubaggern, was entweder etwas Verstörendes darüber aussagte, wie Suleyman auf den Jungen wirkte, oder hieß, dass der Junge einfach das tat, was er am besten konnte.

Ein paar Tage zuvor (er konnte das genaue Datum nicht sagen, was angesichts seines Drogenkonsums nicht überraschend war) hatte Ilya einen Kunden mit nach Hause genommen. Dieser Kunde, ein eleganter Mann mittleren Alters mit Aktentasche, hatte sich ziemlich seltsam aufgeführt. Nachdem er seinen sexuellen Wünschen zugestimmt und das Geld erhalten hatte, war Ilya ins Bad gegangen, um sich, wie Dschugaschvili übersetzte, »in Ordnung zu bringen«. Er war gerade dabei, sich einen Schuss zu setzen, als der Mann, der ihm gefolgt war, ihm eine Hand auf den Arm legte, um ihn daran zu hindern. Zunächst war der Junge wütend und schrie, er solle ihn alleine lassen, aber der Mann, der kein Russisch verstand, reagierte nicht. Nach einem kurzen Kampf entwendete er Ilya die Spritze. Aber anstatt das Ding wegzuwerfen oder selbst zu benutzen, ging der Mann zu seiner Tasche, holte eine andere Spritze heraus und befestigte deren Nadel an Ilyas Spritze. Dann nahm er eine Flasche aus seiner Tasche – nach Suleymans Vermutung Wundalkohol – und rieb mit einem Wattebausch etwas davon auf den Arm des Jungen. An diesem Punkt wies der Mann auf sich und sagte »Doktor«, wonach er geschickt und, wie Ilya meinte, sehr sanft das flüssige Heroin in die Nadel pumpte und sie dem Jungen fast schmerzlos in die Vene führte. Ilya dachte, der »Doktor« hätte noch etwas davon gesagt, dass er bald wiederkommen und ihm etwas anderes – er wusste nicht, was – geben wolle.

Alles war sehr unklar und stand nicht, wie Suleyman dachte, unmittelbar mit dem Dolantin in Verbindung, von dem er Dschugaschvili gesagt hatte, er möge in seinem Straßenabschnitt ein Auge darauf halten. Aber es war ein Hinweis, wie schwach auch immer, auf die Tatsache, dass es Ärzte gab, die etwas taten, was sie eigentlich nicht sollten. Und obwohl İkmen nicht besonders viel Interesse in dieser Richtung gezeigt hatte, hatte er gesagt, dass sie vielleicht darüber nachdenken sollten, wie man dem nachgehen könnte – ohne natürlich Dr. Sarkissian etwas zu berichten, der, wie es schien, ziemlich besessen war von der Idee, dass sich einige Ärzte unprofessionell verhielten.

Ein Detail aber war Suleyman in Erinnerung geblieben, das Ilya seiner eher armseligen Beschreibung des Mannes beigefügt hatte. Dieser »Doktor« war unbeschnitten. Obwohl Ilya als Russe selbst in diesem »unberührten« Zustand war, traf dies nicht auf viele seiner Kunden in diesem im Wesentlichen moslemischen Land zu. Und deshalb hatte dieser »Türke mit einer Vorhaut« sich ihm so nachdrücklich eingeprägt.

Konnte es also sein, dass dieser Mann und der Arzt, der dem Jungen in der Yerebatan Caddesi die Drogen geliefert hatte, ein und derselbe waren? Oder könnte es sogar, auf noch finstererer, um nicht zu sagen, strittigerer Ebene sein, dass der elegante und offenbar wohlhabende Herr Zekiyan aus der İshak Paşa in Wirklichkeit Arzt war, aber unter anderem Namen praktizierte? Und wenn das stimmte, hatte er dann dem Jungen, der in seinem Haus gestorben war, das Zeug geliefert und injiziert? Eine unausgesprochene Vermutung, dass Zekiyan und der Lieferant der Drogen des Jungen nicht ein und derselbe waren, hatte sich gleichsam unbewusst bis jetzt gehalten. Und doch, wie İkmen zugegeben hatte, kurz bevor Suleyman an diesem Abend gegangen war, hätte der Armenier, vorausgesetzt, der Junge war schon eine geraume Zeit in dem Haus gewesen, zumindest etwas über seine Gewohnheiten wissen müssen. Und wenn er etwas gewusst hätte, hätte er dann nicht auch in die Sache verwickelt sein können? Eine neue, fast überwältigende Vorstellung.

Suleymans Gedanken wurden durch das schrille Piepen seines Handys abrupt beendet. Er nahm es aus der Tasche und drückte den Empfangsknopf. »Suleyman.«

»Ich fürchte, ich habe schlechte Neuigkeiten für Sie, Suleyman«, sagte İkmen mit müder Stimme.

Suleyman merkte sofort, wie sein Herz raste. »Und?«

»Ich weiß nicht, wie ich die Nachricht abmildern kann, also sage ich sie einfach so. Der Gefangene, der sich Lenin nannte, wurde, eine halbe Stunde nachdem Sie gegangen sind, tot in seiner Zelle aufgefunden.«

»Aber … wie …?« Als die Adern in seinem Kopf die erhöhte Blutzufuhr bewältigen mussten, merkte Suleyman, wie ein dumpfer Schmerz in seinem Schädel pochte.

»Er hat Selbstmord begangen«, sagte İkmen knapp. »Hören Sie, ich weiß, was Sie von ihm hielten, und ich weiß auch, dass dies Ihr Schuldgefühl nur vergrößern wird, aber …«

»Wie konnte er das tun? Man hat ihm doch alles, was er dazu hätte benutzen können, weggenommen.«

»Wenn jemand dazu entschlossen ist, findet er auch einen Weg, Suleyman.«

Die folgenden Sekunden vergingen für İkmen schweigend, für Suleyman dagegen in einem misstönenden Zusammenprall von Gedanken, Eindrücken und Ängsten. Hatte dieser Mann wegen des Arrests Selbstmord begangen oder in einem Anfall von Selbsttäuschung? Was hatte er überhaupt getan, dass er sich der Polizei gestellt hatte? Wie waren sie überhaupt auf die Idee gekommen, jemanden, der im Wahn lebte, zu vernehmen?

»Suleyman?«, fragte İkmen. »Sind Sie noch da?«

»Jawohl.«

»Soll ich bei Ihnen vorbeischauen?«

»Nein, nein, es ist schon alles in Ordnung, ich bin nur … sehen Sie … tut mir Leid, ich verstehe es selber nicht, wie …«

»… er es gemacht hat?«, fragte İkmen, »wollen Sie das wirklich wissen?«

Wieder wurde es still. Diesmal aber versuchte Suleyman mit seinen eigenen Ängsten fertig zu werden. Er war, wie er glaubte, zum Teil für den Tod des Mannes verantwortlich.

»Ja«, antwortete er ruhig, »das will ich.«

Er hörte, wie İkmen am anderen Ende der Leitung tief seufzte. »Er hat sich die Pulsadern aufgeschnitten.«

»Aber es gab doch gar nichts …«, stammelte Suleyman. »Es kann doch gar nichts in seiner Zelle gegeben haben, womit …«

»Er hat seine Zähne benutzt«, sagte İkmen mit deutlichem Zittern in der Stimme.

»Oh …« Das Bild, das in Suleymans Hirn entstand, war so verstörend und so abstoßend, dass er einen Augenblick dachte, er müsse sich übergeben.

»Sie müssen daran denken, dass er sehr krank war«, fügte İkmen noch hinzu. »Kein normaler Mensch könnte so etwas tun.«

»Nein.«

»Suleyman, wenn Sie mit mir darüber reden möchten …«

»Nein.« Genau das wollte er nicht. Dieses Reden ließ die Bilder in seinem Hirn ja erst entstehen, die er nicht sehen mochte. Und außerdem, was würde es schon ändern? Der Mann war tot, das war eine Tatsache und nichts konnte daran etwas ändern.

»Nein, ich glaube, ich möchte jetzt allein sein«, antwortete er, »wir sehen uns morgen früh.«

»Wie Sie wollen«, gab İkmen zurück.

Suleyman schaltete das Telefon aus und saß eine Weile unbeweglich da. Für alle drei würde es eine lange Nacht werden: für ihn selbst, für die entsetzlichen Bilder in seinem Kopf und für sein Schuldbewusstsein.

»Verrückte enden meist damit, dass sie sich umbringen.« Das wurde eher als eine Tatsache hingestellt denn als eine Meinung und es war eine, die Polizeipräsident Ardiç für unumstößlich hielt.

»Trotzdem wird es eine Untersuchung geben müssen«, sagte İkmen. »Ich denke, allein aufgrund der Tatsache, dass er schon so lange tot war, ehe er gefunden wurde, müssen Nachforschungen angestellt werden.«

»Die wachhabenden Beamten sind im Unrecht«, antwortete Ardiç. »Ich habe sie für mittags in mein Büro bestellt. Ich bin nicht glücklich darüber, wissen Sie?«, fügte er hinzu, »aber ich weiß auch, dass es vermutlich unvermeidlich war.«

»Niemand tut so etwas Schreckliches, wenn er nicht absolut verzweifelt ist«, murmelte Suleyman hinter seinem ungewöhnlich unordentlichen Schreibtisch.

Ardiç, der bisher nicht wirklich Notiz von dem jungen Mann genommen hatte, drehte sich um und sah ihn an. Die blutunterlaufenen Augen und das bleiche Gesicht sprachen Bände über die Nacht, die Suleyman hinter sich hatte.

»Ich weiß nicht, warum Sie das so mitnimmt, Polizeimeister«, sagte der Polizeipräsident. »Schließlich haben Sie den Mann völlig rechtmäßig zurückgehalten, nachdem er gewalttätig geworden war. Und er war, wie ich bereits gesagt habe, wirklich sehr verrückt.«

»Weshalb war er dann überhaupt hier! Warum hat Polizeimeisterin Farsakoğlu ihn sogar befragt …?«

»Es war ihre Entscheidung, deshalb ist sie vielleicht die Person, die Sie fragen sollten.« Obwohl dies ganz logisch war und auch auf eine Art gesagt wurde, die nicht direkt als Angriff ausgelegt werden konnte, wusste jeder, der die Schärfe in Ardiçs Augen sah, dass er nicht bester Stimmung war. »Wie auch immer, ich denke, dass Sie im Augenblick Wichtigeres zu tun haben, als sich um einen toten Verrückten zu kümmern. Das Opfer von der İshak Paşa liegt immer noch herrenlos im Leichenschauhaus herum, und soweit ich sehe …«, hier wandte er sich İkmen zu, »… sind Sie der Auklärung dieses Verbrechens immer noch keinen Schritt näher gekommen. Habe ich Recht?«

İkmen seufzte. »Wenn es keine offensichtlichen Täter gibt und auch jede Identifizierung des Opfers ausbleibt, haben solche Ermittlungen die Neigung, sich eher uneindeutig zu gestalten.«

Ardiç sah seinen weitaus gebildeteren Untergebenen misstrauisch an. »Und das heißt was?«

»Nun, das heißt«, fuhr İkmen fort, »dass wir, sobald Beweise vorliegen, uns die Zeit nehmen müssen, zu überlegen, was sie im Lichte dessen bedeuten, was wir in der Vergangenheit gedacht und geglaubt haben. Wir haben nichts, woran wir irgendetwas ›aufhängen‹ könnten, weshalb wir auf Spekulationen angewiesen sind, die auf den wenigen Fakten beruhen, die wir haben.«

»Hm.« Ardiç räusperte sich, setzte sich auf einen Stuhl in einer Ecke des Zimmers und zog seinen Mantel schützend um die Schultern. »Und was tun Sie im Augenblick?«

»Gerade, ehe Sie hereingekommen sind«, antwortete İkmen, »habe ich über ein neues Beweisstück nachgedacht, das einer meiner Wachtmeister gestern Nachmittag beigebracht hat. Nachdem er die Baufirma ermittelt hatte, die das obere Geschoss im Sackleinen-Haus umgebaut hat, hat Wachtmeister Cohen von einem der Angestellten erfahren, dass der Mieter damals, 1982, einen Jungen bei sich hatte.«

»So?«

»Der Mieter, den wir bislang als Herrn Zekiyan kennen, sagte, der Junge, der damals um die vier Jahre alt gewesen sein muss, sei sein Sohn gewesen.«

Ardiç runzelte die Stirn. »Und was für eine Verbindung besteht da zu unserem Opfer?«

»Na ja, der Bauarbeiter hat gesehen, dass das Kind, dem die ganze Zeit unwohl war und das ständig bewegungslos auf einer Couch lag, einen Schnitt in Form eines Halbmonds am Kinn hatte. Das entspricht nicht nur dem Mal, das Dr. Sarkissian an exakt der gleichen Stelle an der Leiche fand, sondern könnte angesichts des damaligen Alters des Kindes und dem unseres Opfers bedeuten, dass Kind und Opfer ein und dasselbe sind. Narben und Muttermale werden nämlich oft mit den Jahren schwächer.«

»Sie sagen also, dass nach Ihrer Überzeugung dieser Zekiyan seinen Sohn umgebracht hat?«

»Nicht notwendigerweise, aber …«

»Seinen eigenen Sohn, den in den dazwischen liegenden fünfzehn Jahren doch vermutlich viele Leute gekannt haben müssen.«

»Es hat immer die Möglichkeit bestanden, dass dieser Mann den Jungen aus irgendeinem Grund eingesperrt hat. Wenn man bedenkt, dass die verschlossene Wohnung gebaut wurde, kurz nachdem Herr Zekiyan in das Haus gezogen war, und dass die Gliedmaßen des Jungen atrophisch waren, ist dies, so unglaublich es sich auch anhört, immerhin eine Möglichkeit. Warum sollte man ihn in etwas stecken, was bei der Menge von Dolantin in seinem Körper nur als chemische Zwangsjacke bezeichnet werden kann, wenn man ihn damit nicht ruhig und bewegungslos halten wollte?«

»Aber fünfzehn Jahre lang? Und wieso?«

İkmen zuckte mit den Schultern. »Das wissen wir nicht. Dr. Sarkissian hat die Theorie, dass der Mann den Jungen vielleicht wegen eines beschämenden Defekts versteckt hat, den er gehabt haben könnte. So etwas kommt vor. Allerdings können wir auch jetzt noch nicht sicher sein, dass der Junge Zekiyans Sohn war, und ich neige zu der Überzeugung, dass ich auch die unerledigten Akten über vermisste Personen aus den Jahren 1981 und 82 durchsehen muss. Nur für den Fall.«

»Sie denken, dass das Kind gekidnappt worden sein könnte?« Als er dann sah, wie İkmen sich eine Zigarette aus der Schachtel holte, setzte er hinzu: »Wagen Sie bloß nicht, das in meiner Gegenwart zu tun, İkmen.«

Mit finsterem Gesicht steckte İkmen die Zigarette wieder weg und fuhr gereizt fort: »Es gibt keinen Beweis für Geschlechtsverkehr an der Leiche, aber schließlich kann man jemanden auch aus anderen Gründen verschwinden lassen …«

»Ich nehme an, dass Sie immer noch niemanden mit dem Namen dieses Mieters gefunden haben?«, fragte Ardiç.

»Nein. Aber es kann ja auch ein Pseudonym sein.«

»Ich verstehe.« Nachdem er Raucherutensilien in so greifbarer Nähe gesehen hatte, wurde Ardiç noch gereizter als sonst. Das übersetzte er auf die körperliche Ebene, indem er sich für den Rest der Unterhaltung die Nägel biss. »Und was ist mit der Droge, von der Sie annehmen, dass ein Arzt sie besorgt hat? Wie weit, wenn überhaupt, sind wir damit?«

»Bis jetzt gibt es keinen Hinweis, der die Vermutung rechtfertigt, Dolantin würde auf der Straße zirkulieren. Aber …«, und hier blickte İkmen zu Suleyman, der mit kläglichem Blick den Papierstoß auf seinem Schreibtisch betrachtete. »… Suleyman war gestern bei einem jungen Stricher, der behauptete, ein Kunde, der sagte, er wäre ein Arzt, hätte ihm geholfen, sich Heroin zu spritzen. Dieser Mann war wie Zekiyan groß, mittleren Alters und, wie man es bei einem Armenier erwarten würde, unbeschnitten.«

Ardiç rümpfte die Nase, als hätte er einen ziemlich unangenehmen Geruch darunter. »Hat dieser Mann dem Prostituierten Drogen verkauft?«

»Nein. Obwohl er gesagt hat, dass er später noch mal mit ›etwas‹ wiederkommen würde.

»Der Junge ist Russe«, erklärte Suleyman, »und hat nicht ganz verstanden, ob der Mann meinte, er würde wiederkommen, um ihm beim Spritzen zu helfen oder um ihm etwas zu geben.«

»Sie sagen also«, folgerte Ardiç, »dass dieser Zekiyan sowohl der Vater des Jungen als auch Arzt sein kann.«

»Das ist gut möglich«, antwortete İkmen. »Wir sind immer von der Annahme ausgegangen, dass Zekiyan und der Lieferant zwei Personen waren, aber wenn der Junge über einen so enorm langen Zeitraum eingesperrt war, dann ist die Vermutung gerechtfertigt, dass Zekiyan zumindest vom Gebrauch der Droge wusste – falls er sie nicht sogar bestellt und selbst gespritzt hat. Und sowohl sein Reichtum als auch sein offensichtlicher Nachwuchs könnten sehr wohl mit dem Status eines Arztes vereinbar sein.«

Ardiç seufzte. »Ich schlage vor, dass Sie Sarkissian nach schwulen armenischen Ärzten ausfragen, oder?«

»Ich habe Pläne«, sagt İkmen, der über die Direktheit seines Vorgesetzten lächeln musste, »in dieser Richtung, ja. Aber ohne die Mitarbeit Sarkissians.« Achselzuckend fuhr er fort: »Es ist vielleicht gar nichts dran, aber im Zusammenhang mit dem Fall des Jungen in der Yerebatan Caddesi …«

»Ja! Was ist mit diesem Kind? Es war doch auch auf Drogen, oder?«

»Das Labor hat heute Morgen angerufen. Die Droge war

Heroin. Es gibt, wie Sie wissen, Hinweise darauf, dass ein gewissenloser Arzt auch in diese Sache verwickelt sein könnte. Aber ich muss auf die Sitte vertrauen, dass sie diesen Arzt verfolgt, falls er tatsächlich jemand anderes sein sollte als der vom Beşiktaş-Fall. In gewissem Sinn hoffe ich, dass sie ein und derselbe sind – das spart mir Zeit.«

»Aber weder er noch der Arzt, der Suleymans Jungen gespritzt hat, müssen in die Sache verwickelt sein.«

İkmen nickte zustimmend. »Stimmt. Aber die Vorstellung, dass Zekiyan Arzt ist, ergibt einigen Sinn, da wir wissen, dass der Arzt in Beşiktaş unbeschnitten war und der Zuhälter aus Yerebatan sagte, der Arzt wäre Christ.«

»Ja, ja, das denke ich auch«, seufzte Ardiç. »Ich bitte ja bloß darum, dass Sie versuchen, einen Zahn zuzulegen, İkmen. Egal, ob wir wissen, wer er ist, ich will diesen Jungen so bald wie möglich begraben haben. Sarkissian hat getan, was er konnte.«

»Aber nicht zu wissen, ob der Junge ein Moslem ist oder nicht, wirft einige Probleme auf«, sagte İkmen.

»Und das gilt auch für diesen Lenin«, warf Suleyman ein.

Ardiç starrte ihn mit wenig Mitgefühl an. »Diesen letzten Fall können Sie ruhig mir überlassen. Konzentrieren Sie sich auf den Jungen. Ungelöste Morde werden zu sehr ungünstigen Kriminalstatistiken und untergraben auch das Vertrauen der Öffentlichkeit, das sowieso noch nie groß war, wie Sie wissen.«

An dieser Stelle schwiegen die drei Männer. Immer wieder gab es Geschichten über die türkische Polizei, darüber, was sie tat und was nicht. Wenn Menschen in Zellen landeten, konnten, wie İkmen wusste, ziemlich unangenehme Dinge passieren. Dass seine Gefangenen, ungeachtet ihrer angeblichen Verbrechen, unter seinem Befehl niemals solche Schicksale zu erdulden hatten, machte den allgemeinen Eindruck der Ordnungshüter nicht besser. Und dass der verrückte Lenin gestorben war, während er nominell unter seiner Ägide stand, würde sicher nicht ohne Folgen bleiben.

Ardiç erhob sich und machte sich zu İkmens Erleichterung bereit zu gehen. »Worum ich bitte, ist, dass Sie bei der ganzen Sache nicht zu psychologisch werden, İkmen. Sie wissen, was ich meine?«

»Jawohl.«

»Dann ist gut.«

Als er die Tür öffnete, um zu gehen, nahm sich İkmen eine Zigarette aus der Tasche. »Ich komme zu Ihnen, sobald ich mehr Informationen habe.«

»Tun Sie das.« Kaum hatte Ardiç die Tür hinter sich geschlossen, nahm İkmen sein Feuerzeug in Betrieb.

»Ich dachte, der würde nie mehr gehen«, sagte er zu Suleyman, als er den ersten Lungenzug nahm. »Ich habe richtig nach einer Zigarette gelechzt!«

Suleyman, der sämtliche Sprüche İkmens über die Schönheit des Rauchens überhörte, seufzte. »Und wie gehen wir jetzt weiter vor?«

İkmen hatte sich wieder in seinem Stuhl zurückgelehnt und legte lächelnd die Füße auf den Tisch. »Ich habe die Namen zweier Goldhändler, die regelmäßig Schmuck und religiöse Gegenstände für den christlichen Klerus herstellen. Ich wollte Sie schon bitten, ein paar Nachforschungen über Zekiyans ungewöhnlichen Ring anzustellen, aber ich glaube, dass ich das selber tun werde.«

»Ach?«

»Ja. Ich war schon seit Monaten nicht mehr im Basar, was sehr nachlässig von mir ist, wo er doch immer eine so gute Quelle für Klatsch ist.«

»Ja«, stimmte Suleyman zu, »das ist er. Was soll ich dann also machen?«

»Ich hätte gern, dass Sie sich mit Dr. Avram Avedykian treffen.« İkmen zog die Schreibtischschublade auf und holte ein Blatt Papier heraus, das, wie sich zeigte, mit Namen und Telefonnummern beschrieben war. Er warf es hinüber zu Suleyman.

»Was ist das?«

»Eine Mitgliederliste von Dr. Krikors Komitee. Sie finden Dr. Avedykians Nummer darauf »

Suleyman brauchte ein paar Sekunden, um diese Information einzuordnen, und sah seinen Vorgesetzten dann wieder an. »Sie können unmöglich annehmen, dass Avram Avedykian etwas mit dem Tod unseres Jungen zu tun hat.«

İkmen lächelte. »Als armenischer Arzt, der in gewissen Kreisen als homosexuell bekannt ist, dürfen wir ihn nicht außer Acht lassen. Betrachten Sie ihn einfach als Ausgangspunkt, wenn Sie mögen. Außerdem habe ich das Gefühl, dass Dr. Sarkissian sich um den Ruf seines Freundes Sorgen macht, falls uns diese ganze Ärztesache um die Ohren fliegt. Ich selber habe keinen Grund, Avedykian zu verdächtigen.«

»Ja, aber ...«

»Dr. Sarkissian hat die Meinung vertreten, dass Ärzte mit Geheimnissen verwundbar sind – er will die Drogenvorräte von Apotheken überprüfen, was ein bisschen voreilig ist und auch ein wenig übertrieben, aber er ist schließlich besessen von der Idee. Doch was die Geheimnisse angeht, mag er Recht haben. Sie und ich wissen von Avedykians Verhältnis mit Ersoy, ebenso wie sämtliche seiner vornehmen und schicken Freunde, aber ich glaube nicht, dass seine Angestellten sich darüber klar sind. Außerdem wissen Männer wie er, die etwas zu verstecken haben, oft von anderen, die in der gleichen Zwangslage stecken.«

Suleyman machte eine ziemlich saure Miene. »Ich bin doch überrascht, dass jemand wie Sie denkt, nur weil der Mann homosexuell ist, kennt er auch alle anderen, die so sind.«

İkmen lachte. »Dr. Sarkissian hat mir neulich etwas Ähnliches vorgeworfen. Aber nein, das denke ich nicht, Suleyman. Was ich aber weiß, ist, dass Menschen, die auf irgendeine Art verwundbar sind, dazu tendieren, andere, ähnliche als Freunde anzuziehen. Und man muss auch sagen, dass Dr. Avedykian wahrscheinlich mehr homosexuelle Männer kennt als wir.«

»Okay, das nehme ich mal an, wenn man sich in solchen Kreisen bewegt …«

»Eben!«

»Aber …«, Suleyman betrachtete seine Hände und rieb sich die müde Stirn, »… was ich Dr. Avedykian fragen soll …«

»Sie sagen ihm, Sie haben Informationen erhalten, dass ein Arzt sowohl mit Drogen als auch mit männlicher Prostitution zu tun haben soll. Sagen Sie ihm, dass eine Untersuchung eingeleitet wird, was ja auch stimmt, denn es wird geschehen müssen, und dass Sie als Freund …«

»Ich war aber nie Avram Avedykians Freund!«, rief Suleyman. »Er ist um einiges älter als ich und stand stumm dabei, als Ersoy meinen Bruder unter Druck gesetzt hat, wenn Sie sich erinnern.«

»Wenn Sie nur mal einen Moment zuhören würden, Suleyman«, sagte İkmen so geduldig wie möglich. »Als Freund schicke ich, nicht Sie, ihm eine erste Warnung, dass daraus ein Skandal werden könnte, und wenn er etwas über eine solche Person weiß, sollte er uns davon in Kenntnis setzen, was diese Person getan hat oder wer sie ist und sich selbst von ihr distanzieren. Sie sollten darauf hinweisen, dass, falls sein Name in so etwas hineingezogen wird, das Drogenprojekt von Dr. Krikor Sarkissian in der öffentlichen Meinung Schaden nimmt – auch wenn er unschuldig ist.«

Suleyman blickte schockiert. »Aber das ist doch …«

»Vollständig unmoralisch? Ja, das ist es. Aber es ist auch genau das, was Ihr alten Aristokraten füreinander tut, oder?«

»Ich tue so was nicht!«, antwortete der wütende Suleyman.

Wieder lachte İkmen, der sich über die Selbstgerechtigkeit seines Assistenten amüsierte. »Ja, ich weiß, dass Sie das nicht tun, Suleyman, und ich tue so etwas auch nicht. Aber damit wir Dr. Avedykian dahin kriegen, dass er entweder heimlich jemanden kontaktiert, wie zum Beispiel den jungen Ilya, oder auch jemanden, der den Jungen kennt, oder dass er selber in Panik etwas unternimmt, müssen wir ihn davon überzeugen, dass uns seine Interessen am Herzen liegen. Nachdem Sie mit ihm gesprochen haben, werde ich veranlassen, dass er beobachtet wird – vermutlich von morgen an – er und Ilya. Das sollte reichen, um rauszukriegen, was er vorhat.«

»Und wenn er wirklich von allem nichts weiß?«

»Dann wird er sich vollkommen normal verhalten und nichts zu befürchten haben. Aber wenn er jetzt anfängt, Leute zu treffen, mit denen er sich überängstlich unterhält, werden wir das erfahren. Wie wollen Sie sonst in einem Land wie der Türkei rauskriegen, wo sich diese Personen aufhalten? Die Leute sind damit sehr zurückhaltend. Betrachten Sie Avedykian so wie ich: als eine Quelle, die wir nicht ignorieren können.« İkmen drückte seine Zigarette aus, um sich sofort eine neue anzuzünden. »Also los, rufen Sie ihn an. Tun Sie, was der Polizeipräsident sagt, und verschwenden Sie keine Zeit.«

Als Suleyman den Hörer abnahm, klopfte es an der Bürotür.

»Herein«, rief İkmen.

»Hallo, die Herren«, sagte Cohen, als er das Büro betrat. Als er sah, dass Suleyman am Telefon war, senkte er die Stimme und wandte sich an İkmen: »Es ist etwas für Sie angekommen.« Er stellte eine kleine, İkmen nicht unbekannte Schachtel auf den Schreibtisch. »Das hier.«

»Aha«, meinte İkmen und las auf der Oberseite des Päckchens: »Kadıköy.«

»Kadıköy?«

»Der Poststempel«, erklärte İkmen, »der erste, den ich entziffern kann, obwohl die Jungs aus dem Fotolabor meinten, eines der anderen Päckchen wäre aus Bebek.«

»Oh«, entfuhr es Cohen, der endlich kapierte, wovon die Rede war. »Noch eines dieser …«

»Ja, sieht so aus«, erwiderte İkmen, als er das kleine Paket unsanft auspackte. »Noch ein Kristall für meine immer größer werdende Sammlung, denke ich.«

»Ganz schön merkwürdig, das Ganze«, wandte Cohen ein,

als İkmen gerade etwas Glitzerndes aus dem Papier wickelte. »Als würde jemand ein Spiel mit Ihnen spielen oder so.«

»Genau das passiert hier ja auch, Cohen«, erwiderte İkmen und stellte den Gegenstand auf den Schreibtisch. »Was denken Sie denn, was er uns damit sagen will?«

Cohen beugte sich vor, um die Miniatur genauer anzusehen. Es schien sich um zwei Männer oder Jungen zu handeln, die an der Schulter miteinander verbunden waren.

»Na ja, das sind doch zwei kleine Männer, oder? Die miteinander verbunden sind.«

»Das sehe ich auch!«, sagte İkmen leicht gereizt. »Wenn ich gewollt hätte, dass Sie sagen, was Sie sehen, hätte ich das auch so formuliert. Nein, was bedeutet das, Cohen? Was sagt Ihnen das?«

»Na ja …« Cohen saugte an seinen Lippen, beugte sich noch tiefer, um den Gegenstand besser zu sehen, und verkündete dann: »Das sind zwei kleine Männer, oder? Und sie sind miteinander verbunden.«

»Ich sehe«, seufzte ein frustrierter İkmen, »dass abstraktes Denken nicht gerade Ihre Stärke ist.« Dann winkte er ab: »Gehen Sie jetzt, ich muss alleine darüber nachdenken.« Cohen ging brav zur offenen Tür und ließ den nun ganz dicht über den Schreibtisch gebeugten İkmen und den ins Telefon lächelnden Suleyman zurück.

Auch dieses Modell war sehr fein gearbeitet. Die Figuren hatten sogar winzige Gesichtszüge und, obwohl ohne Sexualorgane, sehr kräftig ausgebildete Brustmuskeln. Sie waren unleugbar männlich.

İkmen hörte das Klicken, als der Telefonhörer aufgelegt wurde, und sah, dass Suleyman wieder zu sprechen war. »Und?«

»Ich werde Dr. Avedykian in einer Stunde treffen, wenn er seinen Dienst beendet hat.«

»Gut.« Dann winkte er seinem Stellvertreter über den Schreibtisch zu. »Mögen Sie mal rüberkommen und sich das anschauen, Suleyman? Sagen Sie mir, was Sie denken.«

Suleyman erhob sich und ging hinüber zu İkmens Schreibtisch, wobei er die ganze Zeit auf das Modell blickte, das direkt vor seinem Chef stand.

»Oh, noch eins von diesen Dingern? Was ist es dieses Mal?«

İkmen sah ihn an und lächelte. »Ich weiß, was ich denke, dass es ist, aber ich will Ihre Meinung hören.«

Er hielt die Miniatur hoch, so dass Suleyman sie sehen konnte. Das grelle Neonlicht der Röhre über ihnen schien durch die Figur hindurchzuleuchten und in allen möglichen Farben und Richtungen auszustrahlen.

»Na ja, ein Zeichen für Zwillinge, oder nicht?«, meinte Suleyman. »Sie wissen schon, das astrologische Symbol, zwei kleine, miteinander verbundene Menschen, Zwillinge eben …«

»Genau«, antwortete İkmen, »und Zwillinge sind Geschwister …«

»Oder wie hier eben Brüder«, sagte Suleyman.

»Stimmt! Und wenn wir das jetzt mit unseren anderen kleinen Geschenken zusammentun …«

»Dem gefangenen Vogel und dem Dolch aus dem Topkapı.«

»Dann kriegen wir?«, stachelte Suleyman seinen Stellvertreter an.

Suleyman, dessen Eingebung plötzlich versiegt war, zuckte nur noch die Achseln. »Ich …«

»Die alten Sultane pflegten ihre Brüder in Käfigen im Topkapı zu halten«, sagte İkmen mit leuchtenden Augen.

»Ja, aber …«

»Dieser Junge war möglicherweise fünfzehn Jahre lang eingesperrt.«

»Schon, schon, ich sehe ja, worauf das hindeutet«, erwiderte Suleyman ungeduldig, »aber wozu dieser spezielle Vergleich? Ich meine, Brüder wurden in den *Kafes* gesteckt, weil sie für die Regierenden eine potentielle Gefahr darstellten …«

»Haargenau!«, rief İkmen. »Was er uns sagen will, ist, dass der Junge für ihn eine Art Bedrohung darstellte. Deswegen hat er ihn versteckt, wegen dieser Bedrohung!«

»Einen Augenblick bitte«, sagte Suleyman, »wir reden doch hier über etwas sehr Türkisches, oder? Und doch sind der Arzt und auch der Junge nach unserer Meinung Armenier. Zekiyan ist Armenier, der Junge ist unbeschnitten, wir schnüffeln im Privatleben von Ärzten herum, die Armenier sind ... und überhaupt, warum den Jungen nach so langer Zeit umbringen? Warum nicht schon gleich am Anfang? Ihn so lange Zeit festzuhalten muss doch schwierig gewesen sein.«

»Na ja ...«, İkmen kratzte sich am Kopf, »schon, aber ...«

»Es scheint, wie ich feststellen muss, eine Art Missverhältnis zwischen dem zu bestehen, wonach wir mit Blick auf diesen Arzt suchen, der vielleicht unser Herr Zekiyan ist, und den Botschaften, die Sie von dieser unbekannten Quelle kriegen. Ich meine, wenn dieser Arzt, der Jungs hilft, Opiate zu nehmen, oder sie damit beliefert, und unser Herr Zekiyan ein und derselbe sind, dann wäre dieser ganze türkische Kram doch sinnlos. Und auch wenn sie nicht ein und derselbe sind, suchen wir immer noch, solange wir keinen Beweis für das Gegenteil haben, nach einem Unbeschnittenen, vermutlich einem Armenier.«

»Oh, ich akzeptiere, dass die beiden Ereignisse ohne jede Verbindung sein könnten«, sagte İkmen, »und dass wir mit den Strichjungen außerhalb unseres Aufgabenbereichs liegen. Aber diese Versorgung der Jungen mit Opiaten ... ich habe einfach das Gefühl, dass unser Junge, so seltsam wir seinen Fall auch finden, kein Einzelfall sein kann. Und wenn Dr. Sarkissian mit seinem Dolantin Recht hat, haben wir es definitiv mit dem Bereich der Mediziner zu tun.«

»Aber der Junge, den ich besucht habe, war auf Heroin.«

»Die beiden Mittel haben, wenn ich mich nicht täusche, fast die gleiche Wirkung. Wenn dieser Arzt an das eine Zeug rankommt, dann auch an das andere. Soweit ich weiß, können Ärzte verschiedene Schmerzmittel ganz nach eigenem Gutdünken verschreiben. Und wenn ein Arzt, ob nun Zekiyan oder nicht, sich selbst oder andere damit versorgt, dann ist es gut möglich, dass er der Versuchung nachgegeben hat, damit zu handeln – besonders, wenn er sich in Kreisen bewegt, in denen Sex käuflich ist.«

»Verstehe. Und was ist mit den kleinen Modellen hier?«, fragte Suleyman und betrachtete das jüngste Exemplar auf İkmens Schreibtisch.

İkmen antwortete schulterzuckend: »Wenn diese ganze armenische Ärztemafia nur ein Zufall ist, dann könnten diese Figuren genau die Art Szenario im Stil der *Kafes* bedeuten, über das wir geredet haben. Solange wir nicht jedem Verdacht nachgehen und jede Möglichkeit prüfen, können wir kaum hoffen, uns auch nur irgendeiner Lösung zu nähern.«

Suleyman nahm das kleine Modell auf und hielt es gegen das Licht. »Dafür, dass solche Sachen so leuchten, verdüstern diese hier die ganze Angelegenheit ganz schön.« Er blickte İkmen ernst an. »Sie fragen sich jetzt wohl, ob die wirklich von unserem Mörder kommen, oder? Man kann so etwas offenbar in jedem Touristenladen in der Stadt kriegen. Und wir haben keinen anderen Beweis als die Tatsache, dass es in der Wohnung eine ganze Menge davon gegeben hat.«

»Über die wer noch außer unserem einsiedlerischen Herrn Zekiyan etwas wissen könnte?«, fragte İkmen. »Er hatte nicht gerade seine Nachbarn zum Cocktail bei sich und er wurde nur sehr wenige Male gesehen, und zwar mit einem anderen Mann und einem Kind.«

»Von dem er nicht wollte, dass die Arbeiter mit ihm sprachen«, fügte Suleyman hinzu.

»Richtig.«

Beide hingen einen Augenblick ihren eigenen Gedanken nach, bis İkmen endlich das Schweigen brach. »Sie gehen jetzt besser zu Dr. Avedykian. Wenn es viel Verkehr gibt, könnten Sie eine Stunde brauchen.«

Suleyman seufzte. Warum zog er jetzt eigentlich los, um diesen Arzt aufzusuchen, diesen einstigen Peiniger seines Bruders, und was würde das bringen? Er wusste, dass sowohl er selbst als auch İkmen gefährlich unsicher in diesem Punkt waren. Es war ein Treffen, das sich als wirklich schwierig herausstellen könnte.

Ayşe Farsakoğlu hätte besser nicht in der Nähe ihrer Arbeitsstelle sein sollen. Hätte ein Arzt sie untersucht, dann wäre sie mit Sicherheit arbeitsunfähig geschrieben worden. Aus freiem Willen hatte sie heute noch mit niemandem gesprochen. Sie stand schlicht und einfach unter Schock.

Tatsächlich hatte nicht sie die sterblichen Überreste des armen Verrückten gefunden, der sich am vergangenen Nachmittag so unerwartet und gewalttätig in seiner Zelle das Leben genommen hatte. Aber sie hatte ihn gesehen, kurz nachdem er entdeckt worden war, das Gesicht immer noch mit Klumpen seines Blutes bedeckt. Auch die Zelle war mit Blut überschwemmt und Farsakoğlu glaubte, sie würde das Geräusch ihrer Stiefel nie mehr vergessen können, als sie buchstäblich zu der Leiche hingewatet war.

Wäre er nicht festgenommen gewesen, hätte er dann trotzdem, wie die Psychiaterin gesagt hatte, an irgendeinem Punkt eine derart heftige Handlung gegen sich gerichtet? Sie, die Psychiaterin, hatte die Meinung vertreten, dass seine Selbstzerstörung in jedem Falle bevorstand, und zwar wegen des, wie sie es nannte, »Missverhältnisses zwischen seiner wahnhaften Persönlichkeit und seiner neuen Realität«. Was sie damit meinte, war, wie Ayşe dachte, dass Lenins Auffassung von sich als Lenin in sich zusammengestürzt war, als er das Polizeirevier betreten hatte, um das Verbrechen zu gestehen, das er mit Sicherheit nicht begangen haben konnte. Wie sie sich klar erinnerte, hatte er gesagt, dass er das Kind erstochen hätte, was ja nicht mit der tatsächlichen Todesursache übereinstimmte.

Aber nichts von alledem konnte zumindest Ayşe von der Tatsache ablenken, dass sein Selbstmord sehr schnell nach seinem Angriff auf sie und der folgenden rüden Behandlung durch ihre Kollegen geschehen war. Auch unter den Auspizien des aufklärten Inspektors İkmen hatten diejenigen, die Polizisten angriffen, generell wenig zu erwarten. Lenins Mahlzeiten waren sicher widerlich gewesen und ohne Schuhe (die man ihm weggenommen hatte, damit er sich nicht mit den Schnürsenkeln aufhängen konnte) war er, wie sie wusste, zumal in seinem sehr verwirrten Zustand, ängstlich und verzweifelt – und dies mit gutem Grund. Als er starb, hatte er dies im Bewusstsein getan, kurz vor dem Abtransport ins Gefängnis zu stehen und einen Prozess zu gewärtigen. Und nachdem sie selbst in der Vergangenheit einige solcher Institutionen von innen gesehen hatte, wusste Ayşe, dass jemand wie Lenin damit nicht klargekommen wäre.

Sie wusste nicht, wie lange sie schon auf einer der niedrigen Mauern gesessen hatte, die einen Teil des Parkplatzes umgaben, als Mehmet Suleyman aus dem Revier trat und auf den Wagen zukam. Es wäre zu simpel zu sagen, dass sein Erscheinen sie aus ihrer trübsinnigen Träumerei geweckt hätte, und als sie sich ihm näherte, waren ihre Augen immer noch glasig von den widerstreitenden Gedanken und Gefühlen, die in ihr tobten. Aber sein Anblick – genauer, ihr Verlangen nach ihm – ließ sie zumindest etwas aktiv werden.

»Wissen Sie«, fragte sie, als sie näher kam, »was passiert ist?«

Sein furchtsamer und müder Blick ging unruhig hin und her, als sie sich ihm näherte. »Ja«, antwortete er. »Aber ich kann jetzt nicht darüber reden. Ich muss los.«

»Aber ich muss mit jemandem sprechen.« Sie kam noch näher, als wollte sie ihn berühren, doch als sie sah, wie er zurückzuckte, wich sie ihrerseits gleichfalls zurück. »Ich muss mit Ihnen reden.«

Er steckte den Schlüssel in die Wagentür. »Wieso mit mir?«

»Weil Sie auch in die Sache verwickelt sind.« Dann fügte sie schnell hinzu: »Aus welchem Grund sonst?«

Ohne sie anzublicken, meinte er achselzuckend: »Ich wüsste keinen.«

»Stimmt.«

»Ich kann aber jetzt nicht reden. Ich muss los und jemanden treffen.«

»Dann eben später! Nach der Arbeit!« Ihre Augen fingen unkontrolliert zu weinen an, als wären sie vollkommen selbständig. »Bitte, Mehmet!«

Er blickte sich noch einmal kurz um, ehe er seufzend antwortete: »Schon gut, schon gut, treffen wir uns.«

Ihr ganzer Körper entspannte sich vor Erleichterung, wie es Suleyman schien. »Wo? Und wann?«

Nervös kaute Suleyman auf seiner Unterlippe, während er über einen Ort nachdachte, an dem sie unbeobachtet wären.

»Manchmal gehe ich ins ›Vitamin‹ zum Abendessen«, schlug sie vor. »Ich hab da abends noch nie andere Polizisten gesehen.«

Er versuchte, eine Alternative zu finden, die noch diskreter wäre, was ihm aber nicht gelang, weshalb er zustimmend nickte.

»Ich bin gegen sieben Uhr da«, sagte sie, »können Sie auch ...«

»Ich komme, wann ich kann«, antwortete er. »So wie es zurzeit aussieht, kann ich Ihnen keine genaue Uhrzeit sagen, aber wenn Sie warten, komme ich. Ich lasse Sie nicht sitzen.«

»Ich weiß«, gab sie zurück und blickte dann zu Boden. »Sie sind sehr nett zu den Menschen, Sie sind ein guter ...«

»Ich muss jetzt wirklich los, Polizeimeisterin«, sagte Suleyman, womit er einen Moment unterbrach, den er als sehr peinlich empfand. »Wir sehen uns heute Abend wie besprochen.«

»Ja, danke, Mehmet«, erwiderte sie, als er in seinen Wagen stieg und den Motor startete. »Ich warte auf Sie, versprochen.«

Als er fort war, ging sie zurück und setzte sich wieder auf die Mauer, wo sie prompt in ihren vorigen komaähnlichen Zustand zurückfiel. Trotz der Kälte und ohne ihren Mantel, den sie zu Hause gelassen hatte, saß sie ganz still da, bis Ardiçs Sekretärin kam und ihr mitteilte, dass ihr Chef sie in seinem Büro sprechen wolle.

»Wie Sie sehen«, sagte der Goldhändler, wobei er auf dic Scheibe seiner Tür wies, »akzeptiere ich alle wichtigen Kreditkarten.«

»Ja«, antwortete İkmen ungeduldig, nachdem er diese Routine schon beim vorherigen Ladenbesitzer durchgemacht hatte, »aber wenn wir bitte zu besagtem Fall zurückkommen könnten?«

»O ja, ja«, erwiderte der Händler und wandte sich wieder dem großen, ledergebundenen Kassenbuch auf der Theke zu. »Zekiyan war der Name, stimmt's?«

»Ja.«

»Und ein Kruzifixring mit Smaragden und Diamanten.«

»Ja«, bestätigte İkmen ein weiteres Mal, diesmal mit müdem Seufzen.

»Hm.« Der Händler blätterte die Seiten langsam um und fuhr dabei mit einem Finger über jeden Abschnitt. »Ich habe eine ganze Menge Kunden für derartige Dinge.« Er sah lächelnd auf. »Christen.«

»Viele davon aus dem Klerus, oder?«, fragte İkmen und blickte dabei so beiläufig wie möglich zu zwei Goldbändern, die jeweils, wie er schätzte, einen Meter lang waren.

»O ja. Sogar Patriarchen«, gab der Händler mit fast abweisender Handbewegung zurück. »Auch andere, natürlich. Wie Ihr armenischer Herr und seit kurzem auch Leute von …«, hier kam ein zögerliches, verschämtes Lächeln auf, »… jenseits des Schwarzen Meeres, wenn Sie wissen, was ich meine.«

İkmen lachte. »Unsere russischen Freunde zahlen vermutlich bar.«

»Nun ja, oft.« Der Händler blickte ostentativ in sein Kassenbuch und murmelte fast unhörbar: »Amerikanische Dollars.«

»Wie überraschend!«, antwortete İkmen mehr als nur leicht ironisch.

»Nicht, dass daran etwas falsch wäre«, schob der Händler noch schnell nach, »ich meine, für den ehrlichen Kaufmann, ist Geld nichts als Geld, und solange es kein Falschgeld ist …«

İkmen legte eine Hand auf die des Kaufmannes. »Schauen Sie, ich weiß, es geht Sie wirklich nichts an, woher die das Geld haben, und außerdem bin ich nicht deswegen hierher gekommen, oder? Wenn Sie bitte weiter nach Herrn Zekiyan suchen würden.«

»Natürlich, natürlich.«

Während der Händler sein altes Kassenbuch und seine Erinnerung durchging, nahm sich İkmen wieder etwas Zeit, um seine Umgebung zu betrachten. Diese Goldhandelshäuser hatten ihn schon immer fasziniert. Nicht, weil er sich selbst für Schmuck interessierte, nein, es hatte ihn stets erstaunt, dass so viele dieser Läden auf so engem Raum überleben konnten. Schließlich war es – wenn man die gesamte Bevölkerung in Betracht zog – alles andere als eine reiche Stadt. Aber der Islam konnte, wie auch das Christentum, bei solchen Dingen sehr intensiv sein. Das galt zum Beispiel für Eheringe, *Maşallah*-Talismane als Schutz besonders der Neugeborenen. Das galt auch für die blauen *Boncuk*-Perlen, um den bösen Blick zu bannen, ganz zu schweigen von dem Brauch, der Ehefrau für jedes Jahr der Ehe einen Goldreif zu schenken ... Diese letztere Tradition erfüllte İkmen, zusammen mit dem Wissen, dass Fatma nur zwei besaß, mit Schuld, weshalb er seine Gedanken von diesem Thema abwandte.

Und natürlich gab es noch die Touristen. In der Türkei war Gold relativ billig und das zog sie an, wie auch der Ruf, den der Basar für feine Handarbeiten hatte. Und was die Tatsache anging, dass sämtliche Geschäfte dieser Art in einer Ecke des Basars zusammengedrängt waren – nun, das war eine Tradition, die für die Menschen von außerhalb der Stadt noch anziehender wirkte. Für die, die nicht ständig damit in Berührung kamen, musste das, wie İkmen annahm, sehr reizvoll wirken. Während seines einzigen Auslandsaufenthaltes, als er irgendwann in den 1970er Jahren in London gewesen war, hatte die bloße Erwähnung des Wortes »Basar« bei seinen Zuhörern eine Fülle von Begriffen wie »exotisch«, »aufregend« und

»mysteriös« hervorgerufen, wie er sich erinnerte. Dass er haargenau das Gleiche über die Oxford Street gedacht hatte, hatte aus einem ihm unbekannten Grund beträchtliche Heiterkeit hervorgerufen.

»Nun«, meinte der Kaufmann, wodurch er İkmen aus seinen Überlegungen über das Gold weckte, »der Mann, den Sie genannt haben, ist nicht in der Liste meiner regelmäßigen Kunden. Ich werde nachsehen, ob es einen Auftrag für eine Maßanfertigung gegeben hat, aber wenn Sie keine Ahnung haben, wann er den Ring gekauft haben könnte, kann die Suche schon etwas dauern.«

»Machen Sie solche Stücke nur auf Bestellung?«

»Nicht immer«, sagte der ältere, weißhaarige Händler. »Smaragde und Diamanten sind beliebte Steine, weshalb es sein kann, dass der Herr solch ein Stück im Schaufenster gesehen hat und einfach hereingekommen ist, um es zu kaufen. Bei ungewöhnlicheren oder weniger beliebten Steinen würde ich eine Bestellung aufnehmen müssen.«

»Wenn er ihn also aus dem Schaufenster gekauft hat, dann gäbe es …«

»Nur wenn er mit Kreditkarte bezahlt hat und es ganz kurz zurückliegt, dann habe ich eine Bestätigung. Aber wenn die Kreditzahlung schon länger zurückliegt …«

İkmen seufzte. Er spürte, wie sich die Angelegenheit ganz schnell als Zeitverschwendung entpuppte. Ohne auch nur ein ungefähres Kaufdatum, zudem mit der Möglichkeit, dass der ungreifbare Herr Zekiyan seinen Namen geändert haben könnte, vor allem, wenn er bar bezahlt hätte, war es, als würde man im Dunkeln auf einem übervollen Schreibtisch nach einem Busfahrschein suchen.

Aber es gab ja noch einen weiteren Namen, den er ausprobieren könnte, obwohl unwahrscheinlich war, dass es eine Verbindung gab. Außerdem war es boshaft von ihm. Nach einem Augenblick des Nachsinnens glaubte İkmen aber, es dennoch versuchen zu können.

»Sagt Ihnen der Name Avedykian etwas?«

Der Kaufmann lächelte. »O ja, wir arbeiten sehr viel für diese Familie. Sevan Avedykian ist, wie Sie, Herr Inspektor, wissen müssen, ein angesehener Anwalt und mit seinem Bruder in der Kirche …«

»Kennen Sie einen Arzt namens Avram Avedykian?«

»Herrn Sevans Sohn? O ja, er ist oft mit seiner Mutter in unserem Geschäft. Warum?«

»Oh, ich habe nur so gefragt. Was haben die beiden denn …«

»Nur Broschen, Ketten und Ähnliches. Nichts für Männer, wie ich mich erinnern kann.« Er beugte sich ein wenig verschwörerisch über die Theke. »Mit Ausnahme von Herrn Sevans Bruder ist es keine religiöse Familie.«

»Nicht?«

»Nein. Dr. Avram ist sehr gut zu seiner Mutter, kauft ihr viele schöne Sachen.«

»Ach, wirklich?«

»Ich könnte nachsehen, was, bei regelmäßigen Kunden ist das einfacher, aber es wird trotzdem etwas dauern. Ich werde mich bei Ihnen melden.«

»Sehr gut.« İkmen lächelte, holte eine Visitenkarte aus seiner Brieftasche und legte sie auf die Theke. »Wenn Sie mich bitte unter dieser Nummer anrufen.«

Der Kaufmann holte aus seiner oberen Jackentasche eine Brille und starrte kurzsichtig auf İkmens Karte. »Hm«, meinte er, als er sie von sich weghielt. Dann sah er wieder auf. »Dr. Avedykian ist doch nicht in Schwierigkeiten, oder?«

Da İkmen wusste, dass Goldhändler einen fast schon legendären Ruf als Klatschmäuler hatten, antwortete er: »O nein. Es ist nur eine kleine diskrete Nachforschung. Und da es eine reine Polizeiangelegenheit ist, wäre es besser, sie bliebe unter uns.«

»Natürlich, gewiss«, schmeichelte der Händler.

»Sie kommen also auf mich wegen des Ringes für Herrn Zekiyan zurück, des Kruzifixringes?«

»So Allah will«, antwortete der Händler mit einer leichten Verbeugung.

»Dann überlasse ich Ihnen die Sache also«, gab İkmen zurück und erwiderte die Verbeugung des alten Mannes.

Als er aus dem Laden trat, hielt İkmen einen Moment an, um sich für den Angriff auf die Sinne zu sammeln, dem man ausgesetzt war, sobald man sich in eine der Hauptgassen des Großen Basars begab. So auf einer Seite stehend, schienen die Käufer, Touristen, Nutten und Taschendiebe, die an ihm vorbeigingen, eine feste Masse zu bilden, mit einer eigenen Intelligenz, die von der ihrer kleinen menschlichen »Bestandteile« vollkommen verschieden war. Ein Wesen, das auf seine primäre Funktion zurückgeworfen war: zu konsumieren, und dies offenbar ohne jeden Gedanken.

Um sich für den kommenden Kampf zu wappnen, zündete sich İkmen eine Zigarette an. Als er den ersten, fast schon orgasmischen Zug inhalierte (ungewöhnlicherweise hatte er es vorgezogen, im Goldladen abstinent zu bleiben), merkte er, wie seine Gedanken fast unbewusst zu Avram Avedykian wanderten. Vermutlich war Suleyman jetzt bei ihm und sehr verlegen, womöglich stockte er beim Reden, was angesichts der schwierigen Aufgabe, die er zugeteilt bekommen hatte, auch natürlich war. Und in Wahrheit schien ja auch für İkmen, hier im klaren Licht des fast im Freien liegenden Basars, jede Verbindung zwischen diesem Mann und irgendeiner Untat absurd. Er war ein netter Mann, der seiner Mutter Schmuck kaufte, sich für die Unterprivilegierten einsetzte und für seine Mühen vom zugegebenermaßen betörend parfümierten Dandy Muhammed Ersoy belohnt wurde. Dass ein solcher Mann sich derart erniedrigen könnte, Drogen zu verkaufen oder auch nur mit Leuten zu verkehren, die so etwas taten – ob sie von »seinesgleichen« waren oder nicht –, war schwer zu glauben. Arto Sarkissian würde, wie İkmen dachte, vermutlich sehr wütend sein, wenn er herausfände, was er in Bezug auf Avedykian angestellt hatte, gar nicht davon zu sprechen, warum er es getan hatte. Dass seine Motive sowohl investigativer als auch in gewisser Weise altruistischer Natur waren, wäre …

»Wenn ich Sie nicht besser kennen würde, würde ich es höchst verdächtig finden, einen unserer ausgezeichneten Polizeibeamten vor einem Luxus-Goldgeschäft zu finden.«

Die Stimme, so weich und kultiviert wie eine vollkommene Perle, kam İkmen sofort bekannt vor.

»Hallo, Herr Ersoy«, sagte İkmen, als er sich umdrehte, um den Mann anzusehen, der dieses Mal nach dem letzten Schick des erfolgreichen Geschäftsmannes gekleidet war.

Der Mann im eleganten dreiteiligen schwarzen Anzug lächelte. »Wollen Sie etwas kaufen oder nur gucken, Inspektor?«, fragte er.

»Leute wie ich können nur gucken, mein Herr«, gab İkmen achselzuckend zurück. »Meine Frau wollte, es wäre anders.«

»Ich nehme an, dass dies einigermaßen anders aussähe, wenn Sie, sagen wir mal, Ihren Moralkodex für eine Weile vergessen würden.«

»Nun ja …« Diese unverblümte Anspielung darauf, dass einige Polizisten Schmiergeld nahmen, warf İkmen kurzzeitig aus der Bahn.

»Immerhin«, fuhr Ersoy mit weicher Stimme fort, »hat mir Krikor erzählt, dass Sie eben nicht so sind. Eine Qualität, die, falls sie Ihren Finanzen auch abträglich sein mag, sehr nobel und ehrenwert ist, zumal in dieser unserer liederlichen Stadt.«

»Schon«, erwiderte İkmen. »Vielleicht liegt es daran, dass ich eine europäische Mutter hatte. Vielleicht bin ich ja nicht einer jener echten Istanbuli, wie Sie sie bei Ihrem Essen neulich skizziert haben.«

Ersoy lachte. »Sie erinnern sich noch an meine kleine Tirade, ja?«

»Ich habe sie sehr genossen«, antwortete İkmen, womit er keinen Deut von der Wahrheit abwich.

»Nun, das schmeichelt mir«, sagte Ersoy und meinte es im

Grunde gleichfalls so. »Darf ich Sie zum Kaffee einladen? Çetin, nicht wahr?«

»Ja.«

»Und nennen Sie mich bitte Muhammed und nicht ›mein Herr‹. Dann fühle ich mich so schrecklich unbeholfen.«

»Nun ja …«

»Wie Sie wissen, gibt es hier ein *Han*, ein Gasthaus direkt um die Ecke.« Ersoy streckte die Hand aus und berührte İkmen am Ellbogen. »Darf ich Sie bitte einladen? Wir können die alten Männer beim *Tavla*-Spiel beobachten und ich kann mir sogar eine *Nargileh*, eine Wasserpfeife gönnen, die Sie mit Ihren hübschen westlichen Zigaretten neben mir beeindruckend modern und aufgeklärt wirken lassen wird.«

İkmen lachte. Trotz oder wegen Ersoys besonders eigentümlicher Standpunkte – von seiner Ausdrucksweise ganz zu schweigen – amüsierte er sich in dessen Gesellschaft einfach. »Ja, ein Kaffee wäre sehr schön.«

»Dann lassen Sie uns gehen«, sagte Ersoy und schob İkmen sachte am Ellbogen voran. »Unter der Bedingung natürlich, dass Kaffee, auch der feinsten Sorte, mir unter keinen Umständen als Bestechung ausgelegt wird.« Und dann beugte er sich zu İkmens Ohr und flüsterte: »Es war doch richtig, das vor all diesen Leuten zu sagen, nicht wahr, Inspektor? Es wäre mir nicht recht, wenn einer von ihnen einen falschen Eindruck bekäme.«

»Suleyman … Suleyman …« Dr. Avram Avedykian murmelte den Namen mehrmals vor sich hin, während sein Besucher dastand und den Arzt ansah, als wäre er ein wenig verstört.

»Der Name kommt mir bekannt vor«, sagte Avedykian. »Kenne ich Sie überhaupt?«

Suleyman war irritiert, aber auch sehr erleichtert, dass zumindest ein Grund für dieses Gemurmel klar geworden war, und sagte, nicht ohne seine Unbarmherzigkeit zu genießen: »Nicht ich, sondern mein Bruder wird Ihnen bekannt sein.«

»Oh, Murad, ja.« Avedykian lächelte das sanfte Lächeln, das zugleich zügellos war, wie Suleymans fand. »Er war ein kluges Bürschchen, oder? Was macht er heute?«

»Er leitet ein Hotel. In Bodrum.«

»Oh. Ach ja.« Dies war offenkundig kein Beruf, den Dr. Avedykian weiterer Bemerkungen für würdig hielt, und nachdem er Suleyman in den Sessel gegenüber seinem eigenen gebeten hatte, sagte er: »Also, Sie wollten mit mir über etwas sprechen, Polizeimeister?«

»Ich bin hier im Auftrag von Inspektor İkmen«, antwortete Suleyman, »und die Angelegenheit ist recht delikat …« Er blickte ostentativ zur Sekretärin, die in einer Ecke des Raumes saß.

»Oh«, sagte Avedykian und wandte sich an die Frau. »Fräulein Emin, könnten Sie bitte den Polizeibeamten und mich einen Moment alleine lassen?«

Die Frau lächelte. »Ja, Herr Doktor, natürlich.« Sie verließ das Zimmer, nachdem sie ihre Handtasche ergriffen hatte.

Als die Tür sich hinter ihr schloss, räusperte sich Avedykian. »Und, womit kann ich Ihnen helfen?«

»Es geht vielleicht eher darum, wie ich Ihnen helfen kann«, antwortete Suleyman, »oder Inspektor İkmen …«

»Ach so.«

Anstatt die schwierigen Punkte gleich anzugehen, die vor ihm lagen, saß Suleyman nur lächelnd da. Es herrschte ein dichtes Schweigen, eines, das Avedykian schließlich unterbrach: »Kann ich Ihnen eine Zigarette anbieten oder …?«

»Nein, danke, Herr Doktor. Es ist so …« Suleyman bemerkte kurz, dass Avedykian leicht in seinem Sessel zurückgerutscht war. »Wir haben Grund zu der Annahme, dass ein Arzt, den wir nicht kennen, mit gewissen jungen Männern verkehrt, die, sagen wir einmal, sich selbst verkaufen.«

Avedykian griff in die oberste Schreibtischschublade und holte eine Packung Zigaretten heraus. »Ich verstehe. Haben Sie irgendeine Ahnung, was die Identität dieses Arztes angeht?«

»Nein, und unter normalen Umständen ist das auch kein Thema, das uns betrifft.«

»Aber?«

»Aber der Arzt, um den es geht, hat, wie man uns berichtet hat, diesem jungen Mann auch geholfen, sich selbst Heroin zu spritzen. Was, wie Sie selbst einschätzen können, eine etwas ernstere Angelegenheit ist.« Suleyman seufzte, damit er mehr Zeit gewann, seine Gedanken zu ordnen. »Zusätzlich haben wir aus einer ganz anderen Quelle Nachricht erhalten, dass ein Arzt an diese Leute, an diese männlichen Prostituierten, auch Heroin verkauft. Ob nun diese zwei Ärzte ein und dieselbe Person sind, wissen wir nicht, aber ...«

»Ich weiß nicht genau«, sagte Avedykian, zündete sich eine Zigarette an und blies den Rauch aus, »inwiefern mich das betrifft.«

Suleyman hatte das erwartet, war aber dennoch nicht so vorbereitet, wie es ihm lieb gewesen wäre. »Nun, es ist, wie ich schon erwähnte, etwas delikat. Aber wenn ich Ihnen sage, dass mein Bruder Murad sich zuweilen recht freizügig über Ihre Verbindung mit Muhammed Ersoy geäußert hat, die, wie wir annehmen, immer noch ...«

»Das soll wohl heißen, weil ich einen bestimmten Lebensstil führe ...«

»Wir beziehungsweise andere Polizisten werden eine Ermittlung anstellen und mit Sicherheit auch an die Leute herantreten, die unsere Krankenhäuser hier in der Stadt leiten. Sie werden sich genau ansehen, mit wem sie verkehren und ...«

»Wollen Sie damit sagen, dass ich unter Verdacht stehe, Polizeimeister?«

»Nein, Herr Doktor, das will ich nicht damit sagen. Aber worauf ich oder besser Inspektor İkmen Sie vorbereiten, ist eine Untersuchung, die einiges Licht auf gewisse Aspekte Ihrer Privatsphäre werfen könnte, welche Sie vor Ihren Angestellten vielleicht eher ...«

»Wollen Sie mir drohen?« Diese Reaktion schien Suleyman

völlig unverhältnismäßig in Bezug auf das, was er gesagt hatte, und warf den Polizisten für einen Moment zurück.

»Wenn Sie das wollen«, fuhr Avedykian fort, »dann …«

»Niemand bedroht oder verurteilt Sie, Herr Doktor, ganz im Gegenteil! Was wir vorschlagen, ist, dass Sie in diesem Licht Ihr Privatleben vielleicht für eine Weile auf Eis legen sozusagen. Sich vielleicht von gewissen anderen Menschen fernhalten, gerade in Ihrem Beruf …«

»Wir kennen uns doch nicht alle untereinander! Sie reden so, als gäbe es eine Art Komplott, durch das wir …«

»Mit Verlaub«, protestierte Suleyman, »ich weiß, dass es kaum zutrifft, aber Sie müssen verstehen, dass es für Leute mit ähnlicher Gesinnung nur natürlich ist, sich bis zu einem gewissen Grad zusammenzutun. Und da Sie in Dr. Krikor Sarkissians Drogenprojekt so involviert sind, ist sich der Inspektor der Tatsache nur zu bewusst, dass alles, was auch nur entfernt nach Missbrauch von Drogen durch praktizierende Ärzte klingt …«

»Aber wieso ich?«

»Der Arzt, der dem russischen Jungen die Spritze gab, war, wie der Junge meinte, ein Christ, von denen es nur eine begrenzte Anzahl in dieser Stadt gibt. Und da der Inspektor Sie als Freund betrachtet, wollte er Sie warnen …«

»Aber Sie haben doch nur das Wort dieses kleinen Strichers und woher wusste der überhaupt …«

»Der Mann war …«, Suleyman wählte seine Worte sehr bedachtsam, »… intakt, wenn ich so sagen darf. Was in einer nominell islamischen Stadt unüblich ist, wie Sie wissen.«

Avedykian machte eine Pause, ehe er fortfuhr. Seine Finger zitterten, wie Suleyman bemerkte. »Ich verstehe, aber hat der Junge den Arzt denn noch anderweitig identifiziert? Ich meine, hat er gesagt, dass er einer bestimmten Nationalität angehört, oder sein Ausehen beschrieben …?«

»Er hat nur gesagt, dass der Mann unberührt war, und eine allgemeine Beschreibung gegeben. Der Arzt sprach mit ihm in einer Sprache, die er für Türkisch hielt, aber da er unsere Sprache selbst nicht gut beherrscht …«

»Ich verstehe.« Avedykian rieb sich mit dem Finger einen Augenwinkel und zwang sich dann zu einem Lächeln, das aber nicht über seinen Mund hinausging. »Der Inspektor will also wissen, ob ich jemanden kenne, der auf diese Beschreibung passen könnte.«

»Wenn Sie glauben, dass Sie jemanden kennen, dann könnte das sehr hilfreich sein. Ich weiß, dass es für Menschen Ihres Berufes schwer ist, solch einen Schritt zu vollziehen, genau wie in meinem Beruf. Polizisten und Ärzte haben die Neigung, sich gegenseitig zu schützen. Aber in einem so ernsten Fall …«

»Oh, natürlich wäre es vollkommen unmoralisch von mir, wenn ich nicht … es ist aber wirklich nicht so …« Und hier fing Avedykian plötzlich zu lachen an, ein dünnes und nervöses Wiehern, »… dass ich Sie in dieser Richtung irgendwie aufklären könnte.«

»Nein«, erwiderte Suleyman, »ich habe auch nicht angenommen, dass Sie das könnten. Aber bitte vergessen Sie nicht, was ich gesagt habe, und nehmen Sie sich auch die Warnung des Inspektors zu Herzen. Diese Untersuchung wird kommen und nach all der ausgezeichneten Arbeit, die Sie in Dr. Krikors Projekt gesteckt haben, wäre es äußerst unglücklich, wenn Ihr Name zu diesem Zeitpunkt grundlos beschmutzt würde.«

»Ja.« Avedykian betrachtete einen Moment seine Finger, als würde er seine Nägel genau untersuchen, ehe er antwortete. »Und was denken Sie, Herr Polizeimeister, ich meine, persönlich?«

»Denken?«, fragte Suleyman, den die Frage völlig durcheinander gebracht hatte. »Worüber?«

»Über einen Arzt, der gleichzeitig … über jemanden in meiner Position, der das tut, was ich tue, und dazu …«

»Das ist Ihre persönliche Angelegenheit.«

»Dann sagen Sie mir …« Avedykian erhob sich und ging

langsam hinter seinem Schreibtisch auf und ab, wobei er sich mit den Händen durch sein volles, schwarzes Haar fuhr. »Wie würden Sie sich fühlen, wenn ich Sie operieren würde?«

»Nun, Sie sind Arzt und ich würde wie vermutlich die meisten Menschen darauf vertrauen, dass Sie wissen, was Sie tun.«

»Sie würden nicht das Bedürfnis verspüren, einen Bluttest zu machen, nachdem ich in Ihren Fortpflanzungsorganen herumgefummelt hätte?«

Nachdem er endlich gemerkt hatte, wovon Avedykian sprach, wurde Suleyman wütend. »Wenn Sie von Aids reden, dann muss ich sagen, dass ich Ihnen übel nehme, wenn Sie mich für so kleingeistig halten. Als mein Arzt würden Sie, was immer Ihre Vorlieben sein mögen, hoffentlich so viel Vorsichtsmaßnahmen gegen diese Möglichkeit treffen wie jeder vernünftige Mensch.«

»Aber wenn Sie wüssten, dass ich das nicht tun würde?«

»Wenn ich das wüsste, würde ich Sie zunächst einmal gar nicht konsultieren. Aber bei Ihrem Ruf …«

Avedykian lachte. »Und welcher Ruf ist das, bitte schön?«

»Na ja, der eines angesehenen Arztes.«

»Nicht der als Muhammed Ersoys dreckiger kleiner Mietboy? Oder vielleicht als Mann, der früher über Ihren Bruder gelacht hat? Ich weiß sehr wohl, dass Sie sich daran erinnern. Ich sehe in Ihren Augen, was Sie von mir halten.«

Suleyman, dessen Gesicht so ruhig und leidenschaftslos war wie das Meer in der Flaute, erhob sich, um zu gehen. »Wenn das Ihre Meinung ist, dann bleibt mir wenig zu sagen, um das zu ändern. Und zum Teil haben Sie auch Recht, soweit ich mich erinnern kann und in der Tat auch erinnere, wie Murad über Sie, Ersoy und Ihre Freunde dachte. Aber das ist alles schon sehr lange her und es wäre nicht nur töricht, sondern auch unprofessionell, wenn ich zuließe, dass ein derart kindisches Verhalten mein Urteil beeinflussen würde.«

Schulterzuckend meinte Avedykian, wobei der Anflug eines Lächelns auf seinem müden Gesicht zurückblieb: »Dem kann ich nicht widersprechen, auch wenn es schwer zu glauben ist.«

»Nun ...«

»Aber wie dem auch sei, Sie können Inspektor İkmen sagen, dass ich seine Besorgnis zu schätzen weiß und seine Worte erwägen werde.« Er wühlte vollkommen unnötig, wie Suleyman fand, in ein paar Papieren auf seinem Schreibtisch und setzte sich danach wieder. »Und nun, Herr Polizeimeister, wollen Sie mich bitte entschuldigen. Ich muss noch einige Berichte fertig stellen.«

»Natürlich.« Suleyman verbeugte sich leicht vor dem Arzt. »Ich lasse Sie jetzt arbeiten.«

»Danke.« Avedykian, der schon wieder von seiner Arbeit gefangen war, winkte mit der Hand, ohne Suleyman hinterherzusehen, wie er das Zimmer verließ. Hätte der Arzt ihm nachgeschaut, dann hätte er den Ausdruck äußersten Widerwillens auf dem Gesicht des Mannes gesehen, der gerade noch sein Gast gewesen war. Es war ein Blick, der zusammen mit der soeben wiedererweckten Antipathie Suleymans gegen seinen Gastgeber deutlich machte, warum der Polizist jetzt ging – und zwar nicht aus dem Krankenhaus, sondern hinunter zum Büro der pharmakologischen Abteilung.

»Sie sagen, dass Ihre Mutter Europäerin ist«, meinte Ersoy, der sanft den Rand seiner Kaffeetasse berührte. »Aus welchem Land stammt sie?«

»Aus Albanien«, antwortete İkmen mit einem Lächeln, das Ersoy als gespannt empfand.

»Oh. Ich nehme an, Sie wissen, dass eine Menge Frauen unserer früheren Herrscher aus Albanien kamen.« Und dann augenzwinkernd: »Zunächst als Sklavinnen natürlich.«

»Ja.«

»Spricht Sie immer noch ihre Sprache?«

»Meine Mutter starb, als ich zehn war«, antwortete İkmen.

»Oh, das tut mir sehr Leid. Darf ich fragen ...«

»Ich finde es jetzt gerade etwas schwierig, darüber zu sprechen, Muhammed, wenn es Ihnen nichts ausmacht.«

Ersoy lächelte voll Wärme und Anteilnahme. »Ich entschuldige mich«, erwiderte er mit einer leichten Verbeugung seines wohl geformten Kopfes. »Glauben Sie mir, mein Interesse ist in keiner Weise anzüglich. Ich bin selber mutterlos, da meine eigene Mama bei meiner Geburt starb.«

»Oh, wie unglückselig. Das tut mir Leid.«

»Das muss es nicht, mein Guter! Ich habe sie nie gekannt, weshalb der Verlust für mich nicht so groß war wie für Sie. Wenn einen die Mutter nie im Arm gehalten oder die Tränen abgewischt hat, ist man sich solcher Gefühle gar nicht erst bewusst und deshalb davor geschützt.«

»Sie wurden also von Ihrem Vater großgezogen?«

»Ja, und natürlich von etlichen Kindermädchen. Mein Vater hat dann schließlich wieder geheiratet, aber das ... na ja, hat nicht so ganz geklappt, sagen wir mal so.«

İkmen wusste nur zu gut, was mit Ersoys Vater und Stiefmutter geschehen war, und da er an Ersoys Verhalten spürte, dass dies vermutlich ein sehr schwieriges Thema für ihn war, schwieg er und hielt sich an seinen Kaffee.

»Arbeiten Sie denn heute hier im Basar oder habe ich Sie dabei erwischt, wie Sie für Ihre Geliebte ein kleines Schmuckstück erstehen?«

İkmen lachte. Er war über Ersoys fast unvermeidliche Vermutung amüsiert, dass er ein Frauenheld sein müsse. »Wenn ich mir eine Geliebte leisten könnte, wäre ich genauso wenig in der Lage, ihr Geschenke zu kaufen, womit ich vermutlich wenig Aussichten habe.«

Ersoy lächelte. »Ja, Reichtum hat seine Vorteile, aber auch seine Nachteile.«

İkmen fiel so schnell kein Nachteil ein. »Wie zum Beispiel?«

»Wie zum Beispiel die Tatsache, dass die Leute versuchen, Vorteile aus einem zu ziehen. Wie zum Beispiel die Tatsache, dass die Reichen wie alle anderen auch ganz einfach langweilig werden können, und wenn wir das tun ...«, Ersoy nahm einen langen und tiefen Zug aus seiner *nargileh*, »... ist das gleich sehr viel schlimmer. Stellen Sie sich doch nur vor, dass Ihnen auch der relative Luxus weggenommen würde, um den Lebensunterhalt zu kämpfen. So geht es uns die ganze Zeit. Es gibt keine Herausforderung, an der man seinen Verstand messen kann.«

»Für mich hört sich das alles sehr attraktiv an«, warf İkmen ein. »Ich war tatsächlich, wie ich zugeben muss, ganz schön neidisch auf Sie, als Sie neulich Abend Krikor den Samowar geschenkt haben. Ich habe keine Ahnung, was er wert ist, aber ich kann mir schon vorstellen, dass der Verkauf eines solchen Stücks unser Projekt ziemlich anders aussehen lässt. Ich kann nicht einmal davon träumen, etwas ähnlich Wertvolles beizusteuern – ich habe ja ohnehin nichts dergleichen – und es dann nicht einmal zu vermissen.«

Achselzuckend antwortete Ersoy: »Ich habe noch andere Familienerbstücke. Ein paar sind mehr wert als der Samowar, ein paar weniger.«

İkmen machte eine kurze Pause, ehe er die Unterhaltung fortsetzte. Ein Gedanke war nämlich wieder aufgetaucht, den er mitteilen wollte, aber so, dass er weder allzu seltsam noch fehl am Platze klang. Vielleicht durch die Erwähnung des Samowars oder das fast kristalline Glitzern des Schmucks um ihn herum waren ihm die kleinen Modelle, die man ihm zugeschickt hatte, und auch seine seltsamen Gedanken über die Käfige wieder eingefallen. Diese Gedanken wurden indes von denen an seinen Kollegen Suleyman begleitet, der vermutlich gerade mit Ersoys Liebhaber zusammen war. Eine Verbindung von Tatsachen und Vorstellungen, die İkmen für einen Augenblick die Stirn runzeln ließ.

»Ist alles in Ordnung?«, fragte Ersoy, der seinen Gast ansah.

»O ja«, antwortete İkmen lächelnd. »Habe ich mit meiner Annahme Recht, dass Ihr Samowar aus einer *Kafes*-Wohnung stammt?«

»Ja.« Ersoy gönnte sich einen weiteren langen Zug aus seiner Pfeife und ließ danach den Rauch langsam und genüsslich ausströmen. »Wieso?«

İkmen zuckte mit den Achseln. »Ich finde bloß, dass das eine sehr fremdartige und extreme Vorstellung ist.«

»Ich wüsste nicht, wieso«, entgegnete Ersoy. »Ich gebe zu, dass ein *Kafes* ein eher unpopulärer Aspekt unserer Vergangenheit ist, aber für jemanden, dessen Vorfahren – wie vermutlich meine – routinemäßig ihre Frauen verschleiert und eingesperrt haben, ist Ihre Haltung ein bisschen frömmlerisch, meinen Sie nicht?«

»Sind Sie denn der Meinung«, gab İkmen nachdenklich zurück, »dass das Wegschließen derer, die man für unbequem oder bedrohlich hält oder, im Fall der Frauen, die ein Besitz sind, den man bewachen muss, wirklich so korrekt ist?«

Ersoy lächelte. »Ich merke, dass Sie mich reizen wollen, Inspektor.«

»Nicht im mindesten!«

»Nein?«

»Nein, aber …«

Ersoy lachte. »Ist schon gut, ich bin keineswegs gekränkt. Tatsächlich bin ich im Wesentlichen der Meinung, dass Sie Recht haben. Das Einsperren anderer Menschen ist großenteils nicht zu rechtfertigen. Ich weiß aber nicht, wohin Sie das als Mann des Gesetzes führt, wenn ich an jene denke, die wegen ihrer kriminellen Aktivitäten festgehalten werden.«

»Nun …« İkmen holte tief Luft, ehe er antwortete, was zeigte, dass dieser Aspekt zumindest einiges Nachdenken verdiente. »Ich denke doch, dass das der Allgemeinheit zugute kommt. Wenn Sie einen Menschen haben, der eine Bedrohung für andere darstellt, und sei diese Bedrohung auch nur potentiell, dann kann man seine Gefangennahme wohl rechtfertigen.«

»Aha. Aber wer entscheidet über den Zeitpunkt und die Dauer einer solchen Einkerkerung?«

»Nun ja, Richter und zuweilen auch Ärzte ...«

»Mit anderen Worten, Leute wie wir«, meinte Ersoy und seine Augen strahlten, da ihn das Streitgespräch zusehends reizte.

İkmen seufzte leise und schmerzlich. »Nein, dem würde ich nicht zustimmen. Diese Leute sind Experten.«

»Ja, aber auch nur Menschen, wie Sie sagten. Nur weil der Staat so organisiert ist, dass er bestimmte Gutachten in bestimmten Situationen legitimiert, deshalb geben solche Leute ihr Urteil ab anstatt Menschen wie Sie und ich. Und ...«, Ersoy hob einen Finger, um einen befürchteten Protest von Seiten İkmens zu unterdrücken, »... im Lauf der Zeit ändern sich Charakter und Stellung derjenigen, die urteilen. In der alten Zeit war es der Sultan und vielleicht sein Großwesir, heute haben wir, wie Sie sagten, Richter und Ärzte. Wo ist da bitte der Unterschied?«

»Ärzte und dergleichen sind ausgebildet, damit sie solche Entscheidungen auf geregelte und leidenschaftslose Weise fällen können. Die Sultane, die ihre Verwandten in den *Kafes* steckten, wurden allein durch Habgier oder den Willen zur Macht oder vielleicht durch beides getrieben.«

Ersoy lehnte sich auf seinem Stuhl zurück. Er wirkte entspannt und erheitert zugleich. »Und Ärzte und Richter werden von derartigen Motiven nicht geleitet?«

»Nun ja ...«

»Es ist meine feste Überzeugung, dass es im Leben von uns allen einen Menschen gibt, von dem wir wünschten, er wäre nicht da, Inspektor. Unsere Gründe mögen persönlich sein, wir mögen zum Beispiel um unsere Sicherheit fürchten oder unseren Ruf, wenn bestimmten Leuten die Freiheit geschenkt wird. Ich denke, dass der Psychiater, der dem psychopathischen Killer gestattet, dass er weiter frei herumläuft, weit mehr an das denkt, was die Leute von seinem Urteil halten, als an die öffentliche Sicherheit. Am Ende läuft doch alles auf Egoismus hinaus.«

»Gibt es denn jemanden«, fragte İkmen, »oder hat es jemanden gegeben, vom dem Sie wünschten, er wäre besser nicht da?«

Ersoy lächelte. »Dies ist eine ganz grundlegende Frage, Inspektor – angesichts einiger Ihrer Überlegungen zu Ihrem gegenwärtigen Fall, von denen man mir berichtete.«

»Ach?« İkmen machte, neugierig geworden, eine entsprechende Handbewegung. »Könnten Sie das bitte erklären?«

»Nun, ich weiß, Inspektor, dass Sie selbst die Theorie verbreitet haben, Ihr junges Opfer wäre eingesperrt gewesen.« Da İkmen ihn mit wachsender Strenge ansah, musste Ersoy lächeln. »Woher ich das weiß? Wie ich sind auch Sie kein Mitglied der armenischen Gemeinschaft, Inspektor, weshalb Sie auch nicht in deren Klatsch eingeweiht sind. Aber was wir eben doch wissen, ist, dass sich innerhalb solcher Minoritäten alle kennen, was auch immer sie behaupten mögen. Und Sie wissen, wie wiederum mir klar ist, sehr wohl, dass ich es auf solche Leute abgesehen habe.«

»Dann«, gab İkmen knapp zurück, »werde ich wohl mit meinen Kollegen über diesen Klatsch reden müssen, oder? Es gibt gewisse Dinge, über die Menschen nicht diskutieren sollten, besonders mit denen, die nicht an einer Untersuchung beteiligt sind.«

»Oh, ich bin sicher, dass das, was da erzählt worden ist, in gutem Glauben geschah.«

»Ja schon, aber …« İkmen nahm einen weiteren Schluck von seinem Kaffee und zündete sich eine Zigarette an. »Aber Sie haben meine Frage noch nicht beantwortet, Muhammed.«

Ersoy lächelte. »Nein, ich habe Sie eher wütend auf Ihre Freunde, die Sarkissians, gemacht, was wohl nicht sehr nett war, nicht wahr?«

»Ich weiß nicht, warum Sie das getan haben, aber … nun ja«, erwiderte İkmen und seine Augen ruhten fest auf dem anscheinend ewig lächelnden Gesicht Ersoys. »Gibt es jemanden, von dem Sie wünschten, er wäre besser aus dem Weg?«

»Gibt es jemanden, den Sie lieber vor den Blicken der anderen verstecken würden?«, gab Ersoy zurück, womit er unabsichtlich das eher verwirrende Bild von İkmens dementem Vater in İkmens Vorstellung zeichnete.

İkmen ärgerte sich über sich, dass er so dachte, und über Ersoy, dass er das Thema überhaupt aufgebracht hatte, weshalb er seine Frage noch nachdrücklicher wiederholte. »Aber ich frage Sie immer noch, mein Herr, ob es jemanden gibt ...«

»Natürlich gibt es jemanden! Wir haben alle jemanden in unserem Leben, den wir lieber los wären. Einige meiner so genannten Freunde sind die verwerflichsten Schmarotzer, Leute, die routinemäßig reiche Menschen wie mich ausplündern, aber ...«

»Aber sie tatsächlich wegzuschließen ist doch offenkundig etwas«, sagte İkmen, »was Sie nie ernsthaft in Erwägung ziehen würden.«

»Natürlich nicht!« Wieder lachte Ersoy. »Auch für einen so altmodischen Knaben wie mich wäre das zu exotisch. Nein, heute tut man so etwas einfach nicht mehr, nicht wahr? Wir sind viel zu zivilisiert, viel zu türkisch.«

»Ich habe nicht geglaubt, dass Leute wie Sie sich für Türken halten würden.«

Ersoy streckte eine Hand aus und fasste İkmen sachte ans Knie. »Oh, das ist doch nur Pose!«, stichelte er. »Ein paar Leute, vor allem einige junge Männer, finden das sehr attraktiv, aber ... in Wahrheit sind wir natürlich alle Türken und müssen es auch sein. Wir leben nach türkischen Gesetzen, lesen und schreiben in Atatürks türkischem Alphabet. Ich führe mein eigenes Leben im Einklang mit eher älteren Rhythmen, aber das betrifft nicht meine Beziehung zur Welt, wenn ich durch das Tor meines Grundstücks nach draußen fahre.« Er nahm die Hand von seinem leicht zurückweichenden Gast. »Spüre ich wirklich, dass Sie meine gespielte Haltung ernst nehmen, Çetin?«

İkmen lächelte. »Ihre durchaus herausfordernden Ansichten, seien sie echt oder nicht, in Verbindung mit dem Schock, dass ich entdecken musste, dass Sie als Zivilist in meine beruflichen Überlegungen eingeweiht sind, sind doch etwas beunruhigend.«

Mit einem Mal wurde Ersoy ernst. »Oh, ich entschuldige mich dafür ausdrücklich.« Dann gönnte er sich einen weiteren Zug aus seiner *Nargileh* und lehnte sich zufrieden und mit geschlossenen Augen zurück. »Aber ich muss doch einige Bewunderung für den ausdrücken, der dieses Verbrechen begangen hat. Falls der Täter, wie mir mein lieber Freund Avram erst gestern zuflüsterte, diesen Jungen einige Jahre eingekerkert hätte, dann muss ich als einer, der sowohl die zwanghaften als auch die bizarren Seiten des Lebens genießt, hier meine überwältigende Neugier auf die Details des Ganzen ausdrücken. Und die meisten echten Istanbulis werden, wie Sie sicherlich noch herausfinden, ganz heimlich ähnliche Gefühle hegen.«

Ein paar alte Männer mit dicken Wollmützen und den schlecht sitzenden Anzugjacken, wie sie von so vielen Landbewohnern getragen werden, setzten sich an den Nachbartisch von İkmen und Ersoy. Einer von ihnen ergriff im Gehen das *tavla*-Brett, das neben der Theke stand. Ersoy lächelte bei diesem Anblick für İkmens Geschmack reichlich nachsichtig.

Während Ersoy auf diese Art wenigstens zeitweilig anderweitig beschäftigt war, holte İkmen so beiläufig wie möglich die letzte Kristallminiatur aus seiner Tasche und stellte sie auf den Tisch. Der Grund, warum er das tat, hatte in seiner Vorstellung noch nicht vollständig Gestalt angenommen. Nicht, dass er Muhammed Ersoy trotz seiner sehr merkwürdigen Ansichten für etwas anderes als einen zugegebenermaßen geschwätzigen Exzentriker hielt. Auf diese Art versorgte İkmen ihn sogar, wenn auch indirekt, mit noch mehr und pikanteren Informationen über diesen Fall, was vor allem im Lichte eines Verstoßes gegen die Sicherheitsbestimmungen durch einen oder alle beide Sarkissians definitiv nicht das Richtige war. Aber er konnte aus einem unbestimmten Grund nicht anders.

Als er sich wieder umdrehte, entdeckte Ersoy sofort das kleine Modell und lächelte. »Eine kleine Anschaffung, die Sie gemacht haben, Inspektor? Ich habe nicht angenommen, dass Sie heute einkaufen waren.«

»War ich auch nicht«, erwiderte İkmen sachlich. »Es ist nur etwas, worüber ich gerne Ihre Meinung hätte.«

Ersoy zog die Stirn kraus, beugte sich vor und nahm die Zwillingsskulptur zwischen seine langen, schlanken Finger. »Zwillinge, wenn ich nicht ganz irre. Darf ich fragen, wieso …?«

»Ich wollte bloß wissen, was Sie davon halten«, meinte İkmen schulterzuckend. »Als Mann von offensichtlich gutem Geschmack.«

Einige Momente betrachtete Ersoy das Stück und drehte es herum, um es von allen Seiten sehen zu können. »Na ja, es ist hübsch, und wenn Sie hübsche Dinge mögen, dann ist es ganz in Ordnung.«

»Also nicht gerade Ihr Geschmack?«, fragte İkmen.

»Nein.« Ersoy stellte die Miniatur sorgfältig auf den Tisch zurück. »Ein wenig bourgeois für meinen Geschmack, wenn Ihnen meine Bemerkung nichts ausmacht. Es erinnert mich an Dinge, die Damen einer ganz bestimmten Schicht sammeln.«

»Welche Damen zum Beispiel?«

Ersoy lächelte. »Damen, die, sagen wir mal, nicht schon immer an das Geld gewöhnt waren, das sie jetzt besitzen. Meine verstorbene Stiefmutter, die mein Vater aus einem entfernten und in finanziellen Verlegenheiten befindlichen Zweig der Familie erwählte, wäre vermutlich entzückt gewesen.«

»Sie selber würden ein solches Stück nie begehren?«

»Ich?« Ersoy lachte wirklich spöttisch, wie es İkmen schien. »O nein, wie ich wohl meinen sollte, Inspektor, nein, wirklich nicht!« Und dann neigte er den Kopf näher zu İkmen. »Ich mag ja ein Liebhaber von Männern sein, Inspektor, aber trotz dem Gegenteiligen, was Sie gehört haben mögen, benehmen wir uns nicht alle wie mittelalterliche Matronen.«

İkmen lächelte. Es war wirklich schwierig, trotz seiner Posen und Ansichten, diesen Mann nicht zu mögen. »Jeder, der nicht meinen würde, Sie wären der perfekteste, kultivierteste Gentleman, wäre ein Narr, mein Herr«, sagte er, wobei er jedes Wort auch so meinte.

»Ich werde diese Bemerkung in Ehren halten, Çetin«, erwiderte Ersoy und meinte ebenfalls, was er sagte.

»Ich fürchte aber, ich muss mich jetzt auf den Weg machen«, sagte İkmen und erhob sich. »Ich danke Ihnen sehr für den Kaffee. Es war mir ein Vergnügen.«

Ersoy verbeugte sich anerkennend. »Wir sollten uns mal wieder treffen.«

»In der Tat.«

İkmen hatte sich gerade durch die eng stehenden Tische aufgemacht, als Ersoy ihn zurückrief. »O Çetin, Sie haben etwas vergessen.«

Als er sich umwandte, sah İkmen, dass Ersoy etwas in die Höhe hielt, etwas Kleines und Glitzerndes, das alle Farben des Regenbogens reflektierte.

»Ah.« Er kam zum Tisch zurück und streckte die Hand nach dem Modell aus.

»Sie wollen doch nicht ohne Ihre kleinen Brüder sein«, meinte Ersoy, als er İkmen die Figur in die Hand drückte.

»Wissen Sie«, sagte der Polizist, »alle, denen ich dies gezeigt habe, waren der Meinung, es wären Jungen. Und das, obwohl keine Genitalien zu sehen sind …«

»Oh, aber bei kleinen Jungen ist da auch kaum mehr als ein winziges Würmchen, nicht wahr? Kaum groß genug, um es an so ein Winzding wiederzugeben.« Worauf er lächelnd hinzufügte: »Anders als bei mir natürlich, als ich noch klein war. Ich war schon damals, so wie heute, sehr schön und auch sehr riesig. Aber schließlich bin ich, wie Sie selbst sagten, ein Gentleman und als solcher immun gegen jeden gemeinen Mangel.«

Und damit wandte er sich um, die Augen leuchtend vor verspielter Verderbtheit, um den Kellner zu rufen, und offensichtlich ohne weitere Aufmerksamkeit für İkmen, der mit seiner kleinen Figur dastand, verwirrt und belustigt zugleich.

Kapitel 12

Das Restaurant »Vitamin« bietet, obwohl es nicht das bekannteste Lokal in Sultan Ahmet ist – dieser Titel kommt vielmehr dem einst gepriesenen Pudding Shop aus alten Hippie-Zeiten zu –, eine recht gute türkische Küche, die nicht übertrieben teuer ist, wenn man bedenkt, dass Sultan Ahmet im Wesentlichen eine Touristengegend ist. Zahlreiche Bainsmarie, Heißwasserbecken, in denen Speisen warm gehalten werden, die Köstlichkeiten wie Köfte, gemischtes Gemüse, Pilau und Kartoffeln in vielfacher Zubereitung enthalten, köcheln vom frühen Morgen bis spät in die Nacht und bieten den fremden und einheimischen Gästen Stärkung. Die Dekoration, die aus ein paar Touristenplakaten an den nackten Wänden besteht, ist so unaufdringlich wie die sauberen und funktionellen Stühle, auf denen die Gäste sitzen.

Obwohl Bier ausgeschenkt wird, sind die Stammkunden des »Vitamin« kaum berauscht und mit Ausnahme weniger Touristen, die gelegentlich betrunken ankommen, hört man kaum laute Stimmen innerhalb seiner Mauern. Ein lauter Fernseher ist allerdings etwas anderes, vor allem wenn die Fußballnationalmannschaft spielt. Heute aber war das nicht der Fall, was kein Nachteil war, soweit es Ayşe Farsakoğlu betraf. Die gewöhnliche Serie geistloser Spielshows, deren eine Ayşe mit halbem Auge verfolgte, war schon schlimm genug, aber wenigstens wusste sie, dass kein Mensch auf die Straße rennen und lamentieren würde, falls ein Paar aus Altinkum den Gewinn eines Mikrowellenherdes verpasste.

Ayşe Farsakoğlu legte wenig Begeisterung für Fernsehen oder Essen an den Tag und schob das wenige, was von ihrem gemischten Gemüse übrig geblieben war, mit einem kleinen Brotstück auf dem Teller herum. Immer wieder sah sie zur Tür. Ihr Blick suchte offensichtlich etwas oder jemanden, über dessen Identität der Restaurantbesitzer und seine Angestellten wohl ab und zu spekulierten. Obwohl sie ihren Namen nicht kannten, wusste Farsakoğlu, dass sie sie intensiver beobachteten als ihre anderen Stammgäste. Als Stellvertreterin des Gesetzes, wenn auch als weibliche, war ihre Gegenwart – vor allem, wenn sie wie jetzt in Uniform war – nicht in vollem Umfang willkommen. Solange sie hier saß, würden nämlich sämtliche Drogendealer, Huren und sogar ein paar nervösere Touristen am »Vitamin« vorbeigehen. Und da sie sah, dass es eine ganze Menge der genannten Gestalten in Sultan Ahmet gab, konnte ihre Wirkung auf das Geschäft, wie ihr klar war, durchaus nachhaltig sein.

Mit einem leichten Lächeln für den Besitzer und seine Mannschaft wandte sich Ayşe von der Tür ab und sah wieder zum Fernseher. Wie die sprichwörtlich stillstehende Uhr gerade dann anfängt zu ticken, wenn man wegsieht, tauchte Mehmet Suleyman gerade in dem Moment neben ihr auf, als ihre Aufmerksamkeit von einem Mercedes neuester Bauart gefesselt wurde.

»Sie haben ja schon gegessen«, sagte er und sah auf ihren Teller, ehe er sich neben sie setzte.

»Ja. Ich wusste nicht …«

»Ist schon gut, ich habe sowieso keinen Hunger.« Er seufzte, als er es sich auf seinem Stuhl bequem machte und sich die Augen rieb.

»Einen schlechten Tag gehabt?«, fragte sie in einem Ton, von dem sie fühlte – oder eher hoffte –, er würde von den nahebei Sitzenden als besorgter Ausdruck einer liebenden Ehefrau ausgelegt.

Er zuckte bloß mit den Achseln, was beredt genug war.

»Kann ich Ihnen einen Drink bestellen?«

»Nein, ist schon okay«, antwortete er abwehrend. »Ich gehe

gleich los und hole mir selbst was. Ich sollte wirklich zurück und dem Inspektor helfen, sobald ich kann. Er sucht heute Abend die Kartei der Langzeitvermissten durch. Da wird er … Sie sagten, dass Sie mit mir reden wollten?« Suleyman beugte seinen Kopf ein wenig vor, um ihr zu bedeuten, dass sie anfangen möge, und zwar bald. Es war nicht das sanfte, mitfühlende Gespräch, das sie schon so oft im Geist durchgespielt hatte – jenes, das damit geendet hatte, dass er ihr den Arm um die Schulter legte und sie in der Anonymität einer leeren Seitenstraße stürmisch auf den Mund küsste. Aber so war das wahre Leben eben – unendlich enttäuschend.

»Ich habe wirklich ein sehr schlechtes Gefühl wegen diesem Lenin«, sagte sie und versuchte dabei, ihren Blick vom Wirt abzuwenden, der ihr ziemlich verschlagen und anzüglich zulächelte.

»Ja, ich weiß«, bekräftigte ihr, wie sie spürte, nunmehr wirklich wenig mitfühlender Kollege. »Ich fühle mich auch verantwortlich.«

»Ja, aber Sie haben ihn ja nicht verhört, oder?«, sagte sie mit einer plötzlichen Heftigkeit, die sogar sie überraschte. »Es war doch aus seiner Erscheinung klar abzusehen, dass er vollkommen krank war! Er war dreckig, hatte einen wilden Blick und redete wirres Zeug. Was, um alles in der Welt, habe ich mir dabei nur gedacht?«

Mehmet zuckte mit den Achseln. »Sie sind nicht die Einzige, glauben Sie mir, die sich fragt, warum Sie ihn verhört haben. Ich habe selber darüber nachgedacht und muss gestehen, dass ich nicht sicher war, ob es richtig war. Aber dann bin ich zu dem Schluss gekommen, dass Sie keine andere Wahl hatten, wirklich. Er hat ein sehr ernstes Verbrechen gestanden, Polizeimeisterin. Eins, von dem Sie wussten …«

»Aber wir kriegen doch immer wieder solche Verrückten rein, die ein Geständnis ablegen, nachdem ein Mord passiert ist! Und außerdem tun Verrückte so etwas manchmal auch, wenn sie nichts verbrochen haben, damit sie ein warmes Bett kriegen, vor allem in dieser Jahreszeit. Wie hoffnungslos ist das doch alles, und ausgerechnet bei dem Zustand unserer Zellen!«

»Schauen Sie.« Suleyman beugte sich leicht vor, damit sie leiser sprechen konnten. »Ich war es ja, der ihn formell eingesperrt hat, oder? Und ich war es, der ihn auch beinahe zusammengeschlagen hätte, wenn Sie sich mal erinnern. Und indem er Sie angegriffen hat …«

»Aber er war doch verrückt! Wie der Inspektor sagte, konnte er doch gar nicht anders!«

»Ach, Sie meinen also, ich hätte ihn einfach loslassen sollen, damit er Sie erwürgt?«

Farsakoğlu betrachtete ihre Hände, leicht beschämt, wie Suleyman fand. »Nein …«

Wieder seufzte Suleyman, als er beobachtete, wie sie sich eingehend mit ihrer inneren Jackentasche befasste, um dort nach einer Zigarette zu suchen. »Polizeimeisterin, mir geht es damit genauso schlecht wie Ihnen, glauben Sie mir. Und ich kann, wie Sie vermutlich ebenfalls, auch nicht akzeptieren, was die Psychiaterin gesagt hat: dass sein gewaltsamer Tod unvermeidlich war. Sein Arrest und seine bevorstehende Überstellung ins Gefängnis seien nur die Katalysatoren gewesen. Sie müssen …«

»Polizeipräsident Ardiç hat die Wachhabenden ganz schön zur Schnecke gemacht.« Sie steckte sich eine Zigarette in den Mund und zündete sie an. »Aber es ist doch nicht deren Schuld! Sie haben doch nicht damit angefangen, ich war das!«

»Polizeimeisterin …«

»Hüseyn, Sie wissen schon, der so schielt, hat mich völlig geschnitten, als ich ihn heute Nachmittag angesprochen habe. Sie wissen es alle!«

»Jetzt hören Sie mal zu«, sagte Suleyman und versuchte durch die zusammengebissenen Zähne leiser zu sprechen. »Nicht nur Sie haben hier Fehler gemacht. Alle – Sie, ich, die Wachhabenden und auch Ardiç – tragen ihren Anteil der Schuld am Tod dieses Mannes. Ich sehe ein, dass er überhaupt nie hätte in einer Polizeiwache sein und dass man ihn dann nicht hätte einsperren sollen. Und diese Typen unten bei den Zellen hätten ihn auch besser beobachten müssen! Dr. Halman hatte ja schon gesagt, dass der Mann krank war, und wie wir alle wissen, können Menschen, die nicht rational denken und handeln, tatsächlich auch verzweifelt und grenzüberschreitend handeln. Hüseyn hat keinem außer sich selber für die Standpauke, die er gekriegt hat, Vorwürfe zu machen, glauben Sie mir!«

Ayşe gab ein klägliches Seufzen von sich und fuhr sich mit der Hand samt Zigarette durch ihre unordentlichen Haare. »Aber wenn das stimmt, warum fühle ich mich dann so?«

»Weil jemand, mit dem Sie zu tun hatten und dem es schlecht ging, gestorben ist«, antwortete Suleyman, nun wieder etwas sanfter und ruhiger. »Und weil Sie zugelassen haben, dass Hüseyn Sie aufregt.«

Sie drehte sich um, sah ihn an und wünschte dann augenblicklich, dass sie es nicht getan hätte. Auch müde sah er noch so verdammt gut aus.

»Sie hören sich so an, Mehmet«, sagte sie, wobei sie zum zweiten Mal wagte, ihn beim Vornamen anzureden, »als wären Sie mit dem, was passiert ist, wieder ins Reine gekommen.«

Er lächelte. »O nein, bin ich nicht, glauben Sie mir. Wenn Sie mich kennen würden, wüssten Sie, dass mir in Sachen Schuld-auf-sich-Nehmen keiner gleichkommt. Aber ich muss weitermachen, meinen Job erledigen und mich auf die Sachen konzentrieren, die gerade anstehen. Und das kann ich nicht, wenn ich mich verrückt mache wegen etwas, was ich mal getan habe.«

»Nein.«

Für einen Moment hielt sie inne und konzentrierte sich anscheinend nur auf ihre Zigarette und eine Parfümreklame im Fernsehen.

»Schauen Sie …«, fing Suleyman an.

Sie wandte sich so schnell zu ihm, als wäre sie herumgedreht worden. »Ja?«

»Ich muss jetzt wirklich zum Inspektor zurück. Aber …«

Wieder lächelte er, wenngleich – typisch für ihn – mit ziemlich traurigen Augen. »Schauen Sie, am besten fahre ich Sie nach Hause. Wir können ja, wenn Sie mögen, im Wagen weiterreden. Dann kommt keiner auf falsche Ideen und ich kann sicher sein, dass Sie zu Hause und in Ordnung sind, wenn ich Sie verlasse.«

Wieder senkte sie den Kopf, und um die Enttäuschung zu verbergen, die sie angesichts seiner lediglich freundschaftlichen Geste empfand, erwiderte sie: »Das ist sehr nett.«

Er legte ihr kurz eine Hand auf die Schulter, um sie unmittelbar darauf zurückzuziehen. »Ich bitte Sie«, sagte er und stand auf, um zu gehen.

İkmen saß an seinem Schreibtisch und sah auf das große Blatt Papier, das vor ihm lag und auf das er ein komplexes Schaubild gezeichnet hatte. Er gestattete sich ein leichtes Grinsen, als er das betrachtete, was im Wesentlichen ein Rückgriff auf seine Schulzeit war. Suleyman hatte im Krankenhaus sehr wenig erreicht, außer Dr. Avedykian und den Chefapotheker in Rage zu versetzen, der offenkundig auf jeder vorgeschriebenen Erlaubnis bestanden hatte, ehe er jemandem Einsicht in seine Unterlagen gestattete. Er hatte völlig Recht damit, vor allem, da bislang kein Beweis vorlag, der Avedykian oder einen der anderen Krankenhausärzte mit einem besonderen Verbrechen in Verbindung brachte.

Cohen, der das Büro betreten hatte, weil er dem Inspektor ein Glas Tee bringen wollte, schaute über İkmens Schulter auf das Schaubild. »Was ist das?«

»Das ist ein eher schwacher Versuch meinerseits, mit dem ich mein Hirn am Explodieren hindere.«

»Bitte?«

»Solange wir unseren Herrn Zekiyan nicht haben und auch keinerlei Identifizierung des Jungen, befinden wir uns, was unseren Fall angeht, leider immer noch im Stadium der Spekulation. Deshalb benutze ich dieses Hilfsmittel ...«, lächelnd fuhr er mit der Hand über sein Werk, »... damit es mir beim Ordnen der verschiedenen Richtungen unserer Nachforschungen hilft.«

»Und hat es? Geholfen, meine ich?«

»Nein, nicht wirklich. Ich hoffe immer noch, dass Suleyman das Ganze für mich ordnet, wenn er zurückkommt. Er kann viel besser logisch denken als ich. Ich habe vor, in den Archiven nachzuwühlen und nach unaufgeklärten Fällen von Vermissten Ausschau zu halten. Aber ich hoffe natürlich, dass Suleyman mir einen logischen Grund dafür liefert, dass ich das nicht tun muss.« Er drehte sich um und sah den Wachtmeister an. »Was meinen Sie zu dieser ganzen Sache, Cohen?«

»Zu der Zeichnung?

»Nein, zu unserem toten Jungen in der İshak Paşa.«

Cohen trat vor an den Schreibtisch und holte sich einen Stuhl und setzte sich vor İkmen.

»Na ja, wenn Sie meine bescheidene Meinung hören wollen. Ich denke, es wäre nicht klug von uns, die Idee unberücksichtigt zu lassen, dass der Junge, den die Bauarbeiter gesehen haben, und die Leiche ein und dasselbe sind. Und wenn das Kind der Sohn von diesem Zekiyan wäre, dann könnte es ja in den alten Vermisstenakten etwas geben, was ins Bild passen könnte.«

»Ja«, murmelte İkmen, »ich habe schon befürchtet, dass Sie das sagen würden. Was ich aber nicht verstehe, ist, wie diese kleinen Figuren, die ich immer noch kriege, zu diesem Fall passen – falls sie das überhaupt tun. Sie scheinen ja immerhin auf ein rein türkisches Szenario hinzuweisen und doch sind sämtliche Mitspieler unserer Meinung nach Armenier ...«

Cohen meinte achselzuckend: »Mich hat man immer gelehrt, sich an die bekannten Tatsachen zu halten. Wir haben einen toten, unbeschnittenen Jungen, der einfach der eines Christen sein muss, wenn Sie mich fragen. Ich persönlich denke, dass er sehr wohl der Sohn dieses Zekiyan sein könnte, obwohl ...«

»Obwohl was?«

»Na ja …« Cohen zog die Stirn kraus, weil er, wie İkmen meinte, tief nachdachte. »Die Sache mit Ihren Vermissten wird ja wohl etwas problematisch, wenn der Vater des Kindes auch der wäre, der es festgehalten hätte. In diesem Fall hätte er ja wohl keine Anzeige erstattet, oder?«

İkmen dachte einen Moment lang über dieses sehr stichhaltige Argument nach. Dann meinte er: »Es sei denn, alle beide würden zusammen vermisst. Dr. Sarkissian hat die Theorie entwickelt, dass der Junge hirngeschädigt oder für die Familie anderweitig beschämend gewesen sein könnte.«

»Warum ihn dann nicht in eine Anstalt geben? So etwas gibt es.« Cohen seufzte. »Entweder bei den ganz Armen, die sich keine Kinder leisten können, die nicht arbeiten, oder bei den ganz Reichen, die den Ärger nicht aushalten.«

İkmen lächelte. »Sie machen heute Abend ein paar sehr interessante Bemerkungen, Cohen. Sind Sie am Ende auf eine Beförderung aus?«

Cohen lachte. »Nein, zumindest nicht bewusst. Ich versuche nur, wie Sie einen Weg durch diesen Wust zu finden und die Fäden im Blick auf die wenigen Tatsachen, die wir haben, vernünftig anzuordnen. Heutzutage besteht offenbar keine Notwendigkeit, dass wir jemanden einsperren, solange nichts Seltsames geschieht – es sei denn, man lebt im fernen Osten, aber die wissen es ja nicht besser, oder?«

İkmen murmelte etwas Zustimmendes.

»Aber vielleicht ist ja auch Sex im Spiel. Ich weiß zwar, dass das Kind keine Anzeichen davon aufwies, aber … ich meine, wir wissen doch, dass irgendein Arzt an mindestens ein Kind Drogen verkauft. Und vielleicht tut er das auch bei anderen.«

»Ja«, erwiderte İkmen. »Die Ärzteschaft scheint bei der ganzen Sache nie allzu weit entfernt zu sein. Und wenn wir schon davon sprechen …«, wortlos bot er Cohen eine Zigarette an, die dieser annahm und entzündete, »… darf ich Ihnen eine ziemlich persönliche Frage stellen?«

»Was, zu meiner Gesundheit?«

»Nein, nein, zu Ihrer ...« Hier kam İkmen ein wenig ins Stottern, unsicher, wie er seine Frage formulieren sollte. »Zu Ihrer Nationalität.«

»Na ja, ich bin Türke wie Sie.«

»Nein!« İkmen schnalzte gereizt mit der Zunge, jedoch eher wegen seiner Unfähigkeit, die richtigen Worte zu finden, als wegen Cohen. »Nein, ich frage nach Ihrem Status als Jude in einer wesentlich nichtjüdischen Kultur.«

»Oh.« Cohen blickte verblüfft und sog kräftig an seiner Zigarette. »Ja, und? Was wollen Sie denn wissen?«

»Nun ...« İkmen wollte Cohen im Hinblick auf das aushorchen, was Ersoy ihm über die Sarkissians erzählt hatte. Es hieß immer, dass Angehörige von Minderheiten sich zuweilen, wie im Fall der Sarkissians, gegenseitig aushielten und womöglich zu Recht, ganz eigene Hilfswerke und Systeme besaßen. Daher wollte İkmen herausbekommen, ob dies ein allgemeiner Zug bei Minderheiten war oder nur den lang verfolgten Armeniern eigen. »Schauen Sie, ich habe meine Gründe, warum ich das frage. Die Gründe kann ich Ihnen nicht sagen, aber ... reden Sie manchmal irgendwie über bestimmte Dinge, ich meine untereinander und nur dort, in Ihrem geschlossenen Kreis?« Cohens sehr misstrauischer Gesichtsausdruck war nicht zu übersehen. İkmen seufzte. »Schauen Sie, meine Frage betrifft nicht die Juden, sondern die Armenier.«

»Oh.«

»Und?«

Cohen zuckte die Achseln. »Sie wissen so gut wie ich, dass wir alle unsere kleinen Viertel in der Stadt haben, unsere Klubs und Andachtsorte und dergleichen. Und doch, ja, wir reden vielleicht ein bisschen freier untereinander als mit anderen, aber das werden Sie auch nicht anders machen.«

Was Cohen sagte, konnte man nicht bestreiten. »Ja, ich ...«

»Da ich aber selber nicht religiös bin, kann es durchaus sein, dass ich in andere Juden weniger leicht hineinblicken kann als andere Leute.«

»Aber würden Sie Ihren jüdischen Freunden empfindliche Informationen aus Ihrem Job erzählen? Auch wenn Sie wüssten, dass sie irgendwie daran interessiert oder darin verwickelt wären?«

Cohen runzelte die Stirn. »Na ja, das wäre ja wohl kaum in Ordnung, oder?«

»Kein Zwang, keine Beschuldigungen, bloß die Wahrheit – die hier in diesem Raum bleibt, ich schwör's. Ich brauche Ihr Wissen wirklich ziemlich dringend.«

Einen Moment lang kaute Cohen bedächtig auf seiner Lippe. Dies konnte entweder bedeuten, dass er die Frage sehr sorgfältig erwägte oder dass er dieses Dilemma niemals zuvor richtig erwägt hatte.

Ehe er antwortete, senkte er den Kopf. »Um ehrlich zu sein, ich denke, es ist verdammt schwer, in so einer Position zu sein, wie Sie sie beschrieben haben. Zum Glück ist das noch nie vorgekommen, aber wenn meine Familie oder ein guter Freund betroffen wäre, müsste ich mich aus dem Fall oder woraus auch immer zurückziehen. Der Druck wäre einfach zu groß.«

»Der Druck, weil Sie wüssten, was die anderen womöglich ...«

»Nein.« Cohen lächelte. »Nein, der Druck von ihnen, von meinen Freunden und der Familie, der Gemeinschaft, in der ich lebe.«

»Sie sagen also«, folgerte İkmen bedächtig, »dass Sie als Angehöriger einer Minderheit ...«

»... die Pflicht haben können, die anderen manchmal an erste Stelle zu setzen«, antwortete Cohen leicht verlegen. »Weshalb ich um die Sachen herumsteuere, in die Juden verwickelt sind. Ich übersetze ein bisschen für die, die nur Ladino sprechen, wie Sie wissen, aber ... schauen Sie, ich stelle die Polizei immer obenan, darum geht es ja, wenn man bei der Polizei ist. Und wenn ich Gefahr laufe, kompromittiert zu werden, dann sage ich das auch und halte mich raus. Zumindest würde ich das tun, wenn ich je in so eine Situationen käme. Aber wenn Sie von den Armeniern sprechen …«

»Ja?« İkmen beugte sich über seinen Schreibtisch. »Was ist mit denen?«

»Na ja, die sind doch ein bisschen anders, oder?«

Stirnrunzelnd fragte İkmen: »Was meinen Sie damit?«

Cohen drückte seine Zigarette in İkmens Aschenbecher aus und sah wieder zu Boden. »Na ja, da ich weiß, dass Dr. Sarkissian ein Freund von Ihnen ist und … es steht mir nicht zu, etwas darüber zu sagen …«

»Ja?«

»Es scheint was mit deren Vergangenheit oder so zu tun zu haben.«

»Meinen Sie vielleicht all das Blut, das zwischen ihrem und meinem Volk vergossen worden ist?«, hakte İkmen nach. »Sprechen Sie frei, Cohen, hier hört uns keiner.«

Cohen blickte auf und lächelte schwach. »Um ehrlich zu sein, ja. Eine Menge von denen – zumindest die, die ich kenne, natürlich nicht der Herr Doktor –, na ja, ein paar von denen sind doch ein bisschen verschlossen, oder? Sie tun so, als gäbe es was, worüber sie verbittert wären.«

»Was ja wohl auch zutrifft.«

Cohen sah İkmen einigermaßen überrascht an. Dies war kein Thema, über das man sonst mit einem Türken reden konnte – die Regierung mochte es nicht –, und auch mit anderen Juden war es schwierig. »Na ja, wie auch immer«, meinte Cohen und war dabei merkwürdig verlegen. »Aber ich kenne ja auch nicht viele von ihnen. Wenn Sie mehr wissen möchten, sollten Sie besser Dr. Sarkissian fragen.« Dann erst sah Cohen den eigenartigen Ausdruck auf İkmens Gesicht und merkte endlich, warum und auf welche Art das Gespräch von miesen Ärzten zu Fragen der Nationalität übergegangen war. Daher schob er nach: »Es sei denn, natürlich …«

»Dr. Sarkissian ist frei von jedem Verdacht«, sagte İkmen ernst, »streichen Sie also bitte jede Verbindung, die Sie zwischen ihm und unserem Gespräch hergestellt haben, aus Ihrem Gedächtnis.«

»Ich … äh …«

»Ich bin der Überzeugung, dass dieses Gespräch beendet ist und dass es sich weder in Ihrem Gedächtnis noch in der Nähe desselben befindet.«

Cohen räusperte sich und blickte ernst. »In Ordnung.«

»Ich danke Ihnen aber«, fuhr İkmen fort, »für Ihre Ansichten über das, was Sie bereits wieder vollständig vergessen haben, Cohen.«

»Das geht vollständig in Ordnung«, erwiderte Cohen, der sich von seinem Stuhl erhob und in Richtung Tür bewegte. »Wenn Sie wieder mal über etwas reden wollen, worüber Sie eigentlich nicht reden sollten, was Sie natürlich auch nicht getan haben, aber falls Sie …«

»Gehen Sie jetzt«, sagte İkmen durch seine zusammengebissenen Zähne. »Ach, und wenn Sie Polizeimeister Suleyman sehen …«

»Soll ich ihn dann bitten, direkt in den Keller zu gehen?«

»Ich denke, das wäre eine gute Idee.«

Cohen verließ das Büro und İkmen seufzte. Nach all der Zeit erwiesen sich die Vermisstenakten, auch die ungelösten Fälle, als eher dürftig. Eigentlich tauchten dort nur grundlegende Fakten auf, was zumeist bedeutete, dass die wichtigsten Tatsachen auf ein bis zwei Seiten zusammengefasst waren.

Es war aber bei weitem nicht so, dass diese Vermisstenakten İkmens Verstand vollständig ausfüllten. Was Cohen über die Armenier gesagt hatte, war interessant, wenn auch beunruhigend. Der Wachtmeister hatte, wie es İkmen schien, behauptet, dass diese eine Minderheitengruppe in mancher Hinsicht und im Vergleich mit anderen nichttürkischen Gemeinschaften ein »besonderer Fall« sei. Wegen ihres in gewisser Weise bewegten, um nicht zu sagen kontroversen Schicksals in diesem Teil der Welt fanden sie sich nun am Ende des zwanzigsten Jahrhunderts entweder zufällig oder absichtlich ziemlich getrennt von den übrigen Gemeinschaften wieder. Anders als die Juden hatten sie keine Heimat, auf die sie ihre Hoffnungen und Erwartungen richten oder in die sie fliehen konnten, falls das Leben außerhalb ihrer Gemeinschaften zu gefährlich werden sollte. Sie besaßen eine alte und für İkmens Ohren verteufelt schwierige Sprache, dazu noch einen alten und theologisch komplexen Glauben, aber ... aber auch wenn sie durch sämtliche Ränge welcher Berufe auch immer aufgestiegen waren, was ja zweifelsohne für einige von ihnen galt, waren sie niemals wie die anderen Menschen, wie er selbst, und könnten es auch nicht sein. Vielleicht hatte Cohen Recht und es war wirklich all das schreckliche Blut – ob vorgegeben oder wahr, spielte kaum eine Rolle –, das sie seit 1915 so radikal ins Abseits gebracht hatte. Oder es war etwas anderes, etwas, was immer schon da gewesen war, etwas, was er im Kleinen immer schon bei seinem Freund Sarkissian hervorzulocken versucht hatte: Misstrauen.

Weil sie anders waren, hatten sie, wie Cohen angedeutet hatte, auch einen anderen Begriff von Solidarität, den man nur schwer oder eigentlich gar nicht übersehen konnte. Die alten Sultane hatten – sei es aus Weisheit, sei es aus Furcht – stets die Karrieren besonders talentierter Armenier gefördert und sich deren Loyalität durch riesige Summen Geldes und Goldes versichert – das einzige Mittel, sich über den stolzen Nationalismus hinwegzusetzen, den einige Armenier offenbar besaßen. Damals war dies auch sehr sinnvoll gewesen. Die Armenier neigten zum Ehrgeiz und besaßen beträchtliche Fähigkeiten auf den Gebieten, die die frommen Türken für unter ihrer Würde hielten, wie zum Beispiel Handel und Politik. Deshalb war es ganz richtig, dass das Sultanat sie protegiert hatte. Doch als diese Institution anno 1908 schließlich gestürzt wurde, dauerte es nicht lange, bis jene, die meinten, gewisse Minderheiten seien ungerecht begünstigt worden, gegen diese loszogen.

İkmen betrachtete sein Hände und bemerkte, wie nervös seine Finger zuckten, scheinbar ohne seinen Willen. Dieses Thema hatte ihn immer schon nervös gemacht. Dass keiner aus seiner Familie oder keiner, den er kannte, an einer der Aktionen gegen die armenischen »Verräter« teilgenommen hatte, linderte das Schuldbewusstsein nicht, das er angesichts dieser vergangenen Ereignisse stets hatte. Das war allerdings im Moment nicht relevant. Was jetzt zählte, war, wie weit er seinem ältesten und liebsten Freund trauen konnte oder je hatte trauen können. Ardiç hatte İkmen, direkt und voreingenommen wie er war, immer kritisiert, weil er dem Doktor Zugang zu sämtlichen benötigten Informationen gewährte. Tatsächlich hatte İkmen bei mehr als einer Gelegenheit über die archaischen Bedenken seines Vorgesetzten gelacht, der anscheinend noch in einer Welt steckte, die gottlob seit langem untergegangen war.

Doch jetzt lachte İkmen nicht. Als er sich erhob, um in den Keller zu gehen, fühlte er sich schuldig und traurig, weil dies nun nicht mehr möglich war. Sogar der gelassene Cohen wusste um die Interessenkonflikte, wusste darum, dass man die Polizei obenan setzte oder sich aus einem Fall heraushielt. Und wenn Cohen das verstehen konnte, konnte es jeder verstehen, vor allem jemand, der sowohl hochintelligent als auch sein Freund war. Es war eine Enttäuschung, von der İkmen niemals gedacht hatte, dass er sich mit ihr abfinden müsste. Eine, die ihn sehr traurig machte.

Çiçek İkmen stellte ihr Wasserglas auf dem Tisch ab und lächelte ihre Mutter an, die soeben den letzten Rest ihres vegetarischen Eintopfs aß. Die jüngeren Familienmitglieder waren nach dem Ende ihrer Mahlzeit ins Wohnzimmer oder in ihre Schlafzimmer gegangen und hatten Çiçek mit ihrer Mutter und ihrem halbwüchsigen Bruder Bulent allein gelassen.

»Hast du eine Ahnung, wann Paps nach Hause kommt?«, fragte die junge Frau. Ihre Augenwinkel waren aus Sorge ein wenig verengt.

»Dein Vater hat gerade sehr viel zu tun«, erwiderte ihre Mutter und sah dabei hinüber auf Bulents immer noch fast vollen Teller. »Bitte iss das auf«, sagte sie zu dem Teenager. »Du bist viel zu dünn.«

»Paps war auch sehr dünn, als er so alt war wie ich«, sagte der Junge zu seiner Verteidigung.

»Dein Vater war und ist ein Mann, der lieber raucht als isst«, entgegnete Fatma und sah den Jungen mit zusammengekniffenen Augen an, »was du nicht tun solltest.«

»Nein ...«

Çiçek, die nicht mitbekommen hatte, was sich zwischen Mutter und Bruder abgespielt hatte, kam auf ihr eigenes Thema zurück. »Ich mag dich einfach nicht mit Großpapa allein lassen ...«

»Ich habe doch Bulent«, antwortete Fatma.

»Ja«, meinte Çiçek und sah ihren jüngeren Bruder streng an, was, wie ihre Mutter fand, nicht ganz gerechtfertigt war, »aber ich wollte, Paps wäre hier, ehe ich zurück zum Flughafen muss.«

»Wenn es Allahs Wunsch ist, dann kommt er auch«, sagte Fatma, was nach Çiçeks Ansicht ein Übelkeit erregender Fatalismus war. »Und du musst jetzt«, fuhr ihre Mutter fort, »sowieso zur Arbeit, oder?«

»Wohin fliegst du heute Abend?«, fragte Bulent seine Schwester, wobei sein leichter Schmollmund den Neid verriet, den er ihr gegenüber verspürte.

»London.«

»Mit Aufenthalt?«

»Ja.«

»Ui.« Er ächzte, als er seinen fast vollen Teller in den Abwasch stellte, und meinte dann zu seiner Mutter: »Ich gehe eine rauchen bei Großpapa.«

»Aber dein Essen ...«

»Ich mag es nicht, Mami«, sagte er, als er eilig aus der Küche huschte. »Tut mir Leid.«

Als er draußen war, wandte sich Çiçek wieder an ihr Mutter.

»Du willst mich also wirklich davon überzeugen, dass er dich allein ...«, sie wies mit dem Kopf in die Richtung, in der ihr Bruder verschwunden war, »... beschützen kann?«

Fatma lächelte. »Oh, er ist kein schlechter Junge, wirklich nicht, und neulich ist er doch, so schnell wie er konnte, von der Arbeit hergekommen, als du anriefst, weil du Ärger hattest.«

»Hm.«

»Außerdem geht Großpapa ziemlich bald zu Bett. Bulent wird ihm dabei helfen und dann stört er bis morgen früh nicht mehr. Und dann habe ich, so Allah will, eine Weile die Hilfe deines Vaters, bis er wieder zur Arbeit geht.«

Çiçek seufzte lächelnd: »In Ordnung, aber ich möchte Paps gerne anrufen, ehe ich losgehe – falls er dann noch nicht da ist. Hast du mit ihm schon über die Geschwulst ...?«

»Soso, London also, oder?«, fragte Fatma sehr schnell. »Will dich da nicht ein junger Pilot zum Einkaufen ausführen?«

»Captain Lazar sagte, dass er das vielleicht täte, ja. Aber um noch mal ...«

»Dein Vater ist in London gewesen, als du noch sehr klein warst, irgendwann in den Siebziger-Jahren. Irgendein Besuch bei der Polizei. Das hat ihm sehr gefallen, deinem Vater.« Fatma sah in das besorgte Gesicht ihrer Tochter, ihr eigener Blick war flehend und drohend zugleich. Ihre Gesundheit war kein Gesprächsthema, weder jetzt noch zu anderen Zeiten. Çetin wusste schon seit langem von den Geschwulsten, was sie bedeuteten und wie man mit ihnen umgehen musste. Ihn wegen der Schmerzen anzugehen würde vollkommen nutzlos sein, wie Fatma dachte. Sie wollte keine Gebärmutterentfernung, hatte sogar Angst davor, und ohne Geld war die ganze Sache ohnehin mehr oder weniger akademisch. Ihn also noch weiter zu beunruhigen und ihn sich noch machtloser und schuldiger fühlen zu lassen, kam Fatma fast schon grausam vor. Jedoch konnte sie von einer emanzipierten Frau wie ihrer Stewardessen-Tochter nicht erwarten, dass sie ihre Sorge um ihren meist abwesenden Ehemann würdigte.

Einige Momente der Stille verstrichen, ehe Çiçek begriff, was die Miene ihrer Mutter ihr vermittelte. Dann sagte sie unbeschwert: »Okay, Mami, mach, was du denkst, nur …«

»Ich denke, es reicht jetzt«, sagte ihre Mutter und hob eine Hand, um ihrer Tochter Ruhe zu gebieten. »Jetzt zu diesem Captain, wie hieß er gleich?«

Çiçek lächelte. »Lazar, Mami.«

»Oh, ist er …?« Sie beendete diesen Satz nicht, aber eine Tochter konnte leicht die Obsession ihrer Mutter erraten.

»Verheiratet?«, sprang Çiçek ein. »Nein, Mami.«

»Ah!« Fatma hob fragend die Augenbrauen. »Und …?«

»Und ja, ich mag ihn und er mag mich.«

Fatma lächelte. »Und der hübsche Captain nimmt dich mit zum Einkaufen?«

Çiçek antwortete achselzuckend. »Ich hoffe, dass ich einen schönen Tag in seiner Gesellschaft verbringe, vielleicht lerne ich ihn ja sogar noch etwas besser kennen.«

»Oh!«

»Aber …« Jetzt erhob Çiçek warnend einen Finger, da sie der Meinung war, diese Mischung aus Lob und Begeisterung ihrer Mutter aufhalten zu müssen.

»Aber was, meine Liebe?«, fragte ihre Mutter. »Das hört sich doch alles sehr hoffnungsvoll an und ich weiß, dass du in deinem Alter anfangen musst zu …«

»Mami!«

»Stimmt doch!«

»Ich bin noch gar nicht so alt.«

»Ich hatte drei Kinder, als ich so alt war wie du«, sagte Fatma mit fester Stimme.

»O ja«, gab ihre Tochter leicht ironisch zurück, »das muss ja wundervoll gewesen sein, bei dem, was Paps damals verdient hat!«

»Wir haben es geschafft! Und dein Vater hatte außerdem immer eine Stellung.«

»Die Leute werden sich auch weiterhin umbringen, oder

nicht?«, meinte Çiçek schelmisch und setzte noch frecher nach: »Aber das passt uns ja ganz gut …«

»Oh, bei der Liebe Allahs!«, rief ihre Mutter aus. »Wir brauchen uns nicht über deinen Vater und mich zu unterhalten, oder? Die Geschichte kennen wir. Auf wen ich neugierig bin, ist dieser Lazar. Wie ist er?«

»Captain Lazar ist dreißig, lebt mit seinen Eltern in Bebek …«

»Eine schöne Gegend ist das«, unterbrach die offensichtlich beeindruckte Fatma.

Çiçek, in deren Denken das Interesse der Erwachsenen daran, ob jemand Geld hatte oder nicht, noch nicht die Vorstellung von Liebe und körperlicher Attraktivität verdrängt hatte, seufzte. »Darf ich jetzt weitermachen?«

»O ja, ja.«

»Captain Lazar ist groß, gut aussehend, sehr charmant und …« Sie hielt inne.

»Ja«, meinte die Ältere, »er ist groß, gut aussehend, sehr charmant und …?«

Obwohl Çiçek den Kopf senkte, als schämte sie sich, hatten ihre Augen das Funkeln des Blickes, den Fatma als denjenigen Çetins erkannte und den dieser Leuten zuwarf, wenn er besonders böse war.

»Und er ist Jude«, sagte sie schlicht. »Captain Lazar, mein Freund, ist Jude.«

Sexuelle Schwierigkeiten oder Probleme waren noch nie ein leichtes Gesprächsthema unter Männern gewesen. Arto Sarkissian lachte aber trotzdem genauso über einen zotigen Witz, den ein sexbesessener junger Besucher des Leichenschauhauses erzählte, wie jeder andere Mann auch. Impotenz, vorzeitige Ejakulation, Masturbation und sogar Ehebruch gehörten alle zur heiteren, ungezwungenen Welt der Witze und unwahrscheinlichen Geschichten. Das wahre Leben dagegen war etwas vollkommen anderes.

Und genau deshalb, weil das wahre Leben etwas anderes war, hatten weder Artos engste Freunde noch sein eigener Bruder die geringste Ahnung davon, dass Dr. Sarkissian, der Pathologe, und seine hübsche Frau Maryam seit zehn Jahren nicht mehr miteinander geschlafen hatten. Ursprünglich hatte es als kurzzeitige Maßnahme nach Maryams Gebärmutterentfernung begonnen – sie hatte danach eine Zeit lang sehr starke Schmerzen gehabt und war depressiv gewesen. Als aber deutlich wurde, dass die Hormonersatzbehandlung, die ihr der Gynäkologe nach der Operation verschrieben hatte, ihr nicht bekam, wurde die Suche nach einem Medikament, das sie vertrug, zu einer Obsession, die ihre gesamte Zeit in Anspruch nahm. Alles, worüber sie sprach, war, was man ihr dieses Mal gegeben hatte und wie sie sich fühlte, worauf Fragen folgten, was sie tun sollte, falls sie diese Behandlung abbrechen und ein neues Medikament versuchen müsste. Und bis etwas gefunden worden war, gab es auch noch das Problem, dass ihr an Hormonmangel leidender Körper rapide alterte. Damals hatte sie mit kosmetischen Operationen angefangen. Nun, zehn Jahre später, hatte Maryam immer noch kein Mittel gefunden, das ihr passte. Die kosmetischen Operationen aber waren vorangeschritten und hatten sogar zugenommen, um die wundervolle Schönheit Maryams zu bewahren.

Ein Nebeneffekt dieser Operationen war, dass, auch wenn sich Maryam gerade nicht im postoperativen Zustand befand, ihre Narben zu sehr schmerzten, als dass man sie hätte berühren dürfen. Arto wusste, dass beides vollkommen verständlich und auch richtig war. Maryam war fünf Jahre älter als er und mit achtundfünfzig verkraftete ihre Haut nichts mehr. Es war leider nicht so, dass er ihr das hätte sagen können – ihr Aussehen war der kinderlosen Maryam Sarkissian alles –, es hätte sie umgebracht. Und obwohl sich Arto trotz seiner Sorgen und Herzschmerzen gelegentlich bei einer ausländischen Touristin mittleren Alters erleichterte, liebte er seine Frau doch sehr.

Wie es bei ihnen üblich war, küssten die Sarkissians sich

keusch auf die Wangen, ehe sie beide in ihre jeweiligen Schlafzimmer gingen. Immer noch trug sie einen Gazeverband an der Stelle, wo man sie zuletzt operiert hatte, nämlich am Kinn. Ehe sie sich zur Ruhe begab, schaute sie kurz unter den Verband nach möglichen Anzeichen für Infektionen. Dann zog sich Arto in sein Zimmer zurück, wobei er aus seiner beträchtlichen Bibliothek nur einen reißerischen Krimi mitnahm. Und er dachte, wie stets, an die alten Tage, als sie noch glücklich und jung und sexy gewesen waren.

Der Roman, ein amerikanischer, ging um einen Detektiv mit dem unwahrscheinlichen Namen Brick O'Hara und unterhielt Arto auf wenig anstrengende Art. Die Herausforderung war einzig, das Ding auf Englisch zu lesen, was dem Arzt einige intellektuelle Anstrengung abforderte. Aber es war schließlich erst acht Uhr, und obwohl sein Körper sich müde anfühlte, weshalb er sich auch ins Bett begeben hatte, war Artos Geist noch sehr wach und es war gut, etwas zu haben, was ihn von dem scheinbar unlösbaren Problem des jungen Knaben in seinem Leichenschauhaus ablenkte. Außerdem würde er, falls es eine Nachforschung bei den als Christen bekannten Ärzten geben sollte, bald sehr wenig Zeit haben, überhaupt noch an anderes zu denken. Er fand es schon schwierig, sich von der Vorstellung zu lösen, dass jemand, den er kannte, in die Sache verwickelt sein könnte. Angesichts des Mangels an armenischen Ärzten in dieser Stadt gab es, falls die verschiedenen Informanten und Prostituierten, die von der Polizei befragt worden waren, Recht hatten, nur eine begrenzte Anzahl von Leuten, auf die das zuträfe. Es war schwer, wenn nicht sogar unmöglich, sich vorzustellen, dass es ihn nicht persönlich betreffen würde, wenn der Schuldige entdeckt würde.

Und dann gab es natürlich noch die andere Sache, die ihm gegenwärtig Kopfzerbrechen bereitete. Die Sache, die geschehen war, als er sich von diesen Gedanken zeitweilig hatte überwältigen lassen. Hatte er Avram Avedykian zu viel erzählt? Okay, der Mann hatte versprochen, die Information, die Arto ihm gegeben hatte, für sich zu behalten, aber ... er hatte seinen jungen Freund einfach nur vorbereiten wollen, das war alles. Der Mann war, wie er wusste, homosexuell, weshalb er ohne Zweifel unter Verdacht geriete; man musste ihn einfach vorbereiten. Nicht allerdings, dass das den Verstoß gegen die Sicherheitsbestimmungen ausgleichen konnte. Çetin İkmen würde, wie Arto wusste, zum Berserker werden, wenn er das herausbekäme – was allerdings kaum der Fall sein würde. Aber ... aber Çetin würde das trotz seiner Freundlichkeit nicht verstehen. Hatte er nicht Avram gesagt, er wüsste, dass einige seinen Mangel an Solidarität mit der Gemeinschaft verurteilten – und nicht der Geringste unter ihnen war Avrams Onkel, Pater Tikon. Und auch wenn Arto selbst so gut wie nie die gesungene Liturgie am Sonntagmorgen besuchte, tat Maryam dies wenigstens. Sie hielt große Stücke auf alles, was der Priester sagte, auch wenn dieser Geistliche nicht gerade dafür bekannt war, ihren Gatten zu mögen. Wieder einmal dachte Arto, dass es für eine Familie, die nicht so eindeutig gelitten hatte wie angeblich andere, immer ein wenig war, als trüge sie ein Kainsmal im Gesicht – verurteilend und unauslöschlich. »Soll Gott doch deine Seele verfaulen lassen, Tikon«, murmelte er gerade vor sich hin, als das Handy an seinem Gürtel zu klingeln anfing.

Seufzend nahm Arto ab. »Dr. Arto Sarkissian.«

Eine kurze Pause trat ein, ehe der Anrufer antwortete, als er dann aber redete, geschah das auf Armenisch, was auch in Artos Haushalt durchaus ungewöhnlich war.

»Arto, hier ist Avram.«

»Oh, hallo«, erwiderte Arto ein wenig besorgt wegen des Anrufers und der verstörenden Gedanken, die er gerade gehabt hatte.

»Ich muss dich wegen einer Sache sprechen. Es ist wirklich sehr wichtig.« Arto hörte die Anspannung in Avrams Stimme und auch, dass er atemlos war, als wäre er gelaufen.

»Oh, dann leg los, Avram, fühl dich ...«

»Nein!« Das kam so heftig, dass Arto den Apparat kurz von seinem Ohr weghielt.

»Nein, nicht so, nicht am Telefon«, fuhr Avram fort, noch immer nach Luft ringend. »Ich muss dich sehen, Arto.«

»Was, jetzt?«

»Ja!« Obwohl er fast schrie, geschah das immer noch flehend, als ginge es um sein Leben. »Ja, jetzt!«

Mit leichter Anstrengung brachte Arto seinen Körper in die Senkrechte und legte sein Buch auf den Bettüberwurf. »Avram, was ist los? Hast du Ärger?«

»Ich hab es doch gesagt«, erwiderte Avram, nun schon leicht verärgert, »ich kann am Telefon nicht reden. Können wir uns treffen?«

»Na ja, du kannst ja hierher kommen, falls …«

»Nein, nein! Nicht bei dir zu Hause! Hier bei mir!«

»Ich kann ja, wenn …«

»Dann tu es bitte! Jetzt!«

»Avram, was …«

»Komm jetzt, bitte, Arto. Wenn du je Liebe für mich empfunden hast, dann komm jetzt!«

»Okay, ich komme.«

Er hörte einen Seufzer der Erleichterung von seinem jüngeren Freund. Es war ein sehr merkwürdiger, fast geheimnisvoller Moment – dass die Anwesenheit eines Menschen eine derart überwältigende Erleichterung auslösen konnte, war ein berauschender Tribut an die seelischen Heilungskräfte und an die Freundschaft.

»Ich danke dir, Arto. Komm bitte jetzt.«

Und dann war die Leitung tot.

Obwohl er darum gebeten worden war, sprang Arto Sarkissian nicht unmittelbar aus dem Bett und warf sich die Kleider über. Einen Moment saß er ganz still da, wie erstarrt. Das – oder etwas Ähnliches zumindest – war schon einmal passiert. Als Avedykian noch Medizin studiert hatte, war genau diese Art von Panik durch etwas ausgelöst worden, das den jungen

Mann fast zum Selbstmord getrieben hätte. Etwas, wenn sich Arto richtig erinnerte, dem er nie wirklich auf den Grund gekommen war, was aber danach mit recht überzeugender Effizienz vertuscht worden war.

Kurz bevor sie Ayşes Wohnung in Taksim erreichten, schleuderte der Himmel einen seiner gewaltigen, grimmigen, herbstlichen Regenstürme herunter, der auch die gestähltesten Stadtbewohner unvorbereitet trifft. Und obwohl sie mit einem nach Meinung seines Chefs İkmen »beängstigend effizienten Fahrzeug« gesegnet waren, fanden Suleymans Scheibenwischer die plötzliche Wasserlast ein wenig zu groß, um damit fertig zu werden. Daher war er erleichtert, als seine Mitfahrerin ihm sagte, dass sie endlich ihr Ziel erreicht hätten.

Suleyman achtete nicht besonders darauf, wo sie waren, als sie aus dem Auto stürzten und in die kahle, aber trockene Eingangshalle eines älteren Mietshauses eilten. Sogar diese kurze Entfernung von gerade mal einigen Metern hatte beide vollständig durchnässt, wenn auch nicht bis auf die Haut, so doch fast.

»Sie kommen besser mit nach oben und trocknen sich ab«, sagte Ayşe und ging die enge, gewundene Treppe hoch, die in das obere Stockwerk führte.

»Oh, aber ich sollte wirklich besser zurückfahren«, erwiderte Suleyman, der, wie seine Kollegin bemerkte, in seiner eigenen Pfütze stand, das Haar platt am Kopf wie ein enger, schwarzer Helm.

Ayşe lachte. »So können Sie nirgendwo hingehen. Ich gebe Ihnen kurz ein Handtuch und dann können Sie sich auf den Weg machen.«

»Na ja …« Damit hatte sie allerdings Recht, und so nervös er in der Nähe dieser schönen Frau war, wollte er in diesem Zustand auch nicht in sein hübsches, makelloses Auto steigen. »Ist gut.«

Als er die Treppe hochging, lächelte sie. Sie zog ein großes

Schlüsselbund aus ihrer Jackentasche, hielt vor einer der Türen an und schloss sie auf.

»Es ist ein bisschen unordentlich, fürchte ich«, meinte sie, während sie ihre Schuhe auszog und sie auf ein Gestell hinter der Tür stellte. »Ali ist heute Morgen nach Ankara gefahren, und wenn er in Eile ist, lässt er einfach alles fallen.«

Für Suleyman war Ali ein Rätsel, weshalb er mit einem schlichten »Oh« antwortete, während er sich gleichfalls seiner Schuhe entledigte.

Ayşe sah die leichte Verwirrung, die Suleyman ins Gesicht geschrieben stand, und erklärte lächelnd: »Ali ist mein älterer Bruder. Als er sich letztes Jahr hat scheiden lassen, haben wir beschlossen, dass wir genauso gut zusammenwohnen können, da wir ja beide Singles sind.« Sie schaltete das Flurlicht an und eine große und gemütlich eingerichtete Wohnung wurde erkennbar. »Wenn wir zusammenleben, können wir es uns auch leisten, schön zu wohnen, und meine Mutter ist froh, wenn Ali ein wenig auf mich aufpasst – das heißt, wenn er nicht auswärts ist«, setzte sie augenzwinkernd nach.

»Was macht Ihr Bruder?«, fragte Suleyman, der immer noch so dastand. Er wusste nicht recht, wie er von dort wegkommen sollte, und tropfte weiter auf die Fußmatte.

»Ali ist Programmierer«, antwortete sie und ging zur Tür am Ende des Flurs.

»Oh, das ist sehr – schlau«, sagte ihr immer noch unbeweglicher Gast.

Ayşe sah zu ihm und lachte wieder. »Sie können ruhig reinkommen. Regen wird diesen alten Sachen schon nicht schaden.« Sie schob einen der abgewetzten Läufer auf den Fußboden und öffnete die Tür zu einem Raum, der nach einem Wohnzimmer aussah.

Suleyman, dessen nasse Füße etwas unglücklich auf die fadenscheinigen Teppiche platschten, folgte ihr.

Wie sie bereits gesagt hatte, herrschte eine beträchtliche Unordnung. Gebrauchte Herrenhemden und einzelne Schuhe lagen auf dem Boden und auf einem von zwei großen, roten Brokatsofas, die den Raum beherrschten. Benutzte Teegläser und Teller mit Essensresten und Zigarettenkippen standen herum. Es verlieh dem Ort eine Art studentisches Flair, zumindest kam es Suleyman so vor.

Ayşe verschwand kurz in einem Zimmer, das von diesem Chaos abging, und kam mit einem ganzen Stapel Handtüchern wieder, von denen sie Suleyman drei gab.

»Mein Bruder erwartet, wie man sieht, von mir die gleiche Arbeit im Haushalt, wie sie früher mal seine Frau verrichtet hat«, sagte sie leicht bissig. »Setzen Sie sich – wenn Sie irgendwo einen Platz finden.«

Nachdem er ein Handtuch quer auf einen der Sessel gelegt hatte, setzte sich Suleyman darauf und machte sich daran, mit den anderen Tüchern Haare und Mantel zu trocknen. »Ich nehme mal an, dass Sie mit diesem Arrangement nicht ganz glücklich sind.«

Während sie kräftig ihr Haar rubbelte, antwortete sie: »Oh, mir macht es eigentlich nicht viel aus. Es ist nur so, dass Ali sich manchmal benimmt, als wäre er an Diener gewöhnt, was er natürlich nicht ist. Mein Vater war Lokomotivführer und deshalb hatten wir nicht so viel Geld, und was da war, steckten unsere Eltern in unsere Erziehung.«

»Das ist sehr lobenswert.«

»Ja.« Sie hörte kurz auf zu rubbeln und lächelte. »Ganz schön weit entfernt von Ihrer eigenen Kinderstube, wie ich gehört habe.«

Er runzelte leicht die Stirn. »Was soll das heißen?«

»Na ja …« Sie errötete leicht. »Ich habe gehört, beziehungsweise man sagt, dass Sie in einem vornehmen Haus geboren wurden und dass Ihre Eltern … na ja … so eine Art …«

»Ich nehme an, das kommt alles von einem kleinen, dunklen Menschen, mit dem ich mal auf Streife gegangen bin«, meinte Suleyman seufzend.

»Nun ja …«

Konnte man denn überhaupt ein Privatleben haben, wenn man mit Cohen befreundet war? Und welche Schwänke aus seinem Leben hatte der Mann dieser Frau noch erzählt, in deren Wohnung er definitiv nicht sitzen sollte, gleichgültig ob mit einem dicken Stapel Handtücher oder nicht?

»Nun denn«, erwiderte Suleyman, »ich wurde tatsächlich in einer Art Herrenhaus geboren. Man hat mir gesagt, wir wären von einer kleinen Schar von Angestellten bedient worden, aber wir sind aus dem Haus ausgezogen, als ich vier war, deshalb sind meine Erinnerungen daran nur sehr spärlich.«

»Oh.« Sie senkte den Blick, als wäre sie beschämt oder enttäuscht.

Suleyman lächelte. »Ich nehme mal an, Cohen hat Ihnen erzählt, ich sei so eine Art Prinz, oder?«

»Na ja …«

»Das bin ich aber nicht, wie Sie sicher bemerkt haben. Das war mein Großvater, der aber leider schon tot ist.« Er lachte. »Die Wahrheit ist immer ein bisschen enttäuschend, oder?«

Sie sah ihn, wie er fand, ziemlich herausfordernd an. »Nein! Wenn ich eine Person mag, dann um ihrer selbst willen. Ich bin nicht so oberflächlich, dass ich mich nur für Leute mit Geld oder einem guten Job interessiere.«

»Ich habe auch nicht angenommen, dass Sie das tun. Es war mir nur wichtig, Cohens kleine Phantasien richtig zu stellen, wie Sie sich vorstellen können. Das musste ich in den vergangenen Jahren oft tun.«

Beide saßen eine Weile schweigend da – keiner versuchte oder wagte, daran zu denken, was der oder die andere dachte.

»Wie auch immer«, sagte er schließlich und legte die Handtücher ordentlich gefaltet zur Seite. »Wenn ich kurz mal Ihr Bad benutzen dürfte, um mich zu kämmen, ich …«

»Natürlich, Sie müssen gehen, oder?«, fragte sie, stand auf und ließ ihre eigenen Handtücher einfach auf die Erde fallen. »Direkt neben der Wohnungstür, das Bad.«

»Danke.« Er stand auf und ging aus dem Zimmer.

Ayşe ging zum Fenster und schloss die Jalousien vor der regennassen Nacht. Es goss immer noch, weshalb seine Versuche, sich herauszuputzen, umsonst waren. Das war aber nicht der einzige Grund, weshalb sie an ihn dachte. Die Tatsache, dass sie ihn nun hier hatte, in ihrer Wohnung, hatte bei Ayşe Farsakoğlu viele Gefühle ausgelöst. Das gemeinsame Reden und Lachen war, wenn auch zuweilen schwierig, sehr schön. Okay, wenn man ihn wirklich kannte, erwies sich Mehmet Suleyman als ein wenig förmlicher als andere Leute. Aber das änderte nichts daran, dass sie ihn begehrte, und zwar so heftig, dass sie sich manchmal selbst schämte. War es nur etwas Sexuelles? Musste es wohl, denn sie kannte ihn ja nicht wirklich. Alles, was sie gemeinsam hatten, war ihre Verwicklung in den Fall dieses armen Verrückten, bei dem sie sich beide so schuldig fühlten.

Eins aber konnte nicht in Zweifel gezogen werden: Als Suleyman eingegriffen hatte, um sie vor dem armen Lenin zu retten, hatte er dies mit solcher Wut getan, dass es zumindest den anderen Männern im Raum geschienen hatte, er wäre in höchster Sorge um ihre Sicherheit. Seiner Aussage nach hätte er dasselbe auch für jeden anderen Kollegen getan, aber andere behaupteten etwas anderes – na ja, es war Cohen, der Geschichtenerzähler, der das tat. Nicht, dass das angesichts ihrer Unterhaltung von vorhin über Suleymans Abstammung noch viel bedeutete. Auch wenn sich Ayşe so sehr wünschte, dass dem doch so wäre.

Als Suleyman wieder ins Zimmer kam, stand sie immer noch am Fenster, den Kopf gesenkt.

»Okay, vielen Dank für die Handtücher und ...« Als sie auf seine Worte nicht reagierte, fragte er: »Geht es Ihnen gut?«

»Nein, nicht wirklich«, antwortete sie und drehte sich vom Panorama der regennassen Geschäfte auf der anderen Straßenseite ab.

»Sie denken noch an den armen Verrückten, nehme ich an.«

»Teilweise.« Sie fühlte, wie ihr, aus Scham oder aus Enttäuschung oder aus beidem, die Tränen in die Augen traten.

»Es gibt nicht mehr viel darüber zu sagen, was nicht schon gesagt wäre«, meinte Suleyman. »Inspektor İkmen behauptet immer, dass man sich nie wirklich an solche Sachen gewöhnt, aber mit der Zeit lernt, damit zu leben. Ich weiß nicht …«

»Müssen Sie wirklich schon gehen?«

Sie hatte gar nicht gemerkt, dass sie etwas sagen wollte, bis die Worte aus ihrem Mund kamen. Als es geschehen war, wünschte sie, sie hätte nichts gesagt, und hielt sich den Mund zu, damit es kein zweites Mal passierte.

»Ja«, antwortete er ruhig. »Wir sind doch mitten in einer Untersuchung.«

»Stimmt schon.« Sie wandte sich ab und lächelte trotz der Tränen auf ihren Wangen.

»Vielleicht hilft es Ihnen, mit einem Freund darüber zu reden?«, sagte Suleyman. Plötzlich hielt er inne und senkte den Kopf. »Es ist unmöglich.«

»Was ist unmöglich?«

Er sah so schnell wieder auf, wie er den Blick gesenkt hatte. »Das hier. Sie und ich hier zusammen, das ist …«

»Ist was?« Sie kam auf ihn zu, blieb jedoch stehen, als sie sah, wie er zurückwich. »Das ist was?«, wiederholte sie. »Sie und ich hier, wie …?«

»Ich glaube nicht, dass wir noch länger darüber reden sollten«, erwiderte er und drehte sich zur Tür, als wollte er gehen.

»O doch, ich glaube, das sollten wir – Mehmet«, sagte sie. Wieder hatte sie gewagt, ihn beim Vornamen zu nennen.

»Ich bin verheiratet – mit einer von meinesgleichen. Eine Ersatzprinzessin, gerade so wie ich ein Ersatzprinz bin. Ganz passend und angemessen.«

»Aber …«

»Aber nichts!«, rief er heftig aus. »Gar nichts ist, Polizeimeisterin!«

»Aber …«

Er hob die Hand, um sie abzuhalten, wie sie glaubte. »Ich gehe jetzt und das ist …«

»Nein, geh nicht!« Sie weinte. Und dann sagte sie, was sie nie hatte gestehen wollen: »Ich will dich …«

»Ich will dich auch!«, antwortete er. Die Worte kamen abgeschnürt, fast abgewürgt aus der Tiefe seiner Kehle, als hätte er sie nicht sagen wollen. »Aber das …«

»Aber was?«, fragte sie und ging um das Sofa herum, das ihn von ihr trennte. »Wenn ich will und du auch …« Sie streckte den Arm aus und legte ihn vorsichtig auf die Schulter und diesmal floh er ihre Berührung nicht.

»Einfach nur, weil wir wollen …«

Sanft und leicht zitternd legte sie ihren Finger auf seinen Mund. »Nur weil wir nicht miteinander verheiratet sind, heißt das noch nicht, dass wir nicht …«

»Ich …«

»Ich wollte – nein, ich habe mich danach gesehnt, mich dir hinzugeben, seit ich dich das erste Mal neben Inspektor İkmen in seinem dreckigen, alten Auto habe sitzen sehen.«

Es war das verschämteste und persönlichste Bekenntnis, dass sie je gemacht hatte, aber sein Gesicht war immer noch ausdruckslos und unbeweglich.

Gerade fragte sie sich, ob er überhaupt noch antworten würde, als er sich schon über sie beugte und ihre leicht geöffneten Lippen zwischen seine nahm.

Zum zweiten Mal sah İkmen zu seinem Handy hin, das oben auf einem staubigen, alten, metallenen Aktenschrank lag. Er roch das alte Papier und in Verbindung mit der fast überwältigenden Stille im Keller fing das Gefühl, vom Rest der Welt abgeschnitten zu sein, allmählich an, ihn zu beunruhigen.

Sollte er nun Suleyman anrufen oder nicht? Der Mann hatte gesagt, dass er zum Revier zurückkommen würde, sobald er eine Sache erledigt hätte, in die hineingezogen zu werden er abgelehnt hatte. Er hatte gesagt, es würde nicht lange dauern, was auch immer es war. Das war vor zwei Stunden gewesen. İkmen drehte sich wieder dem dürftigen Blatt Papier in seiner Hand zu und las ohne besonderen Grund über den Streit, den Neşe Balaban mit ihrem Vater vor ihrem Verschwinden im Jahr 1981 gehabt hatte. Vermutlich war es um einen Jungen gegangen. Verschwunden und wahrscheinlich immer noch vermisst, musste die junge Neşe Balaban jetzt, wie İkmen errechnete, auf die dreißig zugehen. Er ließ das Blatt im Ordner verschwinden und holte sich das nächste aus dem Stapel, der neben ihm lag. Wieder sah er das Telefon an und seufzte, als dieser Apparat sich laut piepsend ins Leben zurückmeldete.

İkmen erhob sich, ging hinüber zum Aktenschrank und nahm das Telefon. »İkmen«, sagte er und hoffte, als Antwort die Stimme seines Assistenten zu hören.

»Paps«, antwortete eine vertraute weibliche Stimme.

»Hallo, Çiçek, mein Liebling«, sagte İkmen lächelnd. »Das ist aber eine Überraschung. Ich dachte, du wärst schon wieder bei der Arbeit.«

»Bin ich auch«, erwiderte sie, »ich gehe gleich los.«

»Du dachtest wohl, dass du deinen alten Vater noch mal anrufst, ehe du gehst, oder? Das ist sehr lieb von dir.«

»Ja, obwohl …«

»Ja?«

»Ich habe mich gefragt, ob du eine Ahnung hast, wann du heute nach Hause kommst.«

Etwas lag in ihrer Stimme, was İkmens Herz ein kleines bisschen schneller schlagen ließ. »Wieso? Gibt es ein Problem?«

»Nein, zumindest nicht im Augenblick. Es ist halt nur so, dass … hör mal, Paps, ich bin nicht sehr froh bei dem Gedanken, Mami mit all den Kindern und Großpapa allein zu lassen.«

»Sie hat es bisher doch immer geschafft«, sagte er und war erleichtert, dass kein echter Notfall vorlag. »Sie hat doch auch Bulent und …«

»Er sagt, dass er mit ein paar Freunden noch einen trinken geht.«

»Oh, tatsächlich!« İkmen schnalzte ungeduldig mit der Zunge. »Gib ihn mir mal bitte, Çiçek.«

Er hörte, wie sie den Hörer hinlegte und im Hintergrund Stimmen etwas lauter wurden. Natürlich war es völlig in Ordnung, dass sein junger Sohn mit Freunden ausgehen wollte, nun, da er ja schon arbeitete. Und er würde sowieso ziemlich bald zur Armee gehen, aber, wie Çiçek ganz richtig bemerkt hatte, Fatma mit den fünf Kleinen und dem verrückten alten Mann allein zu lassen war nun wirklich nicht drin. Dass eigentlich er selbst es war, der bei ihr zu Hause sein sollte, kam ihm auch kurzzeitig in den Sinn, aber diesen Gedanken verscheuchte er in einem abrupten Anfall von Selbstrechtfertigung – schließlich gab es den toten Jungen und einen Fall, der nicht vorankam.

Er hörte, wie Schritte lauter wurden, als sich jemand dem Telefon näherte.

»Bulent ist schon weg, Paps«, sagte Çiçek.

İkmen seufzte und rieb sich die Augen. »Dieser Junge …«

»Kommst du dann bald, Paps?«, wollte seine Tochter noch einmal wissen und klang dabei flehentlicher als sonst.

»Nicht so bald, ich habe noch einen ganzen Stapel mit Akten, den ich durcharbeiten muss.«

»Kann das nicht bis morgen warten? Mami …«

»Nein, kann es nicht, Çiçek, ich bin wirklich unter Druck, die wollen ein Ergebnis sehen.«

»Ja, das verstehe ich ja, aber meinst du nicht, dass Mamis Seelenfrieden ein bisschen wichtiger ist?«

»Oh, bei der Liebe Allahs, es ist doch nicht so, dass der alte Mann etwas anrichtet, mit dem deine Mutter nicht fertig wird.«

»O doch, sie steht wirklich drauf, sich was von unsichtbaren Griechen anzuhören und den öfters mal nackten Mann um sich zu haben, der auch schon mir unappetitliche Vorschläge gemacht hat. Damit sollte sie wirklich nichts zu tun haben. Du solltest in der Lage sein, ihn dir mal vorzuknöpfen!«

»Wag es nicht, so mit mir zu sprechen!«, brüllte İkmen, der wütend war, sich aber auch schuldig fühlte.

»Ich sage meine Meinung, wie mein Vater es mich immer gelehrt hat, wenn ich eine Ungerechtigkeit mit ansehen muss!«, gab sie zurück, womit sie ihm mit ihren vierundzwanzig Jahren erfolgreich seine moralischen Grundsätze um die Ohren haute.

»Jetzt …«

»Und wag du bloß nicht, mich deshalb zu kritisieren, Paps. Seit ich weiß nicht wie langer Zeit bist du fast nur noch ein Untermieter in unserer Wohnung. Kommst zu den unmöglichsten Zeiten nach Hause und hilfst Mami nur, wenn du …«

»Jetzt schau mal her«, fing er an, wurde aber sofort von einer schwachen, ziemlich ärgerlich klingenden Stimme im Hintergrund unterbrochen. »Ist das deine Mutter?«

»Ja. Und?«

»Gib sie mir mal.«

»Nein.«

»Wie bitte?«

»Nein, ich gebe dir Mami nicht, weil sie doch immer nur alles gutheißt, was du sagst, auch wenn es bedeutet, dass sie dabei selber unglücklich ist.«

»Deine Mutter ist nicht …«

»O doch, ist sie wohl!«, schrie Çiçek, jetzt erst richtig in Fahrt gekommen. »Ihr geht es in Wirklichkeit schlecht! Sie fühlt sich mies und mit Großpapa und allem, was er anstellt, ist sie vollkommen ausgebrannt!«

»Deine Mutter ist sehr wohl in der Lage zu reden …«

»Ist sie nicht! Zumindest nicht mit dir!«

Da er die Wahrheit so unverblümt anhören musste, schüttelte es İkmen, vor Wut und vor Kummer. Deshalb fuhr er sanft fort: »Jetzt ist nicht die Zeit …«

»Ach, niemals ist doch bei dir die Zeit, oder?«

»Ich werde das morgen früh in Ordnung bringen.«

»Dann bin ich in London!«

Er hörte, wie jemand, vermutlich Fatma, im Hintergrund etwas rief, das sich anhörte wie »mit wem«.

»Was sagt deine Mutter gerade?«, wollte er wissen, als Çiçek ihrerseits etwas zu ihrer Mutter sagte, das er gleichfalls nicht verstehen konnte.

»Nichts Wichtiges«, gab seine Tochter zurück, als sie wieder mit ihm redete. »Jetzt ...«

»Hör mal, Çiçek, du musst jetzt los, um deinen Flug zu kriegen und ...«

»Kommst du also jetzt zurück und bist hier bei Mami?«

»Nein ...«

»Okay, dann gibt es ja wohl nicht mehr viel zu sagen, oder?«

»Çiçek ...«

»Mein Taxi ist gerade gekommen. Wenn Mami irgendwelchen Ärger hat oder ...«

»Çiçek!«

»Oh, du bist wirklich völlig unmöglich!«, giftete sie noch, und dem lauten Geräusch nach zu urteilen, das in seinem Ohr nachhallte, hatte sie den Hörer auf die Gabel geknallt.

İkmen schaltete sein Handy aus und ging wieder zu seinem wackeligen Holzstuhl und dem Aktenstapel. Aber auf den Inhalt, der sich mit dem Verschwinden eines Schizophrenen mittleren Alters aus einer Anstalt im Jahre 1982 befasste, konnte er sich, trotz seines leidenschaftslosen Gesichtsausdrucks, nicht mehr konzentrieren. Na und? War der Mann Armenier? Nein. Hatte er Kinder? Wenn man sich klar machte, dass der Mann seit dem Alter von sechzehn Jahren in der Anstalt war, schien das höchst unwahrscheinlich. Aber İkmen konzentrierte sich auch nicht wirklich auf diese Dinge. Verdammtes Mädchen! Und verdammt auch ihre große, ehrliche Klappe!

Mit einer schnellen Handbewegung warf er die Akte zur Seite und nahm sich noch einmal das Telefon vor. Noch ehe er die Nummer vollständig eingetippt hat, murmelte er ungeduldig: »Los, mach schon.«

»Hallo?«, meldete sich eine leicht zitternde weibliche Stimme am anderen Ende.

»Fatma?«

»Çetin, ist …«

»Ist das Mädchen schon weg?«

»Çiçek ist grade ins Taxi gestiegen, tut mir …«

»Scheiße!«

»Çetin!«

Er stützte seine Stirn in die Hände und seufzte. »Entschuldige bitte, meine Liebe.«

»Sie hätte dich damit nicht so quälen sollen, Çetin«, entgegnete Fatma. »Es war nicht richtig. Aber du weißt ja, wie dickköpfig sie sein kann. Sie ist genau wie …«

»Ja, ich weiß, sie ist so wie ich, sie ist ja auch schließlich meine Tochter«, sagte er, womit er das Offensichtliche beim Namen nannte. »Geht es dir gut, Fatma? Sie war wohl der Meinung …«

»Oh, Çiçek macht sich einfach zu viele Sorgen«, antwortete Fatma fast mit einem Lachen in der Stimme. »Mir geht es gut, Bulent hat Timür vor einer Stunde für mich ins Bett gebracht.«

»Ich werde mit dem Jungen ein paar Worte wechseln müssen, wenn ich ihn sehe!«

»Ja …« Einen Moment hielt sie inne, als würde sie Atem holen, und fragte dann: »Kennst du diesen Captain, mit dem Çiçek nach London geht?«

»Ja«, erwiderte er seufzend. Es interessierte ihn nicht sehr. »Er führt sie zum Einkaufen aus. Und?«

»Du weißt doch, dass er Jude ist, oder?«

»Nein, das wusste ich nicht«, antwortete ihr Gemahl, »aber jetzt weiß ich es. Und jetzt frage ich noch mal: Und?«

»Çetin!« Sie wurde immer wütend, wenn er so locker mit dem umging, was ihrer Religion wesentlich war. »Hast du nicht gehört, was ich gesagt habe?«

»Ich habe sehr wohl gehört, was du gesagt hast, Fatma«, antwortete er langsam und deutlich, »aber das, was du deshalb von mir willst, kann ich …«

»Aber sie kann doch nicht einfach so mit ihm losziehen, oder? Ich meine, was ist, wenn sie und er … was, wenn sie es beide ernst meinen?«

»Sie zum Einkaufen auszuführen ist noch kein Heiratsantrag«, erwiderte İkmen bedächtig, so dass sie mit einigem Glück vielleicht begriff, was er sagte. Und hätte er es dabei belassen, wäre sie wohl besänftigt gewesen, zumindest für diesen Moment. Aber er war müde und reizbar und deshalb musste er die Sache noch ein wenig vorantreiben. »Und selbst wenn sie ihn heiraten sollte, warum nicht? Er ist Pilot bei einer Luftlinie und verdient gutes Geld. Sie könnte es viel schlechter treffen.«

»Aber er ist ein …«

»Ja, das ist er, aber wenn sie ihn liebt – was wir ja gar nicht wissen, wenn du dich mal erinnerst –, was können wir tun? Du und ich haben uns gewählt, und wenn du dich auch da mal erinnerst, hast du zugestimmt, dass keines der Kinder eine arrangierte Heirat haben soll. Außer allem anderen wäre es auch vollkommen scheinheilig.«

»Ja, aber ein …«

»Oho. Wenn ich ein Armenier gewesen wäre oder so was, dann hättest du mich also nicht geheiratet?«

Eine Sekunde herrschte am anderen Ende vollkommene Stille, ehe sie antwortete.

»Nein, ich meine, ich hätte dich immer noch geliebt, aber es wäre wohl …«

»Oh, vielen Dank, Fatma«, sagte er bissig, »das höre ich ja wirklich gerne!«

»Nein, nein …«

»Und überhaupt«, setzte er spöttisch nach, »was hast du erwartet zu kriegen, als du jemanden geheiratet hast, der an nichts glaubt? Ich kann es mir nicht vorstellen.«

»Du hast *sünnet* hinter dich gebracht, die Beschneidung, Çetin, und wenn du stirbst, wirst du als Moslem begraben. Du bist wirklich ...«

»Oh, hörst du vielleicht jetzt mal eine Minute lang auf, dir selbst was vorzumachen, Frau!«, rief er. »Mensch, wenn dich meine Mutter jetzt hören könnte, würde sie sich kranklachen!«

»Deine Mutter?«

»Meine Mutter hat Karten gelesen, mit den Toten gesprochen und ...«

»Deine Mutter war vollkommen ...«

»Wenn du das Wort verrückt gebrauchst, beende ich die Unterhaltung auf der Stelle!«

»Verrückt!«

»Wie du willst!«

Er drückte den Knopf »end« und warf den verhassten Apparat auf den Betonfußboden. Das kleine Display zersplitterte in unendlich viele stecknadelgroße Stücke, während die rückwärtige Abdeckung wegflog. Ein paar Sekunden lang tat İkmen nichts anderes, als das Ding anzustarren. Sein Gesicht war ohne jeden Ausdruck. Als er sich dann von diesem gerade entstandenen Schlachtfeld ab- und seinem Aktenstapel wieder zuwandte, murmelte er: »Also, Mutter, schon wieder hast du mich in Schwierigkeiten gebracht, oder etwa nicht?«

Dann hörte er – oder glaubte es vielleicht nur zu hören – ein Lachen, ganz weit über seinem Kopf. Dass dieses Lachen wie das altweiberhafte Gegacker seiner Mutter tönte, entlockte İkmen ein Lächeln.

Kapitel 13

Als Arto Sarkissian vor Avram Avedykians Wohnhaus anhielt, konnte er nicht übersehen, dass die Leute, die direkt über seinem Freund wohnten, offenkundig eine Party feierten. Laute Musik und schicke, wenn auch durchnässte junge Leute, die auf dem regennassen Balkon herumrutschten, waren deutliche Hinweise darauf. Eine bestimmte Sorte junger Erfolgreicher genoss eindeutig einen schönen Abend. Arto aber, der nur an Avram dachte und an seinen offenbar verstörten Geisteszustand, konnte bloß die Stirn runzeln, als er aus dem Wagen ausstieg und über den durchnässten Boden in Richtung der Eingangshalle lief.

Obwohl Dr. Avedykians Wohnung fast das ganze Erdgeschoss des Hauses einnahm, lag seine Eingangstür auf der Rückseite des Gebäudes, hinter der Treppe, die zu den oberen Geschossen führte. Arto schüttelte die wenigen Haare, die ihm geblieben waren, und wrang seinen Mantelkragen auf dem Marmorfußboden aus. Dann ging er eilends, wenn auch ohne sonderliche Begeisterung in Richtung des kleinen Foyers, das durch die Treppe verdeckt wurde. Als er an der Treppe vorbeikam, stolperte ihm ein betrunkener junger Mann mit einem Reebok-T-Shirt entgegen, der leise vor sich hin fluchte.

Die Tür war nur angelehnt und ging leicht auf, als Arto den Griff berührte. Das war verständlich, da sein Gastgeber ihn erwartete, obwohl sich Arto fragte, wieso er die Tür einfach offen ließ, da doch eine laute Party vonstatten ging.

Als er die Tür hinter sich schloss, wurde der Lärm von oben gedämpfter und durch die viel sanfteren Klänge von Gershwins *Rhapsody in Blue* ersetzt, die aus der Stereoanlage seines

Freundes kamen, wie Arto vermutete. Er trat von der Eingangshalle in die Diele und rief laut: »Avram? Ich bin es, Arto!«

Keine Antwort. Die sinnlich klagenden Klänge von Gershwin waren die einzige Antwort auf sein Rufen. Als er sich in das Wohnzimmer vortastete, spürte Arto, wie sich seine Nackenhaare aufrichteten. Er schalt sich einen misstrauischen alten Narren und versuchte, seinen Instinkt zu ignorieren, obwohl er im Lauf der Jahre gelernt hatte, ihm zu trauen. Erst als er hörte oder zu hören glaubte, wie ein Geräusch aus einem der Schlafzimmer drang, ließ Arto seine Reaktion vollkommen außer Acht. So wie er Avram kannte, hatte der wahrscheinlich in seinem Kummer eine ganze Flasche geleert und würde nun den Rausch ausschlafen. Wenn Leute besoffen waren, taten sie eben so etwas: aus Verzweiflung Freunde anrufen und ausgerechnet dann zusammenklappen, wenn sie erschienen.

Weshalb es wohl ganz gut war, ihn erst mal zu untersuchen. Als er die Tür zum Schlafzimmer aufmachte, aus dem das Geräusch gekommen war, sah Arto tatsächlich Avram Avedykian, wie er auf dem mit einem Gobelin bedeckten Bett lag, das Gesicht nach unten. Arto lächelte. Die Stellung des Mannes ließ vermuten, dass er eher der Länge nach ins Bett gefallen war, als dass er sich darauf gelegt hätte. Und genau wie Arto es angenommen hatte: völlig betrunken, die Probleme für den Augenblick in eine leere Wodkaflasche gestopft, die auf dem Nachttisch stand.

Aber etwas gab es an dieser Szene, das sich für Avram trotzdem als Problem erweisen könnte, wenn er am Morgen aufwachen würde. Der Kopf von Artos Freund hing nämlich in einem höchst unbequemen Winkel an einer Seite des Bettes herab. So leise er konnte, die Ohren ganz dem Geräusch seiner Schritte zugewandt, huschte Arto hinüber zur anderen Seite des Bettes. Dort hielt er inne.

Zunächst, nur für den Bruchteil einer Sekunde, ehe er das ganze Ausmaß erfasste, war es das Gefühl, dass etwas sich sachte seinen Füßen widersetzte, das ihn innehalten ließ. Blut – er stapfte in Blut herum! Arto ließ den Blick über die seinem Gefühl nach riesige Fläche Blut schweifen, das den Teppich neben und unter ihm besudelt hatte, und endlich ruhte sein Blick auf Avrams baumelndem Kopf – oder ehedem, was davon noch geblieben war. Von der Stelle, an der er stand, sah Arto, dass eine Wange und ein beträchtliches Stück des Kiefers buchstäblich weggeblasen worden waren.

Als er aufwachte, war er zunächst sehr beunruhigt, dass das Licht immer noch an war. Einen Moment lang dachte er, dass er auf dem Sofa in seinem Wohnzimmer eingeschlafen wäre, er erhoffte es sich jedenfalls. Der Anblick seiner eilig ausgezogenen Sachen neben dem Bett befreite ihn aber bald von diesem Gedanken.

Oh.

Er drehte sich um und sah, wie sie neben ihm lag, ihn offensichtlich ansah und lächelte, das Gesicht in ihren Arm geschmiegt.

»Du bist eingeschlafen, also habe ich dich in Ruhe gelassen. Du schienst es zu brauchen.«

»Danke.« Beim Sprechen fühlte er, wie seine Halsmuskeln sich anspannten, während die Erinnerung an das, was er getan hatte, zurückkam. Schuld. Er hätte wissen können, dass es so kommen würde. Er hätte die Geistesgegenwart besitzen sollen aufzuhören.

»Wie spät ist es?« Er musste es jetzt wissen, hatte aber auch Angst, etwas – irgendwas – zu dieser Frau zu sagen, mit der er vor so kurzer Zeit Sex gehabt hatte.

Sie blickte kurz auf ihre Uhr. Es war das Einzige, was sie trug.

»Halb elf.« Immer noch lächelte sie.

»O nein!« Mit einem Ruck setzte er sich aufrecht hin und fuhr sich mit den Händen durch sein zerzaustes Haar. »Der Inspektor …«

In diesem Moment läutete sein Handy. Halb stürzte, halb warf Suleyman sich auf den Boden, bemüht, seine Jacke zu packen, und fischte den Apparat heraus. Es war seltsam und auch ziemlich erschreckend, in Gegenwart eines fremden Menschen nackt zu sein.

Nachdem er das Handy gefunden hatte, drückte er den Empfangsknopf und hielt sich den Apparat mit der Schulter ans Ohr.

»Suleyman.«

»Bist du auf dem Nachhauseweg oder arbeitest du noch?«, fragte die angespannte Stimme einer Frau.

»Ach, Zuleika, hallo …«

»Ich frage bloß, weil dein Bruder hier ist, um dich zu besuchen«, sagte sie in einem Tonfall, der im Lauf der Jahre eine wohl überlegte Interesselosigkeit angenommen hatte.

»Ja, ich habe noch ein paar Sachen zu erledigen«, sagte er und zuckte innerlich wie äußerlich bei diesem Betrug zusammen. Mit einer anderen Frau im Bett zu liegen, während man am Telefon mit der eigenen sprach, war etwas, was andere Männer taten, Männer ohne Moral oder Ehre. Männer, die er nicht leiden mochte.

»Gut, wenn du fertig bist damit, hat Murad noch etwas, was er ganz gerne mit dir besprechen würde. Dauert es noch lange?«

»Nein …«

»Dann werde ich ihn und Elena …«, der Name der ungeliebten griechischen Frau seine Bruders entschlüpfte ihrem Mund, als würde sie etwas Unangenehmes ausspucken, »… so lange unterhalten, bis du kommst.«

»Danke.«

»Ich werde danach ins Bett gehen«, setzte sie noch hinzu, »was ich jetzt schon ganz gerne tun würde.«

»Ich bin, so schnell ich kann, zu Hause.«

»Gut.« Die Leitung war tot, sie hatte die Verbindung unterbrochen – noch eine von Zuleikas abweisenden Gesten.

Suleyman drückte auf »end« und warf das Telefon auf sein zerknautschtes Jackett.

»Ich muss gehen«, sagte er, glitt mit den Beinen aus dem Bett und suchte auf dem Boden nach seiner Hose.

»Das war deine Frau, oder?«, fragte sie, obwohl sie die Antwort bereits kannte.

»Ja.« Er hielt den Kopf beim Antworten gesenkt. Er hatte keine Lust, noch mehr dazu zu sagen oder ihrem Blick zu begegnen.

»Und deshalb musst du natürlich jetzt gehen.«

»Ja.« Er zog den Reißverschluss hoch, griff nach seinem Hemd und sah sie an. Ihr Gesichtsausdruck sagte ihm alles über ihre Gefühle.

»Tut mir Leid, aber ...«

Sie lächelte ein kleines, dünnes Lächeln. »Ich weiß, ich weiß. Ich habe ja immer gewusst, dass du verheiratet bist, was konnte ich also anderes erwarten?«

»Ich hab wirklich ...«

»Sag jetzt bloß nicht, dass du es schön fandest, bitte! Und dank mir nicht!«

»Das wollte ich auch nicht«, sagte er, und als er merkte, wie sie das auffassen könnte, setzte er hinzu: »Nicht, dass es nicht schön gewesen wäre, weil es das nämlich war, und ...«

»Mehmet! Lass es!« Sie wandte sich ab und verbarg ihr Gesicht. Mehmet konnte nur hoffen, dass es nicht tränenüberströmt war.

Während er sich das Hemd zuknöpfte, setzte er sich neben sie aufs Bett. »Ayşe ...«

»Was?«

»Sieh mich an.«

Sie wandte sich um und sah ihn wieder an. Die Augen voller Tränen.

»Ich hab es ausgenutzt ... ich tu so was wirklich nicht jeden Tag.« Er starrte auf das Betttuch, auf dem er nervös mit seinen Fingernägeln herumhackte. »Ich mag dich wirklich. Und ich mag dich nicht nur, sondern ich begehre dich auch, du bist so schön ...« Er sah auf und lächelte eines seiner strahlenden Lächeln, das sie so sehr liebte.

»Aber?«, fragte sie. »Es muss hier doch einfach ein ›aber‹ geben, oder, Mehmet?«

Er zuckte die Achseln, was wohl Zustimmung bedeuten sollte.

»Und es ist deine Frau, wie ich annehme.«

»Indirekt.« Er seufzte. »Ich liebe sie nicht, habe sie nie geliebt.«

»Und?«

»Meine Hochzeit wurde arrangiert. Es war ...« Er suchte nach dem richtigen Wort, und als er eines gefunden hatte, das seiner Vorstellung nahe kam, meinte er: »... zweckdienlich, nach Auffassung meiner Familie. Wenn ich dir sage, dass die Frau meines Bruders nicht willkommen ist, dann nicht, weil sie eine Griechin ist, sondern die Tochter eines Lebensmittelhändlers ...«

»Euer Herrenhaus ist wohl immer noch nicht ganz verschwunden, oder?«, bemerkte sie scharfsinnig.

Er ergriff eine ihrer Hände. »Nein.«

»Und das wird es wohl auch kaum.«

Er lächelte. »Eines Tages vielleicht.«

Sie beugte sich vor und küsste ihn zärtlich auf die Lippen. »Kommst du wieder?«

»Ich würde gern ...«

»Aber?«

Trotz des ernsten Themas lachte er. »Ich möchte. Aber ich weiß nicht, ob es gut ist – für uns beide.«

»Ich kann damit umgehen, wenn du es auch kannst.«

Er berührte sie kurz, zog aber die Hand sofort wieder zurück, als hätte er sich verbrannt. »Die Wahrheit ist, ich weiß nicht, ob ich es kann, Ayşe. Ich weiß nicht mal, was ich tun werde, wenn ich Zuleika heute Abend sehe.«

»Du denkst doch nicht daran, es ihr zu sagen, oder?« Ihre

Augen waren jetzt größer geworden – dies hatte sie nicht erwartet. O ja, sie wusste, dass er den Ruf hatte, ehrenhaft und sonst noch einiges zu sein, aber seiner Frau so eine zugegeben gute, wenn auch kurze Begegnung zu beichten schien ihr derartige Qualitäten doch etwas überzustrapazieren.

Er zuckte die Achseln. »Ich weiß nicht.« Dann, als er sah, wie beunruhigt sie war, meinte er noch: »Ich würde ihr nicht sagen, dass du es gewesen bist. Aber du musst zugeben, dass ich, wenn ich nicht wie einer von diesen blöden Kerlen werden will, die rummachen und andere Frauen ausnutzen und ihre eigenen Frauen anlügen …«

»Was würde sie denn tun, deine Frau, wenn sie es wüsste?«

Er lächelte. »Sie würde es ihrer Mutter erzählen, die es meiner weitererzählen würde, die mir dann vermutlich unzählige Drohungen und Warnungen an den Kopf werfen würde.«

»Und?« Wieder rutschte sie näher zu ihm, wobei sie eine ihrer Brüste ordnete, auf denen sie lag.

Er küsste sie leicht auf die Wange. »Sie würde sich jedenfalls nicht von mir scheiden lassen, glaube ich.«

»Aber …«

»Getrennt voneinander sind Zuleika und ich nichts. Zusammen?« Wieder lächelte er. »Sie ist die reichste meiner Cousinen und ich bin dank meinem Vater der aristokratischste ihrer Cousins. Die Familie meiner Mutter ist nichts ohne ihren Ehrgeiz. Sogar die Tatsache, dass ich es vorgezogen habe, ein einfacher Polizist zu werden, hat meinen Wert als gutes Zuchtmaterial wenig beeinträchtigen können.«

»Oh.«

Er stand auf, griff nach seiner Jacke und dem Handy. »Jetzt muss ich wirklich los.«

»Ja.«

»Ich kann nur sagen, dass es mir Leid tut wegen …«

»Nein, nicht, bitte. Es lag genauso an mir wie an dir. Und, na ja, wir waren ja auch nicht schlecht – zusammen.«

»Ja, das stimmt.« Er lächelte. »Wir waren die besten.«

»Jetzt haust du wirklich besser ab«, sagte sie, drehte sich lachend auf den Rücken und sah unverwandt an die Decke. »Jetzt.«

»Ja.«

Er sah sich noch mehrmals nach ihr um, ehe er das Schlafzimmer verließ, und dann nach ihrer blanken Tür, als er im Flur war.

Draußen auf dem Treppenabsatz sammelte er sich, ehe er die Treppe hinab und zu seinem Auto ging. Als müsste er einem entsetzlichen Verfolger entkommen, lehnte er sich keuchend vor Sorge an die Mauer, denn ihm wurde klar, woher er gerade kam und wo er möglicherweise hinsteuerte. Niemals, nicht einmal als junger Wehrpflichtiger bei der Armee, hatte eine Frau, auch keine professionelle, es geschafft, dass er sich so gut fühlte. Zugegeben, auch Zuleika hatte es in den ersten Jahren ihrer Ehe versucht, aber ihre grundsätzliche Abneigung gegenüber dem Geschlechtsverkehr und allem, was dazugehörte, kam ihren guten Absichten in die Quere. Mit Ayşe aber war alles so natürlich, auch Sachen, von denen er nie gedacht hatte, dass er sie tun würde, dass … Okay, sie war erfahren und kein »braves« Mädchen in dem Sinn, dass sie bis zur Hochzeitsnacht auf Sex gewartet hätte – ganz offensichtlich war das nicht der Fall. Aber … aber wer auch immer sie war und was sie auch getan haben mochte, er hatte sich bei ihr so gut gefühlt – so sexy und doch auch so sicher und angenehm, dass …

Er musste jetzt einfach aufhören, daran zu denken! Sonst würde er nur den Wunsch bekommen, zu ihr zurückzugehen, und das war ganz klar unmöglich. Später vielleicht, ein anderes Mal, heimlich an einem Nachmittag, wenn ihr Bruder bei der Arbeit wäre …

Nein! Er wandte den Kopf ab, als wollte er sich auch körperlich von solchen Ideen lösen. Nein, so war er nicht und so ein Leben wollte und brauchte er auch nicht zu führen. Auf Zehenspitzen wie ein ordinärer kleiner dickbäuchiger Politiker herumzuschleichen und hinter dem Rücken der Frau heimlich ins Bett der Geliebten zu kriechen. Zumindest war er bisher nicht so einer gewesen. Die letzten Stunden aber hatten alles verändert. Auch wenn Ayşe nicht wirklich seine Geliebte war (obwohl sie dem vermutlich nicht abgeneigt wäre), war er eben doch hinter Zuleikas Rücken in ihr Bett geschlichen, um seine Lust zu befriedigen. Er hatte zu seiner eigenen Schande Ayşe sogar um solche Sachen gebeten wie … aber war das denn etwas Schandhaftes? Angesichts dessen, dass er während der letzten fünf Jahre zu einer Person heimgekommen war, die ab und zu geruhte, sich ihm hinzugeben, und das auch noch mit Abscheu vor dem Fleischlichen und allem Dazugehörigen – konnte sein Tun unter solchen Umständen nicht eher als natürlich denn als schandhaft gelten? Hätten nicht auch seine Freunde und sogar sein Bruder seine Tat beklatscht?

Suleyman führte eine Hand zur Stirn und wischte sich zitternd die Schweißtropfen ab. Solche Gedanken waren viel zu verwirrend, ganz zu schweigen davon, dass sie sowieso kein Stück weiterhalfen. Was er jetzt tun musste, war, nach Hause fahren, mit Murad reden und dann vermutlich über das, was an diesem Abend passiert war, schlafen. Ja. Er steckte die Hand in seine Jackentasche und holte die Wagenschlüssel heraus. Dabei spürte er das Handy und erinnerte sich an etwas anderes, von dem ihn seine kurze Liaison mit Ayşe abgehalten hatte.

Es sah İkmen gar nicht ähnlich, ihn nicht anzurufen, wenn er zu spät dran war oder zu einer Verabredung nicht erschien. Wenn er nicht wusste, dass sie dienstfrei hatten, war İkmen immer zu sehr auf Sicherheit bedacht, um nicht jederzeit wissen zu wollen, wo seine Mitarbeiter sich aufhielten.

Da sein Gewissen fortfuhr, ihn bei sämtlichen Gedanken zu plagen, wählte Suleyman İkmens Handynummer auf seinem eigenen und wartete. Was er sagen würde, wenn İkmen abnahm, wusste er noch nicht. Tut mir Leid, dass ich nicht zu Ihnen zurückgekommen bin, aber ich hatte Sex und jetzt muss ich nach Hause und meinen Bruder sprechen, der gerade aus

Bodrum zurück ist – das war wohl nicht ganz angebracht. Aber das Telefon läutete einfach nur weiter und bedeutete Suleyman, dass İkmen es entweder irgendwo fallen lassen und vergessen hatte oder dass er noch im Büro war. Während er langsam die Treppe hinunter und auf die Straße ging, versuchte Suleyman es auch mit dieser Nummer, aber gleichfalls ohne Erfolg. Er dachte schon daran, bei der Zentrale nachzufragen, ob jemand den »Alten« gesehen hatte, entschied sich dann aber dagegen. Um diese Zeit war İkmen vermutlich zu Hause, und wenn nicht, hockte er in irgendeiner Bar. Ganz sicher war allerdings, dass er nicht mit einer sexuell durchtrainierten und allein stehenden Frau im Bett lag. Als Suleyman den Schlüssel in die Zündung steckte, schauderte er ein wenig bei diesem Gedanken, musste aber trotzdem lächeln.

Als İkmen das nächste Mal auf seine Uhr sah, bemerkte er, dass es unerklärlicherweise bereits halb elf war. Der niedrige Aktenstapel, den er durchgearbeitet hatte – niedrig im Vergleich zu dem, der noch vor ihm lag –, schien in keinem Verhältnis zur aufgewandten Zeit zu stehen. Aber er wusste noch von früher, dass im Keller manchmal eine Art Krümmung oder Veränderung der Zeit vor sich ging. Es wirkte wie in einem Horrorfilm – es war ein Ort, den man im zwanzigsten Jahrhundert betrat und als alptraumhafte, postnukleare Szenerie wieder verließ.

»Du hast zu viel Fernsehen geguckt, İkmen«, sagte er zu sich, als er den winzigen Stapel Akten betrachtete, die er in Zusammenhang mit seinem Fall für »infrage kommend« erachtete. Die, oder genauer, zwei der Akten betrafen einen vermissten achtjährigen Griechen und einen dreißigjährigen syrischen Christen, die beide seit 1982 nicht mehr gesehen worden waren. Der körperlichen Beschreibung nach konnte der Mann möglicherweise Zekiyan sein, das Kind aber war nicht das richtige – es war zu alt und außerdem blond. Doch auch bei dem Mann gab es Probleme. Wenn er wirklich Zekiyan wäre, warum hatte ihn dann all die Jahre niemand gesehen? Der kleine Syrer war aus Sultan Ahmet gebürtig, weshalb ihn sicherlich jemand in seiner neuen, armenischen Verkleidung erkannt hätte. Zekiyan musste von außerhalb in diese Gegend gekommen sein, wenn auch nur aus einem anderen Stadtteil. Einfach nur den Namen zu ändern und dabei in der angestammten Gegend zu bleiben ergab nicht viel Sinn.

İkmen seufzte und machte eine kleine Pause, um sich eine Zigarette anzuzünden. Es war sehr seltsam, dass Suleyman noch nicht zurück war und anscheinend auch nicht daran gedacht hatte, sich bei ihm zu melden. Dieser Mann war gewöhnlich so gewissenhaft, wenn es darum ging, Verabredungen einzuhalten, wie locker oder freiwillig sie auch sein mochten. Aber konnte er das denn jetzt noch beurteilen, jetzt, da sein Handy kaputt zu seinen Füßen lag? İkmen blickte missmutig drein. Es war sehr dumm und bockig von ihm gewesen, so etwas zu tun. Wie kindisch und möglicherweise auch teuer – wenn er beschloss, die Wahrheit darüber zu sagen, was mit diesem verdammten Ding passiert war. Doch das würde er ganz bestimmt nicht tun.

Er griff nach einer weiteren Akte und überflog kurz einige Einzelheiten über ein brasilianisches Mädchen namens Mira, das offenbar zuletzt 1983 im Basar gesehen worden war. Damals war sie achtzehn Jahre alt gewesen und wurde in den Aufzeichnungen als »groß, schwarz« und »kräftig gebaut« beschrieben. Kein normaler Anblick im Basar. Wenn jemand wie Mira vermisst werden konnte, rechnete İkmen sich aus, dann gab es für jemanden, der mehr dem levantinischen Typus entsprach, sehr wenig Hoffnung.

Nachdem er Mira gleichgültig auf den »Durchgesehen-und-nutzlos«-Stapel, wie er ihn getauft hatte, geworfen hatte, nahm İkmen sich die nächste Akte vor. Er ließ sie erst eine Weile ungeöffnet auf seinem Schoß liegen und dachte noch einmal darüber nach, woher sein Opfer und dessen Unterdrücker/Vater/was auch immer wohl stammen mochte. Sie konnten nicht, wie

İkmen bereits für sich festgelegt hatte, aus Sultan Ahmet sein, obwohl die beiden oder eher der Mann, da er ja offenbar einer Arbeit nachging, auf irgendeine Weise in die Stadt integriert gewesen sein mussten. Mit anderen Worten: Irgendwo musste es jemanden geben, der sie oder ihn kannte, sei es auch unter anderem Namen. Die Kenntnis dieses Namens, wenn es ihn überhaupt gab, könnte leicht der Schlüssel zur Erkenntnis dessen sein, wer was wie und warum getan hatte, aber ... aber genau diesen Schlüssel hatte er nicht, weshalb er sich einstweilen auf diese alten verstaubten Akten verlassen musste, die aller Wahrscheinlichkeit nichts anderes als schmerzliche Erinnerungen für die von den Vermissten Zurückgelassenen zutage brachten. Und im Laufe der Zeit würden er und seine Leute sich immer mehr von den kriminellen Ereignissen, die den Tod des Jungen umgaben, und von der Wahrscheinlichkeit, seinen Mörder zu finden, entfernen.

İkmen öffnete die Akte, aber als ihn auf dem obersten Blatt das Gesicht einer Frau anstarrte, legte er sie auf den »nutzlosen« Stapel und griff zur nächsten. Und genau in diesem Moment, wahrscheinlich durch das Foto der Frau, tauchte schlagartig Fatmas kleines, rundliches Gesicht vor İkmens geistigem Auge auf. Was Çiçek und ihren Captain anging, hatte sie vollkommen übertrieben. Soweit er wusste, war das Mädchen mit diesem Mann bloß befreundet, und selbst wenn mehr dahinter stecken sollte: Was glaubte Fatma denn, dagegen tun zu können? Çiçek war, soweit er das sagen konnte, eine wohlerzogene junge Frau, die wahrscheinlich eher nicht mit dem Captain ins Bett ging – und wenn, dann wäre sie nicht schlimmer als ihre Mutter. Sınan, das älteste Kind der İkmens, war tatsächlich einige Wochen ehe er und Fatma geheiratet hatten gezeugt worden, dort oben, in einem verlassenen Haus direkt unterhalb der Kasernen von Selimiye, wie sich Çetin İkmen erinnerte. Und wie er sich weiter erinnerte, hatte Fatma sich damals nicht sonderlich darum geschert, ob er Moslem, Jude oder ein Außerirdischer von einem entfernten Planeten war –

dass er Çetin İkmen war, ihre Liebe, war das einzig Wichtige gewesen. Wie sich doch die Zeiten geändert hatten. Damals war Fatma jung, anschmiegsam und leidenschaftlich gewesen, so wie er – Çetin İkmen, jüngster Sohn des scharfsinnigen und tadellos gepflegten Dr. Timür İkmen, Universitätsdozent, in akademischen Kreisen bekannt als geistreicher Kopf.

İkmen trat seine Zigarette auf dem abfallübersäten Betonfußboden aus und beschloss, diesen einen speziellen Gedankengang zu unterbrechen zugunsten dessen, worauf er sich konzentrieren sollte. Er nahm die nächste Akte und öffnete sie.

Einen winzigen Augenblick später griff sich İkmen zutiefst erschrocken an die Brust.

Arto widerstand dem Drang, etwas in, an oder um Avrams Leiche zu berühren, und blickte stattdessen erschrocken und fasziniert darauf. Dass er am ganzen Körper zitterte, war angesichts der Tatsache, dass der Tote sein Freund gewesen war, nur zu erwarten. Seltsamerweise aber bereitete ihm das Verdruss. Hunderte von Leichen hatte er im Laufe der Jahre schon gesehen, in besserem, schlimmerem oder vergleichbarem Zustand als diese, und obwohl es immer etwas anderes war, wenn man die Person gekannt hatte, ärgerte Arto sich doch über das, was er als einen Mangel an Professionalität betrachtete. Er wusste zwar, dass er mit diesem Ärger schlicht und einfach einer Ersatzbefriedigung nachgab, um sich Zeit zu verschaffen, mit dem Schock fertig zu werden, doch das war wenig trostreich. Avram war tot und Arto konnte nichts daran ändern. Wie er wusste, konnte er nicht einmal die so wichtige Autopsie durchführen, um dem »Wie« der Angelegenheit auf die Spur zu kommen. Als persönlicher Freund des Verstorbenen musste er selbst ein Interesse zugeben und sich deshalb von der Untersuchung ausschließen.

Ungeachtet dessen war seine gegenwärtige Aufgabe trotzdem klar. Er musste Avrams Tod der Polizei melden und selbst darauf achten, den Tatort um die Leiche nicht zu verändern.

Seine Schuhe waren vom Blut aus Avrams scheußlicher Wunde besudelt, aber wenn das die einzige Störung des Tatorts blieb, war es in Ordnung. Gerade als er sein Telefon aus der Tasche ziehen wollte, sah er sich noch schnell nach der Tatwaffe um. Die entsetzliche Kopfverletzung seines Freundes konnte seiner Erfahrung nach nur von einem Gewehr verursacht worden sein und bei der Erregung in Avrams Stimme dachte Arto einen Moment lang an Selbstmord. Was auch immer das Problem gewesen war, offensichtlich war es über das für Avram Erträgliche hinausgegangen und er selbst war zu spät gekommen. Er merkte, wie sich seine Augen mit Tränen füllten, während er versuchte, die Tatwaffe zu entdecken. Sie musste unter das Bett oder ein anderes Möbelstück gerutscht sein.

Arto schaltete sein Telefon an und drückte die erste Ziffer der Nummer in den Apparat. Erst jetzt entdeckte er die Waffe, oder eher, sie entdeckte ihn. Einen Sekundenbruchteil nachdem der Lauf an seine Schläfe gedrückt worden war, ruhte eine Hand auf seiner Schulter und Arto, dessen Telefon auf die Nummer wartete, die nie eingetippt werden sollte, erstarrte zu Eis.

Zeki Ersoy war fünf Jahre alt gewesen, als er vermisst gemeldet worden war. Während İkmen die umfangreiche Akte durchblätterte, um herauszubekommen, was genau dem Kind zugestoßen war, kehrte er immer wieder zur ersten Seite zurück, auf der eine kurze Beschreibung des Jungen stand. Mit einer Ausnahme war diese Beschreibung völlig durchschnittlich und unauffällig. Diese Ausnahme aber stach derart deutlich heraus, dass İkmen jedes Mal, wenn er sie las, eine Gänsehaut bekam. »Rote, halbkreisförmige Stelle unbekannten Ursprungs unter dem linken Kieferknochen«, hieß es da. Rote, halbkreisförmige Stelle – wie bei einem Halbmond.

Während İkmen versuchte, irgendeine Ordnung in diese chaotische Akte zu bringen, kehrte sein Verstand unablässig zu diesem körperlichen Detail und der unbestreitbaren Tatsache zurück, dass man ihm erzählt hatte, dieses Kind wäre gestorben. Ohne jeden Zweifel handelte es sich um Muhammed Ersoys Bruder – den Sohn von Herrn Hüseyn und Frau Fikriye Ersoy aus Jeniköy. Ein Kind, hineingeboren in Reichtum und Privilegien, das ungeachtet dessen, was man ihm noch vor kurzem erzählt hatte, auf unerklärliche Weise zu einem Vermisstenfall geworden war. Und was dabei besonders wenig weiterhalf, war die Tatsache, dass viele der Dokumente offenbar auf Italienisch geschrieben waren.

İkmen fügte zusammen, was er konnte – viel war es nicht –, und kam zu der Vermutung, dass der Junge tatsächlich irgendwo in Süditalien verloren gegangen war. Ab einem gewissen Zeitpunkt war die Polizei in der Stadt, die İkmen als Neapel, Napoli, identifizierte, eingeschaltet worden. Diese hatte sich dann offenbar mit einem Inspektor Hikmet in Istanbul in Verbindung gesetzt, den İkmen kannte und der jetzt pensioniert war. Was der Junge in Neapel gemacht hatte, war nicht klar, aber dass zumindest auch seine Mutter vor Ort gewesen war, ging aus dem hervor, was wie eine Todesurkunde für eine Frau Fikriye Ersoy aussah. Sie war auf Italienisch verfasst und von einem Dr. Craxi unterschrieben worden. Wie sie gestorben war, konnte İkmen nicht entziffern, aber er erinnerte sich daran, dass Arto ihm einmal erzählt hatte, dass Herr und Frau Ersoy Selbstmord begangen hatten. Andererseits musste İkmen angesichts der offenkundigen Tatsache, dass der kleine Zeki nicht gestorben war, sondern nur vermisst wurde, akzeptieren, dass möglicherweise nichts von alldem so war, wie es ursprünglich den Anschein gehabt hatte. Ferner, wenn es sich bei dem toten Jugendlichen im Leichenschauhaus um dieses Kind handelte, das ein ähnliches körperliches Mal hatte, wie und wann war er dann von Italien nach Istanbul zurückgekehrt – oder stellte İkmen etwa nur Verbindungen her, wo in Wirklichkeit gar keine bestanden?

Um eine Verbindung zwischen Vergangenheit und Gegenwart herzustellen, hielt İkmen ein kleines Foto des Jungen in die ärmliche Beleuchtung, die von der einzigen Birne im Keller herrührte. Konnte man gewissermaßen projizieren, wie dieses kleine Gesicht fünfzehn Jahre später aussehen würde – wenn denn dieses Kind überhaupt das Opfer war? İkmen hatte nur die größer gewordene Version gesehen, als Leiche, das Gesicht durch die gewaltsame Tat verzerrt. Keine gute Grundlage, um einen Vergleich anzustellen, der bekanntermaßen ohnehin schwierig zu ziehen wäre. Das Vergehen der Zeit und des Lebens selbst hinterließ Spuren auf den Gesichtern der Menschen, die man nicht leicht vorhersagen konnte. Und wenn man dann noch in Rechnung stellte, dass sich einige der auffälligsten und grundsätzlichen physischen Veränderungen während der ersten zwanzig Lebensjahre abspielten …

İkmen legte das Foto wieder hin und saß einen Augenblick lang mit dem Kinn auf den Händen da. All dies konnte eine komplette Zeitverschwendung sein. Denn warum sollte oder würde dieses Kind, falls es als vermisst gemeldet, in Italien entführt worden oder was auch immer war, schließlich fünfzehn Jahre später in Istanbul wieder auftauchen? Wenn aber dieser Herr Zekiyan – dessen Name im Verlauf der letzten halben Stunde für İkmen einen gespenstischen Klang bekommen hatte – das Kind seit 1982 in seinem Besitz gehabt hatte, dann hieß das, dass es irgendwie aus Italien weggezaubert und ziemlich bald nach seinem Verschwinden nach Hause gebracht worden sein musste. Und wenn dem so wäre, dann wäre es sicherlich weit sinnvoller gewesen, ihn in Italien zu behalten, weit von denen entfernt, die ihn kannten und liebten, als ihn heimzubringen und so lange Zeit zu verstecken. Und solange die Familie Ersoy nicht um Geld angegangen worden war, damit der Junge heil und sicher zurückkehrte, war es völlig sinnlos, den Jungen überhaupt hier zu haben. Aber ob genau dies anfänglich beabsichtigt worden war oder nicht, war aus der Akte nicht ersichtlich, vom Italienischen und der Schlampigkeit von Hikmets Schreibarbeit erst gar nicht zu reden. Ohne mit dem alten Inspektor gesprochen zu haben, konnte man nichts klären, wie İkmen meinte – vorausgesetzt, der alte Herr lebte noch.

Wenn İkmen sich richtig erinnerte, hatte sich der ziemlich religiös angehauchte Hikmet in die heilige Stadt Konya zurückgezogen. Und da der alte Mann so oft seine Liebe zum Dichter Rumi und allem, was mit dem Sufismus, der mystischen Richtung des Islam, zusammenhing, erklärt hatte, ergab diese halbwegs genaue Erinnerung durchaus Sinn. Er hatte nie gesagt, dass er bei einem alten Derwisch-Orden Mitglied wäre, aber seine oft zweimal jährlich stattfindenden Besuche des Grabes des heiligen Rumi und dazu sein schlichter Geschmack bei allen Dingen hinterließen bei jenen, die Augen hatten zu sehen – wie İkmen zum Beispiel –, wenig Zweifel über seine wahren Ambitionen.

Was İkmen also jetzt tun müsste, wäre, diesen alten Herrn anzurufen. Hikmet war kurz nach der Sache mit Ersoy im Alter von sechzig Jahren in Pension gegangen. Das hieß, dass er nun fünfundsiebzig sein müsste. Dass er weder geraucht noch getrunken hatte, müsste für seine Gesundheit ein gutes Omen sein, obwohl eine derartige Abstinenz natürlich nicht einen Herzinfarkt, Krebs oder einen Unfall ausschloss. Aber selbst wenn er noch leben sollte, würde İkmen zunächst seine Telefonnummer herausbekommen und ihn dann überreden müssen, über etwas zu sprechen, an das er sich entweder nicht erinnern mochte oder das er sogar zu vergessen vorgezogen hatte. Außerdem war es schon kurz nach elf. Auch wenn İkmen den alten Herrn ausfindig machte, fand er es ziemlich abschreckend, zu dieser späten Abendstunde anzurufen – vor allem, da er nicht wusste, ob all das für seine laufende Untersuchung überhaupt von Belang war.

Um über diese Sache einigermaßen bequem nachzudenken, zündete İkmen sich zunächst einmal eine Zigarette an und streckte sich einen Augenblick lang auf dem Fußboden aus, inmitten der (wie er schnell entdeckte) zerbrochenen Überreste seines Handys. Was hatte denn überhaupt sein Interesse angestachelt? Zunächst ein bekannter Name, dann eine winzige Bemerkung über ein Mal, das entweder ein oder zwei Jungen am Kinn trugen. Soweit er aus den Akten ersehen konnte, gab es keinen Hinweis auf Entführung gegen Lösegeld. Armenier, seien sie Ärzte oder sonst etwas, waren bekannt für ihr Desinteresse an allem Materiellen. Rauchend dachte İkmen an alle Einzelheiten, die ihm bislang rätselhaft waren und ihn bei diesem Fall verfolgten: die kleinen Modelle, die ihm eine Geschichte zu erzählen schienen über einen eingesperrten und zurückgehaltenen Jungen, wie es einem alten osmanischen Brauch entsprach; den eher zeitgenössischen Einsatz von Drogen bei diesem Kind, um es ruhig zu stellen oder sich an ihm zu vergehen oder – ja, was?

Nach Muhammed Ersoy hatten mächtige Familien ähnlich seiner eigenen einst den *Kafes* eingesetzt, um jüngere Familienmitglieder zu kontrollieren und abzusondern. Und mit einem armenischen Arzt als Liebhaber hätte Muhammed Zugang zu den Drogen gehabt, die ohne viel Aufhebens die Ruhigstellung seines jüngeren Bruders sichern würden. Allerdings – war Ersoy nicht viel zu bekannt, um ein so zeitaufwändiges Projekt wie das jahrelange Verstecken des Jungen durchzuführen? Und wozu hätte er das auch tun sollen? Mit all seiner toten Verwandtschaft – abgesehen von dem Jungen vermutlich – gab es keinen Grund, ihn am Leben zu lassen, nachdem er, Muhammed, die Millionen seines Vaters geerbt hatte. Und selbst wenn man dem charmanten Herrn Ersoy eine solche Niedertracht unterstellte, warum sollte er dann, da er doch vermutlich wusste, dass diese Informationen über seinen Bruder irgendwo existierten, eine Freundschaft zu dem ermittelnden Kriminalbeamten aktiv fördern? Okay, er war ein Exhibitionist, wie İkmen glaubte, aber mit all seinem Geld, seiner Macht und seinen Vorteilen machte es kaum Sinn, mit der Möglichkeit, entdeckt zu werden, auch nur zu liebäugeln.

Was also gab es sonst noch? Die Tatsache, dass der Junge nicht beschnitten war. Als zumindest nominelle Moslems hätten die Ersoys darauf geachtet, dass der kleine Zeki *sünnet* so ehrenhaft wie möglich hinter sich gebracht hätte. Sogar İkmen, der Sohn des Atheisten Timür und der albanischen Hexe, hatte *sünnet* hinter sich gebracht. Andererseits konnte man nicht alle Jungen mit fünf Jahren operieren. İkmen selbst war sieben gewesen, und wie es sich auch gehörte, konnte er sich nur noch an die Feier danach erinnern. Es war also durchaus möglich, dass der Ersoy-Junge ihr Opfer war. Wenn er von einem Nichtmoslem entführt worden wäre, dann hätte *sünnet* nicht stattgefunden. Und auch wenn der Entführer diesem Glauben angehört hätte, hätte er sich dann angesichts solcher Lebensumstände noch um solche Dinge kümmern oder sie gar ernsthaft in Erwägung ziehen können? Und was bedeuteten bei all dem die beiden Zwillingsfigürchen, wenn sie überhaupt etwas bedeuteten? Wenn Letzteres zutraf, konnte das dann auf den Bruder des Jungen, nämlich Muhammed, als seinen Entführer weisen? Das wäre doch einfach absurd!

Klar war nach all dem, dass İkmen mit den Leuten reden musste, die mehr über den Fall wussten als er selbst: zunächst natürlich Hikmet und dann – je nachdem, was der sagen würde – Krikor Sarkissian, der offenbar mehr über die Familie Ersoy wusste als sonst jemand. Bezüglich des Verschwindens des Ersoy-Jungen schien es eine Art kollektiver Amnesie zu geben – die Überzeugung einer ganzen Gruppe, dass der Junge schon vor vielen Jahren gestorben war – ein Aspekt, den İkmen höchst interessant fand. Hätte man den Jungen gefunden – egal, ob tot oder lebendig –, wäre in dieser Akte etwas darüber festgehalten worden, die ja im Wesentlichen die eines ungewöhnlichen und unaufgeklärten Verschwindens war. Woher also die Überzeugung kam, der Knabe sei seit langem tot, wusste İkmen nicht. Aber er hatte die Absicht, ebendies herauszufinden.

Gegenwärtig gab es jedoch nichts anderes zu tun, als mit Hikmet Kontakt aufzunehmen. Alte Leute standen nicht eben im Ruf, sich ohne weiteres von ihrem Schlaf zu erheben, und noch weniger, sich darüber freuen. Doch wenn er Hikmet nur erst erklärt hätte, wie wichtig die ganze Sache war, dann würde es ihm nicht allzu viel ausmachen – das jedenfalls glaubte beziehungsweise hoffte İkmen. Er setzte sich auf und machte sich noch einmal klar, wie dumm es gewesen war, das Handy zu zerstören. Okay, er hasste das Ding, aber gerade jetzt hätte er es gut gebrauchen können. Nur die Nummer – ah! Sämtliche Verzeichnisse lagen im Mannschaftsraum, weshalb er den Keller jetzt sowieso verlassen musste. Langsam stand er vom Boden auf, nahm die Akten und ging in Richtung Tür.

Ein heftiges Klopfen an ihrer Schlafzimmertür weckte Fatma aus einem Zustand, der eher ein Dösen war als ein tiefer Schlaf. Der Versuch, es sich bequem zu machen, war schon normalerweise nicht leicht, da Kemal ständig über ihr Bett kroch, doch mit dem ununterbrochenen Schmerz im Unterleib war an richtigen Schlaf kaum noch zu denken.

»Was gibt es?«, rief sie, wobei sie sich keine Mühe gab, nur wegen der Anwesenheit ihres Kindes leiser zu sprechen. Das konnte sogar bei einem Erdbeben durchschlafen.

»Darf ich reinkommen?« Bulent sprach wegen des Drinks, den er gehabt hatte, etwas unartikuliert und Fatma zog die Stirn kraus. Noch so jung und schon ganz der Vater.

Sie zog die Decke bis zum Kinn, ehe sie antwortete: »Ja, komm rein.«

Als Bulent die Tür öffnete, sah Fatma, dass er immer noch ausgehfertig angezogen war, und schloss, dass er gerade erst zurückgekommen war.

»Was willst du, Bulent?«

»Es ist wegen Großpapa.«

Fatma seufzte. Was ihr nach dem heftigen Krach mit ihrem Mann gerade noch fehlte, war, dass ihr dementer Schwiegervater wieder anfing, Theater zu machen. »Wenn es was mit seinem Griechen zu tun hat, wird er allein damit fertig, und wenn er sich auszieht, dann darf ich das wohl dir überlassen, Bulent, ob du nun betrunken bist oder nicht.«

»Er sagt, er fühlt sich krank.«

»Das sagt er oft.«

»Er sagt, dass ihm sehr heiß ist, als ob er Fieber hätte. Als er in mein Zimmer kam, meinte er, er fühlte sich so, als stünde seine Haut in Flammen.« Bulent lehnte sich gegen den Türrahmen, entweder weil er müde war oder weil er Unterstützung brauchte. »Ich glaube, du musst mal kommen und ihn dir ansehen, Mami.«

Fatma seufzte wieder und gähnte dann. Derartige mitternächtliche Anfälle waren nicht ungewöhnlich, da der alte Mann nunmehr fast vollständig in einer anderen Welt lebte. »Oh, na gut«, sagte sie, »geh schon mal zu ihm, ich komme gleich.«

Als der Junge draußen war, zog sich Fatma einen langen Bademantel über das alte Kleid, das ihr gegenwärtig als Nachthemd diente, und setzte ihre Füße auf den kalten Linoleumboden. Sie hatte gehofft, in ihrem jetzigen Alter – sie war sechsundvierzig – wenigstens einen kleinen Läufer in ihrem Schlafzimmer zu haben. Nicht viel für ein Leben in häuslicher Knechtschaft, aber Läufer – ganz zu schweigen von bequemen Betten und einer ganzen Menge weiterer Haushaltsgegenstände – waren dann doch nichts, was Çetin für lebensnotwendig erachtete. Wenn alle zu essen und er außerdem zu trinken und zu rauchen hatte und wenn die Kinder sich über möglichst viele Dinge unterhalten konnten, dann war Çetin glücklich.

Fatma ging aus dem Schlafzimmer in die Diele und hustete laut, als sie den Zigarettenrauch entweder ihres Sohnes oder ihres Schwiegervaters roch. Wie üblich war das Licht in der Diele an – Gul konnte sonst nicht schlafen, da sie sich vor den »Sachen« fürchtete, die mörderisch im Dunkeln lauerten. Als sie die Tür zu Bulents Schlafzimmer aufstieß, fragte Fatma sich, ob das oft unachtsame Reden, in das Guls Vater über seiner Arbeit verfiel, in irgendeiner Verbindung mit den Ängsten der Kinder stand.

Der alte Mann saß auf dem Bett ihres Sohnes und sein Gesicht hatte die Farbe und die Beschaffenheit von Asche.

»Er versucht, mich vollständig zu verbrennen, dieser Nikos«, sagte er und wedelte mit einer Zigarette in Fatmas Richtung, »und er steckt mir Streichhölzer unter die Haut.«

»Fühlst du dich krank oder hast du irgendwo Schmerzen?«, fragte Fatma, durch die tödliche Blässe des alten Mannes alarmiert, die der ihres verstorbenen Vaters, kurz bevor er einer Herzkrankheit erlag, viel zu ähnlich sah, als dass sie ruhig bleiben konnte.

»Er will, dass ich sterbe, und er hat auch Erfolg damit. Mir geht's beschissen.«

Sachte und trotzdem entschieden nahm Fatma ihm die Zigarette aus der Hand und strich ihm sanft über sein gebeugtes, ergrautes Haupt.

»Ja, Timür, ich weiß, aber ich versuche gerade herauszukriegen, wie du dich krank fühlst. Ich meine, hast du Schmerzen in der Brust oder in den Armen oder ...«

»Ich hab dir doch gesagt, dass ich brenne!«, kreischte er und jetzt traten ihm auch Tränen in die Augen. »Er verbrennt mich vollständig. Er steckt mir Streichhölzer ...«

»Ich glaube, wir sollten Großpapa ins Krankenhaus bringen«, sagte Fatma und sah in das leicht gerötete Gesicht ihres Sohnes.

»Soll ich Paps anrufen?«

»Nein.« Fatma nahm mit sanfter Hand die Decke vom Fußboden und legte sie dem alten Mann um die Schultern. »Ich glaube nicht, dass wir dafür jetzt Zeit haben, Bulent.»

»Oh.« Mit einem Mal sah der Junge trotz seines starken Alkoholgeruchs sehr jung und furchtsam aus.

»Ich möchte, dass du einen Krankenwagen rufst«, sagte Fatma so ruhig wie möglich, »und danach rufst du Onkel Halil an.«

»Aber Paps ...«

»Ich habe keine Ahnung, wo dein Vater gerade ist. Ich habe

vorhin versucht, ihn auf seiner Amtsleitung und auf seinem Handy anzurufen, und nirgendwo ging er dran. Onkel Arto hat ihn den ganzen Abend zu erreichen versucht, und wenn der ihn nicht kriegt, weiß ich auch nicht, was ich machen soll.«

»Oh.«

»Und jetzt geh bitte schnell und ruf mir den Krankenwagen, Bulent. Jetzt.«

Als der Junge aus dem Zimmer ging, beugte Fatma sich vor, ergriff eine papierne Hand des alten Mannes und nahm sie in die ihre. »Gleich machen wir eine kleine Fahrt, ins Krankenhaus.«

Er sah sie verständnislos an und sagte dann mit verwirrtem Gesicht: »Was wir brauchen, ist einer von deren Priestern, damit er ihm sagt, er soll damit aufhören. Sie tun immer, was die Priester ihnen sagen.«

»Ja«, lächelte Fatma, »aber sie hören auch auf die Ärzte. Und wenn wir beim Arzt gewesen sind, wird er dir sicher nur allzu gerne helfen und ›ihm‹ sagen, dass er dir das nicht mehr antun soll.«

»Du weißt, dass er …« Er hielt inne, schlug sich an seine schwache Brust, was Fatma noch mehr in Alarmstimmung versetzte. »Dass …«

»Pst! Sprich jetzt nicht, Timür.«

»Aber es ist wieder da, du blödes Weib, dieses Brennen, die Streichhölzer unter meiner Haut …«

»Timür, du sollst jetzt wirklich nicht sprechen …«

»Ich sterbe gerade, du dumme Hure! Merkst du das nicht?«

Einen ganz kurzen Augenblick sahen seine Augen und vielleicht auch der Rest wie früher aus, als sein Verstand noch schnell und sicher und messerscharf gewesen war.

Vielleicht gewann er, so dachte Fatma, in seinen letzten Lebensmomenten wieder etwas von der Einsicht zurück, die so tragisch im Laufe der Jahre von ihm gewichen war. Auch ihr eigener Vater war sich, unmittelbar bevor er ins Koma gefallen war seines nahen Todes bewusst gewesen. Stellte sie in diesem

Augenblick allzu viele Verbindungen zwischen dem Lebenden und dem längst Verstorbenen her? Tat sie das?

Als sie dem alten Mann in sein schmerzverzerrtes, aschfahles Antlitz sah, lächelte sie wieder – und dachte, dass ihr Vergleich wohl doch sehr gerechtfertigt war.

Kapitel 14

Mehmet Suleyman hatte seit seinem allzu kurzen Schlummer, den er sich in Farsakoğlus Wohnung gegönnt hatte, nicht mehr geschlafen. Infolgedessen war seine Fahrt zum Revier an diesem Morgen zu einer leicht surrealen Angelegenheit geworden. Wenn Menschen, die nicht geschlafen haben, fahren müssen, neigen sie dazu, sich besonders anzustrengen, was für den zufälligen Beobachter eher wie eine Art Geistesstörung bei weit geöffneten Augen aussieht. Suleymans umherschwirrende Gedanken hatten nur noch mehr zu seiner Unbehaglichkeit beigetragen. Er war nicht nur zwischen Verzückung und Verzweiflung beim Gedanken an das, was zwischen ihm und Ayşe gewesen war, hin- und hergerissen, sondern sah sich nun auch der Aussicht gegenüber, mit seinem Bruder die Eltern zu besuchen. Elena, Murads Frau, war schwanger, und obwohl das an sich eine wundervolle Sache und ein Grund zur Freude war, würden die alten Suleymans das nicht so sehen. Mehmet hatte deshalb eingewilligt, Murad zu ihnen zu begleiten, um ihm die Unterstützung zu gewähren, die er brauchen würde.

Als er auf seinen Parkplatz einbog, hatte Suleyman den Eindruck, als würde er beobachtet. Ob es das schlechte Gewissen oder schlicht der Verfolgungswahn eines Übernächtigten war, wusste er nicht, aber als er die Treppe zum Büro hochstieg, das er mit İkmen teilte, nahm dieses Gefühl eher zu, als dass es zurückging. Als er an einer kleinen Gruppe von Wachtmeistern vorbeikam, die auf dem Treppenabsatz standen, drehten sich alle nach ihm um und lächelten ihn an, ehe sie mit ihrem Gespräch fortfuhren. Wussten sie etwas, was sie nicht wissen sollten, vielleicht etwas, was sie ihnen in einem Anfall siegreichen Draufgängertums erzählt hatte?

Er ging weiter die Treppe hoch, wo er auf Cohen traf, der an diesem Morgen besonders schlecht aussah.

»Hast du gestern Abend deinen Spaß gehabt, Mehmet?«, wollte der kleine Mann wissen.

»Was meinst du damit?«, giftete Suleyman zurück, sich der Tatsache nur zu schmerzlich bewusst, dass er fast schrie.

»Na ja …« Cohen war über die Reaktion auf seine Frage, die er für völlig unschuldig hielt, offensichtlich erstaunt. »Hm, deine Frau …«

»Ja?«

»Sie hat gestern Abend hier angerufen, kurz bevor ich Feierabend gemacht habe. Sie meinte, dein Bruder wäre von irgendwo angekommen und …«

»Was hast du ihr gesagt?«

»Ich hab ihr gesagt, du wärst noch immer unterwegs, dich mit Leuten treffen.« Ganz schnell und mit hämischem Vergnügen fing er zu lächeln an und kam mit dem Kopf näher zu seinem Freund. »Du hast doch nicht etwas getan, was du nicht hättest tun sollen, oder, Mehmet?«

»Nein!« Als Suleyman seine Fassung wieder zurückgewonnen hatte, fügte er noch hinzu: »Ich war wirklich bei einem Informanten.«

»Ach, hat es was genützt?«

»Was?«

Cohen lachte. »Na ja, die Information von deinem Informanten natürlich! Und wenn wir schon …«

»Für solchen Blödsinn habe ich keine Zeit!«, giftete Suleyman, ging an Cohen vorbei und die Treppe weiter hinauf.

Weiter oben wurde es nur noch schlimmer. Sie stand da und sah aus dem Fenster auf den Parkplatz hinunter, als er törichterweise versuchte, sich hinter ihr vorbeizuschleichen.

»Alles in Ordnung, Polizeimeister Suleyman?«, fragte sie, als er ganz leicht ihren Rücken streifte.

»Ja, danke, Polizeimeisterin Farsakoğlu.«

Sie sagte nichts mehr: Vielleicht war es das schon, für jetzt? Er irrte sich. Als er die Hand ausstreckte, um die Tür zum Flur aufzustoßen, fuhr sie fort: »Kannst du etwas Zeit für mich erübrigen?«

»Was, jetzt?« So panisch hatte er sich eigentlich nicht anhören wollen, aber es war einfach herausgekommen.

»Ja. Gibt es ein Problem dabei?«

»Nein, es ist nur so, dass Inspektor İkmen …«

»… noch nicht da ist«, ergänzte sie lächelnd. »Zumindest ist er noch nicht gesehen worden. Können wir in deinem Büro reden?«

»Es geht um die Arbeit, nehme ich an«, sagte er und hasste auf der Stelle den arroganten Tonfall, mit dem er das geäußert hatte.

»Ja.«

»Gut, dann … nur für einen Moment«, antwortete er, stieß die Tür vollends auf und ging den Flur entlang zu seinem Büro, während ihre Schritte auf dem festen Linoleumboden widerhallten.

Als er das Büro betrat, warf er die Wagenschlüssel auf den Schreibtisch, drehte sich um und sah seine Besucherin an.

»Und?«

Sobald sie die Tür hinter sich geschlossen hatte, huschte sie leichtfüßig über den dünnen Teppich zu ihm und schlang ihre Arme verführerisch um seinen Nacken.

»Ich habe keine Sekunde lang geschlafen, seitdem du gegangen bist. Jeder einzelne Augenblick war voll mit Bildern von uns und …«

»Du kannst dich hier doch nicht so benehmen!«

»Was ist denn?«, fragte sie und ihre Lippen berührten ganz zart sein Gesicht.

»Das ist doch nicht der richtige Ort!«

»Was ich jetzt brauche«, unterbrach eine körperlose Stimme die eng umschlungenen Polizisten, »ist ein großes Glas Tee. Da ich meine Zahnbürste nicht bei mir habe, wird dies den widerlichen Geschmack von totem Tier lindern, den ich im Mund habe.«

Sämtliche Knochen und Muskeln Suleymans schrien vor Verlegenheit und Beschämung angesichts seiner Situation auf. »Sie?«

Nur ein Husten von irgendwo hinter ihm kam als Antwort zurück. Eilends schleuderte Suleyman Farsakoğlus Arme von seinem Körper, drehte sich um und sah sich einem sehr zerzausten und verschlafenen İkmen gegenüber, der ihm aus seiner halb liegenden Position von seinem Schreibtisch her zulächelte.

»Guten Morgen«, sagte Farsakoğlu, die aus unbekannten Gründen ihre Bluse vorne glattstrich, während sie sprach.

»Guten Morgen, Farsakoğlu«, erwiderte İkmen, während er seine herabbaumelnde Telefonschnur wieder in die Buchse steckte. »Würden Sie mich wohl bitte mit Tee versorgen, während ich versuche, mich wieder unter die Lebenden zu begeben?«

»O ja, natürlich, wollen Sie …«

»Ja, viel Zucker«, kam İkmen ihr sehr zutreffend zuvor, »und wenn Sie unterwegs auch noch etwas Tabak auftreiben könnten, wäre es noch besser. Ich habe nämlich nur noch zehn Zigaretten, was, wie Sie wissen …«, hier drehte er sich Suleyman zu und sah ihn unverwandt an, »… sehr gefährlich ist für einen starken Raucher wie mich.«

»Ja, natürlich«, erwiderte Farsakoğlu und ging dann schnell hinaus.

Ein Moment vollkommener Stille verstrich zwischen den beiden Männern, ehe Suleyman mit schamrotem Gesicht meinte: »Ich …«

Die erhobene Hand İkmens brachte ihn augenblicklich zum Schweigen. »Bitte verschonen Sie mich zu dieser Morgenstunde mit persönlichem Kram, Suleyman. Ich hatte eine sehr bizarre Nacht, über die ich auf der Stelle mit Ihnen reden muss.«

»Schon, aber …«

»Hören sie, Cohen ist Ihr Mann für alles, was mit Sex zu tun hat, nicht ich.«

»Ah …«

»Kein Wort mehr!«, warnte İkmen. »Wir haben viel zu viel zu tun und ich brauche Sie jetzt frisch, wach und aufmerksam. Ist das klar?«

Suleyman blickte zu Boden und seufzte. »Jawohl.«

»Also«, begann İkmen und begab sich dabei unter Schmerzen in eine sitzende Position. »Letzte Nacht habe ich ein bisschen rumgeforscht. Alte Vermisstenakten. Wozu Sie nebenbei gesagt dazuzukommen und zu helfen versprochen haben.«

»Tut mir Leid.«

»Sie waren, wie ich annehme …«

»Ich musste nach Hause. Eine Familienangelegenheit«, sagte Suleyman und wagte nicht, den Blick von dem Muster auf dem Teppich zu heben.

İkmen seufzte. »Ja, natürlich«, fuhr dann aber mit heiterer Miene fort: »Ich habe ein paar Informationen über einen gewissen Zeki Ersoy ausgegraben.«

Suleyman hob den Kopf ein wenig und fragte stirnrunzelnd: »Ein Verwandter von Muhammed Ersoy?«

»Sein Bruder«, gab İkmen lächelnd zurück.

»Aber der ist doch schon tot seit …«

»Nein. Nicht tot, vermisst. Aber wahrscheinlich jetzt tot …«

»Warum haben dann ich und vermutlich eine ganze Menge anderer Leute geglaubt, er wäre tot?« Suleyman, dessen Überraschung seine Beschämung überwog, musste sich setzen. »Abgesehen von allem anderen haben die Eltern Selbstmord begangen – oder sollen es zumindest getan haben, wegen des Verlusts ihres Jungen. Und wenn Sie jetzt sagen, dass er am Leben war …«

»Frau Ersoy ist wirklich durch eigene Hand gestorben«, erwiderte İkmen und rieb sich mit den Knöcheln das müde Gesicht. »In Italien.«

»Italien?«

»Ja. Die Familie kreuzte mit ihrer Jacht in der Bucht von Neapel, als es passierte.« Er blickte auf, sein Gesicht war ernst und angespannt. »Einnahme von Reinigungsflüssigkeit, wie der italienische Pathologe herausgefunden hat.«

Suleyman verzog das Gesicht. »Widerlich. Aber was hat das mit unserem Fall zu tun, wenn Sie mir bitte meine Unwissenheit verzeihen wollen?«

»Lesen Sie nur mal die Beschreibung des Kindes auf der ersten Seite«, antwortete İkmen und warf seinem Assistenten den dicken Pappordner zu.

Einige Augenblicke saß Suleyman schweigend über dem Material, während İkmen sich eine seiner kostbaren zehn letzten Zigaretten anzündete. Endlich meinte Suleyman: »Ich verstehe.«

»Wirklich?«

»Na ja, der Junge im Leichenschauhaus und das Kind hier haben ein ähnliches Mal im Gesicht. Zeki Ersoy hätte ungefähr das richtige Alter für unsere Leiche und …«

»Und weil er immer noch offiziell als vermisst gilt, können und sollten wir ihn nicht aus unseren Ermittlungen ausschließen, so unwahrscheinlich dieser Gedanke auch sein mag.«

»Ist das Kind hier oder in Italien als vermisst gemeldet worden?«, wollte Suleyman wissen. Er blätterte kurz in der Akte und fragte, nachdem er gemerkt hatte, dass ein Großteil davon in Italienisch verfasst war: »Und woher wissen Sie das alles überhaupt?«

»Vor Ihrer Zeit, bis 1982, als all das geschah, gab es hier einen Inspektor namens Hikmet. Ich habe ihn, wie ich zugeben muss, nie besonders gut gekannt. Er gehörte zu der Sorte, die fünfmal am Tag betet, während ich eher an billigem Alkohol und dreckigen Witzen interessiert war, wie Ihnen ja nicht ganz unbekannt ist. Jedenfalls war er, was diesen Fall anging, für die Italiener die Anlaufstelle in der Türkei und ich habe ihn gestern Abend angerufen.«

»Und?«

»Und er hat mir ein paar sehr interessante Sachen erzählt, einschließlich der ziemlich merkwürdigen Tatsache, dass der junge Zeki in Italien erst als vermisst gemeldet wurde, nachdem Herr und Frau Ersoy gestorben waren. Dem alten Ersoy war offensichtlich sehr daran gelegen, dass seine Frau nach islamischem Ritus beerdigt würde, weshalb sie ziemlich schnell von einem Dr. Craxi untersucht wurde. Ihre Leiche wurde auf einem kleinen islamischen Friedhof in Neapel beigesetzt. Dann ist er anscheinend nach Istanbul zurückgekehrt, wo er am nächsten Tag gestorben ist.«

»Und er ist auch durch eigene Hand gestorben?«

»Seine Leiche wurde in seinem Bootshaus entdeckt, offensichtlich an der Anlegestelle ertrunken.«

Suleyman runzelte die Stirn. »Hat denn Herr Ersoy seinen Sohn als vermisst gemeldet, ehe er Italien verlassen hat?«

»Das ist unklar«, erwiderte İkmen, gleichfalls mit Stirnrunzeln. »Den Italienern zufolge hat er Italien an Bord eines Flugzeugs sofort verlassen, nachdem er seine Frau beerdigt hatte, und die Jacht im Hafen von Neapel zurückgelassen. Später hat Muhammed Ersoy dafür gesorgt, dass er das Schiff zurückerhielt, nachdem die Italiener es aus ihrer Obhut freigegeben hatten – und keine Spur von dem Kind fanden, wie es hieß.«

»Okay«, meinte Suleyman bedächtig, »wie ist dann die Polizei in Neapel in die Sache verwickelt worden, wenn man davon ausgeht, dass er seinen Sohn nicht als vermisst gemeldet hat, als er noch in Italien war?«

»Die Vermisstenmeldung wurde in der Tat erst hier gemacht. Am 17. April 1982, fast eine Woche nach dem Tod seines Vaters, berichtete Muhammed Ersoy, dass das Paar, in dessen Obhut sein Vater das Kind gegeben hatte, Freunde aus Amalfi, bislang keinen Kontakt zu ihm aufgenommen hätte. Und da er keinerlei genauere Kenntnis von ihnen hätte, glaubte er allmählich, dass es keine Verbindung mehr zu ihnen gäbe, und sorgte sich.«

»Hat man diese Leute denn gefunden?«

»O ja, die Familie Greco konnte man leicht aufspüren, aber sie war sehr verwirrt, als sie hörte, dass nicht allein ihre Freunde, die Ersoys, tot waren, sondern man auch glaubte, der junge Zeki sei in ihrer Obhut. Die Polizei hat offenbar sogar ihren hübschen Garten hoch über den Klippen umgegraben, um ganz sicherzugehen. Nicht gerade das, was sie für ein neapolitanisches Straßenkind getan hätten, aber so ist es nun mal.«

»Und was ist mit der Jacht?«, fragte Suleyman. »Wusste die Crew davon oder ...«

»Hüseyn Ersoy hat das Schiff immer selbst gesteuert.«

»Schon, aber ...«

»Es gab eine Köchin, die für die Dauer der Reise auch als Haushälterin oder besser als Bootshälterin gearbeitet hat.«

»Und?«

İkmen seufzte. »Sie hat laut Hikmet immer behauptet, dass das Kind seine Eltern überhaupt nicht nach Italien begleitet hat. Man hat ihr natürlich nicht geglaubt.«

»Wieso nicht? Wenn die Frau doch dort war?«

»Das Kindermädchen, das im Ersoy'schen Haus geblieben war, schwor, dass das Kind mit den Eltern nach Italien gegangen war – so wie auch der Bruder des Kindes. Und da man ja an die Eltern nicht mehr herankam, nahm man an, dass diese beiden Leute, die mit dem ganzen Geschehen ja so eng verbunden waren – und, was man in Muhammeds Fall kaum erwähnen muss, auch sehr wohlhabend waren –, Recht hatten. Und tatsächlich sagte die Köchin im weiteren Verlauf der Untersuchungen, dass sie sich sehr wohl geirrt haben könnte mit der Behauptung, das Kind sei nicht an Bord gewesen.«

»Warum sollte sie das getan haben?«

İkmen zuckte mit den Achseln. »Vielleicht hatte sie angesichts eines so überwältigenden gegenteiligen Beweises von Seiten der Reichen und Mächtigen gespürt, dass sie sich ihnen anschließen musste. Oder vielleicht hat sie sich ja auch geirrt, als sie mit der italienischen Polizei gesprochen hat, obwohl ich persönlich das nicht glaube.«

»Warum nicht?«

»Na ja, es gibt zwar einen Hinweis darauf, dass die beiden Ersoys Italien betreten haben, aber ihr Sohn ist nicht erwähnt.«

»Er hätte doch auf der Jacht geblieben sein können.«

»In diesem Fall hätte sich jemand um ihn kümmern müssen und die einzige Kandidatin dafür wäre die Köchin gewesen, die aber behauptete, sich an die Anwesenheit des Jungen nicht erinnern zu können. Und zudem, hier mag ich falsch liegen, aber wenn ein ausländisches Boot in fremde Gewässer einläuft, müssen dann nicht Angaben darüber gemacht werden, wer und was sich an Bord befindet?«

»Kein Ahnung, aber ...« Suleyman sah wieder auf die Akte und verzog das Gesicht. »Wie in aller Welt wurde die Sache überhaupt gelöst, bei solchen Ungereimtheiten?«

»Gar nicht«, gab İkmen seufzend zurück. »Laut Inspektor Hikmet gab es eine Zeit lang einige hektische Aktivität um diese Familie Greco, die offensichtlich Verbindungen zur Mafia hat – welcher reiche Italiener hat die nicht? Aber es gab nicht das geringste Anzeichen dafür, dass das Kind jemals in der Nähe von Amalfi gewesen wäre.«

»Und weiter?«

»Nach ein paar oberflächlichen Untersuchungen, die dann wieder hier stattfanden, verlief die Sache im Sand. Ohne jede Spur und, wichtiger noch, ohne Leiche. Die Polizei in beiden Ländern stand dem Ganzen vollkommen ratlos gegenüber. Das könnte erklären, warum Frau Ersoy sich umgebracht hatte, obgleich es den Tod ihres Mannes kaum erhellt.«

»Der offiziell wie geschah?«

»Tod durch Unfall. Muhammed Ersoy sagte aus, als sein Vater in der Nacht seiner Rückkehr zum Bootshaus ging, sei er wegen des kürzlichen Todes seiner Frau sehr verstört gewesen und in diesem Zustand vermutlich ins Wasser gefallen.«

»Mir scheint, dass wir hier eine ganze Menge haben, was fast ausschließlich auf den Worten Muhammed Ersoys beruht.«

İkmen lächelte. »Das dachte ich auch.«

»Ich weiß zwar, dass er ein mächtiger und geachteter Mann ist, aber …«

»Stimmt. Weshalb ich ihn einmal aufsuchen und ihm, wenn möglich, unter anderem entlocken werde, wo die Angestellten, die damals dabei waren, jetzt sind.«

»Die Köchin und das Kindermädchen?«

»Ja.«

Suleyman legte eine kleine Denkpause ein, ehe er seine nächste Frage stellte.

»Und haben Sie schon eine Theorie?«

»Nicht wirklich«, antwortete İkmen, drückte sein Zigarette aus und zündete sich eine neue an. »Außer der Idee, dass der Junge Istanbul in Wirklichkeit nie verlassen hat. Ich habe eine gewisse Vorstellung, warum das so gewesen sein könnte, aber es hört sich für diese Tageszeit leicht verrückt an.«

»Nämlich?«

»Bei dem Abendessen neulich in Ersoys Villa machte er eine Bemerkung, dass der Samowar, den er Krikor geschenkt hat, aus dem *Kafes* im Haus eines Freundes stammte.«

Suleyman lachte. »Was?«

»Ein Freund seines Vaters, einer aus Ihrer Ecke, wie ich mal vermute, hatte einen *Kafes* in seinem Haus. Also nehme ich an, dass er oder seine Vorfahren früher diejenigen wegschließen konnten, die eine Bedrohung für sie waren.«

»Das hat er Ihnen erzählt?«

»Ja.«

Suleyman seufzte und schüttelte ganz leicht den Kopf, als könnte er kaum glauben, was er gerade gehört hatte. »Nun, da kann ich Ihnen versichern, dass das eine Lüge ist, wenn nicht noch mehr. Nur der Sultan hatte einen *Kafes*. Keiner sonst, wie reich er auch sein mochte, hat dem meines Wissens jemals nachgeeifert.«

»Aber Dr. Sarkissian …«

»Ich denke, Sie werden bald erkennen, dass Herr Ersoy sein Spielchen mit Ihnen spielt – zumindest in dieser Hinsicht.«

»Das tut er in der Tat. Na ja …« İkmen wurde durch das Klingeln seines gerade wieder eingestöpselten Telefons unterbrochen und brachte es auf der Stelle zum Schweigen, ehe es ihm die Kopfschmerzen bereitete, die er mit ziemlicher Sicherheit erwartete. »İkmen«, sagte er und lehnte sich dabei ganz auf seinem Stuhl zurück.

»Çetin.«

Die Stimme erkannte er sofort. »Arto. Hallo. Du weißt ja wohl, dass ich den allerletzten …«

»Sei bitte still, Çetin, und hör mir zu.« In seiner Stimme lag etwas, was İkmen ein wenig aufrechter sitzen ließ.

»Ist alles okay, Arto?«

»Ich will, dass du zu Avram Avedykians Wohnung kommst, Çetin. Sofort.«

»Äh … wieso?«

»Frag mich bitte nicht, Çetin, weil ich dir jetzt nicht antworten kann. Komm einfach. Allein, bitte.«

»Ja, aber …«

»Komm.«

»Schon gut. Kannst du mir seine Adresse …?«

Die Leitung wurde unterbrochen und eine für İkmen bedrohliche Stille entstand. Langsam legte er den Hörer wieder auf, saß einen Moment still da und starrte ernst vor sich hin.

Suleyman blickte von der Akte Ersoy auf. »Probleme?«

»Ich glaube, Dr. Sarkissian hat gerade ein Problem.«

»Was heißt das?«

»Keine Ahnung.« Mit einem Mal begann İkmen fast wütend zwischen dem riesigen Papierstapel auf seinem Schreibtisch herumzuwühlen. »Irgendwo muss sie doch sein.«

Suleyman erhob sich und ging hinüber zu seinem Chef. »Was? Wonach suchen Sie denn?«

»Ich suche die Liste mit den Mitgliedern des Komitees, die ich Ihnen neulich gezeigt habe«, antwortete er und warf dabei einen Aschenbecher mit einer noch glühenden Zigarette auf den Boden.

Suleyman drehte sich um, ging zu seinem Schreibtisch zurück und ergriff ein Blatt Papier, das oben auf einem der Stapel lag. »Diese hier«, sagte er und warf es vor İkmen auf dessen Schreibtisch.

»Ah!«, rief der ältere Mann. »Ich danke Ihnen.« Mit sorgenvoll gerunzelter Stirn ging er die Seite durch, bis er den Namen fand, den er suchte. »Ah!«, rief er erneut, nun aber triumphierend.

»Darf ich erfahren, was hier vorgeht?«, fragte Suleyman, immer noch vor dem Schreibtisch seines Chef stehend.

»Ja und nein«, antwortete İkmen, erhob sich und nahm seine Jacke von der Armlehne. »Dr. Sarkissian bat mich, zu ihm in Avram Avedykians Wohnung zu kommen.« Er blickte auf, um den nächsten Punkt zu betonen. »Allein.«

»Glauben Sie, dass das klug ist?«

»Nein«, erwiderte İkmen, bückte sich, um die brennende Zigarette vom Boden aufzuheben, und steckte sie sich in den Mund. »Er war aber sehr entschieden und deshalb sehe ich nicht so recht, was ich tun soll. Ich weiß, dass ich vermutlich sehr töricht handle – Ardiç würde mich umbringen, wenn er davon erführe –, aber da war etwas in Artos Stimme, was ich einfach nicht überhören kann. Ich kann es nicht!«

Suleyman blickte düster. »Das mag ich gar nicht.«

»Ich auch nicht. Weshalb«, meinte İkmen lächelnd, »Sie auch ein paar Leute mit zu Ersoy nehmen und mir dann zu Avedykian nachkommen sollen.«

»Und was ist, wenn …«

»Wenn ich in Schwierigkeiten gerate, kann ich Sie immer noch rufen, oder? Lassen Sie Ihr Handy eingestellt und halten Sie sich einfach bereit für den Notfall. Sie werden nicht gerade mit großer Unterstützung zu Ersoy gehen müssen, aber wenn er sieht, dass wir mit ein paar Mann aufkreuzen, könnte ihn das doch zum Nachdenken bringen.«

»Und was genau soll ich Ersoy fragen?«

İkmen durchsuchte seine Taschen nach Schlüsseln, wobei er

das Telefon für einen Augenblick vergaß, holte dann seine Zigaretten heraus und zündete sich eine neue an. »Sie können ihm sagen, dass wir glauben, ein paar Informationen über seinen Bruder zu haben, und ihn dann bitten, Ihnen seine Version der Ereignisse zu erzählen. Wenn Sie es schaffen, besorgen Sie sich auch noch ein paar Informationen über die Angestellten.«

»Gut. Und dann?«

»Dann kommen Sie zu mir, entweder in Avedykians Wohnung oder, wenn ich da schon fertig bin, hierher. Wir reden später darüber, was danach kommt. Ich muss los.«

Als er die Tür öffnete, um zu gehen, traf er auf Polizeimeisterin Farsakoğlu, die ein großes Glas Tee und eine Schachtel Gauloises in der Hand hielt. Mit einem Lächeln erleichterte er sie um die Zigaretten. »Den Tee geben Sie bitte Polizeimeister Suleyman, ja? Ich denke, er kann ihn brauchen.«

Und weg war er. Er ließ die beiden Polizeimeister, zum ersten Mal, allein im Büro zurück.

Die junge Frau stellte den Tee auf Suleymans Schreibtisch. »Jetzt, wo er weg ist, kann ich mit dir reden?«

»Nein.« Er sah sie nicht einmal an, als er zum Telefon ging und eine Nummer wählte.

»Irgendwann wirst du schon noch mit mir reden müssen«, sagte sie wütend und versuchte sich so hinzustellen, dass er sie anschauen musste. »Ich bin nicht so eine blöde kleine Nutte, die man einfach benutzt und dann wegwirft.«

Und damit verschwand sie. Suleyman folgte ihr mit den Augen und sprach dann in den Hörer. »Hier spricht Suleyman. Ich brauche drei Mann, die mit mir nach Yeniköy kommen.«

Halil İkmen sah auf seine elegante goldene Armbanduhr und seufzte. Krikor Sarkissian, der neben ihm saß, beugte sich leicht vor und berührte sanft die Hand seines Freundes. Mehrere müde aussehende Gestalten in weißen Kitteln, denen die suchenden Augen der beiden Männer folgten, huschten vorbei.

»Fatma ist schon ganz außer sich vor Sorge«, sagte Halil und pickte dabei völlig sinnlos nach einigen unsichtbaren Staubflocken auf seinem Mantelärmel.

»Ich bin ganz sicher, dass es Çetin gut geht«, erwiderte sein Freund, wobei er hoffte, sich zuversichtlich anzuhören.

»O ja«, stimmte Halil zu, »das denke ich auch. Mein Bruder hat vor allen Dingen ein Talent zur Selbsterhaltung, was allerdings nichts daran ändert, dass er eigentlich jetzt hier sein sollte, oder?«

»Stimmt.«

Über die Lautsprecheransage ließ jemand einen Dr. Ali ausrufen. Halil trommelte nervös mit den Fingerspitzen auf die Seite seines Stuhls.

»Wie lange wird mein Vater wohl in diesem Zustand bleiben?«, fragte er mit bleichem Gesicht seinen Freund.

»Das ist schwer zu sagen. Er hatte einen schweren Herzanfall. Aber …«, meinte Krikor sanft lächelnd, »noch atmet er von alleine und deshalb …«

»Und wenn er aufhört?«

Krikor seufzte und betrachtete den großen Haufen Zigarettenkippen vor seinen Füßen. »Die Ärzte werden alles tun, was in ihrer Macht steht …«

»Aber wenn er mit dem Atmen aufhört, ehe mein Bruder hier ist, was ist dann? Ich bin doch nicht blöd, Krikor, ich weiß, dass Vater ernsthaft krank ist, aber …«

»Noch gibt es …«

»O bitte, beleidige meine Intelligenz nicht mit deiner typischen Arztvisiten-Tour«, gab Halil bissig zurück. »Nur weil wir das Wort bis jetzt noch nicht ausgesprochen haben, heißt das noch lange nicht, dass es nicht zutrifft. Vater liegt im Sterben und kein einziges deiner beruhigenden Worte oder Versicherungen kann daran etwas ändern.«

Ein Moment der Stille trat zwischen die beiden Männer, der erst durch Krikors gemurmeltes »Tut mir Leid« beendet wurde.

Halil wühlte in einer seiner Taschen nach Zigaretten und holte ein paar Sekunden später eine Schachtel und Streichhölzer heraus. »Ich dachte, ich wäre mit diesen verfluchten Dingern durch!«, sagte er, zündete sich eine an und reichte den Tabak wortlos seinem Gefährten weiter.

Ehe er sich selbst eine anzündete, schaute Krikor auf die Schachtel und die Streichhölzer. »Du weißt, dass diese Dinger mehr Türken umgebracht haben als der schlimmste barbarische, christliche Feind?«

Halil brummte bloß eine unverständliche Antwort und drehte sich um. »Du hast meine Frage noch nicht beantwortet.«

»Nein«, gab Krikor lächelnd zurück, »das habe ich noch nicht.«

»Warum?«

»Weil ich denke, dass wir diesen Fall erst erörtern, wenn er eintritt.«

»Ich würde aber jetzt schon gerne darüber reden. Ehe es zu spät ist.«

Krikor zuckte die Achseln und machte eine hilflose Geste. »Wenn du willst.«

»Und?«

Krikor sog lange und intensiv an seiner Zigarette, womit er sich, wie Halil dachte, auf die folgenden Worte vorbereitete: »Wenn Onkel Timür zu atmen aufhört, werden die Ärzte versuchen, ihn wieder zu beleben.«

»Und wenn sie es nicht schaffen?«

»Dann wird er sterben, Halil«, sagte Krikor sanft.

»Aber gibt es denn keine Maschine, an die man …«

»Du meinst lebenserhaltende Maßnahmen? Na ja, das ist eine Möglichkeit, aber …«

»Aber was? Wenn man ihn nur so lange am Leben hält, bis mein Bruder da ist, dann …«

»Schau mal, Halil«, sagte Krikor, ergriff die freie Hand seines Freundes und sah ihm fest in die Augen. »Wenn du das willst, dann können wir das auch arrangieren, aber ich würde dir dringend davon abraten.«

»Warum?« Halils Augen waren voller Fragen und Schmerz, den Krikor nur allzu leicht von der längst vergangenen Zeit her kannte, als sein eigener Vater gestorben war.

»Weil, wenn du, mein Freund, eine Maschine anstellst, sie irgendwann auch wieder abstellen musst.«

»Schon, aber …«

»Und als ältester Sohn wirst einzig und allein du diese Entscheidung fällen müssen.«

»Oh.« Halil blickte zu Boden, den Tränen nahe, die er kaum noch zurückhalten konnte.

»Die Fragen, die du dir stellen musst, sind solche wie: ›Würde mein Vater das wollen?‹, und noch wichtiger: ›Würde Çetin wollen, dass ich für ihn eine so schreckliche Erfahrung mache?‹. Denk darüber nach, Halil.«

Halil İkmen betrachtete die grauen Gesichter der Leute um ihn herum, Menschen wie er, die auf Neuigkeiten über ihre Liebsten warteten. Einige hatten Freudiges zu gewärtigen, andere Sorgenvolles, so wie er. Mit einiger Bosheit warf er den Rest seiner Zigarette auf den Boden und drückte ihn mit dem Schuh aus.

Als Çetin İkmen sich gegen die Tür lehnte, um bei Avram Avedykians Wohnung zu klingeln, gab diese überraschenderweise nach und ließ sich leicht öffnen. In diesem Stadtteil, der bekannt dafür war, dass hier viele reiche Leute wohnten, einfach die Tür so aufzulassen kam İkmen reichlich verrückt vor. Entweder traf das zu oder der gute Doktor hatte İkmen in Erwartung seiner Ankunft den Eintritt so leicht wie möglich gemacht. Es konnte natürlich auch etwas wirklich Unheimliches geschehen sein, was angesichts von Artos Tonfall beim letzten Telefongespräch die wahrscheinlichste Erklärung war. İkmen hielt an, um seine Waffe aus dem Achselhalfter zu nehmen, und stieß dann die Tür sachte mit dem Fuß auf.

Die Diele, ein schlichter, aber dennoch eleganter Bereich, war so, wie sie sein sollte. Soweit İkmen, der noch nie zuvor hier gewesen war, es beurteilen konnte, keinerlei Anzeichen des Durcheinanders, das gewöhnlich bei einem Einbruch auftrat. Als er den teuren Teppich ansah, fühlte İkmen sich schuldig, weil er mit seinen über und über mit Schlamm beschmierten Schuhen darüber lief, aber was sollte er tun? Etwas Merkwürdiges lag in der Luft, etwas, was er eher riechen als sehen konnte, machte ihn auf diese Seltsamkeit aufmerksam. Es war kein strenger Geruch, dennoch war er irgendwie vertraut, und nicht auf besonders angenehme Art, wie İkmen spürte.

Vorsichtig rief er den Namen seines Freundes. »Arto?«

Nichts. Kein Laut störte die Ruhe, die İkmen allmählich überwältigte.

»Arto?« Diesmal rief er lauter und diesmal wurde er mit einer Antwort belohnt.

»Wir sind hier drin, Inspektor«, sagte eine Stimme, die nicht Artos war. »Die Tür direkt vor Ihnen.«

Es war, wie İkmen vermutete, Avedykian, obwohl er nicht wusste, warum er nicht herauskam, um ihn zu begrüßen, und auch nicht darauf vertraute. İkmen ging weiter und hielt die Waffe gesenkt, während er mit der anderen Hand die Tür aufstieß.

Der Anblick, der sich ihm bot, als er im Türrahmen stand, war auf den ersten Blick ganz normal. Das Zimmer, auf die gleiche dunkle und minimalistische Art wie die Diele möbliert, war ordentlich und wirkte aufgeräumt. Und was wie der gewohnte Anblick seines Freundes aussah, der in einem großen Ledersessel saß, ließ İkmen sogar kurz lächeln. Wäre da nicht der schreckerstarrte Ausdruck in Artos Gesicht gewesen sowie der İkmen erst unbegreifliche Winkel seiner Beine, dann wäre er, ohne weiter nachzudenken, geradewegs eingetreten.

Aber er hielt noch einmal inne. »Arto?«

»Çetin.«

Etwas Hartes und Metallisches wurde ihm gegen die Schläfe gerammt, wodurch er vor Schreck beinahe gewürgt hätte.

»Darf ich bitte Ihre Waffe haben, Inspektor«, sagte ihm eine Stimme neben der Waffe ins Ohr. »Würden Sie sie bitte auf den Boden fallen lassen?«

Langsam und ohne dabei auch nur einen Moment lang die Waffe an seiner Schläfe loszuwerden, beugte sich İkmen vor und legte die Waffe auf den Boden. Dabei bemerkte er, was mit Artos Beinen los war: Sie waren mit Klebeband an den Knöcheln zusammengebunden. Warum hatte er das nicht gleich gesehen? Verdammt!

»Gehen Sie jetzt bitte durch das Zimmer zu Ihrem Freund und setzen sie sich neben ihn auf einen Stuhl.«

Da er seit langem wusste, dass man in solchen Situationen zunächst keine andere Wahl hatte, als zu tun, wozu man aufgefordert wurde, ging İkmen langsam zu Arto und seinem Stuhl. Der Teppich unter seinen Füßen war komischerweise leicht klebrig, als wäre er feucht. Als er an seinem Freund vorbeikam, flüsterte der Arzt nur: »Tut mir Leid.«

»Nun, Sie haben uns ganz schön auf Ihre Gesellschaft warten lassen, Çetin«, sagte Muhammed Ersoy lächelnd. »Wir haben im Laufe der Nacht viele verschiedene Telefonnummern probiert, das stimmt doch, oder, Herr Doktor?«

Arto gab als Antwort nur ein Räuspern von sich. İkmen aber, der sich wieder an die kindische Auseinandersetzung mit seinem Handy erinnerte, dazu an sein ziemlich gedankenloses Ausstöpseln des Büroapparates, legte den Kopf in die Hände und stöhnte.

»Da Sie nun aber hier sind, denke ich, dass es sich gelohnt hat, die lange und langweilige Nachtwache auszuhalten, da wir nun in den Genuss gekommen sind, Sie bei uns zu haben.«

»Es freut mich, dass Sie so denken, Herr Ersoy«, erwiderte İkmen, als er sich auf dem Stuhl niederließ und dabei unablässig die Waffe in Ersoys Hand ansah. »Wo ist Dr. Avedykian?«

»Er liegt gegenwärtig auf seinem Bett«, antwortete Ersoy. »Mögen Sie hingehen und ihn sehen?«

Instinktiv drehte sich İkmen zu seinem Freund um, ehe er antwortete. Dort offenbarte sich ihm ein Gesicht, das einen angespannten und warnenden Ausdruck zeigte, welchen İkmen sicher nicht ignorieren würde.

»Dr. Sarkissian meint, dies könnte unklug sein«, erwiderte İkmen.

»Sehr«, sagt Arto, der endlich sein Stimme wiedergefunden hatte. »Er ist tot.«

»Oh.« Langsam schlug İkmen ein Bein über das andere und beobachtete, wie Ersoy seine Dienstwaffe aufhob. Das also war der Geruch. Dies ergäbe einen Sinn. »Und wie ist das passiert, Herr Ersoy?«

»Avrams Tod?« Er legte den Sicherungshebel der Pistole um und steckte sie in die Tasche. »Ich habe ihn getötet.«

»Ich dachte, dass Sie, Sie und er …«

»Liebhaber wären?« Ersoy lächelte. »Stimmt. Aber auch sein Tod war ein Akt der Liebe – meiner Liebe zu ihm.«

»Wie bitte?«

»Nimm das bloß nicht ernst, Çetin«, murmelte Arto.

»Ich bin immer der Meinung gewesen«, sagte İkmen langsam, »dass man, wenn man einen Menschen liebt, gemeinhin das Verlangen hat, diesen Menschen am Leben zu erhalten.«

Ersoy lachte. »In manchen Fällen ja.«

»Ich habe, wie ich gestehen muss«, meinte İkmen schulterzuckend, »gewisse Schwierigkeiten, mir einen Fall vorzustellen, der außerhalb dieser allgemein gültigen Regel liegen könnte.«

Ersoy, der weder seinen Blick noch den Lauf seiner Waffe von den beiden Männern wandte, glitt auf einen Stuhl und räusperte sich. »Sie wissen, dass Avram wirklich sehr schön war, nicht wahr?«

»Dr. Avedykian war ein attraktiver Mann, ja.«

»Anders als ich trainierte er regelmäßig. Wussten Sie das?«

Ohne die Antwort von İkmen oder Sarkissian abzuwarten, fuhr er fort: »Ich habe jede Art von Training immer verabscheut.«

Im Stillen fand İkmen, dass wenigstens dies ein Gefühl war, mit dem er sich identifizieren konnte. Wohin allerdings dieses Gespräch führen sollte, war eine andere Geschichte.

»Aber«, fuhr Ersoy seufzend fort, »die Zeit ist so herzlos und trotz Avrams fast vollständiger Hingabe an seinen Körper legte er doch schon bestimmte Anzeichen des Alterns an den Tag.«

Etwas, was İkmen nur als Angst beschreiben konnte, kroch langsam, aber sicher seinen Körper hoch. »Und deshalb haben Sie …«

»Er hätte es gehasst, alt und hässlich zu werden – so wie ich auch.«

»Weshalb Sie«, nahm İkmen das Gesagte auf, »ihn töteten.«

» Ja.«

»Damit er nicht die Schmach des mittleren und hohen Alters würde erdulden müssen?«

»Ja. Das heißt …« Wieder lachte Ersoy auf seine sanfte fast gutmütige Art. »… zum Teil. Es gab auch …«

»So wie die Pharaonen und all die anderen großen Herrscher, die Sie bei Ihrem bezaubernden Essen zitierten, das Sie für uns gaben, haben auch Sie sichergestellt, dass Ihr Freund niemals alt werden würde.«

»Stimmt.«

İkmen suchte nach den passenden Worten, um auszudrücken, was er sagen sollte und musste. Das war kaum verwunderlich angesichts der absonderlichen Ansichten dessen, der ihn gefangen hielt, und der Gefahr der Situation selbst. »Sie, der Sie, wie ich glaube, älter als Dr. Avedykian sind, müssen nun allein alt und schrumplig werden. Ich denke, dem Weg Ihrer Logik folgend …«

»Oh, ich kann Ihnen versichern, dass ich durchaus die Absicht habe, mich Avram anzuschließen«, antwortete Ersoy. Er legte den Sicherungshebel wieder um und fügte hinzu: »Und zwar noch heute.«

Suleyman wandte sich kurz an die drei jungen Polizisten, die hinter ihm standen, und nahm dann seufzend die Unterhaltung mit dem Mann an der Tür wieder auf.

»Sind Sie sicher, dass Sie keine Ahnung haben, wo Herr Ersoy jetzt sein könnte?«

»Ja.«

»Hat er Ihnen nicht gesagt, wie lang er wegbleiben würde?«

»Nein.« Der Mann, eine Art Diener, sah kurz zu einem der jungen Polizisten und schluckte nervös. »Herr Ersoy unterrichtet gewöhnlich niemanden davon, wohin er geht, zumindest nicht mich.«

»Sagt er es denn sonst jemandem?« Suleymans Ungeduld mit der, wie ihm nur allzu klar war, gedankenlosen Loyalität derjenigen, die sich für geringer hielten, wurde immer stärker.

»Nein, zumindest nicht seinen Angestellten.«

»Und gibt es jemanden hier im Haus, der nicht als Angestellter rangiert?«

»Nein. Herr Ersoy lebt allein.«

Einer von Suleymans jungen Kollegen grinste leicht und süffisant. Suleyman warf ihm einen bösen Blick zu, woraufhin der junge Mann sichtlich zusammenschreckte.

»Also«, fasste Suleyman die bisherige Unterhaltung zusammen, »Sie sagen, dass keiner weiß, wo Herr Ersoy in diesem Moment ist.«

»Nein. Ja. Ich meine, keiner von uns weiß das.«

»Aha.« Suleyman legt die Hände auf die Hüften und seufzte wieder tief und schwer. »Hat denn Herr Ersoy eine Handynummer, über die wir ihn erreichen können?«

»Ja«, erwiderte der Mann, blieb aber vollkommen bewegungs- und sprachlos.

Schließlich fragte Suleyman: »Können wir die haben?«

»Ich kenne sie nicht!«, erwiderte der Mann, offenkundig

ziemlich erstaunt, dass jemand glaubte, er besäße diese Information. »Sie ist nur für Herrn Ersoys Freunde.«

»Es sieht ja ganz so aus, als ob wir einfach hereinkommen und auf ihn warten müssten, oder?«, giftete Suleyman zurück.

»O nein, das dürfen Sie nicht!«, rief der Mann und hielt Suleyman eine Hand vor das Gesicht, als wollte er ihn abwehren. »Niemand kommt hier herein, solange Herr Ersoy nicht da ist. Das wäre nicht richtig!«

»Falls es Ihrer Aufmerksamkeit entgangen sein sollte«, sagte Suleyman mit wachsender Bosheit, »wir sind Polizisten.«

»Schon, aber …«

»Ich möchte nämlich mit Herrn Ersoy über Dinge sprechen, die unsere nationale Sicherheit betreffen.«

»Oh.« Der Mann beugte sich leicht vor, so dass nur Suleyman ihn hören konnte. »Sie wissen doch, dass Herr Ersoy ein guter Türke ist, oder nicht? Ich meine, er ist kein …«

»Hier ist es wirklich sehr kalt«, sagte Suleyman und schubste den Mann leicht zurück. »Ich denke, dass meine Leute sich etwas an Herrn Ersoys Tee laben sollten, meinen Sie nicht auch?«

»Schon …«

»Ich nehme die volle Verantwortung auf mich, falls Herr Ersoy verärgert sein sollte«, fuhr Suleyman fort und ging an der Spitze seiner drei jungen Gefährten ins Haus. Dann setzte er noch hinzu, obwohl er sich darüber ärgerte: »Ich war nämlich mit Ihrem Herrn auf der Schule, weshalb ich nicht sehe, wo es da ein Problem geben sollte.«

»Oh.«

Suleyman betrat einen Raum, der die größte Eingangshalle außerhalb des königlichen Palastes sein musste, die er je gesehen hatte. Es war schwer, um nicht zu sagen, unmöglich, nicht beeindruckt zu sein. Aber Suleyman, der schließlich nicht ganz ungeübt war in dieser Kunst, legte eine gepflegte aristokratische Langeweile angesichts all dessen an den Tag.

Als der letzte der drei jungen Wachtmeister sich durch die

Tür in Haus gedrängt hatte, flüsterte der Diener diesem ins Ohr: »Er ist ganz schön vornehm für einen von euch! Wer ist er?«

»Polizeimeister Suleyman«, gab der junge Mann zurück und setzte schulterzuckend nach: »Er arbeitet für Inspektor İkmen.«

Ob diese letzte Information Suleymans Benehmen erklären sollte, wusste der Diener nicht. Der Name İkmen aber kam ihm irgendwie vertraut vor.

Kapitel 15

»Darf ich eine Zigarette rauchen?«, fragte İkmen.

»Aber natürlich«, erwiderte Ersoy lächelnd und warf ihm eine seiner eigenen Schachteln und ein Feuerzeug zu. »Nehmen Sie eine von meinen.«

»Sie trauen mir wohl nicht, dass ich in meiner eigenen Tasche nachschaue?«, fragte İkmen und fing Ersoys Zigaretten auf, von denen er sich eine anzündete.

»Nein, nicht wirklich.«

»Schon gut.« Während er inhalierte, setzte sich İkmen auf seinem Stuhl ein wenig zurück, den Blick fest auf den Mann vor ihm gerichtet. »Ist die Annahme richtig, Herr Ersoy, dass, weil Sie vorhaben, noch heute zu sterben, der Doktor und ich in diesen Plan irgendwie integriert sind?«

»Ja. Sie sind beide Teil eines ziemlich geschickten Plans, den ich ersonnen habe.« Er lachte. »Ich war bei meinem lieben Avram, als er den Doktor gestern Abend anrief. Er sagte, er wollte seinem alten Freund alles gestehen, und ich habe mich nach einer angemessenen Kundgebung von Bestürzung und Schrecken seinem Verlangen gefügt. Ich gestehe, ich war erstaunt, dass er meine Zustimmung für bare Münze genommen hat, aber schließlich war er da nicht ganz bei sich. Ich muss Avram nach meiner Berechnung genau in dem Augenblick erschossen haben, als der Doktor sein Haus verließ, um, wie er meinte, meinem Liebsten bei seinen Problemen zu helfen.«

»Seinen Problemen?«, fragte İkmen. »Welchen Problemen?«

»Oh, machen Sie mir nichts vor, Çetin!«, rief Ersoy und begleitete sein gespieltes Erstaunen mit einem anzüglichen Grinsen. »Sie wissen sehr wohl, was Avrams Probleme waren – Sie haben den Bruder meines alten Freundes Murad Suleyman zu Avram geschickt, weil Sie genau um diese Probleme wussten.«

»Wenn es erlaubt ist, mein Herr«, sagte İkmen und wedelte mit seiner Zigarette ziemlich nervös in Richtung Ersoy. »Ich glaube, Sie sind mir ein bisschen voraus.«

»Die Drogen natürlich, Sie dummer Mensch!«

»Ah.« Dr. Avedykian war also doch kein guter Anfang gewesen, um an die christlichen Ärzte »heranzukommen«. Oh, und İkmen hatte doch mit der Idee gespielt, dass er der Arzt war, der mit den Strichjungen zu tun gehabt hatte, aber für so einen freundlichen und offensichtlich besorgten Mann …

»Der jüngere Suleyman, der bei der Polizei arbeitet, was zu erfahren, nebenbei gesagt, schockierend war, hat den armen Avram richtig eingeschüchtert – und zwar so sehr, dass er, als er nach Hause kam und mich anrief, vollkommen hysterisch war.«

»Ich kann nicht glauben«, sagte Arto mit einiger Wut, »dass Avram möglicherweise beim Verkauf von …«

»Oh, er hat auch nicht verkauft«, entgegnete Ersoy lächelnd. »Nein, dafür war er viel zu moralisch. Er hat den Knaben ihre Drogen gegeben und ihnen geholfen, wenn sie mit ihren Nadeln herumgefummelt haben. Er sah es eher als sozialen Dienst an.«

İkmen zog die Stirn kraus. »Wie das?«

»Avram war in Wahrheit Realist, obwohl er in letzter Zeit den eher utopischen Ideen Ihres Bruders anhing«, sagte Ersoy zu Arto gewandt. »Er wusste, dass es letztlich unmöglich war, diese Kinder von den Drogen loszubekommen – sie nehmen sie, um mit dem fertig zu werden, was sie tun müssen. Um den wirklich ziemlich ekelhaften alten Männern einen zu blasen, braucht man entweder Nerven wie Stahlseile oder einen gewissen Abstand von der Realität, den man leicht durch den zweckdienlichen Gebrauch von Opiaten gewinnt.«

»Aber …«

»Eigentlich leistete er ihnen einen Dienst. Die klinischen

Drogen, die er erhielt, waren garantiert ohne schädliche Zusätze. Er konnte ihnen eine genau bemessene und sichere Dosis verabreichen und seine Ausrüstung, die Nadeln und was auch immer, war steril.«

»Sein ›Dienst‹ war aber doch nicht kostenlos, oder?«, fragte ein ernster İkmen.

»O nein.« Ersoy zwinkerte deutlich mit den Augen. »Wieso den Laden betreten, wenn man nichts kaufen will?«

»Aber als sein Liebhaber, wie Sie sagen, haben Sie da nicht …?«

Ersoy lachte, diesmal laut, fast schon brüllend. »O ja, er war und ist die Liebe meines Lebens, aber was Sie verstehen müssen, obwohl ich bezweifle, dass Sie es können, ist, dass Hingabe nicht unbedingt kleinere ›Zwischenfälle‹ mit anderen ausschließt. Um ehrlich zu sein, anfangs wollte Avram unsere Beziehung ganz ausschließlich gestalten, aber ich habe und hatte immer noch andere Interessen außer ihm. Ich habe sogar entgegen dem verbreiteten Mythos auch ganz regelmäßig mit Frauen geschlafen. Sie sind so viel unterwürfiger als Männer, was mich ihnen gewogener macht, obwohl ich ihre Körper weniger mag.«

»Dr. Avedykians Umgang mit jungen Prostituierten war …«

»Ein Racheakt?« Ersoy lächelte. »Anfangs ja. Bis er merkte, dass es mir nichts ausmachte und ich seine Berichte über seine Abenteuer recht aufregend fand.«

Arto, dessen Gesicht mittlerweile fast schwarz vor Wut war, konnte sich immer noch so weit beherrschen, um zu fragen: »Er hat also diese Drogen aus dem Krankenhaus bezogen?«

»Ja. Obwohl ursprünglich nicht für seine kleinen Stricher. Aber das ist ein andere Geschichte …«, neckisch senkte Ersoy kurz die Lider, »… über die wir später noch reden werden, ich verspreche es.«

Unwillkürlich gingen İkmens Gedanken zu dem toten Jungen in Sultan Ahmet, dessen Adern mit Dolantin voll gepumpt waren.

Da er etwas davon an İkmens Gesichtsausdruck bemerkt oder vielleicht eher gefühlt hatte, sagte Ersoy: »Ja, Çetin, Sie werden noch die Möglichkeit haben, über Ihr Mordopfer zu sprechen, keine Sorge, aber …« Er zündete sich eine Zigarette an und zuckte leicht zusammen, als ihm der Rauch in die Augen stieg, »… was auch immer die Gründe waren, warum Avram die Drogen besorgte, stets ging er nach derselben Methode vor.«

Arto setzte sich weiter nach vorn, um besser hören zu können.

»Es konnte nur mit Patienten durchgeführt werden, die sich in geringer oder gar keiner Gefahr befanden.«

»Was heißt ›durchgeführt‹?«

Ersoy hob die Hand, um den rundlichen kleinen Arzt zum Schweigen zu bringen. Sein Gesicht war eine strenge Maske. »Ich kann Ihnen nur berichten, was er mir erzählt hat. Und da ich selbst kein Arzt bin, könnte ich mich irren … Bei denen, die mit geringeren oder leicht zu behandelnden Beschwerden zu ihm kamen, hat Avram einfach den Rezepten, die er zur Apotheke gab, eine kleine Extramenge für die postoperative Schmerzkontrolle hinzugefügt. Die Rezepte wiederum wurden an die Patientenberichte geheftet, für die Avram als verantwortlicher Arzt zuständig war. Natürlich hat er auch manchmal Fehler gemacht. Manchmal ging sein Diebstahl auf Kosten der Schmerzkontrolle, die seine Patienten tatsächlich brauchten. Manchmal wurden die Patienten ganz verzweifelt, weshalb er sich dann schuldig fühlte. Aber das war eigentlich nur dann so, wenn sein anderweitiger Bedarf besonders groß war.«

»Sie sagen also«, schloss Arto bedächtig, »dass Avram kleine, aber bezeichnende Mengen von Opiaten von den Patientendosen abzwackte – Patienten, die er nicht als Risikopatienten einstufte und die nicht zum Gegenstand klinischer Nachforschungen oder Autopsien wurden.« Er wandte sich kurz, aber bedeutungsvoll an İkmen und murmelte: »Also hatte mein Bruder doch Recht mit Avram.«

Ersoy beugte seinen Kopf leicht vor, um Artos Worten zuzustimmen. »Stimmt. Und weil die erhöhten Mengen nur klein und nicht konstant waren, dachte sich der Apotheker nichts dabei. Manchmal brauchen die Menschen in verschiedenen Stadien nach einer Operation eine kleinere oder größere Schmerzkontrolle, und wenn alles mit der Apotheke und den Patientenberichten übereinstimmte …« Er sah hinüber zu İkmen und lächelte. »Ihr Kollege hätte wenig Interessantes in der Apotheke entdeckt. Avram war immer sehr geschickt und nur selten habgierig – ein Punkt, den ich ihm gestern Abend klar zu machen versuchte, als er hysterisch wurde.«

»Bevor Sie beschlossen, ihn zu töten?«

Ersoy sog kräftig an seiner Zigarette, ehe er wieder lächelnd antwortete. »O nein. Ich hatte schon vorher beschlossen, ihn zu töten – tatsächlich an meinem vierzigsten Geburtstag.« Er blickte nach oben, als würde er sich an eine unsichtbare Macht über sich wenden. »An jenem Tag traf ich eine ganze Menge Entscheidungen.«

»Hat Dr. Avedykian gewusst, dass Sie seinen Tod im Sinn hatten?«

Verschmitzt kniff Ersoy die Augen zusammen, ehe er antwortete. »Ich könnte an diesem Punkt vermutlich auf Selbstmordpakte und dergleichen zu sprechen kommen, aber angesichts dessen, dass es hier nicht um eine verkürzte oder auch volle Haft geht, kann ich Ihnen auch gleich die Wahrheit erzählen. Nein, er hat es nicht gewusst, Inspektor. Bis auf den letzten Moment natürlich. Ich glaube, ich sagte so etwas wie: ›Wir treffen uns im Paradies wieder, mein Liebster‹, und obwohl er noch etwas sagen wollte, hatte ich ihn schon getötet, ehe er damit fertig war.«

»Wenn man bedenkt«, meinte İkmen scharf, »dass Sie beide verschiedenen Religionen angehörten, sind doch wohl die Chancen auf Ihr ›Treffen‹ im späteren Leben eher gering, oder?«

Ersoy lachte. »Oh, wissen Sie, ich finde Sie wirklich geistreich! Es ist so erfrischend, jemanden zu treffen, mit dem man sich auf diesem Niveau so gut unterhalten kann. Ohne Sie hätte ich nicht halb so viel Spaß gehabt an dieser ganzen Angelegenheit.«

»Ich bin so froh, dass ich damit habe dienen können«, gab İkmen bitter zurück und sah dabei in Artos vor Schock versteinertes Gesicht.

»An diesem Punkt wäre es aber durchaus von Interesse«, fuhr Ersoy fort, »herauszufinden, wie weit Sie mit dem Hauptthema, na ja, sagen wir, meines Lebens, vorangekommen sind, Çetin. Angesichts der kleinen Andeutungen und Fingerzeige, die ich Ihnen während der letzten, ich weiß nicht, wie viel Tage zukommen ließ.«

»Reden wir da möglicherweise über das junge Mordopfer in Sultan Ahmet?«, fragte İkmen, und eine rasch anwachsende Erkenntnis überkam ihn.

»Mein Bruder, ja. Ganz richtig«, antwortete Ersoy und drückte seine Zigarette im Schildpatt-Lieblingsaschenbecher seines Geliebten aus.

Gehässig, wie es den beiden anderen jungen Wachtmeistern schien, schlug Suleyman den Dritten im Bunde auf den Rücken, sobald die junge Bedienstete den Saal verlassen hatte.

»Glotz sie nicht so an!«, fuhr er ihn an. »Zumindest keine türkischen Mädchen!«

»Aber …«

»Glotz ausländische Touristinnen an, wenn es sein muss, aber auch dann diskret.«

»Aber Sie …«

Einer der anderen grinste süffisant.

»Ja?«, hakte Suleyman nach und eine Art Verfolgungswahn überkam ihn. »Was ist mit mir?«

»Na ja, Sie …«

War das womöglich eine Anspielung auf sein kürzliches Techtelmechtel mit der hübschen Farsakoğlu? Unter solchen

Kerlen mit ihrer schweinischen Phantasie, die gerade erst von der Armee gekommen waren, konnte so eine Information doch sicher nicht herumgetratscht worden sein, oder etwa doch? Die Sache – das, was zwischen ihnen gewesen war – hatte sich schließlich erst am vorigen Abend zugetragen. Oder hatte sie es etwa selbst weitererzählt? So etwas würde sie nie tun, oder? Wie viel sie auch für ihn empfinden mochte – und es musste in Wahrheit wohl eine ganze Menge sein, um sich ihm mit solcher Leidenschaft hinzugeben –, sie würde bestimmt nicht ihren Ruf aufs Spiel setzen, bloß um noch mehr Aufmerksamkeit bei ihm zu erregen. So etwas konnte zu disziplinarischen Angelegenheiten führen und war auch durchaus schon vorgekommen. Trotzdem war es vielleicht unklug gewesen, heute Morgen so schroff zu ihr zu sein. Aber als Verheirateter hatte er sich auf die, wie ihm schien, einzig mögliche Art verhalten, auch wenn er seiner Frau eines Tages erzählen wollte, was vorgefallen war.

Wieder wandte er sich dem Jungen zu, der neben ihm stand, und sagte sehr deutlich und langsam: »Was habe ich, Öztürk? Los, kommen Sie schon, Sie haben gesagt …«

Das Handy in seiner Brusttasche fing an zu vibirieren, begleitet von einem lauten Piepsen. Mit einem Seufzer holte der Polizeimeister es heraus. »Suleyman.«

»Ist der Inspektor bei dir?«, wollte Cohens vertraute Stimme wissen.

»Nein, er ist …« Sofort erinnerte er sich, dass İkmen in diesem Augenblick dort war, wo er eigentlich nicht sein sollte, und dass allein er, Suleyman, dies wusste, weshalb er ergänzte: »… woanders. Warum?«

»Weil wir ständig Anrufe von seinem Bruder kriegen. Ich denke, es ist was Familiäres, aber er hört sich ziemlich gestresst an.«

Suleyman seufzte und warf dabei einen Blick auf ein Gemälde in der Nähe. Es zeigte offenbar einen osmanischen Offizier, der in einer heroischen Pose auf seinem Pferd saß. Wenn İkmens Bruder anrief, dann musste es etwas Ernstes sein. Suleyman wusste, dass İkmen mit seinem älteren Bruder nicht besonders gut auskam, weshalb er bezweifelte, dass dieser nur plaudern wollte.

»Hat du schon seine Handynummer versucht?«, fragte er.

»Ja. Aber sie ist die ganze Zeit tot.«

»Oh.« Etwas leicht Unangenehmes regte sich in Suleymans Hinterkopf, als er sich darüber klar zu werden versuchte, was er als Nächstes tun sollte.

»Was soll ich dem Mann sagen, wenn er wieder anruft? Ich weiß nicht, was ich machen soll.«

Wenn İkmen war, wo Suleyman ihn vermutete, in Dr. Avedykians Wohnung nämlich, dann war womöglich etwas sehr Ernstes im Gange. Dass Dr. Sarkissian ihn gebeten hatte, allein dorthin zu gehen, war schon ungewöhnlich, um es milde auszudrücken, und in Anbetracht der Tatsache, dass der Arzt İkmens Worten zufolge sehr angespannt gewirkt hatte …

»Hör mal«, sagte er zu Cohen, »überlass das mir. Ich melde mich bei dir.«

»Ja, aber dieser Mann …«

»Sag ihm, dass der Inspektor außer Haus und derzeit nicht erreichbar ist. Sag ihm, dass er bei einem Informanten ist – irgendwas.«

»Okay, aber …«

»Ich rufe dich später zurück, Cohen, wenn ich mehr weiß.« Dann drückte er den Knopf zur Beendigung des Gesprächs und saß einen Augenblick vollkommen still und schweigend da.

Zwei seiner Gefährten, einschließlich Öztürk, rutschten unbequem auf ihren üppig gepolsterten Sesseln herum, verhielten sich aber ruhig. So gut aussehend und kultiviert er auch war, hatte Polizeimeister Suleyman sich dennoch in den letzten Jahren den Ruf erworben, ein wenig tyrannisch zu sein, sobald sein Vorgesetzter nicht da war, um ihn zu bremsen. Vielleicht setzte sich ja doch sein vornehmes Blut durch, dachte Öztürk.

Als Suleyman sich dann wieder bewegte, geschah dies in Windeseile. Er holte ein Blatt Papier aus der Hosentasche, überflog es von oben bis unten, bis er gefunden hatte, was er suchte. Dann wählte er eine Nummer auf seinem Handy. Während er mit dem Apparat am Ohr wartete, schnalzte er ungeduldig mit der Zunge.

»Ihr Bruder Zeki und mein Opfer sind also ein und dieselbe Person?«

»Ja.«

İkmen musste eine kurze Pause einlegen, weil er ungläubig den Kopf schüttelte. »Ich bin daran interessiert – nein, sogar fasziniert, herauszubekommen, wie und warum das so ist.«

Ersoy grinste selbstzufrieden. »Nun, es ist ›so‹, wie Sie sagen, Çetin, weil ich ein sehr gescheiter Bursche bin, was Sie bekanntlich zu schätzen wissen.«

»Das ist eine Tatsache«, erwiderte İkmen, »derer ich mir immer bewusst war. Allerdings müssen Sie dabei Hilfe gehabt haben, wenn meine Vermutung stimmt, dass Sie es irgendwie geschafft haben, Ihren Bruder mittlerweile wohl fünfzehn Jahre in Gewahrsam zu halten, ohne dass er entdeckt wurde. Ich denke, dass auch meine Behauptung zutrifft, dass der kleine Zeki niemals italienischen Boden betreten hat.«

»In beiden Punkten haben Sie Recht«, erwiderte Ersoy, als das Telefon an seiner Seite zu läuten begann.

Während er den Hörer abnahm, verließ sein Blick kurz die Gesichter der beiden Männer, die einander sofort ansahen und ohne zu sprechen heftig gestikulierten. Doch schon eine Millisekunde später ruhten Ersoys stets lächelnde Augen wieder auf ihnen und jede Hektik erstarb.

Muhammed Ersoy hörte, was am andere Ende der Leitung gesagt wurde und nickte gelegentlich dazu. Endlich meinte er: »Ihre Annahme, ich sei Dr. Avedykian, ist irrig, fürchte ich. Der Doktor ist leider tot.«

Wieder vergingen einige Augenblicke, während derer, wie

İkmen vermutete, der Anrufer auf ein anderes Thema zu sprechen kam.

»Ach ja«, sagte Ersoy schließlich unter leisem Lachen, »sie sind beide hier, aber ... ja, schon ... o ja, das stimmt. Wie sehr klug von Ihnen ...« Seine Augen wurden immer größer, offenkundig vor Vergnügen.

Der Hinweis, dass er und Arto »hier« waren, konnte heißen, dass derjenige am anderen Ende der Leitung Suleyman war, wie İkmen schloss. Einerseits hoffte er es, andererseits nicht ...

»Ja«, fuhr Ersoy großzügig fort, »natürlich können Sie das, mein lieber Freund ... ja ... ja, aber allein, Suleyman, haben Sie verstanden? Ich will hier keine ...«

Ohne es beabsichtigt zu haben, schrie İkmen: »Suleyman, kommen Sie bloß nicht ohne ...«

»Çetin!«, rief Ersoy dazwischen und hielt die Hand über den Hörer, um diese Auseinandersetzung vor dem Anrufer zu verbergen. Dann richtete er den Revolver mit Nachdruck auf Artos Kopf und sagte in etwas milderem Tonfall: »Ich möchte dies nicht tun müssen, ehe ich bereit bin, also bringen Sie mich nicht dazu!«

Nur kurz verschwand sein Charme und seine Augen blickten, als könnten sie durch Steine schauen – grausam und leer.

Als er sich wieder dem Anrufer zuwandte, kehrte Ersoys Lächeln mit fast greifbarer Sinnlichkeit zurück. »Es geht ihnen gut im Moment ... o ja ... aber natürlich ...« Wieder lachte er, wobei er fast in den Hörer gurrte. »Hm ... sehr gut ... sehr schön, bis dann.«

Nachdem das Gespräch vorbei war, legte er den Hörer auf die Gabel. Und nicht ein einziges Mal zitterte seine auf Arto gerichtete Waffe.

»Ich glaube ernsthaft, dass Sie und Ihr Polizeimeister bald wieder vereint sein werden, Çetin. Eine ungebetene, aber gleichwohl interessante Ablenkung.«

»Die Frage, wie Sie uns alle drei unter Kontrolle halten wollen, wird aus meiner Sicht der faszinierendste Punkt der ganzen Prozedur sein«, sagte İkmen.

»Aber das will ich ja vielleicht gar nicht.«

»Was wollen Sie nicht?«

»Sie unter Kontrolle halten.«

İkmen zog die Stirn kraus.

»Ich denke, der Doktor versteht schon, was ich meine«, sagte Ersoy und blickte zu Arto, dessen Gesicht bleich und beängstigend grau vor Entsetzen war.

Ein Moment der Stille trat ein, ein Moment, in dem İkmen das erwog, was soeben gesagt worden war. Sein Magen machte einen Flickflack. Wenn Suleyman tatsächlich schon auf dem Weg hierher war, konnte İkmen nur hoffen, dass er nicht überreagieren würde. Mit einer Leiche im Schlafzimmer und einem blutbespritzten Teppich könnte die Wohnung bald wie ein Schlachthaus aussehen, würde sein Assistent sich dazu entscheiden, mutig zu sein.

»Also«, meinte Ersoy, beugte sich vor und lächelte seine beiden Gäste wieder an, »ich glaube, wir haben gerade über meinen Bruder gesprochen, nicht wahr?«

»Zeki«, sagte İkmen. Der tote Junge sollte einen Namen kriegen.

»Zeki, ja. Wie Sie wissen, war er in Wahrheit mein Halbbruder, der Sohn von Fikriye, der kleinen Cousine meines Vaters vom Lande.«

»Ihre Mutter war ja im Kindbett gestorben.«

»Stimmt! Sie erinnern sich noch!«

»Ihr Vater hat lange gewartet, ehe er wieder heiratete, wenn man bedenkt, dass Ihr Bruder zwanzig Jahre jünger als Sie war.«

»Er musste ja nicht heiraten. Er hatte genug Abwechslung, falls Sie wissen, was ich meine. Und bis ihm klar wurde, dass ich nicht der Sohn würde, den er sich immer gewünscht hatte, hatte er ja auch einen Erben.«

»Was lief denn schief?«

Ersoy zuckte die Achseln. »Die Stadt, Çetin, um es mit zwei

Worten zu sagen. Diese widerliche, sittenlose alte Hure, an der wir uns alle weiden. Wie viele Jugendliche fing auch ich an, mich mit Jungen zu treffen. Ich erfuhr viel über sie und ihre Körper und darüber, was ihre Körper mochten. Naturgemäß wurde ich von Avram angezogen, der sich schon mit dreizehn eher zu Männern als zu Frauen hingezogen fühlte. Meine Lehrer benachrichtigten meinen Vater, der mich zunächst schlug und mir dann ein Mädchen vorsetzte – das ich, wie ich sagen muss, mit Gefallen nahm. Nicht, dass ich allerdings aufhörte, Avram und andere Jungen zu treffen, das Mädchen hatte mir schlicht einen weiteren Weg für mein Vergnügen eröffnet. Ich hatte Geld, ich konnte mir Huren kaufen, wenn ich wollte, was ich auch tat. So ein schlechter Ort, dieses Istanbul.«

»Orte können nicht aus sich heraus schlecht sein«, sagte İkmen und drückte seine Zigarette bedachtsam in einem Aschenbecher aus. »Nur die Taten der Menschen können sie so scheinen lassen.«

Ersoy lachte. »Ich gebe ja zu, dass ich ein sehr verdorbenes Bürschchen bin, aber … Na, wie dem auch sei, als ich den Eignungstest für das Militär nicht bestand, dachte Vater, dass er handeln müsse. Er nahm Fikriye zur Frau, und als Zeki dann geboren wurde, dankte er Allah für das, was sich als seine zweite Chance erwies. Und ich fing an«, und seine Augen wurden bei dieser Erinnerung leicht glasig, »in den Hintergrund zu treten.«

»Was Sie ihm natürlich übel nahmen.«

»Nein. Nicht sofort. Vater ließ mich meine eigenen Wege gehen, was mir auch so lange passte, bis …« Wieder entnahm er seiner Schachtel eine Zigarette, mit der er eher spielte, als dass er sie anzündete. »Eines Tages rief mich Vater in sein Büro, um mir zu sagen, dass er seinen letzten Willen geändert hatte. Er habe sich großzügigerweise dazu entschlossen, mich an dem teilhaben zu lassen, was nun im Wesentlichen Zekis Erbe wäre. Er sagte, wie ich mich noch gut erinnere, dass er hoffte, ich würde meinen Anteil niemals dazu verwenden, Schande über meinen Bruder zu bringen. Schließlich liebte ich den kleinen Jungen ja genauso wie er, oder? Ich versprach Vater, dass ich mein Bestes tun würde. Danach«, fuhr Ersoy fort und seine Augen funkelten, was in seiner Jugend außerordentlich betörend gewirkt haben muss, wie İkmen sich vorstellte, »ging ich hinauf in Zekis Kinderzimmer und fickte das kleine amerikanische Kindermädchen im Stehen, an der Wand, während das Kind schlief. Ich erwähne das nur, weil die Dame später noch eine bedeutende Rolle spielen wird.«

»Und was war mit Italien?«

»Alles zu seiner Zeit«, erwiderte Ersoy und hob die Hand, um den Polizisten zum Schweigen zu veranlassen. »Tja, und obwohl mein Vater meinen Anblick wirklich nicht ertragen konnte, fand meine neue ›Mutter‹, die gerade mal so alt war wie ich, mich sehr charmant. Man muss dazusagen, dass ich alle die Dinge tat, die Frauen, vor allem die ungebildeten, entzückend finden. Ich küsste ihr die Hand, hielt ihr Türen auf, lachte über ihre langweiligen, kleinen ›Abenteuer‹ im großen bösen Basar.«

»Und verführten Sie?«

Er lachte. »O nein! Fikriye, dieses arme kleine Landei, war meinem Vater viel zu ergeben und dankbar, als dass sie an Derartiges auch nur gedacht hätte, und außerdem war sie grauenvoll religiös. Aber dumm war sie nicht. Sie wusste, dass Vater sie nur geheiratet hatte, um die Familie mit einem geeigneten Erben zu versorgen. Die gelegentlichen, und ich muss sagen, heftigen Prügel, die er ihr verabreichte, wenn ihre Schlichtheit ihn besonders störte, unterstrichen dies nur. Aber als das Thema Familienurlaub aufkam – der kleine Zeki war fünf –, stimmten sowohl sie als auch ich dafür, dass sie und Vater alleine fahren sollten, damit sie ein wenig Zeit füreinander hatten. Dummerweise liebte sie ihn nämlich. Ich sagte, ich würde gern zusammen mit Jennifer, dem Kindermädchen, auf das Kind aufpassen, während Fikriye und Vater sich auf seiner Jacht entspannen sollten.«

Arto meinte verächtlich: »Ich kann nicht glauben, dass Ihr Vater dem zugestimmt hat.«

»Oh, so wie er meinen Bruder anbetete, betete mein Vater auch das Geld an. Ein Teil der Reise war dazu da, sich mit Repräsentanten einer italienischen Firma zu treffen, in die er sich einkaufen wollte. Der Junge wäre dabei nur im Weg gewesen – und hätte sich gelangweilt. Mein Vater nahm nie eine große Crew auf seine Reisen mit und damit auch niemanden, der sich um das Kind hätte kümmern können. Hätte er das getan, dann wäre auch seine Brutalität gegenüber Fikriye sofort herumerzählt worden. Und im Übrigen war er stolz auf seine seemännischen Fähigkeiten.«

»Ich verstehe nicht, warum Fikriye, wenn Ihr Vater doch gelegentlich so brutal zu ihr war, mit ihm alleine sein wollte.«

Ersoy lächelte. »Sie litt an dem Irrglauben, ihn zähmen zu können. Ich meine, bei all seinem Geld und ihrem Sohn in seiner Gewalt konnte sie ihn ja auch kaum verlassen, nicht wahr? Sie musste zumindest versuchen, das Beste aus der Sache zu machen. Und wie ich bereits sagte: Das arme verirrte Ding liebte ihn.«

İkmen seufzte. »Wissen Sie, ich hatte nie in meinem Leben eine bedeutende Summe Geld, aber ich würde das, was ich habe, niemals gegen all Ihr Geld eintauschen, Herr Ersoy – oder gegen das Elend, das es Ihnen allen offenbar bereitet hat.«

Darauf reagierte Ersoy nicht. Er zündete sich einfach eine Zigarette an und fuhr fort. »Vater und Fikriye brachen also nach Italien auf. Ich gab danach der gesamten Dienerschaft Ferien und holte Jennifer und Zeki in meine Wohnung in Beyoğlu.«

»Warum taten Sie das?«

»Aus Ihrer Sicht, Çetin, wird meine Geschichte ab diesem Zeitpunkt interessant. Weil es nämlich der Zeitpunkt war, als der Plan, den Jennifer und ich erdacht hatten, um meinem Vater eine ganz gehörige Lektion zu erteilen, Gestalt annahm.«

»Welcher Plan?«

»Sobald ich sicher wusste, dass mein Vater in Italien war, nahm ich Kontakt mit ihm auf, um ihm zu sagen, dass Zeki entführt worden wäre und dass ein Lösegeld verlangt würde. Ich sagte ihm auch, dass die, die ihn gefangen hielten, mir verboten hätten, die Polizei anzurufen, aber dass ich tun würde, was die Situation verlangte. Die Idee war natürlich, dass ich Zeki auf heldenhafte Weise ›retten‹ und mir so die unsterbliche Wertschätzung meines Vaters erwerben würde. Mein Vater fing an zu toben.«

»Aber Ihr Bruder«, sagte İkmen, »hätte sicher nach der Rückkehr Ihres Vaters erzählt, dass …«

»Oh, so weit hatte ich nicht vorausgedacht!«, rief Ersoy kichernd aus. »Ich war fünfundzwanzig und es ging mir sehr gut. Der Junge war ein lieber kleiner Kerl, mein Vater neigte zu Schlaganfällen, ich bediente Jennifer und Avram zugleich und bekam begeistertes Lob für meine Leistungen. Ich war ein junger Mann, der seinen Spaß hatte!«

»Aber?« Es musste einfach ein ›aber‹ geben, wie İkmen spürte. Wenn nicht, dann wären sie jetzt nicht da, wo sie in diesem Moment waren – von Todesfurcht gepackt in einer schicken Wohnung und mit einem toten Arzt im Schlafzimmer.

»Die Dinge liefen nicht mehr so, wie sie sollten«, sagte Ersoy und legte dabei die Stirn in Falten, »als Fikriye sich umbrachte. Offenkundig hatte mein Vater ihr Vorwürfe gemacht, dass sie Zeki mit mir alleine gelassen hatte, und äußerte seine Wut auf gewohnte Art, nämlich mit den Fäusten. Das erklärt allerdings nicht vollständig, warum meine Stiefmutter so gehandelt hatte. Ich kann nur vermuten, dass er ihr solche Schuldgefühle machte, dass sie zu der Überzeugung kam, selbst wenn das Kind lebend gefunden würde, würde man ihr vermutlich den Umgang mit ihm zukünftig verwehren. Sehr übertrieben, ich weiß, aber bei dem Charakter meines Vaters vermutlich richtig.«

»Sie hat Reinigungsflüssigkeit getrunken, wie ich erfuhr«, sagte İkmen.

Ersoys Augen wurden größer, was nach Wertschätzung aussah. »Oho, wie schlau Sie sind. Sie haben also auch diese kleine Information aufgedeckt. Sie sind offenbar meinem mit Hinweisen gespickten Weg viel weiter gefolgt, als ich gedacht hätte. Inspektor Hikmet, der ja der ursprünglich mit der Aufklärung betraute Mann, war auch nicht im Entferntesten so aufgeweckt wie Sie«, kicherte er.

Fast gegen seinen Willen machte İkmen eine leichte Verbeugung in Ersoys Richtung.

»Als ich erfuhr, was Fikriye getan hatte, war ich traurig, wie ich zugeben muss. Ich hatte ihr nie übel gewollt und das ist die Wahrheit. Das Nächste aber, was ich erfuhr, war, dass Vater mit dem Flugzeug heimkommen würde.« Ersoy wandte sich kurz an Arto. »Wir haben es ja so eilig mit der Beerdigung unserer Toten, oder nicht, Herr Doktor? Sie müssen wohl ebenso wie auch Avram denken, dass der Islam die Verschiedenen sehr schnell loswerden möchte. Schließlich behalten Sie Ihre Toten ja noch tagelang bei sich, oder?«

Arto, der nicht darauf antworten konnte oder mochte, drehte nur den Kopf weg.

»Und«, sagte İkmen, der bei Ersoys ziemlich langen und gezierten Darlegungen immer ungeduldiger wurde, »was geschah dann?«

»Was dann geschah, Inspektor, war, dass ich nach Hause ging, um meinen Vater zu treffen. Dabei hatte ich den Kopf voll unausgegorener Ideen, wie ich ihm beibringen könnte, dass die ganze Sache ein reichlich geschmackloser Scherz gewesen war. Aber als er ankam, spürte ich, dass ich dazu einfach nicht in der Lage war. Deshalb tat ich so, als sei ich noch in Verhandlung mit den Entführern, und sah hilflos zu, wie er ums Haus herumstrich wie ein verrückt gewordener Bär. Er bemerkte nicht einmal, dass kein einziger der Bediensteten da war, so schlecht ging es ihm.«

»Soweit ich weiß«, warf İkmen ein, »starb Ihr Vater, kurz nachdem er …«

»Was ein Unfall war, bitte glauben Sie mir«, sagte Ersoy mit mittlerweile ernstem und, wie İkmen fand, unschön abgespannten Gesicht. »Um kurzzeitig ein wenig Abstand von seinen Sorgen zu bekommen, beschloss er, mit seinem Rennboot auf den Bosporus zu fahren. Mein Vater war ein alter Mann, als er starb, Çetin, beinahe achtzig, und er war weder bei bester Gesundheit noch klarsten Sinnes. Jedenfalls rutschte er irgendwie aus, als er das Boot im Bootshaus klarmachte, schlug mit dem Kopf auf und glitt unter Wasser. Ich habe ihn selbst gefunden, und obwohl mich sein Ableben nicht gerade niederschmetterte, tat es mir doch Leid, dass er von uns gegangen war. Er war immerhin mein Vater ... Die Polizei fand dann auch keinen Hinweis auf gewaltsamen Tod«, setzte er noch hinzu, »und so begrub ich ihn am folgenden Tag, wobei ich zunächst seinen Leichnam für das Grab vorbereitete wie der folgsame Sohn, der ich nie war.«

»Ich nehme an, dass Ihr Bruder an der Beerdigung nicht teilnahm«, sagte İkmen.

»O nein.« Ersoy seufzte ein wenig beim Gedanken daran und sagte: »Nur ich, Vaters Anwalt und sein Steuerberater. Ich hatte, wie Sie sich wohl vorstellen können, ein wenig über Zeki nachzudenken.«

Das Warten im Wagen, bis die anderen von ihren jeweiligen Einsätzen zurückkamen, machte Suleyman nervös. Er hatte sogar schon eine Zigarette geraucht, die Öztürk ihm angeboten hatte. Das war untypisch für ihn und erinnerte ihn in allen grässlichen Einzelheiten an seine kurze Romanze mit Zigaretten und Alkohol, als er seinen Wehrdienst abgeleistet hatte.

Die drei jungen Männer glitten still – zumindest zum Teil wussten sie, wie ernst diese Situation sein konnte – auf die Rückbank des Wagens, wobei sie den Blicken etlicher Gaffer auf dem Bürgersteig auszuweichen versuchten.

»Und?«, fragte Suleyman und blickte besorgt von einem zum anderen.

»Sämtliche Fensterläden sind zu«, antwortete Melik, dessen eines träges Auge scheinbar zu einer Frau hinsah, die die Eingangsstufe eines Wohnblocks kehrte.

»Aber ich habe Stimmen gehört«, meinte Öztürk, »und zwar hinten.«

»Konntest du verstehen, was sie sagten?«, fragte Suleyman.

»Nein, es war alles eher gedämpft.«

Suleymans Handy klingelte, er zog es heraus und hielt es sich ans Ohr. Hoffentlich war es der Anruf, den er erwartete.

»Suleyman.«

»Ich habe Dr. Halman für Sie«, sagte eine unbekannte weibliche Stimme.

»Sehr gut. Stellen Sie durch.«

Eine raue Frauenstimme mit dem Hauch eines ausländischen Akzents räusperte ihre vom Rauchen belegte Kehle. »Polizeimeister Suleyman?«

»Dr. Halman. Ich bin hier in einer blöden Situation und brauche einen Rat.«

»Legen Sie los«, sagte die Psychiaterin.

»Okay, ich denke, ich bin gerade dabei, in eine Geiselnahme verwickelt zu werden.«

»Dann holen Sie Verstärkung. Besorgen Sie sich einen professionellen Verhandlungsführer. Machen Sie nicht ...«

»Ich weiß nicht, ob dazu die Zeit reicht.«

»Holen Sie sie trotzdem!«

»Ich glaube, dass ich selber reingehen muss. Ich habe schon mit dem Verdächtigen gesprochen und ... Inspektor İkmen und Dr. Sarkissian sind mit dem Mann dort drin.«

»Was wollen Sie dann noch von mir?«, fragte Dr. Halman leicht gereizt – zumindest kam es Suleyman so vor. »Wissen Sie irgendetwas über diesen Mann? Über seinen Geisteszustand?«

»Nein.« Jetzt kam er sich töricht vor. Ohne Einzelheiten über einen Menschen konnten auch Psychiater nicht über deren Motive nachsinnen. Nur zu erwähnen, dass Muhammed

Ersoy seiner Meinung nach ein verdorbener reicher Sohn und ein Rüpel war, schien etwas dünn. Aber vielleicht wollte er ja etwas Allgemeineres erfahren. Vielleicht brauchte er nur eine Art Bestätigung für das, was seiner Meinung nach in einer solchen Situation getan werden musste. Mit zitternder Hand bedeutete er Öztürk, dass er noch eine Zigarette haben wollte. »Ich glaube, ich sollte ruhig und nicht bedrohlich auftreten.«

»Ganz egal, wie sein Geisteszustand ist«, sagte die Ärztin bestimmt, »Sie sollten diesen Mann keinesfalls gegen Sie aufbringen. Wissen Sie, ob er bewaffnet ist?«

»Ja, ist er.«

»Und gehen Sie auch bewaffnet hinein?«

»Ja.«

Sie seufzte. »Ich weiß nicht, ob das eine so gute Idee ist. Tragen Sie eine Weste?«

»Nein.«

»Dann ist es mit Sicherheit keine gute Idee.« Suleyman glaubte zu hören, wie sie den Rauch einer ihrer typischen langen, schwarzen Zigaretten ausblies. Dann zündete er sich selbst die an, die Öztürk ihm reichte, und musste erst einmal husten. »Er hat mir gesagt, ich soll allein kommen«, sagte Suleyman, nachdem er zu prusten aufgehört hatte.

»Aber Sie haben doch Leute, die Sie in der Umgebung aufstellen können?«

»Ja.«

»Hören Sie«, meinte sie seufzend, »wenn Sie bewaffnet da reingehen, könnte es leicht sein, dass Sie in ein Blutbad verwickelt werden. Er könnte leicht daran Anstoß nehmen und wahllos um sich schießen. Mit Polizisten als Geiseln hat er so gut wie nichts mehr zu verlieren, falls er seiner Liste von Straftaten noch Mord hinzufügt. Und da wir solche Leute ja nicht mehr exekutieren, hat er die Aussicht, den Rest seines Lebens im Gefängnis zu verbringen, was meiner Meinung nach schlimmer ist.«

»Aber ...«

»Ich kenne diesen Mann nicht und weiß nichts über ihn, aber ich weiß, dass er, wenn er Geiseln genommen hat, verzweifelt sein muss. Sie müssen sehr früh feststellen, was er verlangt, und es ihm dann geben, beziehungsweise so tun, als ob – und zwar so lange, bis Sie oder Ihre Leute in einer Position sind, die es Ihnen ermöglicht, ihn zu überwältigen.«

»Ich sollte also ...«

»Sie sollten ihn keinesfalls gegen Sie aufbringen oder selbst als Geisel genommen werden. Sie müssen vorsichtig vorgehen, gleichzeitig müssen Sie von Anfang an dafür sorgen, dass Sie die Situation in der Hand haben. Sie besitzen etwas, das er will. Machen Sie ihm klar, dass nur Sie es ihm geben können.« Dann wechselte sie abrupt das Thema. »Sie sagen, Sie haben schon mit ihm gesprochen?«

»Ja.«

»Hat er Ihnen irgendwelche Anzeichen dafür geliefert, dass er psychotisch sein könnte?«

Suleyman runzelte die Stirn kraus. Dieses Wort hatte er schon oft gehört, zuletzt von der kleinen blonden Ärztin selbst, und zwar im Zusammenhang mit dem jetzt leider toten verrückten Kommunisten. »Psychotisch?«

»Hat er, vielleicht auch nur dem Schein nach, den Bezug zur Realität verloren?«

Das war schwierig zu beantworten. Ersoys prunkvoller Lebensstil hatte wenig mit der Wirklichkeit zu tun. Am Telefon war er ruhig und sogar voller Humor gewesen, Gefühle, die nicht ganz im Verhältnis zu den gegebenen Umständen standen. Aber ob das schon als Realitätsverlust galt ...

»Hat er irgendeine Phantasie im Zusammenhang mit seiner Straftat geäußert?«, führte die Ärztin weiter aus. »Zum Beispiel eine religiöse, politische oder auch sexuelle Rechtfertigung?«

»Nein«, antwortete Suleyman mit leicht bebender Stimme, und danach bestimmter, »nein, er hat sich nur irgendwie zufrieden angehört.«

»Als ob es ihm gut ginge? Und er Spaß hätte?«

»Ja, so ungefähr.«

An dieser Stelle seufzte die Ärztin schwer und räusperte sich in den Hörer. »Sie wissen ja, wenn Sie großes Pech haben, hat dieser Mann eine Persönlichkeitsstörung.«

»Wie bitte?«

»So nennen wir einen Psychopathen«, erklärte sie und sprach das letzte Wort dabei in dem merkwürdig singenden fremdartigen Tonfall aus, der ihr eigen war.

»Oh.«

»Wenn er schlau ist, was durchaus der Fall sein kann, und es ihm gerade gut geht, dann ist das eine Möglichkeit. Dies oder Drogen, die ebenfalls äußerst gefährlich sein können. Sie wissen wohl nicht den Namen?«

»Na ja … «

»Sie müssen ihn mir nicht sagen«, schob sie eilends nach, »ich weiß, dass Sie, solange Sie den Täter nicht überführt haben …«

»Ich werde tun, was Sie mir empfohlen haben«, erwiderte Suleyman, »und werde Verstärkung anfordern. Aber dann werde ich doch selber reingehen müssen.«

»Aber ein Vermittler könnte …«

»Dr. Halman«, sagte Suleyman und wischte sich müde über die Stirn, »dieser Mann hat nicht nur nach mir gefragt, sondern er kennt mich auch. Er ist auf dieselbe Schule gegangen wie ich und kannte meinen älteren Bruder sehr gut.«

»Es ist doch keine persönliche Angelegenheit zwischen Ihnen und ihm, oder?«, fragte sie etwas verschmitzt, wie er meinte.

»Nein!«

»Na ja, stellen Sie sicher, dass das nicht zutrifft, ehe Sie reingehen, Polizeimeister. Persönliche Angelegenheiten sind genau das, was wir uns in Situationen wie diesen nicht leisten können. Habe ich mich klar genug ausgedrückt?«

Das hatte sie, obwohl Suleyman sich nicht sicher war, ob er dieser letzten Anweisung folgen konnte oder nicht. Muhammed Ersoy gehörte, ganz abgesehen davon, wie er Murad behandelt hatte, zu der Sorte altosmanischer junger Männer, die jene, die ein normales türkisches Leben zu führen versuchten, in Verruf brachten. Es war nach Suleymans Meinung wie der üble Nachgeschmack eines vergangenen Jahrhunderts voller Verderbtheit – etwas, von dem Suleyman meinte, es sollte auch weiter in der Vergangenheit bleiben.

»Wissen Sie, ob er vorher schon jemanden verletzt oder getötet hat?«, unterbrach die Stimme der Ärztin seine Überlegungen wie eine alte, zerkratzte Schallplatte.

»Ich glaube, er hat einen Arzt umgebracht«, antwortete Suleyman und zuckte zusammen, als er hörte, wie sie bei seinen Worten die Luft durch die Zähne einsog.

»Dann hat er absolut nichts mehr zu verlieren, wenn er Sie umbringt, Polizeimeister«, sagte sie mit klarer Stimme. »Ich muss zugeben, dass ich nicht besonders froh bin bei dem Gedanken, dass Sie zu ihm hineingehen.«

»Ich habe aber nicht gerade viele Wahlmöglichkeiten, Frau Doktor! Und der Inspektor und Dr. Sarkissian sind …«

»Schon gut, schon gut!«, erwiderte sie, wobei sie seiner Vorstellung nach ihre kurzen, dicklichen Arme emporwarf. »Aber wenn Sie da schon reinmüssen, dann ziehen Sie bitte eine Weste an. Tun Sie's für mich, ja?«

Er lächelte. Ihr Sorge, obgleich verborgen hinter ihrer rauen und fast männlichen Art, war echt. »Das werde ich.«

»İkmen und mein alter Freund Arto Sarkissian haben schon einiges von ihrem Leben gehabt, aber Sie sind, wenn ich mich recht erinnere, noch ein junger Mann«, sagte sie. »Werfen Sie nicht alles weg, nur für einen Augenblick des berühmten türkischen Heldenmuts.«

»Nein.«

»Und holen Sie Verstärkung, jetzt. Wenn Sie es mit einem Psychopathen zu tun haben, werden Sie sie brauchen. Gehen Sie direkt zu Ardiç, machen Sie nicht lange rum.«

»Nein.«

»Gott möge Ihnen beistehen«, sagte sie schließlich, womit sie die christliche Gottheit beschwor.

»Allah ist gnädig«, sagte Suleyman und kam sich ausgesprochen heuchlerisch vor. Dann drückte er auf die Taste, die das Gespräch beendete.

Als er sich zu den drei Wachtmeistern umdrehte, die diesem Gespräch reichlich verwirrt gelauscht hatten, sagte er: »Ich fordere jetzt Verstärkung an. Sie beide …«, er wies auf Öztürk und Melik, »… gehen hinten ums Haus. Aber unternehmen Sie nichts, solange Sie nichts von mir gehört haben. Ist das klar?«

»Jawohl.« Sie stiegen aus und gingen langsam auf den Mietblock zu.

»Nachdem ich angerufen habe, gehe ich los und klopfe vorne an die Tür. Ich kann und darf es einfach nicht länger aufschieben.« Dann sah er den jungen Wachtmeister an, der noch bei ihm geblieben war. »Sie bleiben hier, Kemal, und schließen sich den anderen an, wenn sie kommen. Ardiç könnte ganz gut bei ihnen sein, also spucken oder schneuzen Sie nicht auf die Straße.«

»In Ordnung.«

Seufzend nahm Suleyman wieder das Telefon zur Hand und wählte. Seine Hände zitterten dabei so heftig, als würde er Fieber kriegen.

»Wollen Sie nicht auf die Weste warten?«, fragte Kemal und sah zu, wie Suleyman ungeduldig mit den Fingern seitlich auf sein Telefon klopfte.

»Nein«, entgegnete er, holte die Pistole aus dem Schulterhalfter und steckte sie in die Tasche. »Dazu ist jetzt keine Zeit mehr.«

Kapitel 16

»Ich wartete fast eine Woche, bis ich etwas wegen Zeki unternahm«, sagte Ersoy. »Das Kind schien ganz fröhlich zu sein und ich brauchte Zeit zum Nachdenken.«

»Was war mit dem Kindermädchen, Jennifer?«

Ersoy lachte. »Ihren Abschied habe ich einem Film zu danken, Çetin. Ihre Polizisten, die in *Midnight Express* so liebenswert porträtiert worden sind, erschreckten sie so sehr, dass sie eines Morgens aufstand und das Land verließ. Dabei anscheinend auch froh, den Verhören Ihrer Kollegen über ihr Leben entkommen zu sein. Was genau sie dann tat, weiß ich nicht zu sagen. Aber im Laufe dieser Woche haben Jennifer und in gewissem Maß auch ich einen Plan ersonnen, der ab diesem Zeitpunkt mein ganzes Leben beherrschen sollte. Anfangs«, meinte Ersoy, wobei er seine Sitzposition leicht änderte, »dachte ich daran, den Jungen umzubringen.«

»Das war doch ziemlich riskant, oder?«, fragte İkmen. »Da doch die Köchin auf der Jacht Ihres Vaters den Jungen nicht gesehen haben konnte, wie Sie wussten.«

Ersoy lächelte. »Auch in Demokratien wiegt das Wort eines Bauern längst nicht so viel wie das eines Gentlemans. Und nachdem die ersten Nachforschungen von Inspektor Hikmet vorbei waren, gab ich Latife eine kleine finanzielle Zuwendung, die gewisse Änderungen in ihrer Geschichte sicherstellen sollte. Zudem wurde ich durch eine sehr respektable Ausländerin bestätigt.«

»Jennifer?«

»Ja. Was mich zu der Überzeugung kommen lässt, dass es gut war, dass sie das Land verließ, damals. Ich weiß nicht, wie sie reagiert hätte, wenn sie ein Verhör durch noch andere außer Hikmet hätte durchstehen müssen. Er hat ihr genug Schrecken eingejagt und dabei war er, wie Sie sich vermutlich erinnern, ein sehr zartfühlender Mann.«

»Sie beschlossen also, Zeki zu töten. Wodurch änderte sich Ihre Meinung?«

Seufzend drückte Ersoy seine Zigarette aus und lehnte sich in seinem Stuhl zurück. »Es war natürlich Avram«, antwortete er bedächtig, »oder vielmehr waren es die Gründe, die er mir vortrug.« Und mit plötzlich heiterer Miene ergänzte er: »Avram müssen Sie für die Verbindung zum *Kafes* danken. Er wies mich auf die Vorteile hin, die unsere früheren Herrscher daraus bezogen hatten, dass sie die für sie Bedrohlichen oder Unbequemen wegschlossen. Und er war es auch, der mich auf einer eher persönlichen Ebene auf die damit verbundene Herausforderung hinwies.« Er lächelte. »Herausforderungen waren nicht gerade etwas, womit ich zuvor schon einmal engsten Kontakt gehabt hatte, wenn Sie wissen, was ich meine.«

»Avram versuchte, Ihre Exzesse zu zügeln, gerade als er vor dem Examen stand«, warf Arto säuerlich ein. »Ich erinnere mich noch sehr gut an seinen damaligen Geisteszustand – er quälte sich, obwohl nicht aus den Gründen, die er mir damals nannte.«

»Nein.« Ersoys Antwort klang İkmen zufolge etwas abgelenkt. »Nein, soweit ich weiß, fütterte er Sie mit jeder Menge Zweifel, ob er als Armenier je eine einträgliche Arbeit bekäme.«

»Ja, das stimmt.«

»Aber das war nur ein Teil dessen, was in ihm vorging. Und es war auch nicht so, dass Ihre ›armenische Erfahrung‹ – ich weiß keinen besseren Ausdruck – mir nicht eine Zeit lang sehr wohl gedient hat, Herr Doktor«, sagte er und lächelte dabei in das nun wieder wütende Gesicht Arto Sarkissians.

»Ich kann mir nur vorstellen«, sagte İkmen, »dass Sie auf den nicht existenten Herrn Zekiyan anspielen.«

»Stimmt«, erwiderte Ersoy und lachte leise. »Der Mann mit dem passenden Namen Zekiyan, der natürlich ich war.« Dann beugte er sich ein wenig auf seinem Sessel vor und blickte die beiden Männer ernsthaft an. »Avram hatte nämlich die Theorie, dass die Armenier unsichtbar seien. Schlüpfe für einen Tag in meine Haut, sagte er immer, und dann siehst du, was ich meine. Und das tat ich denn auch. Nachdem ich die Entscheidung gefasst hatte, einen Ort anzumieten, an dem ich meinen Bruder einsperren konnte, einen eigenen *Kafes*, ging ich diesem Geschäft als Herr Zekiyan nach, trug einen sehr schicken Ring mit einem Kruzifix am Finger und kein Mensch wollte auch nur wissen, ob ich verheiratet sei. Mit einem Schlag hatte ich, sogar angesichts der Fotos von mir, die damals gelegentlich die Zeitungen schmückten, die natürliche türkische Neugier verdrängt und obendrein Avram Recht gegeben.«

»Ich habe mit Ihrem Vermieter gesprochen, der Sie als vorbildlichen Mieter beschrieb«, sagte İkmen und fügte mit dem Anflug eines Lächelns hinzu: »Er war nicht einmal wütend, als ich ihm berichtete, Sie hätten das oberste Geschoss seines Hauses ›verändert‹.«

»Ja, es ist schon erstaunlich, wie weit das regelmäßige Zahlen der Miete einen mit den niederen Ständen verbindet, nicht wahr? Herr Zekiyan hat seine Miete immer pünktlich bezahlt, wie Sie wissen, und wenn er losgegangen ist, um beim Lebensmittelhändler gegenüber Zigaretten oder etwas zum Trinken zu holen, war er immer sehr höflich und hat niemals versäumt, die Bauern einen Blick auf seinen sehr teuren und sehr armenischen Ring werfen zu lassen.« Hier machte Ersoy eine kleine Pause, um Luft zu holen, und setzte dann fort: »Natürlich war zu dem Zeitpunkt die ganze Sache mit der Polizei schon vorbei. Der Junge war anscheinend in Italien verschwunden, und trotz der gegenteiligen Behauptungen seitens der Familie Greco blieben Zweifel an ihrer Rolle in der Angelegenheit bestehen.«

»Ist denn kein Polizeibeamter jemals in Ihre Wohnung gekommen?«

»O doch, sie kamen. Ich hab sie ja eingeladen!« Hier lachte er laut und seine Stimme klang dabei leicht grob. »Zeki und Avram versteckten sich im Schlafzimmer, als sie kamen – ich habe ein einziges riesiges Spiel daraus gemacht. Das Kind hatte solche Freude!«

»Fünfzehn Jahre später hatte er nicht mehr so viel Spaß!«, warf Arto bissig ein.

İkmen, durch die wachsende Wut seines Freundes alarmiert, warf dem Arzt einen warnenden Blick zu. Trotz seines Charmes war Ersoy, wie İkmen wusste, einer der gefährlichsten Menschen, mit dem er je das Zimmer hatte teilen müssen. »Aber offiziell«, sagte er deshalb sanft, »galt doch, dass Ihr Bruder irgendwo zwischen hier und Italien ertrunken war, stimmt das?«

»Fikriyes Selbstmord musste einen Grund haben und der schien zumindest der italienischen Polizei ausreichend zu sein. Und außerdem waren wir ja, wenn auch reich, eben doch nur Türken, oder? Warum sollten diejenigen, denen wir Leonardo da Vinci zu verdanken haben, vom organisierten Verbrechen ganz zu schweigen, sich groß mit einem Haufen dreckiger kleiner Nichtkatholiken beschäftigen? Zumindest war es genau das, was ich aufgrund meiner zwar beschränkten, aber dennoch genauen Beobachtung der italienischen Gesellschaft dachte. Und ich hatte Recht.«

»Und die türkische Polizei, was ist mit der?«

»Soweit sie wusste, war Zeki für ihre italienischen Kollegen ein Problem. Zumindest hatte ich ihr das erzählt und ich bin bekanntlich ein Mann mit einem gewissen Vermögen.«

»Nur aus Interesse: Haben Sie jemanden geschmiert?«, fragte İkmen und beugte sich vor, um eine weitere Zigarette zu nehmen.

»Soweit ich mich erinnern kann, nein«, lachte Ersoy. »Erstaunlich, oder? Aber schon Verwirrung kann so viel bewirken, wenn man sie geschickt einsetzt, meinen Sie nicht? Das und die schlaue Manipulation der jeweiligen Vorurteile einzelner Bevölkerungsgruppen.«

»Frag ihn, wie er das Kind fünfzehn Jahre dort festgehalten hat«, sagte Arto. Seine Stimme legte immer noch Anzeichen einer gesteigerten Wut an den Tag, von der İkmen gehofft hatte, dass er sie unter Kontrolle hatte. »Es wird dir den Magen umdrehen!«

Die einzige Reaktion von Ersoy darauf war Gelächter.

»Nun«, sagte İkmen, der sich von seinem Freund ab- und Ersoy zuwandte, »wie ...?«

»Zuerst einmal habe ich ihm gesagt, dass wir in großer Gefahr wären. Wenn man so reich ist wie meine Familie, dann wächst man mit dem Verständnis dafür auf, dass Dinge wie Mord und Entführung durchaus realistisch sind. Das arme kleine Kind war äußerst betreten, als ich ihm sagte, seine Eltern wären beide tot, aber trotzdem verstand es, warum es und ich, wir beide, jetzt so still und sorgsam sein müssten. Zu dieser frühen Zeit verbrachte ich noch viel Zeit mit ihm und der Junge wusste, dass er ruhig sein und in seinem Zimmer bleiben musste, wenn ich ausging, um Essen und dergleichen zu holen. Als die Arbeiter sein neues Heim bauten, veranlasste ich Avram, ihm etwas zu geben. Ich weiß nicht, was es war.«

»Das Heim, das Sie bauen ließen, haben Sie dann schließlich verschlossen, oder?«

»Ja, und wie Sie inzwischen wissen, verstärkte Avram die ohnehin eher passive Natur des Jungen durch Opiate, als er älter wurde. Sonst«, sagte Ersoy schulterzuckend, »hätte ich ihn umbringen müssen. Herausforderung oder nicht, als die Sache schwieriger wurde, fing ich an, mich zu langweilen. Jeden Tag zu ihm gehen, aufpassen, dass ich den richtigen Schmuck und die richtigen Accessoires trug, die mich als Zekiyan auswiesen ... wie Sie wissen, bete ich jeden Zoll dieser knalligen Hure Istanbul an, aber nicht verreisen zu können war manchmal schon lästig. Obwohl ich in letzter Zeit durchaus kurzzeitig wegfahren konnte, als mein Bruder schließlich vollständig von Avrams Drogen abhängig war. Solange Zeki seine Drogen hatte, kümmerte es ihn wenig, ob es Avram war oder ich, der sie ihm gab.« Mit einem Mal drehte er den Kopf abrupt zur Seite. »Haben Sie das gehört?«

»Was?«

»Ein Geräusch von draußen.«

»Nein.« Natürlich hatte İkmen es gehört und es hatte geklungen, als würde jemand etwas schwerfällig auf dem Hof herumgehen. Es könnte ein Bewohner des Wohnblocks sein, aber Suleyman war auch auf dem Weg hierher, und obwohl Ersoy ihn gebeten hatte, allein zu kommen, würde er sicherlich Verstärkung mitbringen. Er selbst hätte das nicht getan, aber das war etwas anderes.

»Na ja, wie auch immer«, setzte Ersoy seine Geschichte fort, wobei er das Gesicht leicht dem geschlossenen Fensterladen zuwandte, »so ist es jedenfalls abgelaufen.«

»Warum haben Sie den Jungen getötet, Herr Ersoy? Ich gehe davon aus, dass Sie es waren.«

»Ja«, antwortete er nüchtern. »Obwohl sein Tod weniger mit Zeki selbst als mit mir zu tun hatte und dem, was mir zugestoßen ist. Sie wissen ja, dass ich es sehr beunruhigend und unangenehm fand, mich den vierzig zu nähern. Schon einige Zeit hatte ich beobachtet, wie neue und immer tiefere Falten, ja sogar ganze Netze davon sich über mein Gesicht legten. Und wenn Sie dann noch eine leichte Erschlaffung der Haut an den Armen und der Hüfte hinzuzählen … etwas Ähnliches haben Sie doch mit Sicherheit auch an sich selbst beobachtet, als Sie so alt waren wie ich, oder?«

»Nein«, gab İkmen kurz angebunden zurück, »ich kann nicht sagen, dass ich so etwas getan hätte. Soweit ich weiß, war ich immer schon derselbe hässliche Mann, der heute vor Ihnen sitzt. Und zudem ist es für einen Mann in meiner Position, Herr Ersoy, nahezu unmöglich, einer solch trivialen Angelegenheit so viel Aufmerksamkeit zu schenken.«

»Sie haben ganz schön lange gebraucht, um mir zu sagen, dass Sie mich für banal halten, Çetin.«

»Sie haben die Botschaft ja trotzdem verstanden.«

Ersoy lächelte. »O ja.«

»Aber was war nun mit Zeki?«

»Drogenabhängige sind doch angeblich heruntergekommen und hässlich, nicht wahr?«, sagte er und starrte dabei mit glasigen Augen vor sich hin. »Aber aus irgendeinem Grund traf das nicht auf meinen Bruder zu. Ich habe ihn ein paar Mal selber gespritzt und dabei ziemlich viel Mist gebaut, aber Avram beendete das widerliche Spiel. Er meinte, dass Zekis Mangel an Hässlichkeit – ich weiß keinen besseren Ausdruck – daher kam, dass er seine Drogen immer bekam, wenn er sie brauchte. Er musste nicht wie die meisten anderen auf die Straße gehen und sich für seinen Schuss prostituieren …«

»Für das Dolantin«, sagte Arto, wobei er jede einzelne Silbe sorgfältig artikulierte.

»Oder Heroin oder Morphium oder jedes andere Opiumderivat, das er damals gerade nahm. Wie Sie wissen, Herr Doktor, können Mediziner selbst entscheiden, welche Drogen sie verschreiben, und Zeki tat es gut, ab und zu einen Wechsel zu haben. Das Dolantin war zufällig das letzte Mittel der Reihe.«

»Was immer noch nicht erklärt, warum Sie Ihren Bruder schließlich umgebracht haben«, sagte İkmen.

»Oh, habe ich versäumt, Ihnen das zu erzählen?« Ersoy strahlte wie üblich zunächst über das ganze Gesicht, das dann aber auf höchst dramatische Weise in sich zusammenfiel. »Der Neid war es, um brutal ehrlich zu sein. Hier war er – zwanzig Jahre alt, schön – und legte sich wie die hölzerne Umarmung der Garrotte um meinen unwilligen, vierzigjährigen Hals. Das war nicht fair, weshalb ich an meinem vierzigsten Geburtstag alleine loszog, um meinen Bruder aufzusuchen. Ich schickte seine unschuldige Seele ins Paradies, indem ich eine Kordel benutzte, die zwar nicht aus Seide war, sonst aber in jeder Hinsicht als Bogensehne bezeichnet werden kann.«

Da er über dieses Phänomen im Zusammenhang mit dem *Kafes* gelesen und nachgedacht hatte, wusste İkmen, dass die Bogensehne das traditionelle Tötungsinstrument für jene war, die im *Kafes* eingeschlossen, aber nicht mehr erwünscht waren. Obwohl der Junge vermutlich die meiste Zeit unter Drogen gestanden hatte, fragte sich İkmen dennoch, welche Angst und welchen Schmerz er durchlitten haben musste; diesem Mann ausgeliefert, der anscheinend keine der edleren Gefühle der Menschheit sein Eigen nannte.

»Ihm eine Überdosis zu verpassen wäre einfacher gewesen, wie ich zugebe«, fuhr Ersoy fort. »Doch das hätte vorausgesetzt, dass Avram mir mehr Drogen beschaffte, was ich aber nicht wollte. Ich wollte nicht, dass Avram wusste, was ich vorhatte, bis ich es getan hatte. Als ich es ihm dann im Laufe des Tages erzählte, rastete er richtig aus.«

»Sie haben Zeki also getötet, um sich von ihm zu befreien?«

»Zum Teil.« Wieder lächelte Ersoy, da ihm die Last seines Brudermordes anscheinend von den Schultern genommen war. »Mit all diesen grauenhaften Falten und Säcken und Pölsterchen, die sich krebsartig an meinem Körper ausbreiten, hatte und habe ich kein Verlangen, mich ins Alter zu schicken. Ich habe den Jungen einzig als Vorwegnahme meines eigenen Todes umgebracht. Vergessen Sie nicht, dass ich es ja war, der Ihnen den Hinweis auf den *Kafes* gab, was ich dann mit jenen geschmacklosen kleinen Figuren noch betonte, die meinem Bruder immer so gefielen.«

»Sie waren das also.«

»Ja. Ich, weil ich wollte, dass Sie kommen und mich schnappen, Çetin.«

»Einige Ihrer Anspielungen waren ein wenig zu indirekt.«

Jetzt lachte Ersoy schrill auf, wie ein Mädchen. Es war zermürbend, wie viele unterschiedliche Arten zu lachen dieser Mann besaß. »O Çetin«, sagte er und fingerte dabei fast mit der Intensität eines Liebenden am Lauf seiner Waffe herum, »wie langsam sind Sie doch im Vergleich zu mir. Ach Allah, wie traurig wird es sein, wenn mein vortrefflicher Geist von dieser Welt entschwunden ist!«

»Ich nehme an«, sagte İkmen, der es endlich geschafft hatte, sich die Zigarette anzuzünden, »dass Sie durch die Hand eines anderen zu sterben wünschen.«

»In Anbetracht der Tatsache, dass ein ehrenhafter Suizid nicht möglich ist ... Im Kugelhagel der Polizei zu sterben hat wirklich eine gewisse mythische Qualität, die mir zusagt, ja.«

»Ich hingegen«, entgegnete İkmen, der gleichfalls lächelte, was er immer tat, wenn er wirklich verletzen oder widersprechen wollte, »würde bei weitem vorziehen, Sie im Gefängnis zu sehen, Herr Ersoy. Ich ...«

Er wurde durch das schrille abgehackte Klingeln von Dr. Avedykians Türglocke unterbrochen.

»Ah, der Tod höchstpersönlich!«, sagte Ersoy lächelnd. Er ging zu Arto und wandte sich an İkmen: »Würden Sie bitte Ihren Kollegen für mich hereinlassen?« Dann rammte er Arto mit Wucht seine Waffe gegen den Kopf, packte ihn fest an der Gurgel und fügte hinzu: »Und machen Sie keine Dummheit, Çetin. Wie Sie wissen, zögere ich nicht zu töten, wenn es sein muss.«

»Cohen!«, rief sie quer durch den Mannschaftsraum und die Grobheit ihrer Stimme bestätigte das Gerücht, dass Polizeimeisterin Farsakoğlu heute besonders schlechter Stimmung war.

Cohen blickte von seinem Schreibtisch auf. »Polizeimeisterin?«

»Kommen Sie bitte her, ich muss mit Ihnen reden.«

Schnell stand Cohen von seinem Schreibtisch auf und tänzelte um mehrere Menschen und Hindernisse herum, bis er bei ihr war. »Ja?«

»Haben Sie etwas davon gehört, dass Inspektor İkmen und Dr. Sarkissian in Schwierigkeiten sind?«

»Nein. Ich weiß nur, dass der Bruder des Inspektors ihn

dringend erreichen wollte und dass auch Meh… Polizeimeister Suleyman nicht sagen konnte, wo er war.«

»Ich habe gerade gehört«, sagte sie, »dass der Polizeipräsident eine Mannschaft zusammenstellt, die hingehen und sich um die Sache kümmern soll.«

Cohen zuckte nur mit den Achseln. »Keine Ahnung …«

»Konnte Suleyman nicht sagen, wo er war, oder wollte er es vielleicht nur nicht?«

»Das weiß ich nicht. Ich nehme an, dass er …« Er verknüpfte verschiedene Gedanken, alte und neuere, miteinander. »Wieso fragen Sie, Polizeimeisterin? Müssen Sie mit Polizeimeister Suleyman sprechen?«

»Nein, nein«, erwiderte sie und fuhr sich, wie Cohen fand, leicht besorgt mit den Fingern durch das Haar. »Ich brauche den Polizeimeister im Augenblick nicht. Es ist nur so, dass …«

»Was?«

Sie redete leiser weiter, so dass nur Cohen allein sie hören konnte. »Wenn der Inspektor in Schwierigkeiten stecken würde, wäre es doch wohl Mehmet, Polizeimeister Suleyman, der als Erster zu ihm gehen würde, oder?«

Wieder reagierte Cohen mit einem Achselzucken. »Kann sein«, antwortete er, fügte aber gemeinerweise hinzu: »Sie machen sich ein bisschen Sorgen um ihn, ja?«

»Was? Um den Inspektor? …«

»Nein, um Meh… Polizeimeister Suleyman! Ich mein, er ist ja verdammt nett, ich mag ihn auch sehr gern.«

»Ach wirklich?«, sagte sie mit einem Gesichtsausdruck, den man eher auf saure Milch machen würde. »Wenn das der Fall ist, schlage ich vor, dass Sie …«

Mit einem Mal wurde es unheimlich still im Raum, da alle gemerkt hatten, dass Ardiç hereingekommen war.

»Also«, sagte er, wobei er mit seiner in eindeutiger Absicht entfachten Zigarre verschiedenen der Anwesenden vor dem Gesicht herumfuchtelte, »ich will, dass Sie alle sehr sorgfältig hören, was ich Ihnen zu sagen habe.«

Sobald Suleyman hereingekommen war, setzte Muhammed Ersoy ein breites Lächeln auf, was angesichts der Tatsache, dass er dem Arzt gleichzeitig eine Waffe an den Kopf hielt, auf unheimliche Weise unpassend war.

»Avram hatte Recht mit dem, was er über Sie sagte«, meinte er, als der Jüngere vor ihm anhielt, »Sie sind größer und schlanker als Ihr Bruder.«

»Ja«, antwortete Suleyman und konnte sich gerade noch zurückhalten, eine geschliffene und bissige Antwort zu geben. Stattdessen versuchte er intensiv an das zu denken, was ihm Dr. Halman gesagt hatte. »Da bin ich, Herr Ersoy. Vielleicht könnten Sie mir sagen, was Sie wollen, und ich sehe zu, was ich tun kann.«

»Wollen? Was meinen Sie?«

»Dafür, dass Sie den Inspektor und den Doktor freilassen. Was Sie wollen. Wie sind Ihre ...«

Ganz sachte tippte İkmen Suleyman am Ellbogen, womit er dessen Rede abrupt beendete. »Ich glaube, Sie werden gleich selber sehen, dass Herr Ersoy keinerlei derartigen Forderungen hat, Suleyman.«

»Aber ...«

»Oh, Çetin hat völlig Recht«, sagte Ersoy, der sein Lächeln immer noch wahrte, wie er auch nach wie vor Arto an der Gurgel gepackt hatte.

»Also ...«

»Also, mein junger Suleyman, wenn ich Sie so nennen darf.«

Als Antwort verbeugte sich Suleyman leicht: »Sie dürfen.«

»Also, mein junger Suleyman, es ist nun an Ihnen zu entscheiden, was als Nächstes passiert.«

Suleyman sah zunächst Ersoy, danach İkmen fragend an. »Was ich damit meine«, fuhr Ersoy mit sanfter Stimme fort, »ist, dass ich weiß, was meine Ziele in diesem kleinen Experiment sind. Aber wissen Sie auch, welches die Ihren sind?«

»Wie?«

Ersoy lachte und die dadurch verursachte Bewegung seines

Körpers, der Arto berührte, ließ dessen beträchtliche Leibesfülle im gleichen Rhythmus erzittern, was einen unpassenden Gegensatz zu Artos Keuchen abgab. »Ist meine Vermutung richtig, mein junger Suleyman, dass Sie selbstherrlich genug waren, hier bewaffnet zu erscheinen?«

Instinktiv schoss eine Hand İkmens vor, um seinen Kollegen abzuhalten. »Nicht!«

Suleyman sah von İkmen zu Ersoy und dann wieder zu İkmen. »Ich …«

»Damit Sie tun, was ich von Ihnen will, sollten Sie jetzt Ihre Waffe herausholen, mein junger Suleyman«, sagte Ersoy und freute sich, dass seine Verwendung des Ausdrucks »junger Suleyman« offensichtlich an des Polizeimeisters Nerven zerrte.

»Ich würde es nicht tun, wenn ich Sie wäre«, murmelte İkmen.

»Çetin?« İkmen sah auf und blickte in ein Paar Augen, dessen Blick sich fast sichtbar erbost in die seinen bohrte. Ersoy löste den Sicherungshebel seiner Waffe. »Lassen Sie das.«

İkmen zog sich wieder zurück und zuckte hilflos und seufzend die Achseln. »Sie tun besser, was er sagt.«

Langsam, damit seine Bewegungen seinen Gegenspieler nicht beunruhigten, griff Suleyman in seine Tasche und holte die Pistole mit dem Griff voran heraus, bis er sie horizontal vor den Körper hielt. »Hier. Wollen Sie, dass ich sie jetzt hinlege?«

»Nein.«

Suleyman blickte in Ersoys spöttische Augen. Er war keines Wortes mehr fähig.

»Ich möchte, dass Sie die Waffe umdrehen und auf mich richten, bitte, mein süßer Kleiner«, sagte Ersoy und sprach die Worte so aus, als würde er den Polizisten bitten, mit ihm zu schlafen.

»Aber …« Wieder sah Suleyman zunächst İkmen an, danach den Arzt und versuchte, eine Erklärung für das zu finden, was hier vorging. Als er keine Widerworte fand: »Aber …«

»Meine Forderung, wenn es recht ist«, sagte Ersoy, wobei er seine Waffe Arto noch fester an den Kopf drückte, »ist die, dass wir alle ein Spiel zusammen spielen.«

Langsam drehte Suleyman seine Waffe, bis sie auf Ersoy zielte. »Was meinen Sie, ein Spiel?«

»Es ist«, antwortete Ersoy augenzwinkernd, »eine Art russisches Roulette, außer, dass alle Kammern unserer Waffen noch voll sind – na ja, meine nicht ganz, wegen Avram, aber … Egal, alle Kammern sind so gut wie voll und entweder wird gleich der Doktor hier sterben, weil ich ihn erschieße, oder ich werde sterben, weil Sie mich, wenn Sie mögen, töten dürfen.«

Suleyman verlor mit einem Mal die Fassung. Wie ein Schock, so mächtig überkam es ihn, ebenso wie alle anderen Anwesenden. »Sie sind doch krank!«

Ersoys Miene verfinsterte sich einen Moment lang, worauf er wieder sein unvermeidliches Lächeln zeigte. »Die Wahl liegt bei Ihnen, junger Suleyman. Sie können mich jetzt töten und den Doktor retten oder Sie warten, bis ich ihm den Kopf wegblase, und töten mich dann. Die einzige Unbekannte in dieser Gleichung ist, soweit ich sehe, das Leben des Doktors. Haben Sie verstanden?«

»Ja, aber …«

»Er blufft, Mehmet«, sagte İkmen und griff sich an seine schnell schlagende Brust. »Er hat sich die verrückte Idee in den Kopf gesetzt, dass er sterben will. Er …«

»Sind Sie da wirklich so sicher, Çetin?«, fragte Ersoy und stieß den Lauf seiner Waffe noch fester an Artos Schläfe. »Ich habe doch absolut nichts zu verlieren, wenn ich den Doktor umbringe.«

»Aber wenn Sie es tun, woher wissen Sie dann, dass Suleyman und ich Sie nicht einfach festnehmen, ohne Sie zu töten? Sie müssen wissen, dass, sobald ein Schuss in dieser Wohnung fällt, unsere Kollegen hier einsteigen wie ein Sondereinsatzkommando.«

»Die mich«, sagte Ersoy leichthin, »aller Wahrscheinlichkeit nach umlegen, wenn Sie sehen, was ich getan habe.«

»Nicht, solange ich das verhindern kann!«, rief İkmen, der seine Wut kaum noch unter Kontrolle hatte. »Was auch passiert, Sie werden es lebend beenden und dann ins Gefängnis marschieren!«

»Wenn dies Ihr Wunsch ist, werden Sie, so scheint mir, wohl das Leben des Doktors gegen dieses spezielle Vergnügen tauschen müssen.«

»Nein!« Instinktiv löste Suleyman den Sicherungshebel und zielte mit der Waffe auf das wenige, das er von Ersoys Brust sah.

»Tun Sie's nicht!«, rief İkmen und konnte sich gerade noch beherrschen, nach der Hand seines jungen Kollegen zu greifen. »Lassen Sie sich nicht reinziehen, Suleyman! Spielen Sie nicht mit.«

Ersoys Blick, der bisher hart war, wurde plötzlich ganz weich, als er Suleyman ansah. »Na, machen Sie schon, Mehmet, wir sind doch beide Ehrenmänner, oder nicht? Und als Ehrenmänner halten wir doch unser Wort, nicht wahr?« Wieder mit eisigem Blick fuhr er fort: »Und wenn ich Ihnen sage, dass ich den Doktor umbringen werde, dann meine ich das auch so. Hören Sie nicht auf diesen Bauern, glauben Sie dem Wort eines Ehrenmannes und tun Sie, wovon Sie und ich wissen, dass Sie es tun wollen. Ich war schließlich sehr unangenehm zu Ihrem armen Bruder Murad …«

»Lassen Sie sich um Himmels willen nicht überreden!«, schrie İkmen Suleyman fast ins Ohr. »Er versucht, Sie durcheinander zu bringen!«

»Sie und ich sind doch von einem Schlag«, schmeichelte Ersoy weiter. »Wir kleiden uns gut, sind beide von edler Abstammung und im Grunde osmanische Herren, stimmt es nicht?«

Suleyman zögerte, sein Gesicht zeigte seine vollständige Verwirrung und er sah kurz zu İkmen hin. »Er tut es.«

»Nein, er tut es nicht!«, rief İkmen. »Wenn wir mit ihm reden, dann …«

»Sie verstehen das nicht!«, erwiderte Suleyman und sah Ersoy tief in die Augen. »Bitte entfernen Sie sich von Dr. Sarkissian, Herr Ersoy. Ich werde tun, was Sie wollen, aber …«

»O bitte, versuchen Sie doch bitte nicht, meine Intelligenz zu beleidigen, mein lieber Junge!« Er wich nur einen Hauch vom Kopf des Arztes zurück, zielte sorgfältig und sagte: »Ich zähle bis drei. Eins.«

»Wenn ich auf Sie schieße, Ersoy, werde ich Sie nicht töten.«

Ersoy lachte. »Sie und ich wissen, dass es keine Garantie geben kann, was den Ausgang angeht, vor allem, wenn jemand so nervös ist, wie Sie es offensichtlich sind.« Wieder wandte er sich seinem auserwählten Opfer zu und zählte: »Zwei.«

Arto Sarkissian hob eine Hand zum Kopf und bekreuzigte sich.

»Herr Ersoy!«, setzte İkmen an.

»Die Zeit ist um«, sagte Ersoy und kniff ein Auge zu, um zu zielen. »Drei.«

Polizeimeisterin Farsakoğlu gab Cohen seine Streichhölzer zurück und gönnte sich einen tiefen Zug von ihrer Zigarette. Cohen beobachtete sie heimlich aus dem Augenwinkel und seufzte kurz, ehe er seine, wie ihm selbst klar war, höchst ungewöhnliche, um nicht zu sagen beleidigende Frage loswurde. Und obwohl sie von einem Dutzend weiterer Beamter umgeben waren, hockten sie relativ allein niedergekauert hinter dem Kotflügel und warteten, wie alle anderen auch, was passieren würde.

»Sie sorgen sich wirklich sehr um Mehmet, oder?«, fragte er.

Sie sah ihn so an, dass er instinktiv seine Kappe tiefer über die Augen zog. »Was heißt das?«

»Na ja …«

»Wenn Sie vermuten, dass irgendetwas Unanständiges passiert ist, dann …«

»Nein ...« Aber er hörte sich so wenig überzeugend an, dass sie wütend wurde.

»Es war aber nichts, Cohen!« Sie räusperte sich und fügte etwas sanfter hinzu: »Die Beziehung zwischen Polizeimeister Suleyman und mir ist rein beruflicher Art. Ich bewundere ihn, aber nur wie andere Leute das auch tun, Männer wie Frauen. Und sämtliche Gerüchte oder Sprüche, die Sie gehört oder vielleicht sogar selbst verbreitet haben, sind ...«

»Ich verbreite keine Gerüchte!«, sagte er, ernsthaft verletzt, dass sie so etwas denken konnte. »Mehmet ist mein Freund.«

»Dann benehmen Sie sich wie ein Freund und behalten Sie Ihre anzüglichen Spekulationen für sich!«

»Ich hab ja nur ...«

»Ruhe!«, zischte Ardiç, der direkt hinter den beiden stand, beim Gebüsch im Hof gegenüber des Hauses.

Cohen senkte den Kopf, schob die Kappe mit dem Pistolenlauf wieder etwas nach oben und wischte sich den mit Regen vermischten Schweiß ab, der sich auf seiner Stirn gesammelt hatte.

»Ich sage das ja nur«, fuhr er fort, wobei er ihr jetzt ins Ohr flüsterte, »weil ...«

»Pst!«, machte sie, den Blick immer noch auf Ardiçs wütendes Gesicht gerichtet. »Ruhe jetzt!«

»Aber ...«

Das Geräusch des Schusses drang gedämpft nach außen, weil sie in einiger Entfernung von Avedykians Wohnung Position bezogen hatten. Aber dass es ein Schuss war, war unbestreitbar. Diese Gruppe Menschen wusste nur zu gut, wie sich so etwas anhörte.

Polizeimeisterin Farsakoğlu sog heftig die Luft ein und hielt sich eine Hand vor den Mund. In ihren Augen stand Entsetzen. Und als die Hölle um sie herum losbrach, legte Cohen ihr seine kleine, aber tröstende Hand auf die Schulter.

Einen Augenblick lang, der in der Rückschau wie auch in dem Moment, da er sich ereignete, wie eine kleine Ewigkeit schien, stand Suleyman einfach so da, die Waffe vor der Brust, der Lauf rauchte still in der kühlen, ruhigen Luft. Irgendwo begann jemand mit einer Bitterkeit, die einem das Herz still stehen ließ, zu weinen. Einen Moment lang glaubte er, eine Frau sei ungebeten ins Zimmer gekommen.

Doch erst das Kreischen brachte ihn endlich wieder zur Besinnung – ein Klang, gequält und wütend zugleich, wie der eines Höllenwesens, halb Mensch, halb Tier, entfuhr einer Kehle, von der man nicht sagen konnte, ob sie einer menschlichen Seele gehörte oder nicht.

»Gott möge mich erblinden lassen!«, schrie Arto, als er sich bemühte, die Fesseln von seinen zitternden Knöcheln zu lösen. »Möge er meinen Augen das Licht nehmen!«

»Holen Sie einen Krankenwagen, sofort!«, rief İkmen, als das Fenster hinter seinem Kopf mitsamt dem Laden krachend auf die Erde flog. »Sie!«, sagte er und zeigte auf die sichtlich schockierte, bewaffnete Gestalt Öztürks, die in der Fensteröffnung auftauchte. »Gehen Sie vor und sagen Sie, dass wir keinen Mann verloren haben. Haben Sie verstanden?«

»Jawohl.«

»Und holen Sie einen Krankenwagen, schnell!«

Nach einem kurzen Blick auf die immer größer werdende Blutlache auf dem Boden sprang Öztürk quer durch das Zimmer hin zur Wohnungstür.

İkmen kniete neben der auf dem Bauch liegenden Gestalt Muhammed Ersoys, ergriff eines seiner Handgelenke und fühlte den Puls. Sobald er ihn, wenn auch schwach, gespürt hatte, sah er zu Arto und rief: »Komm her, tu deine Arbeit und versorge ihn, Arto!«

»Ich …«

»Los, Mann!«

Als der Arzt schweren Schrittes herankam, steckte Suleyman seine Waffe ins Halfter. »Ich …«

»Nicht jetzt, Suleyman«, sagte İkmen, wobei er mit einer blutverschmierten Hand abwinkte. »Wir müssen diesen Kerl am Leben halten.«

»Seine Schulter ist vollkommen zertrümmert«, murmelte der Arzt, als er mit zitternden Händen auf Ersoys beschädigte Halsschlagader drückte.

»Kann ich bitte mit Mehmet reden?« Ersoys Stimme, obgleich durch den Schock verhaltener geworden, hatte immer noch ihren sanften und leicht spöttischen Klang behalten.

İkmen blickte nach unten in diese verengten, aber immer noch erstaunlich leuchtenden Augen. »Suleyman! Hierher!«

Während etliche Füße mit schwerem Schuhwerk ins Zimmer stapften, übertönt vom wütenden Klang von Ardiçs Stimme, kam Suleyman schnell zu İkmen herüber. Seine Füße wateten in dem Blut, das er soeben vergossen hatte. Er beugte sich zu dem bäuchlings liegenden Mann hinab. »Herr Ersoy?«

»Welch miserabler Schütze Sie sind, Mehmet«, stöhnte Ersoy und japste nach Luft, um sprechen zu können.

»Ich habe Ihnen doch gesagt, dass ich Sie nur verwunden würde.«

»Sie haben mich entehrt!« Er hob den Kopf ein wenig und spuckte Suleyman ins Gesicht.

Arto Sarkissian schob Suleyman grob zur Seite. »Ich will nicht, dass er weiterspricht! Gehen Sie!«

Mehrere Polizisten, die Suleyman alle kannte, aber gegenwärtig nicht einmal beim Namen nennen konnte, stürzten hinter ihm ins Zimmer und wandten sich auf İkmens Bitte hin einem anderen Raum auf der rechten Seite der Wohnung zu. »Da ist noch eine Leiche, ein Dr. Avram Avedykian.«

»Nichts anfassen!«, fügte Arto hinzu. »Die Spurensicherung muss erst noch kommen!«

»In Ordnung!«

İkmen hatte seinen Blick wieder auf Ersoys Gesicht geheftet, das zusehends grauer geworden war. »Kommt er durch?«

»Ich weiß es nicht.«

»Geht es dir gut, Arto?«

»Nachdem ich die ganze Nacht schon als Geisel festgehalten und dann beinahe umgebracht worden wäre, würde ich das gegenwärtig verneinen. Aber ich schaffe es schon.« Seine Stimme hatte einen Beiklang, der, wie İkmen spürte, einzig und allein gegen ihn gerichtet war.

»Ich glaube ja nicht, dass er dich umgebracht hätte. Wenn ich ...«

»Was du dachtest, Çetin, war unwesentlich!«, sagte Arto kurz angebunden. »Die Waffe an meinem Schädel war jedenfalls sehr real und ich werde Suleyman den Rest meiner Tage dankbar bleiben für das, was er hier und heute getan hat.«

»Arto ...«

»Hör zu, ich mache dir keine Vorwürfe ...«

»Wenn«, krächzte Ersoy, dessen Augen nun wieder weit geöffnet waren, »es bei drei nicht funktioniert hätte, hätte ich auch bis fünf gezählt oder ...« Ein letzter Atemzug und sein Kopf sackte nach hinten. Er schien nicht mehr zu atmen.

Ohne zu zögern, setzte Arto Sarkissian seinen Mund auf den von Ersoy und blies ihm Luft in die Lungen.

Als er merkte, dass es für ihn hier nichts mehr zu tun gab, erhob sich İkmen und ging zu Suleyman. Der stand relativ ruhig inmitten des wachsenden Wahnsinns, der sich um ihn ausbreitete.

»Gut gemacht, Suleyman«, sagte er, als er bei ihm angekommen war.

»Wie können Sie das sagen?«, gab Suleyman gereizt zurück.

İkmen musste seinen eigenen wachsenden Zorn angesichts eines weiteren drohenden Wutausbruchs eines Freundes und Kollegen zügeln. »Sie haben dem Doktor das Leben gerettet.«

»Ich dachte, Sie ...«, dieses letzte Wort sprach Suleyman nicht ohne Gehässigkeit aus, »... wären der Meinung, Ersoy würde nur bluffen.«

İkmen seufzte. Aller Wahrscheinlichkeit wäre Ersoy sowieso gestorben, was zählte es da schon? »Er hat gerade gesagt, dass er nicht geblufft hat«, log er. »Ich habe mich geirrt. Ich bin mit einer Psychologie ins Schleudern geraten, die ich nicht verstanden habe, und ich … ich habe mich geirrt.«

»Und ich habe gerade einen Menschen getötet, İkmen«, sagte Suleyman und sprach den Namen seines Vorgesetzten auf ungehörige Art aus – so, wie seine Vorfahren es wohl immer mit beträchtlicher Wirkung getan hatten. Und dann ging er mit einem letzten vernichtenden Blick auf den Inspektor hinaus in die Diele.

»Aber Sie …«, setzte İkmen an, hörte jedoch auf, als er merkte, dass mit Suleyman jetzt nicht zu reden war. Okay, es war Suleymans Entscheidung gewesen, auf Ersoy zu schießen – er, İkmen, hatte jedenfalls versucht, ihn aufzuhalten. Aber nichts von alledem konnte von der Tatsache ablenken, dass sein Polizeimeister jetzt unter Schock stand und …

»Da war ein dringender Anruf für Sie, Inspektor«, sagte Cohen, der wie gewohnt an İkmens Seite aufgetaucht war.

»Was kann denn noch dringender sein als das hier?«, fragte İkmen. Er sah sich zunächst im Zimmer um und blickte dann an seinem blutverschmierten Körper herab. »Was war es denn, Cohen? Wann kam dieser Anruf?«

»Es war Ihr Bruder«, antwortete Cohen. »Kurz bevor wir vom Revier weggefahren sind.«

»Halil?« İkmen rollte dramatisch mit den Augen, als zwei Leute vom Krankenwagen ihm grob zur Seite schoben. »Was wollte er?«

»Ich glaube, das sollten Sie ihn selber fragen.« Cohen reichte ihm ein Handy, das İkmen murrend entgegennahm.

Kapitel 17

Halil İkmen stand vor dem Haupteingang des Krankenhauses und starrte vor sich hin, als sein Bruder ankam. Komischerweise rauchte er eine Zigarette, was Çetin an ihm nicht mehr gesehen hatte, seitdem Halil in der Armee gewesen war. Aber unter diesen Umständen war es vielleicht nicht so seltsam.

Seinem Bruder war es, wie Çetin bemerkte, vollkommen gleichgültig, was der Regen, der jetzt wieder heftig über der ganzen Stadt niederkam, mit seinem wohl frisierten Haar und dem teuren italienischen Mantel machte. Als Çetin näher kam, nickte Halil seinem Bruder kurz zu und sah dann wieder in das Nichts, das er schon zuvor betrachtet hatte.

»Wann ist es passiert?«, wollte Çetin wissen und stieg keuchend die wenigen Stufen hinauf, an deren oberem Ende sein Bruder stand.

»Wo warst du?«, fragte Halil kalt und emotionslos.

»Ich war ... ich war ...« Çetin unterbrach sich. Es schien so schwierig und irgendwie auch so banal, jetzt noch zu erklären, was sich gerade ereignet hatte. Und außerdem kamen ihm gerade die Tränen. Dieses ganze Chaos, das er gerade hinter sich gelassen hatte, schien ihm plötzlich so fremd und unwichtig. »Wann ist es passiert, Halil? Und warum ...«

»Vater hatte gestern Abend einen Herzanfall. Fatma hat mich angerufen. Sie hat auch versucht, dich zu erreichen, Çetin, so wie wir alle.«

»Ja, ich weiß es – jetzt. Ich war ...«

»Du hast gearbeitet, ja.« Er sah seinen Bruder mit Augen voller Kummer, aber auch voller Anklage an. »Wir wissen alles über deine Arbeit, deine Frau und ich.«

»Ja, aber …«

»Fatma hat ihn ins Krankenhaus gebracht«, fuhr Halil sanft fort und drückte missmutig seine Zigarette aus. »Ich bin dann gekommen, um bei ihm zu sein, und heute gegen zwölf Uhr vormittags hatte er einen Schlaganfall. Ein Dr. Keskin, ein sehr netter Mann, hat zwanzig Minuten später seinen Tod festgestellt.«

»Aber …« Çetin spürte, dass er, soweit es die Benommenheit zuließ, die ihn seit dem Telefonat mit seinem Bruder vor einer halben Stunde ergriffen hatte, die Kontrolle sowohl über seine Gefühle als auch über den Rest seiner Wahrnehmungsfähigkeit verlor.

»Einen kurzen Augenblick lang hätte ich um den Einsatz lebenserhaltender Maßnahmen bitten können – so lange, bis du eingetroffen wärst. Aber ich habe mich entschlossen, das nicht zu tun, Çetin.«

»Oh … Ja.« Çetin setzte sich zu Füßen seines Bruders auf die Stufen und legte den Kopf in die Hände. »Timür hätte das nicht gewollt.«

»Du glaubst also, dass ich …«

»Du hast richtig gehandelt, ja.« Er sah seinem Bruder in sein kaum noch beherrschtes Gesicht. »Du bist ein guter Sohn.«

»Ich danke dir«, erwiderte Halil İkmen und brach mit einem großen Schluchzen in Tränen aus.

Çetin İkmen erhob sich schnell von seiner Stufe und legte – zunächst zögerlich, da er es nicht gewohnt war, Halil so nahe zu sein – den Arm um die Schultern seines Bruders. Er spürte, wie Halils Kopf nach vorne fiel und die Tränen sein Jackett benetzten.

»O Allah! O Allah!«, rief Halil aus. »Jetzt sind wir allein! Was sollen wir denn nur tun?«

»Ich weiß ja, ich weiß«, sagte Çetin, dessen Augen nun vor Trauer überliefen, einer Trauer, die er nicht zu fassen und noch weniger zu benennen vermochte.

»Es ist wieder alles genauso wie bei Mutters Tod – dieser

Schmerz!« Halil weinte und hielt sein Gesicht in den schneidenden, regengesättigten Wind, der vom Bosporus heraufwehte.

»Ja. Ich weiß.«

»Und er hat es immer noch die ganze Zeit, bis er im Krankenhaus angekommen ist, mit seinem verfluchten Griechen gehabt!«, sagte Halil und entfernte sich etwas, so dass er seinem Bruder ins Gesicht sehen konnte. »Dieser Kerl, der ihn verbrennen wollte. Der Arzt meinte, dass die Analogie mit dem Verbrennen etwas mit den Schmerzen tun haben müsste, die er hatte, schon seit einiger Zeit, in der Brust, und ... die keiner von uns bemerkt hat.«

»Die ich nicht bemerkt habe«, sagte Çetin. Er wandte den Blick von seinem Bruder ab und sah zu Boden. »Weil ich ihm aus dem Weg gegangen bin, wo ich konnte. Ich konnte einfach nicht damit umgehen, wie er war, und mit dem Gegensatz zwischen dem neuen und seinem früheren Zustand.«

»Aber der Grieche!«, rief Halil wieder und die Nase lief ihm vor Kälte und Kummer. »Immer wieder dieser Grieche!«

»Du weißt doch, woher das alles stammt, oder?«, fragte Çetin, der sich eine Zigarette aus der Packung nahm, anstatt unkontrolliert weiter zu weinen. »Diese Geschichte?«

»Nein.« Halil schien mit einem Mal unter einem stilleren Kummer zu ermatten. »Nein, er hat mir in den letzten Jahren nie etwas darüber erzählt. Du und er, ihr wart euch ja immer näher.«

»Der Grieche war ein Grieche ...«, hier lächelte Çetin ein wenig wegen seines ungeschickten Sprachgebrauchs: Timür hätte ihn dafür gescholten, »... der in Sivas ein Bordell besaß. Als Vater seinen Militärdienst ableistete, ist er mit seinen Freunden dahin gegangen.«

Halil, der leicht beschämt war, was Çetin aber vorausgesehen hatte, räusperte sich.

»Die Geschichte ist die, dass eines der Mädchen sich in Timür verliebt hatte. Sie konnte nur noch an ihn denken und machte Schwierigkeiten. Der Grieche war natürlich sauer wegen dieser Gefährdung seines Umsatzes, weshalb er Timür eines Tages rauswarf und schwor, er würde ihn umbringen, wenn er ihn je wiedersehen würde.«

»Und das war es, dieser kleine Vorfall, der ihn all die Jahre später so gequält hat?« Halil schüttelte ungläubig den Kopf »Ich habe – bis jetzt – nie verstanden, was es damit auf sich hatte. Warum hat er mir nie etwas davon erzählt?«

»Vielleicht«, antwortete Çetin achselzuckend, »weil er dich nicht verlegen machen wollte.«

»Aber …« Halil seufzte. Welchen Sinn hatte es, jetzt noch darüber zu reden? Die Sache selbst und Timür waren nun nicht mehr. Nun gab es nur noch ihn, Halil, und Çetin und einiges zu erledigen – ziemlich viel sogar. »Du musst Sınan und Orhan aus Ankara holen«, sagte er. »Wir müssen die Familie benachrichtigen. Sie müssen alle kommen.«

»Das ist ganz schön schnell, wie wir mit unseren Toten umgehen, oder?«, meinte Çetin und dachte an ein früheres, bösartigeres Gespräch.

Halil zuckte mit den Schultern. »So ist es nun mal. Es muss doch erledigt werden.«

»Es kommt mir trotzdem falsch vor, bei seinem Glauben – oder eher seinem Mangel an Glauben, oder?«

Die Brüder lächelten beide einen kurzen Moment gemeinsam, woraufhin Halil meinte: »Aber er wurde doch aus dem Glauben geboren, Çetin …«

»Als die Sultane noch die Herren vom Goldenen Horn waren.«

»Ja. Komisch, wenn man bedenkt, dass er noch aus der Zeit stammte, oder?«

»Es macht einem Angst«, erwiderte Çetin und wieder kämpften seine Augen gegen die Tränen. »Die Zeit ist so …«

»Ich muss jetzt gehen und unseren Vater für das Grab vorbereiten, Çetin«, sagte Halil und drückte kurz den Arm seines Bruders.

Çetin sah zu Boden und nickte mit dem Kopf. »Du bist der Erstgeborene, es ist dein Recht.«

»Benachrichtigst du die Familie und verabredest schon alles?«

»Ja. Çiçek ist in London. Ich weiß nicht, wann sie zurück sein soll. Weißt du, ich glaube, sie hatte gestern Abend so ein ungutes Gefühl wegen allem. Sie rief mich an, war sehr besorgt und …«

»Das Mädchen ist ganz wie du, oder?«, fragte sein Bruder und setzte lächelnd hinzu: »Und wie Mutter natürlich.«

Çetin zuckte als Antwort nur mit den Schultern, es war eine sehr eindeutige Feststellung. »Weißt du, gestern Abend, als ich alleine war, dachte ich, ich hörte Mutter lachen. Meinst du, sie wusste es und war froh darüber, dass die Leiden dieses Mannes vorüber sind?«

»Ich weiß nicht, Çetin«, erwiderte Halil und hielt seinem Bruder liebevoll eine regennasse Hand an die Wange. »Ich weiß nichts von den Dingen, die ich nicht selbst erfahren kann.«

»Wir haben eine ganze Menge zu tun, oder?«, fragte Çetin, womit er zu einem Thema überwechselte, von dem er meinte, sein Bruder könne sich eher darauf einlassen.

»Lass uns also anfangen«, sagte Halil und reichte seinem Bruder die Hand.

Als der Wind wieder aufkam, gingen die Brüder Hand in Hand ins Krankenhaus, das erste Mal seit der Zeit, als sie noch Schuljungen gewesen waren.

Arto Sarkissian wusste nicht recht, warum er gerade vor dem Operationssaal saß, außer dass es ihm falsch schien, jetzt woanders hinzugehen. Sogar ihm gegenüber, einem Kollegen, war der Chirurg, den man mit der Operation Ersoys beauftragt hatte, ausweichend gewesen. Der Patient hatte sehr viel Blut verloren und seine Wunden konnten, obwohl normalerweise von sich aus nicht tödlich, wenn sie nur schnell genug behandelt wurden, immer noch zum Tod führen. Als Arto zu den beiden Polizisten hinsah, die neben dem Eingang zum Operationssaal herumlümmelten, empfand er eine solche Vorsichtsmaßnahme als Farce. Im Augenblick war Ersoy nicht einmal in der Lage, von selbst zu atmen, noch weniger, wegzulaufen. Aber das war auch letztlich nicht der Grund, warum die beiden Polizisten dort standen. Sie waren da, weil es das Gesetz so wollte. Anders als er, Arto, waren die beiden vermutlich guter Dinge. Draußen regnete es immer noch und ein Wind wehte, der, wie es hieß, aus Russland herüberkam. Kalt und feucht, stimmte er einen hoffnungslosen Klagegesang an.

Arto sah auf die Uhr und merkte, dass er schon seit über einer Stunde hier saß. Nicht, dass er ständig an den Mann gedacht hätte, der hinter der Tür auf dem Tisch lag. Es war ihm kurz in den Sinn gekommen, dass er ihm gerne noch ein paar Fragen gestellt hätte. Wie er es zum Beispiel geschafft hatte, das Haus so aufzuräumen und zu säubern, dass für die Spurensicherung kein einziger Hinweis zu finden gewesen war. Und warum er das getan hatte, wenn er wirklich, wie er selbst gesagt hatte, hatte gefangen genommen werden wollen. Was Arto jetzt aber am meisten beschäftigte, war Çetin İkmens Vater. Obwohl er bislang noch keine Einzelheiten kannte, schien es doch so, als wäre der alte Timür İkmen irgendwann gestorben, nachdem Artos eigenes entsetzliches Erlebnis angefangen hatte. Solche Neuigkeiten ließen ihn sich jetzt schuldig fühlen, da er İkmen vor kurzem noch so heftig angefahren hatte. Aber schließlich war er wütend gewesen, dass sein Freund – wenn auch in bester Absicht – auf diese Art sein Leben aufs Spiel gesetzt hatte, und das bei Ersoys unverständlichem Verhalten. Dass İkmens Einschätzung der Lage – nach dem, was Ersoy vor seiner Bewußtlosigkeit noch hatte sagen können – zutreffend gewesen war, konnte dennoch Artos Gefühl nicht mildern, benutzt und im Stich gelassen worden zu sein.

Und trotzdem tat es Arto jetzt um Timür İkmen schmerzlich Leid. Sein eigener Vater war ein Jahr nach Timürs Frau, der Mutter Çetins und Halils, gestorben. Und obwohl Timür İkmen immer in respektvoller Distanz zu der trauernden Witwe Sarkissian geblieben war, hatte er stets dafür gesorgt, dass die Söhne seines alten Freundes Vahan, Artos Vater, jederzeit freien Zutritt zu seinem amüsant-chaotischen Haushalt hatten, zu seinen eigenen zwei Söhnen, mit denen die Sarkissian-Kinder gut befreundet waren. Es würde alles andere als leicht sein, seiner Mutter diese unwillkommene Neuigkeit zu überbringen. Die Alten, mit denen Mimi Sarkissian über Dinge sprechen konnte, die nur noch sie kannten, waren im Lauf der Zeit immer weniger geworden. Allerdings hatte sie sich während der letzten Jahre mit Timür İkmen sowieso nicht unterhalten können. Immer noch kam es Arto seltsam und falsch vor, dass ein Mann von solcher Intelligenz wie der Vater seines Freundes dem Wüten der Demenz so vollständig und grausam unterliegen musste. Ganz tief in seinem Herzen hoffte er, sein Bruder Krikor würde noch vor ihm zu Mimis Wohnung fahren und Mutter die traurige Neuigkeit überbringen. Und weil er annahm, die Beerdigung ginge schnell und nach islamischem Ritus vonstatten, würde die alte Dame nicht einmal ein letztes Lebewohl sagen können. Das würde sehr schlimm werden.

Inzwischen würde er allein bei Ersoy wachen. Er wusste, er empfand den gleichen Hass gegen diesen entsetzlichen Mann wie Çetin İkmen. Çetin wollte, dass Ersoy vor Gericht kam und im Gefängnis für seine grausamen und geistesgestörten Verbrechen zahlte, und obwohl Arto wusste, dass Çetin auf seine Art Recht hatte, war er selbst dagegen, dass der Mann nur deshalb am Leben bliebe. Suleyman hatte auf Ersoy nicht ganz ohne persönliche Gefühle, ohne persönliche Wut geschossen und es war für keinen Menschen gut, einem anderen auf diese Art das Leben zu nehmen – wenn man in diesem Zusammenhang überhaupt von einer guten Möglichkeit sprechen konnte. Gott allein und vermutlich auch Suleyman selbst wussten, welch schlimme Kränkungen Ersoy seinem Bruder

Murad angetan hatte. Aber welcher Natur sie auch gewesen sein mochten, niemals konnten sie das aufwiegen, was der Polizeimeister heute getan hatte. Wenn er stürbe, würde Ersoys Blut nicht bloß auf Suleymans schickem Maßanzug sein, sondern auch in dessen Kopf, wo er sich viel tiefer fressen würde als nur durch Tuch.

Nicht oft wünschte Ayşe Farsakoğlu sich, dass ihr Bruder Ali bei ihr zu Hause war, aber an diesem Abend brauchte sie genau das. Sie hatte mit ihm am Telefon über die Ereignisse des Tages gesprochen, wobei nicht Ersoys Verletzungen der wahre Anlass ihrer Sorge waren, und Ali war so mitfühlend gewesen, wie es seine eher pragmatische Natur zuließ. In gewisser Weise hatte es Ayşe beruhigt, denn Alis gewöhnliche Natur war ihr vertraut. Während er redete, konnte sie eine Weile alle Gedanken und Gefühle für Mehmet Suleyman auslöschen – wie sie beinahe gestorben wäre, dort neben dem Auto, als sie den Schuss aus der Wohnung des armenischen Arztes gehört hatte. Schon der bloße Gedanke daran ließ sie erschaudern. Was hätte sie getan, wenn Mehmet gestorben wäre? Was hätte sie tun können? Sie hätte ihre Totenklage nicht dem weinenden Himmel anvertrauen können, wie eine trauernde Witwe, die sich als Zeichen ihrer vollständigen Verzweiflung das Gesicht zerkratzte und die Kleidung zerriss. Wie sehr ihr auch danach zumute gewesen wäre, sie hätte es nicht tun können. Sie hätte, wie ihr wohl bewusst war, ruhig bleiben müssen, distanziert, unbewegt. Und tatsächlich hatte Cohen, der wie immer und trotz ihrer Einwände über alles Bescheid wusste, ganz schnell nach ihr gegriffen, nachdem es passiert war, und sie so lange aus dem Geschehen herausgehalten, bis Suleymans Überleben bestätigt wurde. Eine Tat, für die sie ihm danken sollte, wie ihr bewusst war, aber, wie ihr zugleich klar war, nicht konnte.

Als sie von der Küche zurück ins Wohnzimmer ging, hörte

sie die Türglocke. Noch war es früh am Abend, es konnte also einer ihrer Freunde oder Verwandten sein. Allerdings waren es bei dem starken Regen wahrscheinlich nicht ihre Eltern, die ja kein Auto hatten und deshalb um diese Jahreszeit jeden Weg auf regennassen Füßen zurücklegen mussten.

Als sie die Tür aufmachte, sah sie jemanden, der wegen des merkwürdig matten Glanzes seiner Augen eher wie ein Geist als ein Mensch aussah.

»Was willst du, Mehmet?«, fragte sie und sprang, obwohl er niederschmetternd aussah, leicht zur Seite.

»Darf ich reinkommen?«, fragte er und sein Kopf war wie von einem unsichtbaren Gewicht beschwert und leicht gebeugt.

»Warum?«, entgegnete sie gegen ihr wachsendes Begehren, ihn einfach und unverblümt in ihre Wohnung zu ziehen.

»Weil ich nicht weiß, wo ich sonst hin soll«, antwortete er achselzuckend. Ein Mann mittleren Alters ging hinter den beiden die Treppe hoch und grüßte Ayşe mit einem Kopfnicken. Als er vorbei war, zog sie Suleyman in die Wohnung und schloss die Tür.

»Ich kann auf der Treppe nicht reden, was sollen denn die Leute denken!«, sagte sie als Erklärung und wies dann auf den Boden. »Zieh die Schuhe aus und stell sie dort hin.«

»Ich …«

»Ich gehe schon ins Wohnzimmer«, sagte sie und betrachtete seine graue Gesichtsfarbe mit Verachtung, wie er fand. »Wenn du fertig bist, komm rein und sag, was du zu sagen hast.«

Im Wohnzimmer angekommen, spürte sie, dass sie sich setzen musste, weil ihre Beine so zitterten. Wieso war er jetzt hier aufgetaucht, wo er sie heute früh doch so ostentativ ignoriert hatte? Eigentlich sollte er zu seiner Frau gehen, nach der Erfahrung, die er heute hatte machen müssen. Was wollte er?

Als er ihr ins Wohnzimmer gefolgt war, sah sie, dass er auch keine Socken trug, was ihn im Zusammenhang mit der grauen Gesichtsfarbe untypisch jämmerlich scheinen ließ.

»Wieso hast du dir die Socken ausgezogen?«, fragte sie so beiläufig wie möglich. »Ich hoffe, du hast nicht vor …«

»Sie sind voll Blut. Ich wollte deine Teppiche nicht versauen.«

Nicht nur die Socken waren blutverschmiert. Auch die Vorderseite seiner Jacke war über und über besudelt. Suleyman sah wie ein Unfallopfer aus – was er in gewissem Sinn ja auch war.

»Also«, sagte sie und nahm sich eine Zigarette aus einer der Schachteln auf dem Couchtisch, »was kann ich für dich tun, Mehmet?«

Er zuckte mit den Schultern, so dass seine Arme erst seitlich abstanden und dann schlaff wieder herabfielen. »Ich weiß nicht so recht.«

»Wieso gehst du nicht nach Hause zu deiner Frau? Du hättest heute sterben können und ich bin mir sicher, dass Frau Suleyman dich gerne trösten und dir den Dreck vom Anzug reiben würde.«

»Wir lieben uns doch nicht«, erwiderte er schlicht.

»Na ja, das hast du schon mal gesagt. Aber hoffentlich«, sie zündete sich die Zigarette an und lehnte sich im Sessel zurück, um zu rauchen, die Beine schützend übereinander geschlagen, »hältst du mir jetzt keinen Vortrag, dass du mich liebst.«

»Nein.«

Diese Absage saß, obwohl sie selbst nicht wusste, was sie sich eigentlich erhofft hatte.

»Oh«, sagte sie ganz gegen ihre Absicht. »Dann fällt mir nichts mehr ein, Mehmet, außer dass du vielleicht noch mal …«

»Ich möchte dich noch mal küssen«, sagte er, wandte den Blick von ihr und starrte auf die Wand hinter ihr.

Empört stand Ayşe auf, warf ihre Zigarette in einen Aschenbecher und kam wild entschlossen auf ihn zu. »Küssen willst du mich! Du kommst hier einfach so rein, nachdem du mich wie eine kleine Nutte behandelt hast, die dir weiter nichts bedeutet und die du einfach so nehmen und dann nach Wunsch ausrangieren kannst, und dann sagst du, du willst mich küssen!«

»Ja. Ich brauche …«

»Mir ist egal, was du brauchst!« Sie war ganz nahe bei ihm, so nahe, dass sie sah, wie sich seine Brustmuskeln unter dem besudelten Jackett hoben und senkten. Der Geruch drang ihr in die Nase – moderig und zugleich süß.

Schnell kreuzte Ayşe die Arme hinter dem Rücken, damit sie nichts Törichtes tat, wie zum Beispiel, ihn anzufassen.

»Und«, sagte sie und ihre Nasen berührten einander fast. »Was gibt es Neues von Ersoy?«

Auf den plötzlichen Themenwechsel war er nicht gefasst und schluckte nur.

»Lebt er noch?«

»Ja.«

»Obwohl es vermutlich kritisch um ihn steht, wie ich mir denke.«

»Ja. Ayşe …«

»Ja?«, fragte sie. Noch hatte sie einen Gutteil ihrer früheren Arroganz nicht abgelegt, obwohl sie nun mehr und mehr Angst bekam.

»Sehe ich aus, als würde ich leben?«

Auf den ersten Blick eine dumme Frage, auf die es logischerweise nur eine Antwort geben konnte. Aber als sie sich die Zeit nahm, Mehmet genau anzuschauen, begriff sie langsam, was er gesagt hatte und was es bedeutete.

»Du solltest nicht hier sein«, erwiderte sie nun ein wenig sanfter als zuvor. »Du solltest zum Arzt, du warst doch noch bei keinem, oder?«

»Ich brauche nur«, sagte er langsam und sprach jedes Wort ganz klar aus, damit es kein Missverständnis gab, »jemanden, der mich wärmt … mir ist so kalt. Mir ist, als wäre ich gestorben.«

Sie konnte nicht anders. Und wie sich später herausstellte, war alles, was sie in jener Nacht taten, still beisammenzusitzen, die Arme einander um die Schultern gelegt. Gelegentlich sprach sie, nicht viel, nur über gewöhnliche Dinge, während er ab und zu ein Lächeln versuchte, was ihm aber nie ganz gelang.

Sie nahm seine Hände in ihre und küsste sie.

»Ich dachte, du wärest gestorben, als ich den Schuss hörte«, sagte sie. »Ich wollte mir das Gesicht zerkratzen.«

Er legte ihr einen Finger auf die Lippen. »Psst, wir sollten jetzt nicht über so was reden. Wir sollten nie mehr über so was reden.«

»Nicht?« Immer noch und vollkommen unlogisch machte sich die Hoffnung in ihr breit – eine Hoffnung, entstanden in einer Nacht, die sie wie unter Zwang immer und immer wieder vor ihrem geistigen Auge abspulen musste und würde.

»Du bist meine Freundin«, sagte er, als er sich vorbeugte, um sie sanft auf die Lippen zu küssen. »Nur meine Freundin.«

»Ja, natürlich bin ich das, für heute Nacht.«

»Ich danke dir. Jetzt ist mir wärmer.«

Als der Mond über den Häusern gegenüber aufstieg, sah er aus wie ein rundes Gesicht: ein totes Gesicht, so bleich und fast durchscheinend war er. Nicht, dass Muhammed Ersoy tatsächlich den Mond oder ein anderes Gestirn sah, aber das innere Auge kann, vor allem durch starke Beruhigungsmittel verstärkt, viele bizarre Bilder entwerfen, die real sein mögen oder auch nicht. Manchmal schien Muhammed, wenn auch nur kurz, ein Zimmer zu sehen – einen hellen, großen Raum, der kaum sein eigener sein konnte. Wann immer er ihn erblickte, überkam ihn eine leichte Furcht, ehe er wieder in der Dunkelheit verschwand oder in eine andere Szene, die im wirklichen Leben äußerst unstimmig gewesen wäre.

War das vielleicht der Tod? Könnte sein. Niemand war je zurückgekommen, um zu berichten, wie der Tod wirklich war, also war er es vielleicht. Vielleicht zerschellte das Leben einfach, so wie seines es gerade zu tun schien – zerbrach und zerstob wie Staub in den Tiefen des Universums. Er hoffte, dass dem so wäre. Er hatte jetzt keine Schmerzen, was so gut tat nach all den höllischen Qualen, die er zu erdulden gehabt hatte – warum, wusste er nicht mehr. Wenn der Tod so war, dann war er gar nicht so schlimm. Sich einfach so treiben zu lassen war ein Gefühl, an das er sich gewöhnen könnte.

Es war das Wiedererwachen, das sein Herz in Angst versetzte. Was dort auf ihn wartete, wusste er nicht genau, aber jetzt gerade fand er, dass der Zustand des Sich-treiben-Lassens dem vorzuziehen war. Wenn er nur hier bleiben könnte, dann wäre alles gut. Wenn nur das kahle, kleine Zimmer nicht immer vor seinen Augen auftauchen würde, wenn er es nur verscheuchen und in die Dunkelheit zurückstoßen könnte …

Kapitel 18

Fatma İkmen saß über ihre große Handtasche gebeugt und starrte entschlossen vor sich ihn. Sie mochte keine der anderen Frauen ansehen, die mit ihr im Wartezimmer saßen und von denen einige in geschmackvolle und teure französische Kostüme gekleidet waren. Dennoch konnte sie nicht umhin festzustellen, dass einzig die farbenfroh gekleidete Kurdin in der Ecke einen ähnlich voluminösen Bauch hatte wie sie selbst. Zwei Bauern mit einer ganzen Menge Frauen im Schlepptau, die wahrscheinlich zur Sterilisation gekommen waren oder um die Geburtenkontrolle zu regeln, oder zu einem der anderen gottlosen Vorgänge, zu denen der Staat unablässig ermutigte. Arrogant hob sie die Nase, rümpfte sie angewidert und zog die Tasche noch näher an die Brust.

Çetin hatte sie trotz seiner Nummer der »Wiederherstellung des türkischen Mannes« an der Tür zur Frauenarztpraxis verlassen und war wie ein geprügelter Hund durch den Flur abgehauen. Längst nicht so »wiederhergestellt« wie der sanft blickende junge Mann, der neben der üppig parfümierten Dame gegenüber saß. Da er um einiges jünger war als die Frau, hielt Fatma ihn für ihren Sohn, doch dann driftete ihre Phantasie ungebeten in weit schlüpfrigere Bereiche ab, die ihr einen Schock versetzten. Wenn der Mann der Liebhaber dieser Frau war, dann waren beide womöglich wegen einer Abtreibung zum Arzt gekommen. Aber das konnte wohl doch nicht sein, oder? Sie sah kurz zu dem Paar hin und die Frau lächelte eher traurig und Mitleid erregend zurück. Vielleicht, dachte Fatma, glaubte die Frau, die ihre Größe und ihr Kopftuch sah, sie sei eine der Landfrauen, die vor kurzem mit ihren hungrigen, Arbeit suchenden Männern in die Stadt gekommen waren. Wenn sie ehrlich zu sich war, musste sie zugeben, dass diese Annahme bei ihrem Aussehen verständlich war. Sie spielte kurz mit der Idee, das Paar darüber zu informieren, dass sie tatsächlich, wie schon ihre Eltern, in Üsküdar geboren und aufgewachsen war, doch dann gab sie diese Idee als Zeit- und Energieverschwendung auf. Außerdem würde die Frau, wenn sie wegen einer Abtreibung hierher gekommen wäre, im Augenblick Dringenderes im Kopf haben, wie zum Beispiel, wie sie danach jemals wieder mit sich ins Reine käme.

Viele Gedanken waren Fatma gekommen, während sie so in dem Wartezimmer saß. Fast alle Frauen der Familie waren zu Timürs Beerdigung gekommen, und einige von ihnen waren durch ihren Anblick sichtlich schockiert gewesen. Und als die Männer zum Friedhof gezogen waren, um den alten Mann zu beerdigen, hatten zwei Cousinen, nach ein wenig Widerstand von Seiten Fatmas, es geschafft, ihr das Problem zu entlocken. Wie immer durch Çiçek unterstützt, hatte sie sich an jenem Tag entschieden, zum Gynäkologen zu gehen und einmal ernsthaft darüber zu reden, was getan werden konnte und musste, um ihre Schmerzen zu lindern. Sie wusste schon, dass dazu mit großer Sicherheit ihre Gebärmutter entfernt werden müsste – etwas, was ihr bis zu diesem Zeitpunkt so viel Angst und Kummer bereitet hatte. Fatma hatte wie die meisten Menschen eine instinktive Furcht vor dem Operationsmesser, aber das war noch nicht ihre größte Sorge dabei. Nein. Keine Gebärmutter zu haben war so viel schlimmer, als eine Operation über sich ergehen zu lassen, um etwas loszuwerden, was einem Schmerzen bereitete. Keine Gebärmutter mehr hieß, keine Kinder mehr zu kriegen – was jetzt sowieso nicht mehr sehr wahrscheinlich war, zugegeben, aber … aber es betraf auch etwas, was sie zu der Frau gemacht hatte, die sie war. Traditionelle Männer verstießen Frauen, die keine Kinder mehr kriegen konnten, oder ließen sich heutzutage von ihnen scheiden. Und auch wenn sie Çetin mehr als genug Kinder für ein ganzes Leben geschenkt hatte, fragte sie sich doch, wie er es empfände, wenn sie unfruchtbar wäre.

Fatma sah kurz auf die Uhr und seufzte. Dieser alte Tölpel Çetin war sicher schon wieder in seinem heiß geliebten Büro. Er brauchte gar nicht dort zu sein. Man hatte ihm freigegeben, damit er um seinen Vater trauern konnte, aber sie kannte ihn zu gut, um die Zeichen der Langweile und Frustration zu übersehen. Wie Çiçek, die niemals warten konnte, bis sie wieder zu ihren heiß geliebten Flugzeugen konnte, war auch Çetin kein Liebhaber des eigenen Heims und dessen Annehmlichkeiten. Und als Fatma wieder an Çiçek dachte, musste sie lächeln. Von all ihren Kindern war dieses Mädchen diejenige, die am meisten von der schlechten Laune ihres Vaters geerbt hatte. Wie sie gesagt hatte, als sie kurz vor Timürs Tod fortgegangen war, war sie in London wirklich mit ihrem Captain Lazar auf Einkaufstour gewesen. Doch was sie ihrer Mutter vorher nicht erzählt hatte, war, dass sie Captain Lazars englische Verlobte getroffen hatten und zu dritt zum Essen gegangen waren. Rachel, die englische Verlobte, hatte Çiçek sogar ein paar Kosmetika geschenkt, so sehr hatte sie sich gefreut, die Freundin ihres zukünftigen Ehemannes kennen zu lernen. Ein, wie Fatma meinte, außerordentlich modernes Verhalten und vollkommen verwirrend.

Aber so war eben das Leben, es ging weiter und veränderte sich. Vielleicht würde sie, wenn die Geschwulste einmal fort waren, wieder schlank werden, was sowohl interessant als auch befriedigend wäre. Ihre eigene Mutter war eine Frau von riesigen Ausmaßen gewesen, als sie starb, und Fatma hatte immer ein ähnliches Schicksal für sich befürchtet. Den meisten türkischen Männern, vor allem denen eines bestimmten Alters, wie Çetin, machten Frauen mit ein wenig Fett nichts aus. Aber es musste eine Grenze geben. Fatma gefiel die Aussicht nicht, eine Frau zu werden, die die Treppen hinaufgetragen werden musste, wie es bei ihrer Mutter während der letzten fünf Jahre ihres Lebens gewesen war. Nein, was sie nun vorhatte, musste richtig sein. Die feinen Damen mit ihren französischen Kostümen mochten noch so sehr auf sie herabsehen, sie würde tapfer sein und für ihren Mann und für sich all dies auf sich nehmen. Es war schließlich sinnvoll: Sie würde sich besser fühlen und mehr Freude an den kleineren Kindern haben. Fatma setzte sich auf ihrem Stuhl zurück, seufzte leicht und schloss die Augen.

»Was machen Sie denn hier?«, fragte Suleyman, als İkmen ins Büro kam. »Ich dachte, Sie hätten noch frei.«

»Habe ich auch, offiziell«, antwortete İkmen, als er sich mit einem zufriedenen Seufzen hinter seinen beladenen Schreibtisch zwängte. »Aber ich habe, wie Sie wissen, noch eine Menge zu tun.«

»Ich dachte, dass Sie Ihren Bericht über die Sache Ersoy schon vorgelegt hätten.«

»Okay, ist schon gut!«, gab İkmen bissig, wenn auch nicht ohne Humor zurück. »Ich habe mich gelangweilt. Zufrieden?«

»Ja, aber Ihr Vater …«

»Mein Vater war, wie Sie wissen, Suleyman, ein sehr pragmatischer Mann, der für solche Dinge wie Trauer nicht viel Zeit hatte. Zwei Tage nach dem Begräbnis meiner Mutter ging er zur Arbeit und Halil und ich gingen wieder zur Schule. So war er eben. Das hat nichts damit zu tun, dass meine Mutter ihm nichts bedeutet hätte – sie hat ihm sehr viel bedeutet, aber er dachte eben, herumsitzen und sich wegen jemandem zu grämen, der ohnehin tot war, sei reine Zeitverschwendung. Er und Atatürk wären gut miteinander ausgekommen. Der *Gazi* hatte auch keine Zeit für solche Sentimentalitäten. Ihm ging es um das Leben und das trieb auch Timür an.«

Suleyman lächelte. Es war typisch für İkmen, seinen erklärten Republikanismus als Vehikel für die eigenen Bedürfnisse zu benutzen. »War denn die Beerdigung …?« Er streckte eine Hand aus, um die Antwort regelrecht zu erhaschen. »War sie …?«

İkmen zuckte die Achseln. »Sie ist vorbei. Meine Jungs sind rechtzeitig aus Ankara gekommen. Viele fürchterliche Verwandte, die ich bis dahin längst aus meinem Gedächtnis gestrichen hatte, sind gekommen, um allerhand unaufrichtige Verhaltensweisen an den Tag zu legen, und wir haben den alten Mann in sein Grab gelegt. Es ist schon sehr komisch, keine Eltern mehr zu haben, Suleyman. Mein Bruder sagte: ›Wir sind jetzt allein‹, was in gewisser Weise ja auch stimmt.«

Er ließ den Kopf ein wenig sinken und zündete sich eine Zigarette an, um sich von diesen Gedanken abzulenken.

»Und was ist mit Ihnen, Suleyman?«, fragte er. »Ich nehme an, dass mein Bericht über Ihren Anteil an der Schießerei bei Ersoy diejenigen über uns froh gestimmt hat.«

»Ja, obwohl ich glaube, dass, bei allem Respekt, die Aussage von Ersoy mehr als alles, was Sie oder ich gesagt haben, dazu beigetragen hat, meine Tat zu rechtfertigen.«

»Oh?«

»Ja, wie Sie damals sagten, hat Ersoy erklärt, dass er voll und ganz die Absicht hatte, Dr. Sarkissian zu töten, und dass er mir im Endeffekt keine andere Wahl gelassen hat.«

Das schien für İkmen eine sehr seltsame Kehrtwendung nach dem, was ihm Ersoy damals zugeflüstert hatte. Er fragte sich sogar, ob jemand schon bei Ersoy gewesen war, ehe er seine Aussage gemacht hatte. Arto Sarkissian war, wie er wusste, mindestens einmal bei dem Patienten gewesen, seitdem er ins Krankenhaus eingeliefert worden war. Es war gut möglich, dass er mit Ersoy gesprochen und versucht hatte, ihn wegen Suleyman zur Vernunft zu bringen.

Aber İkmen behielt diese Meinung für sich und lächelte nur. »Wie Sie wissen, bin ich sehr zufrieden, dass Ersoy wegen seiner Verbrechen vor Gericht muss, Suleyman. Es passiert zum Glück nicht oft, dass man einen wirklich schlechten Menschen trifft, aber wenn einer wirklich schlecht ist, dann Muhammed Ersoy.«

»Stimmt.«

Beide wandten für einige Augenblicke den Blick voneinander, bis Suleyman das Thema wechselte: »Ich muss um die Mittagszeit ein paar Stunden weg, wenn es Ihnen recht ist.«

»Ja. Wieso?«

Suleyman holte tief Luft und ließ sie unter Seufzen wieder hinaus. »Ich muss zu meinem Anwalt.«

»Oh?« İkmen schnippte die Asche auf den Boden und beugte sich leicht nach vorne. »Darf ich wissen …?«

»Warum nicht«, antwortete Suleyman und über sein Gesicht huschte eine leichte Röte. »Sie werden es ja doch erfahren … ich lasse mich scheiden.«

»Es tut mir sehr Leid, das zu hören, Suleyman« sagte İkmen, erhob sich von seinem Stuhl und ging zur Vorderseite seines Schreibtischs. »Ich hoffe, Sie …«

»Es gibt – niemand …«, er sah İkmen kurz an und seine Augen strahlten etwas aus, was seinem Vorgesetzten wie ein Anflug von Herausforderung schien, »… anderen, wenn Sie wissen, was ich meine.«

»Ah.« Das war offenkundig eine Anspielung auf die eher intime Umarmung von Suleyman und der hübschen Polizeimeisterin Farsakoğlu, deren Zeuge İkmen neulich geworden war. Aber er behielt seine Meinung über dieses Thema für sich. Ein Mann, sogar İkmen, redete nicht über solche Dinge.

»Sie werden also«, sagte İkmen, »zu Ihren Eltern zurückgehen, nehme ich an?«

Suleyman wandte sich ab und sah auf die Papiere, die auf seinem Schreibtisch lagen. »Nein. Wie Sie wissen, gehört die Wohnung meiner Frau, weshalb ich ausziehen muss, und ich gehe – zumindest vorübergehend – zu den Cohens. Ihre beiden Jungen sind beim Militär und Frau Cohen freut sich, mir ein Zimmer vermieten zu können.«

»Na«, meinte İkmen seufzend, »da werden Sie zumindest alles, was sich bei den Cohens so tut, direkt miterleben.«

»Ja. Er hat mir erzählt, dass einer seiner Nachbarn ein Zuhälter ist.«

»Tragen Sie bloß nicht Ihre Uhr, wenn Sie morgens aus dem Haus gehen. Das ist alles, was ich sage. Entweder das oder Sie müssen sich auf einen Kampf darum einstellen.«

»Ich weiß.«

»Ach ja.« İkmen drückte seine Zigarette im Aschenbecher aus und zündete sich eine neue an.

Ein lautes Klopfen an der Tür, gefolgt von Cohens Gesicht, weckte die beiden aus ihren Träumereien.

»Eine Dame ist hier, die dich sprechen will«, sagte er zu Suleyman und fügte dann noch hinzu, nachdem er İkmen entdeckt hatte, »oh, hallo, Inspektor, wir waren gar nicht …«

»Nein, ich bin etwas früher zurückgekommen, Cohen. Wer ist die Dame?«

»Es ist Dr. Halman«, antwortete Suleyman. »Sie hat mir versprochen, mich heute Morgen zu besuchen, um mich über Muhammed Ersoy auf dem Laufenden zu halten.«

»Sehr gut, das könnte interessant werden«, sagte İkmen. Er bedeutete Cohen, seiner Pflicht nachzugehen. »Führen Sie sie rein.«

Zelfa Halman, oder »Bridget«, als welche sie ihren engsten Freunden bekannt war, war eine kleine blonde Frau, die gelegentlich, wenn sie einen Menschen sehr gut kannte, zugab, dass sie tatsächlich fünfundvierzig Jahre alt war. Einen großen Teil dieser Zeit hatte sie als Oberärztin in der Psychiatrie gearbeitet – zunächst in Dublin, ihrer Heimatstadt, und danach in Istanbul. Sie war Spross einer türkisch-irischen Ehe. Zelfa Halmans Vater hatte ihre Mutter kennen gelernt, als er als Kinderarzt in der irischen Hauptstadt gearbeitet hatte, wo Bridget, so ihr richtiger Name, geboren wurde. Nachdem sie als Mittdreißigerin zusammen mit ihrem Vater in die Türkei gekommen war, hatte sie ihren zweiten Namen Zelfa angenommen, der, wie sie glaubte, für die türkische Zunge leichter auszusprechen war. Obwohl es ihr während ihrer Zeit in Istanbul gut gegangen war, hatte sie nicht, wie ihr Vater gehofft hatte, das gefunden, was er als »einen netten Türken, der sich um dich kümmert«, beschrieben hatte. Aber schließlich hatte sie eine Schule mit dem Namen »Konvent unserer Jungfrau vom Berge Carmel« besucht und einen katholischen Priester als Onkel, was, wie Zelfa meinte, sie nicht eben zu einer Versuchung für türkische Männer machte. Dazu noch ihr Alter …

»Hallo, İkmen«, sagte sie, als sie ins Büro hereinschneite und ihre blonden Locken über die Schultern warf. »Sie sehen aus, als bräuchten Sie Ferien.«

»Ich hatte gerade welche, Frau Doktor«, gab İkmen lächelnd zurück. Sie wusste wohl nichts vom Tod seines Vaters und er mochte nicht noch einmal darauf zurückkommen.

Suleyman ging durch das Zimmer und holte einen Stuhl aus der Ecke, den er vor seinen Schreibtisch stellte.

»Setzen Sie sich bitte, Frau Doktor«, sagte er. »Möchten Sie einen Tee?«

»Tee wäre nicht schlecht«, antwortete sie und wandte sich an İkmen, während Suleyman auf dem Flur nach den Getränken rief. »Wissen Sie, dieses kleine Miststück wollte doch heute Morgen wieder nicht starten. Ich musste zu Fuß herkommen, leider Gottes!«

İkmen lachte. Ihre direkte Art und die Tatsache, dass sie der einzige ihm bekannte Mensch in dieser Stadt war, der einen dieser seltsamen Austin Minis fuhr, bereiteten ihm kolossales Vergnügen. Wahrscheinlich aber trug das auch zu der Tatsache bei, dass diese wundervoll exzentrische kleine Frau immer alleine war.

»Na ja, wenn Sie auch weiterhin daran festhalten, eines von diesen Dingern zu fahren, für die Ersatzteile zu kriegen ein Alptraum sein muss …«

»Ja«, meinte sie stirnrunzelnd. »Vater sagt das Gleiche.«

Suleyman, der inzwischen wieder ins Büro gekommen war, setzte sich vor seinem Gast hin und lächelte. »Ich danke Ihnen, dass Sie gekommen sind, Dr. Halman.«

»Ich wollte Ihnen das Neueste von meinem Patienten mitteilen. Ich denke, Sie werden es interessant finden und es wird Ihnen hoffentlich etwas Geschlossenheit der Wahrnehmung in dieser Sache ermöglichen.«

»Geschlossenheit?«

»Ein Ausdruck aus der Psychiatrie, um einen Fall zu beenden, Suleyman«, warf İkmen ein.

Sie warf ihm einen Blick zu und legte spöttisch die Stirn in Falten. »Gott, sind Sie zynisch, İkmen.«

»Ja.«

»Nun denn«, fuhr sie fort und drehte sich wieder zu Suleyman um, »wie Sie wissen, wird Herr Ersoy immer noch im Krankenhaus bewacht, wo er sich von den Verletzungen erholt. Das bewerkstelligt er, wie ich sagen muss, ziemlich gut.«

»Wie oft sehen Sie ihn denn?«

»Ich hatte bisher fünf Sitzungen mit ihm. Allesamt sehr interessant, kann ich Ihnen sagen.«

»Und was halten Sie von ihm«, fragte İkmen, »professionell gesehen?«

»Ich denke, er ist sehr schlau«, antwortete sie, holte eine Schachtel Zigaretten heraus und zündete sich eine an. »Er ist außerdem in einem Maße persönlich verwirrt, wie ich es selten vorher gesehen habe.«

»Das heißt?«

»Herr Ersoy ist das, was wir einen Psychopathen nennen. Das bedeutet, er ist in dem Sinne antisozial, dass er weder die Erfahrungen noch die Sichtweisen anderer Leute schätzen oder sich hineinversetzen kann. Was seine Wünsche und Bedürfnisse angeht, ist er autistisch, insofern, als er nur sie sieht und nichts anderes – er lebt gleichsam ohne Bezug zu anderen.«

»Warum dann …?«, setzte Suleyman an.

»Warum er so ist?«, seufzte sie. »Einige glauben, dass man als Psychopath geboren wird, andere, dass man durch frühe Erlebnisse dazu gemacht wird.«

»Die Freud'sche Theorie«, warf İkmen leicht säuerlich ein.

»Nein, an sich nicht. Natürlich könnte ich jetzt wie jeder Arzt über den ungelösten Ödipuskomplex reden, den er aufgrund des Todes seiner Mutter haben mag, aber …«

»Sie würden dabei uns beide eher ignorante Polizisten aus den Augen verlieren«, sagte İkmen.

»Das haben Sie gesagt, nicht ich«, erwiderte sie und zeigte anklagend mit der Zigarette auf ihn.

»Wollen Sie also sagen, dass Sie glauben, Ersoy sei schon so geboren worden?«, fragte Suleyman.

»Nein. Nicht ganz. Nach den Gesprächen, die ich mit ihm geführt habe, nehme ich an, dass sein Vater viel auf dem Gewissen hat, was Muhammeds späteres Benehmen betrifft. Aber Muhammed ist gleichzeitig ein sehr geschickter Lügner, weshalb wir nicht vollständig sicher sein können bei dem, was er uns erzählt.« Sie nahm einen Zug von ihrer Zigarette und fuhr fort. »Soweit es den alten Herrn Ersoy betrifft, konnte der junge Muhammed ihm nichts recht machen. Seine Mutter, die Frau also, die der alte Herr geliebt hat, starb bei der Geburt des Jungen, was bereits den ersten Groll auslöste. Als dann Muhammed eine ›andere sexuelle Orientierung‹ aufzuweisen schien, war der Zorn des alten Mannes vollkommen. Muhammed war, wie er sagte, eine Beleidigung seiner vornehmen osmanischen Vergangenheit, weshalb er den jungen Mann auf die tiefstmögliche Art verletzte. Zunächst, indem er wieder heiratete und einen zweiten Sohn bekam, und dann, indem er einen zweifelhaften Arzt bezahlte, der bestätigen sollte, dass Muhammed nicht für den Dienst in der Armee tauglich wäre.«

»Warum tat er das?«, fragte Suleyman. »Der Dienst hätte doch in den Augen des alten Ersoy aus Muhammed einen richtigen Mann machen können.«

»Ja. Aber es hätte ihn auch genau den Verführungen ausgesetzt, die, wenn sie öffentlich geworden wären, der Familie hätten schaden können.«

»Verstehe.«

»Nachdem er also keinen Militärdienst abgeleistet hatte«,

meinte İkmen nachdenklich, »und keiner Beschäftigung nachgegangen ist, wie ich annehme …«

»Er brauchte doch wohl kaum zu arbeiten, oder?«, fragte Dr. Halman.

»Nein. Er hatte absolut nichts, womit er sich beschäftigen musste.«

»Außer Vergnügen«, sagte sie lächelnd, »sein Vergnügen.«

»Nämlich welches?«, fragte Suleyman

»Viel Sex, viele Drogen – vermutlich zuweilen auch Alkohol – und viele schlaue und gerissene Gedanken, die er besser hätte vermeiden sollen.«

»Er meinte mal zu mir«, sagte İkmen, die Finger wie dünne Nudeln unter dem Kinn verschränkt, »dass es die Herausforderung bei der Sache mit seinem Bruder gewesen sei, die …«

»Oh, weiß Gott, ja«, erwiderte sie, »und man muss es Dr. Avedykian hoch anrechnen, dass er unserem Muhammed damals diese Idee nahe gelegt hat. Muhammed hatte den Jungen ja einfach töten wollen, sobald alle Verpflichtungen im Zusammenhang mit dem Tod seines Vaters erledigt und die ›Aufregung‹ mit der italienischen Polizei vorüber waren. Es muss Avedykian einige Anstrengung gekostet haben, mit etwas aufzuwarten, das sowohl das Leben des Jungen schützen als auch den Stolz des alten Osmanen in Ersoy ansprechen würde.«

»Sein ganz privater *Kafes*.«

»Stimmt.« Sie lachte ein wenig und fuhr fort: »Wissen Sie, als er bei der Party in seinem Haus, die Sie besucht haben, mit dem Samowar herausrückte und meinte, er stammte aus einem alten osmanischen *Kafes*, wäre der arme Avedykian vor Angst beinahe gestorben. Das erzählte mir Muhammed jedenfalls.«

»Zu seinem Glück«, meinte İkmen, »hatten wir allesamt zu wenig Ahnung, um zu wissen, dass so etwas nur der königlichen Familie zustand. Es war Suleyman, der mich schließlich aufklärte.«

»Der arme Doktor hatte damals noch nicht ganz begriffen, wie gern Ersoy entdeckt werden wollte – oder auch, was seine leicht abseitigen Pläne für sie beide, die ›alten Männer‹, wie Ersoy sie nannte, bedeuten würden.«

»Aber wenn er entdeckt werden wollte«, fragte Suleyman und runzelte dabei die Stirn, »wieso hat er dann das Haus so gründlich sauber gemacht, nachdem er den Jungen umgebracht hatte?«

»Oh, er wollte es Ihnen nicht leicht machen! All die kleinen Kristallfiguren, die er Ihrem Chef hierher geschickt hat, waren ja sehr indirekter und aufreizender Natur. Nein, er wollte, dass Sie alle dachten, wie klug und geschickt er war, und dass Sie ihn alle heimlich deshalb bewundern. Immer noch suchte er – und wird es vermutlich immer suchen – nach ›Vaters‹ Anerkennung für alles, was er tut. Und als die ganze Sache voranschritt, wurden Sie alle zu Vaterfiguren für Muhammed.«

»Okay, das verstehe ich«, sagte Suleyman, »aber welche Rolle spielt dabei Dr. Avedykian? Er war doch ein intelligenter, erfolgreicher, rational denkender Mann ...«

»Aber auch hoffnungslos verliebt.« Die Ärztin blickte traurig.

»In Ersoy.«

»Ja. Anders als Ersoy war Avedykian vollständig homosexuell und trotz seiner fiesen Tändeleien mit Strichjungen wollte er nichts mehr, als Muhammeds einzige und wahre Liebe zu sein. Nur, dass dazu niemals eine besonders große Chance bestand.«

»Er hat also Ersoy überredet, den Jungen versteckt zu halten – aber zu welchem Zweck?«

»Weil er wusste, dass Ersoy den Jungen ohne Zögern umbringen würde, wenn er nicht mit einer amüsanten kleinen Alternative aufwartete. Und als ein im Keim guter Mensch konnte er das Töten nicht gutheißen, aber seinen Liebhaber anderen überlassen konnte er auch nicht. Muhammed hatte den Jungen, und wenn das Kind je freikäme, könnte es aller Welt erzählen, was sein Bruder ihm angetan hatte. Avedykian machte das Beste daraus, als er Ersoy überredete, Zeki einzusperren.«

»Und er versorgte ihn natürlich mit Drogen«, sagte İkmen.

»Ja. Eine vollkommen rationale Tat.«

Suleyman zog die Stirn kraus. »Wie das?«

»Ganz einfach. Die Drogen würden den Jungen ruhig stellen und ihn relativ glücklich machen. Und da er eingesperrt war, konnte er sogar große Teile des Tages oder der Nacht ohne Aufsicht allein gelassen werden. Als Arzt wusste Avram Avedykian, dass die Drogen schließlich alles wären, was der Junge wollte, und auch, dass sie ihn bei der Dosis, die er ihm gab, am Ende töten würden.«

»Der Arzt war also darauf vorbereitet, das Kind umzubringen?«

»Ja, aber man kann sich ganz gut einreden, dass ein Drogen-›Opfer‹ gleichsam kein eigener Fehler ist. Wie bei den jungen Strichern, denen Avedykian den Schuss setzte, war die Drogensucht eine Tatsache, die man weder bestreiten noch heilen konnte. Und so glaubte er schlicht und einfach, das Beste daraus zu machen. Natürlich hat er die Jungen auch gefickt, aber das tut nichts zur Sache.«

Suleyman hatte gemerkt, dass er leicht errötet war, als sie, eine Frau, »dieses Wort« benutzt hatte, und räusperte sich.

»Mir scheint«, sagte İkmen bedächtig, »dass der Doktor Ersoy wirklich sehr geliebt haben muss, um das alles für ihn zu tun.«

»Das hat er wirklich!«, antwortete sie. »Das ist eine wahre Liebesgeschichte, zumindest von Seiten Avedykians. Er war vollkommen abhängig – und ich glaube, er wäre es immer geblieben.«

»Bis Ersoy ihn umbrachte.«

»Sogar da hat er nicht protestiert, wenn man Muhammed glauben kann. Er sah einfach nur Ersoys ausgestreckte Waffe an und lächelte.«

»Sind wir dann mit dem Jungen und Avedykian am Ende von Herrn Ersoys Exzessen angekommen?«, wollte İkmen wissen.

»Das denke ich«, erwiderte sie, »obwohl ich glaube, dass

Polizeimeister Suleyman etwas in Bezug auf das Kindermädchen des Jungen, Jennifer Santiago, vorhat, stimmt's?«

»Ich habe eine erste Bitte um Informationen an die Polizei in San Francisco losgeschickt, ja.«

İkmen lachte. »Vielleicht landen Sie ja noch für kurze Zeit in den Staaten, falls Ersoy das Kindermädchen nicht in kleine Stücke zerhackt hat.«

»Also …«

»Und dann gab es da noch, oder zumindest fast, den, den Muhammed den ›Verrückten‹ genannt hat«, sagte Dr. Halman nachdenklich.

»Den Verrückten?«

»Als die beiden, Ersoy und ein offenbar fast hysterischer Avedykian, das Haus säuberten, hat ein Bettler oder eine ähnliche Gestalt sie gesehen, wie sie ein paar Sachen in Ersoys Wagen luden. Er pöbelte ein bisschen herum, weshalb Avedykian ihn verjagte. Ersoy hätte ihn, wie er sagte, am liebsten tot gesehen, aber nur der Vollständigkeit halber. Meine Gedanken gingen da sofort zu unserm Freund Lenin, wie Sie sich denken können. Im Lichte dessen ist es, wie Sie hoffentlich zugeben, gut möglich, dass Lenin versucht hat, uns etwas zu erzählen.« Sie seufzte. »Etwas, was traurigerweise von den verheerenden Wirkungen seiner Psychose getrübt war.«

İkmen und Suleyman sahen sich vielsagend an – wozu im Falle Suleymans noch eine leichte Trauer kam.

Endlich ging die Tür auf und ein junger Wachtmeister trat ein, der drei Gläser Tee brachte.

»Ah, die Tasse, die einen aufmuntert, wie wir zu Hause sagen«, meinte Dr. Halman.

»Bitte?«

»Nichts.«

Sie nahm sich ein Glas vom Tablett, das ihr gereicht wurde, und sah den beiden Männern zu, die das Gleiche taten. Sie ließ einen Würfel Zucker in die bernsteinfarbene Flüssigkeit fallen. »Wissen Sie, was mich bei dem Ganzen am meisten erstaunt?«

»Nein.«

»Die Tatsache, dass die beiden Männer die Belastung, die ihre Taten mit sich brachte, so lange ausgehalten haben.«

»Und was mich wundert«, sagte İkmen, »ist, dass kein Mensch neugierig war, was in dem Haus vor sich ging.«

»Aber hat Ersoy nicht etwas in der Richtung gesagt, dass es ihm geholfen hätte, ›Armenier zu sein‹?«, fragte Suleyman und rührte seinen Tee ohne Zucker mit dem Löffel um. »Dass es ihn unsichtbar gemacht hätte?«

»O ja, das tat es«, antwortete die Ärztin lächelnd. »Ihr Türken wollt es vermutlich nicht wahrhaben, aber ihr seid – wie die Iren und eigentlich alle anderen auch – reichlich nervös, was ›die anderen‹ in der Gesellschaft betrifft. Wir tendieren alle dazu, das zu meiden, was wir nicht verstehen. Wir wollen nichts mit Sitten und Gebräuchen zu tun haben, die wir vielleicht abstoßend finden könnten. Mein Vater beispielsweise hatte, als er in Dublin arbeitete, Freunde, die es mit ihm nur aushielten, wenn sie ihn mit Sean oder einem anderen irischen Namen ansprechen konnten. Der Gedanke, dass ein Türke ein braves irisches Mädchen heiratete, war einfach zu viel für sie. Nebenbei bemerkt, deshalb nenne ich mich auch Zelfa. Meine Patienten könnten nicht mit Bridget umgehen. Es würde ihr Vertrauen in mich als türkische Ärztin untergraben.«

»Und das Haus war zudem in einer Touristengegend, deren Bevölkerung ständig wechselte«, setzte İkmen hinzu.

»O ja«, stimmte sie zu, »das war sehr hilfreich. Die Nachbarn interessierten sich erst für die Wohnung, als die Eingangstür nach dem Mord aufgelassen wurde, was natürlich auch Teil der sorgfältig geplanten Strategie war. Den armen Zeki wochenlang vor sich hin modern zu lassen hätte Muhammeds Zartgefühl niemals entsprochen. Wie ich schon sagte, Herr Ersoy ist ein sehr schlauer Mann.«

Eine kurze Pause folgte, während der ein ziemlich nachdenklicher Suleyman seine nächste, eher heikle Frage formulierte. »Wir, die Polizisten, die sich damals um Zeki Ersoy kümmern mussten, haben Muhammeds Worten sehr vertraut. Hätte er denn nicht ein paar von uns schmieren können ...?«

»Er sagt nein«, antwortete sie achselzuckend. »Er sagt, er hat ganz schlicht auf seine Stellung in der Gesellschaft als reicher und mächtiger Mann vertraut. Die Köchin auf dem Boot, die ursprünglich abgestritten hat, dass das Kind je in Italien gewesen war, war eine ungebildete, leicht zu kaufende Bäuerin und Ersoy war ein reicher Osmane. Muss ich noch mehr sagen?«

»Nur, dass wir heutzutage eigentlich über solchen Dingen stehen sollten.«

»Niemand«, meinte sie zynisch lächelnd, »steht über solchen Dingen, İkmen. Geld und Stellung stecken uns in den Knochen, und das nicht nur in der Türkei, sondern überall. Wie auch immer, wie man es auch betrachtet: Ersoy war ein Meister der Verwirrung. Er spielte seine Rolle bis zur Perfektion, genau wie der klassische Psychopath, der er zweifelsohne ist.«

»Wollen Sie damit sagen«, fragte Suleyman und überlegte sorgfältig jedes Wort, »dass Ersoy ziemlich verrückt ist?«

Dr. Halman lachte. »Oh, wenn es je eine Streitfrage gegeben hat, dann diese.«

»Wieso?«

»Na ja, gehen Sie doch noch mal zu unserem armen Lenin zurück ...«

»Ja.«

»Wie Sie sich erinnern, waren die Handlungen dieses Herrn bekanntlich von Enttäuschungen politischer Natur gespeist. Er glaubte, vergangene politische Führer hätten ihn beeinflusst, die Weltrevolution zu ermöglichen. In gewisser Weise glaubte er, Lenin zu sein.«

»Ja.«

»Ganz offensichtlich geisteskrank, würden Sie doch wohl sagen, oder?«

İkmen, der sorgfältig zugehört hatte, nickte zustimmend. »Ja, er war, wie ich sagen würde, nicht bei klarem Verstand.«

»Gut«, antwortete die Ärztin, »ich glaube, da sind wir einer

Meinung. Was Herrn Ersoy angeht, würde ich dem Polizeimeister jedoch gerne widersprechen.«

Suleyman runzelte die Stirn. »Warum?«

»Ganz einfach, weil er, anders als der arme Lenin, tat, was er tat, weil er es so wollte, und nicht, weil er von einer verirrten Phantasie oder einem Glauben dazu verleitet worden wäre.«

»Schon, aber dieser ganz Kram mit dem *Kafes* …«

»Ich denke, wir hatten doch schon mal ein ähnliches Gespräch, Suleyman«, sagte İkmen, »über den Zuhälter in Sultan Ahmet.«

»Ah …«

»Muhammed Ersoy wusste sehr wohl, was er tat«, fuhr die Ärztin fort. »Es war nicht so, als hätten der Teufel oder Gott es ihm eingeflüstert. Außerdem wusste er, dass das, was er tat, nicht im Einklang stand mit den Vorschriften bezüglich des Tötens. Aber er tat es trotzdem, weil er es wollte.«

»Aber sicherlich«, meinte Suleyman, dessen Gesicht nun von der Anstrengung gezeichnet war, alles zu verstehen, was hier gesprochen wurde, »kann das nicht als normales Verhalten eingeschätzt werden.«

Wieder lächelte Dr. Halman. »Nein, natürlich nicht. Aber ob man es als geisteskrank wird bezeichnen können, ist strittig. Wenn jemand im vollen Bewusstsein dessen, was er tut, tötet, dann muss er sicherlich für seine Tat zur Verantwortung gezogen werden.«

»Schon, aber wenn dieser Mensch doch krank ist …«

»Oh, jetzt sind wir schon wieder auf schwankendem Boden, Polizeimeister!«, sagte sie augenzwinkernd.

»Bitte?«

Als Antwort auf Suleymans offenkundige Verwirrung lächelte İkmen seinen Assistenten an und meinte schließlich: »Ich denke, was Dr. Halman sagen will, ist, dass die akademische Meinung darüber, ob Menschen mit Persönlichkeitsstörungen als geisteskrank bezeichnet werden sollen, geteilt ist. Ist es nicht so, Frau Doktor?«

»Genauso ist es und das ist ganz schön schlau von Ihnen, dafür, dass Sie nichts davon verstehen, İkmen«, sagte sie mit einer leichten Verbeugung. »Psychopathen wissen sehr wohl, was sie tun. Und solange man ihren Zustand nicht behandeln kann, stellen sie sowohl für Ihren Berufsstand wie für meinen ein sehr großes Dilemma dar, weil man nicht weiß, wie man mit ihnen verfahren soll. Wenn ich Herrn Ersoy behandeln würde – ein besseres Wort fällt mir nicht ein –, dann wäre ich überrascht, falls ich tatsächlich etwas für ihn tun könnte. Aber ob nun das Gefängnis besser ist …«

»Ich muss bekennen«, sagte İkmen ernst, »dass ich es unter diesen Umständen für gerecht halte.«

Sie schaute verdrießlich. »Dem würde ich nicht zustimmen.«

»Jeder, der einem andern das Leben nimmt – es sei denn, dies geschieht unwissentlich –, verwirkt sein oder ihr Recht auf Freiheit«, sagte İkmen und ergänzte: »Es sei denn, wie gesagt, diese Person ist wirklich geisteskrank …«

»Was heißt?«, hakte die Ärztin nach.

»Nun ja, so wie unser armer Lenin«, sagte İkmen. »Obwohl ich mir vorstellen kann, dass wir, wenn wir die genaue Antwort auf diese Frage kennen würden, wohl kaum dieses Gespräch führen würden, oder?«

»Exakt. Die Diskussion«, sagte sie und wandte sich wieder Suleyman zu, »dreht sich, wie man sieht, im Kreis. Verrücktheit als Oberbegriff könnte man auf wirklich jedes anomale Verhalten anwenden. Das Problem aber ist, zu definieren, was anormal ist. Wenn Sie sich Muhammeds *Kafes* im Lichte seiner Vorfahren anschauen, war das Einsperren des Jungen wirklich sehr gnädig. Auch seine Motivation, die im Wesentlichen zunächst Rache und dann Habgier war, ist ganz logisch, wenn man bedenkt, wer er ist.«

»Das heißt …«

»Was ich sagen will, ist, dass Muhammeds Taten, auch wenn man ihn als Psychopathen bezeichnet, nach seinen eigenen Maßstäben ganz korrekt waren. Und wir nichts tun können, als innerhalb unserer eigenen Wertmaßstäbe zu handeln … die Tatsache, dass seine Maßstäbe, anders als unsere, nicht mit den allgemeinen Maßstäben der Gesellschaft übereinstimmen, ist nicht seine Schuld und weist auf nichts hin, was man als Verrücktheit bezeichnen könnte.«

»Und der Unterschied zwischen ihm und diesem Lenin?«

»Ist der, dass Lenins Persönlichkeit völlig von seiner Wahnvorstellung beherrscht wurde. Der ganz normale Türke, der Lenin einst war, ist vollständig verschwunden. Er besaß weder Böswilligkeit noch eine wirkliche Absicht, anderen zu schaden. Er lebte in einer andern Realität. Im Gegensatz zu Muhammed, der, obwohl anormal, in genau dem gleichen sozialen Zusammenhang lebt wie Sie.«

Suleyman merkte, wie ein leichtes Schaudern durch seinen Körper ging, was erst von einem Klopfen an der Tür beendet wurde.

»Herein«, rief İkmen und warf seinen letzten Zigarettenstummel in den Aschenbecher.

»Oh«, meinte Arto Sarkissian, als er ins Zimmer kam, »Zelfa, ich habe nicht erwartet, dich hier zu treffen!«

»Ich wollte auch gerade gehen, Arto«, erwiderte sie.

»Çetin!«

»Arto.«

Die beiden Männer lächelten einander an, wobei die Frau und der jüngere Mann zusahen. Die beiden Freunde hatten einander einige Zeit nicht mehr gesehen und es war offensichtlich, dass einiges nachzuholen war.

»Gut«, sagte Dr. Halman, erhob sich von ihrem Stuhl und streckte sich. »Ich gehe besser jetzt zur Bushaltestelle.«

»Dein Wagen?«

»Ja, Arto«, sagte sie mit sauerer Miene, »das kleine Dreckding hat es wieder mal geschafft.«

»Hören Sie«, sagte İkmen und beugte sich zu Suleyman, »wieso kann Sie der Polizeimeister nicht nach Hause fahren? Sie müssen doch sowieso bald gehen, oder, Suleyman?«

»Ja.«

»Wenn es Ihnen keine Mühe macht«, lächelte Dr. Halman ihren zukünftigen Chauffeur an.

»Nein, gar nicht, Frau Doktor«, antwortete er. »Sie sind wohl auf dem Weg zu dem Patienten, über den wir gerade gesprochen haben?«

»Zu ebendiesem.«

Suleyman nahm seine Jacke von der Stuhllehne, ging zur Tür und hielt sie der Ärztin auf. »Nach Ihnen.«

»Danke.« Über die Schulter gewandt, sagte sie: »Auf Wiedersehen für heute, İkmen. Wir sehen uns bald, Arto.«

»Sicher.«

Als die Ärztin und der Polizeimeister gegangen waren, umarmten İkmen und Arto sich kurz, ehe sie sich setzten.

»Bist du sicher, dass es schlau war, ihn einfach so mit ihr gehen zu lassen?«, fragte Arto, sobald er es sich mit seinem beträchtlichen Bauch bequem gemacht hatte.

»Ja. Wieso?«

»Ich habe gehört, sie isst solche Typen als Vorspeise und spuckt dann sämtliche Knochen wieder aus.«

İkmen lachte. »Wirklich? Soll sie doch!« Dann zündete er sich eine weitere Zigarette an und wechselte sowohl seine fröhliche Miene als auch das Thema. »Ich nehme an, dass Zeki sich nun seinen Vorfahren angeschlossen hat.«

»Der Vater seiner Mutter ist von İskender gekommen, um für ihn da zu sein«, seufzte Arto. »Als der alte Herr ins Leichenschauhaus kam, um ihn abzuholen, war er so dankbar, dass ich fast selbst geweint hätte.«

»Dankbar?«

»Ja. Weil jetzt alles ein Ende hat. Weil die Familie jetzt sicher weiß, wo Zeki ist. Dies all die Jahre nicht zu wissen hat sie alle, wie der alte Herr meinte, am meisten belastet. Es muss schon schlimm genug gewesen sein, dass Fikriye gestorben ist, aber ...«

»Ja«, sagte İkmen ernst, »Ersoys Vater muss schon so einer

gewesen sein, der armen Frau solch ein Schuldgefühl einzutrichtern. Das und die Angst natürlich.«

»Ja.«

»Und was ist mit dir, Arto? Wie kommst du damit klar, dass du vor kurzem beinahe gestorben wärst – als Ergebnis dessen, dass ich mit deinem Leben gespielt habe?«

»Oh, ich denke mal, ich kann lernen, dir noch rechtzeitig zu vergeben«, erwiderte Arto, »obwohl du zugeben musst, dass der Gedanke erschreckend ist, du hättest ihn bei drei schießen lassen, wenn nicht Suleyman …«

»Hat denn nicht Ersoy gesagt, er hätte noch weitergezählt?«

»O nein«, antwortete Arto und er zwinkerte leicht, als er sprach. »Nein, Ersoy sagte, er hätte bei drei geschossen, hätte Suleyman ihn nicht davon abgehalten. Mein Bericht über das, was Suleyman tat, ist sehr genau …«

»Ah, ja, aber noch mal zurück zu Avedykians Wohnung, ehe er in Ohnmacht fiel …«

»O nein, Çetin, ich denke, du wirst zu dem Schluss kommen, dass du das geträumt hast. Schließlich würde eine solche Aussage unseren jungen Freund nicht gut aussehen lassen, meinst du nicht?«

»Nein.« İkmen fing ganz langsam an, wieder zu lächeln.

»Ich denke, Ersoys Anwalt könnte den armen Suleyman aller möglichen Dinge bezichtigen, wenn das so gewesen wäre. Aber wie ich die Tatsachen dargestellt habe, so stehen sie auch in Ersoys eigener Aussage, die er einer seiner wichtigsten Wachen diktiert hat, wenn du weißt, was ich meine.«

»Ich danke dir«, erwiderte İkmen mit einer kleinen Verbeugung. »Ich weiß es zu schätzen.«

»Es ist das Mindeste, was ich tun kann, wo ich mich in dieser Sache doch so unprofessionell verhalten habe«, sagte der Arzt und blicke dabei kurz zu Boden.

İkmen runzelte die Stirn. »Unprofessionell? Das verstehe ich nicht.«

»Ich habe Avram besucht, kurz bevor Suleyman kam. Ich

sagte ihm, was unsere Gedanken wären und wohin sie zielten im Hinblick auf die Ärzte und ihre Beteiligung an der Sache.«

»Ach, das.«

»Ja, das, Çetin«, sagte Arto mit leicht traurigem Lächeln. »Ich habe zugelassen, dass andere Treueverpflichtungen, meine Zuneigung zu einem jüngeren Protegé …«

»Ja, das hast du, obwohl es jetzt doch vorbei ist.«

»Für mich ist es das noch nicht.« Artos Miene hatte sich leicht verhärtet, fast wie zu einer Maske. »Ich habe zugelassen, dass äußere und wirklich völlig irrelevante Dinge mein Urteil und meine Handlungen trübten. Weil ich so sehr glauben wollte, dass Avram unschuldig sein müsste, tat ich etwas, was gefährlich und völlig unprofessionell war.«

»Aber du tust es doch nicht wieder.«

»Nicht?« Der Arzt sah seinen Freund noch durchdringender an. »Kannst du da sicher sein? Was ist, wenn ein weiterer armenischer Freund in deine Sache verwickelt wird?«

»Dann werden wir uns mit der Situation auseinander setzen, falls sie wirklich eintrifft. Ich gebe zu«, fuhr İkmen fort, wobei er sich eine neue Zigarette anzündete, »dass mich dein Tun damals geärgert hat, aber …«

»Ich bin wirklich nicht so viel anders als Krikor«, unterbrach ihn sein Freund. »Ich kritisiere ihn, weil er so freundlich über andere Armenier denkt, aber ich bin genauso.«

»Wir alle denken über unsere eigenen Leute etwas freundlicher, Arto. Das liegt in der Natur des Menschen. Und zugegeben, zuerst war ich auch wütend, aber als ich dann wirklich über das nachdachte, was du getan hast … na ja, der Unterschied zwischen dem und meiner, sagen wir mal, Begünstigung Suleymans, wenn ich denken würde, er könnte in Schwierigkeiten kommen – und wir wissen beide, dass das möglich ist …«

Sie tauschten wissende Blick aus.

»Ist nicht so weit von dem entfernt, was du getan hast. Es ist eben einfach so, dass es in diesem Land mehr von uns gibt als von euch. Wir alle müssen wachsam sein, was die Loyalität zu

Außenstehenden angeht. Und wir müssen akzeptieren, dass auch die, die wir lieben, schlechter Taten fähig sind. Wir haben uns entschlossen, angesichts von Straftaten das Gesetz zu hüten, und müssen es immer an erste Stelle setzen, unbeschadet unserer eigenen Gefühle. Denn wenn wir es nicht tun, wer dann?«

»Ich weiß es nicht.«

»Leute mit mehr, sagen wir mal, politischen Motiven vielleicht? Wie die, die in anderen Bereichen arbeiten und sich mit Terrorismusbekämpfung beschäftigen?«

»Sachen, mit denen wir nicht nichts zu tun haben, weil wir uns weder mit Politik noch mit Religion befassen.«

»Haargenau!« İkmen lächelte. »Weil, solange es Männer wie uns gibt, die ›anderen‹ nicht wirklich die Herrschaft übernehmen, oder?«

Arto lächelte zurück. »Nein.«

»Jede Nation hat beides, die andere Art von Gesetzeshüter und solche wie uns, Arto, und …«, İkmen hob einen Finger, um seine Worte zu unterstreichen, »… die Nationen, in denen es unsereins nicht gibt, sind meist Orte, an die man besser nicht gehen sollte, oder?«

»Stimmt.«

»Was Leute wie uns so außerordentlich wichtig macht, wie ich finde.«

Der Arzt lachte. »Na ja, wenn du es so siehst …«

»So hoch schätze ich unsere Freundschaft, Arto«, sagte İkmen, erhob sich von seinem Stuhl, ging quer durch das Zimmer und küsste seinen alten Freund fest auf beide Wangen.

Suleyman hielt den Wagen vor einem der Seiteneingänge des Krankenhaus-Hauptgebäudes an. »Ich kann mir vorstellen, dass Ersoy sämtliche Schwestern ganz schön becirct«, sagt er, als er den Gang rausnahm und die Handbremse anzog.

»Er versucht es«, erwiderte die Ärztin, »aber es sind nur solche ausgewählt worden, die nicht allzu empfänglich dafür sind.«

»Also eher, sagen wir mal, schlichte Frauen?«, fragte er.

Sie lachte. »Ganz schön sexistisch von Ihnen, aber es kommt hin, ja.«

»Er kann einen sehr gut beeinflussen«, sagte Suleyman. Er sah auf das Steuerrad. »Bei mir hat er es ja auch geschafft.«

»Ja, aber Sie haben dem standgehalten«, erwiderte sie.

»Ich habe ihn beinahe getötet – genau das, was er von mir wollte.« Er sah sie an. »Also doch nicht ganz so standgehalten, oder, Frau Doktor?«

»Aber Sie haben ihn doch nicht getötet, oder?«, sagte sie und legte ihm ihre kleine Hand mit sanftem Druck auf die Schulter. »Ersoy lebt und auch Dr. Sarkissian, was noch wichtiger ist. Das macht Sie zu dem, was wir bei uns zu Hause einen verdammten Helden nennen, Polizeimeister Suleyman.«

Sie war so amüsant, diese fremde, ungekämmte kleine Ärztin mit ihrem komischen irischen Leben und ihrem türkischen Vater.

»Sie wissen doch, dass er sich sehr über Sie ärgert, oder?«, fragte sie und unterbrach seinen Gedankenfluss mit ihrem merkwürdigen Akzent.

»Wer?«

»Muhammed Ersoy. Weil Sie ihn nicht getötet haben. Er ist sehr verbittert.«

»Oh.« Darauf gab es keine vernünftige Antwort.

»Zum Glück wird er ja nie mehr aus dem Gefängnis kommen, oder?«, sagte sie, als sie ihren Sicherheitsgurt löste und die Beine aus dem Wagen schwang. »Er könnte Sie verfolgen und ich zumindest möchte mir Ihre Chancen nicht ausmalen.«

»Nicht?« Suleyman blickte mit einem Mal sehr beleidigt.

Dr. Halman lachte. »Tut mir Leid, dass ich Ihren Machismo ein wenig angeknackst habe, Polizeimeister, aber angesichts seiner Liste ausgeklügelter und schwerer Verbrechen hat Ersoy im Vergleich zu Ihnen wohl noch einen kleinen Vorsprung, meinen Sie nicht?«

Suleyman lächelte zustimmend und sah sie wieder an. »Okay, ich verstehe schon.«

»Sehr schön«, erwiderte sie, und als er den Gang einlegte, steckte sie den Kopf durch das Fenster und sagte: »Rufen Sie mich an.«

Suleyman fragte leicht erstaunt: »Wieso?«

Sie meinte achselzuckend: »Um über Ersoy zu reden, um einiges von dem Schuldgefühl aus Ihrer armen gequälten Seele abzutragen.«

»Sie meinen eine Art Therapie?«

»Sie sind meiner Meinung nach immer noch sehr traumatisiert, ja.«

»Aber ...«

»Oh, ich berechne Ihnen auch nichts für die Sitzung«, fügte sie lächelnd hinzu, »sehen Sie es als Gefälligkeit an oder, wenn Sie wollen, als Geschlossenheit für uns beide.«

Er lachte. Wieder dieser psychologische Begriff, über den İkmen beinahe gespottet hätte. »Mal sehen, aber jedenfalls vielen Dank, Frau Doktor.«

»Ist mir ein Vergnügen«, antwortete sie und warf die Tür zu.

Wie er ihr nachsah, als sie forsch auf die Tür des Krankenhauses zuging, lachte Suleyman plötzlich laut auf. Ihm war der Gedanke gekommen, wie er und diese kleine, pummelige und grobe Frau aussehen würden, wenn sie nebeneinander hergingen – was ihn ganz außerordentlich amüsierte. Es war das erste Mal seit langer Zeit, dass er wirklich wieder gelacht hatte.

An verschiedenen Tischen sitzend und getrennt durch eine scheinbar endlose Sündenparade in Form von gekühltem Kuchen und Gebäck, hatten Zuleika Suleyman und Ayşe Farsakoğlu beide unabhängig voneinander beschlossen, ihr Leid innerhalb der Konditorei des Pera-Palas-Hotels auszubreiten.

Zuleika, deren Ehemann an diesem Morgen seine Koffer und drei Kisten mit Büchern und persönlichen Sachen vor die Wohnungstür gestellt hatte, um sie später am Tag abholen zu lassen, kaute fast bewusstlos auf einem Schokoladen-Éclair herum. Sehr bald würde sie wieder eine allein stehende Frau sein. Zugegeben, sie hatte nicht die finanziellen Sorgen, die vielen ihrer geschiedenen Freundinnen so Kummer machten. Mehmets Lohn hatte ihr beträchtliches Einkommen sowieso nur ergänzt und so gesehen würde sein böswilliges Verlassen ihr Leben nicht viel ändern. Dass er woandershin zog, stand allerdings auf einem anderen Blatt. Einst, vor langer Zeit, wie es jetzt schien, hatte sie ihn mit einer Leidenschaft geliebt, die sie kaum fassen konnte. Gut aussehend, freundlich und klug, hatte er – zumindest hatte sie es so empfunden – all das verkörpert, was sie bei einem Mann begehrte. Wie sie stammte auch er von »altem Geld« ab und zudem war er durch die Familie seines Vaters ein direkter Nachfahre eines Sultans. Alles war perfekt gewesen. Außer ... Sie schob sich eine weitere Gabelladung Éclair in den Mund und versuchte dabei vergeblich, den Grund ihres Scheiterns aus der Erinnerung zu löschen.

Warum und wie hatte es sein können, dass keine der »Schlafzimmeraktivitäten« mit ihr geklappt hatte? Sie hatte ihn doch so geliebt und begehrt ... Beim ersten Mal war ihr beinahe übel geworden. Wie er so auf ihr stöhnte, ihr Schmerzen zufügte, wie sie sie noch nie zuvor gehabt hatte; seine Hände, Hände, von denen sie wusste, dass sie die Körper anderer Frauen verwöhnt und gestreichelt hatten, und die jetzt über ihren Körper wanderten. Trotz der Furcht und der Schmerzen, die er in ihren Augen gesehen haben musste, hatte er sich weiter auf ihre Kosten vergnügt. War es das Wissen, dass er schon mit anderen Frauen zusammen gewesen war, das sie so hatte fühlen lassen? Oder waren es vielleicht seine gelangweilten Blicke, die Blicke eines Mannes, der einfach seine Pflicht tat, wie er es als guter Sohn seiner Familie immer getan hatte – bis jetzt.

Er hatte offensichtlich seiner Mutter, Tante Nur, erzählt,

dass er Zuleika nie geliebt hätte. Nicht, dass Zuleika das nicht auch selbst gemerkt hätte. Mehmet war, wenn auch sonst nichts, wenigstens in diesem Punkt immer ganz ehrlich zu ihr gewesen. Schon vor ihrer Hochzeit hatte er ihr gesagt, dass sie beide »lernen« müssten, »einander zu lieben«. Aber das war nie passiert. Er war, vermutlich zum Teil als Folge ihrer Angst vor Sex, gleichgültig geblieben. Und sie? Sie war über all die Jahre in jene nörgelnde Bitterkeit verfallen, die eine ohnehin unsichere Beziehung nur noch schlimmer machte. Und jetzt ging er. Sogar angesichts des Zorns seiner Mutter – sie hatte ihn sogar schon für gestorben erklärt – ging er, was ja bedeuten musste, dass er es mehr als alles andere wollte; er wollte sie los sein. Warum dies aber genau jetzt und nicht irgendwann sonst geschah, wusste sie nicht und würde es vermutlich nie erfahren. Sie hielt die Tränen zurück, als sie auf einem weiteren Stück Kuchen kaute und an das endlos große Meer von Einsamkeit dachte, das sich vor ihr auszubreiten schien – eine Einsamkeit, die, wie ihr klar war, nur gelegentlich von Männern unterbrochen würde, die mehr an ihrem Geld als an ihrer Seele interessiert wären. Andererseits könnte ihre Mutter vielleicht, wie sie gesagt hatte, als sie ihr das erste Mal von der Trennung erzählt hatte, wieder einen netten Mann für ihre Tochter finden. Zuleikas Tränen lösten sich in einem kurzen, bitteren Lachen auf.

Auch Ayşe Farsakoğlus Gedanken wurden gelegentlich von Bitterkeit unterbrochen. Während sie die hoch gewachsene, tadellos frisierte Frau betrachtete, die ihr gegenübersaß und bedächtig ein großes Éclair verspeiste, verfolgte sie der Gedanke, dass vielleicht so eine eher zu dem Mann passte, der nun schon wieder ihr Exliebhaber war. Nett und höflich, wie er ja zweifelsohne war – einfach weil er war, *was* er war –, fühlte sie sich im Vergleich dazu leicht schäbig. Mit ihrem dichten, wilden Haar und dem schlanken und zugleich kräftigen Körper konnte sie sich, wie ihr ohne große Mühe in den Sinn kam, durchaus in der Rolle des sexuellen Spielzeugs eines Aristokraten vorstellen. In Wahrheit war dies auch die Rolle gewesen, die sie nur allzu gerne gespielt hatte. Nun aber, da er ihr gesagt hatte, ihre Affäre wäre vorbei und er bräuchte Zeit, um sein Leben angesichts der kürzlichen Trennung neu zu überdenken, sowie, dass es problematisch sei, mit jemandem aus dem Büro ein Verhältnis zu haben, fing Ayşe Farsakoğlu an, die Sache allmählich in einem anderen Licht zu sehen.

Okay, sie hatte eine Weile gedacht, in ihn verliebt zu sein, hatte sogar in Erwägung gezogen, den Job aufzugeben, nachdem er sie hatte fallen lassen, aber waren ihre Gefühle für ihn denn jemals etwas anderes als Verknalltheit gewesen? Er war gut aussehend, charmant, sehr sexy und er war so zärtlich und liebevoll zu ihr gewesen, als er nach dem Gemetzel in Avedykians Wohnung blutverschmiert bei ihr aufgetaucht war. Aber außerhalb des Schlafzimmers hatten sie kaum etwas gemeinsam. Er trank weder noch lachte er so gern wie sie. Der bodenständige Humor des anatolischen Bauern ging ihm größtenteils ab, und obwohl der Gedanke merkwürdig war: Es schien Ayşe, als ob sie, wenn es um einen passenden Lebenspartner ging, wesentlich mehr mit dem Chef ihres Liebhabers, mit Çetin İkmen, gemein hätte als mit Suleyman. Es war ein so bizarrer, fast schon verrückter Gedanke, dass sie leicht kichern musste.

Und trotz ihres Lachens lag hinter allem eine sehr reale Botschaft, wie sie spürte. Natürlich kam İkmen überhaupt nicht in Frage, er war zu alt, zu unattraktiv für sie und viel, viel zu sehr verheiratet. Aber … Aber einer wie er würde sicher besser zu ihr passen als einer wie Mehmet. İkmen war auf eine gewisse Weise sicherer als Mehmet, obwohl er häufig in miesen Bars und billigen Vierteln die Gefahr herausforderte. In Zeiten wirklichen Ärgers, als zum Beispiel der Verrückte sie angegriffen hatte, war İkmen ruhig und wie ein starker Fels bei seinem Bemühen geblieben, eine friedliche Lösung herbeizuführen. Damals war so eine Wildheit in Mehmet gewesen – vielleicht die Verrücktheit dessen, was er als seine Liebe zu ihr interpretierte? Der Verrückte, Lenin, hatte dies gesehen und ihn sogar einen Killer genannt. Und tatsächlich gab es etwas in ihm, das im Grunde ziemlich außer Kontrolle war. Womöglich war dies, wie es Ayşe säuerlich aufstieß, sein altes Aristokratenblut. Sie waren allesamt ziemlich verstört gewesen – und wenn man Muhammed Ersoy betrachtete, hatte sich daran nicht viel geändert. Vielleicht war sie also gerade noch mal glücklich davongekommen, indem er sie fallen ließ – oder aber sie machte sich etwas vor, damit es ihr besser ging.

Während sie sich eine Gabel mit dicklichem, ekelhaft süßem *baklava* in den Mund schob, sah sie zu der anderen einsamen Frau hin, der eleganten, und lächelte. Es war ein trauriges, zartes Lächeln und es wurde nicht unähnlich erwidert. Man konnte es sich bei der geschliffenen Eleganz der Dame nur schwer vorstellen, aber es stand ihr im Gesicht geschrieben, dass auch sie großen Kummer hatte. Was diesem Kummer zugrunde lag, konnte sich Ayşe bei der Gesundheit, Schönheit und dem dicken Ehering an ihrem Finger nicht vorstellen. Aber schließlich hatten auch die Reichen ihre Sorgen, mussten sie haben, so wie die Armen auch. Behütet von ihrem Geld, würden sie zwar nie von so großen Sorgen geplagt werden wie die Armen, aber wenn man nach dem Gesicht der Frau urteilen konnte, dann fühlte sie ebenso leidenschaftlich wie andere Leute.

Ein Unterschied aber war, dass Ayşe jetzt zur Arbeit musste. Die zahlreichen Tüten der schicken Frau legten Zeugnis von dem ab, was vermutlich ein Einkaufstag gewesen war – etwas, was Ayşe bei ihrem mageren Salär kaum je in Erwägung ziehen konnte. Sie nickte dem Besitzer des Lokals zu, schluckte den letzten Rest ihres Kuchens herunter und erhob sich. Es wäre schon interessant zu wissen, was genau die elegante Frau so traurig machte, aber sie wusste, dass man sich nicht auf ein Gespräch mit so jemanden einließ, es sei denn, man wurde dazu aufgefordert. Als sie ging, neigte sie kurz den Kopf in Richtung der Dame und wurde ein weiteres Mal mit jenem scheuen, schmerzlichen Lächeln belohnt. Als die müde aussehende junge Polizistin gegangen war, legte Zuleika Suleyman den Kopf in die Hände und achtete darauf, ihr Make-up nicht zu verschmieren, als sie leicht die Haut um die Augen befühlte.

»Weißt du«, sagte Muhammed Ersoy zu dem größeren der beiden Wachtposten, die in jenen Tagen so viel Zeit in seinem Zimmer verbrachten, »wenn ich nicht so reich und mächtig wäre, dann würde ich, bei dem, was ich getan habe, jetzt vermutlich in irgendeiner dreckigen, kleinen Zelle stecken – auch mit dieser schlimmen Schulter.«

Der Wachtposten gab keine Antwort, sondern blickte weiter stur vor sich hin.

Ersoy war diese Behandlung mittlerweile gewohnt, plapperte aber munter weiter. »Es muss schon sehr lästig sein für Leute wie euch – so große Jungs und noch ganz frisch …«, hier hob und senkte er verführerisch eine Hand an einer der Stangen seines Kopfteils, »… von der rauen anatolischen Hochebene.« Er lachte, durch den vollständigen Mangel an Reaktion amüsiert. Er trieb es so weit, wie er glaubte, gehen zu können. Denn es war ja nur ein Spiel – wie das Leben –, und diese Männer schienen noch nichts, anders als das fürchterliche Ungeheuer, das seine Aussage aufgenommen hatte, mit der nackten Gewalt zu tun zu haben. »Weißt du, ich habe so viele Männer wie dich dafür bezahlt, dass sie mir einen blasen, dass es …«

Die Tür ging auf und die komische kleine Psychiaterin trat ein. Sie brachte Ersoys obszöne Rede zum Stillstand – zur offenkundigen Erleichterung mindestens eines der Wachtposten.

»Oh, hallo, Frau Doktor«, sagte er und wechselte ins Englische über, von dem er wusste, dass sie sich dabei sehr viel wohler fühlte. Dann sah er ihr ins Gesicht. »Ihre Pupillen sind so geweitet – haben Sie jemand getroffen, den Sie ficken möchten? Oder bin ich es, von dem Sie angezogen sind?«

»Ich glaube nicht, dass Sie das etwas angeht, Muhammed«, schoss sie zurück, setzte sich auf den Stuhl neben seinem Bett und fragte: »Wie geht es Ihnen heute?«

»Oh, ich bin immer noch ganz unglücklich, dass ich am Leben bin, vielen Dank«, erwiderte er fröhlich. »Immer noch verletzt, dass einer von meinesgleichen mit der Waffe so ungeschickt war, mich zu …«

»Ihre Wut auf Polizeimeister Suleyman scheint allmählich zu einer Besessenheit zu werden.«

»O nein«, erwiderte er lächelnd, »ich glaube nicht, dass dem so ist, Frau Doktor. Was sollte es mir denn nützen, ihn zu verfolgen, wo ich mich doch gegenwärtig so unwohl fühle?«

»Unwohl?«

»Ja. Mental. Können Sie nicht …?«

»Sie sind nicht, soweit es mich betrifft, in irgendeiner Weise psychotisch, Muhammed«, sagt sie und holte ihr Notizbuch und den Stift aus ihrem Aktenkoffer. »Wir haben uns über Stimmen unterhalten, die Sie, wenn ich mich recht erinnere, eben nicht hören. Ihre Besessenheit kann man nicht, auch wenn sie nicht ganz normal ist, als ausgewachsene Wahnvorstellung bezeichnen …«

»Oh, aber das war damals«, sagte er und seine Stimme wurde so honigsüß, dass einem fast die Zähne wegfaulten.

»Das war wann?«, fragte sie stirnrunzelnd. »Was meinen Sie damit?«

»Das war, ehe mir gestern wieder unwohl wurde. Ich kriege nämlich ganz oft solche Anfälle. Gestern Nachmittag …«

»Nachdem Ihr Anwalt gegangen ist«, sagte sie mit dem Gefühl und dem Geschmack eines Munds voll Galle.

»Nun ja, nachdem er gegangen ist, das ist völlig richtig«, meinte er lächelnd.

»Hören Sie schon auf, Muhammed, um Himmels willen!«

»Geben …«

»Wenn Sie versuchen wollen, aus dieser Sache rauszukommen, indem Sie behaupten, unter dem Einfluss von Satan oder irgendeinem anderen Scheiß zu stehen, dann vergessen Sie's. Sie werden am Leben bleiben. Sie kommen vor Gericht und Sie wandern in den Knast, trotz Ihres alten osmanischen Geldes, Ihrer vererbten Verrücktheit oder was auch immer!«

»Da wäre ich nicht so sicher«, erwiderte er, beugte sich vor und kam mit seinem Gesicht ein wenig näher an sie heran.

Einer der Wachposten trat vor, aber sie gab ihm mit der Hand ein Zeichen zurückzubleiben.

»Nichts ist sicher in diesem Leben, Frau Doktor«, flüsterte Ersoy ihr sachte ins Ohr, »und wenn es so wäre, wäre es ja auch sehr langweilig, oder? Der Mann zum Beispiel, den Sie so gerne ficken möchten – wenn Sie seiner sicher wären, wäre es nur halb so spaßig ...«

»Wenn Sie nicht aufhören, über Dinge zu reden, die Sie nichts angehen, Muhammed, muss ich wieder gehen.«

»Oh.« Es war eher ein Aufjaulen als ein Wort. Ein Ausdruck, der eher zu einem widerspenstigen Kind gepasst hätte als zu einem erwachsenen Mann.

»Schauen Sie, wir müssen über Sie reden, deshalb bin ich hier.«

»Über mich? Was gibt es über mich zu reden?«

»Sie kennen den Ablauf, Muhammed. Sie reden, ich höre zu ...«

»Und schreiben Sachen auf, die die Polizei gegen mich verwenden kann, stimmt's?« Er wandte sich von ihr ab und verzog wütend das Gesicht.

Dr. Halman seufzte schwer. Er war nicht immer so schwierig. Sie fragte sich, was – wenn überhaupt – heute falsch lief. »Gibt es etwas, Muhammed, was Sie mir gerne erzählen möchten?«, fragte sie. »Etwas, was Sie heute besonders stört?«

Er stöhnte nur und sah sie immer noch nicht an.

»Und?«, fragte sie wie zu einem Kind. »Gibt es was?«

»Ich habe *sünnet* durchlaufen«, sagte er und sah sie plötzlich wieder an. »An diesem Tag, 1964.«

»O ja, stimmt.«

»Ich habe geweint.« Er sah nun fast aus wie ein Wiesel. »Es tat weh.«

»Und hat Ihr Vater …«

»Vater hat mich danach mit dem Stock geschlagen und gesagt, ich sei wie ein Mädchen gewesen. Der Chirurg hätte meinen Penis ganz abschneiden und ihn mir in den memmenhaften Hals rammen sollen!«

»Es war sehr grausam, so etwas zu so einem kleinen Kind zu sagen«, sagte sie, aufrichtig erschrocken über das, was er ihr heute zu berichten im Begriff war.

»In der Tat«, sagte er, »und es war auch etwas, was ich Zeki nie habe durchmachen lassen. Er starb so, wie er geboren worden war, mit einem heilen und nicht entmannten Penis.«

»Aber, Muhammed, der Islam verlangt es so und als Moslem …«

»O ja, ich weiß das! Ich weiß das alles! Es ist eben nur so, dass …«

»Es ist nur was?«

»Es ist nur so, dass ich nie eine Anerkennung dafür bekommen habe, dass ich Zeki diesbezüglich in Ruhe gelassen habe. Nicht einmal Avram hat mich dafür gelobt … Alles, was er sagte, war, es sei bloß ein religiöses Detail, ob man die Vorhaut hätte oder nicht.«

»Und, stimmt das nicht, Muhammed?«

»O nein, Frau Doktor, nein!«, antwortete er und seine Lippen bebten leicht. »Nicht, wenn Sie deshalb Ihren Vater hassen, nicht wahr?«

»Aber Sie haben immer gesagt, dass Ihr Vater Sie seit Ihrer Geburt gehasst hätte.«

»Ja, das stimmt, das hat er! Aber erst nach *sünnet* konnte er als guter Saubermann mich sexuell gebrauchen.«

»Aber …«

Ersoy lächelte. Es war ein langsamer, sehr berechnender und verwirrender Ausdruck.

»Einer musste doch den Platz meiner Mutter einnehmen,

oder nicht? Und damals war er zu sehr beschäftigt, um sich nach einer anderen Frau umzusehen.«

»Aber …«

»Das Traurige an der ganzen Sache, aus Ihrer Sicht, Frau Doktor, ist, dass es mir wirklich nichts ausgemacht hat. Er hasste mich, aber während er mich vögelte, hatte ich wenigstens eine Art von Kontakt mit ihm. Avram hat immer gesagt, und zwar jahrelang, dass mein Vater schlicht und einfach der schlechteste Mensch auf der Welt sei – ein hübscher Superlativ, finden Sie nicht?«

»Doch, sicher.«

Ersoys Lächeln wurde zum Lachen, ein entnervendes Geräusch in diesem winzigen, sterilen, verrückten Zimmer.

»Und solche Superlative«, sagte Ersoy, nachdem er zu lachen aufgehört hatte, »schreien einfach danach, übertroffen zu werden, meinen Sie nicht auch, Frau Doktor?«

»Weshalb Sie …«

»Ich habe Leute eingesperrt, umgebracht, unter Drogen gesetzt – aber ich habe kein Lob gekriegt, weil ich jemanden nicht habe beschneiden lassen. Dennoch denke ich, dass ich vor dem brutalen alten Mann gewonnen habe, der nichts anderes konnte – zumal damals –, als einen kleinen, hilflosen Siebenjährigen zu vergewaltigen. Was meinen Sie, Frau Doktor?«

Er sah sie mit einem Blick an, den man gewöhnlich nur in Alpträumen sieht – oder in Filmen mit Gestalten, die keine Menschen sind oder ihre Menschlichkeit verloren haben. Es war das Gesicht eines Menschen, der jede Fähigkeit zu fühlen verloren hatte.

»Und, Frau Doktor?«

»Na ja … ich …«

»Ich denke, ich bin so unendlich viel besser als mein Vater, dass es eine Verschwendung meines Atems und Ihrer Zeit wäre, wenn ich es noch einmal aussprechen würde.«

Und während sie ihn ansah, fasziniert von dem, was eine

weitere virtuose Vorstellung seinerseits war, wandte Ersoy seine kalten, toten Augen zur Decke und summte vor sich hin. Weder Zelfa Halman noch die Wachtposten kannten die Melodie. Weil sie ganz und gar Ersoys eigene war: arhythmisch und auf beunruhigende Art völlig einzigartig.